GUIDO DIECKMANN
Die Leuchtturmwärterin

GUIDO DIECKMANN

DIE LEUCHTTURM-WÄRTERIN

ROMAN

Lübbe

Die Bastei Lübbe AG verfolgt eine nachhaltige Buchproduktion.
Wir verwenden Papiere aus nachhaltiger Forstwirtschaft und verzichten
darauf, Bücher einzeln in Folie zu verpacken. Wir stellen unsere Bücher in
Deutschland und Europa (EU) her und arbeiten mit den Druckereien
kontinuierlich an einer positiven Ökobilanz.

Originalausgabe

Copyright © 2023 by
Bastei Lübbe AG, Schanzenstraße 6–20, 51063 Köln

Textredaktion: Evi Draxl
Umschlaggestaltung: Sandra Taufer, München
Einbandmotiv: © Mark Owen / Trevillion Images
Satz: two-up, Düsseldorf
Gesetzt aus der Caslon
Druck und Verarbeitung: GGP Media GmbH, Pößneck

Printed in Germany
ISBN 978-3-7857-2260-2

1 3 5 4 2

Sie finden uns im Internet unter luebbe.de
Bitte beachten Sie auch: lesejury.de

Und das Licht leuchtet in der Finsternis,
doch die Finsternis hat es nicht begriffen.
Johannes 1,5

Ein Wrack an der Küste ist
ein Leuchtfeuer im Meer.
Niederländisches Sprichwort

Personenverzeichnis

IN BERLIN

Eleonore (»Nelly«) Vogel, ehemalige Presse- und Modefotografin, dann Leuchtturmwärterin in den Niederlanden

Leopold Vogel, Nellys Vater, Nähmaschinenfabrikant in Berlin

Bente Vogel geb. Leander, Nellys Mutter, gebürtige Holländerin

Hilde von Schlosser geb. Vogel, Nellys Schwester

Ansgar von Schlosser, General der deutschen Wehrmacht, Hildes Ehemann

Otto Kellermann, Inhaber eines Fotoateliers in Berlin-Mitte

Ulf Hartke, Lehrling im Fotoatelier Kellermann, Otto Kellermanns Neffe

Ludwig Kress, Hauptkommissar der Geheimen Staatspolizei in der Prinz-Albrecht-Straße

Meinhard Bukowski, Gestapobeamter in der Prinz-Albrecht-Straße

IN HOLLAND

Sam Cole, Lieutenant, britischer Pilot der Royal Air Force

Alfons von Bleicher, deutscher Diplomat des Auswärtigen Amtes in Amsterdam

Haart Leander, Kaufmann im holländischen Küstenort Paardendijk, Nellys Onkel

Agnes Leander, seine Frau und Nellys Tante

Sanne Leander, Haarts und Agnes' Tochter, möchte als Modeschöpferin berühmt werden.

Bram Leander, Haarts und Agnes' Sohn, soll in Deutschland in der Rüstungsindustrie arbeiten.

Jan-Ruud Simons, Fischer in Paardendijk und Jugendfreund Haart Leanders

Mintje Visser, verwitwete Wäscherin und Nellys Haushaltshilfe

Henk Visser, Mintjes Sohn, Gehilfe des früheren Leuchtturmwärters

Piet, ehemaliger Leuchtturmwärter, seit einer Sturmnacht spurlos verschwunden

Willem Bakker, Pastor der reformierten Kirchengemeinde von Paardendijk

Hendrikje van Malter, ehemalige Hebamme

Götz Haubinger, Oberleutnant der Wehrmacht, abkommandiert an die Küste mit dem Auftrag, Deserteure und holländische Widerstandsgruppen gegen die Besatzungsmacht aufzuspüren

Leutnant Bellmann, seine rechte Hand

Ralf Maurer, deutscher Soldat, in Paardendijk stationiert

Ans Hartog, Besitzerin eines Stoffladens in Haarlem

Maurits Hartog, ihr Ehemann

Corrie ten Boom, Uhrmacherin in Haarlem

Caspar ten Boom, ihr Vater

Frans Venantius, Inhaber des Antiquariats A. Abrahams in Amsterdam

Febe Zilversmit geb. de Vries, Kunstexpertin aus Amsterdam, steht Nelly näher, als diese ahnt.

Dr. Jonas Zilversmit, Arzt aus Amsterdam und Febes Ehemann

Jakob Zilversmit, Febes und Jonas' älterer Sohn

David Zilversmit, Febes und Jonas' jüngerer Sohn

Karl Josef Silberbauer, Kommissar und Gestapobeamter in Amsterdam

Ernst Hansen, ausgemusterter Frontsoldat und Leuchtfeuerwärter

Berlin, im Herbst 1943

Normalerweise nahm sich Nelly viel Zeit, wenn sie um eine Porträtaufnahme gebeten wurde. Ihr alter Ausbilder hatte ihr eingeschärft: »Gott hat sechs Tage gehabt, um die Erde zu erschaffen. Die perfekte Fotografie bekommst du in sechs Minuten. Vorausgesetzt, du hast gute Vorarbeit geleistet.« Nelly erinnerte sich gern an diesen Rat und arbeitete hart, um ihren Aufnahmen das spezielle Etwas zu verleihen. Längst hatte es sich bis weit über Berlin-Mitte hinaus herumgesprochen, dass in diesem schäbigen Hinterhofatelier eine Künstlerin hinter der Kamera stand. Dem alten Otto Kellermann, dem der Laden gehörte, konnte das nur recht sein. Seit Beginn des Krieges waren seine Auftragsbücher voll. Die Kundschaft bestand vornehmlich aus Familien oder jungen Paaren, von denen der Mann seine Einberufung erhalten hatte und eine Erinnerung an seine Liebsten mit an die Front nehmen wollte. Kundschaft ohne Uniform sah man dagegen von Tag zu Tag seltener.

Nelly bemühte sich um professionelle Distanz zu den Menschen, die bei ihr eine Aufnahme bestellten. Doch es gelang ihr nicht immer, diese auch zu bewahren. Zu oft fing ihre Kamera die Angst in den Augen der Frauen ein, die in Sonntagskleidern vor ihrem Objektiv posierten. Ihre Schreckhaftigkeit, die sie bei jedem Geräusch zusammenzucken ließ, machte auch Nelly nervös. Trotz ihrer eigenen Probleme, und davon gab es eine Menge, verspürte sie Mitleid mit ihren Kundinnen. Wer konnte schon voraussagen, ob diese Porträtaufnahme nicht die letzte Erinnerung an den geliebten Mann oder Sohn sein würde? Die Männer in Uniform machten meist gute Miene zum bösen Spiel. Sie gaben sich gelassen, betont männlich und selbstbewusst. Im Atelier scherzten sie mit ihren Kindern und gaben ihr Bestes, um die Situation aufzulockern. Nelly ließ sie gewähren, ja, sie ging sogar auf die Späße ein, doch ihre Kunden konnten ihr nichts vormachen. Sie hatte lange genug mit der Kamera das Wesen des Menschen studiert, um zu erkennen, was in ihnen vorging. Hin und wieder, jedoch sehr selten, ließ der eine oder andere eine Bemerkung fallen, die in diesen Zeiten gefährlich sein konnte, aber Nelly war so klug, nicht darauf einzugehen. Die Wände hatten Ohren, und obwohl Kellermann seit den letzten Bombennächten zumeist so sturzbetrunken war, dass er Nelly mit der ganzen Arbeit im Atelier allein sitzen ließ, konnte man nie wissen, ob er nicht gerade im falschen Moment auftauchte und etwas aufschnappte, was er dann im Beisein anderer wieder ausplauderte.

Nachdem die letzten Porträtaufnahmen des Tages im Kasten waren, hatte Nelly es eilig, den Laden abzuschließen. Sie musste in die Dunkelkammer. »Ich bin heute spät dran. Kannst du noch fegen, bevor du gehst?«, rief sie Ulf zu, der hinter dem Verkaufstisch hockte und in einem Filmmagazin blätterte. Das Atelier war nicht besonders groß. Es bestand aus einem schmalen Raum mit niedriger Decke und weiß gekalkten Wänden, die voller Fotografien hingen. Hinter einem Vorhang standen zwei wuchtige Plüschsessel und ein Kanapee mit knallrotem Polster, das früher einmal zum Fundus eines Theaters gehört hatte. In einer Ecke standen aufgerollte Leinwände, hauptsächlich mit Landschaftsmotiven, die als Hintergrundbilder für Aufnahmen herhielten. Der Dielenboden war alt und knarzte bei jedem Schritt.

»Und kümmere dich bitte um die Verdunkelung vor dem Schaufenster! Wir wurden schon zweimal verwarnt, weil die Abdeckung angeblich Licht durchgelassen hat.« Als der Lehrling nicht antwortete, wurde ihr Ton etwas schärfer. »Ulf! Ich rede mit dir! Sitzt du auf den Ohren?«

Der Junge blickte mit großem Unwillen von seiner Lektüre auf und beäugte Nelly durch die Gläser seiner Hornbrille, als wäre sie ein lästiges Insekt. Als Neffe des Atelierbesitzers fühlte er sich trotz seiner siebzehn Jahre über jede Kritik erhaben und liebte es, den Chef zu spielen, wenn er mit Nelly allein im Laden war. Mit den weizenblonden Locken, den blauen Augen und dem blassen Gesicht sah Ulf aus, als könnte er kein Wässerchen trüben. Doch der Schein trog. In den letzten Monaten hatte Nelly den Burschen von einer Seite kennengelernt, die ihr nicht gefiel: Nicht nur, dass er oft zu spät zur Arbeit kam oder die Mittagspause überzog – nein, er ließ sich von Nelly nur etwas sagen, wenn sein Onkel zugegen war. Seit Fotograf Kellermann jedoch immer öfter Nelly das Tagesgeschäft überließ, war Ulfs Benehmen unerträglich geworden. Nelly hatte sich bereits ein paarmal vorgenommen, mit dem Chef über Ulf zu reden, es aber immer wieder hinausgeschoben. Immerhin gehörte der Lehrling zu Kellermanns Familie, während sie froh sein konnte, dass der Fotograf ihr diese Stelle gegeben hatte. Nelly verdiente nicht viel, aber genug, um ihre Eltern nicht um Geld bitten zu müssen. So kam sie gerade über die Runden und konnte das tun, was sie am meisten liebte: fotografieren.

Ulf blickte demonstrativ auf seine Armbanduhr. »Schau an, es ist noch nicht mal sieben Uhr, und das fleißige Fräulein Vogel macht Feierabend«, sagte er frech. »Na, ich muss schon sagen, das hätte ich von Ihnen gar nicht erwartet.«

»Von Feierabend kann keine Rede sein!« Empört stemmte Nelly die Hände in die Taille. »Wir haben so viele Bilder zu entwickeln, dass ich vermutlich bis in die Nacht hinein in der Dunkelkammer stehen werde. Die Leute wollen ihre Abzüge so schnell wie möglich. Viele müssen schon bald an die Front zurück und rechnen fest damit, dass ihre Bilder vorher fertig werden. Wahrscheinlich muss ich sogar hier übernachten, weil ich es vor der Ausgangssperre nicht mehr rechtzeitig nach Hause schaffe.«

Ulf sah sie durch seine dicken Brillengläser abschätzig an. Seine Miene ließ erkennen, dass er ihr nicht glaubte. »Ich frage mich, ob das der einzige Grund ist, warum Sie so erpicht darauf sind, nachts im Laden zu bleiben«, sagte er. »So ganz allein und unbeobachtet. Sie glauben wohl, Sie könnten meinen Onkel und mich hinters Licht führen, nur weil Sie früher eine große Nummer in Berlin waren und für die Zeitung fotografiert haben. Aber wenn Sie so gut waren, wie alle behaupten, verstehe ich nicht, warum Sie gefeuert wurden und in dieser Klitsche hier unterkriechen mussten. War wohl was Politisches, he?«

Nelly musste sich sehr beherrschen, den frechen Bengel für seine Unverschämtheit nicht zu ohrfeigen. Woher wusste er überhaupt von ihrer früheren Tätigkeit als Pressefotografin? Damit war doch schon seit Jahren Schluss. Nelly hatte nie ein Wort darüber verloren und den alten Kellermann geradezu angefleht, niemandem davon zu erzählen. Aber in vielerlei Hinsicht war selbst eine Stadt wie Berlin ein Dorf, und oft sickerte gerade das durch, was man zu verheimlichen suchte. Wütend schnappte sich Nelly ihren grauen Arbeitskittel, verschwand in der winzigen Dunkelkammer und warf die Tür hinter sich zu. Dann schaltete sie das Rotlicht ein, stützte sich mit beiden Armen auf die Arbeitsfläche und atmete erst einmal tief durch. Es war lächerlich, sich wegen eines Halbwüchsigen aufzuregen. Seit Kriegsbeginn witterten viele Menschen hinter jedem Baum einen Spion oder einen Landesverräter. Mit jeder Bombe, die auf Berlin fiel, griff diese Hysterie stärker um sich. Nelly musste das eben Geschehene vergessen, denn was sie nun zu tun hatte, war viel wichtiger und erforderte äußerste Konzentration. Sie wartete noch ein Weilchen, und erst als sie sicher war, dass Ulf gegangen war, nahm sie einen kleinen Schraubenzieher, ließ sich auf dem Fußboden nieder und löste vorsichtig eines der Dielenbretter. Darunter war ein Hohlraum, ein kleines Versteck, in dem einige Filmrollen auf sie warteten. Ihr Herz raste, als sie die Rollen eine nach der anderen herausholte und auf die Arbeitsplatte legte. Die Aufnahmen, die sie heute Nacht entwickeln würde, zeigten weder Wehrmachtssoldaten noch herausgeputzte junge Mädchen, die melancholisch in die Kamera lächelten. Und sie waren auch nicht im Atelier entstanden.

Die Aufnahmen waren gefährlich. Entdeckte man sie bei ihr, konnte das Nelly vor den Volksgerichtshof bringen. Oder in eines der fürchterlichen Lager, aus denen es keinen Weg mehr zurück gab. Nelly dachte an ihre gut situierten Eltern, und wie schockiert diese wären, wenn sie wüssten, was sie nachts allein in Kellermanns Atelier trieb. Vermutlich würden die beiden sie für wahnsinnig halten. Immer noch zögernd starrte sie auf die Filmrollen, als wüchsen denen plötzlich Klauen und Zähne. Auf ihrer Stirn bildeten sich dicke Schweißtropfen, was nicht allein an der Enge und der trockenen Wärme in dem kleinen Kabuff lag. War da draußen nicht ein Geräusch gewesen? Nein, vermutlich spielten ihr die Nerven einen Streich. Und wenn sie die Filme einfach loswurde? Noch war Zeit, sie verschwinden zu lassen. Niemand konnte ihr einen Vorwurf machen, wenn sie einen Rückzieher machte. Am wenigsten Paul. Dazu hatte er kein Recht, denn immerhin war sie es, die in Berlin ausharrte, während er sich ins Ausland abgesetzt hatte. Aus sicherer Entfernung war es leicht, den Helden zu spielen. Dabei riskierte man nicht, getötet zu werden. Waren die Negative erst einmal zerstört, würde ihr kein Mensch jemals auf die Schliche kommen. Verdammt noch mal, wer dankte es ihr schon, wenn sie ihr Leben für Wahrheiten aufs Spiel setzte, die keiner hören wollte!

Es tat gut, sich ihren Zweifeln hinzugeben, doch am Ende schluckte Nelly sie alle runter. Sie durfte nicht schwach werden. Was sie vorhatte, war eine Gewissensfrage, mit Paul hatte das nichts zu tun. Sie fand, dass die Welt endlich erfahren musste, was hier tagtäglich vor sich ging. Sie würde jemanden finden, der die Bilder in Umlauf brachte.

Hastig machte sie sich ans Werk. Ihre Utensilien hatte sie bereits auf der Arbeitsplatte ausgebreitet – alles lag systematisch an seinem Platz. So fand sich Nelly in der kleinen Kammer inzwischen auch im Dunkeln mühelos zurecht. Ehe sie das Licht ausschaltete, legte sie noch die losen Dielenbretter zurück an ihren Platz – dann umgab sie schwarze Finsternis. Aber an die war sie gewöhnt. Sie jagte ihr längst keine Angst mehr ein. Nach einer Weile war sie ganz in ihre Arbeit vertieft und merkte daher zu spät, dass sich jemand katzengleich durch den Hauptraum des Ateliers bewegte. Erst als durch die Tür laute Stimmen zu hören waren, schreckte sie auf wie aus einem tiefen Schlaf. Jemand klopfte und rüttelte ungestüm an der Klinke.

»Eleonore Vogel? Sind Sie dadrin? Öffnen Sie auf der Stelle die Tür.«

Nelly reagierte nicht. Wie ein in die Enge getriebenes Reh starrte sie in die Richtung, aus der die Stimme kam. Das war nicht ihr Chef, auch nicht Ulf, denn keiner von beiden würde sie bei ihrem Taufnamen rufen. Niemand tat das, nicht einmal ihre Eltern, die doch so viel Wert auf Etikette legten.

»Geheime Staatspolizei! Ich warne Sie, Fräulein Vogel! Wenn Sie nicht öffnen, muss ich von meiner Waffe Gebrauch machen! Ich zähle bis drei. Eins …«

Nelly gab einen erstickten Laut von sich, der wie ein Lachen klang, jedoch in ein hilfloses Schluchzen mündete. Sie hätte nicht erwartet, dass die Gestapo sich mit Warnungen aufhielt.

»Zwei ...«

Wie in Trance tastete sie sich vor und überlegte, ob sie zuerst das Licht einschalten oder den Schlüssel im Schloss herumdrehen sollte. Wenn sie nicht öffnete, würde der Gestapomann seine Drohung wahrmachen, durch die Tür feuern und sie dabei wie ein Sieb durchlöchern. In dem engen Kabuff konnte sie nirgendwo in Deckung gehen.

Mit zitternden Fingern riss sie die Negative aus den Spulen. Die Schläge an der Tür wurden heftiger. Warum schoss der Mann nicht? Hatte er nicht *Drei* gesagt?

Nelly tastete nach dem Versteck unter den Dielenbrettern. Sollte sie die Negative einfach zurücklegen? Aber sie würde es niemals schaffen, die Bretter rechtzeitig zu verschrauben. In diesem Moment flog die Tür mit einem gewaltigen Krach auf, und Licht durchflutete die schmale Kammer. Es war so grell, dass Nelly die Augen schließen musste. Im nächsten Moment packte sie jemand grob am Arm. Unter Flüchen, Schlägen und Tritten wurde sie aus der Dunkelkammer zurück ins Atelier gezerrt. Dabei stieg ihr ein Geruch von Pfeifentabak, Schweiß und Pfefferminz in die Nase, der sie ausgerechnet an ihren Vater erinnerte.

»Ist das die Frau?«

Der Frage folgte ein ersticktes Röcheln. Hinter dem Ladentisch standen Ulf und sein Onkel, stocksteif wie zwei Zinnsoldaten. Kellermann war einer Ohnmacht nahe. Allem Anschein nach war er aus dem Bett geholt worden, denn er trug einen Morgenmantel und seine nackten Füße steckten in ausgelatschten Pantoffeln. Während er abwechselnd von Nelly zu dem Mann starrte, der sie festhielt, fuhr er sich verwirrt durch das lichter werdende graue Haar. Obwohl er ein ganzes

Stück von Nelly entfernt stand, konnte sie seine Schnapsfahne riechen. Da ihm offensichtlich die Worte fehlten, sprang sein Neffe bereitwillig in die Bresche.

»Jawohl, Herr Kriminalkommissar!« Ulf mühte sich, mit fester Stimme zu sprechen, vermied es aber, Nelly dabei anzusehen. Auch dem Blick seines fassungslosen Onkels wich er aus. »Das ist Nelly Vogel, die für meinen Onkel arbeitet. Sie hat einen Schlüssel für das Atelier, aber wir haben keine Ahnung, was sie nach Ladenschluss macht. Ich hielt es für meine Pflicht …«

Kellermanns Augen weiteten sich, als erwache er soeben aus einem Traum. »Junge, das ist doch Blödsinn«, krächzte er aufgeregt. »Was hast du dir nur dabei gedacht? Ich habe Fräulein Vogel eingestellt, weil sie eine gute Fotografin ist. Sie macht Aufnahmen für die Wehrmacht. Das ist doch kriegswichtig. Jetzt wo die meisten Männer an der Front sind, hätte ich keine bessere Wahl treffen können. Sie entstammt einer ehrbaren Familie und …« Er wandte sich an den Beamten, der Nelly noch immer wie ein Schraubstock umklammert hielt. »Meine Herren, ich habe das alles prüfen lassen. Fräulein Vogel hatte die besten Referenzen. Ihre Papiere sind in Ordnung und …«

»Halten Sie den Mund«, herrschte der Gestapobeamte ihn an. Er überragte den schlotternden Fotografen um Haupteslänge. Dann gab er seinem Untergebenen, der wie er selbst nicht uniformiert war, sondern Hut und Mantel trug, den Auftrag, die Dunkelkammer auszuräumen und sowohl die dort aufbewahrten Negative wie bereits belichtetes Material in eine Aktentasche zu packen. Hilflos musste Nelly mit ansehen, wie der Mann in der Dunkelkammer verschwand. Gleich darauf drang Lärm an ihr Ohr. Der Beamte ging bei seiner Durchsuchung nicht gerade zimperlich mit ihren Sachen um. Tiegel, Dosen und Glasfläschchen mit chemischen Entwicklungsflüssigkeiten fielen aus dem Regal und zerschellten auf dem Fußboden.

»Na bitte!« Die Stimme des Mannes klang triumphierend. »Das Biest hat sogar was unter dem Fußboden versteckt. Von wegen über jeden Verdacht erhaben!«

»Ich glaube, das war's dann, Fräulein Vogel!« Nellys Bewacher schob sie grob zur Ladentür. »Lassen Sie uns gehen, der Wagen wartet.«

2

Mit einem Automobil wurde Nelly in die Prinz-Albrecht-Straße gebracht, wo die Hauptzentrale der Staatspolizei ihren Sitz hatte. Nelly saß zwischen den beiden Gestapobeamten und wagte kaum zu atmen. Da niemand mit ihr sprach, sah sie starr aus dem Fenster, aber es war bereits zu dunkel, um mehr zu erkennen als ein paar trostlose Mietskasernen, viele davon bereits durch Fliegerbomben beschädigt, und Schuttberge, die sich entlang der Gehwege auftürmten. Nellys Herz sank, als sie daran dachte, dass dies vermutlich das Letzte sein würde, was sie von ihrem geliebten Berlin sah. Was hätte sie nicht dafür gegeben, nur noch ein einziges Mal unbeschwert bei Sonnenschein über den Kurfürstendamm zu schlendern. Aber wie die Dinge lagen, würde sie die Prinz-Albrecht-Straße nicht mehr lebend verlassen. Sie hatte Gerüchte gehört, wie die Gestapo bei ihren Befragungen vorging, und obwohl Nellys Schwester immer behauptete, Nelly sei die Zäheste in der Familie, machte sie sich keine großen Hoffnungen. In der Aktentasche, die der schweigsame Mann neben ihr festhielt, lag genug Beweismaterial, das ihr das Genick brechen konnte. Auch ihre geliebte *Leica* hatte der Mann eingepackt. Dieser Verlust traf Nelly besonders schwer, denn mit der Kamera verband sie so viele Erinnerungen an bessere Zeiten. Tränen traten ihr in die Augen.

Im Gestapo-Hauptquartier wurde Nelly durch ein verwirrendes Labyrinth aus Gängen und schließlich eine breite Treppe hinaufgehetzt. Trotz vorgerückter Stunde ging es hier noch geschäftig zu. Nicht nur Männer, auch Frauen eilten durch die hallenden Korridore, und aus verschiedenen Räumen drangen Stimmen und das Geklapper von Schreibmaschinen.

Nelly wurde in eine Art Büro geschoben, wo man ihr befahl, sich auf einen Stuhl zu setzen. Die Beamten ließen sie allein zurück, ordneten aber an, dass ein Polizist vor der Tür Stellung bezog. Wie nicht anders zu erwarten, sprach auch dieser Mann nicht ein einziges Wort mit ihr.

Nelly blickte sich um und staunte, wie nichtssagend dieses Büro aussah. Natürlich hing an der ihr gegenüberliegenden Wand ein Porträt Adolf Hitlers, wie es in jeder Amtsstube des Deutschen Reiches zu hängen hatte. Ansonsten aber hätte der Raum auch das Büro eines Versicherungsangestellten sein können. Das Mobiliar war weder geschmackvoll noch schäbig: vor ihr ein wuchtiger Schreibtisch, auf dem neben einer Schreibmaschine und einer schwarzen Lampe einige gerahmte Fotografien standen; in der Ecke stand ein Aktenschrank mit Glastüren, über dem Nelly eine Europakarte ausmachen konnte. Alles wirkte ordentlich, und doch machte gerade diese scheinbare Harmlosigkeit Nelly Angst. Sie hätte gern gewusst, wie spät es mittlerweile war, aber sie sah nirgendwo eine Uhr. Wer hier auf seine Befragung warten musste, sollte vermutlich jedes Gefühl für Zeit verlieren. Die Furcht vor dem, was ihm bevorstand, sollte ihn brechen, noch ehe die erste Frage an ihn gerichtet wurde. Nelly erinnerte sich, wie Paul ihr einmal von den Verhörmethoden der Gestapo erzählt hatte. Er hatte schon früh Bekanntschaft mit der Geheimen Staatspolizei machen müssen, nur Wochen, nachdem die Nazis in Deutschland an die Macht gekommen waren und begonnen hatten, ihre politischen Gegner sowie allzu kritische Journalisten mundtot zu machen. Damals hatte Nelly Paul gebeten, mit ihr gemeinsam das Land zu verlassen. Sie hatten Freunde in der Schweiz, die versprochen hatten, für beide eine Anstellung bei einer Züricher Zeitung zu suchen. Paul hatte nichts davon wissen wollen. Sein Platz sei in Deutschland, hatte er ihr stolz erklärt. Es sei seine Pflicht, darüber zu berichten, was hier geschah. Die unabhängige Presse würde weiterleben, solange es Menschen gab, die sie verteidigten.

Das war damals gewesen. Bevor Paul im Jahr 1933 seine Einladung in die Prinz-Albrecht-Straße erhalten hatte. Nun war Paul fort, so wie viele ihrer damaligen Freunde und Kollegen, die so gern bis spät in die Nacht in der Redaktion gesessen und sich die Köpfe heißgeredet hatten. Paul war bei Nacht und Nebel abgereist, ohne Nelly, ohne ein Wort des Abschieds, ohne Erklärung. Und sie, die geblieben war, saß nun auf einem harten Stuhl in der Prinz-Albrecht-Straße und fragte sich, ob sie wohl von denselben Beamten in die Mangel genommen werden würde, die Paul malträtiert hatten.

So saß sie gefühlt die ganze Nacht in dem kargen Raum, keine zwei Armlängen vor dem penibel aufgeräumten Schreibtisch, und vielleicht wären ihr trotz aller Angst und Verzweiflung sogar die Augen zugefallen, wenn das schwarze Ungetüm von einer Schreibtischlampe ihr nicht geradewegs ins Gesicht geleuchtet hätte. Von Zeit zu Zeit hörte sie von draußen ein Flüstern, das ihr signalisierte, dass ihre Bewacher sich ablösten. Natürlich wurde ihnen nicht zugemutet, stundenlang auf einem Fleck zu stehen. Irgendwann musste Nelly trotz des grellen Lichts kurz eingenickt sein, denn als sie die Augen öffnete, sah sie erschrocken, dass der Beamte, der sie aus Kellermanns Atelier gezerrt hatte, am Schreibtisch Platz genommen hatte und in einem Aktenordner blätterte. Ohne Hut und Mantel sah er viel jünger aus, als Nelly ihn in Erinnerung hatte, er mochte in ihrem Alter sein. Der Mann zeigte keinerlei

Anzeichen von Ermüdung, was vielleicht an der Tasse lag, aus der er zuweilen einen kräftigen Schluck nahm. Nelly bemühte sich, den aromatischen Duft zu ignorieren. Bohnenkaffee. Wie lange war es her, seit sie zum letzten Mal Kaffee getrunken hatte? Sie konnte sich nicht mehr daran erinnern, denn wie die meisten Berliner musste sie mit dem auf Marken erhältlichen Ersatzkaffee vorliebnehmen.

»Na, wollen Sie auch eine Tasse?«

Der Mann am Schreibtisch schien ihre Gedanken zu lesen. Oder hatte ihr sehnsuchtsvoller Blick sie verraten? Ertappt schaute sie zu Boden und schüttelte den Kopf. »Nein, danke«, sagte sie. »Aber ein Glas Wasser wäre nicht schlecht.«

Nelly erwartete nicht, dass er ihren Wunsch erfüllen würde, doch zu ihrer Überraschung trat der Mann an ein kleines Waschbecken, wo er für sie ein Glas bis zum Rand füllte.

»Ich bin mir nicht sicher, ob ich mich Ihnen vorgestellt habe«, sagte er, während Nelly in gierigen Zügen trank. »Kriminalkommissar Kress. Und Sie sind die bekannte Pressefotografin Eleonore Vogel.« Anstatt sich wieder zu setzen, beugte er sich über den Schreibtisch und nahm die Akte, in der er bereits gelesen hatte. »Sie haben für die Berliner Illustrirte Zeitung und für die Vogue fotografiert?«

Nelly nickte zögerlich.

»Dabei haben Sie auch einige der prominentesten Personen unserer Zeit kennengelernt. Ausländische Politiker, Redakteure und Schriftsteller, von denen inzwischen aber etliche dem Deutschen Reich gegenüber feindlich eingestellt sind.«

»Gewiss finden Sie in Ihren Akten auch einen Hinweis darauf, dass ich schon seit Jahren nicht mehr für die Presse tätig bin.«

Kress nahm einen Schluck von seinem Kaffee. »Oh, keine Sorge, Fräulein«, sagte er mit einer Stimme, die plötzlich einschüchternd heiser klang. »Ich bin bestens im Bilde über Sie.

Sie entstammen einem privilegierten Elternhaus. Ihre Familie besitzt eine Villa im Grunewald und eine kleine Fabrikation für Nähmaschinen, die Ihr Vater über die Wirtschaftskrise gerettet hat. Er ist kein Parteigenosse, aber er unterstützt die Volksgemeinschaft so, wie man es von ihm erwartet. Ihre Mutter ... Helfen Sie mir auf die Sprünge. Sie wurde im Ausland geboren, nicht wahr?«

Nelly verspürte nicht die geringste Lust, mit diesem Mann über ihre Eltern zu reden. Dieses Kapitel war für sie abgeschlossen. Sie hatte die beiden seit einer Ewigkeit nicht mehr besucht, und daran plante sie auch nichts zu ändern. Wie lange war es her, dass ihr Vater sie vor die Tür gesetzt und ihr gesagt hatte, dass sie sich nicht mehr blicken lassen sollte? Ihr Lebensentwurf hatte seinen Erwartungen nicht entsprochen, das hatte er sie spüren lassen. Ein Grund für das Zerwürfnis war Paul gewesen. Nelly und Paul waren zuerst Kollegen, dann ein Liebespaar. Sie hatten eine jener wilden Künstlerehen geführt, die für die späten zwanziger und frühen dreißiger Jahre so typisch gewesen waren, und sich von dem kurzen Rausch der Freiheit und der nach Ende des Krieges herrschenden Aufbruchstimmung verführen lassen, ihr Glück in der Welt zu suchen. Nellys konservative Eltern und ihre nicht minder spießige Schwester hatte das mit Abscheu erfüllt. Sie hatten Nellys »Eskapaden«, wie sie ihr Studium in Paris nannten, zähneknirschend akzeptiert, doch als Nelly anfing, im Auftrag liberaler Zeitungen mit Paul durch die Welt zu reisen, war das Maß für ihre Familie voll gewesen. Nellys ehrgeiziges Bestreben, als Fotografin Karriere zu machen, schrieben ihre Angehörigen Pauls schlechtem Einfluss zu. Ihr Vater schimpfte ihn sogar einen Kommunisten, was zwar nicht den Tatsachen entsprach, Paul und Nelly jedoch amüsiert hatte. Je erfolgreicher Nelly wurde, je öfter ihre Bilder in den Zeitungen erschienen, desto heftiger wurden die Spannungen. Als Paul sich schließlich ins Ausland absetzte und Nelly nicht mehr als Pressefotografin arbeiten durfte, hatten die Vogels angenommen, sie würde reumütig zu ihnen zurückkehren. Doch dies hatte Nelly nicht einen Moment lang in Betracht gezogen. Sie hatte ein winziges möbliertes Zimmer im Wedding bezogen und hielt sich fortan mit Gelegenheitsarbeiten über Wasser. Bis sie die Stelle bei Kellermann fand. Ihren Vater und ihre inzwischen verheiratete Schwester hatte Nelly bis zum heutigen Tag nicht wiedergesehen. Nur ihre Mutter wagte sich in Nellys kleine Hinterhofwohnung, um der missratenen Tochter ins Gewissen zu reden. Doch auch diese gelegentlichen Treffen waren kaum mehr als flüchtige Begegnungen, die nur stattfanden, wenn der Vater geschäftlich unterwegs war. Nelly spürte jedes Mal, wie ihre Mutter aufatmete, wenn es Zeit war, sich zu verabschieden. Es gab nichts mehr, was Nelly und sie verband.

»Als meine Mutter nach Berlin kam, war sie noch ein halbes Kind«, erklärte Nelly widerwillig. Auch wenn ihre Familie ihr fremd geworden war, wählte sie ihre Worte mit Bedacht, denn sie wollte den Vogels nicht noch mehr Ärger machen, als sie durch ihre Verhaftung ohnehin schon bekommen würden. »Ihr Mann gab ihr seinen Namen, ein Dach über dem Kopf und einen Platz in der besseren Gesellschaft. Sie dankte es ihm mit uneingeschränkter Loyalität. Dass sie nicht hier geboren wurde, hat für die Familie Vogel nie eine Rolle gespielt.«

»Ihnen ist hoffentlich klar, dass wir Ihre Eltern in Sippenhaft nehmen können, wenn Sie nicht mit uns kooperieren!« Kress schlug unvermittelt mit der Faust auf den Tisch. »Geben Sie zu, dass Sie Propagandamaterial herstellen, um es ins feindliche Ausland schmuggeln zu lassen.« Nelly sah ihn entsetzt an. Was sollte sie tun? Hatte es überhaupt Zweck zu leugnen? Die Gestapo hatte die Negative gefunden, alle ihre Bilder aus der Dunkelkammer. Es würde nicht schwer werden, ihr daraus einen Strick zu drehen.

»Zeugenaussagen zufolge sollen Sie vor ein paar Tagen in der Rosenstraße gewesen und sich unter das Gesindel von Frauen gemischt haben, die dort nach ihren festgenommenen jüdischen Männern plärrten«, fuhr Kommissar Kress fort. »Sie wurden dabei beobachtet, wie Sie heimlich Aufnahmen von dieser verbotenen Versammlung gemacht haben. Ich frage mich nur, warum Sie dort Bilder geschossen haben. Und für wen.«

Nelly war sich nicht ganz sicher, ob eine Antwort von ihr erwartet wurde. Ja, sie war in der Rosenstraße gewesen. Mit Pauls jüngerer Schwester Barbara, deren Ehemann jüdisch war und zusammen mit zahlreichen Leidensgenossen in ein Sammellager verschleppt worden war. Als sich herumgesprochen hatte, dass die Partner aus Mischehen in den Osten verschickt werden sollten, hatte die verzweifelte Barbara Nelly angefleht, sie in die Rosenstraße zu begleiten. Dort hatten sie gemeinsam gewartet. Lange. Aus Stunden waren Tage geworden, aus einer kleinen Schar verängstigter Ehefrauen und Töchter schließlich eine Menschenmenge. Die Polizei hatte sie von der Straße vertreiben wollen. Man hatte ihnen Gewalt und Gefängnis angedroht, aber dieses eine Mal hatten die Frauen sich nicht einschüchtern lassen. Immer wieder waren sie zusammengekommen und hatten nach ihren eingesperrten Männern gerufen. Und dann, einige Tage später, war der Spuk zu Ende gewesen. Die Inhaftierten waren freigelassen worden, und Nelly hatte den Moment, in dem Barbara ihrem Mann in die Arme fiel, mit ihrer *Leica* verewigt.

»Ich … war dort«, gab sie zu. »Aber es ist doch kein Verbrechen, sich auf eine öffentliche Straße zu stellen.«

»Es ist sogar ein schweres Verbrechen, in Kriegszeiten die öffentliche Ordnung zu gefährden, während unsere Soldaten an der Ostfront bluten«, brüllte Kress sie an. »Noch schlimmer ist es, Landesverrat zu begehen und den Feind zu begünstigen.« Er sprang auf, lief um den Tisch herum und beugte sich über Nelly.

»Wir sind nicht auf den Kopf gefallen, Fräulein Vogel«, flüsterte er ihr mit seiner heiseren Stimme ins Ohr. »Wir haben Ihre Bilder entwickelt, alles, was Sie fotografiert haben. Also tun Sie uns beiden einen Gefallen und sagen mir, wem Sie die Aufnahmen übergeben wollten. Oder hatten Sie vor, das Zeug irgendwie außer Landes zu schmuggeln, um dem Reich durch Lügen zu schaden? Wer sind Ihre Kontaktleute?«

Nelly begann zu zittern, vor Angst wurde ihr plötzlich so übel, dass sie fürchtete, sich jeden Moment übergeben zu müssen. Und dabei hatte Kress sie noch nicht einmal angerührt. In den Spionageromanen, die sie in ihrer Jugend verschlungen hatte, gerieten die Helden häufig in lebensbedrohliche Situationen, und selbstverständlich waren sie selbst unter Androhung von Folterqualen nicht bereit, ihre Freunde zu verraten. Schwieg Nelly jetzt, würde man sie in einen der berüchtigten Kellerräume unter dem Palais schleppen, und was dort mit ihr geschah, mochte sie sich gar nicht vorstellen.

Der Schlag ins Gesicht traf Nelly unvorbereitet und war so hart, dass er sie fast vom Stuhl fegte. Ihre Wange brannte, als hätte jemand ein glühendes Eisen darauf gedrückt. Sie schmeckte Blut.

»Ich hasse das«, schrie Kress sie an. Seltsamerweise waren seine Wangen ebenfalls gerötet. Er würde noch einen Schlaganfall bekommen, wenn er sich weiterhin so aufregte. »Das gehört nicht zu meinen Aufgaben!« Er begann, ihren Stuhl wie eine Raubkatze zu umkreisen, schlug sie aber kein weiteres Mal. Stattdessen drückte er ihr einen Bogen Papier und einen Bleistift in die Hand und wies sie barsch an, jedes einzelne Motiv aufzuschreiben, das sie in den letzten drei Tagen außerhalb des Fotoateliers abgelichtet hatte. Personen, Orte, Gebäude – einfach alles. Die Dienststelle würde ihre Auflistung dann mit dem Bildmaterial abgleichen, das die Gestapo beschlagnahmt hatte.

»Ich rate Ihnen, mich nicht zu täuschen«, sagte Kress, während Nelly das Schreibpapier auf ihren Knien anstarrte. Ihre Hand zitterte so heftig, dass sie einen mehrmaligen Anlauf brauchte, bevor sie auch nur einen Strich machen konnte. Es hat keinen Zweck sich zu sträuben, dachte sie verzweifelt. Vielleicht verbessert es meine Lage ja, wenn ich tue, was er verlangt.

Ein kurzes, aber kräftiges Klopfen ließ sie zusammenzucken. Aus den Augenwinkeln sah sie, wie zwei Männer das Büro betraten, ohne eine Einladung des Kommissars abzuwarten. In dem einen erkannte Nelly den Gestapomann wieder, der Kellermanns Dunkelkammer verwüstet und ihre Filme mitgenommen hatte. Der Mann, der ihm auf dem Fuß folgte, war deutlich älter, Nelly schätzte ihn auf um die fünfzig. Er war kahlköpfig und von massigem Körperbau, wirkte aber alles andere als plump. Und er trug, auch das erkannte Nelly sogleich, die Uniform eines Wehrmachtsoffiziers im Generalstab. Er kam ihr vage bekannt vor, doch benommen, wie sie war, wusste Nelly nicht recht, wo sie ihn einordnen sollte.

Kommissar Kress schien nicht minder irritiert von dem Erscheinen des Offiziers, denn er bedachte zuerst ihn, dann seinen Kollegen mit einem verständnislosen Blick. Letzterer hielt einen braunen Umschlag in der Hand, und noch bevor Kress den Mund öffnen konnte, um eine Erklärung zu verlangen, öffnete der Gestapobeamte den Umschlag und warf ein Knäuel aus Filmnegativen vor ihn auf den Schreibtisch.

»Gruß aus dem Labor, Kollege. Alles verdorben, sagen sie. Keine einzige Fotografie konnte entwickelt werden. Zu hoher Lichteinfall. Muss passiert sein, als Sie die Dunkelkammer aufgebrochen haben.« Der Mann deutete mit dem Kinn in Nellys Richtung, deren Hand sich um den Bleistift verkrampfte. »Und? Hat sie schon gestanden?«

»Barkowski, Sie sind ein Idiot«, herrschte Kress seinen Kollegen an. »Und eine Schande für die gesamte Leitstelle!«

Der Wehrmachtsoffizier hob die buschigen Augenbrauen, die seinem kantigen Gesicht den markanten Ausdruck eines Mannes verliehen, der daran gewöhnt war, mit Respekt und Achtung behandelt zu werden. Dass Kress ihn nicht sogleich gebührend begrüßt hatte, schien ihm nicht zu schmecken. Breitbeinig stellte er sich vor den Schreibtisch und klopfte demonstrativ auf die Unterlage.

»Vielleicht tauschen die Herren ihre Freundlichkeiten später aus«, polterte er mit einer Stimme, die an einen Donnerschlag erinnerte. Sogleich richteten sich alle Blicke auf ihn. Kress blieb nichts anderes übrig, als aufzustehen und den Arm zu heben.

»Ich bin dem Herrn General im Treppenhaus begegnet«, sagte der Kollege von Kress. »Er hat mich gebeten, umgehend …«

»Ansgar von Schlosser«, unterbrach der Offizier den Erklärungsversuch des Mannes. »Und wenn Sie nicht mehr gegen Fräulein Vogel vorbringen können als diesen Mist da …« Er machte eine verächtliche Geste in Richtung der überbelichteten Negative auf dem Tisch. »Dann werde ich sie nun unter meine Obhut nehmen. Und zwar auf allerhöchsten Befehl. Ich hoffe, ich habe mich klar ausgedrückt.«

Nelly glaubte zu träumen. Was für ein Spiel war das hier? Ein Trick, um sie zu verunsichern? Sie kannte diesen uniformierten Koloss mit der dröhnenden Stimme überhaupt nicht, warum also setzte er sich ausgerechnet für sie ein? Es sei denn … Plötzlich fiel es ihr wie Schuppen von den Augen, ihren Lippen entwich ein gequältes Stöhnen.

3

Keine zwanzig Minuten später fand sich Nelly auf dem Rücksitz eines Automobils wieder, das von General Ansgar von Schlosser höchstpersönlich durch das nächtliche Berlin gelenkt wurde. Sie war immer noch am Rande eines Nervenzusammenbruchs und musste sich zusammennehmen, um vor dem Fremden nicht in Tränen auszubrechen. Dieses Mal jedoch in Tränen der Erleichterung. Wie viele Menschen mochte es geben, die die Prinz-Albrecht-Straße unter ähnlichen Umständen wie sie betreten und nicht einmal vierundzwanzig Stunden später mit heiler Haut wieder verlassen hatten? Nelly zumindest war kein einziger bekannt. Zögerlich blickte sie auf den Stiernacken des Mannes, dem sie ihre Rettung verdankte. Sie wusste, dass sie etwas sagen, ihm eine Erklärung geben musste, aber obwohl ihre Mutter ihr stets vorgehalten hatte, sie habe ein typisches Berliner Mundwerk, fehlten ihr jetzt die Worte. Erst als sie bemerkte, dass der Wagen sich aus dem inneren Stadtgebiet fortbewegte, wagte sie es, sich verhalten zu räuspern.

»Was?«, brummte General von Schlosser. Er klang übellaunig.

»Setzen Sie mich denn nicht bei meiner Wohnung ab?«

»Wozu? Damit du dich gleich morgen früh in die nächste Scheiße hineinreitest? Entschuldige meine Wortwahl, aber was du getan hast, war äußerst unklug. Man macht sich die Geheime Staatspolizei nicht zum Feind. Dieser Kress musste heute die Waffen strecken, und mir ist nicht entgangen, dass er dies als eine persönliche Demütigung empfunden hat. Ich habe den Auftrag, dich zu beschützen. Und zwar vor dir selbst. Also: Nein, ich setze dich nicht bei deiner Wohnung ab.«

»Auf höchsten Befehl, nicht wahr?«

Der General lachte kurz. »Auf allerhöchsten, meine Gute. Und meine Frau, deine Schwester Hilde, würde mir ein Versagen in dieser Sache nicht durchgehen lassen.«

Nelly seufzte und ärgerte sich gleichzeitig, dass ihr nicht früher eingefallen war, wo sie den Namen des Generals schon einmal gehört hatte. Aber als ihre Mutter ihr vor einiger Zeit voller Stolz von der guten Partie ihrer Schwester berichtet hatte, war sie so von ihren eigenen Sorgen erfüllt gewesen, dass sie kaum hingehört hatte. Wie nicht anders zu erwarten, war sie auch nicht zu Hildes Hochzeit eingeladen worden, die, kriegsbedingt, weniger pompös ausgefallen war, als ihre Schwester es sich gewünscht hatte. Nelly hatte weder an ihren neuen Schwager noch an dessen Rang, Geld und adelige Herkunft auch nur einen Gedanken verschwendet. Menschen wie er hatten keinen Platz in dem Leben, für das sie sich entschieden hatte. Dass Hilde ihren Mann in die Prinz-Albrecht-Straße geschickt hatte, kam einem Wunder gleich. Nelly fragte sich, warum ihre Schwester das getan haben mochte. Als Kinder waren sie unzertrennlich gewesen, doch damit war es aus und vorbei, als Hilde herausfand, dass es sich für sie auszahlte, wenn sie ihrem Vater nach dem Mund redete. Sie hatte sich zu einem Abziehbild des Alten entwickelt und hasste Nelly dafür, dass diese sich die Freiheit nahm zu sagen, was sie dachte.

Der Morgen graute bereits und ein schneidender Wind bog die hohen, alten Bäume entlang der Auffahrt, als Nellys Schwager sein Automobil vor dem Haus der Fabrikantenfamilie Vogel anhielt. Nelly beäugte die mit rotem Stein verklinkerte Fassade mit gemischten Gefühlen. Im Innern war alles dunkel, demnach rechnete niemand mit der unfreiwilligen Heimkehr der verlorenen Tochter zu dieser Stunde. Nur durch die Scheibe eines Fensters im zweiten Stock drang ein wenig Licht. Nelly schluckte schwer, als die Erinnerungen sie überfielen. Dort oben befand sich ihr altes Kinderzimmer. Irgendjemand musste dort, trotz des strengen Verdunkelungsgebots, eine Lampe angezündet haben.

Nellys Mutter saß in einem seidenen Morgenrock im Salon, sprang aber sofort auf die Füße, als sie ihren Schwiegersohn mit Nelly eintreten sah. Nelly konnte nur ihre Silhouette ausmachen, denn im Raum war es bis auf ein fast heruntergebranntes Kaminfeuer dunkel.

»Hilde ist schon zu Bett gegangen«, sagte sie mit leiser Stimme. »Vater auch, aber ich konnte nicht schlafen.« Ihre Bemerkung galt allein dem General. Nelly, die mit zerzaustem Haar, einer geschwollenen Wange und im grauen Arbeitskittel vor ihr stand, wurde eisern ignoriert.

Ansgar von Schlosser brach schließlich das Schweigen. »Oje, dicke Luft, was? Na ja, kann man auch verstehen. Aber wenn ich dir, liebe Bente, einen guten Rat geben darf: Eine Ohrfeige hat das Mädel heute schon kassiert. Sie sollte sich ausschlafen, bevor ihr hier am Grunewald eine weitere Front eröffnet.« Er gähnte herzhaft. »Bin dann mal oben, nach Hilde schauen.«

Bente Vogel bedankte sich bei ihrem Schwiegersohn mit einem Nicken und sah ihm nach, wie er mit müden Schritten die Treppe zum Obergeschoss hinaufstieg. Einen Moment lang schwiegen sich Mutter und Tochter an, dann sagte Bente: »Ich habe unserem Dienstmädchen aufgetragen, das Bett in deinem alten Zimmer zu beziehen und eine Lampe anzuzünden.«

»Habe ich gesehen.«

»Du wirst nicht lange in diesem Haus bleiben, das wäre zu gefährlich für uns alle. Besonders für Hildes Gatten. Ansgar ist ein guter Mann, der noch eine große Karriere vor sich hat. Vorausgesetzt, er wird nicht in irgendetwas hineingezogen, das seine Laufbahn gefährden könnte.«

»Zum Beispiel durch seine widerspenstige Schwägerin.«

Bente Vogel hob die Augenbrauen. »Gut, dass du es sagst, dann muss ich das nicht tun. Dein Verhalten ist absolut inakzeptabel, und es wird heute das erste und das letzte Mal gewesen sein, dass der arme Ansgar die Nüsse für dich aus dem Feuer geholt hat.«

»Die Kastanien.«

»Bitte?«

»Es heißt, die Kastanien aus dem Feuer holen«, sagte Nelly mit einem Lächeln. Schon in Nellys Kindheit hatte ihre Mutter es geliebt, ihre Sprache mit Redewendungen zu schmücken. Damit wollte sie allen zeigen, wie sehr sie sich mit der deutschen Kultur identifizierte. Dass sie nur selten die richtigen Begriffe verwendete und dafür heimlich Spott erntete, störte sie nicht sonderlich.

»Solange du hier bei uns wohnst, wirst du das Grundstück nicht verlassen. Ansgar hat sich dafür verbürgt, dass du für die Sicherheitspolizei zu jeder Zeit erreichbar bist, also lass dir nicht einfallen, gegen diese Auflage zu verstoßen. Was immer du noch aus deiner Wohnung brauchst, wird dir gebracht.«

»Was ist mit meiner Kamera? Ich habe die *Leica* nicht von der Gestapo zurückerhalten.«

Bente rollte die Augen, als könne sie nicht fassen, was sie soeben gehört hatte. »Wenn dir so viel an Pauls Fotoapparat liegt, kannst du ja in die Prinz-Albrecht-Straße fahren und die Beamten dort bitten, ihn dir auszuhändigen. Großer Gott, Kind. Allmählich glaube ich, dass bei dir wirklich Hopfen und Salz verloren ist.«

Gekränkt über die Reaktion ihrer Mutter presste Nelly die Lippen aufeinander. Bente würde niemals verstehen, was ihr Beruf ihr bedeutete. Die *Leica* war für sie wie eine gute alte Freundin gewesen, die sie nie im Stich gelassen hatte. Sie hatte sie überallhin begleitet. Sogar bis nach Ägypten, wo Nelly für die *Vogue* über die Inthronisierung von König Faruq berichtet hatte. Und nun sollte sie das gute Stück niemals wiedersehen? Aber wenn sie wie eine Gefangene auf dem Anwesen ihres Vaters leben musste, war es eigentlich auch egal, ob ihr eine Kamera zur Verfügung stand oder nicht. Hier draußen gab es außer Eichhörnchen kaum ein Motiv, das sich aufzunehmen lohnte.

Als Nelly am nächsten Morgen erwachte, fühlte sie sich, als hätte ein Panzer sie überrollt. Die ausgestandenen Schrecken des Verhörs im Gestapohauptquartier sowie ihre Ängste vor der ungewissen Zukunft forderten ihren Tribut. Ihr Kopf dröhnte und die Glieder schmerzten. Im Spiegel über dem Waschbecken starrte ihr das Gesicht einer Frau mit dunklen Augenringen entgegen, in dem Nelly sich nur schwer wiedererkannte.

Im Speisezimmer hatte sich die gesamte Familie um den Frühstückstisch versammelt. Nellys Vater Leopold Vogel war in seine Zeitung vertieft und ärgerte sich, seiner verkniffenen Miene nach, über das, was er da las. Ihre Mutter, wie stets geschmackvoll gekleidet und ordentlich frisiert, schmierte für ihn ein Brot mit Pflaumenmus, so wie sie es vermutlich seit Beginn ihrer Ehe tat und noch bis zum letzten Atemzug tun würde. Ihre Schwester Hilde war blass und wirkte nervös. Aufgeregt flüsterte sie mit ihrem Mann, verstummte aber schlagartig, als Nelly eintrat.

»Hier, nimm dir was von dem Zeug«, sagte ihr Vater, ohne von seiner Zeitung aufzublicken. »Deine Mutter hat die Pflaumen selbst eingekocht, etwas Besseres findest du in diesen Zeiten in ganz Berlin nicht.«

Eine merkwürdige Begrüßung, fand Nelly. Nach all den Jahren behandelte er sie so, als wäre sie nie fort gewesen. Äußerlich hatte er sich kaum verändert, wenn man davon absah, dass er eine goldumrandete Brille trug und sein strenges Kinnbärtchen allmählich ergraute.

»Du siehst übrigens zum Fürchten aus«, tadelte ihr Vater sie nun. Aha, das hatte er also doch nicht verlernt. »Gehst du nie zum Friseur? Und diese hässlichen Hosen. Was sollen deine Schwester und der General von dir denken?«

Ja, das klang schon viel mehr nach dem Vater, den sie in Erinnerung hatte. Nelly ließ ihren Blick über den sorgfältig gedeckten Tisch wandern. Offensichtlich blendete ihr Vater aus, dass Krieg herrschte, dass fast jede Nacht Bomben über Berlin fielen, dass die Soldaten an der Front zu Tausenden verbluteten und dass andere Menschen aufgrund ihrer Herkunft vor aller Augen aus ihren Wohnungen verschleppt und abtransportiert wurden. In Anbetracht all dessen kamen ihr die Brötchen und Frühstückseier, der dampfende Kaffee und Mutters Pflaumenmarmelade wie ein surreales Gemälde vor, so fern war es von ihrer eigenen Lebenswirklichkeit. Ja, ihr Vater hatte recht. In ihrem schlichten, mehrmals gestopften Strickpullover und den weiten Hosen war sie ein Fremdkörper im Speisezimmer der Vogels. Am liebsten hätte sie sich kommentarlos verdrückt. Doch als sie sich erheben wollte, kam die alte Köchin Annemarie mit einem Teller ins Zimmer und stellte ihn mit einem warmherzigen Lächeln vor Nelly ab. »Habe gehört, hier vermisst jemand mein Spiegelei auf Kräuterquark!« Annemarie tätschelte liebevoll Nellys Hand, eine Vertraulichkeit, die sie sich nach all den Jahren, in denen sie die Töchter ihres Arbeitgebers mit Kakao, Kuchen und deren Lieblingsgerichten verwöhnt hatte, erlauben durfte. Groß und dünn wie ein Streichholz entsprach Annemarie nicht dem Bild, das man gemeinhin von einer Köchin hatte. Aber sie kochte nicht nur hervorragend, sondern war auch in Nellys Kinder- und Jugendjahren immer zur Stelle gewesen, wenn Not am Mann gewesen war. Sie hatte Nellys aufgeschürfte Knie verarztet, ihr beim ersten Liebeskummer Sandkuchen gebacken und heimlich Tränen vergossen, als sie das Haus wegen Paul verlassen hatte. Den hatte sie nicht gemocht. »Er ist nicht gut für dich, Kind, da muss ich deinen Eltern recht geben«, waren ihre Worte gewesen, als Nelly sich in die Affäre mit dem jungen Reporter gestürzt hatte. Annemarie hatte in den vergangenen Jahren nie den Versuch unternommen, Kontakt zu Nelly aufzunehmen, aber von ihrer Mutter wusste Nelly, dass sie jeden Zeitungsbericht, der eine ihrer Fotografien enthielt, ausgeschnitten und in ein Album geklebt hatte.

»Nun mal ran an den Speck, kleine Nelly!« Aufmunternd deutete Annemarie auf den Teller. »Lass das Frühstück nicht kalt werden. Du brauchst es, hast ja gar nichts mehr auf den Rippen.«

Mit einem Knurren klatschte Doktor Vogel die Zeitung auf den Tisch; seine kleinen Augen hinter den Gläsern funkelten angriffslustig. »Nelly ist kein kleines Mädchen mehr«, fuhr er die Köchin an. »Es ist unangebracht, dass Sie sie in Watte packen und mit Lebensmitteln vollstopfen, die ohne Lebensmittelmarken kaum noch zu haben sind.«

»Nur keine Aufregung, Herr Direktor. Sie wissen, warum ich *Ihnen* keine Eier servieren darf. Ihr Arzt …«

»Zur Hölle mit meinem Arzt«, unterbrach Nellys Vater die Köchin. »Es geht nicht um meinen Blutdruck, sondern um meine Tochter, die uns durch ihr Verhalten mal wieder in eine äußerst unangenehme Lage gebracht hat.«

Nachdem Annemarie sich in die Küche geflüchtet hatte, herrschte eine frostige Stimmung am Frühstückstisch. Nelly stocherte ein wenig auf ihrem Teller herum, brachte aber trotz ihres knurrenden Magens keinen einzigen Bissen herunter. Zu sehr brannten die Blicke ihrer Angehörigen auf ihr. Eine halbe Ewigkeit verging, bis sie den Mut aufbrachte, den Mund aufzumachen. »Es tut mir leid. Ich wollte euch nicht in meine Angelegenheiten hineinziehen. Aber ich bin euch sehr dankbar, dass ihr mir geholfen habt. Ganz besonders Ihnen danke ich, Herr von Schlosser.« Sie lächelte ihrer Schwester scheu zu. »Dir bin ich natürlich auch dankbar, Hilde. Wer weiß, was die Gestapo mit mir angestellt hätte, wenn der Herr General nicht rechtzeitig gekommen wäre. Wobei …« Sie dachte an die ruinierten Filme. »Dieser Kommissar konnte keinen seiner Vorwürfe gegen mich belegen. Dass ich aus Mitgefühl mit Pauls Schwester zur Rosenstraße gegangen bin, um nach ihrem Ehemann zu suchen, ist ja nicht gegen das Gesetz. Kress hatte nichts gegen mich in der Hand und hätte mich ohnehin freilassen müssen.«

»Na, dass du dich da mal nicht täuschst, Schwägerin!« Ansgar von Schlosser stand auf und fing mit auf dem Rücken verschränkten Armen an, im Zimmer auf und ab zu gehen. Bei hellem Tageslicht sah er in seiner Uniform sogar noch imposanter aus als in der vergangenen Nacht. Auch wenn er nicht mehr jung war und nicht besonders gut aussah, besaß er doch eine urwüchsige Attraktivität, mit der er bestimmt nicht wenige Frauen beeindruckte. Zumindest Frauen wie Hilde, die sich nach einer starken Schulter zum Anlehnen sehnten.

»Es gibt da jemanden in der Prinz-Albrecht-Straße, der mir noch einen Gefallen schuldete. Den konnte ich mit Müh und Not überreden, beim Entwickeln deiner Filmnegative … Sagen wir mal, etwas nachlässig zu sein.«

Nelly starrte ihren Schwager ungläubig an, denn damit hatte sie nicht gerechnet. Wenn der General die Wahrheit sagte, dann war das Bildmaterial nicht in ihrer Dunkelkammer zerstört worden, sondern erst in der Prinz-Albrecht-Straße. Ihr Mund wurde trocken. Sollten Kress und sein Kollege davon Wind bekommen, war sie so gut wie tot. Aber auch der General ging ein verdammt großes Risiko ein. Wiederholt fragte sich Nelly, ob ihn wirklich nur die Liebe zu Hilde und die Loyalität der Familie gegenüber antrieben, einer ihm völlig Unbekannten zu helfen. War er dem Regime gegenüber vielleicht nicht so ergeben, wie es sein Rang nahelegte? Vielleicht gab es unter den höheren Offizieren ja nicht nur stramme Bewunderer des Führers, sondern auch solche, die ihm zunehmend kritisch gegenüberstanden. Nelly musste an den Untergang der 6. Armee vor Stalingrad denken, der in der Bevölkerung einen wahren Schock ausgelöst hatte. Sie selbst hatte im Februar fassungslos vor ihrem Radiogerät gesessen und verfolgt, wie das Oberkommando der Wehrmacht in einer Sondersendung darüber berichtet hatte. Natürlich wurde die Niederlage der sowjetischen Übermacht und ungünstigen Witterungsverhältnissen zugeschrieben. Aber Nelly war an diesem Abend klar geworden, dass die Nazis mit dem Rücken zur Wand standen und der Krieg im Grunde verloren war. War Ansgar von Schlosser ebenso desillusioniert wie viele andere und ließ er es sich nur nicht anmerken? Während seine Frau und die Schwiegereltern schweigend ihr Frühstück beendeten, verkündete er, dass ihn dringende Termine in die Stadt riefen. Hilde sprang sofort auf, um ihn zur Tür zu begleiten.

Den ganzen Tag über fühlte Nelly sich überflüssig. Ihr Vater war in die Fabrik gefahren, und ihre Mutter und Hilde diskutierten über ein zersprungenes Fenster im Ankleidezimmer der Eltern und wie schwierig es sei, bei all den Bombenschäden einen Glaser zu finden, der bis hinaus zum Grunewald fuhr. Unruhig wanderte Nelly durch die vertrauten Räume der Villa und gab sich ihren Kindheitserinnerungen hin. Wie oft hatte sie sich damals gefühlt, als würde sie in ein Korsett gezwängt? Ertränkt von einer Flut von Regeln und Vorschriften, denen sie sich nur widerstrebend gebeugt hatte. Mit einem Lächeln dachte sie daran, wie ihr Vater sie angestarrt hatte, als sie zum ersten Mal in Hosen und mit kurz geschnittenen Haaren erschienen war. Leopold Vogel war ein Mann, der sich an Prinzipien klammerte wie ein Bergsteiger an sein Seil. Dies mochte daran liegen, dass er in bescheidenen Verhältnissen aufgewachsen war und sich mühsam hatte erkämpfen müssen, was seinen Geschäftspartnern und Nachbarn an Auftreten und Bildung in die Wiege gelegt worden war. Dessen ungeachtet war es ihm nach dem Untergang des Kaiserreichs und in den ersten turbulenten Jahren der Weimarer Republik gelungen, aus einer kleinen Werkstatt ein beachtliches Unternehmen zu machen. Der Wohlstand der Familie Vogel spiegelte sich in der kostbaren Sammlung von Ölgemälden wider, die Nelly auf ihrem Streifzug durch die Zimmer und Flure entdeckte. Die meisten davon kannte sie nicht, sie mussten erst nach ihrem Auszug ihren Weg in die Villa gefunden haben. Dass der Vater in diesen Zeiten Geld für Kunstwerke ausgab, erstaunte sie. Die Geschäfte schienen gut zu gehen. Ihre Mutter hatte Nelly voller Stolz erklärt, dass die familieneigene Fabrik unlängst vom Reichswirtschaftsministerium zum kriegswichtigen Betrieb erklärt worden sei. Nelly lag es auf der Zunge nachzufragen, wie die Wehrmacht wohl mithilfe von Nähmaschinen den Krieg zu gewinnen gedenke. Aber natürlich brauchte man für den Krieg Soldaten, und die wiederum brauchten Uniformen, die genäht werden mussten. Gute Nähmaschinen sparten Zeit. Davon abgesehen galt inzwischen fast alles als kriegswichtig.

Gegen Mittag lieferte ein Spediteur Nellys Koffer, der erstaunlich sorgfältig gepackt worden war und nahezu alles an Kleidungsstücken, Wäsche und Schuhen enthielt, was Nelly besaß. Während der Lieferant sich mit einem großzügigen Trinkgeld empfahl, durchwühlte sie ihre spärliche Habe und stellte dabei traurig fest, dass ihre Bücher und die Fotoausrüstung fehlten.

»Du brauchst gar nicht erst auszupacken«, riet ihr Hilde, als sie in die Halle trat und sah, wie Nelly sich abmühte, den Koffer über das Parkett zu ziehen. Die junge Frau blieb stehen und entfernte, scheinbar teilnahmslos, ein Stäubchen von ihrer himmelblauen Strickjacke. »Ansgar hat eben angerufen. Du musst das Land verlassen. Gleich morgen früh.«

4

Trotz der frühen Morgenstunde wimmelte es auf dem Anhalter Bahnhof nur so vor Menschen. Nellys Schwager fluchte leise vor sich hin, während er ihren Koffer durch die Halle in Richtung der Gleise schleppte. Nelly stolperte müde hinter ihm her, gefolgt von Mutter und Schwester. Den Bahnhof kannte sie wie ihre Westentasche. Als sie noch als Pressefotografin gearbeitet hatte, war sie unzählige Male von hier aus zu ihren Reisen aufgebrochen. Betriebsam war dieser Ort mit seinen Zeitungskiosken, Schuhputzern und fliegenden Händlern schon immer gewesen, und damals hatte Nelly die Atmosphäre der Hektik durchaus genossen. Doch seitdem hatte sich viel verändert. Das Bild wurde nicht mehr von fröhlichen Menschen bestimmt, die in die Sommerfrische fuhren oder eine Geschäftsreise antraten, sondern von Wehrmachtssoldaten, an deren Mienen leicht abzulesen war, ob sie einen Heimaturlaub antraten oder zurück an die Front mussten. Junge Mädchen in der Uniform des *Bundes Deutscher Mädel* huschten emsig wie die Bienen über die Bahnsteige, um die Ankömmlinge mit selbst gebackenen Keksen oder einem Schluck heißem Tee zu begrüßen. Die wenigen Männer, die ohne Uniform auf einen Zug warteten, waren zumeist älter. Die meisten jüngeren Zivilisten zogen sich den Hut tief in die Stirn, stellten den Kragen auf und blickten sich misstrauisch nach schwarz gekleideten SS-Männern um. Es war kein Geheimnis, dass die SS häufig am Anhalter Bahnhof aufkreuzte, um die Kennkarten von Männern im wehrpflichtigen Alter zu kontrollieren. Sie suchte Deserteure und Untergetauchte.

»Mein Gott, gibt es hier denn keine Gepäckträger?«, erkundigte sich Nellys Mutter laut bei Hilde, die nur resigniert mit den Schultern zuckte. Zu Nellys Überraschung hatten beide Frauen trotz des regnerischen Wetters darauf bestanden, Nelly zum Zug zu begleiten. Bente Vogel war tadellos geschminkt und frisiert. In ihrem vornehmen schwarzen Pelz umgab Bente eine Aura der Unnahbarkeit. Die Passanten machten ihr respektvoll Platz, als sie sich mit ihrem Regenschirm einen Weg durch die dichte Menge bahnte. Eine der grau uniformierten Sanitätsschwestern, die sich um verwundete Soldaten aus einem der soeben eingefahrenen Lazarettzüge aus dem Osten kümmerte, hob mit einem tadelnden Stirnrunzeln den Kopf. »Wenn eener noch uff de Beene stehen kann, dann trägt er hier seinen Kram och selber«, rief sie in breitestem Berlinerisch, wandte sich aber sogleich wieder dem stöhnenden jungen Mann auf der Bahre zu, dessen Kopfverband sie erneuerte.

Nelly wich einer Schar von Kindern aus, deren Schulweg offensichtlich ebenfalls über den Bahnhof führte. Ihr Anblick rief ihr einen grauen Wintertag in Erinnerung, an dem sie hier eine andere, wesentlich weniger unbeschwerte Gruppe von Kindern fotografiert hatte. Es waren jüdische Jungen und Mädchen gewesen, vom Dreikäsehoch bis zum fast Erwachsenen, die ihre Eltern mit Kindertransporten über Holland nach England schickten, um ihnen ein Leben ohne tägliche Schikanen zu ermöglichen. Nelly hatte ihren schweren Abschied mit der Kamera festgehalten. Abgesehen von Barbaras Mann, der in der Rosenstraße arrestiert gewesen war, kannte sie keine Juden näher, befürchtete aber, dass ihnen in Hitlers Reich noch

Schlimmes bevorstand. Sie konnte nicht viel tun, um ihnen zu helfen. Außer zu beobachten und mit ihrer Kamera festzuhalten, was in Berlin geschah.

»Ist das auch der richtige Zug? Sieht mir eher nach einem Truppentransport aus.« Hilde deutete auf eine dampfende Lokomotive mit angehängten Personenwaggons, die soeben pfeifend und kreischend auf dem Bahngleis einfuhr.

Nellys Mutter presste krampfhaft ihre Handtasche an die Brust und machte einen Schritt vorwärts, auf die Bahnsteigkante zu. Sie wirkte plötzlich so nervös, als müsste nicht Nelly, sondern sie in den Zug einsteigen. »Ich weiß nicht, ob das eine gute Idee ist«, sagte sie mit tonloser Stimme. »Muss Nelly denn wirklich gleich über die Grenze? Könnten wir sie nicht einfach aufs Land schicken und warten, bis Rasen über die Sache gewachsen ist?«

Gras, dachte Nelly müde. Bis *Gras* über die Sache gewachsen ist. Sie hatte nicht damit gerechnet, dass ihre Mutter sie ungern ins Ausland entschwinden sah. Gut möglich, dass Nelly niemals nach Berlin würde zurückkehren können. Aber wollte sie überhaupt bleiben? In einer Stadt, in der Männer wie dieser Gestapokommissar Kress sie jederzeit verhaften konnten? Nein. Der General hatte seine Verbindungen spielen lassen, um Nelly die Ausreise zu ermöglichen, der Himmel allein wusste, wie er dies bewerkstelligt hatte. Wollte sie ihn und ihre Angehörigen in Berlin nicht gefährden, blieb ihr keine andere Wahl. Und wenn man es genau nahm, floh sie nicht einmal ins Ungewisse, sondern kehrte in das Land ihrer Vorfahren zurück.

Hilde hatte recht behalten. Der Zug war vollgestopft mit Soldaten, die Nelly aber sofort einen Platz freiräumten, als sie sahen, wer ihren schäbigen Koffer trug. Das Abteil gehörte, seiner kärglichen Ausstattung nach zu urteilen, zur dritten Klasse. Es verfügte über acht hölzerne Sitzbänke und einen klebrigen

Fußboden. Eine Heizung gab es nicht. Kriegsbedingt, wie auf einem Schild an der Tür zu lesen war. Wie von der Tarantel gestochen sprangen die anwesenden Männer von ihren Plätzen, schlugen die Hacken zusammen und grüßten Ansgar von Schlosser ebenso zackig wie verwundert.

»Die Dame ist meine Schwägerin«, teilte der General dem verdutzten Schaffner mit, während ein paar weitere Reisende sich auf der Suche nach einem Sitzplatz an seiner massigen Gestalt vorbeizwängten. »Sie ist mit Genehmigung des Reichswirtschaftsministeriums nach Holland unterwegs.« Dann öffnete er eine Aktentasche und entnahm dieser einige Papiere, die er Nelly in die Hand drückte.

»Hier sind deine Papiere! Ausweis, Beglaubigungsschreiben mit Stempel, Unterschrift und allem Pipapo. Dazu ein paar Bezugsscheine. Die sind wichtig, also pass gut auf sie auf. Ach ja, und diesen Brief von deiner Mutter soll ich dir auch noch geben.« Nelly nahm die Dokumente entgegen und wunderte sich. Ihre Mutter stand noch mit Hilde am Gleis und wartete. Durch das Abteilfenster konnte sie sehen, wie sie fröstelnd ihren Pelz um sich zusammenzog. Warum hatte sie Nelly nicht gesagt, was ihr noch auf dem Herzen lag, oder ihr zumindest den Brief persönlich in die Hand gedrückt? Aber genau genommen passte es zu ihrer verschlossenen Mutter. Bloß kein Wort zu viel reden.

»Dein Vater lässt dir eine gute Reise wünschen«, sagte der General noch, obwohl Nelly stark bezweifelte, dass der Alte ihr tatsächlich einen Gruß bestellt hatte. Doch selbst wenn nicht, war es immerhin eine nette Geste ihres Schwagers, das zu erfinden.

Es verging noch fast eine geschlagene Stunde, bis der Zug sich endlich in Bewegung setzte. Einer der Wehrmachtssoldaten, den Nelly auf kaum älter als achtzehn Jahre schätzte, zog ein Schifferklavier aus seinem Wäschesack und begann zur

Freude seiner Kameraden darauf zu spielen. Damit hob er sogleich die Stimmung im Abteil. Es dauerte nicht lange, bis die anderen Männer in die Melodie von *Ich weiß, es wird noch mal ein Wunder geschehen* und *Davon geht die Welt nicht unter* einstimmten, Lieder aus Kinostreifen, mit denen die Filmschauspielerin Zarah Leander Triumphe feierte.

Nelly, die für ihr Leben gern ins Kino ging, ertappte sich dabei, wie sie selbst mitsummte. Ein Wunder. Ja, wenn sie recht darüber nachdachte, konnte auch sie eines gebrauchen, damit ihre eigene Welt nicht ebenso vollständig in Trümmer zerfiel wie die, aus der sie gerade floh. Mit geschlossenen Augen dachte sie über das Ziel ihrer sonderbaren Flucht nach. Sie war nicht wenig überrascht gewesen, als der General ihr vor der versammelten Familie Vogel verkündet hatte, dass es in die Niederlande gehen sollte. In das Land, aus dem ihre Mutter Bente stammte und dem sie früh für immer den Rücken gekehrt hatte. Da Bente so gut wie nie über ihr Leben dort oben an der Nordsee sprach, wusste Nelly über Holland weniger als über Ägypten oder den Sudan. Nur dass es dort Tulpen und Grachten gab und die Menschen mit einem ähnlichen Akzent sprachen wie dem, den sich Bente Vogel mit sehr viel Mühe und Disziplin abgewöhnt hatte.

Aber die Niederlande waren doch von der Wehrmacht besetzt, wie inzwischen halb Europa. Hitlers Truppen hatten das kleine Königreich vor drei Jahren im Handstreich erobert. Die Stadt Rotterdam war bombardiert worden, die Königin geflohen. Nelly konnte sich nicht vorstellen, dass Menschen, denen Besatzungstruppen einen Kampf ums tägliche Überleben aufzwangen, sie mit offenen Armen empfangen würden. Vermutlich würde man ihr misstrauen und sie auf Schritt und Tritt beobachten. Und wovon sollte sie in Holland überhaupt leben? Nelly hatte bei ihrem Erkundungsgang durch die Villa in einer Schublade ihre erste Fotokamera entdeckt. Sie war ein

Geschenk ihres Patenonkels zur Konfirmation gewesen und funktionierte schon lange nicht mehr. Dennoch hatte Nelly sie heimlich in ihr Gepäck geschmuggelt. Vielleicht fand sich ja in Amsterdam eine Möglichkeit, sie reparieren zu lassen. Nelly bezweifelte jedoch, dass sie damit wie bisher ihren Lebensunterhalt würde verdienen können. Kein Fotoatelier würde sie beschäftigen. Davon abgesehen hatte der General angedeutet, dass man ihr in Holland eine Arbeit zuweisen würde, und sie hegte gar nicht erst die Hoffnung, diese könnte irgendetwas mit Fotografie zu tun haben.

Die Soldaten hatten aufgehört zu singen. Stattdessen zündeten sie sich nun Zigaretten an. Im Nu waberten dichte blauweiße Rauchschwaden durch den Waggon. Der pickelige Bursche mit dem Schifferklavier nahm sich ein Herz und bot auch Nelly eine Zigarette an, aber sie schüttelte mit einem höflichen Lächeln den Kopf. Sie hatte an dem Tag mit dem Rauchen aufgehört, als Paul aus ihrem Leben verschwunden war.

Nelly lehnte sich zurück und sah aus dem Fenster, wo im endlosen Winter erstarrte Wiesen und Äcker an ihr vorbeiflogen. Der Himmel war hier ebenso grau verhangen wie in der Stadt, doch der Regen, der sich in Berlin auf ihrer Haut angefühlt hatte wie Stecknadelspitzen, hatte sich gelegt. Dafür rüttelte ein heftiger Wind an den kahlen Zweigen der Bäume. Eine trostlose Landschaft, fand Nelly. Sie sah so aus, wie sie selbst sich fühlte. Ihre Gedanken kehrten noch einmal zu ihrer Mutter zurück. Sie, die eigentlich erleichtert darüber hätte sein sollen, dass Nelly in ihre Heimat reiste, hatte die Ankündigung mit großer Zurückhaltung aufgenommen. Falsch, korrigierte sie sich. Bente war nicht zurückhaltend, sondern regelrecht erschüttert gewesen. Aber warum? Aus welchem Grund hegte sie einen so großen Widerwillen gegen das Land, in dem sie geboren war? Nelly musste sich eingestehen, dass sie über die Herkunft ihrer Mutter kaum etwas wusste. Nur dass sie aus einem langweiligen Nest irgendwo an der Küste stammte, mit dem sie offensichtlich keine guten Erinnerungen verband. Ob es dort noch Verwandte gab, konnte Nelly nicht sagen, doch sie vermutete es. Ihre Mutter war schließlich kein Waisenkind gewesen. Jeder Mensch hatte Verwandte, ob diese nun eine Rolle spielten oder nicht. Doch wer diese Leute waren und warum sie den Kontakt zu Bente gescheut hatten, vermochte Nelly nicht zu sagen.

In Köln hatte der Zug einen längeren Aufenthalt. Zwei Männer in langen dunklen Mänteln stiegen zu und verlangten von allen Reisenden, die keine Soldaten waren, die Ausweispapiere zu sehen. Sie hielten sich nicht mit Höflichkeiten auf, sondern setzten ihr Ansinnen mit Nachdruck durch. Schroffe Befehle wurden durch den Waggon gebrüllt, Koffer geöffnet, Brieftaschen mit Dokumenten gezückt. Ein älterer Herr, der panisch seine Westen- und Jackentaschen durchwühlte, wurde nach einem kurzen Wortwechsel aufgefordert, seinen Koffer zu nehmen und mit einem der Männer den Zug zu verlassen.

Nelly gelang es, ihre Aufregung zu verbergen, obwohl sie fürchtete, dass ihr stoisches Lächeln wie aufgemalt und keineswegs so gelassen aussah, wie sie es sich wünschte. Die Frage der Beamten nach Ziel und Zweck ihrer Reise in die besetzten Niederlande beantwortete sie, indem sie dem Mann ihre Dokumente überreichte. Was sollte sie auch sagen, wo sie ja selbst noch nicht wusste, wo sie letztendlich landen würde? Der Mann ließ sich Zeit, Nellys Papiere zu studieren. Währenddessen blickte er wiederholt von den Dokumenten zu Nelly, um sie mit verkniffener Miene zu mustern.

»Ist ... irgendetwas nicht in Ordnung?«, fragte sie leise. Ihr Herz klopfte wild. Das sah nicht gut aus, gar nicht gut.

Auf den Plätzen gegenüber fingen die Soldaten zu murmeln an. Der lange Aufenthalt schien ihnen nicht zu behagen. Wie Nelly von dem Beamten angestarrt wurde, ebenfalls nicht.

»Hören Sie mal, der Schwager der Dame gehört dem Generalstab an«, beschwerte sich einer der Wehrmachtssoldaten. Seine Kameraden bekräftigten die Aussage murrend.

Endlich gab der Beamte Nelly ihre Papiere zurück. »Alles in Ordnung, Fräulein. Gute Fahrt!«

Nelly atmete erleichtert auf. Wie es aussah, war auf Ansgar von Schlossers Kontakte Verlass. Wenige Augenblicke später setzten sich die Räder der Lokomotive in Bewegung.

Der Platz des älteren Herrn, der aus dem Abteil geholt worden war, blieb leer.

5

Ich kann diese Wichtigtuer nicht ausstehen«, sagte der junge Mann mit dem Schifferklavier. »Die plustern sich auf, als könnten nur sie den Endsieg herbeiführen. Dabei müssen sie ihren Kopf nicht mal an der Front hinhalten.«

»Das musst du doch auch nicht, Kleiner«, neckte ihn einer seiner Kameraden gut gelaunt. »An der Westfront pfeifen dir längst keine Kugeln mehr um die Ohren. In dem Nest, in das du abkommandiert wurdest, krepierst du höchstens vor Langeweile.«

Das Gesicht des jungen Soldaten färbte sich vor Verlegenheit rot. Das hinderte ihn aber nicht daran, sogleich energisch Einspruch zu erheben. »Du hast ja keine Ahnung, wie wichtig unser Einsatz dort oben an der Küste ist. Wenn die Tommys auf den Kontinent kommen, dann von der See aus. Außerdem geschehen in dem Nest, wie du es nennst, ganz schön merkwürdige Dinge. Ich meine … ich glaube ja nicht an Geister und solchen abergläubischen Firlefanz, aber seit ich dort stationiert bin, habe ich schon so einiges miterlebt, was sich nicht ohne Weiteres erklären lässt.«

Die Männer lachten feixend. Keiner nahm den jungen Burschen ernst, allein Nelly spitzte die Ohren. Ohne es zu wollen, erwachte die Reporterin in ihr, etwas, das sie wohl niemals so ganz würde ablegen können. Sie hätte gerne erfahren, von welchen sonderbaren Ereignissen der Soldat sprach und wo genau er stationiert war. Doch zu ihrem Bedauern hüllte sich der Mann mit beleidigter Miene in Schweigen.

Nelly lehnte sich wieder zurück. Nun gut, dann eben nicht. Sie musste es sich ohnehin abgewöhnen, ihrer Neugierde freien Lauf zu lassen und die Nase in Dinge zu stecken, die sie in Teufels Küche bringen konnten. Dies hatte sie auch dem General versprechen müssen.

Allmählich meldete sich ihr Magen. Seit einem hastigen Frühstück, das ihr Annemarie in der Küche der Villa serviert hatte, hatte sie nichts mehr gegessen. In früheren Zeiten hätte sie jetzt den Speisewagen aufgesucht. Mit Wehmut erinnerte sie sich an ihren letzten Auftrag für die Zeitschrift Vogue, welcher sie an Bord des luxuriösen Orientexpresses von Istanbul bis Calais geführt hatte. Aber diese Welt gab es nicht mehr, sie war ausradiert worden von einem dem Wahnsinn verfallenen Diktator, der ganz Europa das Fürchten lehrte. Aus und vorbei. In diesem Zug gab es zwar auch einen Speisewagen, der einige Abteile hinter dem ihren lag, doch serviert wurde darin schon lange nichts mehr. Folglich blieb ihr nur Annemaries Lunchpaket, das aus zwei belegten Stullen und einigen Äpfeln bestand. Angesichts der streng rationierten Lebensmittel war dies eine Mahlzeit, für die es wahrhaftig dankbar zu sein galt. Gierig biss Nelly in die dicke Brotscheibe. Wie die Versorgung wohl in Amsterdam aussah? Sie durfte kaum darauf hoffen, mit freier Kost und Logis verpflegt zu werden. Im Grunde durfte sie überhaupt nichts erwarten. Nur eines war für sie so gewiss wie das Amen in der Kirche: Sie würde keine Arbeit annehmen, die sie zur Kollaboration mit den Besatzern zwang. Selbst wenn sie hungers starb, würde sie Hitlers Volksgenossen nicht helfen, seinen Krieg zu gewinnen. Lieber tauchte sie unter. Aber wo in einem fremden Land? Ohne Freunde und

Kontakte? Da konnte sie sich ebenso gut auch gleich in einen Amsterdamer Kanal stürzen.

Du darfst jetzt nicht durchdrehen, Nelly, rief sie sich zur Ordnung. Obwohl sie ihren Schwager kaum kannte, hielt sie ihn doch für einen Mann von Ehre und Charakter. Er hatte auf sie nicht den Eindruck gemacht, als sei er der glühendste Verehrer des Führers und dessen Schergen. Daher hegte sie die Hoffnung, dass seine Kontaktleute sie nicht zu etwas zwingen würden, das sich mit ihrem Gewissen nicht vereinbaren ließ. Andererseits durfte sie sich auch im besetzten Holland nicht dem Verdacht aussetzen, mit dem Widerstand zu sympathisieren. Fiel sie der Gestapo noch einmal auf, würde auch ein hochrangiger Offizier wie Ansgar von Schlosser ihr nicht mehr helfen können.

Ich werde bald wissen, was sie mit mir vorhaben, dachte Nelly, während sie ihre vor Kälte klammen Finger in die Manteltaschen schob. Dabei berührte sie den Umschlag mit dem Brief ihrer Mutter. Sie hatte eigentlich nicht vorgehabt, ihn während der Fahrt zu lesen. In ein paar Wochen vielleicht, wenn sie sich an ihren neuen Wohnort gewöhnt hatte. Vermutlich wollte Bente ihr nur ins Gewissen reden, damit sie der Familie keine Schande machte. Einen Herzschlag lang war sie versucht, das Abteilfenster zu öffnen und den Brief vom Wind davontragen zu lassen. Doch das brachte sie nicht übers Herz. Nach kurzem Zögern riss sie den Umschlag auf und faltete den Zettel auseinander. Dann stutzte sie. Ein einziger Satz? Mehr nicht?

Soll wohl ein Witz sein, überlegte Nelly irritiert. Aber nein, Bente neigte nicht zu Scherzen. Wie Nellys Vater war sie die Humorlosigkeit in Person. Nelly wendete das Blatt. Nichts. Es blieb bei den wenigen, der Handschrift nach in höchster Eile niedergeschriebenen Worten:

Vraag ze naar Febe.

Bente hatte entgegen all ihren Gepflogenheiten auf Niederländisch geschrieben, die Sprache ihrer Kindheit. Sie hatte keine ihrer Töchter damit vertraut gemacht, schien aber zu ahnen, dass Nelly sich als weit gereiste Pressefotografin genügend Fremdsprachenkenntnisse angeeignet hatte, um den Satz übersetzen zu können.

»Frag sie nach Febe«, lautete dieser. Nicht mehr und nicht weniger. Aber was bedeutete das? Wer oder was war Febe und wen sollte sie danach fragen? War ihre Mutter übergeschnappt? Letzteres schloss Nelly aus. Bente mochte verschlossen sein wie eine Auster, angepasst, steif und oberflächlich. Aber diese kurze Nachricht hatte sie mit Bedacht zu Papier gebracht. Sie hatte sich ihrer Muttersprache bedient, weil sie hoffte, dass Nelly die Worte übersetzen konnte, andere jedoch nicht. Aber was wollte sie Nelly mit dieser kryptischen Bemerkung sagen?

Nelly atmete ein paarmal tief durch. In Amsterdam, so hatte ihr Schwager ihr erklärt, würde einer seiner Vertrauten am Bahnhof Ausschau nach ihr halten. Sollte sie dem den Zettel zeigen und ihn fragen, was es damit auf sich hatte?

Der Zug passierte die Grenze ohne weitere Vorkommnisse, Zoll- und Ausweiskontrollen waren streng, aber nur noch eine Formalität. Nichtsdestotrotz war es schon dunkel, als der Transport mit Verspätung in den Hauptbahnhof von Amsterdam einfuhr. Davon abgesehen schüttete es wie aus Kübeln. Auf die Wehrmachtssoldaten, in deren Gesellschaft sie von Berlin an gereist war, warteten vor dem imposanten Bahnhofsgebäude mehrere Lastwagen. Auf Nelly wartete niemand. Unsicher beobachtete sie, wie sich der Bahnsteig im Handumdrehen leerte. Da sie nicht auffallen wollte, nahm Nelly ihren Koffer und schleppte ihn schwankend auf die Treppe zu, die aus dem Gebäude stadteinwärts führte. Dabei sah sie sich nach einem Mann um, der so aussah, als könne er den General kennen. Vergebens. Niemand kam ihr entgegen, niemand sprach sie an. Womöglich hatte ihre Kontaktperson aufgrund der Verspätung nicht mehr mit ihrer Ankunft gerechnet und war gegangen. Großer Gott, was nun, überlegte Nelly mit wachsender Panik. Auf keiner ihrer Auslandsreisen war sie sich so verloren vorgekommen wie hier in dieser Dunkelheit. Wenn sie nicht abgeholt wurde, blieb ihr wohl kaum etwas anderes übrig, als sich in Bahnhofsnähe nach einem billigen Quartier umzusehen. Ob es über Amsterdam auch zu alliierten Luftangriffen kam wie in Berlin? Trümmerhaufen sah sie auf den Straßen nicht, aber das hatte nicht viel zu bedeuten.

Ein Mann mit Schirm kam ihr entgegen. Er war hoch aufgeschossen und hager, trug einen knöchellangen Regenmantel und hatte die Schiebermütze tief in die hohe Stirn gezogen. Die Art, wie er Nelly ansah, gefiel ihr nicht. Unwillkürlich sah sie sich nach weiteren Reisenden um, doch die Menge hatte sich zerstreut. Vor ihr setzte sich der letzte Lastwagen der Wehrmacht mit wummerndem Motor in Bewegung. Auf der Ladefläche drängte sich ein halbes Dutzend Soldaten frierend aneinander. Einer der Männer winkte ihr zu. Möglicherweise der Junge mit dem Schifferklavier. Bevor sie den Gruß erwidern konnte, fuhr der Wagen auch schon um eine Ecke und entzog sich ihrem Blick.

Der große Mann mit der Schiebermütze blieb unvermittelt stehen und bückte sich, scheinbar um den Schnürsenkel seines Schuhs zu binden. Nur dass es da nichts zu binden gab.

»Sie sind Nelly Vogel, nicht wahr?«, zischte er sie in akzentfreiem Deutsch an. »Ich warte seit Stunden auf Sie.«

Nelly biss sich skeptisch auf die Unterlippe. Der hagere Kerl war kein Niederländer. Er sah für sie auch nicht so aus, als gehöre er zu dem Menschenschlag, mit dem ihr Schwager in Berlin für gewöhnlich Umgang pflegte. Ein Blick auf seine abgetragene Kleidung genügte Nelly, um zu erkennen, dass er nicht im Geld schwamm. Ein Emigrant? Ein Spion? Einen schrecklichen Moment lang fragte sich Nelly, ob ihr Schwager jemals vorgehabt hatte, sie in Sicherheit zu bringen. Vielleicht hatte er einen Kriminellen beauftragt, sie fernab von Berlin auf elegante Weise verschwinden zu lassen. Auch so ließen sich Probleme lösen, und Nelly stellte für die Familie Vogel zweifellos ein Problem dar.

»Also was ist, Fräulein? Wollen Sie in diesem Sauwetter Wurzeln schlagen oder mir folgen?« Der Mann schob ungefragt seinen Schirm über ihren Kopf. »General von Schlosser wird Ihnen doch mitgeteilt haben, dass jemand Sie abholen kommt, oder?« Der Fremde nahm ihr den Koffer aus der Hand, wogegen sie sich angesichts des Gewichts nicht lange sträubte. Dann forderte er sie mit einer Kopfbewegung auf, ihm über den kopfsteingepflasterten Bahnhofsvorplatz stadteinwärts zu folgen.

»Wohin?«, erkundigte sich Nelly mit vor Angst bebender Stimme. Ihre Augen brannten vor Müdigkeit, außerdem fror sie in dem scharfen Wind erbärmlich.

»Es ist zu spät, um die Stadt heute Abend noch zu verlassen. Auch wenn Sie gültige Papiere besitzen, sollten Sie sich nicht abends auf der Straße aufgreifen lassen. Das würde nur überflüssige Fragen heraufbeschwören. Ich bringe Sie in einer kleinen Pension unter, ganz in der Nähe. Die Besitzerin mag Deutsche zwar nicht leiden, wird Sie aber bestimmt nicht abweisen.«

Eine Pension? Das klang himmlisch in Nellys Ohren. Sie musste schleunigst raus aus den nassen Sachen, sonst holte sie sich auch ohne fremdes Zutun den Tod. Ein Punkt aber erschreckte sie fast noch mehr als der finstere Blick ihres Begleiters: Nelly hatte angenommen, sie könne in Amsterdam bleiben. Nun aber sah es ganz so aus, als würde sie die Stadt morgen schon wieder verlassen müssen. Aber wohin wollte man sie bringen?

Die Pension lag in einem jener hohen alten Handelshäuser direkt am Kanal. Dort angekommen klemmte Nelly sogleich einen Stuhl unter die Türklinke ihres Zimmers und, nachdem sie sich kurz in dem abgewohnten Raum umgesehen hatte, schälte sie sich aus Rock und Pullover und kroch in Unterwäsche unter die müffelnde Decke. Mochten sie in der Nacht die Wanzen beißen, dies war ihr einerlei.

Solange sie nur das Morgengrauen erlebte.

6

Die Pensionswirtin hieß Nynke und machte keinen Hehl daraus, dass sie in jüngeren Jahren nicht nur Zimmer, sondern sich auch gleich selbst mit vermietet hatte. Seit dieser Zeit hatte sie deutlich an Gewicht zugelegt, was ihrem Temperament jedoch keinen Abbruch tat. Hatte Nelly bei ihrer Ankunft den Eindruck gehabt, in einer finsteren Absteige gelandet zu sein, wurde sie nun eines Besseren belehrt. Der Frühstücksraum, in dem sie am Morgen ihren Frühstückstee trank, war zwar eng, wirkte aber mit den blau-weißen friesischen Kacheln und den maritimen Bildern an den Wänden durchaus einladend.

Der Mann, der Nelly hier untergebracht hatte, war noch nicht aufgetaucht. Nelly hatte keine Ahnung, ob er im Haus oder woanders übernachtet hatte. Sie hätte folglich noch während der Nacht ihre Sachen packen und verschwinden können. Doch wohin hätte sie gehen sollen, allein in einer fremden, noch dazu besetzten Stadt? Im strömenden Regen. Sie wäre sofort von einer Militärstreife aufgegriffen und mitgenommen worden.

»Bleicher wird bestimmt gleich hier sein«, sagte Nynke beiläufig, während sie Nelly Tee nachschenkte. Er schmeckte gut, würziger als der, den sie aus Berlin kannte.

»Bleicher?«

Die Frau verzog das Gesicht zu einem breiten Grinsen. »Na so was? Hat er Ihnen nicht mal seinen Namen verraten?«

Nein, das hatte er nicht, und Nelly hatte in der Aufregung auch vergessen, danach zu fragen. Gedankenverloren rührte sie in ihrer Teetasse. Es blieb ihr offensichtlich nichts anderes übrig, als auf den hageren Mann zu warten und sich anzuhören, was er mit ihr vorhatte. Der Brief ihrer Mutter fiel ihr wieder ein, die eigenartige Aufforderung, jemanden nach Febe zu fragen. Nynke wuchtete ihren massigen Körper mit überraschender Geschwindigkeit von Tisch zu Tisch, zupfte hier eine Serviette gerade, fegte dort ein paar Brotkrümel vom Tischtuch. Dabei summte sie fröhlich.

»Frau Nynke?«

»Einfach nur Nynke, Schätzchen. Was ist los? Noch etwas Tee? Schmeckt verdammt lecker, nicht wahr? Leider nicht mehr so leicht zu kriegen, seit die Moffen ... äh Verzeihung, ich meine, seit die Deutschen alles beschlagnahmen, was nicht niet- und nagelfest ist.« Sie lachte mit ihrer tiefen, fast maskulinen Stimme. »Aber nicht mit Nynke. Ich habe meine Quellen. Fragen Sie den guten Bleicher. Ich tue ihm einen Gefallen, und er revanchiert sich bei mir. So kommen wir beide durch diese miesen Zeiten.«

Doch Nelly wollte keinen Tee, und es interessierte sie auch nicht, woher Nynke ihn bezog. Rasch öffnete sie ihre Handtasche und holte Bentes Brief hervor. Sie kannte die Pensionswirtin zwar nicht, aber ihr Gefühl sagte ihr, dass sie ihr vertrauen konnte.

Nynke nahm den Zettel entgegen, las und klimperte mit ihren aufgeklebten Wimpern. »Und was soll das, Schätzchen?«

»Ich dachte mir, Sie könnten mir vielleicht sagen, was das bedeutet.«

Mit spitzen Fingern gab die dicke Frau Nelly das Papier zurück, als befürchte sie, sich daran zu schneiden. »Woher zum

Teufel soll ich wissen, wer diese Frau ist? Habe nie von ihr gehört. Mich brauchen Sie also nicht nach ihr zu fragen, verstanden?«

Verdutzt sah Nelly der Wirtin nach, die auf dem Absatz kehrtgemacht hatte und ohne ein weiteres Wort aus dem Frühstücksraum marschierte. Die harsche Reaktion irritierte sie. Glaubte Nynke, Nelly wolle sie in irgendwelche Schwierigkeiten bringen? Als Geschäftsfrau, die während des Krieges tagtäglich fremde Menschen in ihrem Haus beherbergte, hatte sie es sicher nicht leicht. Trotz ihrer guten Verbindungen zu Deutschen wie diesem Bleicher. Doch wenigstens eines wusste Nelly jetzt definitiv: Febe war der Name einer Frau, die auf irgendeine Weise mit ihrer Mutter in Verbindung stand. Diese Verbindung schien sehr weit zurückzureichen, denn soweit Nelly sich erinnerte, war ihre Mutter seit der Geburt ihrer Töchter weder jemals in die alte Heimat gereist noch hatte sie dorthin geschrieben.

Nelly saß noch grübelnd über ihrem inzwischen kalt gewordenen Tee, als der hagere Mann vom vergangenen Abend an ihrem Tisch erschien und sie mit einem Nicken begrüßte. Bei Tageslicht betrachtet sah er schon weniger furchteinflößend aus als am Abend zuvor. Sein Gesicht war glatt rasiert und verströmte den herben Duft eines teuren Rasierwassers, den abgetragenen Regenmantel hatte er gegen einen besseren aus brauner englischer Schurwolle getauscht. Selbst seine Wangen wirkten rosig und nicht mehr so eingefallen wie tags zuvor vor dem Bahnhof.

»Haben Sie gut geschlafen, Fräulein Vogel?«, erkundigte er sich höflich. Na bitte. Er hatte also doch so etwas wie Manieren. »Ich habe die gute Nynke gebeten, es Ihnen an nichts fehlen zu lassen.« Er sah sich prüfend um und schien erleichtert, als er die übrigen Tische im Raum leer vorfand. Offensichtlich wollte er nicht mit Nelly gesehen werden. »Ich hoffe, Sie sind fertig«, sagte er nun. »Je eher wir Sie aus Amsterdam herausschaffen, desto ...«

»Herr Bleicher!«, unterbrach Nelly den Mann so energisch, wie sie es angesichts ihrer Lage für vertretbar hielt. »Falls das wirklich Ihr Name sein sollte, denn offiziell vorgestellt haben Sie sich mir ja nicht. Es mag so aussehen, als wäre ich Ihnen auf Gedeih und Verderb ausgeliefert, aber ich werde mich ganz bestimmt nicht vom Fleck rühren, bevor Sie mir gesagt haben, wer Sie sind und was Sie und mein Schwager mit mir vorhaben.« Um ihre Worte zu unterstreichen, verschränkte Nelly die Arme vor der Brust. Sie kannte schwierige Männer wie diesen Bleicher, hatte unzählige von ihnen vor der Kamera gehabt. Wenn es darauf ankam, konnte sie ebenso stur und unnachgiebig sein.

»Also schön, wenn Sie darauf bestehen«, knurrte Bleicher. Er durchwühlte seine Jackentasche nach Zigaretten und Streichhölzern. Dann steckte er sich eine an, nahm einen kräftigen Zug und blies den Rauch zur Decke empor. »Ansgar und ich waren der Meinung, dass es besser wäre, wenn Sie so wenig wie möglich von mir erfahren. Mein Name ist Alfons von Bleicher, wie Sie offenkundig schon wissen. Ich komme wie Sie aus Berlin und bin für das Auswärtige Amt tätig. Wie Ihr Vater bin auch ich mit einer Niederländerin verheiratet, das heißt, ich war es bis vor wenigen Jahren. Meine Frau ist tot. Genügt das? Ich würde jetzt nämlich wirklich gerne Nynkes Etablissement verlassen.«

Nelly stutzte. Das Auswärtige Amt. Demnach stand dieser von Bleicher im diplomatischen Dienst. Ja, dann ergab es durchaus Sinn, dass ihr Schwager sich vertraulich an einen Mann wie ihn gewandt hatte. Die beiden waren in etwa im selben Alter und entstammten deutschen Adelsfamilien. Vermutlich kannten sie sich seit Jahren, hatten womöglich schon im vorigen Krieg gedient. Beide Männer verfügten über Verbindungen zu den Niederlanden, Ansgar über seine Schwiegermutter, der Diplomat über seine verstorbene Ehefrau.

»Das mit Ihrer Frau tut mir leid«, sagte Nelly später, als von Bleichers Automobil über das Kopfsteinpflaster von Amsterdam holperte. Sie hatte sich nach einem kurzen Wortwechsel überzeugen lassen, dass es für sie auf dem Land sicherer war als in der Großstadt. Hier kam es häufig zu Razzien durch die deutsche Ordnungspolizei. Aber auch der Unmut der Bevölkerung wuchs. Vor zwei Jahren war es in der Stadt zu einem Generalstreik gekommen, dem sich große Teile der Niederländer angeschlossen hatten. Die Besatzer hatten den Ausnahmezustand über ganz Nordholland ausgerufen und den Streik blutig niedergeschlagen. Es war zu Verhaftungen und Todesurteilen gekommen. Seitdem lag eine eisige, fast gespenstische Atmosphäre über der Stadt. Aber es regte sich auch neuer Widerstand, da die Angehörigen des niederländischen Heeres als Kriegsgefangene ins Deutsche Reich gebracht werden sollten. Weitere Streiks, Aufstände und Razzien würden nicht lange auf sich warten lassen.

Alfons von Bleicher war anzusehen, dass er nur ungern auf persönliche Dinge angesprochen wurde. »Lungenentzündung«, sagte er schließlich kurz angebunden. »Ist schon lange her.«

Nelly hätte ihn gern gefragt, ob der Name seiner Frau vielleicht Febe gewesen war, aber nach der schroffen Reaktion der Pensionswirtin traute sie sich nicht. Es kam ihr ohnehin unwahrscheinlich vor, dass ihre Mutter jemals etwas mit einem Beamten des Auswärtigen Amtes oder dessen verstorbener Frau zu tun gehabt hatte, auch wenn diese wie Bente aus Holland stammte und vermutlich in denselben Kreisen verkehrt hatte. In dem Brief stand auch, Nelly solle »sie« nach dieser Frau fragen, nicht »ihn«. Also eine weibliche Person oder gar mehrere? Eine ganze Gruppe von Leuten? Nelly machte es ganz verrückt, nicht zu wissen, was ihre Mutter von ihr wollte. Vielleicht sollte sie Bentes kryptischen Hinweis schlichtweg vergessen und sich auf ihre eigenen Angelegenheiten konzentrieren.

Während der Fahrt wurden sie nicht ein einziges Mal angehalten. Möglicherweise war von Bleichers Fahrzeug in Amsterdam bekannt und Militär wie Ordnungspolizei wussten über seinen Diplomatenstatus Bescheid. Nelly sah patrouillierende Soldaten auf den Straßen, aber sie wirkten nicht wie in Alarmbereitschaft, sondern schienen eher eine ruhige Kugel zu schieben. Auf den Wegen entlang der berühmten Grachten gingen die Menschen ihrer Arbeit nach. Fahrradfahrer rasten über die Brücken der Kanäle. Lastkähne zogen an ihnen vorüber. Ja, es herrschte so viel Betriebsamkeit, dass man kaum glauben konnte, durch eine besetzte Stadt zu fahren.

Dennoch atmete Nelly auf, als Amsterdam endlich hinter ihnen lag und von Bleicher den Weg Richtung Nordseeküste einschlug. Der Himmel war zwar immer noch grau, und die Sonne wagte sich nicht hinter der Wolkendecke hervor, dessen ungeachtet gefiel Nelly die Landschaft, durch die sie fuhren. Saftige grüne Wiesen, soweit das Auge blicken konnte. Kanäle, auf denen Boote vor sich hindümpelten. Und natürlich die obligatorischen Windmühlen. Nelly verspürte bei ihrem Anblick gleichermaßen Sehnsucht und Verlust. Einmal mehr fragte sie sich, warum ihre Mutter sie und Hilde als Kinder nicht mit den Schönheiten ihrer Heimat bekannt gemacht hatte. Wie herrlich wäre es gewesen, hier draußen die Sommerfrische zu genießen, anstatt in der stickigen Großstadt mit den Benimmregeln ihres Vaters traktiert zu werden.

Gegen Mittag bog von Bleicher von der Hauptstraße ab und lenkte das Automobil auf einen Schotterweg, der zu einem Fischerdorf direkt an der Küste führte. Breite Reifenspuren im Sand legten den Verdacht nahe, dass der Ort regelmäßig von Lastkraftwagen, vermutlich Militärfahrzeugen, angesteuert wurde. Er lag inmitten einer Reihe hübscher Sanddünen und schien auf den ersten Blick lediglich aus einer Handvoll gedrungener, reetgedeckter Häuser, einer Hafenanlage für Fischerboote sowie einer nüchternen Backsteinkirche zu bestehen. Ein wenig abseits entdeckte Nelly auf einem Hügel einen Leuchtturm. Das malerische Gemäuer überragte die Dächer der kleinen Häuser wie ein Wächter, der seine Schutzbefohlenen genau im Auge behalten wollte.

Nelly kurbelte das Fenster herunter und reckte den Hals, um das Ortsschild lesen zu können. *Paardendijk*. Soweit sie wusste, bedeutete das »Pferdedeich«. Ein amüsanter Name für einen Flecken am Meer. Einen Deich konnte Nelly in der Ferne auch entdecken, allerdings graste kein einziges Pferd darauf. Vielleicht waren alle Tiere gleich nach Kriegsbeginn von den Besatzern beschlagnahmt worden.

»Auf der anderen Seite des Dorfes hat die Wehrmacht ein paar Häuser requiriert«, erklärte von Bleicher. »Von dort aus nehmen sie ihre Patrouillen vor.« Wie er das sagte, klang für Nelly nicht eben erfreut. Auch zog er es vor, die Dorfstraße, in deren Mitte ein rechteckiger Platz lag, zu umfahren und sein Automobil hinter einem baufälligen Schuppen abzustellen, der zu einem unbewohnten Haus gehörte. Dort bat er Nelly auszusteigen. Offensichtlich zog er es vor, jedes Aufsehen durch seinen deutschen Dienstwagen zu vermeiden.

»Wie viele Soldaten sind denn im Ort stationiert?«, erkundigte sich Nelly neugierig.

»Etwa zwei Dutzend. Es sollte nicht allzu schwer werden, denen aus dem Weg zu gehen.«

Nelly schnappte entgeistert nach Luft. Sie hatte angenommen, von Bleicher mache lediglich einen Abstecher hierher, um ihr das Meer zu zeigen. Er konnte doch nicht annehmen, dass sie in dieser Einöde bleiben und versauern wollte! Davon abgesehen behagte es ihr ganz und gar nicht, die Besatzungsmacht in nächster Nähe zu wissen. So etwas konnte nur Ärger bedeuten.

»Machen Sie keine Schwierigkeiten«, blaffte von Bleicher sie an, als er ihren Gesichtsausdruck wahrnahm. »Wissen Sie eigentlich, wie weit ich mich aus dem Fenster gelehnt habe, um Sie hier unterzubringen? Von mir aus können Sie gerne wieder nach Berlin zurückkehren, aber ich bezweifle, dass Sie dort mit offenen Armen empfangen werden. Wenn man von der Gestapo einmal absieht.« Sein Ton wurde eine Spur milder, als er hinzufügte: »Vertrauen Sie mir, Nelly. Paardendijk ist ein verschlafenes Nest, aber Sie sind hier so sicher wie in Abrahams Schoß. Sie bekommen alles, was Sie für ein bescheidenes Leben brauchen. Außerdem soll ich Ihnen noch sagen, dass Ihre Mutter hier aufgewachsen ist.«

»Bitte?« Hoch über Nellys Kopf kreischten sich zwei Seemöwen an, daher glaubte sie, sich verhört zu haben. »Soll das etwa heißen …«

Von Bleicher nickte. »Jawohl, das heißt es. Willkommen in der Heimat, Nelly. Hier lebt die Verwandtschaft Ihrer Mutter. Vermutlich finden Sie im Ort keinen, der nicht auf die eine oder andere Weise mit Ihnen verwandt ist.«

Paardendijk. Frag sie nach Febe.

In Nellys Kopf explodierte ein wahres Feuerwerk aus Gedanken und Gefühlen, während der Wind ihr, wie um sie zu necken, die Haare in die Augen blies. Der Diplomat ließ ihr indes nur wenig Zeit, das Gehörte zu verdauen. Er schnappte sich ihren Koffer, und Nelly blieb nichts anderes übrig, als ihm zu folgen. Nicht auf der Dorfstraße, sondern eine Art Trampelpfad entlang, der geradewegs auf den Hügel mit dem Leuchtturm zuführte. Verwirrt trottete Nelly ihm hinterher.

Mutter muss es gewusst haben, überlegte sie dabei. Sie hat gewusst, dass Hildes Mann mich in ihren Geburtsort verfrachten lassen würde, und es hat ihr nicht gefallen. Aber natürlich hat sich der General durchgesetzt. Und nun bin ich hier.

»Und was soll ich hier anfangen?«, rief sie von Bleicher zu, der jetzt einen hölzernen Treppenweg erklomm, der zum Fuße des Leuchtturms hinaufführte. Er schien sich nicht oft körperlich zu betätigen, denn die ungewohnte Anstrengung des Aufstiegs färbte sein Gesicht feuerrot. »Etwa die Fischer fotografieren?«

Langsam drehte von Bleicher sich zu Nelly um und fasste sie einen Moment lang scharf ins Auge, ehe er fragte: »Was wissen Sie über Leuchttürme?«

7

Nichts. Nelly wusste rein gar nichts über Leuchttürme. Außer, dass sie zumeist hoch oben auf den Klippen über dem Meer standen und durch ihren hellen Lichtschein Schiffen den Weg in den sicheren Hafen wiesen. Besichtigt hatte sie noch keinen, und wenn sie ehrlich war, konnte sie auch gut und gern darauf verzichten. Seit frühester Jugend litt sie unter Höhenangst, ein dummes Handicap, das gar nicht zu ihrem Beruf passte. Mit Grausen erinnerte sie sich an ihren ersten und einzigen Ausflug auf den Pariser Eiffelturm. Paul war damals mit ihr gereist. Er hatte sie ein ängstliches Huhn genannt, was sie natürlich nicht auf sich hatte sitzen lassen wollen. Doch mit jeder Treppenstufe, die sie zurückgelegt hatte, war ihr mulmiger zumute geworden, und schließlich hatte ihr Magen sie vollends im Stich gelassen. Der Leuchtturm von Paardendijk war zwar nicht mit dem Eiffelturm zu vergleichen, doch immerhin hoch genug, dass Nelly bei seinem Anblick wieder das altbekannte Gefühl von Furcht überfiel. Ihr schwante Übles. Dabei musste sie zugeben, dass die Küstenlandschaft mit den Dünen, dem idyllischen Fischerhafen und dem menschenleeren Strandabschnitt durchaus malerisch aussah. Weniger verspielt und feudal als die südfranzösischen Badestrände, die sie auf ihren Fotoreisen an die Cote d'Azur kennengelernt hatte, dafür wild und ungezähmt. Hier raste das Meer bei Flut mit grauweißen Wellen schäumend auf den Strand zu. Das diffuse Licht über dem Horizont, das Grauweiß der Wolken und die Schwärme von Seevögeln, die den Turm umflogen, bildeten eine grandiose Komposition. Nelly bedauerte zutiefst, dass sie keine brauchbare Kamera zur Hand hatte, um diese an Melancholie und Lebendigkeit kaum zu überbietende Szenerie zu verewigen.

»Wenn Sie mich hier hinaufschleppen, bedeutet das wohl, dass dieses Gemäuer hier mein neues Zuhause werden soll«, rief Nelly. Sie musste von Bleicher förmlich anschreien, um das Heulen des Windes und das Geschrei der Vögel zu übertönen. Sie war zwar ein geborenes Stadtkind, doch wenn sie das Wetter richtig deutete, würde es bald einen ausgewachsenen Sturm geben.

Von Bleicher stellte den Kragen seines Mantels hoch. Zu Nellys Befriedigung musste er seinen Hut festhalten, damit er ihm nicht vom Kopf gerissen wurde. Mit der anderen Hand holte er ein Schlüsselbund aus seiner Tasche. »Der Turm ist nicht nur als Unterkunft für Sie gedacht, Nelly. Sie werden hier oben auch arbeiten.«

»Arbeiten? Als was, wenn ich fragen darf? Etwa als Leuchtturmwärter?«

»Sie haben es erfasst, Nelly«, antwortete der Diplomat mit stoischer Miene. »Die korrekte Bezeichnung ist allerdings Leuchtfeuerwärter.«

»Machen Sie keine Witze! Ich denke ja gar nicht daran!«

Von Bleicher drehte den Schlüssel im Türschloss, musste aber mehrmals an der wuchtigen Stahltür rütteln, bis diese nachgab und mit einem dumpfen Knall aufsprang. Er winkte Nelly, die stocksteif dastand, ihm ins Innere des Turmes zu folgen.

»Hören Sie mir zu«, sagte sie, verärgert, weil das Echo, das von den Wänden zurückgeworfen wurde, ihrer Stimme einen blechernen Klang verlieh. »Das kann nicht Ihr Ernst sein. Ich habe keine Ahnung, was so ein Leuchtturmwärter ... Pardon, ein Leuchtfeuerwärter zu tun hat. Am Ende lotse ich noch ein Schiff auf einen Felsen. Außerdem hasse ich Türme. Allein beim Anblick dieser vielen Treppenstufen, die sich wie eine Spirale aufwärts winden, wird mir ganz anders.«

»Das wird sich legen«, versprach ihr von Bleicher grinsend. »Sie werden sich eingewöhnen und was Sie über Ihre künftige Tätigkeit wissen müssen, ist schnell gelernt.«

Nelly strich sich das vom Wind zerzauste Haar aus der Stirn. Ach was, so einfach war das? Na prima. »Darf ich fragen, was aus dem früheren Leuchtturmwärter geworden ist? Ich meine, soweit ich weiß, muss so ein Feuer doch ständig überwacht werden.«

Von Bleicher beantwortete Nellys Frage nicht sofort, sondern lud sie ein, ihm weiter hinaufzufolgen. Die Stufen führten an einem unordentlichen Schlafraum vorbei zu einer Küche, in der ein Kohleofen Wärme spendete. Zwei wurmstichige Geschirrschränke, ein Tisch und eine mit grünen Kissen gepolsterte Sitzbank vervollständigten die Einrichtung. Nelly blickte sich um und rümpfte die Nase. Sie bezeichnete sich selbst nicht als die ordentlichste Person, doch dieses Durcheinander aus schmutzigem Geschirr, das sich im Spülstein türmte, riesigen Stapeln von vergilbten Zeitungen, herausgerissenen Schubladen und Sand auf dem Fußboden machte sie sprachlos. Über dem Chaos lag ein geradezu ekelerregender Geruch nach verfaultem Obst und kaltem Zigarrenrauch. Um den Raum auch nur halbwegs bewohnbar zu machen, würde sie Tage nur mit Schrubben zubringen müssen.

»Ist er tot?« Nelly schnappte angeekelt nach Luft. »Ich meine, dieser Leuchtfeuerwärter. Bei meinem Glück liegt seine Leiche noch irgendwo unter dem ganzen Krempel.«

»Falsch! Das heißt, man weiß nicht genau, was aus dem alten Piet geworden ist. So hieß der Mann, der sich die letzten fünfzig Jahre um das Leuchtfeuer gekümmert hat. Soll sehr gewissenhaft gewesen sein. Keinen einzigen Tag war er krank. Aber eines Tages war er dann fort. Einfach verschwunden, als hätte er niemals existiert.«

»Nun, bevor er sich aus dem Staub gemacht hat, hat er jedenfalls noch ein ganz schönes Chaos angerichtet.« Auf Zehenspitzen stieg Nelly über ein Bündel schmutziger Wäsche, das achtlos auf den Fußboden geworfen worden war. Sie hätte sich gerne gesetzt, doch die Sitzflächen der Stühle waren voller Brotkrümel und anderer Essensreste, die wie festgeklebt aussahen. »Hat denn niemand nach dem Mann gesucht?«

Von Bleicher zuckte mit den Achseln. »Soweit ich weiß, hat man mehrere Tage die Gegend durchkämmt. Aber nicht nur die Leute aus dem Dorf waren über das Verschwinden des alten Piet aufgebracht. Auch der befehlshabende Offizier von unserem Wehrmachtsstützpunkt ließ sofort eine Suchmannschaft ausschwärmen.«

»Warum denn das?«

»Nun ja ... Wie ich schon sagte, es ist eine sehr verantwortungsvolle Tätigkeit, die von hier oben verrichtet wird. Die nordholländische Küste muss fortwährend auf feindliche Flieger und Boote abgesucht werden. Ohne ein brauchbares Leuchtfeuer ist das kaum möglich.«

Nelly sah den hageren Mann skeptisch an. Sie spürte genau, dass er ihr etwas verschwieg. Wenn sie seine Miene richtig deutete, wusste er mehr über das Verschwinden dieses alten Piet, als er ihr zu sagen bereit war. Eines hörte sie aus seinen Worten jedenfalls heraus, und dieses Detail gefiel ihr ganz und gar nicht: Offensichtlich war die Verbindung zwischen dem Leuchtturm und den vor Ort stationierten Soldaten doch enger, als von Bleicher ihr weismachen wollte. Bestimmt würde es nicht leicht werden, ihnen aus dem Weg zu gehen.

»Es stimmt schon«, gab der Diplomat zu, als sie ihn mit ihrem Verdacht konfrontierte. »Die Zivilverwaltung hat es strikt abgelehnt, noch einmal einen Holländer mit der Aufsicht über den Leuchtturm zu betrauen. Sie wollten einen deutschen Wärter. Oder eben eine Wärterin. Und die kann ich ihnen geben. Nelly Vogel, Schwägerin eines hoch dekorierten Generals, soeben erst zur Dienstverpflichtung aus dem Reich angereist.«

Nelly runzelte die Stirn. Das hatte sich die Besatzungsmacht ja fein ausgedacht. Nicht nur dass man sie wie Rapunzel in diesen Turm sperrte, damit sie auf ein Leuchtfeuer aufpasste, von dem sie keine Ahnung hatte. Nein, sie wurde auch noch gezwungen, mit der Besatzungsmacht zu kollaborieren, weil die Deutschen der einheimischen Bevölkerung nicht über den Weg trauten. Unter diesen Bedingungen würde es für sie nicht leicht werden, eine vertrauensvolle Beziehung zu den Menschen vor Ort aufzubauen. Sie konnte nur hoffen, dass die Einwohner von Paardendijk in ihr bald nicht mehr nur die Fremde aus Deutschland sehen würden, sondern Bentes Tochter. Eine von ihnen.

Von Bleicher hatte es plötzlich auffallend eilig, nach Amsterdam zurückzukehren. Er murmelte etwas von unaufschiebbaren Terminen und legte ihr zum Abschied noch ein paar amtliche Dokumente auf den schmutzigen Tisch. Diese bestätigten Nellys Dienstverpflichtung und sollten ihr helfen, sich als Angestellte des Reiches in kriegswichtiger Position auszuweisen.

»Warten Sie nicht, bis Sie Besuch vom Stützpunkt bekommen«, warnte von Bleicher sie. »Je seltener ein Soldat seinen Fuß in den Leuchtturm setzt, desto besser. Gehen Sie morgen gleich zum befehlshabenden Offizier, um sich anzumelden. Ich kenne den Mann nicht, aber ich habe gehört, dass man mit ihm reden kann.«

Nelly begleitete von Bleicher die Treppen hinunter zur Eingangstür. Dabei klopfte ihr Herz vor Aufregung schlimmer als vor ihrer ersten Dienstreise für die Zeitung. Sie konnte kaum glauben, dass dieser Turm für die nächste Zeit ihr Zuhause sein sollte. Sie würde hier oben mutterseelenallein sein. Sie gab es ungern zu, aber sie fürchtete sich vor der einbrechenden Dunkelheit. Kein Mensch würde hier sein, falls sie Hilfe brauchte. Ja, man würde sie nicht einmal hören, wenn sie schrie. Und das Leuchtfeuer?

»Sie haben mir nicht erklärt, was ich zu tun habe, wenn die Nacht hereinbricht«, sagte sie und hielt von Bleicher am Ärmel fest, bevor dieser sich durch die schwere Stahltür zwängen konnte.

»Ach ja, richtig, das hatte ich ganz vergessen.« Von Bleicher spähte vorsichtig durch den Türspalt ins Freie, als befürchte er, jemand könne dort auf ihn lauern. »Warten Sie auf den Jungen. Er wird vor Einbruch der Dunkelheit heraufkommen, um Ihnen eine erste Einweisung zu geben.«

»Von welchem Jungen reden Sie?« Nelly verstand gar nichts mehr, ihr Schädel brummte von all den neuen Eindrücken. Sie konnte nur hoffen, dass ihr unordentlicher Vorgänger ein paar starke Tabletten gegen Kopfschmerzen zurückgelassen hatte.

»Der alte Piet hatte einen Gehilfen, einen jungen Burschen namens Henk. Er wird über Ihre Anwesenheit in Paardendijk vielleicht keine Luftsprünge machen, aber wir haben ihm genug Geld zugesteckt, damit er Ihnen am Anfang mit dem Leuchtfeuer und der Wartung der Geräte zur Hand geht.« Er zwang sich zu einem Lächeln. »Sie sehen, ich habe an alles gedacht.«

Ja, so scheint es, dachte Nelly. Aber sicherer fühlte sie sich dadurch kein bisschen.

Nachdem von Bleicher gegangen war, stand Nelly noch lange auf dem Hügel vor dem Turm und sah ihm nach, wie er zuerst mit flatterndem Mantel die hölzernen Stufen zwischen den Dünen hinabeilte, dann in sein Automobil stieg und wie ein Spuk verschwand. Merkwürdig. Sie hatte den hageren Mann erst am Abend zuvor kennengelernt und wusste fast nichts über ihn. Ja, sie konnte nicht einmal mit Bestimmtheit sagen, ob sie ihn mochte. Dennoch kämpfte sie mit den Tränen, als von seinem Wagen nichts mehr zu sehen war. Langsam drehte sie sich um und nahm den Turm scharf ins Auge, der wie ein drohend erhobener Zeigefinger vor ihr aufragte.

Sie schätzte seine Höhe auf etwa fünfzig Meter. Das Fundament war schwarz und zylindrisch, der darauf sitzende Aufbau verjüngte sich nach oben hin, bis zu einem Balkon, der um ein Häuschen mit kupferner Kuppel herumführte. Der Turm war weiß und rot angestrichen, doch die Farbe blätterte bereits ab. Es war nicht zu übersehen, dass sich schon lange niemand mehr die Mühe gemacht hatte, Reparaturen oder Renovierungsarbeiten durchzuführen. Dies betraf nicht nur das Äußere des Turms, sondern auch die unmittelbare Umgebung. Die wirkte auf Nelly so trostlos wie der grau verhangene Himmel über ihr. Wohin sie auch sah, wucherte das Unkraut aus dem Boden. Der hölzerne Handlauf der Treppe, die zum Hügel hinaufführte, war von Wind und Wetter so morsch geworden, dass sein Bersten nur noch eine Frage der Zeit war. Nelly umrundete den Turm zweimal, dann begab sie sich zurück ins Innere. Bis zur Dunkelheit war noch Zeit, um sich die verschiedenen Stockwerke und das kleine Laternenhäuschen anzusehen. Sie hatte einmal gehört, dass jeder der äußeren Farbabschnitte ein eigenes Stockwerk markierte.

Nelly beschloss, ihre Erkundungstour im unteren Lagerraum zu beginnen, der vom Eingangsbereich abzweigte. Zu ihrer Überraschung war dieser wesentlich besser in Schuss als die Küche. Die Werkzeugkisten und das Material für Reparaturen an den Lampen des Laternenhäuschens standen ordentlich an den Wänden aufgereiht. Jedes noch so kleine Behältnis war sauber beschriftet. Nelly fand es erstaunlich, dass ein Mann, der hierbei so ordentlich vorgegangen war, in den oberen Räumen ein solches Durcheinander duldete. Sie überlegte, ob sie ein paar der Kisten öffnen sollte, um sich einen Überblick über ihren Inhalt zu verschaffen. Wenn sie von Bleicher richtig verstanden hatte, würde es auch zu ihrem Aufgabenbereich gehören, Wartungsarbeiten durchzuführen. Eine entsetzliche Vorstellung für sie, die mit Ausnahme der Bedienung ihres Fotoapparats nie ein Gespür für technische Dinge gehabt hatte. Sie wandte sich von den Kisten ab und entschied, dass später noch genug Zeit wäre, den Lagerraum in Augenschein zu nehmen.

Da ihr die Lust vergangen war, wieder nach oben zu steigen, verließ sie den Turm und ging spazieren. Nach von Bleichers Worten würde der Gehilfe des alten Leuchtfeuerwärters erst kurz vor Einbruch der Dunkelheit aufkreuzen. Bis dahin hatte sie noch ein wenig Zeit, um sich die Umgebung anzusehen. Draußen an der frischen Luft fühlte sie sich gleich viel wohler als in den muffig riechenden Innenräumen. Der Wind wehte ihr die düsteren Gedanken aus dem Kopf, machte ihn freier und half ihr, über ihre Lage nachzudenken. Nelly hatte nie an so etwas wie schicksalhafte Fügungen geglaubt. Doch hier zu stehen und auf einen Ort am Meer zu blicken, in dem vermutlich mehrere Generationen ihrer Familie gelebt hatten, berührte sie mehr, als sie erwartet hatte. Sie blickte zur Kirche hinab, die schräg unter ihr am Ende des Treppenwegs lag. Um sie herum standen verwitterte Grabsteine. Ein Friedhof. Nelly spürte, wie ihr Herz schneller schlug. Lagen dort Angehörige ihrer Familie? Menschen, von denen sie abstammte? Nun, das war mehr als wahrscheinlich. Von Bleicher hatte angedeutet, sie wäre vermutlich mit dem halben Dorf verwandt. Die Menschen, die hier seit Menschengedenken lebten, waren Blut von ihrem Blut. Tief in Gedanken umrundete sie den Hügel, dann noch ein zweites und schließlich ein drittes Mal, um sich das Dorf aus verschiedenen Perspektiven anzusehen. So war sie stets vorgegangen, wenn sie mit ihrer Kamera Neuland betreten hatte. Ein wenig enttäuscht stellte sie fest, dass der Küstenort nur über wenige charakteristische Eigenheiten verfügte. Die Häuser ähnelten einander auf eine fast schon erschreckende Weise, zudem wirkten sie spröde und leblos. Ob dies im Sommer anders war? Nelly versuchte sich ihre Mutter vorzustellen, wie sie barfüßig am Strand umherlief oder in einem der Gärtchen Äpfel pflückte. Doch dies war ihr fast unmöglich. Die von kühler Eleganz durchdrungene Bente Vogel passte so wenig an diesen Ort wie der Papst in einen Pariser Nachtclub. Und dennoch war sie hier geboren und aufgewachsen. Sie musste jeden Stein im Dorf kennen.

Ein einziges Haus, es lag ein wenig zurückversetzt von der schnurgeraden Hauptstraße, stach Nelly ins Auge, weil seine Außenfassade mit Malereien verziert war. Wind und Regen hatten diese verblassen lassen, dennoch durchbrachen sie die Eintönigkeit der Dorfhäuser. Welches Motiv der Künstler einst in Stein verewigt hatte, ließ sich aus der Ferne zwar nicht ausmachen, doch Nelly fand es erstaunlich, dass die Hausbewohner überhaupt ein Fresko in Auftrag gegeben hatten. Die großen Schaufenster in dem roten Ziegelsteinhaus deuteten auf einen Kaufladen hin. Nelly nahm sich vor, gleich morgen dort vorbeizuschauen, um sich mit den nötigsten Vorräten einzudecken. Von dem verschimmelten Plunder, den der alte Piet in seiner schmuddeligen Küche zurückgelassen hatte, würde sie bestimmt nichts anrühren. Als sie den Rückweg einschlug, fielen auch schon die ersten Regentropfen. Ein dumpfes Grollen ertönte, das Licht wurde schwächer und der Wind zog energischer an Nellys Rock. Die Rufe der Seemöwen waren indes nicht mehr zu hören. Nelly verzog das Gesicht. Sie hatte vorgehabt, im Freien auf den Leuchtfeuergehilfen zu warten, doch wenn sie nicht bis auf die Haut durchnässt werden wollte, musste sie sich wohl oder übel in den dunklen Turm zurückziehen. Sie lief schneller, geradewegs auf die Stahltür zu, die sie wie ein gefräßiges Ungetüm mit weit geöffnetem Maul zu empfangen schien. Seltsam. Hatte sie die Tür nicht geschlossen? Nun stand sie sperrangelweit offen. Erschrocken blieb Nelly stehen.

»Hallo? Ist da jemand?« Ein Donnergrollen war die einzige Antwort, die sie erhielt. Der Regen prasselte jetzt heftiger auf sie nieder, aber dennoch war sie sich sicher, dass ihre Fantasie ihr keinen Streich spielte. Dort drüben, wenige Meter vom Eingang entfernt, bewegte sich ein Schatten. Ja, jetzt sah sie ihn so deutlich wie den Turm. Ein Mann in einem knöchellangen schwarzen Regenmantel, den breitkrempigen Hut tief in die Stirn gezogen. Da, nun hatte er Nelly bemerkt. Einen Atemzug lang starrte er abschätzend in ihre Richtung, rührte sich aber nicht vom Fleck. Dann hob er den Arm und vollführte eine Drohgebärde, die Nelly das Blut in den Adern gefrieren ließ. Er schwang etwas in der Hand. Einen Stock? Einen Hammer? In den funkelnden Augen der Gestalt, die mit wehendem Mantel auf sie zuwankte, lagen unverhohlener Zorn und Hass.

Von Grauen überwältigt schrie Nelly auf und stolperte rückwärts. Sie musste fort von hier, sofort. Aber wohin? Um zum Treppenweg zu gelangen, musste sie an dem Eindringling vorbei, aber das schaffte sie nicht. Ebenso wenig würde es ihr gelingen, vor ihm den Turm zu erreichen und sich hinter der Stahltür zu verstecken. Und wenn sie den Hügel hinuntersprang, riskierte sie, sich beim Sturz Arme und Beine zu brechen. Sie strauchelte schon jetzt bei jedem Schritt und wäre um ein Haar auf dem sandigen Untergrund hingefallen. Als sie den Blick wieder hob, traute sie ihren Augen nicht: Sie war allein. Die Erscheinung, die ihr solche Angst eingejagt hatte, war fort. Verschwunden, als wäre sie nie da gewesen. Stattdessen hörte sie Stimmen, die vom Treppenweg zu ihr heraufdrangen. Sie gehörten einer Frau und einem etwa zwanzig Jahre alten jungen Mann, die beide recht verwirrt aussahen, als sie Nelly zitternd und nass wie eine Katze im Regen stehen sahen.

8

Nein, wenn ich es Ihnen doch sage. Wir haben weder jemanden gesehen noch gehört!«

Die Frau mit den geflochtenen grauen Haaren stand am Herd und brühte einen Tee für Nelly auf, die wie ein begossener Pudel auf der Couch kauerte. Ihr Name war Mintje, sie war die Mutter des Gehilfen, der Nelly zur Hand gehen sollte.

»Sie sollten sich das nicht zu Herzen nehmen«, sagte sie in heiterem Ton. »Ein aufziehendes Gewitter macht doch jeden nervös. Da sieht man oft Dinge in den Wolken, die einem komisch vorkommen.« Sie drehte sich um und blickte Nelly mit einer Mischung aus Besorgnis und Spott an. »Wie man eine junge Frau ganz allein in einen Leuchtturm setzen kann, begreife ich nicht. Haben die denn kein Mannsbild gefunden, das sich um das Leuchtfeuer kümmern kann?«

Nelly zuckte mit den Achseln. Nach dem ausgestandenen Schrecken war sie froh, nicht allein im Turm sein zu müssen. Die Frau am Herd schien energisch genug, um es mit jedem finsteren Schemen aufzunehmen. Ihr Sohn Henk, ein hoch aufgeschossener, aber wortkarger Bursche, hatte Nelly der Fürsorge seiner Mutter überlassen und sich gleich in das Laternenhäuschen zurückgezogen. Nelly konnte seine Schritte durch die Decke hören.

»Henk begeistert sich für den Leuchtturm, seit er ein kleiner Junge war«, berichtete Mintje nicht ohne Stolz. Sie schenkte Nelly eine Tasse Tee ein, welche diese trotz ihres Ekels vor dem Geschirr des alten Piet dankbar entgegennahm. Die Kälte, die ihr durch Mark und Bein ging, ließ sie auch jetzt noch schlottern. Nach einigen Schlucken nickte sie der älteren Frau dankbar zu. Vom Teekochen verstand diese Mintje etwas. Nelly lud sie ein, sich zu ihr zu setzen, doch davon wollte Mintje nichts hören. Stattdessen machte sie sich daran, die Küche aufzuräumen. Dann füllte sie einen Eimer mit heißem Wasser und nahm sich die klebrigen Fußböden vor.

»Henk hätte mir wirklich früher sagen sollen, wie es bei dem alten Kauz aussieht«, sagte sie mit einem Kopfschütteln. »Aber so sind die Männer. Bemerken den Schmutz nicht, bis sie darunter verschwunden sind.«

Nelly holte sich einen feuchten Lappen aus dem Spülstein und begann, damit die Tischplatte zu reinigen. Es war freundlich von Henks Mutter, ihr zur Hand zu gehen, da wollte sie nicht herumsitzen und Tee trinken. Sie fühlte sich auch schon viel besser. Gemeinsam schafften es die beiden Frauen während der nächsten Stunden, die Küche wieder in einen wohnlichen, vor allem aber sauberen Zustand zu versetzen. Mintje bewies dabei eine Menge Eifer und Tatkraft. Sie sortierte die schlecht gewordenen Lebensmittel aus den Schränken und warf sie in einen Kasten, den sie aus dem Lagerraum heraufgeholt hatte. Sie spülte das Geschirr und beförderte die schmutzige Wäsche in einen großen Leinensack, den sie einfach die Treppe hinunterstieß. Anschließend inspizierte sie die Schlafkammer. Nelly hatte Glück: Im Schrank lag frische Bettwäsche, die sogar noch ganz schwach nach Lavendel und Mottenkugeln roch. Mintje erinnerte sich, dass sie die Laken und Bezüge einmal Henk mitgegeben hatte. Als Geschenk für den alten Piet, der immerhin eine Art Lehrmeister für den Jungen gewesen war. Doch der Alte hatte ihre Bettwäsche anscheinend achtlos in den Schrank gelegt, ohne sie auch nur ein einziges Mal zu benutzen.

»Verrückter alter Kauz«, kommentierte Mintje ihre Entdeckung. Mit geübten Griffen spannte sie das weiße Laken. Es war kalt wie aus einer Gruft, aber glücklicherweise nicht feucht. Nelly würde darauf gut schlafen. »Aber den Leuchtturm hat Piet tadellos in Schuss gehalten. Und er mochte meinen Jungen. Er war der Einzige im Dorf, der ihm Arbeit gab. Die Leute hier … Nun ja, sie mögen uns nicht besonders. Aber Piet war egal, woher wir kommen. Der Alte hat Henk alles beigebracht, was es über das Leuchtfeuer zu wissen gibt. Und nun wird Henk es Ihnen beibringen, Fräulein.«

Nelly sah die grauhaarige Frau erstaunt an. Ihrem Aussehen nach war sie in etwa im Alter ihrer Mutter. Doch anders als Bente hatte Mintje offensichtlich schon früh erfahren, was harte Arbeit bedeutete. Ihre blauen Augen blitzten fast ein wenig schelmisch, wenn sie sprach, und die Fältchen darunter deuteten darauf hin, dass sie oft und gerne lachte. Doch ihr Haar war struppig und ohne jeden Glanz, die Hände rau von der täglichen Arbeit. Ihr ganzes Erscheinungsbild verriet Nelly, dass sie auch heute noch jeden Tag ums Überleben kämpfte. Und anstatt an einem ungemütlichen Sturmabend zu Hause die Füße hochzulegen, war sie hier und putzte, um es einer Unbekannten gemütlich zu machen. Nelly fragte sich, ob sie aus Anhänglichkeit oder Dankbarkeit gegenüber dem alten Piet so freundlich zu ihr war. Doch dafür gab es eigentlich keinen Grund. Schließlich nahm Nelly nun die Position ein, für die Mintjes Sohn doch viel besser geeignet war. Aber wenn sie und Henk im Dorf nicht besonders gut gelitten waren, hofften beide vielleicht, wenigstens in Nelly eine Verbündete zu gewinnen.

Nelly verspürte wenig Lust, sich in die Angelegenheiten

der Einheimischen einzumischen, doch wie die Dinge lagen, würde sie eine längere Zeit an diesem Ort zubringen. Vielleicht sogar bis zum Ende des Krieges. Da war es nur gut, wenn sie so schnell und so viel wie möglich über die Menschen und die Zusammenhänge in Paardendijk herausfand.

»Darf ich fragen, was die Leute hier gegen euch haben?«, erkundigte sie sich zaghaft. Mintje arbeitete weiter, und einen Moment lang dachte Nelly, sie habe ihre Frage nicht gehört, doch dann drehte die Frau sich langsam zu ihr um.

»Das ist eine uralte Geschichte, Fräulein«, sagte sie und klang auf einmal sehr müde. »Ich bin hier im Ort geboren, aber dann ... bin ich fortgegangen. Da war ich noch ein ganz junges Ding. Hatte kein Geld, weder Familie noch Stellung. Musste mich allein durchschlagen, aber ich habe mir geschworen, nie wieder nach Paardendijk zurückzukehren. Die Leute hier sind ja alle so ... rechtschaffen und ehrenwert. Fehler werden nicht toleriert. Schert einmal jemand aus, tagt die Gemeindeversammlung. Aber nicht in der Kirche, sondern in Leanders Laden. So ist es Brauch, seit Jahrhunderten schon. Daran konnte nicht einmal die deutsche Besatzung etwas ändern.«

»Leanders Laden?« Nelly legte nachdenklich die Stirn in Falten. Das Haus mit den verblassten Malereien und den breiten Fenstern fiel ihr wieder ein.

Mintje nickte. Ihrem Gesichtsausdruck nach behagte es ihr nicht, darüber zu sprechen. Sie sah sogar zur Tür, als befürchte sie, jemand stehe womöglich draußen und belausche sie. »Ja. Ich habe einmal den Fehler gemacht, mich gegen die Leanders zu stellen und offen zu sagen, was ich von ihnen und ihrer zur Schau gestellten Gottergebenheit halte. Das ist, wie gesagt, viele Jahre her. Ich bin weggelaufen und habe dafür gebüßt. Mit einem Leben in Armut. Schließlich wurde mir und Henk erlaubt, wieder nach Paardendijk zurückzukehren und ins Haus meiner verstorbenen Mutter zu ziehen. Manchmal darf ich den Fischerfrauen beim Flicken der Netze oder der Wäsche zur Hand gehen. Dafür bekomme ich gerade mal so viel Lohn, dass wir nicht verhungern.« Sie lachte. »Am liebsten wäre es den Herrschaften natürlich, wenn ich wieder verschwinden würde. Solange ich hier bin, erinnere ich sie an … an frühere Zeiten. Aber wer will schon ständig an gestern denken. Wir haben heute doch genug Schwierigkeiten. Dieser verfluchte Krieg. Holland ist von den Deutschen besetzt. Und zu allem Überfluss verschwindet auch noch der alte Piet.«

Auf der Treppe waren Henks Schritte zu hören. Er schien seine Arbeit an der Blendlaterne beendet zu haben und kam nun wieder zu ihnen herunter. Kurz darauf steckte der junge Mann den Kopf durch die Tür. Erst jetzt, im Licht der Lampe, fiel Nelly auf, wie gut Mintjes Sohn aussah. Er hatte nicht nur ihre wasserblauen Augen geerbt, sondern auch das markante Kinn und den leicht spöttischen Zug um die Lippen herum. Im Unterschied zu dem aufmerksamen Blick seiner Mutter, die ihre Lage messerscharf und mit einem Hauch Sarkasmus gewürzt beurteilte, wirkte Henk jedoch eher verträumt. Nelly konnte ihn sich gut mit einem Buch auf den Knien vorstellen. Fast wie Paul, dachte sie, wischte den Gedanken aber gleich wieder fort. Wem half es schon, ständig an Paul zu denken und jeden Mann an ihm zu messen? Ihr gewiss nicht. Je rascher sie sich an ihr neues Leben gewöhnte, desto einfacher würde es werden.

»Oben im Laternenhaus ist alles in Ordnung«, verkündete Henk zufrieden. »Morgen werde ich Ihnen zeigen, wie die Gürtelleuchte funktioniert und wie das Leuchtfeuerverzeichnis zu führen ist. Den heutigen Eintrag werde ich vornehmen, ab morgen ist das aber Ihre Aufgabe. Ich habe ja jetzt hier nichts mehr zu melden.«

Nelly schluckte verlegen. Sie verstand gut, wie der junge Holländer sich fühlen musste. Er, der sich besser mit dem

Leuchtfeuer auskannte als jeder andere hier im Ort, sollte nun zur Seite treten und einer absolut unkundigen Person Platz machen, deren einziger Vorzug darin bestand, dass sie Deutsche und daher den Besatzern genehm war. Am liebsten hätte sie Henk und Mintje offen erklärt, dass es nicht ihre Idee gewesen war, nach Paardendijk zu kommen und einen Leuchtturm zu hüten. Aber da es schon in Berlin zu oft vorgekommen war, dass sie zur falschen Zeit das Falsche gesagt hatte, beschloss sie, darüber den Mund zu halten. Dafür kam ihr ein anderer Einfall, gegen den vermutlich nichts einzuwenden war.

»Henk, ich glaube, wir wissen beide ganz genau, dass ich ohne Ihre Hilfe hier versagen werde. Und selbst wenn Sie mir ein Dutzend Mal erklären und zehnmal mit Durchschlag aufschreiben, was zu tun ist, fehlt mir doch die nötige Erfahrung. Ich möchte daher, dass Sie weiterhin als Leuchtfeuergehilfe hier im Turm arbeiten und dieselben Pflichten erfüllen, die Sie auch beim alten Piet hatten. Ich bezahle Sie dafür.«

Henk wechselte einen Blick mit seiner Mutter, die mit einem Staubtuch über das verschrammte Mobiliar der Kammer wischte. Er schien über Nellys Angebot erfreut, doch gleichzeitig auch bedrückt. Es dauerte lange, bis er mit der Sprache herausrückte.

»Sie ... Sie sind eine Deutsche, Fräulein«, stammelte er. »Die Leanders ... Wenn bekannt wird, dass ich mit den Deutschen kollaboriere ... Das könnte unser Tod sein.« Er stieß scharf die Luft aus, während sein Adamsapfel vor Aufregung auf und nieder hüpfte.

»Nun mach dir deswegen nicht ins Hemd, Junge«, tadelte ihn Mintje. »Willst du dein ganzes Leben lang vor den Leanders kuschen?«

Henk gab zu bedenken, dass die Deutschen den kleinen Ort nicht für alle Zeiten kontrollieren würden. Sobald die Wehrmacht aus Paardendijk abgezogen war, würden sich die Fischer an allen rächen, die in irgendeiner Weise mit den Besatzern zusammengearbeitet hatten.

»Ich gehöre aber nicht zur Besatzungsmacht«, erhob Nelly energisch Einspruch. Es war ihr wichtig, dies gleich zu Beginn zu klären, damit Mintje und Henk keinen falschen Eindruck von ihr gewannen. »Es ist wahr, dass ich diesen Posten zugeteilt bekommen habe, weil die Deutschen nach dem Verschwinden des alten Piet keinen niederländischen Leuchtturmwärter mehr einsetzen wollen. Aber ich habe weder etwas mit dem Militär noch mit irgendeiner der Nazi-Organisationen etwas zu schaffen. Meine Familie war der Ansicht, dass ich hier in Holland weniger Schaden anrichten würde als zu Hause in Berlin. Das ist der einzige Grund, warum ihr mich nun am Hals habt.« Sie dachte kurz nach, dann fügte sie hinzu: »Davon abgesehen bin ich, streng genommen, selbst eine halbe Niederländerin. Meine Mutter stammt nämlich ursprünglich aus Paardendijk.«

Henk und Mintje starrten sie an, als hätte sie ihnen soeben eröffnet, sie sei eigentlich ein sprechender Hase. Eine ganze Weile sagte keiner auch nur einen Ton. Dann ließ sich die grauhaarige Frau mit einem Ächzen auf einen wackeligen Stuhl sinken.

»Was sagt man dazu?«, murmelte Henk leise. Er war bleich geworden. Seine Miene gab nicht preis, ob er Nelly glaubte oder nicht.

Mintje lächelte schwach. »Soweit ich zurückdenken kann, hat es nur eine Handvoll Frauen gegeben, die Paardendijk verlassen haben. Zwei oder drei haben Männer aus Zandvoort geheiratet, eine ist nach Amsterdam gezogen. Aber ...« Sie schüttelte den Kopf. »Nein, das ist doch nicht möglich.«

»Der Name meiner Mutter lautet Bente«, sagte Nelly, die keinen Sinn mehr darin sah, dies zu verheimlichen. Unter den gegebenen Umständen war es sicher besser, sich als Kind einer Einheimischen zu erkennen zu geben, als sich dem Verdacht auszusetzen, mit den deutschen Besatzern unter einer Decke zu stecken.

»Dann gehören Sie ja zu den Leanders«, brummte Henk mit gerunzelter Stirn. Er sah aus, als müsse er scharf überlegen, was ihm lieber war: für einen Kollaborateur gehalten zu werden oder für eine Leander zu arbeiten.

»Bente!« Mintje schloss die Augen, dann wiederholte sie den Namen mehrere Male, als wäre er eine Beschwörungsformel. Doch der eigenartige Moment währte nicht lange. Mintje sprang ganz plötzlich auf und schloss Nelly in ihre fleischigen Arme. »Bente Leanders Tochter«, rief sie begeistert. »Niemals hätte ich geglaubt, noch einmal etwas von ihr zu hören. Und nun steht ihre Tochter vor mir. Verzeih mir, Kind, aber erkannt hätte ich dich nicht. Du siehst der guten Bente kein bisschen ähnlich.«

»Dann erinnern Sie sich also an Mutter?« Nelly gelang es nur mühsam, sich der Umarmung der älteren Frau zu entziehen. »Nun ja, Sie scheinen in ihrem Alter zu sein. Vermutlich sind Sie beide hier zusammen aufgewachsen?«

Mintje kicherte. Sie wirkte auf einmal nicht mehr kühl und beherrscht, sondern übermütig wie ein Schulmädchen. Ihre Erinnerung führte sie offensichtlich in jene Zeit zurück, in der sie jung und voller Hoffnung gewesen war und sich noch nicht den Zorn der Dorfgemeinschaft zugezogen hatte. »Ja, wir waren die besten Freundinnen«, gab Mintje lächelnd zu. »Wir hatten einen Traum.«

»Der für Bente offensichtlich wahr geworden ist«, meinte Henk. Sein Ton klang so bitter wie Wermutkraut. »Sie hat einen wohlhabenden Mann in Deutschland geheiratet, nicht wahr? Und danach nie wieder einen Gedanken an ihr altes Leben verschwendet.«

»Sei still, Henk!« Mintje hob drohend den Finger. »Was geschehen ist, ist geschehen. Ändern lässt sich nichts mehr. Und dass Bente ihre Tochter zu uns geschickt hat, werte ich als ein gutes Omen.«

Nelly lag es auf der Zunge zu erklären, dass ihre Mutter sie mitnichten nach Paardendijk geschickt hatte. Im Gegenteil. Bente hatte nicht gewollt, dass Nelly ihre Heimat kennenlernte. Oder ihre alte Freundin Mintje und deren Sohn. Es war ihr nur nicht gelungen, sich gegenüber dem General durchzusetzen. Aber da Nelly der Begeisterung der älteren Frau keinen Dämpfer versetzen wollte, zog sie es vor, diese unbequeme Wahrheit zu verschweigen.

Frag sie nach Febe. Wieder klang ihr die Stimme ihrer Mutter in den Ohren. O nein, meine Liebe. Nicht jetzt. Ich habe genug damit zu tun, mir hier ein Leben aufzubauen.

Mintje und Henk blieben noch eine Weile bei ihr im Leuchtturm, und als sie sich schließlich verabschiedeten, hatte nicht nur das Unwetter nachgelassen. Mintje hatte mit der ihr eigenen Energie den Ofen gesäubert, Schlafkammer und Aufenthaltsraum gefegt und den Fußboden des winzigen Dienstzimmers unterhalb des Laternenhäuschens geschrubbt, bis er glänzte.

»Wie wäre es, wenn Sie mir auch weiterhin zur Hand gingen?«, schlug Nelly vor. Es war ihr ein wenig peinlich, einer ehemaligen Jugendfreundin ihrer Mutter Arbeit anzubieten. Andererseits wusste sie, dass Mintje das Geld gut gebrauchen konnte, um über die Runden zu kommen. Nelly hatte keine Ahnung, warum Mintje in Ungnade gefallen war und wieso es ihr, im Gegensatz zu Bente, nicht gelungen war, außerhalb von Paardendijk ihr Glück zu machen. Doch wenn sie einen Beitrag dazu leisten konnte, dass die gutmütige Frau sich nicht mehr von den Dorfleuten demütigen lassen musste, wollte sie das gerne tun. Viel bezahlen konnte sie ihr und Henk nicht, aber vermutlich würde es genügen, sodass Mintje für die Fischer keine Netze mehr flicken musste.

»Also abgemacht!« Mintje schlug freudestrahlend ein, wurde dann aber gleich wieder ernst. Sie maß Nelly mit einem besorgten Blick. »Du bist anders als deine Mutter. Ganz anders. Ich ... werde gerne für dich arbeiten und den Leuchtturm sauber halten. Aber nur bis zum Einbruch der Dunkelheit, verstehst du? Dass ich heute länger hier bin, wird eine Ausnahme bleiben. Sobald es dunkel wird, gehe ich!«

Nelly war irritiert. So ängstlich hatte sie Mintje nicht eingeschätzt. Doch dann musste sie wieder an diese schattenhafte Gestalt denken, die sie zuvor gesehen hatte. Mintje und Henk hatten steif und fest behauptet, da sei niemand gewesen. Und so war Nelly fast bereit gewesen, die unheimliche Begegnung ihrer Müdigkeit und ihren überreizten Nerven zuzuschreiben. Doch was, wenn sie sich nicht geirrt hatte? Wenn sich hier oben beim Leuchtturm doch jemand herumdrückte, der Übles gegen sie im Schilde führte?

9

In ihrer ersten Nacht im Turm fand Nelly nur sehr wenig Schlaf. Unruhig wälzte sie sich im Bett des alten Leuchtfeuerwärters hin und her und bemühte sich dabei, nicht auf die zahlreichen ungewohnten Geräusche zu achten, die aus dem alten Gemäuer drangen. Einige Male meinte sie im Halbschlaf Schritte über sich wahrzunehmen. Aus dem Laternenhäuschen. Doch das war unmöglich, sie hatte sich mehrfach davon überzeugt, dass die Stahltür unten fest verschlossen war. Niemand konnte hinein. Doch dann wanderten ihre Gedanken zu allem Überfluss wieder zurück zu der Gestalt im dunklen Regenmantel. Nein, sie hatte sich den Schemen nicht eingebildet. Und ganz bestimmt hatte sie die Tür zum Lagerraum zugezogen. Dennoch war sie plötzlich wieder offen gewesen. Dazu kam das Verschwinden des alten Piet. Hatte er sich nur abgesetzt oder war er tot? War es sein Geist, der bei Dämmerung um den Turm herumstrich, um ihr zu zeigen, dass sie hier nicht hingehörte?

Unsinn, schalt sich Nelly müde. Sie war früher an weitaus merkwürdigeren Orten gewesen, ohne an übersinnliche Phänomene oder einen Spuk zu glauben. Doch wenn es kein Phantom war, dann hatte ein Mensch aus Fleisch und Blut sie bedroht.

Warum hatten Mintje und Henk diese Person nicht gesehen? Weil Henk selbst der Kerl im Regenmantel gewesen war? Hatte er es darauf angelegt, der unerwünschten Deutschen einen Schrecken einzujagen?

Wenn die alle wüssten, wie gern ich meine Siebensachen packen und verschwinden würde, dachte Nelly. Sie hielt sich das nach Mottenkugeln riechende Kissen über den Kopf, als könnte sie damit die quälenden Gedanken verjagen.

Als Nelly am nächsten Morgen erwachte, war die Sonne bereits aufgegangen. Wie dumm, dabei hatte Henk ihr am Vorabend doch eingeschärft, im Morgengrauen das Leuchtfeuer zu löschen. Gähnend quälte sie sich aus dem Bett und zog sich im Nachthemd die eisernen Stufen der Wendeltreppe zum Dienstzimmer empor. Von diesem zweigten einige Erker ab, in denen noch bis vor wenigen Jahren die Nebenfeuer gebrannt hatten. Nelly zitterte vor Kälte, als sie den Dienstraum durchschritt. Verflixt. Wo befand sich noch gleich der Zugang zum Balkon? Ihr ging auf, dass sie dem jungen Gehilfen offensichtlich doch nur mit halbem Ohr zugehört hatte. Sie rüttelte an ein, zwei Türen, fand sie aber fest verschlossen vor. Das war dumm, denn der Schlüsselbund lag noch irgendwo unten. Sie suchte weiter und fand zu ihrer Erleichterung schließlich eine schmale Treppe, an deren Ende der Balkon lag.

Na prima, dachte Nelly, wenig begeistert von der Vorstellung, in schwindelerregender Höhe in die morgendliche Kälte hinauszumüssen, um über den Balkon in das Laternenhäuschen zu gelangen. Den Fehler, ohne warme Kleidung hier hinaufzusteigen, würde sie bestimmt kein zweites Mal machen. Ihr Herz hämmerte und in ihrem Kopf machte sich ein dumpfes Gefühl breit, als sie sich vorsichtig an der Wand entlangtastete. Zu ihrem Glück fand sie das Häuschen, das die elektrisch betriebenen Lampen beherbergte, unverschlossen. Henk hatte ihr erzählt, dass die alte Gaslaterne erst unmittelbar vor dem Krieg erneuert und durch eine moderne Gürtelleuchte mit Wechselvorrichtung ersetzt worden war. In einer Ecke des Häuschens mit dem Kuppeldach hatte es sogar einen Telegrafen gegeben, den der alte Piet bedient hatte, um mit weiter entfernt liegenden Leuchttürmen und sogar mit Schiffen zu kommunizieren. Aber natürlich hatte die deutsche Wehrmacht die Telegrafeneinrichtung sofort nach Besetzung der Küstenregion beschlagnahmt. Man hatte den alten Leuchtfeuerwärter im Verdacht gehabt, die holländische Widerstandsbewegung zu unterstützen. Ein Vorwurf, der laut Henk völlig aus der Luft gegriffen war, da sich der Alte um nichts als seine Lampen gekümmert habe.

Nach einigen Mühen fand Nelly die richtigen Schalter, um das Licht zu löschen. Sie atmete auf. Wenigstens das war – mit einiger Verspätung – geschafft.

Sie stieg wieder hinunter, zog sich rasch an und begab sich dann in die Dienststube. In einem Fach des Schreibtischs fand sie das Verzeichnis, das Henk erwähnt hatte und in dem, ähnlich dem Logbuch eines Schiffskapitäns, alle besonderen Vorkommnisse einzutragen waren. Nelly schlug es auf und blätterte darin. Zu ihrem Erstaunen stellte sie fest, dass die Eintragungen des alten Piet Jahrzehnte zurückreichten. Die erste hatte er im März 1890 vorgenommen. Um diese Zeit musste er seinen Dienst im Leuchtturm von Paardendijk angetreten haben. Seitdem war er tagein, tagaus die schmalen Stufen der Wendeltreppe hinauf- und wieder hinabgelaufen. Bei Wind und Wetter hatte er das Leuchtfeuer entzündet, um den Schiffen auf See den Weg vorbei an gefährlichen Riffen und Untiefen zu weisen. Er war im Turm alt geworden. Und zuletzt aus ihm verschwunden, ohne eine Spur zu hinterlassen. Nach mehr als fünfzig Jahren treuer Pflichterfüllung. Es war kaum zu glauben.

Nelly blätterte weiter im Buch, bis sie auf die letzten Eintragungen stieß. Der ungelenken Schrift nach, stammten sie von Henk, während das letzte Lebenszeichen des alten Piet auf den zwölften November datierte. Nelly versuchte zu entziffern, was der Mann so kurz vor seinem Verschwinden eingetragen hatte, musste sich aber rasch geschlagen geben. Piets Randbemerkung bestand aus einem verwirrenden System aus Abkürzungen und Zahlen, die Nelly an komplexe mathematische Gleichungen erinnerten. Allem Anschein nach bedienten sich die Leuchtfeuerwärter bei ihren Eintragungen eines bestimmten Fachjargons, der ihr als nicht Eingeweihter erwartungsgemäß nichts sagte.

Frustriert klappte sie das dicke Buch zu und legte es zurück. Sie würde wohl oder übel auch hierbei Henk um Hilfe bitten müssen. Nelly griff nach dem Zettel, auf dem der junge Mann noch spät am Abend ein paar ihrer vordringlichsten Pflichten niedergeschrieben hatte, und las ihn sich selbst mit lauter Stimme vor:

»Das Entzünden des Leuchtfeuers ist nach Einbruch der Dunkelheit vorzunehmen und darf unter keinen Umständen versäumt werden. Gegen zehn Uhr am Abend ist ein Kontrollgang vorzunehmen. Nach Sonnenaufgang muss das Leuchtfeuer gelöscht werden. Dabei muss auf den ordnungsgemäßen Zustand der Linsen und des Messingrahmens geachtet werden. Die Geräte sind regelmäßig zu warten. Ebenso ist eine Übersicht über alle Vorräte und Werkzeuge vorzunehmen. Die Eintragung in das Verzeichnis erfolgt bis spätestens vor dem abendlichen Kontrollgang.«

Nelly seufzte. Ob sie das alles jemals lernen würde? Sie konnte von Glück reden, dass Henk bereit war, seinen Dienst im Leuchtturm trotz ihrer Anwesenheit wieder aufzunehmen. Ob sie dafür eine amtliche Genehmigung benötigte? Nun, das würde sie herausfinden. Von Bleicher hatte ihr geraten, ihren Besuch bei dem befehlshabenden deutschen Offizier vor Ort nicht zu lange aufzuschieben. Vielleicht war es in diesem Fall ratsam, seine Empfehlung zu beherzigen. Je schneller sie es hinter sich brachte, desto eher hatte sie ihre Ruhe vor den Soldaten. Doch zuvor wollte sie ins Dorf hinuntergehen und dem Kaufladen der Leanders einen Antrittsbesuch abstatten. Mintjes Andeutungen hatten sie neugierig auf seinen Besitzer gemacht. Sie trugen den Namen ihrer Mutter, vielleicht handelte es sich ja wirklich um nahe Verwandte? Auf alle Fälle konnte es nichts schaden, die Küchenschränke des alten Piet mit frischen Lebensmitteln zu füllen. Nellys Magen bekräftigte diesen Vorsatz mit einem lauten Knurren, was wenig verwunderlich war, denn ihre letzte Mahlzeit in Amsterdam lag fast einen ganzen Tag zurück.

Entschlossen schlüpfte Nelly in Mantel und Schuhe, band sich gegen den Wind ein Kopftuch um und stopfte schließlich die Lebensmittelkarten, die von Bleicher ihr ausgestellt hatte, in ihre Handtasche. Keine zehn Minuten später stand sie vor dem Kaufladen der Familie Leander und sah sich die Malerei an der Fassade an, die sie tags zuvor vom Hügel aus entdeckt hatte. Die Farben waren längst verblasst, dennoch ließ sich unschwer erkennen, dass der Künstler auf dem spröden Stein eine maritime Szene hinterlassen hatte. Sturmwind und aufgepeitschte Wassermassen ließen ein kleines Boot inmitten der schäumenden Gischt wie eine Nussschale auf den Wellen tanzen. In dem Boot befanden sich keine Fischer, die ihre Netze auswarfen, sondern eine Frau mit großen, ängstlich aufgerissenen Augen, die ein Kind in den Armen hielt. Ein schmaler Lichtstreifen, der sich im Wasser spiegelte, deutete das Leuchtfeuer an, das vom Hügel her auf die See fiel. An der Küste stand eine Gestalt, die hinaus auf die See und das Boot mit der Frau und dem Kind starrte. Nelly schlug die Hand vor den Mund, als sie in dem reglos dastehenden Beobachter einen Mann in dunkler Regenkleidung erkannte. Die Ähnlichkeit mit dem Unbekannten, der sie tags zuvor beim Leuchtturm fast zu Tode erschreckt hatte, war beängstigend. Nelly stieß scharf die Luft aus. Ein Zufall? Gewiss, was sonst. Das Wandgemälde befand sich bestimmt seit Jahrzehnten, vielleicht sogar seit einem Jahrhundert an der Fassade. Davon abgesehen liefen vermutlich alle Fischer bei Regenwetter ähnlich gekleidet herum. Es gab keinen Grund, den Mann von gestern mit der Szene auf der Hauswand in Verbindung zu bringen. Dennoch fragte sich Nelly, was den Künstler einst dazu bewogen haben mochte, ein derart verstörendes Bild hier aufzumalen.

Die Ladenglocke läutete und eine Frau verließ schnellen Schrittes das kleine Ladengeschäft. Sie war groß und schlank, wirkte aufgrund ihrer schwarzen Witwenkleidung jedoch verhärmt. Die Falten um ihren Mund erinnerten an Sprünge in einem Tonteller. Unverblümt starrte sie Nelly an, überhörte deren Gruß und eilte, ohne auch nur ein Wort an sie zu richten, davon.

Nelly nahm all ihren Mut zusammen und betrat den Laden mit einem freundlichen Lächeln. Wieder erklang die Glocke, ihr schriller Ton ging Nelly durch und durch. Sogleich drehten sich einige Frauen nach ihr um. Mehrere in stummer Verwunderung aufgesperrte Augenpaare verfolgten jeden Schritt, den Nelly auf dem Weg zur Theke zurücklegte. Hinter der Kasse stand ein mittelgroßer Mann mit ergrauten Schläfen, dem eine goldumrandete Nickelbrille einen Hauch von Vornehmheit verlieh. Er trug einen sauber geflickten weißen Arbeitskittel über dem Anzug, und sein Doppelkinn versank in einer blau-rot karierten Fliege. Als Nelly ihn zögerlich anlächelte, hoben sich die buschigen Augenbrauen des Kaufmanns wachsam. Seine Miene verhieß, dass er höflich, aber auf Distanz bleiben würde.

»Sie sind also die Nachfolge für den Leuchtfeuerwärter«, sprach er Nelly in perfektem Deutsch an. Seine Art, die Worte zu betonen, erinnerte Nelly an ihre Mutter. Die Frauen im Laden begannen hinter ihrem Rücken miteinander zu tuscheln.

»Wir haben lange darauf gewartet, dass endlich wieder jemand beauftragt wird, den armen alten Piet zu ersetzen.«

Nelly schluckte. Die Bemerkung klang sachlich, deutete aber nicht darauf hin, dass sich der Mann darüber freute, ausgerechnet eine Frau, noch dazu eine Deutsche, in dieser Position zu sehen.

»Nelly Vogel«, stellte sie sich vor. Einen Moment lang erwog sie, die Hand auszustrecken, doch sie tat es nicht. Ihr Name hinterließ keinerlei Eindruck bei dem Mann im weißen Kittel. Er nickte lediglich flüchtig.

Nelly beschloss, aufs Ganze zu gehen. Sie setzte ihr bezauberndstes Lächeln auf und sagte: »Ich nehme an, dass ich das Vergnügen mit Herrn Leander habe. Ich habe schon viel von Ihnen und Ihrer Familie gehört.«

Der Mann runzelte die Stirn und ruckte mit der Hand an seiner Brille. »Tatsächlich? Und von wem, wenn ich fragen darf? Sind Sie nicht gestern erst angekommen?«

Nelly spürte, wie die Atmosphäre im Laden sich schlagartig veränderte. Keiner sprach mehr ein Wort. Dafür richteten sich nun die Blicke sämtlicher Anwesenden gespannt auf sie. Aus einem Nebenraum, der gleich hinter der Verkaufstheke lag, kam eine blonde mollige Frau, deren Arbeitskittel darauf hinwies, dass sie zum Laden gehörte. Vermutlich war sie Leanders Frau. Allerdings begab sie sich nicht zu ihm, sondern blieb, die Arme abwartend vor der Brust verschränkt, auf der Türschwelle stehen.

Nelly räusperte sich betreten. Warum konnte sie bloß ihren vorlauten Mund nicht halten? Nun würde die versammelte Dorfgemeinschaft sie gleich zu Beginn für eine Tratschtante halten, die nichts Besseres zu tun hatte, als mit anderen über die Bewohner von Paardendijk zu schwatzen. Um die Wogen zu glätten, wich sie der Frage aus. »Ich habe Mintje gebeten, mir ein wenig im Leuchtturm zur Hand zu gehen. Sie macht einen fleißigen und zuverlässigen Eindruck. Der Leuchtturm war bei meiner Ankunft leider in einem miserablen Zustand.«

»Na, wenn Sie es sagen«, brummte der Mann hinter der Ladentheke, ohne auch nur mit der Wimper zu zucken. Er schien allmählich die Geduld zu verlieren, ließ sich nach kurzem Zögern aber dazu herab, sich Nelly vorzustellen. »Ich bin Haart Leander und das ist meine Frau Agnes. Wir führen das Geschäft. Es ist der einzige Kolonialwarenbetrieb weit und breit und seit fast zweihundert Jahren im Familienbesitz. Aber wenn Sie meinen, Sie könnten Ihre Speisekammer mit unseren Waren füllen, muss ich Sie enttäuschen, Fräulein. Dank Ihrer Landsleute, die sich im alten Schulhaus eingenistet haben, bleibt uns nur wenig, was wir verkaufen können.« Er machte eine Handbewegung in Richtung der Regale. »Schauen Sie sich nur um. Vor dem Krieg haben die Leanders Tee und Gewürze aus Ostindien importiert. Unser Kolonialwarenhandel war das bestsortierte Lager in ganz Nordholland. Aber davon ist wenig übrig geblieben. Die Wehrmacht sorgt dafür, dass fast alle unsere Güter ins Deutsche Reich transportiert werden.«

»Sei doch still, Haart«, fuhr Leanders Frau ihm mit einem ängstlichen Blick über den Mund. »Du redest zu viel.«

Nellys Wangen brannten vor Scham. Natürlich mussten die Ortsansässigen sie für einen Eindringling halten, eine durchtriebene Person, der aufgrund ihrer Herkunft nicht zu trauen war. Dies war verständlich, wenn man sich in Erinnerung rief, dass die Niederlande trotz ihrer Neutralitätserklärung von der deutschen Wehrmacht überrollt und besetzt worden waren. Hatten die Deutschen ursprünglich im Sinn gehabt, die Niederländer für sich und ihre Ziele zu gewinnen, war ihnen doch längst aufgegangen, dass sie damit gescheitert waren. Nelly war bekannt, dass sich überall im Land Widerstandsgruppen bildeten, welche die Eindringlinge in jeder nur erdenklichen Form bekämpften. Sie begingen Sabotage und riefen die Bevölkerung zu Streiks auf. Vor allem aber waren sie höchst erfinderisch, wenn es darum ging, Menschen auf der Flucht zu verstecken und sie mit Lebensmitteln und Nachrichten zu versorgen. Die Besatzungsmacht unternahm indessen, was in ihrer Macht stand, um die Widerstandskämpfer aufzuspüren und ihre Netzwerke zu zerstören. Dies gelang in der Regel nur mithilfe von Verrätern. Es gab Kollaborateure und Spitzel, die sich nicht zu schade waren, ihre Landsleute für ein paar Gulden ans Messer zu liefern.

Nelly hätte den Ladenbesitzern am liebsten entgegengeschrien, dass sie keine Spionin und von ihr nichts zu befürchten war. War sie in Berlin nicht selbst nur mit Müh und Not den Nachstellungen der Gestapo entkommen? Ohne ihren Schwager säße sie jetzt vermutlich in einem der entsetzlichen Lager. Aber von alldem konnten diese Leute natürlich nichts ahnen. Für sie war Nelly eine Fremde, in deren Gegenwart man besser die Zunge im Zaum hielt und nicht aussprach, was man dachte.

Ich könnte es ihnen sagen, dachte Nelly niedergeschlagen. Ich könnte ihnen sagen, dass ich Bentes Tochter bin und nicht in böser Absicht komme. Doch würden sie mir glauben? Würden sie nicht erst recht eine Falle wittern? Sie beschloss, ihr Geheimnis einstweilen für sich zu behalten.

Fahrig öffnete sie ihre Handtasche und durchwühlte sie nach den Lebensmittelmarken. Von Bleichers Zuteilung war mehr als großzügig bemessen. Den kostbaren Marken nach hatte Nelly in ihrer neuen Position Anspruch auf Lebensmittel, die vermutlich in vielen holländischen Häusern schon lange nicht mehr auf den Tisch kamen.

Kurz entschlossen steckte sie die Marken wieder ein. Von ihr aus durfte von Bleicher sie gerne wieder mitnehmen, falls er sich noch einmal bei ihr in Paardendijk blicken ließ. Sie würde künftig essen, was die anderen im Dorf aßen. Keinen Krümel mehr und keinen weniger.

»Ist das alles, was sie dir mitgegeben haben? Das bisschen Grünzeug?«

Mintje saß am Tisch der kleinen Küche im Leuchtturm und begutachtete Nellys Einkauf. Als Nelly ein wenig kleinlaut mit den Achseln zuckte, nahm sich die Frau ein Messer und begann, Kartoffeln und Mohrrüben zu schälen. Das Gemüse war nicht mehr frisch, würde aber doch einen ordentlichen Eintopf abgeben, einen *Stoofpot*, wie Mintje sich ausdrückte. Nelly war der älteren Frau dankbar, dass sie das Kochen übernahm. Sie selbst war keine besonders gute Köchin und wollte keineswegs riskieren, die wenigen Lebensmittel, die Leander ihr eingepackt hatte, auch noch durch ihre mangelnde Erfahrung zu verderben.

Mintje blickte von ihrer Arbeit auf. »Hättest Haart und Agnes ruhig sagen können, wer du bist, Kindchen. Haart und deine Mutter sind Geschwister. Hast du das gewusst? Damit ist er dein Onkel und nächster Verwandter in Paardendijk.«

Ja, und er hält mich für eine Nazi-Spionin, dachte Nelly. Dabei hatte sie sich noch nicht einmal auf dem Wehrmachtsstützpunkt blicken lassen, wie von Bleicher es ihr geraten hatte. Sie schauderte, als sie sich in Erinnerung rief, wie abweisend die Leanders sie behandelt hatten. Die beiden mussten doch gemerkt haben, dass Nelly keinerlei Anspruch auf eine Vorzugsbehandlung erhob, dennoch waren sowohl Haart als auch Agnes so kühl geblieben wie die Regentropfen, die schon wieder gegen die schmale Fensteröffnung des Turms klatschten. Es war erst Mittag und doch schon so finster, als stünde die Nacht bevor. Als Nelly den Laden am Morgen schließlich verlassen und einen Blick durch die Scheibe des Schaufensters zurückgeworfen hatte, hatte sie bemerkt, wie aufgeregt die Dorffrauen mit den Ladenbesitzern diskutierten. Nelly fühlte sich ausgeschlossen und verletzt. Für die anderen war sie der Feind, und Nelly hatte keine Ahnung, was sie unternehmen konnte, um die Verwandten von ihrer Aufrichtigkeit zu überzeugen.

»Ändert es etwas, wenn sie erfahren, dass wir miteinander verwandt sind?«, murmelte sie, während sie zusah, wie Mintje das Suppengemüse in kochendes Wasser warf. »Meine Mutter hat das Dorf augenscheinlich nicht im Guten verlassen. Davon gehe ich wenigstens aus, da sie nie auch nur ein Wort über ihre Familie verloren hat. Sie hat keine Briefe oder Postkarten geschrieben, kein Wort Niederländisch mehr gesprochen und auch niemanden aus der alten Heimat bei uns empfangen. Als Kind fand ich es ja noch ganz interessant, dass sie aus dem Nirgendwo kam. Eine Frau ohne Vergangenheit. Aber heute …«

Sie strich sich eine Haarsträhne aus der Stirn und überlegte, wie lange es her war, seit sie zum letzten Mal einen Friseursalon betreten hatte. In Paardendijk würde sie ihr Haar vermutlich bald wie Mintje zu einem Zopf flechten oder unter einem Kopftuch verstecken.

»Mintje?«

»Hm?«

»Was ist damals vorgefallen? Warum ist meine Mutter fortgegangen?«

Die Frage irritierte Mintje, das bemerkte Nelly sofort. Die ältere Frau straffte ihre Schultern und gab vor, sich völlig auf die Suppe zu konzentrieren. »Ich weiß nicht, was vorgefallen sein soll«, antwortete sie schließlich. »Ich habe dir doch schon gestern erzählt, dass Bente einfach hinaus in die Welt wollte. Wir waren junge Hühner, und in unserem kleinen Nest gab es keine Zukunft für uns.« Sie verzog das Gesicht zu einer Grimasse, als sie hinzufügte: »Sei froh, dass Bente damals davonlief. Hätte sie es nicht getan, wärst du nie geboren worden.«

Nelly öffnete den Mund, um etwas darauf zu erwidern, doch im nächsten Moment polterte Henk die Treppe hinunter. Er war oben im Dienstzimmer gewesen, wo er sich auf Nellys

Bitte hin um den Bericht über den vergangenen Leuchtzeitraum gekümmert hatte. Nun eilte er zu der schmalen Fensteröffnung und warf einen Blick ins Freie hinaus.

Im nächsten Moment wurde Nelly von Motorengeräuschen aufgeschreckt. Wie es aussah, näherten sich gleich mehrere Fahrzeuge dem Leuchtturm.

»Wehrmacht«, flüsterte Henk. Er drehte sich zu seiner Mutter um, die wie erstarrt vor dem blubbernden Kochtopf verharrte. »Wir sollten nicht hier sein, wenn sie kommen!«

Nelly schüttelte überfordert den Kopf. Was hatte das nun schon wieder zu bedeuten? Henk ging ihr hier zur Hand, seine Mutter ebenfalls. Er hatte keinen Grund, sich zu fürchten, zumal der Besuch gewiss nicht ihm galt. Es sei denn ...

»Henk, Sie ... Sie haben doch nichts mit dem Widerstand zu tun?«, fragte Nelly alarmiert. Henk und Mintje tauschten vielsagende Blicke miteinander, schwiegen jedoch beide. Nelly stieß einen Fluch aus. Na wunderbar, das hatte ihr gerade noch gefehlt. Offensichtlich zog sie Ärger an wie ein Magnet. Rasch überlegte sie, was nun zu tun war. »Wenn ihr den Leuchtturm jetzt durch den Haupteingang verlasst, wird man euch aufhalten. Geht rasch nach oben in das Laternenhäuschen, und bleibt dort, bis ich euch rufe. Ich werde die Soldaten schon irgendwie los.«

Nelly scheuchte Mintje und Henk aus der Küche und stieg dann die Stufen hinunter, die zum Lagerraum führten. Sie war noch nicht unten angekommen, als ein donnerndes Pochen gegen die Eingangstür ertönte. Ihre Knie begannen zu zittern.

10

Hat man Ihnen nicht gesagt, dass Sie sich gleich nach Ihrer Ankunft auf dem Stützpunkt zu melden haben?«

Der Offizier, den Nelly in ihr Dienstzimmer bat, war ein blasser, aber muskulöser Mann von knapp dreißig Jahren, der sein jugendliches Aussehen durch ein betont forsches Auftreten zu überspielen versuchte. Begleitet wurde er von zwei Soldaten, die er sogleich zu beiden Seiten der Tür Stellung beziehen ließ. Zu Nellys Überraschung erkannte sie in einem der beiden den jungen Mann wieder, der auf der Zugfahrt nach Amsterdam seine Kameraden mit Liedern auf seinem Schifferklavier unterhalten hatte. Obwohl Nelly sich vorgenommen hatte, sich von den im Ort stationierten Wehrmachtssoldaten fernzuhalten, konnte sie nicht anders, als den jungen Burschen mit einem Lächeln zu begrüßen.

»Du kriegst die Motten«, rief der junge Soldat ebenso erstaunt wie erfreut. »Das Fräulein aus dem Zug!«

Sein Vorgesetzter wandte sich ihm mit verdutzter Miene zu. »Haben Sie mir irgendetwas zu sagen, Gefreiter Maurer?«, fragte er in scharfem Ton.

»Entschuldigung«, ging Nelly dazwischen. »Ich wurde quasi mit einem Truppentransport nach Holland geschickt. Daher kenne ich den … Gefreiten.«

»Maurer, Ralf«, erklärte der junge Mann wie aus der Pistole geschossen.

»Sie sind nicht gefragt, Mann. Habe ich verlangt, dass Sie sich der Dame vorstellen? Nein!« Der Offizier schüttelte den Kopf, worauf sein Untergebener sogleich einen Schritt zurücktrat. Dann wandte er sich wieder Nelly zu. »Ich bin Oberleutnant Götz Haubinger, befehlshabender Offizier in Paardendijk. Wenn ich jetzt einen Blick auf Ihre Papiere werfen darf? Jene Papiere, die Sie eigentlich gleich heute Morgen hätten vorzeigen sollen?«

Nelly ging zu dem kleinen Schreibtisch und zog eine Schublade auf. Sie hatte alles, was von Bleicher ihr gegeben hatte, dort hineingelegt. Mit einem Schwung Papier kehrte sie zu dem Oberleutnant zurück.

»Sie werden sehen, dass alles seine Ordnung hat«, sagte sie, während Haubinger sich die Dokumente ansah. »Ich wurde eigens aus Berlin geschickt, um den alten Piet zu ersetzen.«

Der Offizier hob den Blick und starrte Nelly unverwandt an. »Ich begreife nicht, warum man ausgerechnet Sie zu uns geschickt hat. Darf ich daraus schließen, dass man in Berlin über die Vorkommnisse in diesem Ort redet?«

Nelly überlegte. Wenn der Befehlshaber des kleinen Küstenstützpunkts den Verdacht hegte, man habe ihr den Posten übertragen, um ihm auf die Finger zu schauen, würde sie es in nächster Zeit nicht leicht haben. »Welchen Grund könnte es dafür geben?«, fragte sie also mit einem unschuldigen Lächeln.

Oberleutnant Haubinger schickte die beiden Soldaten an der Tür mit einer Handbewegung hinaus und befahl ihnen, beim Wagen auf ihn zu warten.

»Wollen wir nicht die Karten auf den Tisch legen, Fräulein?«, sagte er schließlich. »Aus Ihren Papieren geht hervor, dass Sie Ihre Position dem General Ansgar von Schlosser verdanken. Wer ist der Mann? Gehört er zur Spionageabwehr?«

Nelly, die keine Ahnung hatte, womit der Mann ihrer Schwester sich beschäftigte, beschloss, die Frage mit einem Achselzucken zu übergehen. Sollte dieser Leutnant doch von ihr denken, was er wollte. Wenn er annahm, dass sie über weitreichende Kontakte in Berlin verfügte, ließ er sie vielleicht in Ruhe und mied den Leuchtturm in Zukunft.

»Sie sprachen eben von gewissen Vorkommnissen«, sagte sie nach einigem Zögern. »Was hat es damit auf sich?« Ihr fiel eine Bemerkung ein, die der Gefreite Ralf Maurer während der Fahrt nach Amsterdam gemacht hatte – unerklärliche Vorgänge am Ort seiner Stationierung hatte er erwähnt. Zu diesem Zeitpunkt hatte Nelly natürlich nicht ahnen können, dass der Soldat ausgerechnet das verschlafene Paardendijk gemeint haben könnte.

Oberleutnant Haubinger räusperte sich. »Ich sollte darüber eigentlich nicht mit Ihnen reden, aber außer dem Leuchtturmwärter wird noch eine weitere Person vermisst. Einer unserer Soldaten. Er … ist ebenfalls spurlos verschwunden.«

»Ein Deserteur?«

Der Oberleutnant verzog das Gesicht, als er das gefährliche Wort aus Nellys Mund vernahm. »Möglich«, gab er widerwillig zu. »Obwohl ich persönlich das einfach nicht glauben kann. Der Mann war Offizier, verstehen Sie? Noch dazu meine rechte Hand hier. Er war nicht sonderlich beliebt, aber nur weil er bei Regelverstößen hart und unnachgiebig durchgriff. Ich kann nichts Nachteiliges über ihn berichten.«

»Hätte er denn eine Gelegenheit gehabt zu desertieren?«, wollte Nelly wissen. Ihr war klar, dass das Verschwinden dieses Wehrmachtssoldaten sie nicht das Geringste anging, aber konnte es ein Zufall sein, dass exakt zur selben Zeit zwei Personen in Paardendijk spurlos verschwanden? Ein holländischer Leuchtfeuerwärter und ein deutscher Offizier?

»Der Mann war für die Wachmannschaften zuständig, die

nach der Ausgangssperre durch das Dorf patrouillierten, um, falls notwendig, Hausdurchsuchungen durchzuführen«, erklärte Haubinger. »Bestimmt hätte es für ihn eine Gelegenheit gegeben, sich heimlich abzusetzen.« Argwöhnisch blickte er sich in Nellys Dienststube um. Sie konnte sich vorstellen, dass er nicht zum ersten Mal hier war. Gewiss hatten seine Männer nach dem Verschwinden des Deutschen den Leuchtturm durchsucht und alles auf den Kopf gestellt. Plötzlich ging ihr ein Licht auf. Die Unordnung, die bei ihrer Ankunft in den Kammern geherrscht hatte, war gar nicht auf die Schlampigkeit des alten Piet zurückzuführen. Jedenfalls nicht allein.

»Jetzt begreife ich«, murmelte sie.

»Wovon sprechen Sie?«

»Sie glauben, dass der alte Piet Ihrem Soldaten dabei geholfen hat, sich aus dem Staub zu machen, nicht wahr? Deshalb haben Ihre Männer den Leuchtturm auf den Kopf gestellt. Gibt es denn irgendeinen Anhaltspunkt dafür, dass Piet und dieser Mann sich gekannt haben?«

Haubinger starrte Nelly verdutzt an. Offensichtlich hatte er nicht damit gerechnet, dass sie die Zusammenhänge so rasch durchschauen würde.

»Das kann ich mir nicht vorstellen«, sagte er schließlich. »Wie ich schon erwähnte, war Leutnant Bellmann sehr auf strikte Einhaltung von Ordnung und Disziplin bedacht. Dazu gehört, jeglichen Kontakt zur einheimischen Bevölkerung zu meiden. Der Leutnant verhängte stets harte Strafen, wenn jemand gegen das Fraternisierungsverbot verstieß. Allerdings …« Er machte eine Pause. Mit hinter dem Rücken verschränkten Armen blickte er ins Leere, als denke er angestrengt über etwas nach. Dann wandte er sich wieder Nelly zu. »Es gehörte tatsächlich zu Leutnant Bellmanns Aufgaben, den Leuchtturm regelmäßig zu kontrollieren und nach verbotenen Sendern und ähnlichen Gerätschaften zu durchsuchen. Ich habe gehört, dass er dabei ein-, zweimal heftig mit dem Leuchtfeuerwärter aneinandergeraten ist, weil der Alte ihn nicht ins Laternenhaus hineinlassen wollte. Aber natürlich hat sich Bellmann dennoch Zutritt verschafft. Einem Bericht nach drohte er diesem Piet, seinen Gehilfen, diesen jungen Burschen, vom Balkon in die Tiefe zu werfen. Erst dann gab der Alte nach und Leutnant Bellmann konnte den Telegrafenapparat beschlagnahmen.«

Unwillkürlich blickte Nelly zur Decke hinauf und hoffte inständig, dass der Offizier es sich nicht einfallen ließ, das Laternenhäuschen zu inspizieren. Eine Begegnung mit dem deutschen Offizier wollte sie Mintje und Henk auf jeden Fall ersparen. Was der jedoch über das Zusammentreffen seines verschollenen Untergebenen mit Piet zu berichten hatte, klang für sie nicht gerade so, als seien die beiden Männer eines Sinnes gewesen. Wieso hätte der Leuchtfeuerwärter einem verhassten Besatzungssoldaten zur Desertation verhelfen sollen? War er vielleicht gezwungen worden, diesen Leutnant Bellmann heimlich aus dem Ort zu bringen, und anschließend selbst untergetaucht, um einer Verhaftung durch die Deutschen zu entgehen?

»Dieser junge Bursche, der dem früheren Leuchtturmwärter hier oben zur Hand ging«, holte Oberleutnant Haubinger Nelly aus ihren Überlegungen. »Sie können mir nicht zufällig sagen, wo er sich gerade herumtreibt?«

»Henk? Sie verdächtigen doch nicht etwa den Jungen, etwas mit der Sache zu tun zu haben?«

»Wir haben ihn schon ein paarmal durch die Mangel gedreht, aber der sture Kerl behauptet steif und fest, nichts von den Absichten und Plänen des Alten gewusst zu haben. Angeblich war er in der Nacht, in der Piet und Leutnant Bellmann verschwanden, nicht einmal im Turm.«

»Warum sollte er auch?«, gab Nelly zu bedenken. »Henk ging dem alten Mann zwar zur Hand und lernte von ihm, aber es war nie nötig, dass er die ganze Nacht im Leuchtturm verbrachte. Es genügt, wenn einer vor Ort ist, um das Leuchtfeuer zu entzünden und zu kontrollieren, dass es die ganze Nacht durchbrennt.«

»Dennoch bin ich davon überzeugt, dass der Bursche uns etwas verschweigt. Vielleicht ist Bellmann ja gar nicht abgehauen, sondern wurde von dem Alten und seinem Helfer um die Ecke gebracht. Aus Rache, weil der Leutnant den Telegrafen konfisziert hat. Oder … Ach verflucht, was weiß denn ich! Jedenfalls ist diesen Leuten hier nicht zu trauen. Sie geben vor, sich nicht gegen das Reich zu stellen, aber wir befinden uns im Krieg, und ich weiß sehr wohl, dass es entlang der Küste Widerstandsgruppen gibt, die nur darauf warten, dass die Engländer kommen, um uns zurückzudrängen.« Er atmete tief durch und senkte seine Stimme, als er fortfuhr: »An anderen Orten ist es zu grausamen Vergeltungsmaßnahmen gekommen, wenn ein Soldat tot aufgefunden oder auch nur vermisst wurde. Bislang war es mir möglich, ähnliche Aktionen in Paardendijk zu verhindern. Dies gelang aber nur, weil rasch das Gerücht die Runde machte, Bellmann sei desertiert.«

Nelly spürte, wie ihre Hände eiskalt wurden. Eine Desertation wurde den Einheimischen nicht zur Last gelegt. Doch wenn sich auch nur der Hauch eines Verdachts regte, ein Mitglied der Dorfbevölkerung könnte für den Tod eines deutschen Wehrmachtsoffiziers verantwortlich sein, würde das schreckliche Folgen haben. Man würde Unschuldige verhaften, vielleicht sogar erschießen. Nelly erschrak bei dem Gedanken, dass Henk und Mintje vermutlich unter den Ersten wären, die die Rache der Besatzer zu spüren bekämen. Möglicherweise würde man auch Nellys Verwandte aus dem Laden holen kommen. Das durfte sie nicht zulassen. Sie musste herausfinden, was aus Piet und diesem Bellmann geworden war, bevor Oberleutnant Haubinger sich zu falschen Schlussfolgerungen hinreißen ließ.

Doch wie viel Zeit würde ihr dafür bleiben? Was konnte sie überhaupt ausrichten? Der Turm war wiederholt nach Spuren untersucht worden, was jedoch zu keinem Ergebnis geführt hatte. Auf die Unterstützung der Wehrmacht konnte sie nicht zählen und die Einheimischen würden sich vermutlich eher die Zunge abbeißen, als mit ihr zu reden. Mit Ausnahme von Mintje und Henk vielleicht.

Oberleutnant Haubinger setzte seine Mütze auf und öffnete die Tür der Dienststube. Aus dem unteren Stockwerk drangen Geräusche zu ihnen herauf. Es klang wie ein Blubbern und Zischen, das durch das Echo noch verstärkt wurde. Nelly seufzte. Der Topf mit Gemüsesuppe, den Mintje auf den Kohleherd gestellt hatte, war dabei überzukochen.

»Ich möchte den jungen Henk gern weiter als Gehilfen beschäftigen«, sagte Nelly, während sie den Oberleutnant die Treppe hinunterbegleitete. »Ich wüsste niemanden hier, der über die Abläufe im Leuchtturm besser Bescheid weiß.«

Haubinger blieb auf der letzten Stufe stehen und sah sie durchdringend an. »Ich warne Sie, Fräulein Vogel. Sie sollten sich von den Einheimischen fernhalten, sonst werden wir vielleicht bald den Verlust eines weiteren Leuchtturmwärters beklagen müssen. Aber wenn Sie sich für diesen Henk verbürgen wollen, denke ich darüber nach. Vorausgesetzt, er meldet sich beim Stützpunkt zu einer weiteren Befragung.« Er lächelte dünn. »Richten Sie ihm das aus, wenn er aus dem Laternenhäuschen kommt.«

»Danke, dass Sie Mutter und mich nicht verraten haben!«

Sichtlich erleichtert ließ Henk sich auf einem der Küchenstühle nieder, während Mintje drei Teller mit Suppe füllte. Sie war gerade noch rechtzeitig in die Küche gekommen, um den Topf vom Herd zu ziehen und das Mittagessen zu retten. Als sie um den Tisch herumsaßen, wollte Nelly sich heißhungrig über die dampfenden Kartoffeln hermachen, doch die Holländerin wies sie mit einem tadelnden Blick darauf hin, dass sie zuerst das Tischgebet zu sprechen gedenke. In diesem dankte sie dafür, dass die Soldaten sie und Henk nicht aufgespürt hatten.

»Warum habt ihr mir nichts von diesem verschwundenen Wehrmachtsoffizier erzählt?« Nelly pustete vorsichtig über ihren Löffel, ehe sie ihn zum Mund führte. Für einen ordentlichen Eintopf war das Gemisch aus Gemüse und Wasser eindeutig zu dünn, aber wenigstens war es heiß und vertrieb die Kälte aus ihren Gliedern. »Ich meine, es ist doch seltsam, dass er und der alte Piet zur selben Zeit aus Paardendijk weggegangen sind.«

Mintje räusperte sich betreten. »Ach, die beiden Ereignisse haben sicher nichts miteinander zu tun. Dieser deutsche Leutnant war einer, dem man besser aus dem Weg gegangen ist. Er hat immer wieder Razzien in den Häusern durchgeführt. Man erzählt sich, er hat gedroht, alle jungen Männer aus dem Ort zum Arbeitsdienst nach Deutschland zu verschleppen, damit sie dann in deutschen Fabriken schuften. Ein fürchterlicher Kerl, dabei soll er ein Doktor gewesen sein.«

»Ein Arzt?«

Die grauhaarige Frau schüttelte den Kopf. »Das nicht, aber ein gebildeter Mensch. Einer, der vor dem Krieg die Universität von Leiden besucht hat. Daher spricht er perfekt Niederländisch.«

»Ich habe gehört, dass Henk eine unliebsame Begegnung mit dem Mann hatte«, sagte Nelly und lenkte damit das Gespräch auf den Streit im Laternenhaus, von dem ihr Oberleutnant Haubinger berichtet hatte. »Er drohte sogar handgreiflich zu werden, nicht wahr?«

Henk legte mit angewiderter Miene seinen Löffel ab und schob den Teller von sich. Wie es aussah, war dem jungen Mann der Appetit vergangen.

»Ich brauche wohl nicht zu betonen, dass das Verschwinden dieses Bellmann das ganze Dorf in Gefahr gebracht hat«, erklärte Nelly mit Nachdruck. »Oberleutnant Haubinger muss seinen Vorgesetzten regelmäßig Bericht über den angeblichen Deserteur erstatten, und die könnten schon bald zu der Überzeugung gelangen, dass hier ein Exempel statuiert werden muss.«

Henk sprang auf, wobei er beinahe seinen Stuhl umwarf. »Na und?«, fuhr er Nelly wütend an. »Was zum Teufel geht Sie das alles überhaupt an? Sie haben nicht die Spur einer Ahnung, wie wir hier leben und welchen Demütigungen wir hier ausgesetzt sind. Vor allem vonseiten Ihrer hochnäsigen Verwandtschaft. Soll dieses verfluchte Nest doch von der Wehrmacht ausradiert werden. Mir ist es gleich, wenn die Leanders draufgehen.«

Der Zornesausbruch ihres Sohnes ließ Mintje nicht unberührt. Erschrocken schlug die Frau die Hand vor den Mund.

»Für Ihre Wut mag es viele gute Gründe geben, Henk«, versuchte Nelly den jungen Mann zu beschwichtigen. Allmählich regte sich auch in ihr der Verdacht, dass er mehr über das Schicksal des alten Piet und des Deutschen wusste, als er zu sagen bereit war. »Aber vergessen Sie dabei sich und Ihre Mutter nicht. Sie waren Piets engster Mitarbeiter und wie ein Sohn für ihn. Sie waren über alles im Bilde, was im Leuchtturm vor sich ging. Wen, glauben Sie, schnappt man sich als Ersten, wenn der Oberleutnant nicht mehr von einer Desertation, sondern von einem Mord ausgeht?«

Henk presste die Lippen aufeinander. Mit mechanischen Bewegungen fuhr er sich durch das lockige blonde Haar. Nellys Worte schienen ihn nachdenklich zu stimmen, zumindest setzte er sich wieder zu ihr und seiner Mutter an den Tisch.

»Es stimmt schon, dass ich den Streit zwischen Piet und diesem Mann ... dem Deutschen ... mitbekommen habe. Piet wollte den Telegrafen nicht hergeben, woraufhin der Leutnant ihn verdächtigt hat, die Apparatur nur nicht herausrücken zu wollen, weil er den Widerstand an der Küste damit unterstützte.« Er lachte bitter auf. »Das war natürlich Unsinn. Piet war ein verschrobener alter Kauz, der sich nur für sich selbst und für das Leuchtfeuer interessiert hat. Dass Holland besetzt ist, hat er kaum zur Kenntnis genommen. Ging ihn ja auch nicht viel an, weil ihn die Deutschen im Leuchtturm weiter haben schalten und walten lassen, wie er es gewohnt war. Erst als dieser Leutnant Bellmann aufgekreuzt ist, hat es Ärger gegeben.«

»Er hat auch Sie persönlich bedroht, nicht wahr?«

»Weil ich so dumm war dazwischenzugehen«, gab Henk zähneknirschend zu. »Bedankt hat sich Piet dafür aber nicht bei mir. Im Gegenteil. Als die Soldaten endlich fort waren, hat er mir Vorwürfe gemacht, weil ich den Telegrafenapparat nicht rechtzeitig in Sicherheit gebracht hatte. Aber wie hätte ich wissen können, dass die Kerle es darauf abgesehen hatten!«

Nelly rührte mit dem Löffel in ihrer inzwischen kalten Suppe. Ein Streit zwischen zwei Männern um eine beschlagnahmte technische Apparatur. Hatte der alte Piet womöglich versucht, sich den Telegrafen zurückzuholen, und war dabei ein weiteres Mal auf Bellmann gestoßen? Unwahrscheinlich. Ein kräftiger Offizier hätte sich von einem über Siebzigjährigen gewiss nicht überrumpeln lassen. Außerdem war der Wehrmachtsstützpunkt gut bewacht, und die Soldaten gingen nach Einbruch der Dunkelheit regelmäßig auf Patrouille. Für den Ort war es auf jeden Fall günstiger, wenn sich die Hinweise auf eine Desertation des Leutnants erhärteten. Aber warum und vor wem hätte der davonlaufen sollen? Nach den Worten von Oberleutnant Haubinger war Bellmann das Musterbild eines Befehlsempfängers, der seinem Führer folgte, die Einheimischen verabscheute und an den Endsieg glaubte.

Es sieht übel aus, sehr übel, überlegte sie später, als sie neben Henk im Laternenhaus stand und seinen Erklärungen über die Reichweite der Leuchtfeuer und die Feuerhöhe zu folgen versuchte. Letztere gab den vertikalen Abstand zwischen der Lichtquelle eines Leuchtfeuers und dem Meeresspiegel an. Die meisten Leuchtfeuer reichten laut Henk zwischen fünf und zwanzig Seemeilen weit. Nelly begutachtete die Linsen und erfuhr dabei, dass das Festfeuer in den Sektorenfarben Weiß, Grün und Rot zur Verfügung stand.

»Das weiße Licht ist über neun Seemeilen hinaus zu erkennen«, berichtete Henk nicht ohne Stolz auf sein Wissen. »Wenn Sie wollen, bediene ich das Leuchtfeuer heute Abend wieder für Sie.«

Nelly schüttelte den Kopf. Damit würde sie schon allein fertig, wenigstens hoffte sie es. Das Meer war nach dem gestrigen Sturmwind verhältnismäßig ruhig, und wenn sie gut aufgepasst hatte und die Lampe richtig bediente, würde ihretwegen während der Nacht kein Schiff in die Irre gehen.

»Sie werden sich freiwillig auf dem Stützpunkt melden und Ihre Aussage machen«, sagte sie. »Es muss sein, Henk. Sonst lässt Haubinger Sie nicht mehr im Leuchtturm arbeiten. Bleiben Sie bei dem, was Sie ausgesagt haben. Dass der alte Piet Sie nicht in seine Pläne eingeweiht hat, weil er niemandem traute. Auch Ihnen nicht. Und lassen Sie einfließen, dass dieser Leutnant sich abgesetzt und Piet gezwungen haben könnte, ihm bei seiner Flucht zu helfen.«

Henks krampfhaftes Schlucken verriet Nelly sofort, dass der junge Mann eine zu ehrliche Haut war, um sich irgendwelche Geschichten aus den Fingern zu saugen.

»Wenn ich lüge, dann aber weder für Sie noch für das Dorf, sondern nur für Sanne«, erklärte er mit rauer Stimme.

»Sanne?«

Henk errötete, als wäre er bei einem verbotenen Streifzug

durch die Speisekammer ertappt worden. »Ja, sie ... Sie ist Leanders Tochter und ganz anders als die meisten Leute im Ort. Sie lächelt mir zu, wenn sie auf ihrem Fahrrad an mir vorbeifährt, und ein paarmal hat sie vor der Kirche mit mir geredet.«

Sanne Leander, dachte Nelly mit einem feinen Lächeln. Sieh mal einer an.

11

In der Nacht wurde Nelly von einem dumpfen Klopfen aufgeschreckt, das von unten zu ihr hinaufdrang. Benommen tastete sie nach dem Schalter der kleinen Nachttischlampe, doch sooft sie ihn auch drückte: Es blieb stockdunkel in der Kammer.

Ein Stromausfall, überlegte sie. Henk hatte sie davor gewarnt, dass so etwas passieren konnte. Für diesen Fall gab es einen Notfallgenerator, den sie anzuwerfen hatte, damit das Licht im Laternenhaus nicht ausging. Wieder vernahm sie das Pochen. Es hörte sich an, als hämmerte jemand mit Fäusten gegen die Eingangstür.

Zitternd vor Kälte richtete sich Nelly auf und starrte in die Dunkelheit. Wie spät war es überhaupt? Nelly erinnerte sich, wie sie nach dem Kontrollgang gegen zehn Uhr am Abend erschöpft auf ihr Bett gefallen war. Sie musste eingeschlafen sein, sobald ihr Kopf das Kissen berührt hatte, konnte aber nicht sagen, wie viel Zeit vergangen war. Graute der Morgen bereits? Nein, draußen war es stockdunkel. Sie musste raus aus den Federn. Blieb das Licht aus, würde man sie dafür zur Verantwortung ziehen. Aber wo befand sich der verflixte Generator? Nun bereute sie, dass sie Henk nicht richtig zugehört hatte.

Das Klopfen hörte nicht auf. Jemand schien unten die Tür einschlagen zu wollen.

Eilig warf Nelly sich den Morgenmantel über und huschte aus der Kammer. Sie musste etwas unternehmen, aber was? Sollte sie nachschauen, wer unten Einlass begehrte, oder nach dem Generator suchen, damit sie Licht bekam? Sie beschloss, zunächst einmal die Treppe zum Lagerraum hinunterzusteigen. Möglicherweise war es ja Henk. Er konnte ihr erklären, wie der Generator zu bedienen war.

Im Lagerraum angelangt, verharrte sie unschlüssig.

Und wenn es gar nicht Henk war, der da draußen wild gegen den Stahl hämmerte?

»Wer ist da?«, rief sie und zuckte zusammen, als sie das Echo dumpf von den hohen Wänden widerhallen hörte.

Niemand antwortete. Doch die Klopfgeräusche hörten auf.

»Hallo? Ich höre doch, dass da jemand ist. Melden Sie sich!«

Die plötzliche Stille mischte sich mit der Kälte, die durch Nellys Körper kroch. Nein, das war nicht Henk.

»Verschwinden Sie, ich werde nicht öffnen!«

Keine Antwort. Dennoch hätte Nelly schwören können, dass der Unbekannte noch immer vor dem Turm lauerte. Sicher wartete er darauf, dass sie doch noch die Tür öffnete. Nun, diesen Gefallen würde Nelly ihm nicht tun. Doch was, wenn es außer dem Haupteingang einen weiteren Zugang zum Turm gab, von dem sie nichts ahnte? Sie ärgerte sich, weil sie Henk nicht nach einem zweiten Zugang gefragt hatte.

Licht. Sie musste dafür sorgen, dass es hell wurde. Eilig rannte sie wieder hinauf, um sich auf die Suche nach dem Generator zu machen, was im Finstern gar nicht so einfach war. Nelly brauchte eine Lampe oder wenigstens eine Kerze. Bestimmt hatte der alte Piet irgendwo Kerzen gelagert. Doch ihr fehlte die Zeit, danach zu suchen. Mehrmals stolperte Nelly auf der Treppe, und als sie sich endlich den Weg zum Balkon ertastet hatte, schwitzte sie vor Aufregung aus allen Poren. Das Laternenhäuschen war dunkel, der Schein der Gürtelleuchte, der sonst weit über die stürmische See hinausreichte, war erloschen. Nelly konnte kaum abschätzen, wie lange das Licht schon nicht mehr brannte. Es gehörte zu ihren Aufgaben, dass so etwas nicht passierte. Vorsichtig berührte sie das Glas. Es war noch warm. Folglich konnte das Licht noch nicht allzu lange erloschen sein.

Hastig durchsuchte Nelly den Raum und stieß einen Schrei der Erleichterung aus, als sie auf den Notfallgenerator stieß. Nelly hatte keinen blassen Schimmer, wie genau er funktionierte und den benötigten Strom erzeugte, doch sie vermutete, dass die Kurbel an dem Gerät hierbei eine maßgebliche Rolle spielte. Strom durch Mechanik, so ungefähr hatte Henk sich doch ausgedrückt, oder? Nelly zog den Gürtel des Morgenmantels straffer und bückte sich, um die Kurbel zu bedienen. Doch sie hatte diese nicht einmal berührt, als es um sie herum ganz plötzlich hell wurde. Das weiße Glühlampenlicht ging wie von Zauberhand an. Es leuchtete so grell, dass Nelly sich geblendet die Hand vor die Augen halten musste.

Der Strom war wieder da.

Benommen machte sich Nelly auf den Rückweg. Kurz blieb sie auf dem Balkon stehen und ließ sich den eisigen Nachtwind um die Ohren wehen. Wie eine kalte Hand fuhr er ihr durch die Haare.

Es war ein Stromausfall, beruhigte sie sich selbst. Nur ein Stromausfall, wie er in diesen unruhigen Kriegszeiten beinahe täglich vorkommen konnte. Ein Zufall, mehr nicht. Mit dem alten Piet oder dem verschwundenen Wehrmachtsoffizier hatte das rein gar nichts zu tun. Und es war ja gerade noch einmal alles gut gegangen.

Doch wer hatte unten lautstark gegen die Tür des Leuchtturms geklopft? Hatte jemand sie warnen oder aber erneut zu Tode erschrecken wollen?

Als Nelly den Blick über die Gegend schweifen ließ, war ihr

plötzlich, als bewege sich ein Schatten am Rand des Hügels, gleich dort, wo der ausgetretene Treppenweg ins Dorf seinen Anfang nahm. Es war ein Mann, der die Stufen hinabeilte. Und er trug einen weiten dunklen Mantel.

Nach den Ereignissen der Nacht musste sich Nelly nach Tagesanbruch geradezu aus dem Bett quälen. Am liebsten hätte sie sich die Decke über den Kopf gezogen, denn immerhin war heute Sonntag. Unglücklicherweise musste sie wieder hinauf ins Laternenhaus, um das Leuchtfeuer zu löschen. Außerdem musste sie den Stromausfall vermerken. Doch das konnte sie auch noch am Nachmittag erledigen. Was sie nun brauchte, waren ein wenig Wind um die Ohren und frische Luft.

Nachdem Nelly ihre Pflichten an der Leuchtanlage erfüllt hatte, zog sie sich den warmen Mantel über, schlüpfte in feste Schuhe und stieg über den Treppenweg hinunter zum Strand. Dabei untersuchte sie aufmerksam den Sand nach Fußabdrücken. Wer auch immer ihr in der Nacht einen Besuch hatte abstatten wollen, musste doch Spuren hinterlassen haben. Tatsächlich fand sie eine Vielzahl verschiedener Abdrücke im weichen Sand, größere und kleinere. Die Spuren klobiger Soldatenstiefel wiesen auf Oberleutnant Haubingers Männer hin, die kleinen konnte auch Mintje hinterlassen haben. Doch ob sich unter den Abdrücken auch die ihres rätselhaften Besuchers befanden, ließ sich nicht erkennen.

Nelly lief nachdenklich über den Strand und atmete die salzige Luft ein. Sie genoss es, ganz allein zu sein und ungestört auf die graue See zu blicken. Zu dieser frühen Morgenstunde war weit und breit kein Mensch zu sehen. Die Bewohner von Paardendijk schienen es mit der Sonntagsruhe überhaupt sehr genau zu nehmen, denn soweit Nelly es überblicken konnte, war keines der Boote zum Fischen hinausgefahren. Vom Dorf her waren Kirchenglocken zu hören.

Nelly stapfte weiter durch den feuchten Sand, blieb aber hin und wieder stehen, um eine besonders hübsche Muschel aufzuheben. Schon als kleines Mädchen hatten die wunderlich geformten Gebilde aus dem Meer eine nahezu magische Anziehungskraft auf sie ausgeübt. Auch von ihren späteren Reisen war sie häufig mit einer Tasche voller Muscheln nach Hause zurückgekehrt. Nelly strich sachte über die glatte Schale einer Muschel.

Auf einmal mischte sich Hundegebell in den Klang des Glockengeläuts. Als Nelly den Kopf hob, bemerkte sie zu ihrem Schrecken eine Dogge, die den Strand entlangjagte, direkt auf sie zu. Verflixt, wo kam dieser Hund denn so plötzlich her? War er auf sie gehetzt worden, um sie zu zerfleischen? Nelly stand da wie erstarrt. Eine innere Stimme drängte sie, die Beine in die Hand zu nehmen, doch wie weit würde sie kommen, bevor das Tier sie eingeholt hatte? Hastig sah sie sich nach einem Gegenstand um, mit dem sie den Hund abwehren konnte. Tatsächlich hatte das Meer hier viel Treibgut angespült. Darunter befanden sich zerborstenes Holz, Schnüre und ein klitschnasses, schmutziges Bündel aus zerfetztem Stoff. Die Holzteile kamen Nelly wie gerufen. Hastig bückte sie sich danach, doch da spürte sie auch schon eine feuchte Schnauze an ihrem Bein. Sie schrie auf, erwartete, wie Zähne sich in ihr Fleisch bohrten.

Doch das Tier machte keine Anstalten, sich auf sie zu stürzen, im Gegenteil. Es begrüßte Nelly schwanzwedelnd, offenbar froh darüber, beim Umhertollen jemanden aufgetrieben zu haben, von dem es sich streicheln lassen konnte. Mit einem Seufzer warf Nelly das Holzstück fort. Dann ging sie in die Hocke und tätschelte dem Tier vorsichtig den Kopf. »Weißt du, du hast mich fast zu Tode erschreckt, als du auf mich zugestürmt bist! Was suchst du hier draußen so mutterseelenallein? Bist wohl ausgebüxt, was?«

Die Dogge ließ sich Nellys sanfte Liebkosung eine Weile

gefallen, dann wandte sie sich voller Neugier dem Treibgut zu und beschnüffelte es. Plötzlich begann das Tier zu knurren und zerrte an dem unter Sand und Schlick halb verscharrten Stoffbündel. Im Nu war das Bündel freigelegt. Nelly runzelte die Stirn. Was war das? Ein Stück von einem Rucksack? Sie holte tief Luft, während die Dogge nach wie vor knurrend an ihrer Beute riss. Gern hätte sie den zerfetzten Gegenstand aufgehoben, doch solange die Dogge ihr Interesse daran noch nicht verloren hatte, traute sie sich nicht, es ihr wegzunehmen. Sie fragte sich, ob das Ding, wenn es denn einmal ein Rucksack gewesen war, vielleicht einem der aus dem Ort verschwundenen Männer gehört haben konnte. Wenn Leutnant Bellmann sein Zeug darin aufbewahrt hatte, ließen sich seine Vorgesetzten möglicherweise davon überzeugen, dass der Leutnant heimlich Fahnenflucht begangen hatte. Womöglich mit einem gestohlenen Boot? Ob Oberleutnant Haubinger schon hatte feststellen lassen, ob eines der Fischerboote abhandengekommen war? Gesagt hatte er nichts. Nelly würde sich umhören müssen. Aufgeregt durchsuchte sie ihre Manteltaschen nach etwas, um die sabbernde Dogge von ihrem Fund abzulenken. Doch außer den vorhin am Strand aufgelesenen Muscheln fand sie nichts als ein zerknittertes, schwach nach Kölnisch Wasser duftendes Taschentuch. Kurz entschlossen faltete sie es auseinander und wedelte damit vor der Schnauze des Hundes herum, der sich noch immer abmühte, das Stoffbündel vollständig zu zerreißen. Zu ihrer Erleichterung ging die Rechnung auf. Der Hund ließ von seinem schmutzigen Fund ab und schnappte stattdessen nach Nellys Tuch. Nelly hob die Überreste des Rucksacks auf, doch noch bevor sie den noch halbwegs intakten Riemen lösen konnte, sah sie Mintje auf sich zukommen. Die Frau hielt eine Hundeleine in der Hand und stieß, als ihr Blick auf die Dogge fiel, einen schrillen Pfiff aus. Sogleich sprang das Tier auf Mintje zu und ließ sich die Leine anlegen.

»Ist das deiner?«, rief Nelly der älteren Frau überrascht entgegen. »Ich wusste nicht, dass du einen Hund hast.«

»Tilly gehört Henk. Sonntags lässt er sie am Strand ein wenig freilaufen, weil zu dieser Zeit kaum jemand unterwegs ist. Die Herrschaften versammeln sich oben in der Kirche, wie es sich für fromme Calvinisten am Tag des Herrn gehört.« Sie lächelte. »Für uns eine gute Gelegenheit, durchs Dorf zu schlendern oder am Strand spazieren zu gehen, ohne angestarrt oder angepöbelt zu werden.« Mintje deutete auf das Bündel in Nellys Arm. »Du machst dich schmutzig, wenn du das angeschwemmte Zeug aufhebst«, sagte sie. »Außerdem bringt so was Unglück. Was die See sich einmal geholt hat, gehört ihr allein. Auch wenn sie es aus einer Laune heraus an den Strand spült. Sie will es bei der nächsten Flut wiederhaben. Äh, was ist das denn?«

Nelly zuckte ratlos mit den Achseln. »Könnte einmal ein Rucksack gewesen sein, vielleicht aus Wehrmachtsbeständen. Für mich sieht dieses feste Leintuch irgendwie … militärisch aus. Ich habe mich gefragt, ob es womöglich diesem Leutnant Bellmann gehört haben könnte und er es verloren hat.«

Mintje schnauzte die Dogge an, die jaulend an ihrer Leine zog. Es behagte ihr offensichtlich nicht, bei Fuß laufen zu müssen. »Ich sag's ja, der Deutsche hat sich heimlich abgesetzt, wurde von der Flut überrascht und ist dabei ersoffen. Je eher die vom Stützpunkt das einsehen, desto besser.«

Eine Weile gingen die beiden Frauen nebeneinander am Strand entlang. Keine sprach auch nur ein Wort, bis Mintje stehen blieb und Nelly an der Schulter berührte. Sie sah besorgt aus. Etwas lag ihr auf dem Herzen, das konnte Nelly spüren.

»Hab gehört, das Leuchtfeuer brannte heute Nacht nicht«, rückte die Ältere schließlich mit der Sprache heraus. »Henk hat sich darüber ziemlich aufgeregt. Meint, das wäre seit zwanzig Jahren nicht mehr vorgekommen.«

Nelly seufzte. Es war zu erwarten gewesen, dass das Malheur nicht unbemerkt geblieben war. Gewiss war die Unfähigkeit der Neuen vom Leuchtturm, die nicht einmal die Lampe korrekt zu bedienen verstand, das vorherrschende Gesprächsthema im Dorf. Dabei konnte sie doch nicht einmal etwas für einen Stromausfall.

Mintje trat von einem Fuß auf den anderen. »Wenn der Strom ausgefallen ist, dann nur im Leuchtturm. Bei Leanders brannte nämlich die halbe Nacht das Licht. Henk hat es bemerkt. Der dumme Junge schleicht nachts um den Laden herum, wenn er nicht schlafen kann. Hofft wohl insgeheim, seine Angebetete könnte sich am Fenster zeigen.«

»Ist Henk zum Leuchtturm gelaufen, um mich zu verständigen?«, wollte Nelly wissen. Dies wäre die naheliegendste Erklärung für den nächtlichen Störenfried an der Tür gewesen.

Aber Mintje schüttelte den Kopf. »Das hatte er vor. Aber er fand in der Aufregung seine Schlüssel nicht und dann ging das Leuchtfeuer auch schon wieder an. Henk vermutet, dass es keine halbe Stunde dunkel war. Trotzdem könnten selbst fünf Minuten einen großen Schaden anrichten, der auf dich zurückfallen würde. Schließlich bist du jetzt für den Turm verantwortlich.«

So ist es, dachte Nelly. Und es gibt jemanden, der dies auf Biegen und Brechen ändern will. Inzwischen war das sonntägliche Glockengeläut verstummt. Stattdessen wehte der Wind ihnen den majestätischen Klang einer Kirchenorgel entgegen. Der Gottesdienst würde in Kürze beginnen. »Diesen Leutnant Bellmann hat es übrigens oft in die Kirche gezogen«, fiel Mintje ein. Sie hatten inzwischen den Treppenpfad zum Leuchtturm erreicht.

Nelly blieb überrascht stehen. »Er hat den Gottesdienst besucht?«

Mintje lachte. »Eher hätte er eine Razzia in der Kirche

durchgeführt, um nach Waffen oder Spionen zu suchen. Nein, unter der Woche habe ich ihn hineingehen sehen. Weiß noch, wie ich mich gefragt habe, was einer wie der in einem Gotteshaus zu suchen hat. Beten wollte der sicher nicht. Aber was weiß ich schon? Hab das alte graue Gemäuer seit meiner Jugend nicht mehr betreten und daran wird sich auch nichts ändern, bis ich sterbe. Der Herr Pastor ist ja ein feiner Kerl. Ihn würde es nicht stören, wenn Henk und ich seine Predigten besuchten. Aber die anderen …« Sie schnaubte verdrossen. »Ne, ne, man kann den Herrgott auch ohne Mauern um sich herum verehren. So halte ich's, und Henk sage ich, er soll keine Dummheiten machen und in keines Menschen Schuld stehen. Das sollte genügen, um durchs Leben zu kommen.«

Nelly hörte Mintjes Monolog nur noch mit halbem Ohr zu. Zu sehr beschäftigte sie das Bild des deutschen Wehrmachtsoffiziers in ihrem Kopf, der seinen Untergebenen auf die Nerven ging, die einheimische Bevölkerung drangsalierte und sich dann in die Dorfkirche zurückzog. Wozu? Um heimlich Abbitte zu leisten? Um dem Pastor etwas anzuvertrauen? Nun, dies ließ sich nur herausfinden, wenn sie die Kirche in Augenschein nahm. Sie hatte keine Ahnung, ob von Bleicher oder Oberleutnant Haubinger damit einverstanden wäre, aber noch war sie trotz ihrer Verbannung aus Berlin frei, allein Entscheidungen zu treffen. Gewiss ließ sie es sich nicht verbieten, der Taufkirche ihrer Mutter einen Besuch abzustatten. Eilig verstaute sie ihren Fund vom Strand in einer Truhe im Dienstzimmer. Dann bürstete sie ihren Mantel aus, schnappte sich Hut und Handschuhe und begab sich eilig hinunter zur Kirche.

12

Die Kirche von Paardendijk war ein nüchterner Ziegelsteinbau, der seinen strengen sakralen Charakter nur dem schmalen Glockenturm, einem Kreuz auf dem Dachreiter sowie einer Reihe einfacher Bogenfenster verdankte. Der untere Teil des Mauerwerks war dick mit grünem Efeu bewachsen. Er schien aus dem Mittelalter oder der Zeit der Glaubenskämpfe zu stammen, den Rest des Gebäudes schätzte Nelly auf das frühe 19. Jahrhundert. Vermutlich hatte hier seit Menschengedenken ein Gotteshaus gestanden, das im Lauf der Jahrhunderte abgerissen und wiederaufgebaut worden war.

Als Nelly die schwere Kirchentür aufstieß und sich in den Innenraum zwängte, fiel ihr sofort auf, dass sich der schmucklose Charakter der äußeren Fassade im Innern fortsetzte. Wie die meisten calvinistischen Gotteshäuser war auch diese Kirche mehr Ort der Versammlung als geweihte Stätte. Weder bunte Glasfenster noch Fresken, Statuen oder auch nur geschnitztes Kirchengestühl sollten die Gläubigen von den Worten ihrer Prediger ablenken. Nelly war froh, dass die Gemeinde bei ihrem Eintreten in einen Wechselgesang mit dem Pastor vertieft war, einem kahlköpfigen Mann, der nur flüchtig von seinem Psalmenbuch aufblickte, als Nelly sich leise in die letzte Bankreihe quetschte. So nahm kaum einer der Anwesenden Notiz von ihr.

Neugierig ließ sie den Blick über die Reihen der Gläubigen schweifen, die sich nun von ihren Plätzen erhoben. Die Kirche war nicht nur gut besucht, sie war geradezu brechend voll. Die Versammelten standen so dicht beieinander, dass sie sich an den Ellenbogen berührten. Mit Ausnahme von Mintje und Henk schien das gesamte Dorf zum Gottesdienst versammelt zu sein. Ganz vorne, fast unter der Nase des Pastors, erspähte Nelly ihren Onkel Haart und seine Frau Agnes. Bei dem dunkelhaarigen Mädchen, das neben Agnes saß, musste es sich um ihre Tochter Sanne handeln. Nelly betrachtete sie voller Neugier. Sie war bildhübsch, trotz der altbackenen Aufmachung, die mehr zu einer Frau in Mintjes oder Agnes' Alter passte als zu einer Achtzehnjährigen. Sie war weder geschminkt noch trug sie Schmuck, und ihr pechschwarzes Haar war zu einem strengen Zopf geflochten. Doch während sie sang, blitzten ihre mandelförmigen Augen an manchen Stellen des Psalmentextes auf, was die Strenge in ihren Zügen aufweichte und ihr einen fast schelmischen Ausdruck verlieh. Von Zeit zu Zeit warf sie dem jungen Mann an der Orgel einen Blick zu, den dieser mit einem Augenrollen erwiderte. Unbemerkt von Pastor und Gemeinde schienen sie wortlos miteinander zu kommunizieren, was den Schluss nahelegte, dass sie enge Vertraute, vielleicht Geschwister waren.

Nach dem Gottesdienst zog Nelly sich in einen schattigen Winkel zurück und wartete dort, bis sich die Kirche geleert hatte. Als der letzte Dorfbewohner gegangen war, trat sie auf den Pastor zu und stellte sich ihm vor. Sichtlich erfreut ergriff der Mann ihre Hand und schüttelte sie so begeistert, dass Nelly ein Gefühl von Rührung überkam.

»Pastor Bakker.« Seine tiefe Stimme hallte durch das leere Gebäude. »Ursprünglich komme ich aus Dordrecht, aber schon seit fast zwanzig Jahren bindet mich Gott an diesen einsamen Ort, damit ich Demut und Nächstenliebe lerne.« Er lachte verlegen. »Und wer Sie sind, brauchen Sie mir gar nicht zu erklären, meine Liebe. Mein alter Freund Haart hat sich mir bereits anvertraut.«

Nun war die Überraschung auf Nellys Seite. »Er ... Leander weiß über mich Bescheid?«

»Dass Sie die Tochter seiner jüngeren Schwester sind, die Paardendijk verlassen hat, um einen Ausländer zu heiraten?« Mit einem Lächeln forderte der Pastor Nelly auf, sich auf eine der Kirchenbänke zu setzen, und nahm ihr gegenüber Platz.

»Einen Deutschen, meinen Sie. Sprechen Sie es ruhig aus.«

Bakker zuckte mit den Achseln. »Das hat sie mit Königin Wilhelmina gemeinsam. Ihr Mann, Prinz Heinrich zu Mecklenburg, kam auch aus Deutschland. So wie der Gatte ihrer Tochter, unserer Kronprinzessin Juliana. Damals spielte das ja auch keine Rolle. Heute hingegen ...« Er seufzte kurz, dann hob er den Kopf und blickte Nelly in die Augen. »Sie dürfen es Ihrem Onkel nicht übel nehmen, dass er Sie nicht in die Arme schloss. Wir sind hier nicht in Amsterdam. Bei uns an der Küste dreht sich alles um Ebbe und Flut, um das Leuchtfeuer und darum, welcher Fischer den größten Fang an Land gebracht hat. Und natürlich geht es um Gottes Gebote. Die Leute leben so wie ihre Eltern und Großeltern vor ihnen. Neue Ideen ängstigen sie, und die meisten haben nur wenig Verständnis dafür, wenn jemand aus der engen Dorfgemeinschaft ausschert und in die Welt hinauswill.«

»Wie meine Mutter, meinen Sie?«

Pastor Bakker hob die Hand. »Oh, ich habe Ihre Mutter nie kennengelernt, daher steht mir kein Urteil zu. Ich vermute allerdings, dass es den guten Haart schwer getroffen hat, dass sie so sang- und klanglos aus seinem Leben verschwunden ist. Wie soll ich es Ihnen erklären?« Er schien nach passenden Worten zu suchen. »In der Familie Leander wird seit Jahrhunderten stets ein Geschwisterpaar geboren. Oft sind es Zwillinge, aber nicht immer. Allen gemein ist nicht nur eine besonders innige Beziehung zueinander, sondern auch die Überzeugung, eine führende Rolle im Gemeinwesen einzunehmen. Die Dorfgemeinschaft erkannte diese Rolle auch stets an. Die Leanders stellten seit Gründung des Ortes Bürgermeister und Pastoren, ihre Mädchen heirateten einflussreiche Personen. Ihr Onkel setzt sehr auf Tradition. Ich habe ihm schon oft erklärt, dass die Zeiten sich geändert haben und Traditionen nicht in Stein gemeißelt sind. Doch ich fürchte, er hat es nie so recht verkraftet, dass ausgerechnet seine Schwester sich den Wünschen der Familie widersetzt hat. Haarts Hoffnung für die Zukunft ruht jetzt auf seinen beiden Kindern, natürlich wieder ein Junge und ein Mädchen.«

»Sanne und Bram«, murmelte Nelly. Die Worte des Pastors schwirrten wie aufgescheuchte Fliegen durch ihren Kopf. Sie rief sich in Erinnerung, was Mintje gesagt hatte: dass sie und Bente der Enge dieses Ortes hatten entfliehen wollen und daher das Weite gesucht hatten. Den Worten des Pastors zufolge hatte jedoch die Rolle, die man ihrer Mutter zugedacht hatte, den Ausschlag gegeben. Sie und Haart waren dazu erzogen worden, sich als Geschwister niemals zu trennen und in Paardendijk den Ton anzugeben. Es war ihr Vermächtnis, das Dorf anzuführen und die Geheimnisse des Ortes zu hüten.

»Ich habe Haart ins Gewissen geredet«, holte Pastor Bakker Nelly aus ihren Gedanken. »Es wäre ein Fehler, die Jungen für die Sünden der Alten büßen zu lassen. Haart Leander ist ein kluger Kopf, er wird sich meine Worte zu Herzen nehmen und Sie nicht zurückweisen, weil Sie eine Deutsche sind.« Er verzog gequält das Gesicht. »Auch wenn ich gestehen muss, dass es uns die Soldaten gerade wieder schwer machen. Seit Tagen dringen sie in die Häuser ein und bedrohen die Bewohner. Sogar hierher sind sie gekommen, sie wollten die Kirche nach geheimen Verstecken durchsuchen.« Er presste die Lippen aufeinander, und zum ersten Mal seit Beginn ihrer Unterhaltung drohten ihn seine Gefühle zu überwältigen. Er hasste die Besatzer nicht weniger als Henk oder die anderen Einheimischen, versuchte dies aber aus Rücksicht auf sein geistliches Amt zu verbergen.

»Wieder wegen dieses Leutnants Bellmann, der verschwunden ist?«, fragte Nelly.

Pastor Bakker nickte betrübt. »Dummerweise wurde der Mann gesehen, wie er in die Kirche ging. Daher nahm der befehlshabende Offizier an, er könnte sich hier verkrochen haben. Aber das ist ein Irrtum. Bellmann hat sich hier nicht versteckt, und er war auch schon lange nicht mehr hier. Ich würde keinen deutschen Deserteur aufnehmen.«

»Aber was könnte er hier gewollt haben? Wollte er tatsächlich sein Gewissen erleichtern?«

»Geschadet hätte es diesem Grobian bestimmt nicht«, brummte Pastor Bakker. »Aber er hat gar nichts getan.«

»Nichts? Verzeihung, aber mir fällt es schwer, das zu glauben.«

»Wenn ich's Ihnen doch sage! Leutnant Bellmann ging nur auf und ab. Immer wieder, als halte er Zwiesprache mit jemandem. Mit Gott oder dem Teufel, wer kann das schon wissen? Manchmal hat er sich auch ein altes Ölgemälde angeschaut.« Er hob fragend die buschigen Augenbrauen. »Wollen Sie es sehen? Es hängt dort vorne, in dem kleinen Durchgang zwischen Kanzel und Sakristei.«

Nelly folgte dem Geistlichen durch das Kirchenschiff, bis dieser vor einem Bild stehen blieb, bei dessen Anblick sie unwillkürlich nach Luft schnappte. Sie kannte dieses Motiv.

»Und ... das hat sich der Leutnant angeschaut?«, stieß sie keuchend hervor.

Pastor Bakker nahm eine der brennenden Kerzen vom Altartisch und hielt sie hoch, damit Nelly das Ölgemälde besser in

Augenschein nehmen konnte. »Sie erkennen das Motiv, nicht wahr? Kein Wunder, es prangt ja in seiner ganzen Scheußlichkeit an Leanders Hausfassade. Gott weiß, warum.«

Nelly betrachtete das Gemälde eingehend. In dem dunklen Winkel der Kirche wirkte es noch düsterer als die Malerei an der Wand des Kolonialwarenladens. Und ungleich lebendiger. Der schwarze Himmel, der den Sturm ankündigte, sowie die grauen, sich in wilder Leidenschaft auftürmenden Wogen, auf denen das Boot mit der Frau und dem Kind schaukelte, wirkten so lebendig, dass Nelly unwillkürlich den Atem anhielt. Sie suchte nach der finsteren Gestalt, die das Geschehen vom Strand aus mitleidlos verfolgte. Obwohl der Künstler den Mann nur von hinten zeigte, überfiel Nelly bei seinem Anblick prompt ein Frösteln.

»Der alte Schinken lädt nicht gerade zu Frohsinn ein«, bestätigte Bakker mit einem Seufzer. »Glauben Sie mir, ich hätte ihn gern schon vor zwanzig Jahren entfernt, aber der Ältestenrat, dem Haart angehört, besteht darauf, es hängen zu lassen. Es habe seit Jahrhunderten in der Kirche seinen Platz, und daran dürfe sich nichts ändern. Ich habe darauf hingewiesen, dass der Reformator Calvin sich gegen Bildnisse in Kirchen ausgesprochen hat, und sogar mit der Synode gedroht. Zwecklos. So strenggläubig die meisten Einwohner von Paardendijk auch sind – geht es um ihre Traditionen, lassen sie nicht mit sich verhandeln. So musste ich wohl oder übel die Waffen strecken.«

»Aber was soll dieses Bild nur darstellen?«

»Was weiß ich? Die Jungfrau Maria mit dem kleinen Jesus, die den Sturmgewalten trotzen? Oder eine Anspielung auf die Szene aus der Bibel, wo der Heiland den Sturm auf dem See in Galiläa beruhigt? Das würden die Alten zumindest sagen, aber das ist nur die halbe Wahrheit. Tatsächlich spielt das Motiv auf eine alte Legende an, die man sich entlang der Küste erzählt. Von einem Leuchtturmwärter, dem Frau und Kind davongelaufen sind. Sie versuchten trotz eines Sturms in einem Boot zu entkommen, aber ob es ihnen gelungen ist oder sie ertrunken sind, beantwortet das Bild nicht. Die alten Fischer sagen, der Leuchtturmwärter habe noch in derselben Nacht das Leuchtfeuer gelöscht und sei danach nie wieder im Ort gesehen worden. Es heißt, er habe kein Grab und könne nicht ruhen. Daher suche er noch immer nach dem Boot mit Frau und Kind. Verlässt heute ein Leuchtturmwärter seinen Posten oder lässt das Licht erlöschen, wird das als schlechtes Omen gewertet. Weil dann nämlich der Alte zu seinem Leuchtturm zurückkehrt und Tod und Unheil über das Dorf bringt.«

Nelly stieß die Luft aus. Auch das noch, dachte sie. Eine Geistergeschichte hatte ihr gerade noch gefehlt. Wenn die Einheimischen an die alte Legende glaubten, würde die Aufregung im Ort so rasch kein Ende nehmen. Zuerst verschwand der alte Piet von seinem Posten, dann ließ seine Nachfolgerin das vermaledeite Licht ausgehen. Und nun drohten die Besatzer dem Dorf harte Konsequenzen an, falls sich der Fall Bellmann nicht aufklären ließ. Da musste man ja fast an einen Fluch glauben.

Nelly fuhr sich mit der Hand über die Augen. Eine verworrene Geschichte, in die sie da geraten war. Verworren und bedrohlich. Am liebsten hätte sie von Bleicher angerufen und ihn angefleht, sie auf der Stelle abzuholen. Sie war nicht imstande, diese Arbeit zufriedenstellend auszuführen. Dies hatte sie in der letzten Nacht unter Beweis gestellt. Ihretwegen würde man sich auf den Straßen nicht nur vor den deutschen Besatzungstruppen fürchten, sondern auch vor einem gespenstischen Leuchtturmwärter, der wegen ihrer Nachlässigkeit das ohnehin geplagte Dorf heimsuchte.

Und über Bellmanns Verschwinden hatte sie trotz aller Grübelei auch noch kaum etwas Brauchbares herausgefunden. Warum hatte er sich dieses Gemälde angesehen? Was interessierte einen deutschen Offizier daran? Irgendetwas übersah sie, das spürte sie in jedem Knochen. Aber was? Sie kam nicht darauf, sosehr sie sich auch den Kopf zerbrach. Eines aber wusste sie mit Sicherheit: Es mochte abergläubische Menschen geben, die sich vor alten Flüchen fürchteten, doch Gespenster gab es nicht. Der Mann im schwarzen Mantel, der sich in der Nähe des Leuchtturms herumdrückte, war ein Mensch aus Fleisch und Blut. Er hatte vor, sie zu erschrecken, und hoffte darauf, dass sie so schnell sie konnte wieder aus Paardendijk verschwinden würde.

Er schien jedoch nicht zu wissen, dass sie keine andere Wahl hatte, als zu bleiben.

Als sie wenig später aus der Kirche ins Tageslicht trat, bemerkte sie zu ihrer Überraschung, dass die Familie ihres Onkels auf dem kleinen Friedhof beisammenstand. Sie schien dort auf sie gewartet zu haben. Die Geschwister Bram und Sanne saßen auf der Mauer und flüsterten miteinander, während ihre Eltern Arm in Arm zwischen den Gräbern herumliefen. Als sie Nelly sahen, kamen sie mit schnellen Schritten auf sie zugelaufen.

»Na endlich«, rief die Frau ihres Onkels. Ihr Gesicht war vor Kälte gerötet, aber sie rang sich ein schüchternes Lächeln ab. »Wo bleibst du nur, Kind? Wir haben dich in der Kirche gesehen und auf dich gewartet, um dich zu begrüßen.«

Haart Leander musterte Nelly durch seine goldumrandete Brille. »Du siehst deiner Mutter überhaupt nicht ähnlich«, lautete sein Urteil. »Aber was besagt das schon? Darauf kommt es nicht an. Von Bedeutung ist allein die Familie. Das Blut, verstehst du? Ja, natürlich verstehst du das. Euch Deutschen geht es doch um nichts anderes mehr als die Reinheit des Blutes.«

»Haart, beherrsch dich«, tadelte ihn seine Frau. »Vergiss nicht, was Pastor Bakker dir gesagt hat, und heiße deine Nichte in der Heimat willkommen.« Agnes gab ihrem Sohn und ihrer Tochter einen Wink, die deutsche Cousine ebenfalls zu begrüßen. Während der junge Mann Nelly eher pflichtschuldig die Hand schüttelte, küsste Sanne sie stürmisch auf beide Wangen.

»Wie aufregend, dass du hier bist«, sagte sie mit blitzenden Augen. »Und wir wussten nicht einmal, dass wir Verwandte in Deutschland haben. Vater hat uns nie etwas erzählt. Hat er dich nach Holland gerufen, um den alten Piet zu ersetzen?«

Agnes packte ihre Tochter am Arm und erklärte in frostigem Ton, dass es unhöflich sei, so viele Fragen zu stellen. Dann scheuchte sie Sanne und ihren Bruder voraus zum Tor.

»Dann wäre das erledigt, und wir können zum Mittagessen gehen!« Haart warf einen Blick auf seine Taschenuhr und runzelte dabei die Stirn. »Was denn, schon so spät? Wir sollten machen, dass wir nach Hause kommen. Ich hasse es, mich zu verspäten. Der Tag des Herrn ist nicht dazu da, sich in Müßiggang zu ergehen, sondern um über Gott und sein heiliges Wort nachzusinnen.«

Nelly blieb unschlüssig stehen. Nach einer Einladung klangen die Worte ihres Onkels nicht. Doch als Haart ein paar Schritte auf dem Kiesweg zum Tor gegangen war, drehte er sich um und winkte mit seinem Spazierstock. »Nun, was ist, Nichte? Kommst du?«

Es war ein eigenartiges Gefühl für Nelly, das Haus zu betreten, in dem nicht nur ihre Mutter geboren und aufgewachsen war, sondern vor dieser auch unzählige ihrer Vorfahren. Als Bram ihr in der Diele galant aus dem Mantel half, kam es ihr so vor, als spüre sie deren Anwesenheit. Dazu trugen freilich die vielen Gemälde, Radierungen und Aquarelle bei, welche die Wände des Raumes schmückten. Darunter gab es eine Reihe von Porträts, vor denen Nelly staunend stehen blieb. Die frühesten waren in Öl gemalt und sahen sehr alt aus. Zweifellos zeigten sie alle Mitglieder der Familie Leander. Die Ahnengalerie zog sich wie ein Hufeisen rund um den Raum und endete mit einem

Porträt von einem noch recht jugendlichen Haart, der auf dem Bild in einem ähnlichen Anzug abgebildet war, wie er ihn auch heute trug. Fotografien suchte Nelly indessen vergeblich.

»Unser Haus wurde um 1700 erbaut!« Bram tauchte neben Nelly auf. Er überragte sie um fast einen Kopf und war damit auch größer als sein Vater. »Hast du das Porträt gleich neben der Tür zum Esszimmer gesehen? Den Mann mit Dreispitz und purpurfarbenem Rock? Das war Adriaan Leander, ein Kapitän, der auf seinen Handelsfahrten für die Niederländische Ostindische Compagnie ein Vermögen gemacht hat. Als er zu alt war, um zur See zu fahren, zog er hierher an die Küste, gründete den Ort und züchtete fortan Pferde.«

»Ich hatte mich schon gewundert, warum das Dorf Paardendijk heißt, obwohl ich noch kein einziges Pferd gesehen habe«, sagte Nelly. Sie betrachtete das Porträt. Der scharfe Blick des Mannes, von dem auch sie abstammte, wirkte einschüchternd. Gewiss hatte es zu Lebzeiten des Kapitäns keiner gewagt, ihm zu widersprechen.

»Auf ihn geht auch der Bau des Leuchtturms zurück«, erklärte Bram. »Ist schon spaßig, dass eine seiner Urenkelinnen nun darin lebt. Was er wohl dazu sagen würde.«

Sie wurden vom Klang eines Gongs zu Tisch gerufen, was Nelly mit Erleichterung aufnahm. Auch wenn sie den Erzählungen ihres Cousins gern zuhörte, war sie doch froh, dem strengen Blick des in Öl verewigten Kapitäns zu entkommen. Das Esszimmer machte einen viel behaglicheren Eindruck als die in düsterem Halbdunkel liegende Diele. Es war hell und geschmackvoll eingerichtet, das Mobiliar stammte gewiss noch aus Haarts Jugendzeit, befand sich aber in einem gepflegten Zustand. Es roch sogar schwach nach Möbelpolitur. Am meisten gefielen Nelly die blauen Kacheln aus Delft, welche alle vier Wände bis zur Decke schmückten. Nelly konnte sich kaum an ihnen sattsehen. Im Schein der Kerzen auf der Anrichte und auf dem festlich gedeckten Tisch leuchteten sie geradezu geheimnisvoll. In einem Winkel des Raumes stand ein Holzofen, der ebenfalls bis zur Zimmerdecke reichte und mit denselben Delfter Kacheln bestückt war. Durch das Fenster, an dem nach holländischem Brauch kein Vorhang hing, konnte Nelly auf die Rasenfläche eines Gartens blicken.

»Ein wunderschönes Zimmer«, lobte Nelly, nachdem sie am Tisch gegenüber von Sanne Platz genommen hatte. »Hat es denn auch schon so ausgesehen, als meine Mutter noch hier lebte?«

Haart wechselte einen warnenden Blick mit seiner Frau, die dabei war, Suppe in die Teller zu schöpfen.

»Ganz bestimmt sogar«, bestätigte Sanne mit einem schiefen Lächeln. »Unser Urgroßvater könnte hier zur Tür hereinspazieren und würde alles noch genauso vorfinden wie zu seinen Lebzeiten. Mit Ausnahme der elektrischen Leitungen und dem Telefon in der Diele. Aber das beschert ja auch Papa noch immer Magenschmerzen.«

»Sanne, du bist vorlaut«, brummte ihr Vater. »Vergiss nicht, dass wir einen Gast haben. Soll deine Cousine etwa denken, wir leben hinter dem Mond? Ich weiß, dass du davon träumst, nach Paris oder gar nach Amerika zu gehen, aber schlag dir das nur gleich wieder aus dem Kopf. Du bist eine Leander, und dein Platz ist in Paardendijk.«

Sanne murmelte etwas, das sich nach einem Widerwort anhörte, von ihrem Vater aber eisern ignoriert wurde. Auf Nelly machte ihre junge Cousine nicht den Eindruck, als habe sie vor, ihre Träume aufzugeben, und in diesen Träumen kam Paardendijk bestimmt nicht vor. Nelly konnte das gut verstehen. In gewisser Weise erkannte sie sich in dem Mädchen wieder. In Sannes Alter hatte auch sie von der weiten Welt geträumt. Sie hatte sich den Wünschen ihres Vaters widersetzt und einen für eine Frau ungewöhnlichen Beruf gewählt, der sie in fremde

Länder geführt und nach einigen Anfangsschwierigkeiten auch finanziell unabhängig gemacht hatte. Sie hatte an Pauls Seite aufregende Zeiten erlebt, die sie nicht missen mochte.

Bis das Schicksal sie hart ausgebremst und ihr alles genommen hatte.

Sie warf der jungen Frau, die ihr gegenüber fast trotzig ihre Suppe löffelte, einen besorgten Blick zu. Nach allem, was geschehen war, war sie die letzte Person, die sich dieses Mädchen zum Vorbild nehmen sollte. Und was Bente anging, so hatte diese zwar nach ihrem Weggang aus Paardendijk ihre Träume verwirklicht, doch war Nelly noch längst nicht klar, ob die Folgen ihrer Entscheidung sie nicht doch noch einholen würden.

Frag sie nach Febe.

Nelly ließ den Löffel sinken. Plötzlich verspürte sie einen bitteren Geschmack im Mund. Ihr war längst klar geworden, dass sie nicht irgendwelche Personen nach dieser ominösen Febe fragen sollte, sondern Bentes holländische Verwandte. Nur das ergab Sinn. Sollte sie es jetzt tun, während die Familie beim Essen zusammensaß? Dann hatte sie es hinter sich und konnte sich auf das Wesentliche konzentrieren. Sie räusperte sich, doch noch bevor sie etwas sagen konnte, spürte sie den Blick ihres Onkels auf sich.

»Wenn du fertig bist, möchte ich dich gern kurz in mein Arbeitszimmer bitten«, sagte er. »Es gibt da etwas, das ich mit dir besprechen muss.«

Und ich mit dir, dachte Nelly.

13

In seinem Arbeitszimmer bot Haart Nelly einen bequemen Polsterstuhl an. Er selbst setzte sich hinter den Schreibtisch, der Nelly sogleich an das wuchtige Möbelstück in der Berliner Villa ihres Vaters erinnerte, vor dem sie als Kind so oft hatte aufmarschieren müssen, um sich die Leviten lesen zu lassen. An der Wand hingen Radierungen, die ausnahmslos biblische Szenen zeigten. Ein abgenutztes Exemplar der Heiligen Schrift lag griffbereit auf dem Tisch. Haart zog sich das Jackett aus und hängte es über die Stuhllehne. Er holte eine Zigarrenkiste aus der Schublade und zündete sich eine an. Kurz darauf lehnte er sich entspannt in seinem Sessel zurück. Nelly, die nicht angenommen hatte, ihr strenger Onkel könne überhaupt einem Laster frönen, konnte ein Lächeln nicht unterdrücken.

»Warum lächelst du? Jeder Mensch hat seine Schwächen. Ich verberge meine nicht. Agnes weiß, dass ich mir sonntagnachmittags eine Zigarre genehmige, und hat nichts dagegen. Dafür sehe ich über ihre Leidenschaft für Pfannkuchen mit Sirup hinweg.«

Nelly wollte nicht über Pfannkuchen sprechen. Sie wollte erfahren, warum ihr Onkel sie in sein Arbeitszimmer gebeten hatte. »Worüber wolltest du mit mir sprechen?«

Haart ließ sich mit einer Antwort Zeit. Was auch immer er

ihr zu sagen hatte, es schien ihm nicht leichtzufallen. Schließlich räusperte er sich. »Ich muss dieser Mintje vermutlich dankbar sein, dass sie ihren Mund nicht halten kann. Sie tauschte die Neuigkeit, Bentes Tochter sei ins Dorf gekommen und hause nun im alten Leuchtturm, gegen ein halbes Pfund Teegebäck ein.«

Das wunderte Nelly nicht. Dass Mintje herzensgut war und hart zupacken konnte, war ihr ebenso wenig entgangen wie ihre Schwatzhaftigkeit. »Sie und ihr Sohn Henk haben es nicht leicht in Paardendijk. Mintje sagt, die Leanders wollen sie aus dem Dorf vertreiben, und das hätte mit meiner Mutter zu tun.«

»Bente?« Haart legte den Kopf zurück und blies den Rauch seiner Zigarre zur Decke empor. »Nun ja, das waren andere Zeiten. Verständlicherweise war ich nicht begeistert, dass dieses Weib deiner Mutter den Floh ins Ohr gesetzt hat, bei Nacht und Nebel zu verschwinden.«

»Bei Nacht und Nebel? Wie soll ich das verstehen?«

»Deine Mutter stahl Geld aus der Ladenkasse und ein paar Schmuckstücke, die einmal unserer Mutter gehörten. Unser Ahnherr hatte sie in Südostasien erworben. Seitdem wurden sie von Generation zu Generation weitergegeben. Sie hätten an meine Tochter gehen müssen.«

»Das ist ausgeschlossen!« Nelly schüttelte energisch den Kopf. Ihre Mutter mochte vieles sein, aber eine Diebin war sie nicht. Außerdem war sie sich ganz sicher, dass Bentes gesamter Schmuck aus Geschenken ihres Vaters bestand.

»Glaubst du denn, ich würde mir so etwas ausdenken?«, brauste Haart auf. Er drückte die erst angerauchte Zigarre im Aschenbecher aus. Dann stand er auf und ging im Raum auf und ab. Unter seinen Schritten knarrte der Dielenboden. »Vielleicht hast du den Schmuck an ihr ja mal gesehen: ein Smaragdring in Form eines Palmzweigs? Eine Brosche, besetzt mit

Diamanten? Nein? Möglicherweise hat Bente die Erbstücke ja in Berlin verkauft, um sich neu einzukleiden und in den besten Hotels abzusteigen. Sie musste ja Eindruck auf die Männer schinden. Einen reichen Kerl finden, dem sie das Jawort abschwatzen konnte.«

Nelly spürte, wie Zorn in ihr aufstieg. Die Vorwürfe dieses Mannes klangen ungeheuerlich, doch am meisten ärgerte es sie, dass sie viel zu wenig über Bente wusste, um sie vor ihm in Schutz zu nehmen. Je länger sie über Haarts Worte nachdachte, desto beklommener war ihr zumute. Sie musste an Mintje denken, deren Flucht in ein neues Leben sich nicht ausgezahlt hatte und die bettelarm an den Ort ihrer Kindheit zurückgekehrt war.

»Wenn Mutter wirklich, wie du sagst, mit dem Familienschmuck durchgebrannt ist, frage ich mich, warum du nie nach Berlin gefahren bist, um sie zur Rede zu stellen«, sagte sie nach einigem Nachdenken.

Ihr Onkel wurde sichtlich nervös; die Frage schien ihm nicht zu gefallen. »Ich ... wusste ja nicht, ob sie wirklich nach Berlin gegangen war. Davon abgesehen, verlasse ich Paardendijk nur höchst ungern. Ich hasse Zugfahrten ins Ungewisse. Sie ... machen mich krank.«

Nelly erhob sich aus dem Polsterstuhl. »Wenn das alles war, was du mir sagen wolltest ...«

»Nein, da gibt es noch etwas anderes.« Haart zog sein Taschentuch heraus und wischte sich damit ein paar Schweißperlen von der Stirn. »Es geht um meinen Sohn Bram.«

»Warum, was ist mit ihm?«

»Das fragst du noch? Jeden Tag können die Deutschen ihn abholen und zum Arbeitseinsatz in die Rüstungsindustrie zwangsverpflichten. Du hast doch sicher schon gehört, was neulich hier vorgefallen ist. Die Sache mit dem deutschen Offizier, der nicht mehr aufgetaucht ist.«

»Leutnant Bellmann.«

»Eine üble Sache«, bestätigte Haart in sorgenvollem Ton. »Vor einem Jahr wurden nach dem Attentat auf diesen Heydrich in Prag alle männlichen Einwohner der tschechischen Ortschaft Lidice zusammengetrieben und erschossen. Anschließend zerstörten die Nazis das Dorf und vertrieben die Überlebenden. Nicht auszudenken, wenn sich so etwas bei uns wiederholen würde.«

Nelly wunderte sich, dass ihr Onkel so gut darüber informiert war, was sich im Protektorat Böhmen und Mähren zugetragen hatte. Ob er und Bram heimlich britische Radioprogramme verfolgten? Nelly hatte zwar einen oberflächlichen Eindruck von Haart Leander gewonnen, doch im Grunde wusste sie überhaupt nichts von ihm.

»Noch geht der befehlshabende Offizier davon aus, dass der Leutnant desertiert ist«, warf sie ein, um ihren Onkel zu beruhigen. »Nichts weist darauf hin, dass er dem Anschlag einer Widerstandsgruppe oder eines Dorfbewohners zum Opfer gefallen ist.«

»Ich fürchte doch«, sagte Haart bitter. »Ich muss dir etwas zeigen. Sieh es dir an und urteile dann selbst.« Er begab sich zu einem Bücherregal und stellte sich auf die Zehenspitzen, um aus der obersten Reihe ein Buch herauszuziehen. Als er es aufschlug, blitzte zwischen den Seiten eine flache, glänzende Metallscheibe an einem Kettchen auf.

Nelly sah sofort, dass es sich um eine militärische Erkennungsmarke handelte. Sie enthielt Informationen, die im Falle des Todes ihres Trägers dessen Identifizierung erleichtern sollte. Jeder Wehrmachtssoldat war verpflichtet, die Marke stets am Körper zu tragen und sie weder abzulegen noch sich abnehmen zu lassen.

Nellys Finger zitterten, als sie nach der Scheibe griff. »Da ist kein Name eingraviert, bloß eine Nummer. Und die Kette ist kaputt, als wäre sie mit Gewalt vom Hals gerissen worden. Wo um Himmels willen hast du die her?«

»Bram hat sie gefunden.«

»Einfach so gefunden?«

Haart nahm die Brille ab und strich sich über die Augen. »Ja, verdammt. Sie lag am Strand, und der dumme Junge hatte nichts Besseres zu tun, als sie einzustecken. Wäre er auf dem Heimweg einer deutschen Patrouille in die Arme gelaufen, hätte man ihn auf der Stelle erschossen.« Dem konnte Nelly nicht widersprechen. Mit der Marke im Haus saßen ihr Onkel und seine Familie auf einem Pulverfass. Ein Funke genügte, um es zu entzünden. Die Besatzer führten im Ort regelmäßig Hausdurchsuchungen durch. Falls man die Erkennungsmarke fand, waren die Leanders trotz all ihres Einflusses im Dorf verloren.

»Das Ding muss aus dem Haus. Sofort. Ich könnte es bei Oberleutnant Haubinger abgeben und behaupten, ich selbst hätte es am Strand gefunden, aber …« Sie schüttelte den Kopf. Nein, die Idee war nicht gut. Sie führte zwar Bram aus der unmittelbaren Schusslinie, doch vielleicht würde man dann doch an einen Mord glauben und das ganze Dorf dafür büßen lassen. Damit war weder ihrem Cousin noch den anderen Einwohnern geholfen.

Sie starrte auf die schmale Scheibe, in ihrem Kopf arbeitete es. Sie hatte Bram erst heute kennengelernt, aber ihr Eindruck von ihm war der eines verträumten, leicht naiven jungen Mannes. Wäre er so dumm gewesen, die Erkennungsmarke nach Hause mitzunehmen, wenn er etwas mit Leutnant Bellmanns Verschwinden zu tun gehabt hätte? Nein, das war schwer vorstellbar. Er hätte das einzig Vernünftige getan und die Marke vernichtet. Dass er sie aus Leichtsinn seinem Vater gezeigt hatte, sprach für seine Unschuld.

»Steck das Ding in deine Handtasche«, bat ihr Onkel eindringlich. »Ich kann den Anblick nicht mehr ertragen.« Er trat zu Nelly und flüsterte ihr zu: »Bram ist ein guter Kerl. So begabt, wie Sanne beim Schneidern ist, ist er es mit technischen Geräten. Aber er neigt dazu, die Nerven zu verlieren. Die Angst, von den Deutschen zur Zwangsarbeit herangezogen zu werden, setzt ihm mehr zu, als er zugibt. Er und Sanne haben sich darüber unterhalten, gemeinsam fortzulaufen und in Amsterdam oder Rotterdam bei Freunden unterzutauchen. Aber das wäre falsch, da stimmst du mir doch zu, oder?«

Nelly nickte. Henk hatte ihr schon berichtet, dass es jedem Mann über siebzehn Jahre bei Todesstrafe verboten war, Paardendijk unerlaubt zu verlassen. Wenn Bram sich also aus dem Staub machte, würde sich das herumsprechen und die Besatzungsmacht auf den Plan rufen.

»Trotzdem könnte es nicht schaden, wenn du bei den Deutschen ein gutes Wort für den Jungen einlegen würdest«, sagte Haart. »Der Oberleutnant wird dir zuhören. Du brauchst nur zu beantragen, dass Bram dein neuer Hilfsleuchtfeuerwärter werden soll. Damit hat er eine kriegswichtige Aufgabe, die unanfechtbar ist.«

Nelly begann zu schwitzen. Allem Anschein nach hatte ihr Onkel an alles gedacht. Er versuchte, sie zu manipulieren, und zwar so geschickt, dass es kaum auffiel. Dass er sich um seinen Sohn Sorgen machte, war nachvollziehbar, dennoch fragte sich Nelly, ob das plötzlich erwachte Interesse an ihrer Person ihr selbst galt oder ihrem vermeintlichen Einfluss auf die Besatzungsbehörden.

»Ich fürchte, die im Ort stationierten Soldaten legen keinen gesteigerten Wert auf meine Meinung«, sagte sie zögerlich. »Meine bloße Anwesenheit in Paardendijk ist Haubinger ein Rätsel. Mit anderen Worten, er misstraut mir. Ihn kann ich um keinen Gefallen bitten. Davon abgesehen …« Sie holte Luft. Der Raum war plötzlich so stickig, dass sie husten musste. »Ich habe schon einen Gehilfen oben im Turm. Henk. Er hat beim alten Piet viel gelernt und bringt mir nun alles bei, was ich wissen muss, um den Leuchtturm zu verwalten. Ich habe ihm mein Wort gegeben, dass er bleiben darf.«

Haart schüttelte missbilligend den Kopf. »Es war ein Fehler, den Burschen zu behalten. Ihm kann man nicht über den Weg trauen. Zieht das Unheil an wie saure Milch die Fliegen. Wer sagt dir eigentlich, dass er Piet nicht im Suff erschlagen und irgendwo verscharrt hat?«

Nun, dies sagte ihr ihr Gefühl. Henk hatte das Herz am rechten Fleck. Allerdings mochte sie ihre Hand nicht dafür ins Feuer legen, dass Henk nicht auf die eine oder andere Weise mit dem Widerstand sympathisierte und sich zu Aktionen hinreißen ließ, die gefährlich werden konnten. Für sich und seine Mutter, aber auch für sie.

Sie stand auf, denn es wurde Zeit, nach Hause zurückzukehren. Ihren guten Willen würde sie der Familie ihres Onkels beweisen, indem sie sich als Erstes um die verräterische Marke des verschollenen Offiziers kümmerte. Dafür, so fand sie, war Haart auch ihr etwas schuldig. Sie ließ das Kettchen mit der Metallmarke vorsichtig in ihre Handtasche gleiten und entnahm dieser nach kurzem Zögern das Kuvert mit Bentes geheimnisvoller Botschaft.

»Meine Mutter hat mir vor meiner Abreise diesen Brief zugesteckt«, sagte sie. »Er enthält eine Aufforderung an mich.«

»Eine Aufforderung?« Haart nahm den Brief entgegen, las und erbleichte.

»Kannst du mir sagen …«

»Nein, tut mir leid!« Ihr Onkel gab Nelly den Brief so rasch zurück, als hätte er Angst, dieser könnte in seiner Hand in Flammen aufgehen. »Deine Mutter war schon immer … exzentrisch, eingesponnen in ihre eigene Welt wie eine Raupe im Kokon. Es wundert mich sehr, dass sie in Berlin nicht zum

Theater gegangen ist, anstatt diesen Fabrikanten zu heiraten.« Bevor Nelly etwas darauf erwidern konnte, schüttelte er mit Nachdruck den Kopf. »Frag sie nach Febe, frag sie nach Febe, das ist doch Unsinn. Es sei denn ...« Er hielt inne und legte den Zeigefinger unter die Nase. Dann lachte er plötzlich prustend los. Eine Spur zu heiter, wie Nelly fand.

»Nein, so eine verrückte Person. Vielleicht weiß ich, was sie gemeint haben könnte. Komm mit!«

Haart führte Nelly durch die Diele, vorbei an den Gemälden ihrer Vorfahren, und dann die Treppe hinauf ins obere Stockwerk. Am Ende des Korridors stand eine Zimmertür offen. Nelly war ein wenig unangenehm berührt. Von Kindesbeinen an war ihr eingeschärft worden, dass es sich nicht gehörte, ein fremdes Schlafzimmer zu betreten, doch da ihr Onkel darauf beharrte, folgte sie ihm nach einigem Zögern.

»Hereinspaziert«, sagte er und betätigte den Lichtschalter.

Neugierig sah Nelly sich um. Der Raum war nicht groß, wirkte aber mit den hübschen Tuschezeichnungen an den Wänden und dem bunten Teppich auf dem Fußboden behaglich. Das breite Fenster bot einen beeindruckenden Ausblick über das Meer, ja, sogar der Hügel mit dem Leuchtturm war von hier aus hervorragend zu erkennen. Auf dem Bett lag ein Gewirr aus Stoffen, Garnen sowie Näh- und Stecknadeln. Schnittmuster waren auf den Dielenbrettern ausgebreitet, und vor einer modernen Nähmaschine stand eine Schneiderpuppe.

»Das ist Sannes Reich«, erklärte Haart mit einem breiten Lächeln. »Keine Sorge, sie hat nichts dagegen, wenn du dich umschaust. Vermutlich erkennst du mit einem Blick, wofür ihr Herz schlägt. Sie ist unsere beste und begabteste Schneiderin im Ort. Sie verkauft jetzt schon das eine oder andere Modell, aber wenn der Krieg erst einmal vorüber ist und die Deutschen fort sind, werde ich unserem Kolonialwarenladen eine Boutique für Damenmode angliedern.«

Nelly war keine Expertin, Mode hatte sie nie sonderlich interessiert, doch das halb fertige Kleid an der Schneiderpuppe verriet ihr, dass die junge Frau nicht nur über Geschmack, sondern auch Talent verfügte. Sie würde es in ihrem Handwerk weit bringen. Aber was hatte das mit ihrer Mutter und deren kryptischer Botschaft zu tun?

»Wie du sicher erraten hast, schlief Bente hier, als wir noch Kinder waren«, klärte Haart sie auf. »Sie konnte viele Stunden lang am Fenster sitzen und aufs Meer hinausschauen.« Er ging zum Bett seiner Tochter und nahm einen Gegenstand von der straff gespannten Tagesdecke. Eine Puppe. Ihr milchiges Porzellangesicht wies Sprünge auf, beide Arme waren ausgeleiert, die Beine verdreht. Alles in allem machte das Spielzeug einen abgenutzten Eindruck, nur das hübsche Kleid sah neu aus. Vermutlich hatte Sanne es aus Stoffresten genäht.

Mit einem Grinsen hielt Haart Nelly die Puppe unter die Nase. »Darf ich vorstellen: Febe, die Puppe meiner Schwester. Sie war ganz vernarrt in das fürchterliche Ding und hat es überall mit hingeschleppt. Seltsam, dass mir das nicht gleich eingefallen ist. Vermutlich bat dich deine Mutter einfach nachzuforschen, ob ihre Lieblingspuppe noch existiert. Auf ihre alten Tage werden die Menschen oft nostalgisch.«

Nelly begutachtete die Puppe von allen Seiten. Die Geschichte vom Lieblingsspielzeug aus Kindertagen klang durchaus glaubwürdig, hatte aber einen Schönheitsfehler. Ihre Mutter war der am wenigsten nostalgische Mensch, den sie kannte. Und sie verabscheute Puppen. Vor allem solche mit Porzellanköpfen, die aus toten Augen ins Leere starrten. Allzu oft hatte sie erklärt, wie schaurig ihr die vorkamen. Weder Nelly noch ihre Schwester hatten jemals eine Puppe von ihr bekommen. Anders als Hilde hatte Nelly das allerdings leicht verschmerzt.

Haart war schlau, aber er log. Diese Puppe konnte nicht Febe sein. Nicht die Febe, auf die sich Bente in dem Brief bezog. Es sei denn, im Innern des Spielzeugs befand sich etwas von Wert, das Nellys Mutter dort einst versteckt hatte. Aber warum hätte sie das tun sollen? Und warum fiel es ihr erst jetzt, nach so vielen Jahren, wieder ein?

»Würde es Sanne wohl etwas ausmachen, wenn ich mir die Puppe ausleihe?«

Nellys Onkel lachte. Es klang erleichtert. »Aber nein. Sie ist schließlich erwachsen und näht keine Puppenkleider mehr. Du kannst ... äh ... Febe getrost an dich nehmen. Vielleicht bringt sie dir Glück.«

Aus dem Erdgeschoss drangen Stimmen zu ihnen hinauf. Agnes schien mit einem Mann zu sprechen. Dann schlug eine Tür, und die Dielen knarrten. Agnes rief laut nach ihrem Mann.

»Meine Güte, was ist denn jetzt schon wieder?«, jammerte Haart. In der Diele erwartete ihn ein Mann, der Nelly seiner Größe und seiner roten Haare wegen schon am Morgen in der Kirche aufgefallen war. Er mochte im Alter ihres Onkels sein, doch der struppige Bart und sein von Wind und Wetter gegerbtes Gesicht verrieten Nelly, dass er wohl zu den Fischern von Paardendijk gehörte. Er trug eine ausgebeulte Seemannsjacke und Stiefel, die auf dem blitzblanken Parkett schmutzige Pfützen hinterließen.

»Ich habe ihm schon gesagt, dass du sonntags nicht über Geschäftliches reden möchtest«, erklärte Haarts Frau, als dieser fragend von ihr zu dem Mann hinübersah. »Schließlich ist der Sabbattag ein Tag der Ruhe und der Einkehr, da wird nicht verhandelt. Gott straft die, die sich darüber hinwegsetzen.«

Der Tadel schien den Mann ebenso kaltzulassen wie Haarts warnender Blick. Mit einer verächtlichen Grimasse erklärte er: »Ließ der Herr seine Jünger am Sabbat hungern? Nein, er erlaubte ihnen sogar, auf dem Acker die Ähren auszureißen. Das war gewiss anstrengender, als mir ein paar Fragen zu beantworten.« Sein Blick streifte Nelly, die mit der vermeintlichen

Puppe ihrer Mutter in der Hand fraglos ein merkwürdiges Bild abgab.

»Meine Nichte, sie ist neuerdings für den Leuchtturm zuständig«, stellte ihr Onkel sie kurz angebunden vor. »Nelly, das ist Jan-Ruud Simons. Fischer in Paardendijk und … ja, ein entfernter Verwandter.«

Der Rotbärtige hob die Augenbrauen und unterzog Nelly einer eingehenden Musterung. »So, du bist also Bentes Tochter. Die mit dem deutschen Vater!« Die letzte Bemerkung warf er in den Raum wie eine Handvoll Unrat.

»Wenn es Ihnen nichts ausmacht?«

Jan-Ruuds verdrießliche Miene ließ kaum einen Zweifel daran, dass ihm das sehr wohl etwas ausmachte. »Einen Leuchtturm zu führen, ist nichts für ein Mädchen«, befand er. »Vergangene Nacht ist das Leuchtfeuer ausgegangen. Ich hab's gesehen. Die Deutschen werden sich freuen, wenn sie das herausfinden. Der Feind hätte währenddessen ungesehen an Land gehen können.«

»Das wird nicht wieder vorkommen«, sagte Nelly, obwohl es ihr widerstrebte, sich vor dem Fischer rechtfertigen zu müssen. Der durchdringende Blick des Mannes war ihr unangenehm, und sie fragte sich, was ihn zu ihrem Onkel führte.

Jan-Ruud wandte sich Haart zu. »Warum hast du diese Frau in dein Haus geholt? Das wird dem Dorfrat nicht gefallen. Wenn sich herumspricht, dass die Leanders mit den Deutschen …«

»Was ich tue, geht keinen etwas an«, empörte sich Nellys Onkel. Er war so aufgebracht, dass er sich mit seinem Taschentuch den Schweiß von der Stirn wischen musste. »Nelly gehört zur Familie, ob dir das passt oder nicht. Als Bentes Tochter hat sie gewisse Rechte im Haus der Leanders. Vergiss nicht, was Paardendijk meiner Familie verdankt. Ohne die Leanders gäbe es diesen Ort gar nicht!«

Jan-Ruud richtete seinen Blick auf das Ölporträt des alten Kapitäns. »Adriaan Leander war auch mein Ahnherr«, erklärte er voller Trotz. »Und wenn du mich fragst, ich sehe dem alten Seeräuber sogar ähnlicher als du, Haart. Trotzdem lebt deine Sippe in seinem Haus. Euch gehören Ländereien und Boote, während ich mich mehr schlecht als recht über Wasser halte. Aber lassen wir das alte Lied. Ich bin nicht wegen deiner Nichte gekommen, sondern weil ich es satthabe, mich noch länger von dir vertrösten zu lassen. Seit Wochen muss ich mit Fred van Grootstraat hinausfahren und seine Launen ertragen. Ich war immer mein eigener Herr, und daher brauche ich wieder einen eigenen Kahn. Ist doch nicht meine Schuld, dass der alte …« Er brach mitten im Satz ab, nicht zuletzt, weil Haart und dessen Frau ihm warnende Blicke zuwarfen.

Nelly war sofort klar, dass das Gespräch nicht für ihre Ohren bestimmt war, doch obwohl der rotbärtige Fischer ihr nicht geheuer war, dachte sie gar nicht daran, sich zurückzuziehen. Dafür klang das, was Jan-Ruud ausgeplaudert hatte, viel zu interessant.

»Ihnen ist das Boot abhandengekommen?«, fragte sie betont unschuldig. »Womöglich sind der alte Piet oder Leutnant Bellmann damit getürmt?«

Jan-Ruud starrte sie verdutzt an. »Äh … ja, so wird es gewesen sein. Beweisen kann ich es natürlich nicht, aber irgendjemand hat es genommen, und jetzt sitze ich auf dem Trockenen.«

»Wir haben den Verlust schon gemeldet«, stellte Nellys Onkel hastig fest. »Die Deutschen haben es zur Kenntnis genommen, mehr aber auch nicht. Das stützt doch die Theorie, dass dieser Wehrmachtssoldat sich unerlaubt von der Truppe entfernt hat. Er hat den alten Piet gezwungen, ihn mit dem Boot fortzubringen. Vielleicht rüber nach Texel oder auf eine der friesischen Inseln.«

Nelly fragte sich, warum sie erst jetzt von dem verschwundenen Boot des Fischers erfuhr. Hätte Haart ihr davon erzählt, wenn Jan-Ruud nicht davon angefangen hätte? Sie dachte an die Erkennungsmarke in ihrer Tasche, die gewiss nicht von ungefähr am Strand aufgetaucht war. Und sie dachte an die Puppe in ihrer Hand. Irgendetwas stimmte damit ebenso wenig wie mit dem angeblich gestohlenen Boot. Als Nelly wenig später das Haus ihrer Verwandten verließ, fragte sie sich, ob sie nicht Zeugin einer sorgfältig einstudierten Inszenierung geworden war.

14

Nelly war schon fast am Treppenweg zum Leuchtturm angekommen, als sie unversehens einer Militärstreife in die Arme lief. Die Männer waren zu zweit und mit schussbereiten Pistolen bewaffnet. Zunächst sprach keiner der beiden Nelly an, sodass sie schon hoffte, ihren Weg ungehindert fortsetzen zu können. Doch kaum hatte sie den Fuß auf die erste Stufe gesetzt, berührte eine schwere Hand ihre Schulter.

»Warten Sie mal, Fräulein! Nicht so schnell!«

Der Befehl weckte in Nelly verdrängte Erinnerungen an die furchtbare Zeit in der Berliner Prinz-Albrecht-Straße. Eine Kontrolle, dachte sie aufgeregt, ausgerechnet jetzt. Unwillkürlich presste sie die Handtasche gegen den Leib. Wenn die Patrouille sie ihr abnahm und dabei auf die Erkennungsmarke stieß, war sie geliefert, man würde sie festnehmen. Langsam drehte sie sich um und schaffte es dabei sogar, ein feines Lächeln auf ihr Gesicht zu zaubern. Auf keinen Fall durfte sie jetzt die Nerven verlieren.

»Nanu, ist etwas nicht in Ordnung? Wir haben uns noch nicht kennengelernt. Ich bin jetzt für das Leuchtfeuer zuständig, Nelly Vogel.« Hastig schob sie den Ärmel ihres Mantels über dem Handgelenk zurück und gab vor, einen prüfenden Blick auf ihre Armbanduhr zu werfen. »Mein Gott, schon so spät? Da habe ich mich ganz schön verschwatzt. Ich muss schleunigst hinauf ins Laternenhaus, um alles Nötige für die Nachtbeleuchtung vorzubereiten. Sie sehen, meine Herren, nicht nur Sie müssen heute Dienst schieben.« Sie gab einen Seufzer von sich.

Doch die Soldaten gingen mit keiner Silbe auf ihre Erklärung ein. Stattdessen tauschten sie einen Blick, der sich nur schwer deuten ließ. Zu Nellys Verdruss schienen diese beiden zu den wenigen Personen in Paardendijk zu gehören, bis zu denen sich ihre Ankunft noch nicht herumgesprochen hatte. Womöglich hatten sie aber auch vor, der Fremden aus Langeweile ein wenig auf den Zahn zu fühlen.

»Ihre Papiere, Fräulein!« Der größere der beiden Soldaten streckte demonstrativ die Hand aus. »Es treibt sich jede Menge Gesindel hier herum. Saboteure und Juden, hinter denen der Sicherheitsdienst her ist. Daher ist Vertrauen gut und Kontrolle besser.«

»Ja, gewiss doch«, stimmte Nelly zu. Innerlich fluchte sie. »Ist ja schließlich auch Vorschrift, nicht wahr? Ich komme übrigens aus Berlin und bin bestimmt keine Saboteurin. Ist einer der Herren auch Berliner?« Sie klemmte sich die Puppe ihrer Mutter unter den Arm und öffnete ihre Tasche. Dabei passte sie auf, dass die Soldaten keinen Blick hineinwerfen konnten. Als sie ihren Ausweis aus dem Seitenfach nehmen wollte, griff ihre Hand ins Leere. Verflixt, das konnte doch nicht wahr sein. Sie hatte ihre Papiere doch eingesteckt, oder? Dummerweise lagen sie aber nicht in der Tasche.

In diesem Nest verschwindet dauernd etwas, dachte sie verzweifelt und überlegte, wo sie ihre Kennkarte zuletzt gesehen hatte. Bei ihrem Onkel? Ja, sie war sich ziemlich sicher, dass sie im Haus der Leanders noch in der Tasche gewesen war.

»Na los, wird's bald!« Der Kamerad des Mannes, der nach Nellys Ausweis verlangt hatte, war nicht von der geduldigen

Sorte. Während sie noch überlegte, kam er mit drohender Miene auf sie zu. »Oder können Sie sich gar nicht ausweisen? Vielleicht sollten wir lieber mal nachfragen, wo Sie gewesen sind und mit wem Sie in diesem Nest ein Schwätzchen gehalten haben, anstatt Ihrer angeblichen Dienstpflicht nachzukommen?« Der Soldat drängte Nelly gegen die Pfosten des Zaunes. Eine Seemöwe, die dort gesessen hatte, stob aufgebracht schimpfend davon.

»Mit wem haben Sie sich eingelassen?«

»Ich ... Eingelassen?«

»Nun her mit der Tasche! Ich bin gut darin, Papiere in Damenhandtaschen zu finden! Falls diese überhaupt existieren.«

Nellys Hand verkrampfte sich um die Tasche. Freiwillig würde sie sie nicht hergeben. Niemals.

Der andere Soldat zeigte jetzt auf die Puppe in Nellys Arm. »Und was soll das? Spielen Sie noch mit Puppen? Oder schmuggeln Sie darin Botschaften für den holländischen Widerstand?«

Nelly riss entsetzt die Augen auf. Für den Widerstand? Nein, bestimmt nicht. Sie glaubte nicht daran, dass in der Puppe etwas versteckt war, und falls doch, so hatte Bente es jedenfalls lange vor Beginn des Krieges dort deponiert.

Sie atmete tief durch, obwohl die Angst ihr fast die Kehle zuschnürte. Wenigstens lenkte das Interesse der Männer an der Puppe sie einstweilen von der Handtasche ab. Wie lange, war jedoch fraglich. »Das ist ein fürchterliches Missverständnis«, sagte sie. »Ich arbeite im Auftrag des Reichs, und das kann ich auch beweisen. Fragen Sie Oberleutnant Haubinger. Sie werden sich eine Menge Ärger einhandeln, wenn Sie mich aufhalten und bedrohen, anstatt mich meine Arbeit machen zu lassen. Aber bitte, wenn Sie sich etwas davon versprechen, untersuchen Sie die Puppe.« Sie gab vor, das Spielzeug zu übergeben, ließ es dabei aber fallen, noch bevor einer der Soldaten danach greifen konnte. Mit einem hässlichen Klirren zerbarst das dröge Porzellangesicht auf dem harten Stein.

»Oh, wie ungeschickt«, rief Nelly.

Die Soldaten blickten verdutzt zu Boden, dann bückten sie sich unter leisem Fluchen, um unter den weißen Scherben etwas zu suchen, das ihren Verdacht gegen Nelly erhärten konnte. Diesen kurzen Augenblick nutzte Nelly, um die Erkennungsmarke aus der Handtasche zu fischen und unter ihren rechten Handschuh zu schieben.

»Sie kommen jetzt mit uns zur Personenkontrolle«, brüllte der Größere sie mit feuerrotem Kopf an. »Ich werde Sie lehren, uns zum Narren zu halten!«

Natürlich war seine Suche ergebnislos geblieben, und die Blamage schmeckte ihm nicht. Um seinem Ärger Luft zu machen, trat er die Überreste der Porzellanpuppe in den Schmutz. Dem Schlamm entwich ein leises Schmatzen, als Febes starres Gesicht darin versank.

»Komm, lass es gut sein!« Sein Kamerad packte den Soldaten am Arm. »Was, wenn sie die Wahrheit sagt und tatsächlich …«

»Die Frau versteckt etwas vor uns, dafür habe ich einen Riecher!« Er zog seine Waffe und richtete sie drohend auf Nelly, die fassungslos beide Hände hob.

»Sie machen einen Fehler, ich …«

»Mund halten und mitkommen!«

Von der Hauptstraße her näherte sich eine weitere Patrouille, dieses Mal mit Motorrad und Beiwagen. Die Männer schlugen den Weg zum Fischereihafen ein, machten dann aber kehrt und kamen stattdessen auf Nelly und die beiden Männer zu.

»Seid ihr zwei verrückt?«, rief der Soldat im Beiwagen seinen Kameraden zu, als er Nelly mit erhobenen Händen vor ihnen stehen sah. Mit quietschenden Reifen brachte sein Begleiter das Motorrad zum Stehen. Nelly atmete auf, denn sie erkannte die Stimme des jungen Gefreiten Maurer, ihres Reisegenossen aus dem Zug nach Amsterdam. Er zeigte dem Soldaten mit der Pistole einen Vogel, dann schüttelte er den Kopf. »Menschenskind, in deiner Haut möchte ich heute Abend nicht stecken, wenn du dem Alten Meldung machen musst!«

»Habe ich nicht gesagt, dass du die Frau in Ruhe lassen sollst?« Der Kamerad des Soldaten runzelte die Stirn. »Aber du Idiot siehst ja unter jedem Stein einen Kerl, der dich abknallen will. Na los, steck das Scheißding ein, bevor es losgeht.«

Der Soldat gab widerstrebend nach, doch sein Blick verriet, dass er ihr nach wie vor jede Tücke zutraute. »Ich sag's euch«, brummte er. »Der Bellmann ist nicht einfach getürmt, wie alle behaupten. Das hätte der nie gemacht. Die vom holländischen Widerstand haben ihm eine Falle gestellt. Darauf verwette ich meinen Arsch. Vielleicht haben sie ihn mithilfe eines Weibsstücks aus dem Dorf gelockt und abgemurkst. Ihr Klugscheißer könntet die Nächsten sein, die ins Gras beißen. Wenn ihr meine Meinung hören wollt: Das Dorf gehört abgefackelt wie Zunder, das würde die Ratten aus ihren Löchern treiben.«

Nelly gab sich weiterhin gleichgültig, innerlich aber kochte sie vor Wut und hätte dem Kerl am liebsten eine saftige Ohrfeige verpasst. Ob es im Ort Menschen gab, die insgeheim dem Widerstand nahestanden, konnte sie nicht sagen. Aber eines wusste sie: In Paardendijk lebten Männer, Frauen und Kinder, die sich nichts zuschulden hatten kommen lassen und die nur irgendwie diesen schrecklichen Krieg überstehen wollten. Allerdings hörte sie aus den harten Worten des Soldaten nicht nur Hass, sondern auch eine gehörige Portion Angst heraus. Das Schicksal des verschwundenen Leutnants sorgte nicht nur bei den Offizieren für Unbehagen, auch die einfachen Soldaten fürchteten, dass es ihnen bald ebenso ergehen könnte.

Nelly bedankte sich bei dem Gefreiten Maurer mit einem

zaghaften Lächeln. »Es war zum Teil ja auch meine Schuld«, erklärte sie, um die Wogen ein wenig zu glätten. »Ich fand meine Papiere nicht. Muss sie wohl im Leuchtturm liegen gelassen haben.«

Der Gefreite gab sich nachsichtig. Ein wenig hochmütig klärte er seine Kameraden darüber auf, dass Nelly die Schwägerin eines hochrangigen Generals sei und sie es sich gut überlegen sollten, bevor sie ihr noch einmal zu nahe traten. In Holland schöben sie trotz der Sache mit Bellmann immer noch eine ruhige Kugel, und eine Versetzung an die russische Front sei rasch unterzeichnet. Die Männer hatten es dann plötzlich sehr eilig, ihren Rundgang durch das menschenleere Dorf fortzusetzen. Maurer verabschiedete sich von Nelly mit einem flüchtigen Nicken, dann sprang er in den Motorradbeiwagen, der sogleich davonknatterte. Der Spuk war vorüber.

Nelly blieb stehen, bis ihr Herzschlag sich beruhigt hatte. Zu ihren Füßen lag die Puppe ihrer Mutter, genauer gesagt das, was von Febe übrig war. Eines der herausgebrochenen Glasaugen schien Nelly vorwurfsvoll anzustarren.

Nelly floh in den Leuchtturm und warf atemlos die schwere Tür hinter sich ins Schloss. Sie war erschöpft und schaffte es nur mühsam die Treppe zur Küche hinauf. Dabei fiel ihr ein, dass sie bis heute die Stufen nicht gezählt hatte. Dass es eine Menge waren, spürte sie in jedem Knochen. In der Küche ließ sie sich auf einen der harten Stühle fallen und legte den Kopf auf den Tisch. Über dem Raum hing der schwere Geruch von Suppe und Zigarettenrauch. Vermutlich hatte Mintje gekocht, und Henk hatte ihr dabei mit einer Kippe Gesellschaft geleistet. Doch nun waren sie längst nach Hause gegangen. Nelly war allein. Sie stand auf, trottete zum Herd hinüber und hob den Deckel vom Kochtopf. Das Essen, wie üblich ein Eintopfgericht, war nur noch lauwarm. Aber Nelly hatte ohnehin weder Hunger noch Durst. Sie war müde, das Gespräch mit ihrem Onkel und die Begegnung mit den Soldaten hatten sie aufgewühlt. War sie zunächst heilfroh gewesen, in den Schutz des Turms zu flüchten, spürte sie nun ein bedrückendes Gefühl von Einsamkeit. Sie sehnte sich nach einem Menschen, der ihr nicht feindselig gegenübertrat oder sie berechnend abschätzte. Einem Vertrauten, mit dem sie reden und dem sie ihr Herz ausschütten konnte. Sie dachte an ihre Angehörigen in Berlin. Wie mochte es ihnen ergangen sein? Dachten sie hin und wieder an sie oder waren sie froh, dass sie weit fort war, weit genug, um sie nicht zu kompromittieren? Sowohl der General als auch von Bleicher hatten Nelly eingeschärft, auf keinen Fall Briefe an die Postadresse ihrer Familie oder an Bekannte in Berlin zu schicken. Auch Anrufe waren ihr untersagt. Aber im Leuchtturm gab es sowieso kein Telefon, und der Telegraf war, wie sie inzwischen wusste, beschlagnahmt worden. Die ihr auferlegte Kontaktsperre mochte vernünftig sein, doch Nelly litt darunter mehr, als sie sagen konnte. Was hätte sie nicht dafür gegeben, jetzt mit ihrer Mutter sprechen zu können. Sie hätte sie zu gern gefragt, ob ihre merkwürdige Botschaft sich wirklich auf die alte Puppe bezog oder ob sie nicht etwas ganz anderes im Sinn gehabt hatte. Davon abgesehen gab es in Berlin noch andere Menschen, um die sie sich Sorgen machte. Da war ihre Freundin Barbara, mit der sie in der Rosenstraße auf die Freilassung ihres Ehemannes gewartet hatte. Nelly erinnerte sich, dass sie fast ein wenig neidisch gewesen war, als Pauls Schwester ihr in einem Tanzcafé ihren Bräutigam, den Anwalt Theo Rosner, vorgestellt hatte. Dass Rosner jüdischen Glaubens war, hatte in den quirligen zwanziger Jahren gar keine Rolle gespielt, Barbaras Familie hatte seine Herkunft sogar interessant gefunden. Bis die Nazis die Macht ergriffen und im ganzen Reich angefangen hatten, die Juden zu entrechten und zu drangsalieren. Barbaras Mann hatte seine Kanzlei schließen müssen und war letztendlich als Arbeiter in einer Fabrik zwangsverpflichtet worden. Sie selbst war mehrfach aufgefordert worden, sich von ihm zu trennen, hatte sich aber geweigert. Solange sie zu ihm hielt, so hoffte sie zumindest, würde die Gestapo ihn wenigstens nicht in den Osten verschleppen, wie viele seiner Verwandten. Nelly hatte sie darin bestärkt und getan, was sie konnte, um die Freundin in ihrer Bedrängnis zu unterstützen. Doch damit war es nun vorbei. Es schmerzte Nelly, dass sie nicht einmal die Zeit gefunden hatte, um Barbara zu erklären, wo sie jetzt war und warum sie Berlin hatte verlassen müssen. Der Gedanke, ihre Freundin könnte annehmen, dass Nelly sie nicht mehr sehen wollte, weil sie kalte Füße bekommen hatte oder sich nicht mehr für das Schicksal ihrer bedrohten Freunde interessierte, war frustrierend. Sie beschloss, Barbara ihre Lage in einem Brief zu erklären. Natürlich würde sie den Brief nicht abschicken können, doch vielleicht beruhigte es ihre Nerven ein wenig, wenn sie sich ihren Kummer von der Seele schrieb. Ein wenig Ablenkung von ihren Grübeleien über den alten Piet, Leutnant Bellmann und die Gefahr für den kleinen Ort würde ihr guttun.

Auf ihrem Schreibtisch im Dienstzimmer fand sie zu ihrer Überraschung ein Wörterbuch der niederländischen Sprache. Es war fast hundert Jahre vor Nellys Geburt in Amsterdam gedruckt worden und sah entsprechend abgegriffen aus. Nelly überlegte, ob Mintje ihr das Buch auf den Tisch gelegt hatte, weil sie fand, dass Nelly endlich die Sprache ihrer Mutter lernen sollte. Sie glaubte, die Einheimischen würden ihre Abneigung gegenüber der jungen Deutschen erst überwinden, wenn diese wie eine Holländerin mit ihnen sprach.

Nelly blätterte das Buch durch und ärgerte sich dabei einmal mehr darüber, dass Bente ihr nicht schon als Kind die Sprache ihrer Heimat beigebracht hatte. So blieb ihr nichts anderes übrig, als die Nase in das alte Wörterbuch zu stecken und sich so viele Vokabeln wie möglich einzuprägen. Sie würde

Mintje, Henk und auch ihre Verwandten bitten, künftig so oft wie nur möglich Niederländisch mit ihr zu sprechen.

Die nächsten Stunden verbrachte Nelly am Schreibtisch. Ihre Müdigkeit war verflogen. In zwei langen Briefen schrieb sie sich von der Seele, was sie bedrückte. Erst als es dunkelte und die Zeit gekommen war, das Leuchtfeuer wieder zu entzünden, erhob sie sich. Auf dem Weg zum Laternenhäuschen hoffte sie, dass es zur Abwechslung einmal eine ruhige Nacht werden würde.

15

Auch in der folgenden Nacht schlief Nelly schlecht. Wiederholt schreckte sie aus dem Schlaf auf, weil sie wieder dieses schreckliche Klopfen gegen die Tür unten und noch dazu flüsternde Stimmen und Schritte auf der Treppe zu hören glaubte. Dreimal quälte sie sich aus dem Bett, doch jeder ihrer Kontrollgänge verlief ergebnislos. Außer ihr war niemand im Turm. Alle Türen waren verschlossen, und die einzigen Geräusche, die zu ihr empordrangen, waren das Rauschen des Meeres und der Wind, der über den Hügel und die Sanddünen strich.

Als Nelly am Morgen die Treppe zur Küche hinunterstieg, kochte das Teewasser bereits. Mintje saß am Tisch und öffnete ein Päckchen aus durchweichtem Zeitungspapier, das, nach dem Geruch zu schließen, Fisch enthielt. Die Frau musste in der Früh zum Hafen gelaufen sein, um dort einem Fischer etwas von seinem Fang abzuschwatzen. Ihre Augen funkelten besorgt, während sie Nellys Erscheinungsbild einer kurzen Prüfung unterzog.

»Du siehst aus, als hättest du schon wieder kein Auge zugemacht«, sagte sie schließlich mit einem Seufzen. »Wie wäre es, wenn du für ein paar Tage zu Henk und mir ziehst? Könnte ein bisschen eng werden, aber du wärst unter Menschen und bräuchtest nachts keine Angst zu haben. Henk könnte sich um das Leuchtfeuer kümmern.« Sie deutete mit dem Finger zur Decke. »Er ist jetzt auch schon wieder oben im Laternenhäuschen. Und nachher wird er sich das Dienstbuch ansehen. Nur um sicherzugehen, dass nach deinem letzten Kontrollgang alles ordnungsgemäß eingetragen wurde.« Sie lächelte nachsichtig. »Du hast doch an die Kontrolle gedacht, nicht wahr? Ach, es würde dir viel besser gehen, wenn du dieses technische Zeug Henk überlassen würdest.«

Nelly goss sich eine Tasse Tee ein und setzte sich damit zu Mintje an den Tisch. Sie wusste nicht recht, was sie von dem Vorschlag der Frau halten sollte. Gewiss war sie dankbar für deren Hilfe im Haushalt und erleichtert, dass Henk ihr bei der Arbeit im Leuchtturm so eifrig unter die Arme griff. Ohne ihn und seine Erfahrung als Hilfsleuchtturmwärter des alten Piet wäre sie hoffnungslos verloren. Andererseits behagte ihr die Vorstellung nicht, dass er und seine Mutter kamen und gingen, wann immer es ihnen gefiel, ohne dass Nelly davon wusste. Nelly hatte nicht einmal gehört, wie Henk die Tür aufgesperrt hatte und an ihrer Schlafkammer vorbeigelaufen war.

Sie nahm einen Schluck Tee, dann holte sie Luft und sagte: »Henk sollte mich künftig rufen, bevor er nach oben in das Laternenhaus geht.«

Mintje hob überrascht den Blick. »Aber wieso denn, Schätzchen? Ich kann dir versichern, dass Henk alles unter Kontrolle hat. Niemand im Dorf wird Anstoß daran nehmen, wenn du es dir ein wenig leichter machst. Schließlich bist du ein Großstadtkind und kennst dich hier nicht aus.«

»Ich bezweifle ja auch nicht, dass Henk viel mehr von der Sache versteht als ich, aber die Verantwortung über den Leuchtturm wurde nun einmal nicht ihm, sondern mir übertragen. Wenn Henk mir auch weiterhin alle Aufgaben abnimmt, werde ich mich nie zurechtfinden.«

»Tja, wenn du das so siehst, dann ist es wohl so. Du bist die

Chefin«, sagte Mintje mit säuerlich verzogener Miene. »Hab gehört, dass du gestern die Leanders besucht hast.« Sie band sich eine Schürze um, nahm ein Schälmesser zur Hand und begann mit energischen Bewegungen, den Fisch von seinen Schuppen zu befreien. »Dann hast du ja jetzt deine ganze Verwandtschaft kennengelernt.«

Nelly nickte. Da ihr bekannt war, wie wenig Mintje von den Leanders hielt, erschien es ihr angebracht, sorgfältig abzuwägen, was sie ihr über das Gespräch mit ihrem Onkel verriet und was sie lieber für sich behielt. »Haart macht sich Sorgen, man könne Bram möglicherweise zur Zwangsarbeit abkommandieren. Am liebsten wäre es ihm, ich würde den Jungen hier auch noch als Hilfsleuchtturmwärter unterbringen.«

Mintje ließ vor Schreck beinahe das Messer fallen. »Aber ... Henk ist doch dein Gehilfe. Einen zweiten würden die Deutschen niemals bewilligen.«

Nelly berührte die ältere Frau begütigend am Arm. Es tat ihr leid, sie mit ihrer Bemerkung erschreckt zu haben. »Keine Angst, ich stehe zu meinem Wort«, sagte sie. »Was mich betrifft, so kann Henk bleiben. Vorausgesetzt, er macht keine Dummheiten.«

»Oh, das wird er bestimmt nicht!« Ein wenig erleichtert fuhr Mintje fort, mit ihrem Messer den Fisch zu putzen. »Ich werde dafür sorgen, dass er sich benimmt wie ein Engel und den Deutschen aus dem Weg geht. Am besten, er verlässt das Haus nur noch, um zur Arbeit zu gehen. Wir dürfen uns in dieser Situation keinen Fehler erlauben, nicht wahr? Ach, ich bin so froh, dass du nach Paardendijk gekommen bist, Kindchen. Das werden die Dickschädel im Dorf auch noch einsehen. Wenn jemand uns vor SS und Gestapo schützen kann, dann bist du es.«

Nelly verzog ein wenig verloren das Gesicht. Vor weniger als fünf Minuten war sie noch die unliebsame Fremde gewesen, die es sich unter der Protektion der Besatzungsmacht bequem machte, und nun sah Mintje eine Art rettender Engel in ihr. Eine Frau, die in der Lage war, sie, Henk und die anderen zu beschützen. Dabei war sie ja selbst ins Visier der Gestapo geraten, befand sich im Exil und hatte keinerlei Einfluss auf die Behörden. Es lag weder in ihrer Macht, das Los der Dorfbevölkerung erträglicher zu machen, noch das Schicksal abzuwenden, das Paardendijk drohte, falls man befand, dass Leutnant Bellmann nicht desertiert, sondern einem Mordanschlag zum Opfer gefallen war. Ihr fiel die Erkennungsmarke ein, die sie aus dem Haus ihres Onkels geschmuggelt hatte und die noch immer in ihrem Handschuh steckte. Erhärtete diese Marke nicht den Verdacht gegen die Leute von Paardendijk? Im Grunde war es ihre Pflicht, die Marke mit der gerissenen Kette Oberleutnant Haubinger auszuhändigen. Doch das würde das Todesurteil für ihre Verwandten bedeuten, und mit dieser Schuld, das wusste sie, würde sie keinen Tag länger leben können. Die Marke musste verschwinden. Am besten sie machte sich gleich zu einem Spaziergang auf und warf das verräterische Ding mitsamt Kette ins Meer, bevor es doch noch bei ihr gefunden wurde.

Sie schlüpfte in den Mantel und wollte gerade ihre Handschuhe holen, als sie Schritte vernahm. Jemand erklomm eilig die Treppenstufen zu den oberen Räumlichkeiten. Kurz darauf klopfte eine keuchende junge Frau gegen den Türrahmen. Nelly war überrascht, als sie unter dem tief in die Stirn gezogenen Kopftuch das hübsche Gesicht ihrer Cousine Sanne erkannte. Wangen und Nase der jungen Frau waren von der morgendlichen Kälte gerötet. Über der Schulter trug sie einen Kleidersack.

Mintje machte ein Gesicht, als hätte sie in eine Zitrone gebissen. Offensichtlich empfand sie die Anwesenheit einer Leander im Leuchtturm als Provokation, und dass Sanne Nelly überschwänglich begrüßte, von ihr selbst aber kaum Notiz nahm, machte die Sache nicht besser. »Was hat die denn hier verloren?«, knurrte die ältere Frau. »Ist man vor Haarts Brut nirgendwo sicher?«

Sanne Leander brauchte einen Moment, um nach dem Aufstieg über die Treppen wieder zu Atem zu kommen. Nelly bot ihr einen Stuhl an, war aber erleichtert, als das Mädchen mit einer Geste ablehnte.

»Ich habe ... nicht viel Zeit«, japste sie. »Ich bin nur gekommen, um dich um einen großen Gefallen zu bitten.«

»Einen Gefallen?«

Sanne nickte. Mit fliegenden Bewegungen öffnete sie die Schnüre des Kleidersacks. Zum Vorschein kam ein Abendkleid aus karmesinroter Seide und gewagtem Dekolleté, das so zauberhaft aussah, dass es Nelly vor Bewunderung die Sprache verschlug. Feine Damen trugen so etwas, doch Nelly war sich sicher, dass sie selbst in besseren Zeiten in Berlin niemals etwas annähernd Edles in ihrem Schrank gehabt hatte. Hinter ihr reckte Mintje den Hals, um einen Blick auf das Kleid zu erhaschen. Trotz ihrer Abneigung gegen Sanne konnte sie einen bewundernden Pfiff nicht unterdrücken. Dennoch sagte sie: »Nein, wie ordinär, dieser Ausschnitt! Und so lässt der alte Heuchler Haart seine Tochter herumlaufen?«

Sanne strich versonnen über den feinen Seidenstoff, dann legte sie das Kleid Nelly in den Arm. »Das Kleid ist für dich, Nelly. Ein Willkommensgeschenk.«

»Für mich? Aber ...«

»Bitte nimm es an, du würdest mir einen Gefallen damit tun. Ich habe es selbst entworfen und genäht.« Sie schlug verlegen den Blick nieder. »Mein Vater mag es nicht. Er möchte, dass ich simple Kleider für die Landbevölkerung nähe. Kleider, die ... weniger freizügig sind. Dabei hat er keine Ahnung, was für Modelle in Paris getragen werden.«

Nelly hatte eigentlich weder Zeit noch Muße, sich jetzt um die Entwürfe eines verträumten Mädchens zu kümmern, doch ihre Cousine sah sie so flehend an, dass sie sich überreden ließ, das Kleid prüfend vor sich zu halten. Es war ein herrliches Modell. Nelly kannte wohlhabende Damen in Berlin, die es sich trotz des Krieges mit all seinen Leiden für die Bevölkerung noch immer leisten konnten, an ihre Garderobe zu denken, und die alles dafür tun würden, in einem Abendkleid wie diesem eine Filmpremiere oder eine Opernaufführung zu besuchen. Mit ihrem Talent als Modeschöpferin würde Sanne eines Tages in der Haute Couture eine große Karriere machen.

Vorausgesetzt, sie überlebte Krieg und Besatzung.

»Ich weiß nicht, ob ich jemals eine Gelegenheit finden werde, es zu tragen, aber wenn es dir so viel bedeutet, nehme ich dein Geschenk gerne an.« Nelly hängte das Kleid vorsichtig über die Lehne eines Stuhles. Ihre Cousine strahlte, machte aber keine Anstalten zu gehen. »Kann ich noch etwas für dich tun, Sanne?«, fragte Nelly forschend. Das Mädchen hatte offensichtlich etwas auf dem Herzen, und je rascher sie es herausfand, desto schneller kam sie hinunter zum Strand, um die verräterische Marke ins Meer zu befördern.

»Es gibt da tatsächlich noch etwas.«

»War ja klar«, brummte Mintje vom Herd herüber. Sie hatte soeben den Fisch ausgenommen und warf sein Innenleben mit gerümpfter Nase in einen Eimer.

Sanne zupfte nervös an ihrem Kopftuch. »Mein Vater und Bram fahren mit dem Lieferwagen nach Haarlem. Sie haben als Ladenbesitzer eine Sondergenehmigung, die es ihnen erlaubt, den Ort zu verlassen, weil sie ja Lebensmittel und andere Vorräte abholen müssen.«

»Ja, und?«

»Ich darf nicht mitfahren. Vater sagt, ich soll Paardendijk nicht verlassen, sondern Mutter im Laden helfen.«

Nelly schüttelte mit einem Seufzer den Kopf. »Wenn du glaubst, ich könnte daran etwas ändern ...«

»Nein, nein, ich weiß, dass da nichts zu machen ist«, fiel Sanne ihr hastig ins Wort. »Aber ich brauche dringend neue Stoffe und Nähgarn. Es gibt einen Laden, in dem man mich kennt. Die legen billige Meterware für mich zurück. Stoffe, die seit Beginn des Krieges eigentlich gar nicht mehr zu bekommen sind. Aber meinen Vater kann ich nicht darum bitten, dort hinzugehen. Er sagt, er habe jetzt andere Sorgen als meine Näherei. Außerdem bekommt er von der Kommandantur nur zwei Stunden Zeit für alle Besorgungen und Einkäufe bewilligt. Wenn er und Bram sich verspäten, könnten sie dafür bestraft werden.«

»Ach herrje, ich rieche den Braten«, rief Mintje. Obwohl sie vorgab, ganz und gar mit der Zubereitung des Mittagessens beschäftigt zu sein, spitzte sie doch die Ohren, damit ihr kein Wort entging. »Das Fräulein möchte dich nach Haarlem schicken, damit du ihre Besorgungen erledigst. Aber das können Sie vergessen, Fräulein Leander. Unsere Leuchtturmwärterin hat für solchen Unfug überhaupt keine Zeit.«

Nelly ignorierte das Gezeter ihrer Haushaltshilfe. Tatsächlich brauchte sie nicht lange zu überlegen. Von Bleicher hatte ihr eingeschärft, Amsterdam zu meiden, doch von Haarlem war nie die Rede gewesen. Es war die Gelegenheit, endlich einmal wieder etwas anderes zu sehen als die Dünen von Paardendijk. Eine Gelegenheit, die so rasch nicht wiederkehren würde und die sie sich bestimmt nicht entgehen lassen wollte. In einer Stadt wie Haarlem würden sich noch bessere Möglichkeiten bieten, die Erkennungsmarke auf diskrete Weise loszuwerden als am örtlichen Strand.

»Abgemacht«, sagte sie entschlossen. »Ich habe selbst ein paar Erledigungen zu machen und hoffe, dein Vater wird mich auch mitnehmen.«

»Das wird er!« Sanne wühlte in ihrer Manteltasche und holte schließlich einen zerknitterten Zettel mit der Adresse des Tuchladens heraus, den Nelly in ihrem Auftrag aufsuchen sollte. Auf Nellys Frage nach einem Fotografen hob das Mädchen überrascht die Augenbrauen. »Ich erinnere mich, dass Vater meinen Bruder und mich mal in ein Fotoatelier mitgenommen hat, als wir noch klein waren. Aber offen gestanden habe ich keine Ahnung, ob es den Laden noch gibt.« Sie kritzelte etwas auf die Rückseite des Zettels und reichte ihn dann Nelly. »Dort kannst du dich nach dem Fotografen erkundigen. Wenn jemand weiß, wo er abgeblieben ist, dann diese Leute.«

Nelly hatte die Adresse kaum eingesteckt, als plötzlich Henk in die Küche gestürmt kam. Er war ganz aufgeregt. Als sein Blick auf Sanne fiel, stieß er überrascht die Luft aus und fuhr sich mit der Hand durch das zerzauste Haar. »Du hier?«, war alles, was ihm einfiel.

»Wie du siehst!« Sanne errötete bis zu den Haarspitzen. Ihr war unschwer anzusehen, dass das unverhoffte Zusammentreffen mit Henk sie verlegen machte. Sie nickte Nelly knapp zu, zog ihr Kopftuch straff und versuchte dann, an dem jungen Mann vorbeizuhuschen, der wie angewurzelt auf der Türschwelle stehen blieb. Henk hielt sie am Arm fest.

»Au, würdest du mich bitte gehen lassen?«

»Henk, verdammt noch mal«, mahnte Mintje. »Habe ich dir nicht schon hundertmal gesagt, dass eine Leander für dich nicht infrage kommt? Lass sie gehen!«

»Ich würde ihr nicht empfehlen, jetzt zur Tür hinauszuspazieren«, sagte Henk. »Unten ist gerade ein Wagen der Wehrmacht vorgefahren. Es ist dieser Oberleutnant Haubinger, und er hat einige seiner Soldaten dabei.«

Nelly verdrehte die Augen und überlegte, was der Offizier schon wieder bei ihr wollte. Ein Gefühl von Panik stieg in ihr auf, als ihr die Metallmarke in ihrem Handschuh einfiel. Doch sie zwang sich, Ruhe zu bewahren. Der Leutnant konnte von der Marke nichts wissen, es sei denn, er hätte einen Tipp bekommen. Aber außer ihr hatten nur ihr Onkel und Bram die kleine Scheibe gesehen, und die beiden würden sich hüten, darüber zu reden. Oder?

»Sanne und Henk, ihr verschwindet nach oben«, ordnete sie mit fester Stimme an. »Geht ins Laternenhäuschen und bleibt dort, bis die Soldaten fort sind. Ich werde mit ihnen sprechen und herausfinden, was sie schon wieder zu mir führt.«

16

»Das ist eine unverzeihliche Missachtung meiner Anordnungen!« Oberleutnant Haubinger war außer sich. »Das werde ich nicht auf sich beruhen lassen! Die Verantwortlichen müssen sich auf einiges gefasst machen.«

Nelly hatte den Oberleutnant in die Schreibstube gebeten und ihm einen Stuhl angeboten, doch Haubinger lehnte es ab, sich zu setzen. Mit gerötetem Gesicht stapfte er durch den Raum und schimpfte dabei wie ein Rohrspatz. Nelly wusste nicht, was sie sagen sollte. Also sagte sie nichts, und da sie es für unhöflich hielt, sich zu setzen, während ihr Gast umherlief, blieb auch sie stehen.

»Ich habe die beiden Idioten natürlich zur Rede gestellt«, sagte Haubinger, nachdem sein Zorn etwas abgeklungen war. »Sie wollten sich damit herausreden, es sei nur eine Routinekontrolle gewesen. Ich kann gar nicht sagen, wie leid es mir tut, dass Sie auf offener Straße belästigt wurden. Noch dazu von Ihren eigenen Landsleuten. Aber ich verspreche Ihnen, dass so etwas nie wieder vorkommen wird.«

Nelly hätte vor Erleichterung beinahe gelacht. Also das war es, was Haubinger so aufregte. Die Kontrolle von gestern. Und sie hatte schon Angst gehabt, Haubinger sei im Auftrag der Gestapo zu ihr gekommen. Vor Erleichterung sank Nelly auf ihren Schreibtischstuhl. Oberleutnant Haubinger ging zur Tür, riss sie auf und brüllte nach den Soldaten, die vor dem Leuchtturm auf seine Befehle warteten. Kurz darauf schleppten zwei Männer mit feuerroten Gesichtern eine Kiste die Treppen hinauf.

»Seien Sie vorsichtig damit, verdammt noch mal«, fuhr Haubinger die Soldaten barsch an. »Stellen Sie die Kiste auf den Schreibtisch. Dann können Sie verschwinden.«

Nelly hob überrascht die Augenbrauen. Nanu. Was hatte das zu bedeuten? Sie wollte um eine Erklärung bitten, doch Haubinger ließ sie nicht zu Wort kommen.

»Ich habe mir überlegt, wie ich den Fauxpas von gestern wettmachen kann«, sprudelte es aus ihm heraus. Er öffnete die Kiste und entnahm ihr eine Flasche Wein, eine Papiertüte mit Äpfeln und ein gutes Dutzend Konserven, die dem Etikett nach Dosenfleisch und Sardinen in Öl enthielten. Aber dies war noch nicht alles.

»Nun, gnädiges Fräulein, was sagen Sie jetzt?« Mit einem Lächeln holte der Oberleutnant einen Apparat aus der Kiste.

Verblüfft schaute sich Nelly den schmucklosen Kasten an. Ein Radio. Haubinger verehrte ihr einen Radioapparat. Das war nun wirklich eine Überraschung. Bei dem Gerät handelte es sich um ein holländisches Modell, und Nelly kam nicht umhin, sich zu fragen, woher er es hatte. Hatte er den Apparat irgendwo im Ort beschlagnahmt? Sie konnte nur hoffen, dass dem nicht so war.

»Das Gerät mag nicht mehr ganz neu sein, funktioniert aber einwandfrei, das habe ich höchstpersönlich überprüft«, erklärte Haubinger stolz. »Sie können damit alles empfangen, was ein herkömmlicher Volksempfänger in Berlin sendet.«

Und vielleicht auch den englischen Sender, dachte Nelly. Es war zweifellos verlockend, ein Radio im Haus zu haben. Viel zu lange hatte sie auf Musik, vor allem aber auf Nachrichten über den Verlauf des Krieges verzichten müssen. Allerdings widerstrebte es ihr, das Geschenk eines deutschen Oberleutnants anzunehmen. Wenn das herauskam, würden die Dorfbewohner ihr noch mehr Misstrauen entgegenbringen als ohnehin schon. Doch wie sollte sie das einem Mann wie Haubinger klarmachen? Der Oberleutnant konnte natürlich nicht ahnen, dass sie einen guten Kontakt zu den Einheimischen haben wollte. Wie hätte er auch wissen können, dass sie, die Schwägerin eines Generals, nach Holland geschickt worden war, weil ihr in Berlin der Boden unter den Füßen gebrannt hatte.

»Ich weiß Ihre Fürsorglichkeit zu schätzen, Herr Oberleutnant«, sagte sie. »Aber alle diese Geschenke … Ich kann das unmöglich annehmen. Vor allem möchte ich nicht, dass Sie glauben, mir etwas schuldig zu sein. Das sind Sie nicht.«

Haubinger ließ ihren Einspruch nicht gelten. »Keine Widerrede, Fräulein Vogel. Wir erfüllen beide unsere Pflicht an der Front und nehmen den Posten ein, den der Führer uns zugedacht hat. Ihre Arbeit mag für Außenstehende einen zivilen Charakter haben, aber tatsächlich ist sie sehr wichtig für unser Vaterland und den Sieg.«

»Ach, tatsächlich?«

»Aber natürlich. Was mich betrifft, so betrachte ich Sie als Bestandteil der Truppe und bin als befehlshabender Offizier auch für Sie und Ihr Wohlergehen verantwortlich. Schließlich befinden wir uns im Feindesland. Nein, lassen Sie sich nicht von diesen Leuten hier täuschen. Die würden uns doch gern bei der erstbesten Gelegenheit ein Messer in den Rücken rammen. Ich gehe davon aus, dass der Herr General in Berlin das nicht anders sieht.«

Nelly war beklommen zumute. Ausgerechnet sie sollte ein Bestandteil der Truppe dieses Wichtigtuers sein? Wollte er damit andeuten, dass sie unter Beobachtung stand und künftig öfter mit Besuchen der Wehrmacht rechnen musste? Glaubte

Haubinger allen Ernstes, ihr damit einen Gefallen zu tun, oder verbargen sich hinter seinen schmeichelnden Worten andere Absichten?

»Ich hoffe sehr, dass Sie hin und wieder ein wenig Zeit für mich haben.« Haubinger nahm die Flasche Wein zur Hand und beäugte prüfend das Etikett. Dann nickte er anerkennend. »Für eine kleine Lagebesprechung nach Dienstschluss. Schließlich hängt das Schicksal dieses Ortes nach wie vor an einem seidenen Faden.«

Nelly hätte jetzt einen Schluck Wein gut gebrauchen können, um ihre Nerven zu beruhigen. Aber sie widerstand der Versuchung. Sie nahm sich vor, die Flasche unter keinen Umständen zu öffnen, mochte das Haubinger auch noch so sehr kränken. Sie hatte um keine Zuwendung gebeten und würde auch ohne militärische Futterspenden zurechtkommen.

»Gibt es denn schon irgendwelche Neuigkeiten wegen des vermissten Leutnants?«, fragte sie, um Haubinger von der Weinflasche und seinem Wunsch nach Zweisamkeit abzulenken.

Haubingers Miene wurde ernst. »Sagen Sie es mir!«

»Ich? Aber wieso?«

Haubinger nahm ihr gegenüber Platz und musterte Nelly mit ernstem Blick. Einen Moment lang schwieg er, dann sagte er: »Ich war von Anfang an offen zu Ihnen. Ich habe Sie über das Verschwinden meines Stellvertreters nicht im Unklaren gelassen und meine Erkenntnisse mit Ihnen geteilt. Sie aber verheimlichen mir etwas. Das lese ich von Ihren Augen ab. Nun frage ich mich natürlich, was es ist und warum Sie es vor mir verbergen.«

Nelly öffnete die Lippen, um etwas zu sagen, doch eine deutliche Geste des Oberleutnants ließ sie verstummen. »Ich bin noch nicht fertig, gnädiges Fräulein! Mir wurde mitgeteilt, dass Sie das Haus dieses Leander aufgesucht haben. Inzwischen weiß ich auch, warum.«

»Dann muss ich es Ihnen ja nicht mehr erklären«, sagte Nelly. »Meine Mutter stammt aus Paardendijk. Haart Leander ist ihr Bruder, mein Onkel. Ich darf ihn besuchen, sooft ich will.«

Der Oberleutnant fuhr sich mit dem Zeigefinger über das glatt rasierte Kinn. Er wirkte plötzlich nachdenklich. »Sicher. Ich frage mich nur, warum Sie mich als den Befehlshaber des Stützpunkts nicht in Ihr Geheimnis eingeweiht haben. Ich erhalte wichtige Informationen ungern als Letzter. Aber wenigstens weiß ich jetzt, warum das Reichssicherheitshauptamt ausgerechnet die Schwägerin eines hoch dekorierten Generals hierhergeschickt hat, um in einem Leuchtturm die Lampen anzuzünden.«

Nelly spürte, wie ihr Herzschlag sich beschleunigte. Gleichzeitig bekam sie einen so trockenen Mund, dass sie fast doch noch die Flasche Wein geöffnet hätte. Das Reichssicherheitshauptamt? Wen um alles in der Welt glaubte Haubinger vor sich zu haben? Mata Hari?

»Aber natürlich, meine Liebe!« Haubinger lachte. »Die Strategie ist brillant, wenn ich das so sagen darf. Eine deutsche Verwandte als Leuchtturmwärterin zu tarnen und dann bei diesen Leuten einzuschleusen, um ihr Vertrauen zu gewinnen, halte ich für einen Geniestreich. Mein Kompliment dem Herrn General. Ich hege übrigens schon seit Längerem den Verdacht, dass die Leanders über die Widerstandsgruppen entlang der holländischen Küste Bescheid wissen. Nachweisen konnte man ihnen bislang allerdings nichts. Ich habe ihr Haus und den Laden schon ein paarmal durchsuchen lassen, aber ohne Erfolg. Den alten Leander oder seinen Sohn der Gestapo zu übergeben, würde unter der Bevölkerung erhebliche Unruhe auslösen. Aber was uns bislang versagt blieb, könnte Ihnen nun gelingen. Sie werden die Verräter dazu bringen, sich zu offenbaren.«

Nelly musste fast würgen. Na fein, das lief ja großartig. Allem Anschein nach hatte sich Oberleutnant Haubinger in die glorreiche Idee verbissen, sie sei nach Paardendijk gekommen, um für das Reich zu spionieren. Was also sollte sie tun? Energisch widersprechen? Doch dann würde Haubinger annehmen, sie wolle nur ihr Inkognito wahren, um ihren Auftrag nicht zu gefährden. Sie dachte angestrengt nach und ging ihre Möglichkeiten durch. Vielleicht war es gar nicht so schlecht, wenn die Wehrmacht in ihr eine Person mit Sonderbefugnissen sah. Sie konnte ihre Verwandten vor unliebsamen Razzien schützen und mehr Zeit herausschinden, um die Wahrheit über das spurlose Verschwinden von Leutnant Bellmann zu ergründen. Solange Haubinger in ihr eine Spionin sah, konnte sie ihn vielleicht dazu bewegen, die Einheimischen in Ruhe zu lassen. Allerdings würde sich diese Maskerade nicht lange aufrechterhalten lassen. Über kurz oder lang würde Haubinger die Wahrheit über sie herausfinden.

»Da wir jetzt mit offenen Karten spielen, kann ich Ihnen auch sagen, dass heute früh nicht weit von der Stadt Zandvoort ein Leichnam an den Strand gespült wurde«, sagte Haubinger, während er an den Knöpfen des Radiogeräts drehte. Außer einem Rauschen war jedoch nichts zu hören. »Aber ich nehme an, darüber wurden Sie schon längst informiert.«

»Wie denn? Sie vergessen, dass ich weder einen Telefonapparat noch einen Telegraphen im Leuchtturm habe.« Das Rauschen, das das Radio von sich gab, ging in ein nervtötendes Quäken über. »Wurde der Tote denn schon identifiziert? Könnte es Leutnant Bellmann sein? Oder der alte Piet?«

»Genaueres weiß ich noch nicht. Der Tote ist nämlich nach Amsterdam geschafft worden. Ich werde später dorthin fahren, um der Autopsie beizuwohnen.« Er hob den Kopf und sah Nelly an. »Ich habe vor, den Jungen mitzunehmen, der Ihnen hier zur Hand geht.«

»Sie meinen Henk?«, rief Nelly erschrocken.

»Er ist doch hier, nicht wahr?«

Nelly widerstand der Versuchung, seinem Blick auszuweichen. »Sie brauchen ihn als Zeugen, falls es sich bei dem Toten um den früheren Leuchtturmwärter handelt, nicht wahr?«

Haubinger nickte. Er nahm seine Mütze, die er auf den Schreibtisch gelegt hatte, und setzte sie auf. Dann ging er zur Tür. »Wenn der Tote wirklich Piet ist, müsste dieser Henk ihn identifizieren können. Selbst wenn die Leiche schon eine Weile im Meer war. Schließlich haben die beiden lange genug zusammengearbeitet. Uns würde das eine Menge Ärger ersparen.«

»Nichts für ungut, aber am wenigsten Ärger gäbe es, wenn der Tote Bellmann wäre. Dann wüssten wir, dass er versucht hat, sich von der Truppe zu entfernen und dabei ums Leben gekommen ist.« Nelly überlegte, ob sie Haubinger bitten sollte, sie mitzunehmen, entschied sich aber dagegen. Es genügte, wenn Henk den Oberleutnant nach Amsterdam begleitete. Von ihm würde sie früh genug erfahren, ob es sich bei dem Leichnam um eine der vermissten Personen aus Paardendijk handelte oder nicht.

Nachdem Haubinger gegangen war, eilte Nelly die Stufen zum Laternenhäuschen hinauf und überbrachte Henk den Befehl des Oberleutnants. Wie nicht anders zu erwarten, war der junge Mann alles andere als begeistert. Auch Sanne blickte erschrocken drein.

»Ist das nicht gefährlich?«, erkundigte sie sich. »Was, wenn die Soldaten Henk nicht wieder freilassen?«

Nelly legte ihr eine Hand auf die Schulter und sprach beruhigend auf sie ein. Ihr entging nicht, wie besorgt ihre Cousine um Henks Wohlbefinden war. Hatte sie etwas verpasst? Mintje würde das nicht gefallen, ihrem Onkel auch nicht. Aber das war nicht Nellys Problem. »Keine Sorge«, sagte sie. »Oberleutnant Haubinger weiß, dass Henk mein Hilfsleuchtturmwärter ist, und wird sich hüten, ihn mir wegzunehmen. Henk muss nur eine Zeugenaussage machen und wird zurück sein, lange bevor es Zeit wird, das Leuchtfeuer anzuzünden.«

Nelly musste sich beeilen, um ihren Onkel und Bram vor deren Abfahrt nach Haarlem noch rechtzeitig zu erwischen. Haart war alles andere als begeistert darüber, dass sie ihn und Bram in die Stadt begleiten wollte. Er sträubte sich vehement, aber zuletzt gelang es Bram, ihn zu überreden. Seiner Meinung nach konnte es nur nützlich sein, wenn eine Deutsche sie im Wagen begleitete. Wegen der Kontrollen durch die Wehrmacht. Dem konnte Haart nicht widersprechen. Maulend gab er Nelly zu verstehen, dass sie sich auf die Rückbank setzen durfte. »Aber fass nichts an«, mahnte er griesgrämig. Nelly sah sich um und fragte sich, was sie hätte anfassen sollen. Neben ihr lagen ein paar leere, streng riechende Jutesäcke. Offensichtlich waren sie für die Lieferung gedacht, die der Kaufmann in Haarlem abholen wollte.

Was die Kontrollen anging, so behielt Nellys Vetter recht mit seiner Annahme. Das erste Mal wurde der Wagen angehalten, kaum dass sie die Dorfstraße von Paardendijk hinter sich gelassen hatten. Haart reichte ein paar zerknitterte Schriftstücke aus dem Fenster, die ein Soldat mit eher gelangweiltem Gesichtsausdruck entgegennahm.

»So, so, die Herren Leander!« Der Mann gab Haart seine Dokumente zurück, dann trat er prüfend mit dem Fuß gegen einen Reifen. »Und wer ist die Dame?«

»Unsere Leuchtturmwärterin«, erklärte Bram. »Sie hat uns gebeten, sie nach Haarlem zu fahren. Wollen Sie ihre Papiere sehen?«

Der Soldat grüßte Nelly militärisch. »Die junge Dame aus Berlin. Ich weiß Bescheid.« Er warf einen letzten misstrauischen Blick auf Haart, der stur geradeaus auf die Absperrung starrte, gab dann aber seinen Kameraden den Befehl, den Wagen passieren zu lassen.

»Sie müssen bis Einbruch der Dunkelheit zurück sein, verstanden?«, mahnte er, als Haart Gas gab und anfuhr. »Sonst bin ich verpflichtet, Meldung zu machen.«

»Meldung machen, das ist alles, was diese Idioten können«, beschwerte sich Nellys Onkel, während der Lieferwagen über den Schotterweg in Richtung Landstraße holperte. Bram lachte. »Aber du musst doch zugeben, dass wir dank unserer Verwandten erstaunlich schnell durch die Kontrolle gekommen sind.« Er drehte sich zu Nelly um und zwinkerte ihr zu. »Als wir das letzte Mal von den Deutschen kontrolliert wurden, hätten sie uns fast die Reifen beschlagnahmt, trotz Vaters Passierschein.«

Nelly lehnte sich zurück und bemühte sich, die Übelkeit zu unterdrücken, mit der sie auf die Fahrweise ihres Onkels reagierte. Haart schien nichts davon zu halten, Schlaglöchern auszuweichen. Zudem dröhnte der laute Motor in ihren Ohren. Um sich abzulenken, blickte sie aus dem Fenster und ließ die Landschaft auf sich wirken. Das weite, flache Land mit seinen grünen, von Wasserstraßen durchzogenen Wiesen rief eine Sehnsucht in ihr wach, die ihr Herz berührte. Kühe und Schafherden weideten friedlich, und Nelly jubilierte innerlich, als sie eine Windmühle erspähte. Alles wirkte so idyllisch wie das Gemälde eines alten holländischen Meisters. Nelly konnte fast ausblenden, dass sich die Schlinge um dieses Land allmählich zuzog. Sie sah nach vorne zu Bram, der sich leise mit seinem Vater unterhielt. Ihr junger Vetter schien es ihr nicht nachzutragen, dass sie Haarts Forderung, ihn als Hilfswärter in den Leuchtturm zu holen, abgelehnt hatte. Einen Moment lang kämpfte sie mit ihrem Gewissen, doch dann erreichten sie auch schon Haarlem, wo Haart sein Gefährt hupend und zeternd auf einen von stattlichen Giebelhäusern umrahmten

Platz lenkte. Es war Markttag, und wohin man auch blickte, sah man Verkaufsstände, an denen die Bauern der Umgebung ihre Waren anpriesen. Haart bahnte sich den Weg bis zur Ostseite einer mittelalterlichen Kirche. Dort stellte er den Lieferwagen ab und schwang sich aus dem Sitz.

»Das ist der Grote Markt«, erklärte er Nelly, während sie sich von Bram aus dem Wagen helfen ließ. »Du kannst dich am Turm der St.-Bavokerk orientieren, damit du im Gewühl der Gassen nicht verloren gehst.«

Mit diesen Worten kehrte er Nelly den Rücken zu und schritt mit schnellen Schritten auf die Mitte des Platzes zu. Im Nu wurde er von einer Menschentraube umringt, die sich, ihren aufgebrachten Mienen nach, über die rücksichtslose Fahrweise des Kaufmanns aufregten.

Bram stieß einen Seufzer aus. »Vater ist einfach unverbesserlich«, sagte er. »Man hat ihn schon hundertmal gemahnt, weil er jedes Mal mitten durch das Marktgetümmel braust, anstatt es weitläufig zu umfahren.« Er holte die Jutesäcke vom Rücksitz und warf sie sich über die Schulter. »Ich muss zu Vater. Wenn er die Marktleute verärgert, werden die Regale in unserem Laden bald leer bleiben. Und du?« Er sah Nelly zweifelnd an. »Kommst du wirklich allein zurecht? Was hast du eigentlich so Dringendes in der Stadt zu erledigen?«

Nelly vergrub ihre Hand in der Manteltasche und tastete nach der Adresse, die Sanne ihr aufgeschrieben hatte. »Nur keine Bange«, sagte sie, während sie den Blick über den Grote Markt schweifen ließ. »Ich mache ein paar Besorgungen für den Leuchtturm und bin wieder rechtzeitig zur Heimfahrt beim Wagen.«

17

Henk gab es nur ungern zu, aber als er in Begleitung von vier Soldaten durch den hallenden Gang des Gebäudes geführt wurde, um seine Aussage zu machen, war ihm vor Angst fast schlecht. Weder der befehlshabende Offizier noch dessen Männer hatten während der Fahrt nach Amsterdam mit ihm gesprochen. Sie hatten ihm zwar versichert, dass er nicht verhaftet sei und man ihn lediglich brauche, um einen Toten zu identifizieren, aber Henk war sich nicht sicher, ob er dem Oberleutnant trauen konnte. Henk biss sich auf die Lippen, als sich Sannes hübsches Gesicht in seine Gedanken schlich. Die Zeit, die er mit ihr ganz oben auf dem Leuchtturm verbracht hatte, war wunderschön gewesen. Ihr endlich einmal so nahe sein zu dürfen, hatte sein Herz vor Freude schneller schlagen lassen. Sie schien sich doch etwas aus ihm zu machen, auch wenn seine Mutter nicht müde wurde, das Gegenteil zu beteuern.

»Wir werden uns wiedersehen«, tröstete er sich. »Sie dürfen uns nicht trennen! Das lasse ich nicht zu.«

Der deutsche Offizier, der vor ihm ging, drehte sich zu ihm um und bedachte ihn mit einem strengen Blick. »Was murmelst du da? Denk nicht einmal daran abzuhauen, verstanden? Du würdest nicht weit kommen.«

Henk presste die Lippen zusammen. Auch wenn es ihm widerstrebte, er musste dem Mann zustimmen. Niemand hatte ihm gesagt, wo genau er sich befand, aber er ahnte, dass in dem Gebäude im Herzen von Amsterdam eine Außenstelle der berüchtigten Sicherheitspolizei untergebracht war, die sich, wie man ihm gesagt hatte, aus der Geheimen Staatspolizei und der Kriminalpolizei zusammensetzte. Ihr Befehlshaber residierte offiziell nicht in Amsterdam, sondern in Den Haag, hatte aber in fast allen größeren Städten des Landes Zweigstellen eingerichtet.

Henk folgte seinen Bewachern eine Treppe hinunter und dann erneut einen langen Korridor entlang, durch den mehrere Männer und Frauen betriebsam eilten. Aus einigen Räumen war das Geklapper von Schreibmaschinen zu hören, aus anderen drang wütendes Gebrüll auf den schwach beleuchteten Flur. Die Geräusche hallten so schauerlich von den kahlen Wänden wider, dass Henk erschrocken zusammenfuhr.

»Du wartest hier«, befahl Haubinger schließlich barsch. »Rühr dich nicht von der Stelle, sonst bleibst du gleich hier, verstanden?« Mit diesen Worten verschwand er in einem der Räume, schloss die Tür hinter sich und ließ Henk ratlos zurück. Es verging eine halbe Ewigkeit, bis die Tür sich wieder öffnete und Henk mit einer herrischen Geste in den Raum gewunken wurde. Zur allgemeinen Überraschung befahl der Oberleutnant seinen Männern, abzurücken und vor dem Gebäude auf ihn zu warten.

Verwirrt sah Henk den Soldaten nach, die sich schnellen Schrittes entfernten. Dann holte er tief Luft und wandte sich zögerlich um.

»Na los, komm schon! Worauf wartest du noch?« Der Oberleutnant gab sich Mühe, forsch zu klingen, sah aber ungewöhnlich bleich aus. Er bedeutete Henk, auf einer schmalen Bank Platz zu nehmen, während er seine Aktenmappe öffnete und einige Papiere herausholte. Henk ließ seine Augen durch den sparsam möblierten Raum schweifen. Hier war es so kalt, dass sein Atem in kleinen Wölkchen davoneilte. Ein Stück von ihm entfernt stand ein Schreibtisch, an dem ein dicklicher Mann mit pomadisiertem Haar saß. Er schien trotz der Kälte zu schwitzen, zumindest hatte er sich seines Jacketts entledigt und die Hemdsärmel bis über beide Ellbogen hinaufgerollt. Oberhalb des Handgelenks konnte Henk die Umrisse eines tätowierten Totenkopfs erkennen. So grimmig, wie der Kerl auf die Schreibmaschine eindrosch, wirkte er auf Henk wie ein Schläger, und er war heilfroh, dass der Mann sich auf seine Arbeit und nicht auf ihn konzentrierte.

»Jetzt hör mir einmal genau zu!« Oberleutnant Haubinger stellte sich breitbeinig zwischen Henk und den Mann am Schreibtisch. »Du wirst in wenigen Augenblicken in einen Kellerraum gebracht, in dem ein Toter aufgebahrt ist.«

»Ich weiß schon Bescheid«, sagte Henk eingeschüchtert. Das Funkeln, das er in den Augen des Deutschen wahrnahm, irritierte ihn. »Der Mann, der bei Zandvoort angespült wurde!«

Der Oberleutnant nickte zufrieden. »So ist es. Du wirst einen Blick auf den Leichnam werfen und den Anwesenden dann bestätigen, dass es sich bei diesem um deinen früheren Arbeitgeber, den versoffenen alten Leuchtturmwärter, handelt. Wie war noch gleich sein Name? Piet?«

Henk verstand gar nichts mehr. Wenn der Tote schon identifiziert war, warum legten diese Leute dann überhaupt noch Wert auf seine Aussage?

Oberleutnant Haubinger, dem Henks skeptischer Blick nicht entgangen war, packte ihn grob am Arm. »Lass dir nicht einfallen, dumme Fragen zu stellen, verstanden? Du wirst überhaupt nichts sagen, nur das, was ich dir soeben aufgetragen habe. Der Tote ist der Leuchtturmwärter Piet. Ansonsten hat dich nichts zu interessieren.«

Henk hielt den Atem an, als er von Haubinger zuerst eine Treppe hinunter und dann weiter in einen großen Raum geschoben wurde. Aber es war zu spät. Der schwere Gestank nach Tod und Desinfektionsmitteln stieg ihm sogleich in die Nase und schlug ihm auf den Magen. Der fensterlose Raum, der nur von einer nackten Glühbirne beleuchtet wurde, kam ihm noch kälter vor als das Büro oben. Wände und Fußboden waren hellgrau gefliest, in einer Ecke sah Henk einen Abfluss im Fußboden. Dann fiel sein Blick auf die Bahre, auf der die Umrisse eines Körpers unter einem Tuch auszumachen waren. Mehrere Männer standen im Halbkreis darum herum. Henk fragte sich, wie lange sie sich wohl schon hier aufhielten, denn durch das Büro hatte er sie nicht eintreten sehen. Dann aber entdeckte er eine weitere Tür, die wegen des diffusen Lichts kaum zu erkennen war.

Henk zählte in aller Eile die Wartenden und kam auf sieben Personen. Nur zwei von ihnen trugen Wehrmachtsuniformen, die übrigen schienen zur Geheimen Staatspolizei zu gehören. Keiner der Anwesenden stellte sich vor, dafür musterten sie Henk mit prüfenden Blicken. Er senkte den Kopf. Mach jetzt keinen Fehler, mahnte er sich selbst. Er hörte, wie der Oberleutnant neben ihm mit Papier raschelte. Haubinger hatte versprochen, dass ihm nichts geschehen würde und er nach Paardendijk zurückkehren durfte, sofern er sich an ihre Abmachung hielt.

»Bereit?« Henk trat näher an die Bahre heran, und wie von Zauberhand wurde es plötzlich heller im Raum. Das Licht schoss grell aus zusätzlichen Deckenlampen, die direkt auf die Umrisse gerichtet waren. Einer der uniformierten Männer zog das Tuch weg und gewährte Henk einen Blick auf den nackten, milchig blassen Körper, der sich darunter befand. Henk schluckte schwer. Es war nicht das erste Mal, dass er eine Leiche sah. Wer wie er am Meer lebte, war vertraut mit dem Anblick von Menschen, die die See geholt und wieder zurückgegeben hatte. Dennoch zuckte er zusammen, als er in die leeren Augen des Toten sah. Der Körper schien zwar einige Zeit im Wasser getrieben zu sein, aber längst nicht so lange, wie der alte Piet schon verschwunden war. Nein, das war nicht der alte Piet. Dieser hatte wirres graues Haar gehabt und einen Bart, während der Tote auf der Bahre glatt rasiert und kaum älter als dreißig Jahre alt war. Wie um alles in der Welt sollte er glaubhaft erklären, in diesem Unbekannten den Leuchtturmwärter wiederzuerkennen? Die Deutschen würden ihn doch sofort der Lüge bezichtigen und von der Sicherheitspolizei abführen lassen. Henk schloss die Augen und ballte die Hände zu Fäusten.

»Nun, junger Mann?« Der Uniformierte, der auch das Leichentuch gelüftet hatte, richtete das Wort an ihn. Er verhüllte den Leichnam wieder und runzelte die Stirn. Sein Blick wanderte von Henk zu Haubinger, der mit verschränkten Armen hinter Henk stand. Henk mochte schwören, dass der Atem des Oberleutnants schneller ging. Irgendetwas Sonderbares ging hier vor sich, aber er hatte keine Ahnung, in was er da hineingeraten war. Fast wünschte er sich, Nelly wäre hier. Sie stellte sich im Leuchtturm zwar ziemlich ungeschickt an, doch dafür verfügte sie über einen scharfen Verstand, und obgleich er ihr misstraut und sich gewünscht hatte, sie würde wieder verschwinden, war Henk inzwischen überzeugt, dass sie weder Paardendijk noch seinen Bewohnern etwas Schlechtes wünschte. Davon abgesehen war sie Sannes Cousine. Ach Sanne, dachte er verzweifelt.

»Oberleutnant Haubinger hat Sie hierherbringen lassen, weil Sie der Gehilfe und engste Vertraute des früheren Leuchtturmwärters von Paardendijk waren«, sagte einer der anderen Männer. In der Stimme lag Neugier, aber auch Argwohn. Henk sah zu Haubinger, der sich brüsk abwandte, als habe er mit der Sache nichts mehr zu tun.

»Also, was ist, junger Mann? Haben Sie den Toten erkannt? Was auch immer Sie uns jetzt sagen, wird draußen zu Protokoll genommen.«

Henk schnappte nach Luft, er spürte, wie sich seine Kehle vor Aufregung zuzog. Er fürchtete, kein Wort herauszubringen, doch als er den Mund öffnete, klang seine Stimme zu seiner Verwunderung fest und klar. »Jawohl, ich habe ihn wiedererkannt. Das ist Piet, mein früherer Vorgesetzter.«

»Können Sie Ihre Aussage beeiden?«

Henk nickte und fühlte sich dabei so elend, als würde in seinem Innern etwas zerreißen. Was hatte er getan? Er hatte soeben eine Lüge zur Wahrheit erklärt und vermochte nicht einmal zu sagen, ob er damit sein Leben rettete oder sein Todesurteil unterschrieb. Die Männer hinter der Bahre wirkten indes zufrieden. Keiner von ihnen kümmerte sich weiter um ihn. Henks Blick fiel auf einen Tisch an der Wand, den er in seiner Aufregung nicht bemerkt hatte. Da weder Oberleutnant Haubinger noch die anderen Männer von ihm Notiz nahmen, bewegte er sich unauffällig um die Bahre herum und trat an den Tisch, um sich anzuschauen, was darauf lag. Es waren vor allem Kleidungsstücke, wohl die des Toten. Hemd und Hose bestanden nur noch aus schmutzigen Fetzen, doch an der verbeulten Jacke fiel Henk etwas auf, ein Emblem, das, wenn er sich nicht irrte, seinen Träger als Angehörigen einer militärischen Einheit auswies. Daneben lagen eine Kappe aus Leder und darunter ein verformtes Gebilde aus zerrissenen Stoffbahnen und Schnüren. Henk kniff die Augen zusammen, doch als er die Hand ausstreckte, um das Knäuel zu berühren, empfing er einen derben Stoß in den Rücken. Erschrocken drehte Henk sich um. Vor ihm stand der Dicke aus dem Vorzimmer. Er sah Henk so böse an, dass diesem fast das Herz in die Hose rutschte.

»Ich … ich wollte nicht …«

»Das Zeug geht dich nichts an, also lass die Pfoten davon,

verstanden?« Der Dicke gab Henk zu verstehen, dass er ihm hinauffolgen sollte. Dort musste Henk vor dem Schreibtisch des Dicken Platz nehmen und warten, während der andere damit begann, das Protokoll aufzusetzen. Kurz darauf trat Haubinger ein und blickte voller Ungeduld auf die Armbanduhr.

»Ist das Protokoll fertig?«, fragte er den Dicken hinter der Schreibmaschine.

Der Mann nickte, ohne dabei den Kopf zu heben. »Der Unterzeichnete erklärt, dass es sich bei dem bei Zandvoort angespülten und obduzierten Leichnam um den verunglückten Leuchtturmwärter von Paardendijk handelt. Er verpflichtet sich ferner, darüber Stillschweigen zu bewahren. Bei Zuwiderhandlung muss er mit staatspolizeilichen Maßnahmen rechnen, die ...«

»Das genügt«, unterbrach ihn Oberleutnant Haubinger ungeduldig. »Ich denke, unser Freund hat verstanden.« Er warf Henk einen durchdringenden Blick zu. »Das hast du doch, oder?«

Henk blieb nichts anderes übrig, als zu bejahen. Er konnte nur hoffen, dass weder der Dicke an der Schreibmaschine noch Haubinger mitbekommen hatten, was er auf dem Tisch mit den Kleidungsstücken entdeckt hatte. Der Tote mochte im Meer gestorben sein, aber zuvor war er mit einem Fallschirm aus einem Flugzeug abgesprungen. Darauf ging Henk jede Wette ein. Der Mann war Pilot gewesen, vermutlich ein Alliierter, der über der Nordsee abgestürzt war.

Und aus Gründen, die Henk nicht verstand, setzten Haubinger und seine Leute alles daran, diesen Umstand geheim zu halten.

18

Ein schroffer Wind fegte durch die Straßen von Haarlem. Er trieb Nelly Sand und Staub in die Augen, sodass sie mehrmals stehen bleiben musste, um sich mit dem Taschentuch über das Gesicht zu wischen. Was sie von der Stadt sah, gefiel ihr durchaus, und sie wäre gerne länger verweilt, um sich die hübschen alten Kaufmannshäuser und Kirchen näher anzusehen, doch die Kälte sowie die Mahnung ihres Onkels, ja nicht zu spät zum Grote Markt zurückzukehren, drängten sie weiter. Der Stoffladen, den Sanne ihr beschrieben hatte, war nicht schwer zu finden. Er befand sich gleich neben der *Waag*, der alten Stadtwaage von Haarlem, in einem hohen, schmalen Giebelhaus, dessen Eingangstür so niedrig war, dass selbst Nelly sich ducken musste, um sich nicht den Kopf zu stoßen. Eine blonde Frau hob neugierig den Blick, als die Ladenglocke bimmelte. Nelly atmete auf. Im Verkaufsraum war es warm, und die zahlreichen bunten Stoffballen, die auf langen Tischen und in Regalen auf Käufer warteten, strahlten etwas Gemütliches aus. Mit einem freundlichen Lächeln erklärte Nelly, was sie in den Laden führte, und übergab der Frau an der Kasse Sannes Notiz. Diese warf nur einen flüchtigen Blick darauf und verschwand dann ohne ein Wort im Lager.

Als die Frau nach einer gefühlten Ewigkeit mit den gewünschten Stoffen zurückkehrte, fragte sie: »Wie geht es der jungen Dame?« Es klang fast so, als müsse sie sich dazu überwinden. »Ist sie gesund?«

»Sie macht sich Sorgen«, antwortete Nelly.

»Nun ja, das geht uns allen so!«

Der vorwurfsvolle Blick der Ladeninhaberin brannte sich in Nellys Haut wie ein heißes Bügeleisen. Aber durfte sie etwas anderes erwarten? Für die Frau im Laden gehörte Nelly zu denen, die ihr Land besetzten und nun mit Militärfahrzeugen durch die Straßen fuhren, um Spaziergänger nach ihren Papieren zu fragen.

»Sie fragen sich bestimmt, warum ich hier bin, nicht wahr?«, sagte Nelly schließlich.

Die blonde Frau zuckte mit den Schultern und begann mit geübten Handgriffen, den Stoff zuzuschneiden. Sie war neugierig, das konnte Nelly sehen, schien aber für sich beschlossen zu haben, dies vor Nelly nicht allzu offen zu zeigen.

»Ich gehöre zur Familie Leander«, brach es aus Nelly heraus. »Sannes Vater ist der Bruder meiner Mutter.«

Die Hand der Frau verharrte in der Bewegung. Als hätte Nellys Bemerkung sie erschreckt, ließ sie die Schere sinken und sah Nelly mit halb zusammengekniffenen Augen an.

»Bente Leanders Tochter!« Das war keine Frage, sondern eine Feststellung. Und sie klang nicht erfreut. Im Gegenteil. Die Frau wirkte plötzlich so aufgebracht, als hätte sie Nelly mit der Hand in der Ladenkasse erwischt. Bevor Nelly zu einem Wort der Erklärung ansetzen konnte, läutete die Türglocke und ein Mann streckte den Kopf herein. Er trug Knickerbockers und eine billige Schiebermütze auf dem Kopf. Die Stoffhändlerin schoss hinter dem Auslegetisch hervor. »Nicht jetzt, Maurits! Komm später wieder!« Der Mann schnappte verdutzt nach Luft, warf aber gehorsam die Tür zu und machte sich im Laufschritt davon.

Die Ladeninhaberin wandte sich wieder Nelly zu. Noch immer hielt sie die Schere in der Hand, was Nelly beunruhigte. »Hat Bente dich hierhergeschickt? Ausgerechnet zu mir? Nach all den Jahren?«

Nelly wich einen Schritt zurück. Was auch immer es war, was die Frau so in Rage versetzte, es hatte mit ihrer Mutter zu tun. Demnach hatte Bente also vor ihrem Weggang aus Holland nicht nur in Paardendijk, sondern auch in Haarlem Scherben hinterlassen.

»Würden Sie bitte dieses Ding zur Seite legen?«, bat Nelly.

Die Frau blickte auf die Schere in ihrer Hand, dann lachte sie schrill auf. »Warum? Glaubst du, ich würde damit auf dich losgehen? Als Denkzettel für dieses Biest? Nein, so dumm bin ich nicht. Du würdest so lange Zeter und Mordio schreien, bis eine Wehrmachtsstreife käme und mich mitnähme, weil ich eine ... eine Deutsche angegriffen habe.« Die letzten Worte klangen so feindselig, dass sie Nelly förmlich ins Herz stachen.

»Es geht doch nicht um mich«, sagte sie. »Bente ist meine Mutter, aber von ihrem früheren Leben in Holland habe ich keine Ahnung. Und ganz gewiss hat sie mich nicht zu Ihnen geschickt. Ich hätte Ihren Laden niemals betreten, wenn Sanne mich nicht um diesen Botengang gebeten hätte.«

Die blonde Frau schüttelte ungläubig den Kopf, aber wenigstens rang sie sich dazu durch, die Schere auf einen Stoffballen zu werfen. »Ich ... ich weiß nicht, was über mich gekommen ist. Es tut mir leid, Fräulein. Ich hätte Ihnen bestimmt nichts getan, aber als ich hörte, wer Sie sind ... Ich hätte nicht erwartet, dass nach so vielen Jahren ausgerechnet Bentes Tochter in meinen Laden spaziert und sich Stoff zuschneiden lässt. An einen puren Zufall zu glauben, fällt mir ehrlich gesagt immer noch schwer.«

Nelly hob beschwichtigend die Hände. »Ich verstehe, aber Sie müssen mir glauben, dass ich nicht hier bin, um Sie auszuspionieren oder um alte Wunden aufzureißen. Es ist wahr, dass ich aus Berlin komme, aber ich kollaboriere nicht mit der Besatzungsmacht. Genau genommen bin ich auf der Flucht vor den Nazis, und ob ich meine Heimat jemals wiedersehen werde, ist fraglich. Solange Krieg herrscht, kann ich jedenfalls nicht nach Hause zurück.«

Die Miene der Stoffhändlerin blieb skeptisch, aber zu Nellys Erleichterung schien sie sich ein wenig beruhigt zu haben. »Bente hat also mit Ihrer Anwesenheit nichts zu tun? Sie hat meinen Namen nicht erwähnt?«

Nelly erinnerte sich an den fassungslosen Ausdruck im Gesicht ihrer Mutter, als diese am Berliner Bahnhof von den Plänen ihres Schwiegersohns erfahren hatte. Und ganz bestimmt hatte sie keinen Stoffladen in Haarlem erwähnt. Es sei denn …

»Ich kenne Ihren Namen gar nicht«, sagte Nelly vorsichtig. »Meine Cousine muss vergessen haben, ihn mir zu nennen.«

»Ans Hartog«, stellte sich die Stoffhändlerin nach kurzem Zögern vor. Also keine Febe. »Früher hieß ich Simons, aber das war, bevor ich den Taugenichts geheiratet habe, der vorhin in den Laden gestolpert kam.« Sie machte eine abfällige Handbewegung. »Er hat mich gleich zu Beginn des Krieges verlassen. Lässt sich nur noch blicken, wenn er Geld für seinen Schnaps braucht.«

»Und Bente? Woher kennen Sie sie und warum sind Sie nicht gut auf sie zu sprechen?«

»Wir gingen gemeinsam zur *Hogere Burgerschool voor Meisjes* in der Tempelierstraat.«

Als Nelly verständnislos die Augen aufsperrte, erklärte Ans Hartog: »Eine Schule für höhere Töchter.«

»Aber ich dachte, meine Mutter hätte Paardendijk als Kind nie verlassen«, wandte Nelly ein.

»Wer sagt denn das? Ihr Onkel? Sieht ihm ähnlich.« Die

Frau stieß ein freudloses Lachen aus. »Als ob Bente sich jemals hätte einsperren lassen. Sie hatte ihren eigenen Kopf und verstand es, ihre Leute um den kleinen Finger zu wickeln. Vermutlich quengelte sie so lange, bis der alte Leander ihr den Schulbesuch in Haarlem erlaubte. Dabei ging es ihr bestimmt nicht darum, Französisch und Mathematik zu lernen, obwohl sie darin zu den Besten gehörte. Sie wollte hinaus aus dem kleinen Nest an der Küste, wo ihre Familie alles und jeden kontrollierte. Wir hatten das Glück, dass meine Eltern schon frühzeitig in die Stadt gezogen waren, sonst hätten wir auch nach der Pfeife der Leanders tanzen müssen.«

»Dann stammen Sie also auch aus Paardendijk?« Nelly dachte nach. Wie war doch gleich der Mädchenname der Frau gewesen? Simons? Sie war sich fast sicher, den Namen schon einmal gehört zu haben. Und dann fiel es ihr wie Schuppen von den Augen.

Jan-Ruud. Der ungehobelte Fischer, der sich im Haus der Leanders mit ihrem Onkel wegen eines Bootes gestritten hatte. Als sie Ans Hartog darauf ansprach, nickte sie mit ernster Miene. »Jan-Ruud ist mein Bruder. Ihn hat es aber nicht in Haarlem gehalten. Wollte unbedingt wieder zurück nach Paardendijk, um mit dem Fischerboot hinauszufahren. Ich denke, er muss einfach in der Nähe der Leanders sein. Denen entkommt man nicht, auch wenn man noch so weit vor ihnen davonläuft. Uns ist es auch so ergangen. Kaum hatten meine Leute in Haarlem Fuß gefasst, meldete sich Bentes Vater bei uns. Er wollte seiner Tochter zwar erlauben, eine Weile die Mädchenschule zu besuchen, aber nur unter der Bedingung, dass sie bei uns wohnte. Mein Vater wagte keinen Widerspruch, da er sein Geschäft mit einem Kredit der Leanders aufgebaut hatte. So zog Bente bei uns ein, und ich musste mir mit ihr ein Zimmer teilen. Wenn wir abends im Bett lagen, sprach sie manchmal davon, dass Haarlem nur ein erster Schritt auf ihrem Weg in die Freiheit wäre. Sie hatte etwas vor, aber was das war, wollte sie mir nicht verraten.«

»Sie träumte von einem Leben ohne Zwänge«, sagte Nelly. Sie hatte eigentlich nicht vor, ihre Mutter zu verteidigen. Doch sie musste diese Ans dazu bringen weiterzureden. »Vielleicht war es falsch, einfach klammheimlich davonzulaufen, aber …«

»Davonzulaufen?« Ans Hartog schnaubte. »Bente Leander hat in ihrem Leben nur einmal etwas klammheimlich getan. Das arme Würmchen tut mir noch heute leid. Wüsste zu gern, was aus ihm geworden ist. Ob es noch lebt oder vielleicht am Strand verbuddelt wurde wie eine tote Katze.«

Das arme Würmchen? Worüber um alles in der Welt sprach diese Frau?

»Ich rede von dem Kind, das Bente zur Welt gebracht hat.« Ans Hartog stemmte die Hände in die Hüften. »Oder wollen Sie mir weismachen, Sie wüssten nichts davon? Ihre Mutter war schwanger, bevor sie Holland verließ. Und der Mann, der mir mehr als jeder andere auf der Welt am Herzen lag, war der Vater!«

Febe, dachte Nelly, bevor es in ihren Ohren zu rauschen begann, als stünde sie vor einem Wasserfall. Febe. Nun ergab die Notiz ihrer Mutter einen Sinn. Die geheimnisvolle Febe war weder eine Puppe, wie Haart behauptete, noch verbarg sich dahinter die Frau aus dem Stoffladen. Die geheimnisvolle Febe war Bentes Kind. Nellys Schwester.

19

Nelly taumelte durch die Straßen von Haarlem, ohne viel von dem wahrzunehmen, was um sie herum geschah. Sie achtete nicht auf die Menschen um sie herum und wäre zweimal fast von Fahrradfahrern erfasst worden, die im letzten Moment ausweichen konnten. Immer wieder ließ sie sich durch den Kopf gehen, was sie erfahren hatte.

Ans Hartog behauptete, Bente habe einst ein Kind zur Welt gebracht. War das überhaupt möglich? Nun, Bente war schon immer ein Buch mit sieben Siegeln gewesen. Sie hatte nie über ihre Vergangenheit gesprochen, was Nellys Vater unterstützt hatte. Doch war sich Nelly sicher, dass er nichts von einem unehelichen Kind seiner Frau in Holland wusste. Nein, dieses Geheimnis hatte Bente tief in sich vergraben. Sie hatte sich ein neues Leben an der Seite eines Berliner Fabrikanten aufgebaut und ihre Herkunft aus dem Gedächtnis getilgt. Jedoch nicht ganz, sonst hätte sie Nelly kaum auf die Suche nach der geheimnisvollen Febe geschickt. Was hatte Bente sich nur dabei gedacht? Indem sie Nelly den Namen ihres Kindes nannte, gab sie doch zu, dass ihr Leben auf einer Lüge beruhte. Rechnete sie nicht damit, dass Nelly sie eines Tages mit dem Ergebnis ihrer Nachforschungen konfrontieren würde? Oder hoffte sie, dass Nelly darüber ebenso schwieg, wie sie selbst all die Jahre geschwiegen hatte? Damit ging sie ein großes Risiko ein.

Nelly blieb stehen und lehnte sich benommen gegen eine Hauswand. In ihrem Kopf drehten sich die Gedanken wie ein Karussell. Über allem schwebte die Frage, wie sie es nun anstellen sollte, etwas über das Schicksal der Halbschwester herauszufinden. Wo war sie zur Welt gekommen? In Paardendijk oder in Haarlem? Ans Hartog hatte sich darüber in Schweigen gehüllt, hatte behauptet, keine Einzelheiten zu kennen. Und dann war mitten im Gespräch ihr Mann in den Laden gestolpert, der sich dieses Mal nicht hatte abweisen lassen. Darauf hatte Ans Nelly schnell abgefertigt und vor die Tür gesetzt. Und nun? Nelly überlegte, zum Grote Markt zurückzugehen und ihrem Onkel auf den Kopf zuzusagen, dass sie Bentes Geheimnis nun kannte und sich nicht länger belügen lassen würde. Aber irgendetwas hielt sie zurück. Haart wusste etwas über das Schicksal der kleinen Febe, das stand für Nelly außer Frage. Doch ihm die Wahrheit zu entlocken, würde nicht leicht werden. Die Leanders hatten Mittel und Wege gefunden, Bentes uneheliches Kind zu verheimlichen, und dafür gesorgt, den peinlichen Vorfall in Vergessenheit geraten zu lassen. Bente hatte das Dorf verlassen, und die kleine Febe war auf Nimmerwiedersehen verschwunden. Nelly glaubte nicht, dass ihre Mutter das Baby lange bei sich behalten hatte, aber sie hatte ihm einen Namen gegeben und damit erklärt, dass es für kurze Zeit zu ihrem Leben gehört hatte.

Nelly ging weiter, das Paket mit Sannes Stoff fest gegen die Brust gedrückt. Ob Febe noch am Leben war? Wo hatte man sie hingebracht? War sie wohlauf oder – wie Ans gemutmaßt hatte – irgendwo verscharrt worden? Im Vorbeigehen warf Nelly einen Blick auf das Schaufenster eines Käseladens und versuchte, ihr eigenes Spiegelbild darin zu erhaschen. Sie hatte sich noch nie Gedanken darüber gemacht, wem von ihren Eltern sie ähnelte. Ihre Schwester hatte sich oft darüber beklagt, dass sie mit dem dünnen Haar des Vaters und dessen breitem Gesicht gestraft sei, und Nelly um deren zierliche Statur beneidet. Von ihrer Mutter hatte Nelly ihr Äußeres jedoch nicht geerbt, denn Bente war nur schlank, weil sie tagaus, tagein Kalorien zählte und sich einer strengen Diät unterwarf, um in die eleganten Kleider zu passen, die sie so sehr liebte.

Nelly spazierte noch ein Stück an der Spaarne entlang, denn das leise Plätschern des Flusses beruhigte ihre Nerven. Der Wind kühlte ihre glühenden Wangen. Schließlich kehrte sie um und lief wieder stadteinwärts. Es war noch zu früh, um zum Wagen zurückzugehen, daher beschloss sie, sich noch auf die Suche nach einer Werkstatt für ihre Fotokamera zu machen. Die Adresse, die Sanne ihr gegeben hatte, befand sich nördlich des Marktes, nur wenige Straßen hinter der Waalse Kerk. Nelly staunte nicht schlecht, als sie das Ladenschild sah, das über einer Marquise aus Stoff an der Wand eines Hauses prangte. Ein Fotoatelier war das nicht. Ten Boom, entzifferte sie die verschnörkelten Buchstaben auf dem Schild, Uhrmacher. Zögerlich legte Nelly die Hand auf die Türklinke und trat ein.

Der Verkaufsraum war nicht groß, wirkte aber aufgeräumt. Ein schmiedeeiserner Ofen neben der Tür verbreitete eine angenehme Wärme. Überall tickte und summte es, als lieferten sich die Pendeluhren mit den Kamin-, Wand- und Taschenuhren einen Wettstreit. Hinter einem Tisch mit Gerätschaften und winzigen Werkzeugen saß ein älterer, weißbärtiger Mann, der, eine Uhrmacherlupe ins Auge geklemmt, die Schräubchen am Gehäuse einer Armbanduhr löste. Obwohl er sich ganz auf seine Arbeit konzentrierte, nickte er Nelly freundlich zu.

»Corrie, *klanten!*«, rief der alte Mann mit tiefer, melodiöser Stimme. »Hörst du nicht? Es ist Kundschaft im Laden!«

Sogleich teilte sich hinter ihm ein Vorhang und eine Frau in einem einfachen dunkelbraunen Wollkleid trat auf Nelly zu.

Sie war jünger als der Uhrmacher, doch auch durch ihr Haar zogen sich bereits graue Strähnen.

»Wie Sie sehen, ist mein Vater schwer beschäftigt«, sagte die Frau mit einem vergnügten Zwinkern. »Eine komplizierte Operation am offenen Gehäuse. Aber ich bin seine Tochter und selbst Uhrmacherin. Vielleicht kann ich Ihnen helfen?«

Umständlich holte Nelly ihre Kamera aus der Tasche. »Ich bin mir nicht sicher, ob ich hier richtig bin. Ich suche jemanden, der einen Blick auf meinen Fotoapparat werfen kann. Er funktioniert leider schon seit Jahren nicht mehr, bestimmt ein mechanisches Problem.«

Die Uhrmacherin sah sich die Kamera an, dann seufzte sie leise. »Die Marke kenne ich. Bestimmt haben Sie damit herrliche Aufnahmen gemacht, bevor der Apparat seinen Geist aufgegeben hat. Ich verstehe nicht allzu viel von Fotokameras, aber wenn Sie möchten, werde ich versuchen, den Fehler zu finden.« Vorsichtig legte sie Nellys Kamera in eine der Schubladen. »Sie wohnen nicht in Haarlem, nicht wahr?«, sagte sie dann. »Ich frage nur, weil ich Sie noch nie in der Stadt gesehen habe.«

Nelly lächelte unsicher. Selbstverständlich hatte die Tochter des Uhrmachermeisters längst bemerkt, dass sie keine Holländerin vor sich hatte. Dennoch sprach sie ohne jeden Vorbehalt mit ihr. Nelly wusste nicht recht, ob sie sich darüber freuen oder auf der Hut sein sollte. Rasch erklärte sie, dass sie nach Paardendijk geschickt worden war, um sich dort um den Leuchtturm zu kümmern.

»Sie sind also der Ersatz für den alten Piet?« Die Uhrmacherin musterte Nelly mit sichtlichem Interesse. »Eine merkwürdige Sache, wenn Sie meine bescheidene Meinung hören möchten. Er galt als so pflichtbewusst, und trotzdem hat er ganz plötzlich seinen Leuchtturm verlassen.«

»Nun ja, vielleicht blieb ihm keine andere Wahl!«

»Sie meinen, die Deutschen könnten ihn mitgenommen haben?«

»Ach, wer weiß das schon. Es geschehen so viele schlimme Dinge, seit unser Land ... ich meine, seit Krieg herrscht.«

Der alte Mann am Tisch begann zu husten. Vielleicht als Warnung für die Uhrmacherin, sich nicht auf politische Gespräche mit einer Fremden einzulassen.

»Haben Sie den Mann gekannt?«, erkundigte sich Nelly. Die Uhrmacherin machte einen aufrichtigen Eindruck auf sie und würde ihr hoffentlich keinen Bären aufbinden.

»Nur flüchtig, offen gestanden erinnere ich mich kaum an ihn. Nur dass er einmal im Laden war, um eine Uhr zu kaufen. Aber das liegt schon Jahre zurück. Ich war gerade aus der Schweiz zurück.«

»Sie waren in der Schweiz?«

»Meine Tochter hat ihre Uhrmacherlehre in Basel absolviert!«, rief der Bärtige stolz. »Damit war Corrie die erste Frau, die ein Diplom von der niederländischen Uhrmachergilde erhalten hat.«

»*Vader*, so was sollst du doch nicht sagen!« Die Wangen der Uhrmacherin röteten sich vor Verlegenheit, aber sie warf ihrem Vater einen zärtlichen Blick zu. »Jedenfalls kam Piet danach nie wieder, was für unsereins immer ein gutes Zeichen ist.« Sie kicherte vergnügt. »Es bedeutet doch, dass die Armbanduhr, zu der ich ihm für seine Frau geraten habe, auch nach über zwanzig Jahren noch funktioniert.«

»Sagten Sie, für seine Frau? Ja, war der Leuchtturmwärter denn verheiratet?« Das war Nelly neu. Der Turm mit all seinem Gerümpel, Schmutz und Durcheinander hatte auf sie nicht den Eindruck gemacht, als habe darin jemals eine Frau für Ordnung gesorgt. Auch Henk hatte keine Ehefrau erwähnt, und der hätte es schließlich wissen müssen.

Die Uhrmacherin nahm einen Lappen zur Hand, öffnete

eine Vitrine und begann, die Uhren abzustauben. Ihr war anzusehen, dass der Gedanke, womöglich Klatsch zu verbreiten, ihr nicht behagte. Dennoch sagte sie nach einigem Zögern: »Die gute Mia ist eine treue Seele, aber allzu lange hat sie es nicht im Leuchtturm ausgehalten. Der war ihr immer … unheimlich. Sie wurde sogar richtig krank. Da hat sie Piet verlassen und ist nach Haarlem gezogen. Sie besucht meine Bibelstunden in der Sonntagsschule der reformierten Gemeinde.«

»Meine Tochter ist nämlich auch ausgebildete Religionslehrerin«, erklärte ihr Vater. Er hatte seine Reparatur inzwischen beendet und verfolgte das Gespräch zwischen seiner Tochter und Nelly aufmerksam.

»Warum auch nicht?«, gab Corrie zurück. »Die Bibel ist wie eine Bank – am hilfreichsten, wenn sie geöffnet ist.«

Der Uhrmacher lachte, und Nelly stimmte höflich mit ein. Tatsächlich aber dachte sie nach. Die Erkenntnis, dass ihre Mutter ihr eine Halbschwester verheimlicht hatte, hatte sie wie ein Schlag getroffen, und das Schicksal ihres verschwundenen Vorgängers war vorübergehend in den Hintergrund gerückt. Nun aber drängte es sich wieder mit Gewalt in ihr Bewusstsein. Sie fragte sich, ob Henk in Amsterdam bereits den an den Strand gespülten Toten identifiziert hatte. War es Piet oder der Leutnant? Was, wenn es sich tatsächlich um Bellmann handelte und die Ärzte feststellten, dass er ermordet worden war? Nelly hatte sich geschworen, den Untergang von Paardendijk zu verhindern, um Schaden von ihren Verwandten und deren Nachbarn abzuwenden. Menschen wie Sanne, Henk und Mintje. Nun war aber ein weiterer Grund hinzugekommen, der für sie fast ebenso schwer wog: Febe. So wie Nelly gehörte auch ihre Halbschwester zur Geschichte des Ortes. Um jedoch eine Spur von ihr zu finden, brauchte sie Haart und die anderen Leanders. Und sie brauchte Zeit.

Die weiche Stimme der Uhrmacherin holte Nelly aus ihren

Gedanken: »Verzeihen Sie, aber Sie sehen bekümmert aus. Sie sorgen sich doch nicht um den alten Kauz aus dem Leuchtturm, oder?«

Nelly zuckte mit den Achseln. Instinktiv spürte sie, dass sie der Frau vertrauen konnte, doch sie fand es nicht richtig, sie mit ihren Sorgen zu belasten. Daher fragte sie bloß: »Wenn die Frau meines Vorgängers Ihren Sonntagsschulunterricht besucht, wissen Sie doch bestimmt auch, wo ich sie finden kann, nicht wahr?«

»Oh, Sie wollen sie aufsuchen, meine Liebe?«

Nelly nickte. »Vielleicht kann sie mir ein paar Fragen beantworten.«

Die geschiedene Frau des alten Piet hieß Mia Janssen und bewohnte ein bescheidenes Zimmer über einer Schlachterei, nur wenige Straßen vom Laden der ten Booms entfernt. Sie war nicht gerade erfreut, als Nelly an die Tür klopfte.

»Was wollen Sie von mir? Ich kenne Sie nicht und habe Ihnen nichts zu sagen!«

Mia war groß und spindeldürr, hatte ein von tiefen Falten durchzogenes Gesicht und nicht die Absicht, einer völlig Fremden Zugang zu ihrer bescheidenen Wohnstatt zu gewähren. Nelly fiel auf, dass sie hinkte und sich nur unter Schmerzen an einem Stock fortbewegte. Erst als Nelly sich auf Corrie ten Boom berief und ihr die Grüße der Uhrmacherin bestellte, wurde sie etwas zugänglicher. Schließlich gab sie nach und ließ Nelly in die Küche eintreten, die Mia Janssen auch als Wohnstube diente. Der Raum roch nach Bratfett und Zigarettenrauch. Auf dem Tisch brannte eine Petroleumlampe neben einer aufgeschlagenen Bibel, doch sie spendete nur wenig Licht. Dennoch war die Küche erstaunlich sauber und aufgeräumt. Mia schien soeben damit fertig geworden zu sein, den Boden zu schrubben, denn die Dielen glänzten feucht und Wischmopp und Putzeimer standen noch neben der Eingangstür. Vom Fenstersims kam ein Geräusch, und als Nelly genauer hinsah, bemerkte sie einen Käfig, in dem ein gelber Kanarienvogel munter hin und her flatterte. Als sie einen Schritt auf das Fenster zumachte, fing er an zu trällern, als wollte er der unbekannten Besucherin zeigen, was er kann.

»Ein hübsches Tierchen«, lobte Nelly. »Ich liebe Kanarienvögel.«

»Hören Sie, Fräulein!« Mia runzelte die Stirn. »Ich habe keinen blassen Schimmer, wohin der alte Kauz sich verkrochen haben könnte. Ist mir ehrlich gesagt auch egal. Als ich ihn damals verlassen habe, habe ich ihm gesagt, dass er mich nicht wiedersehen würde, und dabei ist es geblieben.«

Mia Janssen nahm einen Krug Wasser und goss etwas davon in ein Schälchen, das sie anschließend in den Vogelkäfig stellte. Sogleich sprang das Vögelchen hinein und trank. Über die Lippen der Frau legte sich die Andeutung eines Lächelns. »So ist es recht, Pietje«, flüsterte sie. »Und heute Abend gibt es ein Scheibchen Apfel dazu.« Sie drehte sich zu Nelly um, wobei das Lächeln in ihren Augen gefror. »Was geht es Sie eigentlich an, wo der Alte abgeblieben ist? Sind Sie etwa von der Polizei oder so was? Gestapo etwa?«

Nelly schüttelte empört den Kopf. »Nein, bestimmt nicht. Aber ich lebe jetzt im Leuchtturm von Paardendijk. Nicht dass ich mir das ausgesucht hätte. Es … hat sich einfach so ergeben.«

»Was Sie nicht sagen!« Die Frau ließ sich auf einen Sessel fallen, der so abgewetzt aussah, als ob eine Katze ihre Krallen daran geschärft hätte. Als sie ihre Arme auf die Lehnen legte, fiel Nelly die Uhr an ihrem Handgelenk auf. Sie sah teuer aus. Vermutlich war es dieselbe, die ihr Mann einst für sie bei den ten Booms gekauft hatte. Mia trug das gute Stück noch immer. Wie auch den schmalen goldenen Ehering, der an ihrem rechten Ringfinger saß. Und ihren Vogel nennt sie Pietje, dachte Nelly. Demnach schien sie ihren Verflossenen doch nicht ganz so sehr zu verabscheuen, wie sie behauptete.

»Wenn Sie schlau sind, verlassen Sie den Leuchtturm und kehren nie wieder dorthin zurück.« Mit schmerzverzerrtem Gesicht streckte Mia ein Bein aus. »Das ist kein guter Ort. Ist es nie gewesen. Ich habe Piet damals die Pistole auf die Brust gesetzt. Du kannst den verdammten Turm haben oder mich, habe ich ihm gesagt, aber nicht beides.« Sie breitete in einer theatralischen Geste beide Arme aus und lachte bitter. »Was glauben Sie, wofür er sich entschieden hat?«

Nun, das war nicht zu übersehen. Piet hatte seine Wahl getroffen, woraufhin Mia gegangen war. Seitdem fristete sie ihr Dasein in ärmlichen Verhältnissen. Der kleine Vogel und die Bibel auf dem Tisch schienen das Einzige zu sein, was ihr noch ein wenig Halt gab.

»Und er hat Ihnen nie erklärt, warum er so an dem alten Leuchtturm hing?«, fragte Nelly. »Sie haben ihn doch gewiss danach gefragt!«

»Natürlich habe ich das. Anfangs fand ich es ja selbst noch romantisch, wie er sich auf sein Pflichtgefühl berufen hat. Hat behauptet, er hat einen Schwur geleistet, den Ort zu schützen. Solange er sich um das Leuchtfeuer kümmerte, kann Paardendijk keinen Schaden nehmen. Dummes Zeug, wenn Sie mich fragen. Die ganze Küste ist voller Leuchttürme, aber keiner der anderen Wärter war so besessen von dem Gedanken, das Feuer oben im Turm bewachen zu müssen, wie mein dummer, alter Piet.«

»Bis zu der Nacht, in der er verschwand.« Nelly sah die Frau im Sessel eindringlich an. »Fällt Ihnen denn wirklich kein Ort ein, an den er sich zurückgezogen haben könnte?«

Mia senkte den Kopf, um Nellys Blick auszuweichen. Dann sagte sie völlig unvermittelt: »Als wir noch verheiratet waren, besaß Piet eine Hütte. Ich weiß, dass sie ein wenig außerhalb von Paardendijk in einem Moorgebiet liegt. Ich bezweifle, dass man dort nach ihm gesucht hat. Außer mir weiß vermutlich niemand mehr, dass es das Häuschen gibt. Ist auch nicht ganz leicht zu finden. Die Einheimischen verirren sich so gut wie nie in diese Gegend und die Deutschen erst recht nicht.«

»Und Sie glauben, Piet könnte dort Unterschlupf gefunden haben?«

»Was weiß ich!« Mia rollte ungnädig mit den Augen. »Sie haben mich gefragt, wo er stecken könnte, und ich habe geantwortet. Meiner Meinung nach will er nicht gefunden werden. Wenn Sie also die Absicht haben, die Soldaten auf ihn zu hetzen …«

Nelly hob abwehrend die Hand. »Ich kann verstehen, dass Sie mir unter diesen Umständen nicht über den Weg trauen. Aber ich versichere Ihnen, dass ich Piet nicht suche, um ihn zu verraten. Er wurde ja auch keines Vergehens beschuldigt. Er ist lediglich verschwunden, und ich wüsste zu gern, warum.«

20

Auf dem Rückweg zum Grote Markt überlegte Nelly, ob es klug wäre, sich auf der Suche nach dem alten Piet ausgerechnet in ein Moor zu wagen, das selbst von Einheimischen gemieden wurde, weil es voller Tücken war. So etwas konnte leicht ins Auge gehen und tödlich enden. Mia Janssen hatte ihr aus dem Gedächtnis den Weg zu der verlassenen Hütte aufgezeichnet. Doch ihre Angaben waren vage geblieben, was nach so vielen Jahren verständlich war. Nelly konnte nicht einmal ausschließen, dass die Frau sie ganz bewusst in die Irre führte. Warum sollte sie auch einer Unbekannten helfen, einen Mann zu finden, nach dem die Deutschen inzwischen die gesamte nordholländische Küste absuchten? Nelly war sich nicht sicher, wie sie selbst an Mias Stelle gehandelt hätte.

Nelly beschleunigte den Schritt. Bestimmt hatten Haart und Bram ihre Einkäufe für den Laden längst erledigt und warteten ungeduldig beim Wagen auf sie. Als sie um die Ecke bog, musste sie verblüfft feststellen, dass die Marktstände verschwunden waren. Bis auf ein paar Blätter, die vom Wind über das Pflaster getrieben wurden, war der Platz wie leer gefegt. Nelly eilte um die Kirche herum und schnappte entgeistert nach Luft. Der Wagen ihres Onkels stand nicht mehr dort, wo Haart ihn geparkt hatte. Verflixt. Er und Bram konnten doch nicht nach Hause gefahren sein, ohne auf sie zu warten. Das war ungeheuerlich. Sie wussten doch, dass Nelly sich in Haarlem nicht auskannte. Wütend machte Nelly kehrt und eilte zum Grote Markt zurück. Vielleicht hatte Haart irgendwo eine Nachricht für sie hinterlassen. Doch da war nichts, und es gab auch weit und breit niemanden, den sie nach dem Kaufmann aus Paardendijk hätte fragen können. Nelly überlegte, was sie tun sollte. Die Eisenbahn fiel ihr ein, doch dies war bei näherer Betrachtung keine Option, da Paardendijk nicht an der Bahnstrecke lag. Ein Taxi, das sie zur Küste fuhr? Aussichtslos. Aber wenn sie heute nicht mehr nach Hause kam, wo um Himmels willen sollte sie dann die Nacht verbringen? Nachdem sie Sannes Stoff bezahlt hatte, besaß sie nur noch wenige Gulden. Ob sie für eine Übernachtung reichen würden? Unschlüssig ging sie weiter. Wenn sie wenigstens ein Telefon finden würde. Dann konnte sie sich mit den Leanders verbinden lassen und Haart gehörig den Kopf waschen.

»Na, brauchen Sie Hilfe, Fräulein?«

Ein Radfahrer betätigte die Bremse, stieg aber erst ab, nachdem er sich vorsichtig nach allen Seiten umgesehen hatte. Er trug Knickerbockers, die nach einer Wäsche verlangten, und eine speckige Mütze. Nelly wich einen Schritt zurück, als ihr der nach Alkohol riechende Atem des Mannes entgegenschlug. Sie war sich sicher, ihm erst kürzlich begegnet zu sein, brauchte aber einen Moment, bis es ihr wieder einfiel: Der Bursche war Ans Hartogs Ehemann, den sie als geldgierigen Tunichtgut bezeichnet hatte. Nelly brachte noch mehr Abstand zwischen sich und den Mann. Sie hatte kein Verlangen, sich mit ihm zu unterhalten, denn sie fand, dass in seinem Grinsen etwas Verschlagenes lag.

»Sie haben bei meiner Frau eingekauft!« Er deutete auf das Päckchen, das Nelly unter dem Arm trug. »Meine Ans handelt nur mit allerbester Qualität. Wer sich die leisten kann, hat doch bestimmt ein bisschen Kleingeld für einen armen Kerl übrig, der heute nur mit Müh und Not einem schrecklichen Schicksal entgangen ist.«

Nelly runzelte die Stirn. Auch das noch. Der Mann schwankte, so betrunken war er. Und von ihr wollte er Geld, damit er sich noch mehr betrinken konnte.

»Doch, doch, Fräulein! Um ein Haar hätten die Soldaten mich erwischt, so wie die armen Schweine, die nicht rechtzeitig vom Grote Markt verschwunden sind.« Er kicherte heiser. »Die wurden zusammengetrieben, aber ich habe in die Pedale getreten und bin ihnen davongeflitzt. Im Sattel sind wir Holländer unschlagbar, da können diese … diese Barbaren nicht mithalten.«

Es war nicht leicht für Nelly, aus dem Gerede des Mannes schlau zu werden, doch allmählich beschlich sie das Gefühl, dass auf dem Markt etwas Schreckliches geschehen war.

»Wollen Sie etwa sagen, dass auf dem Markt Menschen verhaftet worden sind?«, fragte sie. Plötzlich bekam sie es mit der Angst zu tun.

»Sag ich doch, meine Hübsche«, beschwerte sich Ans Hartogs Mann nuschelnd. Sein Blick wanderte ungeniert über Nellys Körper. »Die Deutschen haben den Markt umstellt. Ohne jede Vorwarnung. Auf die Männer hatten sie es abgesehen, auf die jüngeren zumindest. Die haben sie alle abgeführt, ohne Ausnahme. Sogar Schüsse sind gefallen. Jawohl, einen jungen Kerl von außerhalb hat's erwischt, weil er Widerstand geleistet hat. Deshalb bin ich vorhin so aufgeregt in Ans Laden gelaufen. Ich habe sie angefleht, dass sie mich versteckt, bis die Aufregung sich gelegt hat und die Soldaten abgezogen sind. Aber die meinte nur, ich soll mich nicht so anstellen, niemand, der bei Verstand ist, würde einen Säufer für den Aufbau des Atlantikwalls rekrutieren. So was muss ich mir von meiner eigenen Frau sagen lassen!«

Der Atlantikwall, dachte Nelly betrübt. Also darum war es bei dieser Razzia gegangen. Die Besatzungsmacht brauchte Zwangsarbeiter, um ihre Verteidigungslinie gegen alliierte Angriffe aufzubauen. Nach allem, was Nelly gehört hatte, sollte sich dieser neue Wall vom Südwesten Frankreichs bis hoch in den Norden, nach Dänemark und Norwegen, erstrecken. In Den Haag und Scheveningen waren entlang der Küste bereits lange Mauerabschnitte entstanden.

»Für mich hat Ans keinen Gulden übrig, aber diesen Kerl aus dem Dorf an der Küste hat sie sofort reingelassen«, lamentierte der Mann der Stoffhändlerin weiter. »Bestimmt lässt der es sich gut gehen, während ich ...«

»Ist der Mann aus Paardendijk?«, unterbrach Nelly ihn. In ihr regte sich Hoffnung. Vielleicht hatten ihr Onkel und Bram ja bei Ans Zuflucht gesucht. »Ein älterer Herr in Begleitung eines jüngeren?«

Nelly wartete die Antwort des Betrunkenen nicht ab, sondern eilte, so schnell sie ihre Füße trugen, zur Stoffhandlung Hartog. Ans' Mann folgte ihr schwankend auf seinem Fahrrad, doch er wahrte Abstand und hielt sie nicht auf. Die Ladentür fand Nelly verschlossen vor. Nach den Ereignissen in der Stadt schien die Stoffhändlerin beschlossen zu haben, ihr Geschäft früher zuzumachen. Doch auf Nellys hartnäckiges Klopfen öffnete sie.

»Sind mein Onkel und Bram hier?« Nelly stürmte in den Laden und blickte sich suchend um. »O bitte, Frau Hartog, geht es den beiden gut? Ich war auf dem Grote Markt und habe gehört, was dort geschehen ist.«

Die Ladenglocke bimmelte erneut, dieses Mal, weil Ans' Mann über die Schwelle stolperte. Ans legte beschwörend einen Finger über die Lippen.

»Sie sind in Sicherheit«, sagte sie, wobei sie die Stimme senkte. »Im Augenblick, jedenfalls. Aber die beiden sollten sich ruhig verhalten, bis die Aufregung sich gelegt hat. Ihren Wagen habe ich hinters Haus gefahren.«

Nelly fiel ein Stein vom Herzen. Dennoch begriff sie nicht ganz, warum die Leanders sich verstecken mussten. Sie waren wichtige Leute, besaßen gültige Papiere und Passierscheine. Nicht einmal Bram konnte während einer Razzia einfach so davongeschleppt werden.

»Der Junge hat eine Dummheit begangen, die ihn das Leben hätte kosten können«, erklärte Ans mit düsterer Miene. »Als einer der Soldaten ein paar junge Burschen festnehmen wollte, warf Bram ihm irgendetwas an den Kopf, um es den Männern zu ermöglichen davonzulaufen. Aus dem Gewehr des Soldaten löste sich daraufhin ein Schuss, der einen der Flüchtlinge am Bein traf. Bram schaffte es, sich im allgemeinen Trubel davonzumachen. Offensichtlich ging alles so schnell, dass die Soldaten Ihren Vetter nicht mit dem Anschlag auf ihren Kameraden in Verbindung brachten. Und als dann auch noch der Schuss fiel, brach sowieso Panik aus und alles stob auseinander.« Ans schüttelte den Kopf und schaute Nelly wütend an. »Ich bete, dass man die Sache auf sich beruhen lässt. Falls nicht, könnte es zu Hausdurchsuchungen kommen. Vielleicht werden die Männer, die heute mitgenommen wurden, auch erschossen. Wer weiß das schon?«

»Aber warum helfen Sie den Leanders dann?« Nelly hob hilflos die Hände. »Sagten Sie nicht, Sie wollten mit der Familie nichts zu schaffen haben?«

»Nein, ich sagte, ich käme nicht von den Leanders los. Das ist ein Unterschied.« Ans warf einen Blick auf ihren Mann, der sich hinter den Verkaufsstand zurückgezogen hatte und so tat, als würde er sie nicht belauschen. »Ich fürchte, es wird mich meine gesamten Tageseinnahmen kosten, das Schweigen meines Göttergatten zu erkaufen.«

»Trauen Sie ihm zu, dass er Bram verrät?« Der Gedanke

erschreckte Nelly. Doch so, wie sie den Mann kennengelernt hatte, hielt sie es nicht für abwegig, dass er zur Gestapo laufen würde, um die Leanders für ein paar Gulden ans Messer zu liefern.

Doch die Stoffhändlerin winkte ab. »Warum sollte er? Er weiß doch, dass ich besser zahle als die Deutschen. Vermutlich wird er sich morgen eh nicht mehr an viel von dem erinnern, was heute passiert ist.«

Das beruhigte Nelly ein wenig. Bram hatte sich in der Tat in eine gefährliche Lage gebracht. Sie hatte ihn bislang nicht für einen Draufgänger gehalten, also welcher Teufel mochte ihn auf dem Markt geritten haben, sich mit bewaffneten Wehrmachtssoldaten anzulegen? Nun half auch die Tatsache, dass er ein Leander war, nicht mehr.

»Sie und Haart fahren besser nach Paardendijk zurück, bevor Sie wegen der Ausgangssperre die Stadt nicht mehr verlassen dürfen.« Ans holte einen Schlüsselbund aus einem Kästchen und gab ihn Nelly.

»Wenn wir kontrolliert werden und Bram nicht bei uns ist, könnte das unangenehme Fragen aufwerfen«, gab Nelly zu bedenken. »Und was, wenn in Paardendijk nach ihm gefragt wird und er nicht da ist?«

»Sie werden sich etwas einfallen lassen müssen. Der Junge könnte plötzlich erkrankt sein. Scharlach oder Typhus. Glauben Sie mir, kein Soldat betritt ein Haus, in dem eine ansteckende Krankheit herrscht.«

Auf der Rückfahrt nach Paardendijk war Nellys Onkel noch stiller als zuvor. Mit ausdrucksloser Miene starrte er auf die einsame Landstraße, und das leise Quietschen der Scheibenwischer, die tapfer gegen den immer heftiger werdenden Regen kämpften, war das einzige Geräusch, das er wahrzunehmen schien. Nelly hätte ihn gern auf die Neuigkeiten angesprochen, die sie von Ans Hartog erfahren hatte, aber sie spürte, dass dies nicht der richtige Zeitpunkt war, um über ihre Mutter und Febe zu reden. Haart war mit seinen Gedanken ganz woanders. Vermutlich bei Bram, um den er sich verständlicherweise sorgte. Nelly hauchte in ihre kalten Hände und sah zu, wie das Licht allmählich fahler wurde. Bald würde die Sonne untergehen. Wenigstens waren sie und Haart aus Haarlem herausgekommen, ohne auf eine Kontrolle zu stoßen, und bis Paardendijk versperrte ihnen keine Wehrmachtsstreife den Weg und verlangte, ihre Papiere zu sehen.

Im Dorf angekommen, hielt Haart den Wagen vor dem Treppenaufgang zum Leuchtturm. »Ich kann mich doch darauf verlassen, dass du mit niemandem darüber redest, was in Haarlem vorgefallen ist«, sagte er leise. »Du würdest Agnes und mir damit einen großen Gefallen tun.«

Nelly versprach es. Dann stieg sie aus, doch bevor Haart anfuhr, klopfte sie noch einmal an das Fenster. Ihr Onkel kurbelte die Scheibe herunter.

»Was?«

Nelly holte tief Luft und stieß sie wieder aus. Der Regen peitschte ihr so heftig ins Gesicht, dass die Tropfen wie Tränen über ihre Wangen liefen. »Ich weiß von Febe.« Nun war es heraus. Es tat weh, fühlte sich gleichzeitig aber auch befreiend an. Als ihr Onkel nicht reagierte, fügte sie in etwas schärferem Ton hinzu: »Hast du mich verstanden? Ich weiß es! Ans Hartog hat mir unser kleines Familiengeheimnis verraten.«

Haarts Miene verfinsterte sich. »Ans? Was kann die dir schon erzählt haben? Geht es um die alte Puppe deiner Mutter? Die habe ich dir doch gegeben! Bist du immer noch nicht zufrieden?«

»Hör auf, mich für dumm zu verkaufen, Haart Leander.« Nelly war nun nass bis auf die Haut. Sie würde sich eine böse Erkältung holen, wenn sie noch länger im Regen stehen blieb.

Dennoch wich sie nicht von der Stelle. Ihr Mitleid mit Haart wich blankem Ärger, weil er sich immer noch in Ausflüchten erging, anstatt ihr gegenüber ehrlich zu sein. »Ich spreche nicht von einer Puppe, sondern von dem Mädchen, das meine Mutter vor vielen Jahren zur Welt gebracht hat. Bente hat mir vor meiner Abreise aus Berlin aufgetragen, nach dem Verbleib des Kindes zu forschen. Sie hat mir eine Nachricht zugesteckt, auf der stand, ich solle euch nach Febe fragen, nach meiner Halbschwester. Und ob es dir nun passt oder nicht …«

»Hat Ans Hartog behauptet, das Kind würde noch leben?«, fuhr Haart ihr ins Wort. Er musste förmlich gegen den Wind und den Regen anschreien, um zu Nelly durchzudringen. »Nein? Das dachte ich mir schon. Wir werden eines Tages darüber reden müssen. Aber nicht heute. Ich bin zu erschöpft. Das wirst du einsehen, oder?«

Nelly schnappte regelrecht nach Luft, als Haart die Scheibe hinaufkurbelte, dann das Gaspedal durchtrat und mit quietschenden Reifen davonfuhr. Völlig entgeistert starrte sie dem Wagen nach.

»Na, schon wieder zu spät dran, das Fräulein?«

Nelly erkannte die Stimme des Mannes, der unversehens hinter ihr aufgetaucht war. Ohne Eile drehte sie sich um, bemüht, nicht zu zeigen, wie sehr er sie erschreckt hatte. »Was wollen Sie, Jan-Ruud? Warum lungern Sie schon wieder vor dem Leuchtturm herum?«

Der Fischer nahm einen tiefen Zug von seiner Zigarette und stieß den Rauch provokativ in Nellys Richtung aus. »Tja, es dämmert schon, aber ich sehe kein Leuchtfeuer. Könnte es sein, dass Sie mit Ihren Aufgaben überfordert sind? Mintjes Junge hat sich auch den ganzen Tag nicht blicken lassen. Er treibt sich angeblich mit den Deutschen herum. Aber das kann mir ja egal sein.« Er warf die Zigarette zu Boden und trat sie mit dem Absatz seines Stiefels aus. »Ich habe gehört, wie Sie

Mijnheer Leander angefaucht haben. An Ihrer Stelle würde ich das künftig sein lassen. Sie könnten sich sonst Ärger einhandeln.«

Nelly biss die Zähne zusammen und fragte sich gleichzeitig, wie viel von ihrem Wortwechsel der Fischer mit angehört hatte. Vermutlich mehr, als ihr lieb sein konnte. Schnell versuchte sie das Thema zu wechseln: »Sie sind doch Ans Hartogs Bruder, nicht wahr? Ich habe Ihre Schwester kennengelernt. Sie mag die Leanders nicht, fühlt sich aber trotzdem verpflichtet, ihnen zu helfen. Sie scheinen das ähnlich zu sehen. Ich begreife nur nicht ganz, was Sie an diese Familie bindet. Hat Haart etwas gegen Sie oder Ans in der Hand …«

Ohne Vorwarnung schnellte die Hand des Fischers vor und packte Nelly so grob am Arm, dass sie einen Schmerzensschrei nicht unterdrücken konnte. Verzweifelt versuchte sie sich aus dem Griff des Mannes zu befreien, erreichte damit aber nur, dass er sie wütend schüttelte wie einen ungezogenen Welpen.

»Lassen Sie mich los, Jan-Ruud. Sie tun mir weh!« Nelly blickte sich hilfesuchend nach einem Fußgänger in der Nähe um, doch Wind und Regen hatten die Straßen buchstäblich leer gefegt. Aus dem Leuchtturm drang nicht der kleinste Lichtschein. Vermutlich war Mintje längst nach Hause gegangen.

»Du hältst dich für so schlau und überlegen, dabei hast du keine Ahnung!« Jan-Ruud drängte sie mit seinem massigen Körper gegen den Holzlattenzaun. »Ich weiß, dass du in Berlin für eine Zeitung gearbeitet hast. Wir wissen alles über dich.«

Alles? Das bezweifelte Nelly. »Ich bin, nein … ich war Fotoreporterin!«, warf sie ein. »Vor langer Zeit. Verflucht … loslassen, sage ich!«

»Aber hier gibt es nichts aufzudecken. Keine Geheimnisse, die dich kümmern sollten. Meine alberne Schwester mag dir aus Verbitterung über ihr gescheitertes Liebesleben einen Floh ins Ohr gesetzt haben. Aber an der Geschichte, die sie dir aufgetischt hat, ist nichts dran, kapiert? Nichts, weswegen eine neugierige Person Kopf und Kragen riskieren sollte.« Unvermittelt ließ er sie los und machte einen Schritt zurück. Als wäre nie etwas vorgefallen, rückte er seinen breitkrempigen Regenhut zurecht.

Nelly rang nach Atem. Keine Geheimnisse? Das sollte wohl ein Witz sein. Der ganze Ort war nichts anderes als eine Brutstätte von Heimlichkeiten, die das Tageslicht scheuten. Jan-Ruuds Verhalten war der beste Beweis dafür. Offenkundig wollte er sie einschüchtern, um sie davon abzuhalten, Fragen zu stellen. Aber warum? Dass Ans Hartog mit ihr über die Leanders gesprochen hatte, machte ihn wütend. Aber wie hatte er überhaupt so rasch davon erfahren? Hatte Ans ihn informiert? Nelly glaubte nicht, dass es in Jan-Ruuds Behausung am Hafen einen Telefonanschluss gab. Aber der Fischer ging bei den Leanders ein und aus, und die besaßen einen Fernsprecher. Vielleicht hatte seine Schwester dort angerufen. Darüber nachzusinnen erschien Nelly jedoch müßig. So feindselig, wie Jan-Ruud sie musterte, würde er es ihr sowieso nicht verraten.

Nelly erwiderte seinen Blick und fühlte, wie Angst und Aufregung aus ihrem Körper wichen. Gleichzeitig erkannte sie eine tiefe Unsicherheit in Jan-Ruuds Gesichtszügen. Nelly hatte ein Auge für das Mienenspiel von Menschen, oft genug hatte sie es mit ihrer Kamera eingefangen. Jan-Ruud war längst nicht so gefasst, wie er ihr weismachen wollte. Seine Selbstsicherheit war eine Fassade, die er aufgebaut hatte, um sie zu verwirren und auszuloten, wie weit er gehen konnte. Dabei fiel es nicht allzu schwer, in seinen Augen Spuren von Angst und Verzweiflung zu finden.

»Sie haben behauptet, Sie wüssten alles über mich«, sagte

Nelly, wobei sie jedes ihrer Worte mit Bedacht wählte. »Dann wissen Sie hoffentlich auch, dass weder Sie noch mein Onkel mich zwingen können, keine Fragen mehr zu stellen. Aus Paardendijk verschwinden für meinen Geschmack zu viele Menschen. Sie werden entweder totgeschwiegen wie meine Schwester Febe oder man erklärt sie zu Gespenstern und erzählt sich Spukgeschichten über sie, wie jetzt über den alten Piet. Ich werde das nicht hinnehmen.«

Jan-Ruud stieß verächtlich die Luft aus. »So? Und wenn wir deine Hilfe nicht wollen? Wenn wir keine naseweise Deutsche brauchen, die unter der Protektion unserer Besatzer hier im Dorf herumschnüffelt? Wir lösen unsere Probleme seit Jahrhunderten auf unsere Weise.«

»Ja, indem Sie seit Jahrhunderten alles unter den Teppich kehren, was der Familie Leander nicht passt. Meine Mutter hat diesen Teufelskreis durchbrochen, und ich werde es auch tun. Ich werde herausfinden, warum der alte Piet so plötzlich verschwunden ist. Und wenn ich etwas unternehmen kann, um Paardendijk vor der Zerstörung durch die Besatzer zu bewahren, werde ich auch das tun.« Nelly reckte trotzig das Kinn und verschränkte die Arme vor der Brust. Großer Gott, ihr war so kalt. Ihre Füße fühlten sich an wie zwei Eisklötze, und in ihrer Nase kribbelte es. »Febe war zu klein, um für dieses Fleckchen Erde Heimatgefühle zu entwickeln. Sie verschwand einfach. Ich werde nicht gehen. Ich bleibe, bis ich Antworten gefunden habe.«

»Das brauchst du nicht, Nelly«, sagte Jan-Ruud. Sein Zorn war inzwischen wohl verraucht, denn seine Stimme klang ein wenig sanfter. »Bente hat es nie erfahren, aber das Kind, das sie zur Welt gebracht hat, lebt nicht mehr. Es ist nur wenige Stunden nach der Geburt gestorben. Wir ... ich meine die Familie Leander hat beschlossen, deiner Mutter weiteres Leid zu ersparen und nicht mehr über die Angelegenheit zu reden.

Bente hat Holland verlassen und weit weg ein neues Leben begonnen, in dem für die Vergangenheit kein Platz mehr war. Du bist ein Teil dieses neuen Lebens. Vielleicht solltest du das einfach akzeptieren.«

21

Nelly hatte befürchtet, eine weitere schlaflose Nacht zu verbringen, doch zu ihrer Überraschung fielen ihr schon während des Kontrollgangs fast die Augen zu. Mit letzter Kraft streifte sie sich die Kleider ab und kroch ins Bett. Dort träumte sie wirres Zeug von ihrer Mutter und Hilde, ihrer Schwester, die aber noch nicht erwachsen, sondern eine freche Göre war, die Nelly fortwährend an den Haaren zog. Als Nelly erwachte, war ihr Kopf schwer, und ihre Glieder schmerzten.

»Du Ärmste siehst ja grauenvoll aus!« Trotz der frühen Stunde werkelte Mintje bereits in der Küche und blickte kritisch, als sie die dunklen Ringe unter Nellys Augen entdeckte. »Setz dich hin und trinke eine Tasse Tee. Ich habe ihn gerade frisch aufgebrüht. Möchtest du eine Scheibe Brot dazu?«

Wie ein Kind ließ Nelly sich von ihrer Haushälterin bemuttern. Nach dem gestrigen Tag tat das gut. »Ist Henk aus Amsterdam zurück?« Sie nahm einen Schluck aus ihrer Tasse und sah Mintje erwartungsvoll an. »Und, wie war es? Was hat er gesagt?«

Mintje wandte sich wieder dem Herd zu. Sie hatte ein Ei in die Pfanne geschlagen und briet es mit einem Schuss Milch und in Wasser eingeweichten Brotresten. Sie sah glücklich und zufrieden aus.

»Die Deutschen haben Wort gehalten«, erklärte sie munter, während sie Nellys Frühstück mit Zucker und Zimt würzte. Nelly schnupperte misstrauisch. Mintjes Vorstellungen von einer Morgenmahlzeit wichen stark von ihren eigenen ab. Aber vielleicht war die süße Eierpampe ja auch gar nicht für sie, sondern für Henk bestimmt.

»Dieser Oberleutnant hat Henk wie versprochen nach Paardendijk zurückgebracht.«

»Das ist erfreulich, aber was hat dein Sohn gesagt? Konnte er den Toten identifizieren?« Nelly war gespannt.

Mintje nickte eifrig. Emsig zog sie die Pfanne vom Herdfeuer, dann strich sie die Eimasse mit einem Holzlöffel auf eine schon vorbereitete Brotscheibe. »Henk meint, dass es sich bei dem Leichnam mit hoher Wahrscheinlichkeit um den alten Piet handelt. Das hat er auch den Deutschen gesagt.« Sie zuckte mit den Achseln. »Damit wäre das also geklärt. Der Alte war offensichtlich nicht mehr ganz richtig im Kopf. Oder er war betrunken. Denk doch an all die Flaschen, die wir gefunden haben, als du hier eingezogen bist.« Sie blickte Nelly forschend an. »Äh, magst du dieses *Broodje Ei*, oder …«

Nelly schüttelte den Kopf. »Es duftet verführerisch, aber ich habe noch keinen rechten Appetit. Vielleicht lässt Henk sich überreden, einen Bissen zu essen.«

»Wäre ja schade drum.« Strahlend trug Mintje den Teller zur Dienststube hinauf. Nelly blieb mit ihrem Tee zurück und ließ sich Mintjes Bericht durch den Kopf gehen. War Henk sich wirklich sicher? Nelly hatte eigentlich keinen Grund, Henks Aussage in Zweifel zu ziehen, dennoch kam ihr die ganze Geschichte rätselhaft vor. Als sie wenig später Henk auf den Toten ansprach, reagierte der junge Mann kühl, ja fast unwillig auf ihre Fragen. Er wiederholte, was Mintje ihr schon in der Küche erzählt hatte, mehr war aus ihm nicht herauszubringen.

»Wundert dich das?« Kopfschüttelnd blickte Mintje von ihrer Arbeit auf. Nachdem sie die Küche aufgeräumt hatte, war sie im Vorratslager auf einen Topf weißer Wandfarbe gestoßen und hielt es nun für eine gute Idee, Nellys Schlafkammer eine freundlichere Note zu verleihen. »Die Deutschen haben Henk strengstens verboten, über das zu sprechen, was er in Amsterdam gesehen hat.« Energisch klatschte sie einen großen Klecks Farbe an die Wand und verteilte ihn mit ihrem Pinsel. Nellys Bett sowie den wackeligen Nachttisch hatte sie zuvor mit vergilbtem Zeitungspapier abgedeckt. »Du solltest die Dinge auf sich beruhen lassen! Es wird nur Kummer bringen, weiter daran zu rühren.«

»Das habe ich gestern schon zu hören bekommen«, murmelte Nelly. Sie lehnte sich gegen den Türrahmen und kam sich überflüssig vor.

»Eine frisch gestrichene Kammer wird uns nicht vor den Nazis schützen. Falls sie Leutnant Bellmanns Leiche finden sollten und dann zu dem Schluss kommen, dass die Bewohner von Paardendijk dafür bluten sollen, ist es aus.«

Mintje fuhr herum und warf Nelly einen strengen Blick zu. »Sag doch so etwas nicht! Der Kerl ist ein Deserteur, das pfeifen die Spatzen von den Dächern.«

»Aber dafür gibt es keine vernünftige Erklärung. Ein Offizier läuft doch nicht aus einer Laune heraus davon. Schon gar nicht, wenn er statt an der russischen Front in einem holländischen Küstenort stationiert ist.«

Mintje ließ langsam den Pinsel sinken. Nellys Worte schienen sie getroffen zu haben, denn ihre Augen füllten sich mit Tränen. »Also wirklich, Kindchen, du hast schon ein Talent, anderen den Tag zu verderben.«

»Was du nicht sagst.« Nelly fand, dass nun nicht die Zeit war, auf Mintjes Befindlichkeiten Rücksicht zu nehmen. »Denk lieber nach, ob dir noch etwas zu dem Leutnant einfällt.

Du hast ihn doch im Dorf gesehen. Jede Einzelheit könnte helfen.«

Mintje tat ihr den Gefallen und überlegte. Einen Moment lang starrte sie auf den Pinsel in ihrer Hand, von dem weiße Wandfarbe auf den Boden tropfte.

»Ich habe dir ja schon gesagt, dass ich gesehen habe, wie der Mann die Kirche verlassen hat«, sagte sie. »Irgendetwas stimmte nicht mit ihm. Ich will es nicht beschwören, aber für mich sah es so aus, als ob er Blut an den Händen gehabt hätte.«

Nellys Augen weiteten sich. Blut? Und damit rückte Mintje jetzt erst heraus? Hatte es in der Kirche eine Auseinandersetzung gegeben, bei der sich der Leutnant verletzt hatte? Aber mit wem mochte er sich gestritten haben? Mit einem Einheimischen etwa? Aber warum hatte er dann keine Militärstreife zu Hilfe gerufen und seinen Angreifer abführen lassen? Nach allem, was Nelly bislang über den Mann in Erfahrung gebracht hatte, war er mit den Dorfbewohnern nicht freundlich umgesprungen. Es hätte ihm gewiss Genugtuung bereitet, einen Holländer verhaften zu lassen. Andererseits konnte auch er der Angreifer gewesen sein, dann stammte das Blut an seinen Händen von seinem Opfer. In diesem Fall hätte er die Sache wohl kaum an die große Glocke gehängt, um sich keine Rüge von seinem Vorgesetzten einzuhandeln.

Nelly starrte die erst zur Hälfte gestrichene Wand an. Wem war der Leutnant in der Kirche begegnet, und warum war diese Begegnung derart eskaliert?

»Vielleicht habe ich mich ja auch getäuscht«, erklärte Mintje hastig. »Womöglich hat mir die Sonne einen Streich gespielt und da war gar kein Blut. Als der Leutnant mich entdeckte, schien er zu erschrecken. Er rief mir zu, ich solle zusehen, dass ich von der Straße käme. Weil in Kürze die Ausgangssperre begänne. Natürlich ließ ich mir das nicht zweimal sagen.«

Nelly berührte die ältere Frau leicht an der Schulter. »Hast du irgendjemandem davon erzählt? Oder war noch jemand in der Nähe, als der Soldat aus der Kirche kam?« Mintje dachte einen Moment lang nach, dann schüttelte sie den Kopf. »Ich habe niemanden gesehen. Die Fischer waren noch draußen auf See. Das heißt, alle bis auf …«

»Ja?«

»Jan-Ruud ist zur selben Zeit über den Friedhof gelaufen. Ob er auf den Leutnant getroffen ist, kann ich aber nicht sagen.«

»Jan-Ruud«, murmelte Nelly. Der Fischer gab ihr immer neue Rätsel auf. Unwillkürlich fuhr ihre Hand zu der Stelle am Arm hinauf, an der er sie am Abend zuvor gepackt hatte. Die blauen Flecken spürte sie immer noch.

»Dem Burschen solltest du auch aus dem Weg gehen«, mahnte Mintje, der nicht entgangen war, wie Nelly auf die Erwähnung des Namens Jan-Ruud reagiert hatte. »Das ist einer, der sich nicht in die Karten schauen lässt. Er scheint den Leanders treu ergeben zu sein, aber nur solange es auch seinen eigenen Interessen dient. Manchmal denke ich, dass Haart sogar ein wenig Angst vor ihm hat. Mit den Deutschen hatte Jan-Ruud meines Wissens noch keinen Ärger. Aber er behält sie im Auge und ist über alles im Bilde, was die Wehrmacht hier im Ort treibt.«

»Er hat mich gestern abgefangen und bedroht.«

Mintje riss überrascht die Augen auf. »Nein, wirklich? Was wollte er denn von dir?«

Nelly berichtete ihr knapp, wie Jan-Ruud sie gegen den Zaun gedrängt und davor gewarnt hatte, wegen Bentes unehelichem Kind Nachforschungen anzustellen.

»Unglaublich!« Mintje wirkte bestürzt. »Davon wusste ich nichts. Bist du sicher, dass dir diese Ans keinen Bären aufgebunden hat?«

»Warum hätte sie das tun sollen?«, gab Nelly zurück. »Außerdem hat Jan-Ruud selbst es mir gegenüber zugegeben. Er behauptet, meine Schwester sei gleich nach der Geburt gestorben.«

»Glaubst du das? Was sagt dir dein Gefühl?«

Nelly zuckte mit den Achseln. Sie war sich nicht im Klaren darüber, was sie empfand. Sie dachte an ihre Mutter. Glaubte auch Bente, dass ihr Kind tot war? Sie hatte Nelly den Auftrag gegeben, sich nach der kleinen Febe zu erkundigen. Aber vielleicht wollte sie nur wissen, ob es irgendwo ein Grab ihres Kindes gab.

Nelly nahm sich den Mantel und verließ den Leuchtturm. Auf dem Friedhof begegnete sie einigen Frauen, die verdorrte Blumen gegen frische austauschten. Ein weißhaariger Mann fegte mit einem Rechen den Weg zwischen Tor und Kirchengebäude. Als er Nelly sah, tippte er sich grüßend gegen die Krempe seines Hutes. Nelly erkundigte sich nach dem Familiengrab der Leanders und der alte Mann schickte sie auf die andere Seite der Kirche.

Mit klopfendem Herzen schritt Nelly die Reihen ab. Sie fand gleich mehrere Steine, auf denen der Name Leander zu lesen war. Manche waren alt und verwittert, einige aber auch neueren Datums. Das größte Grabmal des ganzen Friedhofs befand sich in unmittelbarer Nähe der östlichen Kirchenmauer. Dort, unter einem hochgewachsenen Lindenbaum, waren Haarts und Bentes Eltern bestattet worden. Nellys Großeltern. Zu ihrer Überraschung stellte Nelly fest, dass ihre Großmutter erst vor wenigen Jahren gestorben war. Dem Datum nach hatte sie den Überfall der Wehrmacht auf ihr Heimatland noch miterleben müssen. Sie war eine geborene Simons gewesen. Benommen legte Nelly eine Hand auf den Stein. Simons. Vermutlich ging die entfernte Verwandtschaft mit den Leanders, auf die sich Jan-Ruud berief, auf die Familie von Nellys Großmutter zurück. Sie besah sich das Grabmal genauer und stieß auf die Namen mehrerer Verwandter, die Nelly nichts sagten. Vermutlich handelte es sich um Geschwister ihrer Großeltern. Eine Febe war nicht darunter. Frustriert lief Nelly zwischen den Gräbern umher und inspizierte Stein um Stein. Vergebens. Sie fand weder ein Grab noch einen Stein, der an die Tochter ihrer Mutter erinnerte. Als Nelly schließlich erschöpft den Blick hob, sah sie, dass der Pastor auf sie zukam. Sein hagerer Körper steckte in einem dunklen Anzug, und auf dem Kopf trug er eine Melone.

»Welch ein Vergnügen, Sie wiederzusehen, meine Teuerste«, sprach er sie an. Sein Lächeln wirkte freundlich und neugierig zugleich. »Aber Sie sehen müde aus, wenn ich das so sagen darf. Ich hoffe, Ihre Aufgaben im Leuchtturm überfordern Sie nicht zu sehr.« Er deutete mit seinem Spazierstock in Richtung des Familiengrabs. Nelly folgte ihm dorthin zurück. »Ah, ich sehe schon, wofür Sie sich interessieren. Ein beeindruckendes Grabmal, nicht wahr? Es wurde von einem begabten Bildhauer aus Leiden entworfen und soll die beiden biblischen Gesetzestafeln darstellen, die Mose am Sinai aus der Hand Gottes empfing.« Er seufzte. »Soweit ich weiß, stammt der weiße Marmor aus einem bekannten italienischen Steinbruch. Ein Monument, das uns die Vergänglichkeit alles Irdischen ins Gedächtnis ruft.«

»Gibt es noch andere Gräber, in denen Angehörige dieser Familie ruhen?«, erkundigte sich Nelly ein wenig kurz angebunden. Sie hatte weder Zeit noch Lust, sich über italienischen Marmor zu unterhalten. »Ich suche nach einem ganz bestimmtem. Dem Grab eines Mädchens, das vor ...« Sie stockte. Wann hatte ihre Mutter Paardendijk genau verlassen? Nicht einmal das konnte sie sagen.

»Sie suchen also ein verstorbenes Familienmitglied?«, fragte Pastor Bakker. Er warf den drei Frauen, die noch immer mit ihrer Grabpflege beschäftigt waren, jedoch voller Neugier zu Nelly und ihm hinüberschauten, einen mahnenden Blick zu.

»Das erstgeborene Kind meiner Mutter«, klärte Nelly den Geistlichen auf. Sie entschied spontan, ihn ins Vertrauen zu ziehen. Vielleicht konnte er ihr weiterhelfen. »Es muss hier in Paardendijk zur Welt gekommen sein. Im Haus der Leanders. Angeblich ist das Mädchen kurz nach der Geburt gestorben. Aber ich kann sein Grab nicht finden.«

Bakker nahm seine Melone ab und kratzte sich am Kopf. »Hören Sie, ich bin auf dem Weg zu den Leanders. Es heißt, Haarts Sohn sei erkrankt. Daher wollte ich fragen, ob es etwas gibt, das ich für ihn oder seine Eltern tun kann.« Er dachte nach. »Ich wusste nicht, dass Haarts Schwester … Ihre Frau Mutter …«

»Ein uneheliches Kind zur Welt gebracht hat«, beendete Nelly seinen Satz. »Glauben Sie mir, für mich kam das auch überraschend.« Sie suchte in Bakkers Miene nach einem Ausdruck von Missbilligung, fand aber nichts, was darauf hinwies, dass er Bentes Verhalten verurteilte. Sein Blick fiel auf die Gesetzestafeln, die das Grab von Nellys Großeltern schmückten.

»Die alten Leanders waren gottesfürchtige Leute, aber auch recht streng in ihren Ansichten. Sie hätten das Kind gewiss rechtzeitig taufen lassen, damit es nicht ohne den Segen der Kirche in den Himmel eingeht. Kommen Sie mit!« Bakker führte Nelly in einen Raum neben dem Kirchensaal, der mit Büchern geradezu vollgestopft war. Sie stapelten sich auf Tischen und in Regalen. Der Geruch von altem Papier und Staub lag in der Luft und reizte Nellys Kehle.

»Hier bewahren wir die Kirchenbücher auf«, erklärte der Pfarrer. Er knipste eine Lampe auf dem Arbeitstisch an, dann wandte er sich einer der Regalwände zu. Er musste nicht lange suchen. »Die ältesten Bücher reichen bis zur Zeit der Ortsgründung durch Kapitän Leander zurück. Aber so weit müssen wir nicht zurückgehen. Das Ereignis, das wir suchen, liegt doch bestimmt kaum vierzig Jahre zurück, nicht wahr?«

»Meine Mutter muss noch sehr jung gewesen sein«, bestätigte Nelly.

»Hatte das Kind einen Namen?«

Nelly nickte. »Es hieß Febe. Febe Leander.«

Pastor Bakker schlug das schwere Buch auf und blätterte darin. Dort stand, wer in Paardendijk geboren und getauft worden war und wann wer wen geheiratet und wer von wem zu Grabe getragen worden war. Bakker bewegte seinen Zeigefinger behutsam über das vergilbte Papier und murmelte leise vor sich hin. Nelly blickte ihm dabei über die Schulter und hielt in gespannter Erwartung den Atem an. Plötzlich stutzte der Geistliche. »Na so was, hier wurde etwas mit Tinte ausgestrichen.« Er wies auf eine Spalte, über der die Jahreszahl 1903 nur noch ganz schwach zu erkennen war. »Ich kann leider nicht entziffern, was dort gestanden hat.«

Nelly rückte die Schreibtischlampe näher an das Kirchenbuch heran. Tatsächlich. Der Pastor hatte recht. In dieser Spalte war etwas unkenntlich gemacht worden. »Der damalige Pfarrer muss hier eine längere Eintragung vorgenommen haben«, sagte Bakker. »Man kann noch erkennen, dass sie über vier Zeilen lang gewesen ist.« Er schüttelte den Kopf. »Da hat sich wohl jemand Mühe gegeben, jede Erinnerung an das arme Würmchen auszulöschen.« Er blätterte weiter. »Danach kommt nichts mehr. Die nächsten Eintragungen zur Familie Leander betreffen Haarts Heirat mit Agnes und die Geburt und Taufe ihrer beiden Kinder Bram und Sanne. Dann kommen die Sterbedaten der Großeltern. Henryk Leander starb im Frühjahr 1929 und seine Frau Augustina vor drei Jahren. Sie ist fast neunzig Jahre alt geworden. Von ihrer Tochter Bente in Berlin sprach sie nie.«

Nelly brauchte eine Weile, um ihre Gedanken zu sortieren und das soeben Erfahrene sacken zu lassen. Wenn sich die durchgestrichenen Zeilen im Kirchenbuch auf die kleine Febe bezogen hatten, war ihre Halbschwester im Jahr 1903 zur Welt gekommen. Damit wäre sie heute, falls sie noch lebte, eine Frau um die vierzig. Nelly versuchte, sich eine Dame dieses Alters vorzustellen. Hatte sie ein Zuhause gefunden, geheiratet und Kinder bekommen? In Holland oder sonst irgendwo auf der Welt? Vierzig Jahre waren eine lange Zeit.

Der Pastor stellte das Kirchenbuch wieder ins Regal. »Ich fürchte, Sie müssen sich damit abfinden, dass Ihre Halbschwester gestorben ist.«

»Aber warum gibt es dann kein Grab?«

Bakker hob die Hände. »Das kann verschiedene Gründe haben, meine Liebe. Vielleicht starb die Kleine doch ungetauft oder man bestattete sie im Grab eines Verwandten. Ich denke, Ihre Großeltern wollten den Ruf Ihrer Mutter nicht weiter gefährden und verzichteten daher auf eine Gedenktafel. Sie sollten ihnen das nicht übel nehmen.« Er lächelte nachsichtig. »Lassen Sie die Vergangenheit ruhen, meine Liebe. Die Gegenwart ist schwer genug, jetzt, da fast ganz Europa in Schutt und Asche versinkt. Konzentrieren Sie sich auf Ihre Aufgaben im Leuchtturm, das wird Sie davon ablenken, Ihre Tage mit Grübeln zu verbringen.«

Nelly hob die Augenbrauen. Pastor Bakker meinte es gewiss aufrichtig, und sie wollte ihn keineswegs kränken, indem sie seinen guten Rat in den Wind schlug. Dennoch, hätte er sie besser gekannt, so hätte er auch gewusst, dass sie diese Angelegenheit nicht einfach ruhen lassen konnte. Wenn Febe wirklich tot und begraben war, warum versuchten ihr Onkel und Jan-Ruud dann mit allen Mitteln, sie an weiteren Nachforschungen zu hindern? Warum war die Eintragung im Kirchenbuch unkenntlich gemacht worden? Verheimlichte man ihr noch mehr? Das konnte nicht nur mit der Schande eines unehelichen Kindes in einer Familie frommer niederländischer Calvinisten zu tun haben. Nein, für Haart Leander musste es wesentlich gewichtigere Gründe geben, um aus Febes Verschwinden so ein Geheimnis zu machen. Und was auch immer Mintje, Jan-Ruud und der Pastor davon hielten – Nelly würde keine Ruhe geben, bevor sie nicht hinter dieses Geheimnis gekommen war.

»In Paardendijk gibt es keinen Arzt, nicht wahr?«, wollte sie von Pastor Bakker wissen, als sie mit ihm ins Freie trat. Zur Abwechslung kam die Sonne hinter den Wolken hervor. Ihre Strahlen legten sich wie eine tröstende Hand über die verwitterten Grabsteine des Friedhofs.

»Der nächste Arzt lebt einige Meilen entfernt!« Pastor Bakker blickte sie forschend an. »Sie sind doch nicht etwa auch krank wie der arme junge Leander, oder?«

Nelly schüttelte den Kopf. »Ich habe mich nur gefragt, wer bei der Geburt meiner Schwester geholfen hat.«

»Vor vierzig Jahren?« Der Pastor lachte. »Doktor van der Veen war das bestimmt nicht. Der ist selbst erst Ende dreißig. Hören Sie, Nelly ...«

»Dann eine Hebamme? Ich bin sicher, nicht einmal eine Leander kriecht ohne die Hilfe einer Hebamme gesund und munter aus dem Mutterleib.«

»Großer Gott, von wem haben Sie nur diesen Sturkopf!«, brummte Bakker, halb belustigt, halb verärgert. »Also schön, wenn Sie darauf bestehen: Um die Jahrhundertwende bekleidete noch die Mutter unserer jetzigen Hebamme diese Position. Sie heißt Hendrikje van Malter und lebt in einem Häuschen gleich hinter der Dorfschule. Aber erwarten Sie nicht zu viel von ihr. Sie ist weit über achtzig und lebt schon seit Jahren in ihrer eigenen Welt.«

22

Hendrikje van Malter saß auf einer Bank vor ihrem Haus und blickte mit versonnener Miene auf das graue Schulgebäude, das nur einen Steinwurf weit von ihrem Garten entfernt lag. Die Schule war inzwischen zu einer Kaserne umfunktioniert worden. Wann immer sich Soldaten auf dem Hof blicken ließen, winkte die alte Frau mit ihrem Taschentuch oder warf den verdutzten Männern eine Kusshand zu.

»Jetzt ist Pause«, verkündete sie aus Überzeugung mit ihrer hohen, singenden Stimme. »Da dürfen die Kinder hinaus, an die frische Luft. Ach, es gibt doch nichts Schöneres, als den kleinen Kerlchen beim Spielen zuzusehen.« Wieder hob sie die runzlige Hand. »Na los, Kinder«, rief sie über den Weg hinweg. »Bewegt euch! Spielt Ball oder hüpft über das Springseil. Wenn ihr nur auf dem Hof herumsteht und Maulaffen feilhaltet, fangt ihr euch eine Erkältung ein.«

Da die alte Frau Niederländisch sprach, bezweifelte Nelly, dass die Männer verstanden, was sie ihnen zurief. Einige lachten, andere zeigten ihr einen Vogel, doch die meisten ignorierten sie. Nelly dagegen wurde eingehend gemustert. Pfiffe und bewundernde Rufe ertönten, weshalb sie den Soldaten den Rücken zukehrte. Sie hoffte, dass Oberleutnant Haubinger nicht ausgerechnet jetzt aus dem Gebäude treten und auf sie aufmerksam werden würde. Wie sie gehört hatte, hatte auch er in der alten Schule Quartier bezogen, obwohl befehlshabende Offiziere eher in Privathäusern Unterkunft suchten. Aber weder Haubinger noch Leutnant Bellmann schienen dies auch nur in Betracht gezogen zu haben.

Für Hendrikje van Malter existierte die deutsche Wehrmacht nicht. In ihrer Welt sprangen holländische Jungen und Mädchen über den Pausenhof, denen sie von ihrer Bank aus beim Spielen zuschauen konnte. »Diese kleinen Frechdachse«, sagte sie grinsend, während sie sich in ihre Decke kuschelte. »Ich habe es nicht gern, wenn die Jungen Soldat spielen und mit ihren Holzgewehren herumfuchteln.« Sie hob den Kopf und blickte Nelly mit großen Augen an. »Der Krieg ist doch längst vorbei, nicht wahr? Die Königin hat dem deutschen Kaiser Asyl gewährt. Ausgerechnet zu uns nach Holland ist er geflohen! Dank dafür, nun haben wir ihn am Hals.«

Nicht mehr, dachte Nelly. Der frühere deutsche Kaiser war zwei Jahre zuvor in seinem Exil gestorben. Nach dem Überfall auf die Niederlande hatte der Führer ihm noch angeboten, ins Deutsche Reich zurückzukehren, was der alte Mann jedoch abgelehnt hatte.

»Sie sind die neue Lehrerin, nicht wahr, meine Liebe?« Hendrikje van Malter spähte scharf durch ihre runde Nickelbrille. Dann nickte sie zufrieden. »Hübsch sind Sie, sehr hübsch, wenn ich mir die Bemerkung erlauben darf. Ihre Vorgängerin war eine ziemliche Schreckschraube.« Sie blickte sich suchend um. »Wo ist nur mein Buch? Meine Tochter räumt mein ganzes Hab und Gut fort und behauptet später, ich hätte es verlegt. Hach, es wird immer schlimmer mit ihr. Sie ist eben auch nicht mehr die Jüngste. Gott weiß, wie lange sie noch Kindern auf die Welt helfen kann.«

Nelly rang innerlich die Hände. Die alte Frau war verwirrt. Was versprach sie sich davon, mit ihr über ein Ereignis zu reden, das so viele Jahre zurücklag? Sie wollte sich fast schon entschuldigen und den Heimweg antreten, als Hendrikje van Malter mit einem versonnenen Lächeln sagte: »Aber meine Kleine ist eine gute Hebamme, die beste weit und breit. Sie hat alles, was man wissen muss, von mir gelernt.« Sie blickte auf, als jagten Erinnerungen durch ihre Gedanken. »Fast sechzig Jahre habe ich den Leuten von Paardendijk bei Geburten beigestanden.«

Nelly fasste neuen Mut. »Bestimmt erinnern Sie sich an viele der Kinder, denen Sie auf die Welt geholfen haben, nicht wahr?«

Hendrikje kicherte. »An viele, meinen Sie? Fräulein, ich darf mit Fug und Recht behaupten, dass ich keines meiner Kinder vergessen habe. Ich habe ja auch fleißig Buch geführt.« Sie hob die Hand und winkte einem Lastkraftwagen zu, der durch das Schultor auf den Hof holperte. Eine Handvoll Soldaten sprang herbei; die Männer luden Kisten von der Ladefläche und trugen sie unter harschen Kommandorufen auf das Haus zu.

»Sie haben die Geburten dokumentiert?«, fragte Nelly. Natürlich, das klang einleuchtend. Womöglich fand sie in den Unterlagen der Hebamme eine Antwort auf ihre Fragen. »Sagen Sie, gibt es diese Verzeichnisse noch? Ich würde zu gern einen Blick hineinwerfen.«

»Unmöglich, das ist vertraulich. Meine Tochter hält die Bücher unter Verschluss. Ich darf sie mir nicht einmal mehr selbst ansehen. Die Gute hat Angst, ich könnte meinen Tee darüber ausschütten.« Unversehens wurde der soeben noch freundliche Blick der alten Frau streng. Das Lächeln auf ihrem Gesicht verwandelte sich in einen Ausdruck von Argwohn. »Wer sind Sie, Fräulein? Tragen Sie nicht die Post aus? Meine Tochter hat Ihnen doch aufgetragen, alle Briefe neben das Telefon in die Stube zu legen. Ich ... bin müde. Wenn ich zu lange auf dieser Bank sitze, meldet sich mein Rücken. Der will nicht mehr so recht.«

Nelly verspürte Gewissensbisse. Sie wollte die alte Frau weder aufregen noch ihr zur Last fallen. Andererseits spürte sie, dass Hendrikje ihr mehr über die Vorgänge im Hause Leander erzählen konnte als jeder andere. Daher beschloss sie, alles auf eine Karte zu setzen. »Erinnern Sie sich noch an Bente Leander?«, fragte sie geradeheraus.

Hendrikje starrte Nelly mit großen Augen an. »Bente … hauchte sie. »Die kleine, süße Bente. Ich habe geholfen, sie zur Welt zu bringen. Es war keine leichte Geburt, denn das Kind lag quer und es dauerte fast die ganze Nacht, bis es sich im Mutterleib gewendet hat. Aber …« Ihr Finger zitterte, als sie ihn auf die Lippen legte. »Niemand darf davon wissen, hören Sie? Frau Leander hat mich angefleht, nicht darüber zu sprechen. Sie fürchtet, dass die Leute im Dorf es nicht verstehen und dann schlecht über sie reden.«

Nelly atmete tief durch. Ganz offensichtlich vermischte die Hebamme in ihren Erinnerungen zwei Ereignisse, an denen sie beteiligt gewesen war: die Geburt ihrer Mutter und die Febes.

»Aber das Kind wurde schließlich wohlbehalten geboren?«, hakte sie behutsam nach. »Es ging ihm doch gut, nicht wahr?«

Hendrikje van Malter nickte eifrig. »Aber ja doch. Bente war ein kräftiges Mädchen, ich habe nie einen Zweifel daran gehegt, dass sie es schaffen würde.« Die alte Frau schloss die Augen und fing an, eine Melodie zu summen.

»Das Kind war ein Mädchen, nicht wahr?« Nelly drückte behutsam die Hand der Hebamme. »Ich meine Bente Leanders Kind. Das, von dem niemand im Dorf wissen sollte. Sie hat es Febe genannt, nicht wahr?«

Hendrikje van Malter schnappte erschrocken nach Luft. Sogleich ließ Nelly ihre Hand los. »Verzeihung, ich wollte nicht …«

»Febe?« Die Augen der alten Frau füllten sich mit Tränen. »Ja, ich erinnere mich. So hat Bente ihr Töchterchen genannt, obwohl Frau Leander dagegen war. Aber Bente war starrsinnig und hat erklärt, wenn sie es schon nicht behalten darf, dann würde sie ihrer Kleinen wenigstens einen Namen mit auf den Weg geben.« Sie senkte den Kopf. »In den folgenden Tagen, wenn ich gekommen bin, um nach ihr zu sehen, hat Bente mich immer wieder angebettelt: ›Frag sie nach Febe, frag sie nach Febe.‹ Ich habe mich aber nicht getraut, weil man sich nun einmal nicht ungefragt in die Angelegenheiten der Familie Leander einmischt. Also habe ich Bente nur erklärt, dass es ihrer Tochter trotz der schweren Geburt gut geht, sie aber nicht im Haus bleiben kann.«

Nellys Stimme zitterte vor Aufregung, als sie fragte: »Dann ist Febe also nicht gestorben?«

Es dauerte eine geraume Weile, und Nelly befürchtete schon, die alte Frau sei womöglich eingeschlafen, doch schließlich schüttelte diese den Kopf. »Sie war gesund und munter. Ich war im Haus, als sie getauft wurde, und ich habe am Fenster gestanden, als Piet kam, um sie abzuholen.«

»Piet?« Nelly schlug sich jäh die Hand vor den Mund. Auf alles war sie gefasst gewesen, doch diese Neuigkeit warf sie fast um. »Sie reden von Piet, dem Leuchtturmwärter, nicht wahr? Aber was hatte der mit den Leanders und Bentes Kind zu tun? Und wohin hat er sie gebracht? Doch nicht in den Leuchtturm, oder?«

»In den Leuchtturm? Nein, bestimmt nicht dorthin.« Die ehemalige Hebamme hob ratlos die Hände. Als sie sich wieder dem Schulhof zuwandte, wurde Nelly klar, dass sie keine weiteren Auskünfte mehr von Hendrikje van Malter bekommen würde. Wenigstens nicht heute. Die Gedanken der Frau schienen davonzufliegen wie ein Schwarm aufgescheuchter Vögel.

Nelly spürte, wie ihr Puls raste. Der alte Piet. Derselbe Mann, der spurlos verschwunden war und nun angeblich tot in Amsterdam auf einem Seziertisch lag, sollte vor vierzig Jahren damit beauftragt worden sein, ihre Halbschwester aus dem Elternhaus ihrer Mutter zu holen? Aber warum ausgerechnet er? Gab es etwas, das Piet mit den Leanders verband? Stand er in ihrer Schuld oder ... Nelly überlegte fieberhaft. Wie alt mochte Piet damals gewesen sein? Um die dreißig oder jünger? Er war verheiratet gewesen und hatte mit seiner Frau Mia im Leuchtturm gelebt. Mia hatte ihn nach eigener Aussage verlassen, weil er nur noch das Leuchtfeuer im Kopf gehabt und sie darüber vernachlässigt hatte. Doch was, wenn das gar nicht stimmte? Was, wenn sie gegangen war, weil sie von Piets Verhältnis mit einem jungen Mädchen Wind bekommen hatte? Einer Liebesbeziehung zu Bente Leander? War er es etwa, von dem Bente schwanger geworden war? Nelly versuchte, ihre Gedanken zu ordnen und sich ihre Mutter als Backfisch vorzustellen: gelangweilt von dem verschlafenen Dorf, an das sich ihre Familie so verbissen klammerte, und angeödet von einer Flut von Regeln und frommen Geboten, die ihrer Abenteuerlust und ihrem Drang, die Welt zu erkunden, im Wege standen. War der Leuchtturm, den sie von ihrem Fenster im Haus der Leanders täglich sah, für sie ein Symbol der Freiheit geworden? Hatte sie ihn öfter aufgesucht, um voller Sehnsucht aufs Meer hinauszublicken? Hatte sich Bente bei dieser Gelegenheit in Piet verliebt? Oder war er einfach nur zur Stelle gewesen, wenn sie von einem freieren Leben geträumt hatte? Fest stand, dass sie schwanger geworden war und die Leanders Piet beauftragt hatten, sich des Problems anzunehmen. Die kleine Febe war also nicht kurz nach der Geburt gestorben. Das war eine Lüge gewesen, eine Finte, mit der man Bente davon hatte abhalten wollen, weiter nach ihrem Kind zu fragen. Deshalb gab es auf dem Friedhof auch kein Grab. Weil Febe ... Nelly wagte es kaum, den Gedanken zu Ende zu bringen. Sie hatte tief in ihrem Innern gespürt, dass ihre Schwester noch lebte, und ihrer Mutter musste es ähnlich ergangen sein, als sie ihr am Anhalterbahnhof die Notiz zugesteckt hatte. Sie hatte Hendrikje einst gebeten, nach Febe zu fragen, und war enttäuscht worden. Nun hatte sie sich vierzig Jahre später durchgerungen, sich ein weiteres Mal nach dem Schicksal ihrer Tochter zu erkundigen.

Die alte Frau wollte ins Haus gehen, weil ihr kalt wurde. Da es Nelly auffiel, wie wackelig sie auf den Beinen war, führte sie sie in die Küche und wartete, bis sie in einem Lehnstuhl mit weichen Kissen Platz genommen hatte. Fürsorglich legte sie ihr eine Decke über die Knie. Die weißhaarige Frau wirkte in ihrem Stuhl so klein und zerbrechlich wie eine Porzellanfigur. Erst allmählich entspannten sich ihre Züge wieder.

»Sie sind die neue Zugehefrau, nicht wahr?«, murmelte Hendrikje, während sie ein Gähnen unterdrückte. »Nicht zu fassen, wie ähnlich Sie der Dorfschullehrerin sehen. Sie könnten fast Schwestern sein. Die Frau war vorhin hier, um mich zu besuchen. Sie hat mir Fragen zu Piets Hütte gestellt.«

Piets Hütte? Nelly, die soeben den Wasserkessel gefüllt hatte, um für die alte Frau Tee zu kochen, wirbelte so rasch auf dem Absatz herum, dass sie die Hälfte verschüttete. Verwundert sah sie zu Hendrikje in ihrem Lehnstuhl hinüber. Piets Hütte. Nein, Hendrikje hatte sie bislang nicht erwähnt. Das war Mia gewesen, in Haarlem. Mia hatte sie als einen Ort beschrieben, an dem Piet sich gern aufgehalten hatte, wenn er doch einmal den Leuchtturm verließ. Es konnte doch kein Zufall sein, dass Hendrikje ausgerechnet jetzt, so unvermittelt, darauf zu reden kam? Ihre Hand fuhr sogleich in die Manteltasche, und sie atmete erleichtert auf, als sie den Zettel mit Mias Wegbeschreibung darin fand.

Hendrikje wirkte verärgert. »Warum hören Sie nicht zu, was ich sage?«, beschwerte sie sich in weinerlichem Ton. »Die alte Leander hat Piet dafür bezahlt, dass er das Kind aus dem Dorf schafft. Die Kleine ist in seiner Hütte. Bestimmt friert sie und ist hungrig. Hören Sie denn nicht, wie sie weint?« Auffordernd klatschte sie in die Hände. »Worauf warten Sie noch, Fräulein! Gehen Sie zu der unseligen Hütte und holen Sie Bentes Kleine zurück.«

Nellys Kehle wurde eng. Gleichzeitig spürte sie, wie ihre Knie weich wurden. Für Hendrikje van Malter vermischten sich Vergangenheit und Gegenwart. Sie glaubte fest daran, dass dort draußen im Sumpf ein Kind darauf wartete, gerettet und nach Hause gebracht zu werden. Doch wenn es stimmte, dass Piet die neugeborene Febe in seiner Hütte untergebracht hatte, war seitdem ein halbes Menschenleben vergangen. Selbst wenn die Hütte noch existierte, war kaum vorstellbar, dass Nelly dort Hinweise finden würde, die auf ihre Schwester hindeuteten. Vierzig Jahre waren eine lange Zeit, lange genug jedenfalls, um Spuren zu beseitigen. Aber Nelly wusste auch, dass sie es sich niemals verzeihen würde, wenn sie die Hütte nicht wenigstens in Augenschein nahm. Wollte sie mehr über Piet und Febes Schicksal herausfinden, musste sie schließlich irgendwo anfangen.

Als Nelly wenig später das kleine Backsteinhaus mit dem reetgedeckten Dach verließ, stieß sie zu ihrer Überraschung auf Oberleutnant Haubinger. Der Offizier stand vor dem Gartentor, und es sah fast so aus, als habe er dort auf sie gewartet.

»Nanu, was machen Sie denn hier?«, begrüßte ihn Nelly mit wenig Begeisterung.

»Dasselbe wollte ich Sie auch fragen. Ich meine …« Haubinger runzelte die Stirn. Er platzte offenbar fast vor Neugier. »Wohnt hier nicht eine Hebamme?«

Nelly bedachte den Mann mit einem feinen, spöttischen Lächeln. »Und nun überlegen Sie, warum ich eine aufsuche, nicht wahr? Nun, Hebammen sind nicht nur auf dem Gebiet der Geburtshilfe kundig, wenn Sie verstehen, was ich meine. Aber mir war nicht bewusst, dass sich die Wehrmacht auch für medizinische Frauenprobleme interessiert.«

Oberleutnant Haubinger räusperte sich ein wenig verlegen, gewann seine Haltung aber rasch zurück. »Ich interessiere mich für alles, was Ihr Wohlbefinden betrifft, Fräulein Vogel. Daher hoffe ich, dass die Hebamme Ihnen helfen konnte.«

Nelly öffnete das Gartentörchen und trat auf die Straße hinaus. Sie wünschte, der Offizier würde sie in Ruhe lassen, doch es sah nicht so aus, als hätte er das vor. »Bedauerlicherweise war die Hebamme unterwegs. Nur ihre Mutter war zu Hause, aber die Ärmste ist nicht mehr ganz bei sich und konnte mir keine Auskunft geben.«

»Dafür haben Sie sich aber lange mit der alten Holländerin unterhalten!« Haubinger ging ein Stück neben Nelly her, dann ergriff er plötzlich ihren Arm und zwang sie so stehenzubleiben. »Nelly, ich mache mir große Sorgen um Sie! Ich habe Sie eindringlich gewarnt, mit den Einheimischen Kontakt aufzunehmen. Doch was machen Sie stattdessen? Sie gehen einfach so in die Häuser dieser Leute, als lebten wir in den schönsten Friedenszeiten.«

Nelly starrte ihn wütend an. »Ich habe nicht vergessen, dass die Welt im Krieg versinkt. Ebenso wenig, wie ich vergessen habe, wer ihn angezettelt hat.«

»Wir müssen unser Vaterland verteidigen«, empörte sich Haubinger.

»Hier, in Paardendijk?«

»Überall dort, wo uns Kommunisten und Juden auslöschen wollen. Und der Widerstand, der überall nach Gelegenheiten Ausschau hält, um Sabotageakte durchzuführen und unsere Leute zu töten. Für die sind Sie ein ebenso großes Hassobjekt wie meine Soldaten und ich. Ich bin mir sicher, dass Berlin Sie davon in Kenntnis gesetzt hat. Sie dürfen Ihre Mission nicht dadurch gefährden, dass Sie wie eine wandelnde Zielscheibe durchs Dorf laufen.«

Nelly holte tief Luft. Gut, wenigstens war Haubinger nach

wie vor davon überzeugt, dass sie im Auftrag des Reichssicherheitshauptamtes unterwegs war. Das würde ihr dabei helfen, ihm einige Informationen zu entlocken. Mit gespielter Zerknirschung schlug sie den Blick nieder. »Nun, vielleicht war es tatsächlich unüberlegt von mir, Ihren Rat so einfach in den Wind zu schlagen. Aber ich dachte mir, da die Wehrmachtskaserne ganz in der Nähe ist, könnte mir nichts passieren. Außerdem wird die alte Hebamme gewiss kein Maschinengewehr aus dem Ärmel ziehen und mich erschießen.«

»Man sollte auf alles gefasst sein«, erwiderte der Oberleutnant, aber seine Miene verriet, dass seine Verärgerung sich gelegt hatte. Glücklicherweise kam er auch nicht mehr auf Nellys recht kritische Bemerkung bezüglich des Krieges zu sprechen. Dafür schaute er sie wieder mit dem halb bewundernden, halb gierigen Blick an, der Nelly schon tags zuvor in der Schreibstube im Leuchtturm aufgefallen war. Er ließ es sich auch nicht ausreden, Nelly durch den Ort nach Hause zu begleiten. Eine bewaffnete Streife folgte in kurzem Abstand. Nelly wäre am liebsten im Boden versunken, als sie die Blicke der Dorfbewohner auffing, die ihren Weg kreuzten. Aus ihnen las sie eine gehörige Portion Angst, aber auch Hass und Verachtung. Spielende Kinder wurden von ihren Müttern in die Häuser gezogen, Fensterläden schlugen schwungvoll zu. Haubinger schien weder die gespannte Atmosphäre wahrzunehmen noch Nellys Verzweiflung. Sie wurde den Verdacht nicht los, dass er sie absichtlich durch den Ort führte. Damit wollte er allen demonstrieren, zu wem sie gehörte. Dass sie als Deutsche nicht nach Paardendijk gehörte, egal, wer ihre Verwandten waren.

»Erlauben Sie, dass ich Sie hinaufbegleite?«, fragte der Offizier vor dem Treppenaufgang. Er klang siegessicher. »Wir könnten das neue Radio ausprobieren.«

Es gab nichts, was Nelly in diesem Moment weniger gern getan hätte, doch sie bezwang ihre Wut und rang sich ein dünnes Lächeln ab. Sie hatte an Wichtigeres zu denken, als sich mit Haubinger zu streiten.

»Schade, aber das wird warten müssen«, sagte sie mit einem verschwörerischen Zwinkern. »Dienst ist Dienst. Ich habe eine Menge Arbeit zu erledigen und möchte nicht, dass meine ... äh ... Vorgesetzten glauben, ich würde meine Pflichten vernachlässigen.«

Falls Haubinger enttäuscht war, ließ er es sich nicht anmerken. Er bedeutete seiner Eskorte mit einem Wink umzukehren und nickte Nelly zum Abschied zu.

»Ich möchte Ihnen übrigens danken, dass Sie meinen Hilfswärter wieder wohlbehalten in Paardendijk abgesetzt haben«, schickte Nelly dem Oberleutnant nach. »Wie ich hörte, war die Fahrt nach Amsterdam erfolgreich.«

Haubinger wandte sich um, doch sein Nicken kam zögerlich. »Wenigstens wissen wir jetzt, dass Sie uns erhalten bleiben werden, denn der alte Piet wird nicht wiederkommen.«

»Wie sollte er auch, wenn er wirklich tot ist!« Nelly lächelte, doch tatsächlich nagten schon die ersten Zweifel an ihr. Das Verhalten des Offiziers kam ihr ebenso merkwürdig vor wie das von Henk. Irgendetwas stimmte da nicht, das konnte sie förmlich riechen. »Wird Piet nach Paardendijk überführt, damit er hier beigesetzt werden kann?«, wollte sie wissen, doch Haubinger schien nicht gewillt, die Unterhaltung fortzusetzen.

»Das liegt nicht in meiner Zuständigkeit«, sagte er kühl. »Vermutlich sind Sie aber auch nicht auf meine Auskünfte angewiesen. Warten Sie ab, bis Sie von höherer Stelle informiert werden. Sie werden doch informiert?«

Nelly beschloss, die Frage unbeantwortet zu lassen. Mochte Haubinger doch denken, was er wollte. Aber ein wenig wurmte es sie schon, dass er mehr über die Angelegenheit wusste als sie und dass es außer ihm und Henk niemanden gab, der ihre Neugier stillen konnte. Aber Henk hatte Angst zu reden. Was auch immer in der Nacht geschehen war, in der Piet und der deutsche Offizier Bellmann verschwunden waren, Nelly wurde den Verdacht nicht los, dass die Sache irgendwie mit ihrer Schwester zu tun hatte. Das war rein rational betrachtet natürlich absurd. Was sollte einen Wehrmachtssoldaten, einen Leuchtturmwärter und ein vor vierzig Jahren verschollenes Mädchen miteinander verbinden?

»Es wird Zeit für das Leuchtfeuer! Soll ich …«

Als Henk später den Kopf zur Tür hereinsteckte, saß Nelly noch immer am Küchentisch, wo sie den Nachmittag mit Grübeleien über die Vorkommnisse im Ort und mögliche Zusammenhänge verbracht hatte.

»Nein, das mache ich schon«, antwortete sie, schlug ihr Notizbuch zu und legte es in die Schublade. »Es wird Zeit, dass ich mich mehr um den Leuchtturm kümmere. Piet hat seine Aufgaben schließlich auch nicht vernachlässigt.«

»Nein«, erwiderte Henk vorsichtig. »Das hat er wirklich nie getan.«

23

In den folgenden Tagen fand Nelly kaum eine Gelegenheit, den Leuchtturm zu verlassen, denn das Wetter wurde wieder schlechter. Nicht nur, dass es ohne Unterlass regnete, zudem zogen heftige Sturmböen vom Meer über die Küstenregion. Die Fischerboote lagen fest vertäut im Hafen, nicht einmal die Wagemutigen trauten sich bei diesem Wetter aufs Meer hinaus.

Nelly wartete ungeduldig darauf, dass sich das Wetter besserte. Sie war nervös und fühlte sich noch einsamer als zuvor. Zwar kämpften sich Mintje und Henk jeden Morgen durch den eisigen Wind und die peitschenden Regenschauer, doch weder Mutter noch Sohn waren in diesen Stunden in der Stimmung, Nelly Gesellschaft zu leisten. Sie erledigten ihre Arbeiten in Küche, Lager und Laternenhaus gewissenhaft, blieben aber keinen Moment länger im Turm als unbedingt nötig. Nelly fragte sich, ob nun auch die beiden anfingen, an ihr zu zweifeln. Wenn sie Pech hatte, würde über kurz oder lang keiner im Dorf mehr mit ihr reden, weil alle annahmen, sie paktiere mit dem Feind. In Nelly breitete sich ein schmerzliches Gefühl von Trübsinnigkeit aus.

Trotz des Sturms begab sie sich zweimal zum Haus der Leanders, denn sie wollte wissen, wie es um Bram stand. Doch sie wurde jedes Mal schon an der Haustür von einem Dienstmädchen abgewiesen, das ihr erklärte, der junge Mann sei nach wie vor krank und müsse das Bett hüten. Daraus folgerte Nelly, dass es Haart noch nicht gelungen war, seinen Sohn von Haarlem nach Paardendijk zu bringen. Der Hausherr selbst ließ sich verleugnen, sooft Nelly vorsprach. Sein Laden blieb während des Sturmes geschlossen, da ohnehin kaum jemand einen Fuß vor die Tür setzte.

Nelly blieb nichts anderes übrig, als das Ende des Sturms abzuwarten. Da sie weder Telefon noch Besucher hatte, vertrieb sie sich die Zeit damit, ihre Gedanken zu Febe, Piet und dem deutschen Leutnant zu Papier zu bringen und zu überprüfen, ob es nicht irgendein Detail gab, das sie übersah.

An einen Ausflug zu Piets Hütte im Moor war bei diesem Wetter nicht im Traum zu denken. Nelly wäre vermutlich nicht einmal bis zum Strand gekommen. Als sie es schließlich leid wurde, über ihre Halbschwester nachzugrübeln, schaltete sie das Radio ein, das Haubinger ihr verehrt hatte. Der Empfang war schlecht, doch einige wenige Male gelang es ihr, die Nachrichten des britischen Senders BBC einzustellen. Was sie hörte, trug nicht gerade dazu bei, ihre Laune zu heben. Von schweren Fliegerangriffen auf ihre Heimatstadt Berlin und auf andere Städte des Reiches war da die Rede, aber auch von der fatalen Situation der deutschen Truppen in den Weiten Russlands. Schlimmer noch: Die BBC berichtete von Massakern an Zivilisten sowie von anderen Gräueln in abgeschirmten Lagern in Polen. Den Berichten des englischen Senders zufolge zählten hauptsächlich Juden zu den Opfern, die aus dem Deutschen Reich und den von der Wehrmacht besetzten Ländern verschleppt worden waren. Nelly war entsetzt. Sie musste an ihre Eltern in Berlin denken, aber auch an ihre Freundin Barbara und ihren Ehemann. Aus seinem Gefängnis in der Rosenstraße war er befreit worden, doch das lag nun schon einige Monate zurück. Inzwischen hatten sich die Dinge geändert. Nelly hielt den Krieg für ein Verbrechen, er war nicht zu gewinnen. Doch sie befürchtete, dass die Nazis in ihrem sinnlosen Versuch, doch noch an ihr Ziel zu gelangen, noch viele Unschuldige mit sich ins Verderben reißen würden. Wie mochte es ihrem Vater und Bente gehen? Wohnten sie noch in der alten Villa oder hatte die sich bereits in einen Haufen Schutt verwandelt? Oder waren die BBC-Nachrichten nur Propaganda? Gerne hätte sie den General danach gefragt, denn wenn einer sich damit auskennen musste, dann er. Doch ihr Schwager hatte ihr klargemacht, dass sie ihn nicht behelligen durfte.

Es dauerte noch zwei weitere Tage, bis der Wind sich endlich drehte und die heftigen Stürme nachließen. Eines Morgens wurde Nelly von Sonnenstrahlen geweckt, die sich wie zaghafte Finger ihren Weg durch die schmale Fensteröffnung ihrer Schlafkammer ertasteten. Der Himmel, der sich bis dahin tintenschwarz gezeigt hatte, leuchtete nun in einem dezenten Blauton. Der Sand der Dünen, das Gras auf den Wiesen und Deichen – alles wirkte im Sonnenlicht heller und einladender. Die Menschen trauten sich wieder hinaus auf die Straße und machten sich daran, die Sturmschäden an ihren Häusern zu beseitigen und die Wege bis hinunter zum Strand von Ästen und Unrat zu säubern. Sogar einige Wehrmachtssoldaten beteiligten sich an den Aufräumarbeiten.

Bei der Hausarbeit sang Mintje ein friesisches Seemannslied. Sie schnappte sich einen Besen und begann die Treppen zu fegen. Nelly ließ sich von der allgemeinen Aufbruchstimmung anstecken. Keinen Tag länger hätte sie es im Turm ausgehalten. Während Mintje singend mit dem Besen hantierte, schlüpfte Nelly in ein Paar weite Hosen und zog sich einen dicken wollenen Pullover über den Kopf. Dann sprang sie die Stufen hinunter.

»Während des Sturms ist jemand gestorben!«, holte Mintjes Stimme sie unterwegs ein.

Nelly blieb unvermittelt stehen. »Wer?« Ihr schwante Übles.

»Ich glaube nicht, dass du sie kennst!« Mintje fuhr fort, den Staub von der Treppe zu kehren. »Sie war viele Jahre lang die einzige Hebamme in Paardendijk.«

»Hendrikje van Malter?« Nelly war bestürzt. Es war erst ein paar Tage her, seit sie die alte Dame in ihrem Häuschen bei der Dorfschule besucht und mit ihr über den Tag von Febes Geburt gesprochen hatte. Sie war verwirrt und nicht mehr gut zu Fuß gewesen, dennoch war Nelly überrascht und traurig, von Hendrikjes Tod zu hören.

Mintje blickte sie einen Moment lang erwartungsvoll an, dann aber klatschte sie sich mit der flachen Hand gegen die Stirn. »Aber natürlich, du hast sie wegen Bente aufgesucht, nicht wahr? Weil die Hendrikje damals zu jeder Geburt gerufen wurde. Nicht dass ich neugierig wäre, aber interessieren würde es mich doch, ob sie dir etwas mehr über deine Mutter erzählen konnte.«

»Über sie und den alten Piet!«

»Piet?« Mintje machte ein Gesicht, als nähme Nelly sie auf den Arm. »Was soll der denn mit deiner Mutter zu tun gehabt haben? Bente hätte ihn nicht einmal angeschaut, wenn er der letzte Mann auf der Welt gewesen wäre. Ich kann mich noch erinnern, wie sie sich über ihn lustig gemacht hat. Piet war nämlich schon in jungen Jahren ein Kauz. Dass er überhaupt einmal verheiratet war, grenzt an ein Wunder.«

Nelly sah die ältere Frau skeptisch an. Ihr kam es so vor, als spielte jemand Katz und Maus mit ihr, der unbedingt verhindern wollte, dass sie die Wahrheit herausfand. Log Mintje sie an, oder hatte sie einfach nur die falschen Schlussfolgerungen aus dem Bericht der alten Hebamme gezogen? Die hatte Piet dabei beobachtet, wie er das Kind damals aus dem Haus geschafft hatte. Alles Weitere aber hatte Nelly sich selbst zusammengereimt. Aber wenn ihre Vermutungen falsch waren und der Leuchtturmwärter nicht der Vater der kleinen Febe war – wer war es dann?

Verflixt, was machst du, Mutter, dachte sie und spürte den Ärger in sich aufsteigen. Warum schickst du mich fortwährend in Sackgassen?

Sie musste mit Bente Kontakt aufnehmen, auch wenn das noch so riskant war. Bente sollte ihr sagen, wer Febes Vater war. Rasch überschlug sie ihre Möglichkeiten. Nach Berlin konnte sie nicht fahren, damit gefährdete sie nicht nur sich selbst, sondern auch alle, die ihr geholfen hatten. Von Bleicher hatte ihr eine Nummer gegeben, unter der er in Notfällen erreichbar war. Doch wie erwartet, war der Diplomat nicht begeistert, als sie ihn von der kleinen Poststation des Dorfes aus anrief.

»Sind Sie verrückt geworden?«, blaffte er in den Hörer, noch bevor sie ihm ihr Anliegen vortragen konnte. Seine Stimme klang so verzerrt, als befände er sich nicht in Amsterdam, sondern jenseits des Atlantiks. »Ich habe Ihnen doch eingeschärft, dass Sie sich still verhalten und kein Aufsehen erregen sollen.«

»Das ist nicht so einfach, solange mich alle für eine Spionin halten«, konterte Nelly. Sie fand von Bleichers Selbstgerechtigkeit unerträglich. Er hatte sie in diesen Ort und damit auch in die Lage gebracht, in der sie sich jetzt befand. War ein Anruf in Berlin da wirklich zu viel verlangt?

Eine Weile war nichts zu hören. Nelly befürchtete schon, die Verbindung sei unterbrochen, als von Bleicher sich wieder zu Wort meldete. »Es sollte Sie nicht verwundern, dass die Leute Ihnen als Deutscher mit einer gewissen Skepsis begegnen«, sagte er leise.

»Damit habe ich gerechnet. Doch inzwischen ist die Wehrmacht vor Ort zu derselben Ansicht gekommen. Der Oberleutnant glaubt, ich sei im Auftrag des Reichssicherheitshauptamtes nach Holland versetzt worden.«

Die Nachricht schien von Bleicher einen Moment lang die Sprache zu verschlagen. »Nun, diese Gefahr hätte ich in meine Überlegungen miteinbeziehen müssen«, gestand er. »Aber vielleicht hält das die Wehrmacht auf Abstand.«

Nelly rollte mit den Augen. Abstand? Oberleutnant Haubingers Avancen sprachen eine andere Sprache.

»Halten Sie durch, Fräulein Vogel«, sagte von Bleicher. »Möglicherweise kann ich Sie bald an einem anderen Ort unterbringen, doch das erfordert Zeit. Und hören Sie um Gottes willen auf, Ihre Nase in Dinge zu stecken, die Sie nichts angehen. Sie gefährden sonst unsere Arbeit, vor allem die des Generals. Ihr Schwager … nun, er und einige seiner Freunde haben einen wichtigen Auftrag, aber fragen Sie mich bloß nicht nach Einzelheiten, die kenne ich selbst nicht. Ich kann jetzt auch nicht darüber reden, nicht am Telefon. Versprechen Sie mir einfach, Ihre Familie in Ruhe zu lassen. Ihre Eltern sind wohlauf, das muss Ihnen genügen.«

Ehe Nelly noch etwas sagen konnte, hörte sie ein Klicken in der Leitung. Von Bleicher hatte aufgelegt. Verunsichert verließ Nelly das Postamt. Das Gespräch mit dem Diplomaten hatte sie aufgewühlt, aber keinen Schritt weitergebracht. Im Gegenteil. Von Bleicher hatte ihr noch einmal mit Nachdruck verboten, Kontakt mit ihren Eltern aufzunehmen. Angeblich, um die Pläne des Generals nicht zu gefährden. Nelly fragte sich, worin ihr Schwager verwickelt war. Sie erinnerte sich an Gerüchte über die Konstruktion einer neuen Wunderwaffe, deren Schlagkraft den Krieg zugunsten des Führers würde beenden können. Der General war ein einflussreicher Mann. Hatte man ihn etwa damit betraut, diese Waffe zu erproben? Oder hatte er andere Pläne? Sie wurde nicht recht schlau aus dem Mann, der ihre Schwester geheiratet hatte. Gedankenverloren trottete

Nelly die Straße hinunter. Von Bleicher und der General konnten ihr verbieten, mit Bente zu sprechen, aber sie würden nicht verhindern, dass Nelly den Vorgängen hier in Paardendijk auf den Grund ging.

Erst zum Mittagessen kehrte sie wieder in den Leuchtturm zurück. Während Henk seine Portion mit größtem Appetit in sich hineinschaufelte, stocherte Nelly nachdenklich auf ihrem Teller herum.

»Nun koste doch wenigstens von meinen *Slavinken*«, drängte Mintje, die darauf beharrte, dass sich Trübseligkeit nur durch besonders gehaltvolle Speisen vertreiben ließ. Nelly tat ihr den Gefallen und spießte einen der länglichen Fleischklopse auf ihre Gabel. Er war mit würzigem Speck umwickelt und in Butterschmalz goldbraun gebacken. Dazu gab es *Kaasstengels*, knusprige Käsestangen, und zum Nachtisch eine Brotscheibe mit *Hagelslag*, der in Ermangelung von Schokolade aus kleinen Zuckerstreuseln bestand.

Nelly musste zugeben, dass Mintje sich selbst übertroffen hatte. Es schmeckte himmlisch, und ehe sie sich versah, hatte sie den Teller leer gegessen. Mintje strahlte vor Stolz. Sie gehörte zwar nicht zu den Frauen, die ständig über den grünen Klee gelobt werden wollten, dennoch war ihr von den Augen abzulesen, dass Nellys Appetit sie freute.

»Ein wenig Fett und Zucker sind eben doch Medizin fürs Gemüt.« Die ältere Frau lachte. »Du siehst schon weniger griesgrämig aus.«

Nelly brachte ein dünnes Lächeln zustande. »Du bist zweifellos eine fantastische Köchin. Ich frage mich nur, wo du all die Zutaten gefunden hast. Sicher nicht in Leanders Laden.«

Mintje sandte einen stummen Hilferuf an Henk, der sich gerade die letzte Käsestange in den Mund schob. Doch der junge Mann zuckte nur mit den Schultern.

»Also schön, ich habe die Vorratskiste geplündert, die dieser

Deutsche neulich angeschleppt hat. Na und?« Mit energischen Bewegungen begann Mintje den Tisch abzuräumen. »Warum sollten wir die guten Lebensmittel vergammeln lassen, wenn sie uns schon ins Haus fliegen? Seitdem die Wehrmacht in Holland einmarschiert ist, müssen wir den Gürtel von Jahr zu Jahr enger schnallen. Im Laden ist kaum noch was zu bekommen. Entweder weil nichts da ist oder weil der alte Leander es nicht herausrückt. Da ist es doch nur recht und billig, wenn wir uns zurückholen, was sie uns stehlen.«

Nelly setzte zu einer Erwiderung an, schluckte sie aber hinunter.

»Dir will die Sache mit Bentes Kind nicht mehr aus dem Kopf, was?« Mintje ließ Wasser über das schmutzige Geschirr im Spülstein laufen und griff dann zur Bürste.

»Wundert dich das?«, gab Nelly leise zurück. »Du kommst in ein fremdes Land, in ein Dorf, das du nicht einmal aus Erzählungen kennst, und erfährst nicht nur, dass es die Heimat deiner Mutter ist, sondern auch, dass dieselbe Mutter hier ein Kind zur Welt gebracht hat. Ein Kind, das verschwand und nie wieder gesehen wurde. Dir wird gesagt, das Mädchen sei gestorben, was sich als Lüge herausstellt. Unmittelbar darauf wird dir berichtet, dass deine Halbschwester von demselben Mann aus Paardendijk fortgebracht wurde, dessen Nachfolge du erst kürzlich angetreten hast. Ein Mann, der nicht nur den Leuchtturm gehütet zu haben scheint, sondern ein Geheimnis, das vermutlich einen deutschen Wehrmachtsoffizier auf den Plan gerufen hat. Und beide Männer sind verschwunden.«

Henk, der Nelly mit wachsendem Unbehagen zugehört hatte, verschluckte sich an dem Rest seines Gebäcks. Hustend wandte er ein: »Der alte Piet … ist aber nicht verschwunden. Der ist im Meer ersoffen. Ich habe ihn doch in Amsterdam gesehen. Tot wie ein Fisch. Und der Deutsche ist desertiert. Der versteckt sich irgendwo, weil er nicht gefunden werden will.«

»Für diese Annahme gibt es aber nicht die Spur eines Beweises. Deine Mutter ist eine der Letzten, die Leutnant Bellmann gesehen haben. Mit Blut an den Händen. Sollte er jemandem gerade noch einmal entkommen sein, der ihm in der Kirche nach dem Leben trachtete? Möglich. Aber dann soll er einfach davongelaufen sein? Ohne seinen Vorgesetzten zu informieren? Unwahrscheinlich für einen so rücksichtslosen Menschen.«

»Er war ein Schuft«, bestätigte Henk. »Tausendmal schlimmer als Oberleutnant Haubinger.«

»Was hat der alte Piet mit seinem Verschwinden zu tun? War er derjenige, vor dem Leutnant Bellmann Angst hatte?«

»Lass doch den Jungen zufrieden!«, fauchte Mintje Nelly an. »Du führst dich auf wie eine …«

»Wie eine von den deutschen Besatzern?«, fiel Nelly ihr ins Wort. Nellys Herz klopfte wild. Sie spürte, dass sie Mintje und Henk verlieren würde, wenn sie nicht aufhörte, weiter nachzubohren. Die beiden waren ihre einzigen Freunde in Paardendijk, die einzigen Menschen, die sie von Anfang an vorbehaltlos akzeptiert hatten.

»Nein, aber wie eine Polizistin!« Mit hochrotem Kopf scheuerte Mintje den verbeulten Kochtopf, eine von Piets zahllosen Hinterlassenschaften. »Henk weiß nichts, und daran ändert sich auch nichts, wenn du ihn zum zehnten Mal löcherst. Er war nicht da, als der alte Kauz den Leuchtturm verlassen hat. Der befehlshabende Offizier hat Henks Aussage geglaubt.« Sie atmete tief durch, sprach aber nicht aus, was ihr auf der Zunge lag. Wenn Haubinger sich damit zufriedengab, sollte Nelly dies auch tun. Stattdessen sagte sie: »Natürlich muss es einen Grund geben, weshalb der Deutsche sich aus dem Staub gemacht hat. Wir wären dir dankbar, wenn du ihn finden würdest.«

»Den Grund, aber nicht den Menschen?«

»Will der denn überhaupt gefunden werden? Wozu? Um

vor ein Kriegsgericht zu kommen und erschossen zu werden? Nein, ich glaube nicht, dass er dir danken würde. Weder er noch Piet. Vermutlich nicht einmal Bentes Tochter. Nehmen wir an, es gelänge dir tatsächlich, Febe ausfindig zu machen. Würde sie dir vor Freude um den Hals fallen? Einer fremden Deutschen, die ihr eine haarsträubende Geschichte über ihre Mutter erzählt?«

Nelly hörte Mintje schweigend zu, bis sie sich wieder dem Spülstein zuwandte. Wenn Nelly ehrlich war, hatte sie sich dieselben Fragen auch schon gestellt. Womöglich wollte Febe, falls sie am Leben war und noch in Holland wohnte, gar nichts mit ihr zu tun haben. Ja, es war sogar denkbar, dass sie niemals etwas über die Umstände ihrer Geburt erfahren hatte. Dann waren die Menschen, die sich um sie gekümmert hatten, die einzigen Angehörigen, die sie kannte. Auf Bente, die bis heute kaum einen Finger gerührt hatte, um sie wiederzufinden, würde Febe bestimmt keinen besonderen Wert legen. Und auf eine kapriziöse Halbschwester ebenso wenig.

Nelly atmete tief ein. Die Entscheidung lag bei Febe. Sie allein musste sie fällen, sobald Nelly sie gefunden hatte.

24

Am Nachmittag gab Henk sich alle Mühe, Nelly in die Geheimnisse der Gezeiten einzuweihen, denn auch über die Wechselwirkung von Ebbe und Flut musste ein Leuchtfeuerwärter im Bilde sein. Eine halbe Stunde lang prasselten Begriffe wie Tide, Gravitations- und Fliehkraft auf sie ein. Geduldig erklärte Henk, wie eine Springflut entsteht, und ermunterte Nelly, Fragen zu stellen, wenn ihr etwas unklar war. Doch obwohl Nelly sich für die Thematik interessierte, war sie mit ihren Gedanken nicht bei der Sache, und bald gaben sie und Henk es auf und einigten sich darauf, die Schulung zu verschieben.

Nelly war froh, als Henk mit seiner Mutter den Leuchtturm verließ. So gern sie die beiden auch um sich hatte, nach dem Wortwechsel vom Vormittag war ihr nicht nach Gesellschaft zumute. Sie setzte sich mit einem Buch in die Küche, stellte aber rasch fest, dass sie der Lektüre ebenso schwer folgen konnte wie Henks Belehrungen über den Einfluss von Sonne und Mond auf das Meer. Schließlich schnappte sie sich Mantel und Mütze und ging zum Strand hinunter. Während sie durch den weichen Sand stakste, fiel ihr Piets Hütte wieder ein. Sie hatte es lange aufgeschoben, seine Behausung in Augenschein zu nehmen. Ob sie es wagen durfte, einen Spaziergang in Richtung der Moore zu unternehmen? Sie warf einen prüfenden

Blick auf die Uhr. Bis zum Einbruch der Dämmerung blieben ihr noch ein paar Stunden, dennoch war Eile geboten. Henk hatte frei, folglich musste sie rechtzeitig zurück sein, um das Leuchtfeuer zu entzünden.

Das wird schon klappen, sprach sie sich selbst Mut zu. Dann zog sie Mias Wegbeschreibung aus der Manteltasche und marschierte los. Der Skizze zufolge musste sie der Küste etwa eine halbe Meile folgen, bevor sie ein schmaler Weg vom Strand weg durch die Dünen führte. Nelly spürte, wie der harsche Wind an ihren Mantelschößen zerrte, als wolle er sie daran hindern, ihren Weg fortzusetzen. Sie schaute über die Schulter zurück und sah, wie die Dächer von Paardendijk mit jedem Schritt ein wenig kleiner wurden. Bald war nur noch das Laternenhaus des Leuchtturms zu sehen, welches sie wie das starre Auge eines Zyklopen argwöhnisch verfolgte. Es war mühsam, durch den Sand zu laufen, in dem ihre Füße bei jedem Schritt versanken. Viel lieber hätte sie den Weg direkt am Meer entlang genommen, doch sie befürchtete, dann die Abzweigung zu dem Trampelpfad zu verpassen, der nach Mias Aussage ein wenig verborgen zwischen den Dünen lag und daher leicht zu übersehen war. Also kämpfte sie sich tapfer weiter und atmete erleichtert auf, als sie eine Weile später zu einem Weg kam, der in die ansteigende Dünenlandschaft führte. Er war ein ganzes Stück breiter, als Nelly erwartet hatte, vom Strand aus aber tatsächlich nur schwer zu sehen. Nelly betrat den Pfad und schritt forsch aus, blieb von Zeit zu Zeit aber stehen, um ihre Skizze zu studieren. Den Gedanken, Mia könnte sich mit ihrer Karte einen boshaften Streich erlaubt haben und sie in die Irre führen, fegte sie energisch davon. Allerdings war von einer Hütte nichts zu entdecken. Allmählich regten sich Zweifel an ihrem Tun. Was, wenn ihr hier draußen etwas zustieß? Niemand wusste, wohin sie sich aufgemacht hatte. Warum hatte sie Henk nicht gebeten, sie zu begleiten?

Weil du ihm nicht vertraust, wisperte ihr eine innere Stimme zu. Weil du hier niemandem vertrauen kannst. Sie lauschte. Nichts. Der Wind hatte nachgelassen, das Kreischen der Möwen war verklungen.

Nelly setzte ihren Weg fort. Nach einer Weile veränderte sich die Beschaffenheit des Bodens und mit ihm die Vegetation. Die Landschaft wurde nun von dichten Büschen, Sträuchern und Bäumen bestimmt, die Nelly unmissverständlich darauf hinwiesen, dass sie das Moor erreicht hatte.

Bleib auf dem Weg, mahnte sie sich streng. Den Blick starr zu Boden gesenkt, lief sie weiter. Nur hin und wieder hob sie den Kopf. Die Umgebung war atemberaubend. Zu ihrer Linken breitete sich eine Vielzahl kleinerer und größerer Seen und Tümpel aus, die durch ein Geflecht von schmalen Kanälen miteinander verbunden waren. Das Wasser war von grünlicher Farbe und sah dick und brackig aus. Äste abgestorbener Bäume hingen bis in die Seen hinein, manche sahen aus wie zu Klauen geformte Hände. Auf der anderen Seite des größten Sees befand sich Piets Hütte. Nelly stieß scharf die Luft aus, als ihr Blick auf das schiefe Dach fiel. Es gab sie also tatsächlich noch.

Langsam bewegte sich Nelly auf das kleine Haus zu, wobei sie weiterhin aufpasste, wohin sie die Füße setzte. Der weiche Untergrund schmatzte bei jedem Schritt, als gierte er nur danach, sie hinab in sein dunkles Reich zu ziehen.

Nelly hörte hinter sich etwas knacken und fuhr erschrocken herum. Folgte ihr jemand? Nein, bestimmt hatte sie sich getäuscht. Diese Gegend lud ja förmlich dazu ein, dass einem die Fantasie einen Streich spielte. Ob Piet in jüngerer Zeit hier gewesen war, konnte sie nicht sagen, doch mit hoher Wahrscheinlichkeit hatten weder Oberleutnant Haubinger noch ein anderer deutscher Wehrmachtssoldat je einen Fuß in diese verwunschene Gegend gesetzt. Im Grunde bot die Moorhütte das ideale Versteck für einen Deserteur. Wehrmacht und Gestapo wussten nichts von ihrer Existenz, und die Bewohner von Paardendijk hatten sie schon längst vergessen. Aber wie sollte Bellmann von Piets Hütte erfahren haben? Von dem Leuchtturmwärter selbst? Sie zögerte.

Nellys Bauchgefühl sagte ihr, dass es klüger war umzukehren, doch die einsame Hütte zog sie wie ein Magnet mit aller Gewalt vorwärts. Das Haus war bei näherer Betrachtung größer und besser in Schuss als erwartet. Drei ausgetretene Stufen führten zu einer Veranda, auf der eine Bank und ein alter Schaukelstuhl standen. Hatte Piet hier seine seltenen Abende fernab vom Leuchtturm genossen und über das Moor geblickt? Und … Febe?

»Warst du hier, Schwester?« Nellys Lippen bewegten sich lautlos. Plötzlich weiteten sich ihre Augen. Hatte sich nicht hinter einem der Fenster etwas bewegt? Nelly schluckte schwer, wagte kaum zu atmen. Gleichzeitig begriff sie, dass sie ein perfektes Ziel für jeden Schützen abgab, der sich möglicherweise in der Hütte verschanzte.

Nelly überlegte fieberhaft. Obwohl sie vor Angst zitterte, entschied sie sich dafür, den Stier bei den Hörnern zu packen. Langsam hob sie beide Hände, um zu zeigen, dass sie unbewaffnet war.

»Leutnant Bellmann?« Ihre Stimme klang leider nicht so fest, wie sie gehofft hatte. »Sind Sie das in der Hütte, Herr Leutnant? Mein Name ist Nelly Vogel, ich komme aus Berlin. Sie haben von mir nichts zu befürchten. Ich bin nicht hier, um Sie ans Messer zu liefern, das müssen Sie mir glauben.«

Musste er das? Nelly biss sich auf die Zunge. Sie hatte ihn wissen lassen, dass sie ihn kannte, und das war sicher unklug. Was sollte er denn anderes annehmen, als dass seine Verfolger ihm dicht auf den Fesen waren?

Sie bekam keine Antwort, aber nun sah sie ganz deutlich

einen Schatten hinter dem Fenster. Wer auch immer in der Hütte war, legte es offensichtlich darauf an, mit ihr zu spielen. Oder er gab ihr eine letzte Gelegenheit zur Flucht. Ehe Nelly eine Entscheidung treffen konnte, schwang plötzlich die Haustür mit einem leisen Scharren auf, wie von Geisterhand berührt.

War das eine Aufforderung näher zu treten? Vielleicht war Bellmann nun doch neugierig geworden und wollte erfahren, warum eine Unbekannte aus der Reichshauptstadt ihn verfolgte.

Bevor er sie tötete und dann verschwinden ließ.

Wie in Trance ging sie mit nach wie vor erhobenen Händen auf die Treppe zu, erklomm dann die Stufen zur Veranda und näherte sich der Eingangstür. Das Holz knarrte unter ihren Schuhen, es klang direkt höhnisch.

Auf der Schwelle blieb sie stehen. Ein Klirren drang an ihr Ohr, und dann ging plötzlich alles ganz schnell. Ihrer Kehle entwich ein spitzer Schrei, als aus dem Dunkel des Raumes eine Hand hervorschnellte, sie packte und mit einem Ruck in die Hütte zog. Nelly stolperte und konnte ihren Sturz gerade noch aufhalten. Im nächsten Moment legte sich von hinten ein Arm um ihren Hals und drückte so kräftig zu, dass Nelly panisch um Atemluft rang. Sie zappelte wie ein Fisch im Netz, schaffte es aber trotz aller Gegenwehr nicht, sich dem Klammergriff zu entziehen. Einen Moment lang schwebten ihre Füße über dem Fußboden, während sich vor ihren Augen feurige Blitze entluden.

»*Don't shout or I must hurt you!*« Die Worte wurden ihr ins Ohr geflüstert und ließen sie an das Rauschen eines Gebirgsbachs denken. Klar, aber eiskalt. Der Mann schien nicht zu begreifen, dass sie in ihrer Lage kaum atmen, geschweige denn den Mund zu einem Schrei öffnen konnte. Und warum zum Teufel sprach der Kerl Englisch mit ihr?

»Werden Sie still sein, wenn ich Sie loslasse? Es würde Ihnen sowieso nichts nutzen, wenn Sie um Hilfe rufen. Hier draußen ist es einsam, niemand wird Sie hören!«

Aha, es ging also doch auf Deutsch. Hatte der Leutnant etwa den Verstand verloren? Aber wenigstens schien er entschieden zu haben, sie nicht umzubringen. Er lockerte seinen Griff.

Nelly schüttelte den Arm ab und machte hustend einen Schritt vorwärts. Erst nachdem sie sich etwas gefangen hatte, drehte sie sich um. Vor ihr stand ein hochgewachsener, schlaksiger junger Mann mit rabenschwarzem Haar, das ihm verspielt in die Stirn fiel. Eine ausgesprochen markante Kinnpartie verlieh dem Gesicht einen verwegenen Eindruck, die blauen, ein wenig verträumt wirkenden Augen hingegen deuteten auf eine weiche, fast verletzliche Seite hin. Auf der Stirn, den beiden Wangen und am Hals des Mannes waren Blutergüsse und Schrammen zu sehen. Nelly schätzte den Fremden auf kaum älter als dreißig Jahre. Und damit wurde ihr einiges klar.

»Sie ... sind nicht Leutnant Bellmann!«

»Und Sie sind ein kluges Mädchen. Aber vielleicht nicht klug genug. Es ist so töricht, durch das Moor zu laufen ... Ich meine ...« Er führte den Satz nicht weiter. Stattdessen schien er abzuwägen, inwieweit er sich überhaupt auf eine Unterhaltung mit Nelly einlassen durfte. Schließlich hoben sich seine Mundwinkel. »Leutnant stimmt übrigens. Allerdings heißt das bei uns *Lieutenant*.«

Nelly hob fragend die Augenbrauen. Erst jetzt sprang ihr ins Auge, dass das Hemd und die Hose, die der Mann trug, einmal zu einer Fliegeruniform gehört haben mussten, wenngleich nicht zu der eines deutschen Luftwaffenpiloten.

»Sie sind Engländer«, hauchte sie, ohne ihre Überraschung zu verbergen. »Aber ... was tun Sie hier?«

»Lieutenant Samuel Cole«, stellte sich der Mann mit einem

knappen Nicken vor, wobei ihm die Haare in die Stirn fielen. »Royal Air Force. Von einem Erkundungsflug über besetztes Gebiet nicht zurückgekehrt.« Sein Lächeln hatte etwas Entwaffnendes, wich aber einem besorgten Ausdruck, als er sah, wie Nelly nervös blinzelte. Mit einer schnellen Bewegung strich der Mann sich die Haare aus den Augen, um sie genauer mustern zu können. »Sie sind Deutsche!«

Es war zwecklos, das zu leugnen.

»Eben vor der Hütte haben Sie nach einem gewissen Leutnant Bellmann gerufen und ihm versichert, dass Sie ihn nicht verraten würden.« Er sah sie durchdringend an. »Ein Soldat der Wehrmacht? Ihr Freund vielleicht?«

»Ja ... ich meine, nein!«

»Sie wissen es nicht?« Sam Coles Augen blitzten spöttisch auf. Er schien sich seiner Wirkung auf Frauen bewusst zu sein. Ein wenig erinnerte er Nelly an Paul. Der hatte es verstanden, sie einem Verhör zu unterziehen, während sie noch geglaubt hatte, er würde mit ihr flirten. Der Lieutenant ging ähnlich geschickt vor. Fast ließ er sie vergessen, dass er es war, der sich in einer brenzligen Situation befand. Nun gut, wenn sie es recht betrachtete, war ihre Lage momentan auch nicht besser. Cole hatte sie in der Hand. Wenn er entscheiden sollte, dass sie eine Gefahr für seine Sicherheit war, konnte er sie hier und jetzt töten.

»Ich hatte den Verdacht, dass sich ein deutscher Wehrmachtsoffizier namens Bellmann hier aufhält«, sagte sie schließlich. »Aber der Mann ist keineswegs mein Freund, ich kenne ihn nicht einmal persönlich.«

»Und dennoch suchen Sie den Kerl?« Sam Cole sah sie ungläubig an. »Nun, das gibt mir ein wenig Hoffnung.«

»Hoffnung? Wieso das?«

Cole nickte ernst. »Wenn Sie nicht gekommen sind, um diesen Burschen zu verraten, von dem Sie offensichtlich annahmen, er würde sich in dieser Hütte verstecken, hege ich die leise Hoffnung, dass Sie auch mich nicht ausliefern werden.«

»Das werde ich nicht«, erklärte Nelly und hoffte, dass er ihr das glaubte. Gleichzeitig fragte sie sich, wie lange der Engländer sich wohl schon im Moor verborgen hielt. Tage? Oder gar Wochen? Wovon lebte er hier draußen, in dieser Einsamkeit, in der es so gut wie nichts gab, um sich den Magen zu füllen?

Als hätte er ihre Gedanken erraten, fragte er unvermittelt: »Sie haben nicht zufällig etwas Essbares bei sich? Ich gebe es ungern zu, aber ich bin schon halb verhungert.«

Nelly schüttelte mit einigem Bedauern den Kopf. Dann sah sie sich neugierig in dem kleinen Raum um. Großen Wert auf eine gemütliche Einrichtung hatte der alte Piet nicht gelegt, so viel stand fest. Die wenigen Möbel, darunter ein Tisch mit drei Stühlen, ein mit Blumen und Vögeln bemalter Schrank sowie eine hölzerne Truhe, wirkten zusammengestückelt und wurmstichig. Zerwühlte Decken und Kissen auf der Chaiselongue legten den Schluss nahe, dass der britische Pilot dort sein Nachtlager aufgeschlagen hatte. Auf dem Boden verteilten sich ein paar alte Zeitungen und einige leere Konservendosen, die offensichtlich mit Brachialgewalt geöffnet worden waren. Nelly bückte sich nach einer Dose, schnupperte und verzog das Gesicht. Fisch in einer bitter riechenden Soße.

»Ich hatte Glück«, erklärte Sam Cole. »*Fish and Chips* wären mir zwar lieber gewesen, aber ohne diese Dosen wäre ich schon längst verhungert. Der Mann, dem diese Hütte gehört, muss sie zurückgelassen haben.« Er lächelte. »Als ich vorhin Schritte hörte, dachte ich, er wäre es.«

Nelly nickte flüchtig. Demnach war der alte Piet also doch von Zeit zu Zeit hier gewesen. Das legten auch die Zeitungen nahe.

»Wie lange verstecken Sie sich schon in dieser Hütte?«, fragte sie.

»Schwer zu sagen«, erklärte Lieutenant Cole. »Im Moor verliert man rasch jedes Zeitgefühl. Wenn ich schätzen müsste, würde ich sagen, dass seit dem Absturz unserer Maschine mehrere Tage vergangen sind, aber wie viele genau ...« Er zuckte mit den Achseln. »Ich bin am Strand wieder zu mir gekommen, aber ich habe keine Ahnung, ob ich nur ein paar Stunden oder länger bewusstlos gewesen bin. Mir war furchtbar kalt, doch wie durch ein Wunder war ich bis auf ein paar Schrammen und Beulen unversehrt. Hätte ich mir etwas gebrochen, wäre ich jetzt tot oder in Kriegsgefangenschaft. Ich musste zusehen, dass ich schnell von der Küste fortkam, wegen der Patrouillen. Sobald ich aufstehen konnte, habe ich mich landeinwärts durchgeschlagen. Und dann stieß ich auf das Moor und auf diese Hütte.«

»Sie sagten eben *unserer Maschine!*« Nelly hob fragend den Blick. »War denn noch jemand bei Ihnen?«

Cole zögerte einen Moment, dann nickte er. Seine Stimme klang traurig, als er erklärte: »Wir waren zu zweit. Mein Freund Arnie aus York ... Nun, ich fürchte, er hat den Absturz nicht überlebt. Oder eine deutsche Patrouille hat ihn erwischt.«

Nelly hatte Grund, dies zu bezweifeln. Sicher hätte es sich in Windeseile herumgesprochen, wenn ein abgestürzter britischer Pilot so nah an Paardendijk von der Wehrmacht aufgegriffen worden wäre.

Erschöpft ließ sie sich auf einen der wackeligen Stühle sinken und nahm ihren Kopf in beide Hände, weil sie die Situation dringend überdenken musste. Nelly machte sich strafbar, wenn sie den Engländer nicht den Behörden auslieferte. Das wäre Hochverrat. Feindesbegünstigung. Allein die Begriffe, die sie in Berlin so oft hatte hören müssen, jagten ihr einen Schauer über den Rücken.

Nelly atmete ein paarmal tief durch. Und wenn sie einfach zum Leuchtturm zurückkehrte und so tat, als sei sie niemals hier gewesen? Kein Mensch wusste, dass sie auf diesen Engländer gestoßen war. Sie würde ihn nicht verraten, aber schleunigst vergessen, dass es ihn gab. Auf der anderen Seite: Wie lange konnte der junge Mann in dieser Einöde ohne Nahrung und Wasser überleben? Irgendwann würde der Hunger ihn aus seinem Versteck treiben, in die Arme der nächstbesten Militärpatrouille.

»Was haben Sie nun vor?«, fragte sie schließlich. »Ich meine, die *Royal Air Force* muss ihre Piloten doch irgendwie instruieren, wie sie sich nach einem Absturz über feindlichem Gebiet zu verhalten haben.«

»Nun ja …« Cole kratzte sich ein wenig unbeholfen über die Bartstoppeln. »Solche Anweisungen gibt es wohl. Sie sind nur leider nicht in jedem Einzelfall anwendbar. Ich sollte versuchen, mit meiner Einheit Kontakt aufzunehmen und Meldung zu machen.« Er setzte zu einem vorsichtigen Lächeln an. »Dummerweise gibt es hier weit und breit kein Funkgerät, das ich benutzen könnte. Also werde ich zunächst einmal dafür sorgen müssen, dass ich am Leben bleibe und man mich nicht erwischt.«

»Und wie lange wollen Sie hier den Pfadfinder spielen?«

»Nun, so lange, bis ich von hier abhauen kann!«

Nelly war verwirrt. Abhauen? Aber wie um alles in der Welt wollte er das schaffen? Für den Augenblick war er hier im Moor noch in Sicherheit, doch das konnte sich jederzeit ändern. Die Suche nach Bellmann war noch nicht abgeblasen, und solange nach ihm gefahndet wurde, war die Gefahr, dass doch noch eine von Haubingers Patrouillen die Hütte fand, nicht zu unterschätzen. Außerdem wurde die Küste sorgfältig überwacht, da die Wehrmacht eine Invasion alliierter Streitkräfte befürchtete. Unter diesen Bedingungen war eine Flucht nahezu unmöglich.

Cole schien das anders zu sehen. Er gab Nelly mit einem

Wink zu verstehen, dass er ihr etwas zeigen wollte, und führte sie auf die Veranda und dann um das Holzhaus herum. Hinter der Hütte entdeckte Nelly nicht nur eine Pumpe, es gab auch einen Verschlag, der dem alten Piet vermutlich als Geräteschuppen gedient hatte. Nelly fielen tiefe Furchen im Sand auf. Irgendetwas Schweres war hier entlanggezogen worden. Nicht einmal Regen und Sturmwind hatten es vermocht, die Spuren zu beseitigen. Sie endeten direkt vor dem Verschlag. Cole stieß die Tür auf und machte dann einen Schritt zur Seite, damit Nelly vor ihm eintreten konnte.

»Das habe ich am ersten Tag entdeckt«, flüsterte er hinter ihr so andachtsvoll, als befänden sie sich in einer Kirche. »*Marvelous*, nicht wahr?«

Was Cole mit marvelous, also wunderbar, umschrieb, war ein Boot mit Außenbordmotor. Irgendjemand musste sich die Mühe gemacht haben, es im Schweiße seines Angesichts durch die Dünen bis zum Moor zu ziehen und dann in Piets Verschlag unterzustellen. Nelly kannte sich mit Fischerbooten kaum aus, doch auf den ersten Blick schien ihr dieses hier seetüchtig zu sein.

»Es ist intakt«, bestätigte Cole. »Bis auf ein paar kleine Bruchstellen an der Steuerbordseite, die ich aber leicht ausbessern kann. Ich bin als Junge mit meinem Vater in Cornwall oft zum Fischen hinausgefahren, daher verstehe ich ein wenig davon. Ich werde es instand setzen, und dann bin ich hier weg.«

Nelly wollte dem jungen Mann nicht die Hoffnung nehmen. Mochte das Fischerboot auch nicht schwer beschädigt sein, so bezweifelte sie doch, dass Cole es jemals bis zum Strand damit schaffen würde. Jedenfalls nicht allein. Das Boot war gewiss von mehr als einer Person zur Moorhütte gezogen worden. Allerdings hatte sie keine Ahnung, von wem. Piet hatte ihres Wissens kein eigenes Fischerboot besessen. Hatte ihn jemand gebeten, es hier unterzustellen? Aber warum?

»Ich fürchte, ich muss dieses Boot für die Royal Air Force beschlagnahmen«, sagte Sam Cole. »Aber keine Sorge: Die Regierung Seiner Majestät wird den Besitzer nach dem Krieg für den Verlust entschädigen.« Er klopfte prüfend mit den Fingerknöcheln gegen die Bordwand.

Nelly verdrehte entnervt die Augen. Für Sam Cole schien die Überquerung der Nordsee kaum der Rede wert zu sein. Dabei müsste er viele Seemeilen durch stürmisches Gewässer zurücklegen. »Wir wissen nicht einmal, wem diese Nussschale gehört und warum sie in diesem Schuppen abgestellt wurde«, brummte sie. Dann aber fiel ihr etwas ein. »Angeblich ist einem der Fischer von Paardendijk, einem Burschen namens Jan-Ruud, das Boot abhandengekommen. Zumindest behauptet er das. Nun verlangt er von meinem Onkel Ersatz.«

»Sie meinen, dieses Fischerboot gehört ihm?« Cole sah sie zweifelnd an. »Warum sollte er es hier versteckt haben?«

»Keine Ahnung, aber ich vermute …« Sie führte den Satz nicht zu Ende. Ihre Aufmerksamkeit wurde von einer verblassten Aufschrift auf der Seitenwand des Bootes gefangen genommen, die ihr erst jetzt auffiel. Ungläubig berührte sie die langsam abblätternde Farbe der Buchstaben, die sich schwach, aber noch lesbar zu einem Namen zusammenfügten.

»Das kann nicht sein«, flüsterte sie mit erstickter Stimme.

25

»Febe, das Boot trägt den Namen Febe!«

Nelly schloss die Augen, die plötzlich wie Feuer brannten, und als die junge Frau sie wieder öffnete, rechnete sie halb damit, dass die Aufschrift nur ein Produkt ihrer überreizten Nerven gewesen war und in Wahrheit ganz anders lautete. Aber so war es nicht. Wem auch immer dieses Boot gehörte, er hatte den Namen ihrer Schwester auf das Holz schreiben lassen. Nelly konnte nicht verhindern, dass ihr Tränen in die Augen schossen. Hastig schlug sie beide Hände vors Gesicht, doch die bebenden Schultern verrieten, wie aufgewühlt sie war.

»Alles in Ordnung, Miss?« Coles Stimme klang besorgt und zugleich irritiert. »Kann ich Ihnen helfen?«

Nelly wandte sich ab. Sie taumelte hinaus ins Freie, denn sie ertrug den muffigen Geruch in dem Schuppen nicht länger. Gierig sog sie die frische Luft in ihre Lungen, aber es verging noch eine ganze Weile, bis sie sich wieder in der Gewalt hatte.

»Das Fischerboot ist auf den Namen Febe getauft worden«, erklärte sie dem Engländer später in der Hütte. Cole hatte ihr die Chaiselongue überlassen, doch Nelly bereute schon, dass sie sein Angebot angenommen hatte. Das Möbelstück war so durchgesessen, dass die Sprungfedern ihr wie Nadeln ins

Hinterteil pikten. Darauf zu schlafen war bestimmt eine Qual, doch vermutlich immer noch dem schmutzigen Holzfußboden vorzuziehen. »Und Febe heißt auch meine Halbschwester, nach der ich suche.«

»Suchen Sie nicht nach einem Deserteur?« Sam Coles Stimme klang nach wie vor höflich, doch sein Blick verriet, dass er Nelly für überspannt hielt. »Und nun auch noch Ihre Schwester? Sie überraschen mich, Miss!« Er seufzte.

Nelly versuchte vorsichtig, eine bequemere Position zu finden, worauf die Sprungfedern mit einem wütenden Quietschen reagierten.

»Ich bin die Leuchtfeuerwärterin von Paardendijk«, sagte sie nach einer Weile. »Der Mann, dem diese Hütte gehört, heißt Piet und war mein Vorgänger. Er hat das Dorf offenbar Hals über Kopf verlassen, ohne etwas mitzunehmen. Niemand weiß, warum. Inzwischen heißt es, er sei tot.«

»Tot?« Cole sah sie fragend an.

»Im Meer ertrunken. Bei Zandvoort ist eine Leiche angespült worden. Das ist nur wenige Meilen von hier. Bei dem Toten soll es sich um Piet handeln. Seine Aufgaben im Leuchtturm sind mir bei meiner Ankunft übertragen worden.«

»Warum ausgerechnet Ihnen? Sie kommen doch gar nicht aus Holland.«

»Das nicht, aber ich habe Verwandtschaft in Paardendijk. Deshalb hat mein Schwager entschieden …« Sie sprach nicht weiter. Auch wenn sie die Nazis hasste und für ein rasches Ende des Krieges betete, widerstrebte es ihr, auf den General zu sprechen zu kommen. Cole brauchte von ihm nichts zu erfahren. »Und er ist wirklich nicht hier in der Gegend aufgetaucht? Ich meine den alten Mann.«

Cole schüttelte den Kopf. »Aber Sie haben nicht ihn in der Hütte vermutet, sondern den deutschen Leutnant. Wie war doch gleich der Name? Bellmann?«

»Ich weiß, es klingt verrückt, aber er ist auch spurlos verschwunden.«

»Gemeinsam mit Ihrer Halbschwester? Sind die beiden etwa zusammen durchgebrannt?«

»Natürlich nicht«, entgegnete Nelly scharf. Sie war empört, beruhigte sich aber schnell wieder. »Febe wurde weggegeben, als sie erst wenige Tage alt war«, sagte sie. »Das ist vierzig Jahre her.«

Cole pfiff durch die Zähne. »Und Sie haben wirklich geglaubt, Febe könnte hier draußen im Moor sein? Nach so langer Zeit? Nehmen Sie es mir nicht übel, aber das klingt für mich sehr unwahrscheinlich.«

»Ich habe nicht erwartet, Febe in dieser Hütte anzutreffen«, sagte Nelly mit finsterer Miene. »Aber ich habe gehofft, irgendeinen Hinweis auf sie oder ihr Schicksal zu finden. Piet soll sie angeblich hierhergebracht haben. Ob nur für ein paar Tage oder länger … «Sie zuckte mit den Achseln. »Ich weiß es nicht.«

»Ich hatte genug Zeit, diese Hütte nach etwas Brauchbarem zu durchsuchen. Wobei ich mich gefragt habe, warum jemand Konservendosen vorrätig hat, aber keinen Dosenöffner. Nun, jedenfalls bin ich auf nichts gestoßen, das die Anwesenheit eines kleinen Kindes belegen könnte. Ich fürchte, das Einzige, was diese Hütte mit Ihrer Halbschwester verbindet, ist das Boot im Schuppen. Aber wurde das wirklich nach der Kleinen benannt?« Er seufzte. »Es kann ebenso gut der Name einer anderen Frau sein.«

Nelly schüttelte den Kopf. »Das Boot ist in diesem Schuppen versteckt worden. Sein Besitzer will offenbar nicht, dass es gefunden wird. Das muss mit meiner Schwester zusammenhängen. Ich weiß nur noch nicht, wie. Aber ich werde es herausfinden. Wenn das Boot Jan-Ruud gehört, wird er mir Rede und Antwort stehen.«

Sam Cole trat an das Fenster zur Veranda, durch das man auf den Tümpel blickte. Das kleine Gewässer sah fast so aus wie ein Tintenfass. Hinter den Wipfeln der Bäume versank allmählich die Sonne. Mit ihrem stillen Rückzug wagte sich die Kälte wie ein hungriges Raubtier wieder aus ihrer Höhle und kroch, begleitet von feinen Nebelschleiern, ins Moor zurück. Sam Cole erwartete eine weitere ungemütliche Nacht. Nachdenklich starrte der junge Mann ins Leere. Etwas beunruhigte ihn, das spürte Nelly.

»Lieutenant?«

»Nennen Sie mich Sam«, bat er. »Oder auch einen Idioten. Das kommt aufs Gleiche hinaus.«

»Ich fürchte, dafür kennen wir uns noch nicht gut genug«, versuchte Nelly zu scherzen. Sie erhob sich von der Chaiselongue, zögerte aber, auf den jungen Piloten zuzugehen. Stattdessen wartete sie, bis er sich zu ihr umdrehte, was er schließlich auch tat.

»Als ich das Boot näher untersucht habe, sind mir eingetrocknete Blutspuren auf dem Boden aufgefallen.«

»Was?«

»Jemand hat versucht, das Blut in aller Eile zu entfernen, war dabei aber nicht besonders gründlich. Ein paar Flecken hat er übersehen. Entweder weil es dunkel war oder weil die Zeit drängte. Das ist aber noch nicht alles.«

Nelly sah ihn erwartungsvoll an. Ihr Herz klopfte vor Aufregung schneller. »Was noch?«

»Einschusslöcher«, antwortete Cole mit ernster Miene. »Damit kenne ich mich aus. Im Boot muss es zu einer Schießerei gekommen sein, dabei sind drei Projektile ins Holz eingedrungen. Das dürfte erklären, warum die *Febe* nicht in den Fischereihafen zurückgebracht, sondern hier im Schuppen versteckt worden ist. Die Deutschen hätten die Einschüsse bemerken und Fragen stellen können.«

»Aber könnte nicht auch von der Küste aus auf das Boot gefeuert worden sein?«, wandte Nelly ein. Der Lieutenant hielt das für ausgeschlossen. Seiner Ansicht nach waren die Schüsse aus nächster Nähe abgegeben worden. Zudem waren die Schüsse im Hafen offensichtlich von niemandem gehört worden.

»Es muss auf dem Meer passiert sein«, folgerte Cole. Seine Wangen hatten Farbe bekommen, offensichtlich war er nach dem erzwungenen Müßiggang der vergangenen Tage froh, sich endlich wieder mit einem anderen Problem befassen zu können als dem Öffnen einer verbeulten Konserve. »Eine Auseinandersetzung, bei der wenigstens eine Person verletzt worden ist. Daher die Blutspuren.«

Nelly brummte der Schädel. Sie gab sich Mühe, alles in einen logischen Zusammenhang zu bringen, tat sich aber schwer damit. Ein Boot, das den Namen ihrer Halbschwester trug und zum Schauplatz einer blutigen, vielleicht sogar tödlichen Auseinandersetzung geworden war? Sie musste an Mintje denken, die Leutnant Bellmann mit Blut an den Händen gesehen hatte. Hatte er Jan-Ruuds Boot gestohlen, darin jemanden getötet und war danach abgetaucht, um seine Tat zu verschleiern? Aber warum? Er hätte nur Alarm schlagen und seinem Vorgesetzten von einem Angriff auf ihn berichten müssen. Und wer hatte die *Febe* in den Schuppen gebracht? Jan-Ruud? Aber der hatte den Deutschen doch den Diebstahl seines Bootes gemeldet.

Als sie einen Blick zum Fenster hinauswarf, erschrak sie, denn die Dämmerung senkte sich nun wie ein Mantel über die einsame Moorlandschaft. Wenn sie sich jetzt nicht auf den Weg machte, würde man sich im Dorf fragen, wo sie steckte und warum das Leuchtfeuer schon wieder zu spät brannte.

»Werden Sie wiederkommen, Miss?« Cole sah sie nicht an, während er diese Frage stellte. Stattdessen öffnete er die Tür einen Spalt und spähte hinaus. Dann machte er einen Schritt zur Seite und ließ Nelly hinaus.

Nelly atmete tief ein. Es würde nicht leicht werden, sich regelmäßig davonzustehlen, um Cole etwas zu essen zu bringen, doch nach einigem Überlegen versprach sie ihm wiederzukommen. Sie konnte ihn in dieser Einöde nicht verhungern lassen. Er brauchte warme Kleidung, Zivilkleidung. Sie erinnerte sich, im Leuchtturm ein paar abgelegte Sachen von Piet gesehen zu haben. Mintje hatte sie in Säcke gestopft und im Vorratslager abgestellt. Die Jacken und Hosen mochten nicht maßgeschneidert sein, würden Cole aber vor dem Erfrieren bewahren. Nelly musste sich nur vorsehen, keinen Verdacht zu erregen, wenn sie sie aus dem Haus schaffte. Mintje war gutherzig und zuverlässig, aber auch schwatzhaft. Es war besser für alle, weder sie noch Henk einzuweihen. Vor allem hoffte Nelly inständig, dass Oberleutnant Haubinger es sich nicht einfallen ließ, sie beobachten zu lassen. Falls doch, würde sie Cole ins Verderben stürzen.

Am nächsten Tag gelang es Nelly nicht einmal für eine Stunde, den Leuchtturm zu verlassen. Henk bestand darauf, dass sie ihm bei Reparaturen im Laternenhaus assistierte, die sich bis zum Mittag hinzogen. Nach dem Essen erschien zu allem Überfluss Sanne, die Nelly mit einem verschwörerischen Zwinkern mitteilte, dass ihr Bruder wieder wohlauf sei. Nelly war erfreut, das zu hören. Demzufolge hatte Ans Hartog Entwarnung gegeben und Bram nach Paardendijk zurückkehren lassen. Weder die Staatspolizei noch Haubinger schienen Verdacht geschöpft zu haben. Sanne blieb fast den ganzen Nachmittag im Leuchtturm und erzählte Nelly von ihren Träumen von einer Laufbahn als Modezeichnerin oder Gründerin einer Kostümschneiderei für Filmstars in Hollywood. Nelly rutschte unruhig auf ihrem Stuhl hin und her, brachte es aber nicht übers Herz, ihre junge Cousine hinauszukomplimentieren, da sie bemerkte, wie sehr Sanne es genoss, in Henks Nähe zu sein. Der steckte von Zeit zu Zeit den Kopf ins Zimmer und lächelte sie verliebt an. Als Sanne sich endlich verabschiedete, fing Mintje in der Küche schon an, mit dem Geschirr fürs Abendbrot zu klappern.

Als Nelly hinter Mutter und Sohn die schwere Tür zuwarf, unterdrückte sie mit Mühe einen Fluch. Über dem Meer war es schon fast dunkel. Ob sie es wagen durfte, nach dem Entzünden des Leuchtfeuers noch einmal hinauszugehen? Ihr schauderte davor, den beschwerlichen Weg ins Moor bei stockfinsterer Nacht zurückzulegen. Abgesehen davon gab es am Abend noch mehr Patrouillen als tagsüber, und Nelly hatte keine Lust, wieder von einer Wehrmachtsstreife aufgegriffen zu werden. Wie würde sie erklären, warum sie einen Rucksack mit Lebensmitteln und Männerkleidern durch die Dunkelheit schleppte? Was sie vorhatte, war kreuzgefährlich. Erwischte man sie, würde man keine Rücksicht darauf nehmen, dass sie die Schwägerin eines Generals war. Man würde sie durchsuchen, weitere Erkundigungen einholen und dann unweigerlich darauf stoßen, dass sie in Berlin schon einmal nähere Bekanntschaft mit der Gestapo gemacht hatte.

Nelly ging an die Arbeit, kehrte aber mit ihren Gedanken immer wieder zu der kleinen Hütte im Moor zurück. Cole hatte ihr versprochen, die Hütte noch einmal nach Hinweisen auf Piet oder Febe auf den Kopf zu stellen. Womöglich fand sich dort ja doch noch etwas, das Nelly weiterhelfen konnte: Briefe, Zeitungsausschnitte, Tagebücher – irgendetwas, das Piet nicht im Leuchtturm hatte aufbewahren wollen.

Nachdem sie den Kontrollgang gemacht hatte, begab sie sich in die Küche, wo sie sich wohler fühlte als in der Schreibstube. Mintje hatte eine Kanne Kaffee auf dem Herd gelassen, die noch warm war, außerdem einen Teller mit Pfannkuchen. Hastig inspizierte Nelly die Schränke. Mintjes geschultem Blick würde nicht entgehen, wenn auf einmal zu viele Lebensmittel fehlten, daher durfte Nelly nur kleine Mengen verschwinden lassen. Sie packte einen Rucksack mit Brot sowie einigen Fleisch- und Fischkonserven. Cole war vermutlich der erste britische Offizier, der in den Genuss von Wehrmachtsbeständen kam. Sie vergaß auch den Dosenöffner nicht. Gerade wollte sie noch Mintjes Pfannkuchen in etwas Papier einschlagen, als es unten dumpf an der Tür klopfte. Nelly runzelte irritiert die Stirn, dann warf sie einen Blick auf die Uhr über dem Küchenschrank. Es war nach zehn Uhr. Wer mochte um diese Zeit noch etwas von ihr wollen? Haubinger? Na, der konnte etwas erleben.

»Gehen Sie!«, rief Nelly entschlossen. »Ich will weder Radio hören noch Wein mit Ihnen trinken.«

»Wovon redest du?«, antwortete eine tiefe Stimme. »Ich bin's, Haart Leander. Mach die Tür auf. Bitte! Ich muss mit dir reden.«

Haart? Nelly brauchte einen Moment, um sich zu sammeln. War das ein Trick? Aber der Mann, der da um Einlass bat, klang tatsächlich wie ihr Onkel.

»Es ist schon spät!«, gab Nelly zurück. »Hat das nicht bis morgen Zeit?«

»Nein, hat es nicht.« Haart klang verzweifelt, das konnte Nelly sogar durch die geschlossene Tür hören. Kaum hatte sie geöffnet, als ihr Onkel sich auch schon an ihr vorbeidrängte. Zu Nellys Überraschung trug er trotz der frostigen Temperaturen weder Hut noch Mantel, sondern war lediglich mit einer purpurfarbenen Hausjacke bekleidet. Seine Füße steckten in Pantoffeln. Dass er so überstürzt aufgebrochen war, sagte Nelly, dass sich im Hause Leander etwas Schlimmes zugetragen haben musste. Sie bekam es nun auch mit der Angst zu tun. In der Tat hielt Haart ein Schreiben in der Hand, das einen amtlichen Eindruck machte. Doch er ließ Nelly keine Zeit, danach zu fragen, sondern stürmte unter heftigem Keuchen die Treppe hinauf.

»Halt«, rief sie ihm überrumpelt hinterher. »Du kannst doch nicht einfach …«

»Ich brauche den Schlüssel«, unterbrach Haart sie. Er stolperte an der Küche vorbei, nahm aber zu Nellys Erleichterung keine Notiz von dem für Sam Cole gepackten Rucksack auf dem Tisch. Sein Ziel war die Schreibstube. Er hastete auf Nellys Schreibtisch zu, öffnete eine der Schubladen und begann aufgeregt darin zu wühlen.

»Darf man fragen, was du suchst?« Nelly schüttelte ungehalten den Kopf, doch anstelle einer Antwort warf ihr Onkel ihr das Schreiben vor die Füße. Sie hob es auf und begann zu lesen.

»Bram soll sich morgen früh zum Abtransport bereithalten?«

»Zwangsarbeit«, bestätigte Haart. »Vielleicht hegt man aber auch einen Verdacht gegen ihn, dem Widerstand nahezustehen.« Seine Stimme bebte vor Angst. »Der Junge ist so leichtsinnig wie eine Fliege auf dem Honigtopf. Ich habe ihm befohlen, zu Hause zu bleiben, aber hat er auf mich gehört? Die Episode auf dem Markt in Haarlem hat ihm offensichtlich nicht gereicht. Kaum zurück, hat er sich schon wieder mit irgendwelchen Burschen herumgetrieben, aber er wollte mir nicht sagen, mit wem.«

Nelly rief sich das heitere Gesicht ihres Cousins ins Gedächtnis zurück. Auf sie hatte er stets den Eindruck gemacht, als kümmere er sich nicht viel um Politik oder das Kriegsgeschehen. Aber womöglich war diese Haltung nur Tarnung gewesen.

»Ich brauche den Schlüssel«, keuchte Haart. Sein graues Haar stand ihm wirr vom Kopf ab und die Stirn glänzte verschwitzt. »Wo zum Teufel hat der Alte ihn nur hingelegt?«

»Welchen Schlüssel?«, fragte Nelly, obwohl sie bereits einen Verdacht hatte, worauf Haarts Herumgestöber hinauslief.

»Piet besaß eine Hütte in einer abgelegenen Moorlandschaft. Dorthin findet so schnell kein Mensch, wenn er den Weg nicht kennt. Das heißt, eigentlich gehörte das Häuschen meinem alten Herrn, deinem Großvater Henryk. Er hat es Piet vor vierzig Jahren geschenkt.«

Nelly schnappte verstört nach Luft. Sie konnte sich denken, wofür der Leuchtturmwärter so großzügig entlohnt worden war. Schnurstracks schritt sie auf den Schreibtisch zu und schloss die Schublade so energisch, dass Haart gerade noch rechtzeitig seine Hand herausziehen konnte. »Piet hat meine Schwester Febe in diese Hütte gebracht und dort eine Weile auf sie aufgepasst.«

Haarts Augen weiteten sich, doch der Ausdruck, der darin lag, ließ sich nur schwer deuten. »Dann weißt du jetzt ja Bescheid«, sagte er achselzuckend. »Nun, meine Idee war es nicht, das musst du mir glauben.« Er holte tief Luft, dann streckte er die Hand aus. »Den Schlüssel, Nelly«, verlangte er. »Ich werde Bram noch heute Nacht zur Hütte führen. Dort wird er bleiben, bis sich etwas Besseres findet.«

Nelly geriet in Panik. In Gedanken malte sie sich aus, was geschehen würde, wenn Haart und Bram auf den britischen Piloten stießen. Ihr Vetter hatte keinen Grund, Cole zu verraten, doch wie es um seinen Vater stand, konnte Nelly schwer einschätzen. Sie traute Haart nicht. Gewiss, es war kein Geheimnis, dass er die Nazis verabscheute, aber wie weit würde er gehen, um sein Haus zu verteidigen und seinem Sohn die Zwangsarbeit zu ersparen? Nein, Haart durfte nichts von Sam Cole erfahren, auch nicht, dass Nelly ihm half.

Haart richtete sich zu seiner vollen Größe auf und klopfte sich den Staub von den Händen. Nelly bedachte er mit einem Blick, der einen Lavastrom in Eis hätte verwandeln können. »Das ist deine Schuld, Nelly«, stieß er anklagend hervor. »Die Deutschen haben uns Leanders in Ruhe gelassen, bis du im

Dorf aufgetaucht bist und angefangen hast, Fragen zu stellen. Hättest du Bram zu dir in den Leuchtturm genommen, als ich dich darum bat, müssten wir jetzt nicht um seine Sicherheit bangen.« Er riss ihr das Papier aus der Hand und schlurfte an ihr vorbei. Vor der Treppe wandte er sich noch einmal um. »Den Schlüssel hat der alte Piet vermutlich verlegt, unordentlich, wie er war. Aber das kann mich nicht aufhalten. Notfalls brechen Bram und ich die Tür auf.« Er drohte Nelly mit dem Finger. »Wenn du auch nur ein Sterbenswörtchen verrätst, bist du dran, Nichte!«

»So wie Febe?« Nellys Stimme zitterte, als sie den Namen aussprach. Sie musste ihren Onkel aufhalten. Er machte alles kaputt. Nie würde er ihr helfen, ihre Schwester zu finden, auch nach all diesen Jahren nicht.

»Dem Kind ist nichts geschehen«, sagte Haart trotzig. »Großvater wusste, was er der Familie schuldig war.«

Nelly streckte langsam die Hand aus. Was, wenn sie Haart nun einfach einen Stoß gab? Ein kleiner Schubs in den Rücken und ihr Onkel stürzte Dutzende von Stufen hinunter. Aber sie tat es nicht, denn auch sie wusste, was sie der Familie schuldete.

»Gib mir das Schreiben«, verlangte sie entschlossen. »Ich gehe damit gleich morgen früh zu Oberleutnant Haubinger. Ich verspreche dir, dass ich für Bram tun werde, was in meiner Macht steht. Aber wenn er in der Nacht davonläuft, kann ich nichts für ihn tun.«

Haart dachte einen Moment lang nach. Die Entscheidung schien ihm nicht leichtzufallen, doch dann nickte er besänftigt. »Aber wie …«

»Das lass meine Sorge sein«, fiel Nelly ihm ins Wort, denn sie hatte selbst noch keine Idee, wie sie den befehlshabenden Offizier dazu bringen sollte, Brams Freistellung zu erwirken. Sie konnte natürlich behaupten, ihn als neuen Hilfswärter zu benötigen, doch damit warf sie Henk den Löwen vor.

Nachdem ihr Onkel den Leuchtturm verlassen hatte, holte sie den Vorratsrucksack aus der Küche und warf ihn sich nach einigem Zögern über die Schulter. Ihr war nicht wohl bei dem Gedanken, bei Nacht und Nebel durch das finstere Moorland zu schleichen, aber wenn sie ihr Versprechen einhalten wollte, blieb ihr wohl kaum etwas anderes übrig, als sich jetzt auf den Weg zu machen. Auch musste sie Cole warnen, dass noch mehr Personen von seinem Versteck wussten als angenommen.

26

»Miss Nelly?«

Sam Cole hatte sich eine völlig zerfetzte Decke über die Schultern geworfen. Mit der rechten Hand umklammerte er ein Holzscheit. Als Cole erkannte, wer die Treppe zur Veranda hinaufstieg, ließ er die Hand sinken und zog Nelly in die Hütte. »Was für ein Leichtsinn, nachts hierherzukommen«, brummte er. »Sind Sie von allen guten Geistern verlassen?« Der junge Mann blickte zum Seeufer, dann warf er die Tür ins Schloss und sah Nelly halb besorgt, halb vorwurfsvoll an. Nelly keuchte vor Anstrengung und war heilfroh, dass sie den Weg trotz der Dunkelheit gefunden hatte. Im Innern der Hütte war es so kalt wie bei ihrem ersten Besuch. Eine einsame Kerze auf dem Tisch malte geisterhafte Schatten an die Wand. Auf dem Fußboden entdeckte sie ein paar aufgeschlagene Zeitschriften mit Pin-up-Girls, die sicher einmal Piet gehört hatten. Als Sam Cole gewahr wurde, dass Nelly die Bilder anschaute, errötete er verlegen. Hastig sammelte er die Magazine auf und warf sie in einen dunklen Winkel. »Hätte ich gewusst, dass Sie kommen, hätte ich natürlich vorher aufgeräumt!«

»Na, wenigstens haben Sie einen hübschen Zeitvertreib gefunden«, sagte Nelly. Mit letzter Kraft setzte sie den Rucksack ab und machte sich daran, ihn im Kerzenschein auszupacken.

»Ich habe Ihnen auch Kerzen und Zündhölzer mitgebracht, sonst sitzen Sie bald im Dunkeln.« Die junge Frau nahm eine zusammengerollte Decke und sah sich um. »Soll ich die auf…« Sie hielt inne, als sie die Hand des Piloten auf der ihren spürte. Seine Hand war erstaunlich warm, die Berührung sanft. Nelly wusste, dass er sie anlächelte, traute sich aber nicht, den Blick zu heben.

»Warum tun Sie das für mich, Miss? Sie bringen sich in Gefahr, und das möchte ich nicht.«

»Möchten Sie lieber verhungern?«

»Sie hätten auch morgen kommen können, bei Tageslicht.«

»Das ist nicht so einfach. Außerdem muss ich Sie warnen. Ich habe erst heute erfahren, dass diese Hütte einmal meiner Familie gehört hat. Mein Großvater hat sie dem Leuchtturmwärter überlassen. Als Lohn dafür, dass er nichts von meiner Halbschwester erzählt.«

Der Pilot hob die Augenbrauen. »Das heißt, Ihre Verwandten kennen die Hütte. Und sie wissen, dass sie seit dem Verschwinden von Piet leer steht.«

Nelly nickte. Dann schnitt sie eine Scheibe von dem Brot ab, das Mintje gebacken hatte, und belegte sie mit geräuchertem Hering. Während Cole sich heißhungrig darüber hermachte, berichtete sie, wie schwer es gewesen war, ihrem Onkel die Hütte als Versteck für seinen Sohn auszureden.

»Ob er auf Sie hören wird?«, fragte Cole kauend. Er nahm einen weiteren Bissen von seinem Brot und spülte ihn mit einem Schluck Wasser hinunter.

Nelly hob die Schultern. »Mein Onkel ist ein schwieriger Mensch, und er hat mich nicht gerade ins Herz geschlossen. Er misstraut mir ebenso sehr wie ich ihm. Was meine Halbschwester betrifft, hat er mich belogen. Erst, als ihm keine Wahl mehr blieb, hat er zugegeben, dass sie existiert. Aber seine Kinder sind wunderbare Menschen. Beide sind so voller Leben, voller

Träume und Sehnsüchte. Sie sprühen vor Energie. Wenn erst einmal der Krieg vorbei ist, werden sie Paardendijk verlassen, und ich werde tun, was ich kann, um ihnen dabei zu helfen.«

»Das verstehe ich gut!« Cole wurde nachdenklich. »Ich habe drei Schwestern zu Hause, und die jüngste ist erst elf. Wenn Sie möchten, dass ich die Hütte verlasse, damit Ihr Verwandter sich hier verstecken kann, werde ich mir einen anderen Unterschlupf suchen.«

»Seien Sie nicht albern«, sagte Nelly. »Sie bleiben, wo Sie sind.«

Sie stand auf und griff nach dem leeren Rucksack. Sie wünschte sich, nicht wieder in die Kälte hinauszumüssen, aber es wurde Zeit für den Rückweg. Den Kontrollgang hatte sie schon versäumt. Keineswegs aber durfte sie es verpassen, im Morgengrauen das Leuchtfeuer zu löschen. Und sie musste unbedingt noch ein paar Stunden Schlaf abbekommen, ehe sie zu Haubinger ging. Vor diesem Besuch graute ihr. Der Oberleutnant würde triumphieren, weil sie als Bittstellerin zu ihm kam. Schweren Herzens legte sie sich den Schal um und zwängte dann die klammen Hände in die Fäustlinge. Als sie sich Cole zuwandte, um sich zu verabschieden, zog dieser sie ohne Vorwarnung an sich. Sein Kuss kam so überraschend, dass Nelly einen Moment lang vergaß, Atem zu holen. Er küsste anders als Paul: bedächtiger und zugleich forschend. Sie spürte, wie ihr Herz schneller schlug und sich ein unsagbares Glücksgefühl in ihrem Körper ausbreitete. Wie lange war es her, dass sie ein so überwältigendes Gefühl von Wärme und Nähe empfunden hatte? Sie wusste es nicht. Ihre Erinnerung an frühere Erfahrungen war wie ausgelöscht. Hungrig erwiderte sie Coles Küsse und ließ es geschehen, dass er sie zu dem abgewetzten Sofa dirigierte, auf das er sich rücklings fallen ließ. Er sagte kein Wort, aber das erwartete Nelly auch nicht. Sie hatte nicht vor, sich zu unterhalten, und sie wollte auch nicht an den Rückweg oder den Leuchtturm denken. Weder an den alten Piet noch an den verschollenen Bellmann. Ja, nicht einmal an Febe, die sie vermutlich niemals ausfindig machen würde.

Nicht heute Nacht zumindest, denn diese sollte nur ihr gehören.

Cole richtete sich auf und lächelte ihr zu. Sein stummer Blick flehte sie an, sich ihrer Kleidung zu entledigen. Hastig streifte sie Kopftuch und Fäustlinge ab und machte sich dann daran, die Schuhe auszuziehen, als sie plötzlich in der Bewegung verharrte. Cole lächelte nicht mehr. Seine Erregung war einem Ausdruck des Schreckens gewichen. Was war los? Hatte sie etwas falsch gemacht?

Als er aufsprang, kreischten die Sprungfedern der Couch ihm wütend hinterher.

»Riechst du das auch?« Er lief zur Tür, und Nelly eilte ihm verwirrt nach. Ja, jetzt stieg es auch ihr in die Nase. Rauch, beißender Rauch, der durch die Ritzen der Wände und unter der Türschwelle hervorquoll. Ganz in der Nähe musste ein Feuer ausgebrochen sein. Der Rauch wurde immer dichter, wie ein alles verschlingender Nebel breitete er sich aus. Nelly hustete. Dann rief sie nach Cole, doch der war schon aus der Hütte gestürmt, sprang die Veranda hinunter und verschwand.

Der an die Hütte angebaute Schuppen war ein einziges Flammenmeer. Das Feuer verschlang die Bretterwände, das Dach und alles, was sich in dem kleinen Verschlag befand. Aber noch schlimmer war, dass das Feuer bereits auf die Hütte überging.

Starr vor Entsetzen schlug Nelly die Hand vor den Mund. Im Schuppen befand sich das Fischerboot, das Cole für seine waghalsige Flucht hatte herrichten wollen. Die *Febe*. Gewiss brannte es längst lichterloh und war nicht mehr zu retten. Sie hielt Ausschau nach Cole und fand ihn an der Pumpe. Er hatte das Hemd ausgezogen und bearbeitete mit nacktem, schon rußverschmiertem Oberkörper den Pumphebel. Nelly sah die blanke Verzweiflung in seinem Gesicht. Englische Flüche in die Nacht schreiend, füllte er Eimer um Eimer, doch das Feuer ließ sich nicht eindämmen. Stattdessen musste er herabfallenden Balken und Brettern ausweichen. Plötzlich nahm Nelly eine Bewegung zwischen den Bäumen wahr. Dort stand jemand, ein Mann, der das Feuer regungslos betrachtete. Aufgeregt kniff Nelly die tränenden Augen zusammen, aber der Mann war zu weit weg, als dass sie ihn hätte erkennen können. Sie war sich sicher, dass er das Feuer gelegt hatte. Aber warum hatte er den Schuppen angezündet und nicht gleich die Hütte? Er hätte die Tür von außen verriegeln können, damit wären sie und Cole in der Falle gewesen, denn die beiden Fenster waren viel zu schmal, um sich hindurchzuzwängen.

Das Boot, schoss es ihr durch den Kopf. Wer auch immer der Kerl war – er hatte das Feuer gelegt, um die *Febe* zu zerstören. Mit Erfolg, denn kaum hatte Nelly den Gedanken zu Ende gebracht, als das Dach des Schuppens mit einem hässlichen Knirschen einstürzte und die *Febe* unter seinen Trümmern begrub.

»Cole!« Nelly schrie so laut sie konnte. Sie musste den jungen Mann auf die Gestalt zwischen den Bäumen aufmerksam machen. Wer auch immer sie beobachtete, er wusste nun über ihn Bescheid und hatte – wissentlich oder nicht – dafür gesorgt, dass der Pilot keine sichere Bleibe mehr hatte. Cole entdeckte den Mann und rannte sogleich auf die Baumgruppe zu, hinter der der Unbekannte Schutz suchte. Doch schon im nächsten Moment donnerte ein Schuss durch die Nacht. Cole stöhnte auf. Er machte noch ein paar taumelnde Schritte und brach dann zusammen.

»Wer bist du?«, schrie Nelly den Unbekannten an, der weiter in Deckung blieb. »Warum das Boot? Ist es dir zu gefährlich geworden?«

Nelly bekam keine Antwort. Sie schaute zu Cole hinüber. Er lag etwa zwanzig Schritte von ihr entfernt und schien bewusstlos zu sein. Was würde geschehen, wenn sie auf ihn zukroch? Würde der Fremde dann auch auf sie das Feuer eröffnen? Hinter ihr knirschte und ächzte das Gebälk der Hütte. Dem Unbekannten schien die Situation zu heikel zu werden. Nelly musste mit ansehen, wie er Fersengeld gab und in der Dunkelheit verschwand, ohne sich noch einmal nach ihr und Cole umzudrehen.

»Wir müssen fort!« Nelly beugte sich mit besorgter Miene über den jungen Mann. Er blutete aus der Seite, doch die Kugel des Angreifers schien ihn nur gestreift zu haben. Cole schaffte es sogar, sich mit schmerzverzerrtem Gesicht aufzurichten, sackte dann aber wieder zusammen. »Verschwinde, kleine Miss!« Er drückte Nellys Hand, um seinen Worten Nachdruck zu verleihen. »Sie dürfen dich nicht bei mir finden, hörst du?« Er schnappte röchelnd nach Luft. »Sonst werden sie denken, du hättest mich versteckt. Dann kommst du in ein Lager, falls man dich nicht gleich erschießt. Lass mich einfach hier liegen. Irgendwann wird eine Wehrmachtsstreife auftauchen und mich aufsammeln.«

Nelly schüttelte den Kopf. »Bis es so weit ist, bist du längst verblutet.« Sie griff mit beiden Händen unter den Mantel und zerrte an ihrem Unterkleid.

Cole sah ihr mit großen Augen zu. »Ich muss dich enttäuschen, Miss, aber ich fürchte, dass ich gerade nicht in der richtigen Stimmung bin, um …«

»Nimm es als kleines Trostpflaster«, sagte Nelly. »Oder seid ihr Royal-Air-Force-Typen daran gewöhnt, dass sich Mädchen vor lauter Begeisterung für euch die Unterwäsche zerreißen?« Sie lief zur Pumpe, benetzte die Stofffetzen mit Wasser und kehrte dann zu Cole zurück, um ihm einen provisorischen Verband anzulegen. Dieser musste genügen, bis sie im Leuchtturm waren. Dort gab es einen Erste-Hilfe-Kasten, der außer Verbandsstoff auch Schmerz- und Desinfektionsmittel enthielt. Nelly betete, dass sie eine Entzündung verhindern konnte, denn einen Arzt durfte sie nicht ins Vertrauen ziehen.

»Du willst mich also in deinem Leuchtturm unterbringen?«, keuchte Cole. Auf Nelly gestützt, schleppte er sich über den Pfad, der an dem brackigen Gewässer vorbei in Richtung der Dünen führte. Keiner von beiden warf einen Blick zurück auf die brennende Hütte.

»Das kann nicht gut gehen.«

Nelly war geneigt, sich Coles Meinung anzuschließen. Einen abgestürzten britischen Piloten mit Lebensmitteln zu versorgen, war schon riskant genug. Ihn jedoch in einem Leuchtturm zu verstecken, fast ein Ding der Unmöglichkeit. Wie sollte sie das Mintje und Henk erklären? Zu Nellys Erleichterung erreichten sie Paardendijk, ohne einer Patrouille in die Arme zu laufen. Demnach war im Ort noch niemand auf das Feuer im Moorland aufmerksam geworden. Der Leuchtturm sandte sein Licht weit aufs Meer hinaus, der warme Schein spiegelte sich in den dunklen Wellen. Verlassen lagen die Häuser und Straßen vor ihnen. Sie hatten Glück. Sogar für die Fischer war es noch zu früh. Auf dem Weg vom Hafen zum Leuchtturm begegnete ihnen nur eine einsame streunende Katze, die vom Kabeljaugeruch zu den Booten gelockt wurde.

Im Turm half Nelly Cole ins Bett, dann versorgte sie seine Wunde und flößte ihm Tee mit ein paar Aspirintabletten ein. Die nächsten Tage würden zeigen, ob sie das Richtige getan hatte. Noch bevor sie den Erste-Hilfe-Kasten unter dem Bett verstaut hatte, war Cole schon fest eingeschlafen.

Nelly sank erschöpft auf einen Stuhl und betrachtete ihren Gast. Sie war selbst so müde, dass ihr die Augen brannten, gleichzeitig aber viel zu aufgeregt, um schlafen zu können. Ihr Körper vibrierte, als stünde er unter Strom. Immer wieder dachte sie über den Mann nach, der auf Cole geschossen hatte. Dass er sich heimlich ins Moor geschlichen hatte, um das Boot mit seinen verräterischen Spuren eines Kampfes zu zerstören, legte einige Schlüsse nahe. Er musste dahintergekommen sein, dass sich jemand in der Hütte versteckte, und befürchtet haben, dass Cole und Nelly früher oder später hinter das Geheimnis der *Febe* kommen würden. Nelly fragte sich, warum er sie nach dem Schuss auf Cole nicht getötet hatte. Wollte er ihr durch den Brand nur eine Warnung zukommen lassen? Oder hob er sich die endgültige Abrechnung mit ihr nur für einen späteren Zeitpunkt auf?

Coles Stöhnen schreckte sie auf. Vorsichtig beugte sie sich über ihn und befühlte seine Stirn. Sie war warm, doch hohes Fieber schien er nicht zu haben. Wenigstens ein kleiner Lichtblick. Nelly verließ den Raum und stieg in ihre Schreibstube hinauf. Noch gab es ein Zurück. Sie konnte gleich morgen den Oberleutnant verständigen und ihm mitteilen, dass sie bei einem Spaziergang auf diesen Fremden gestoßen sei. So wie Cole ihr vorgeschlagen hatte. Ihm würde nicht viel passieren, denn es gab die Genfer Konvention, eine Vereinbarung, wie Kriegsgefangene zu behandeln waren. Möglicherweise wurde er gegen einen Deutschen ausgetauscht und war schneller wieder in Großbritannien, als er dachte. Und selbst wenn nicht, so würde er doch zumindest weiterleben, wenn auch als Kriegsgefangener. Besser, als auf der Flucht erschossen zu werden. Aber Nelly wusste, dass sie Cole nicht ausliefern würde. Sie hatte Paul gehen lassen müssen und nie wieder etwas von ihm gehört.

Ein zweites Mal durfte ihr das nicht passieren.

27

»Ein ganzer Laib Brot ist verschwunden! Dazu Konservenbüchsen und weitere Vorräte aus der Küche! Jemand muss eingebrochen sein. Hast du denn nicht abgeschlossen?«

Mintjes Gejammer riss Nelly aus dem Schlaf. Benommen hob sie den Blick und hielt sich die Hand vor die Augen, weil das Tageslicht, das durch einen der Fensterschlitze fiel, sie blendete. Sie war am Schreibtisch eingeschlafen, während sie darauf gewartet hatte, dass es Zeit zum Löschen des Leuchtfeuers wurde. »Wie spät ist es?«, erkundigte sie sich und unterdrückte ein Gähnen.

»Kurz nach Morgengrauen«, antwortete die ältere Frau und rümpfte die Nase. Anders als Nelly, die unfrisiert und in muffigen Kleidern dasaß, wirkte sie frisch und voller Tatendrang. Ihre Wangen glänzten rosig, die Schürze war blütenweiß und das graue Haar zu einem dicken Zopf geflochten, der ihr über die Schulter hing. »Henk ist nach oben gegangen, um das Leuchtfeuer auszuschalten. Ich verstehe nur nicht, warum du es nicht selbst gemacht hast, wenn du doch schon fertig angezogen bist.« Mit einem kritischen Blick begutachtete sie Nellys zerknitterten Rock, wobei sich ein Ausdruck mütterlicher Besorgnis über ihre Züge legte. »Sag nur, du bist heute Nacht gar nicht im Bett gewesen? Nimm es mir nicht übel, Kindchen, aber mit den dunklen Ringen unter den Augen siehst du nicht gerade wie ein Filmstar aus.«

Wie recht du damit hast, dachte Nelly und begab sich leicht schwankend zur Küche, um dort auf Henk zu warten. Während sie den von Mintje gekochten Tee schlürfte, sehnte sie sich nach einem heißen Bad, um den Geruch des Feuers vom Körper zu waschen. Großer Gott, wie lange war es her, seit sie das letzte Mal in einer Wanne gelegen hatte? Im Leuchtturm gab es kein Badezimmer, nur einen hässlichen Zuber, den Mintje auf Nellys Bitten hin zuweilen an Sonnabenden mit heißem Wasser füllte. Nelly verscheuchte den Gedanken, denn es gab Wichtiges zu besprechen. Als Henk endlich auftauchte, ließ er sich mit erwartungsvollem Blick Nelly gegenüber am Küchentisch nieder.

Nelly räusperte sich. Sie wusste nicht recht, wie sie beginnen sollte.

»Kindchen, ich weiß, was du uns zu erklären versuchst«, brach Mintje mit einem Zwinkern das Schweigen. »Es muss dir doch nicht peinlich sein, wenn du Herrenbesuch empfängst.« Sie wechselte einen Blick mit Henk, der ein wenig unbeholfen die Achseln zuckte, bevor er daranging, sich mit einem Taschentuch Schmierölflecken von den Fingern zu wischen.

Nelly starrte die ältere Frau unverwandt an. Nahm diese etwa an, sie sähe so zerrupft aus wie ein Hühnchen, weil sie eine Orgie gefeiert hatte?

Mintje grinste. »Wenn ich nicht merken soll, dass da jemand in deiner Schlafkammer liegt, musst du es schon geschickter anstellen. Von wegen Einbrecher, das habe ich nur gesagt, weil ich dir ein wenig auf den Zahn fühlen wollte. Wer auch immer dich gestern Nacht besucht hat, scheint einen guten Appetit zu haben, wenn er das ganze Brot und die Hälfte des geräucherten Herings verputzt hat.« Sie seufzte. »Ich verstehe, dass du einsam bist, Kindchen. Mach dir keine Sorgen, ob sich die Leute im Dorf oder die Leanders das Maul über dich zerreißen. Diese Sippe ist viel zu etepetete, um von unsereins Notiz zu nehmen.«

»Das gilt nicht für alle Mitglieder der Familie Leander«, muckte Henk auf. Es kam selten vor, dass er seiner Mutter Widerworte gab, doch nun schien er verärgert genug. »Sanne ist ein wunderbares Mädchen. Du kannst sie nicht mit Haart und Agnes in einen Topf werfen!«

Nelly klopfte mit dem Fingerknöchel auf den Tisch. Sie hatte weder die Zeit noch die Nerven, um sich den Wortwechsel von Mutter und Sohn länger anzuhören. Was sie den beiden zu sagen hatte, duldete keinen Aufschub.

»Ihr solltet erfahren, wer dort oben in meiner Kammer liegt«, sagte sie leise. »Sobald ihr es wisst, ist es an euch zu entscheiden, ob ihr den Leuchtturm verlassen wollt oder nicht.«

»Kind, du machst mir Angst!« Mintje schlug die Hände zusammen. »Du hast eine Affäre mit diesem Oberleutnant begonnen, nicht wahr? Kein Wunder, nach all den Avancen, die der Kerl dir gemacht hat, seit du in Holland bist.«

»Ich habe keine Affäre«, widersprach Nelly. »Der Mann in meiner Schlafkammer ist ein Pilot der Royal Air Force.«

»Natürlich, und ich bin Greta Garbo!«

»Ich scherze nicht, Mintje. Der Mann ist während eines Erkundungsflugs über der Nordsee abgestürzt und wurde heute Nacht in seinem Versteck verletzt. Ich habe ihn hierhergebracht, um ihn zu verarzten.« Sie machte eine Pause, um Luft zu holen, dann fügte sie mit gesenkter Stimme hinzu: »Dass es gefährlich ist, einen englischen Soldaten zu verstecken, braucht ihr mir nicht zu sagen. Ich weiß, was mir blüht, falls jemand dahinterkommt und mich verrät.«

Einen Moment lang sagte keiner ein Wort. Henk war der Erste, der die Sprache wiederfand. »Das ... geht nicht!«, rief er sichtlich erschüttert. »Du kannst hier keinen ausländischen

Soldaten verstecken. Du wirst erschossen, wenn die Deutschen das herausfinden. Mutter und ich auch. Wegen Mitwisserschaft.«

Nellys Hände umklammerten die Teetasse so fest, dass ihre Fingerknöchel weiß wurden. »Da ist noch etwas anderes, das ich euch nicht verschweigen darf«, beichtete sie. »Ich habe Haart versprochen, mich bei Oberleutnant Haubinger dafür einzusetzen, dass Bram nicht zur Zwangsarbeit eingezogen wird.«

»Willst du ihn etwa auch in den Leuchtturm holen?« Mintjes Augen weiteten sich vor Angst. »Aber dann verliert Henk seine Arbeit, und die Deutschen werden anstelle von Bram ihn einziehen.« Sie fing an zu schluchzen. »Das kannst du nicht machen, Nelly. Gewiss, der Junge ist mit dir verwandt, aber er hat keine Ahnung davon, was ein Leuchtfeuerwärter zu tun hat. Und was soll aus mir werden, wenn sie Henk holen? Vielleicht kommt er nie wieder …«

Nelly gab ihr Bestes, um die in Tränen aufgelöste Frau zu beruhigen. Sie versicherte ihr, dass sie nicht vorhatte, Henks Leben gegen das ihres Vetters in die Waagschale zu werfen, doch Mintjes Gesichtsausdruck ließ keinen Zweifel daran, dass sie ihr nicht glaubte. Henk dagegen blieb vollkommen ruhig. Vermutlich dachte er an Sanne, die ihm bestimmt auf ewig dankbar sein würde, wenn er sich opferte, um ihren Bruder vor dem Zugriff der Besatzer zu schützen. Irgendwann floh Nelly in ihre Schlafkammer. Sie fühlte sich elend und war ratlos. Die Lage verkomplizierte sich von Stunde zu Stunde, denn hatte sie anfangs noch geglaubt, wenigstens auf Mintjes und Henks Unterstützung bauen zu können, war sie sich derer nun nicht mehr so sicher. Unter diesen Umständen schien ihr Unterfangen noch aussichtsloser.

Cole erwachte, als Nelly auf Zehenspitzen zu ihrem Schrank schlich, um sich frische Kleider zu holen. Er war bleich und wirkte desorientiert, als habe er keine Erinnerung daran, wie er in dieses Bett gekommen war. Nelly wunderte das nicht, schließlich war er auf dem letzten Stück des Wegs kaum noch bei Bewusstsein gewesen. Nur unter Aufbietung all ihrer Kräfte war es ihr gelungen, ihn die Stufen hinaufzuschieben.

»Hast du Schmerzen?«

Er bewegte den Kopf, als müsse er darüber nachdenken. »Ich habe … Stimmen gehört. Sind sie da?«

»Wenn du die Wehrmacht meinst, nein.« Nelly sperrte die Schranktür weit auf und streifte sich dahinter Rock und Pullover ab. In der Nacht war sie bereit gewesen, sich vor Coles Augen zu entkleiden, doch hier kam ihr das nicht richtig vor. Hastig griff sie nach einer Bluse. »Unten sind nur meine Angestellten, Mutter und Sohn, beide Holländer. Sie …«

»… wissen Bescheid«, ergänzte Cole.

»Mir blieb keine andere Wahl. Ohne die Hilfe von Mintje und Henk könnte ich dich nicht einmal für eine halbe Stunde im Leuchtturm verstecken. Aber …« Sie ließ den Satz unbeendet. Sollte sie Cole sagen, wie sehr sie darunter litt, dass sie ihre einzigen Freunde vor vollendete Tatsachen gestellt hatte? Sie hätte daran denken müssen, dass ihre Entscheidung auch Henk in Gefahr brachte. Allerdings hatten sie die Ereignisse zu raschem Handeln gezwungen. Ihr war keine Zeit geblieben, das Für und Wider abzuwägen.

»Ich verschwinde von hier, sobald es möglich ist«, sagte Cole. »Ich brauche das verdammte Boot aus dem Schuppen nicht. Im Hafen liegen genügend andere vor Anker, die ich mir borgen kann.« In seiner Stimme lag eine Entschlossenheit, die Nelly bewies, wie ernst es ihm damit war. »Es gibt da noch etwas, das ich dir sagen wollte, aber ich komme beim besten Willen nicht drauf, was es war.«

»Du bist verwundet«, sagte Nelly. »Ruh dich erst einmal tüchtig aus, alles andere wird sich finden.«

Einen Moment lang lauschte er dem Ruf der Möwen, der ihn vermutlich an seine Heimat erinnerte, dann sank er erschöpft in die Kissen zurück.

Am Eingang zum ehemaligen Hof der Dorfschule von Paardendijk, in dem sich nun die Kaserne des Wehrmachtsstützpunkts befand, wurde Nelly von zwei Wachsoldaten angehalten, die erst eingehend ihre Papiere studierten, bevor sie einen Kameraden herbeiriefen, der Nelly zum befehlshabenden Offizier bringen sollte. Auf dem Hof ging es heute nicht so still zu wie an dem Tag, als Nelly mit der alten Hendrikje van Malter gesprochen hatte. Es herrschte reges Kommen und Gehen, Soldaten in voller Montur eilten im Laufschritt an ihr vorbei, Befehle schallten von den Mauern wider. Die Männer, deren Weg Nelly kreuzte, schauten betreten, viele sogar trübselig drein, als steckten sie voller düsterer Ahnungen. Sie hielten auf Lastkraftwagen zu. Ein Bursche hub an, einen Gassenhauer zu pfeifen, wurde aber von seinen Kameraden mit Buhrufen zum Schweigen gebracht. Keiner von ihnen schien heute Morgen Lust auf ein fröhliches Liedchen zu haben.

»Die Kameraden werden verlegt«, erklärte der Soldat, während er Nelly einen Weg durch das Gedränge bahnte. »Zurück in den Osten, an die scheiß Front. Die meisten von uns bleiben nur für ein paar Monate in Holland.«

Nelly nickte. Deswegen also die traurigen Mienen. Sie musste ordentlich ausschreiten, um mit dem Soldaten Schritt zu halten. »Wird Oberleutnant Haubinger denn auch abgelöst?«, rief sie ihm keuchend nach.

»Nein, der nicht.«

Nelly hörte, wie jemand ihren Namen rief. Als sie über die Schulter blickte, erkannte sie den jungen Soldaten Maurer, der mit ihr im selben Zugabteil nach Amsterdam gefahren war. Er grüßte sie mit einem nervösen Lächeln, doch der bekümmerte

Ausdruck in seinen Augen verriet Nelly, dass er nicht zu den Glücklichen gehörte, denen eine Verlegung an die Front erspart wurde. Nelly blieb bei ihm stehen und reichte ihm die Hand, die der junge Mann nach einigem Zögern schüttelte. »Sie also auch, Gefreiter? Aber so lange waren Sie doch gar nicht in Paardendijk, oder?«

Maurer holte ein Päckchen Zigaretten aus seiner Brusttasche, war aber so ungeschickt, dass es seinen Fingern entglitt und zu Boden fiel. Sofort bückten sich einige seiner Kameraden nach den Zigaretten und teilten die Beute unter hämischem Gelächter untereinander auf. Maurer errötete schamvoll. Es schien ihm peinlich, dass Nelly Zeuge seiner Verletzlichkeit geworden war, daher erklärte er mit betont rauer Stimme: »Bin froh, dass ich aus diesem Drecksnest verschwinden kann. Schade nur, dass ich nun nicht mehr auf Sie aufpassen kann.« Er verzog sein rosiges Jungengesicht zu einer Grimasse. »Habe ich es Ihnen nicht während der Reise gesagt? Das ist kein guter Ort. Hier haust der Teufel.«

»Passen Sie lieber gut auf sich selbst auf, Maurer!« Nelly hob noch einmal kurz die Hand, dann eilte sie dem Soldaten nach, der bereits ungeduldig Ausschau nach ihr hielt.

In einem der früheren Klassensäle, der den Offizieren nun als Besprechungsraum oder Büro zu dienen schien, traf sie schließlich Oberleutnant Haubinger an. Die Arme hinter dem Rücken verschränkt, studierte er eine Landkarte von Europa, welche fast die gesamte Breite der Wand einnahm. Verschiedene Regionen waren mit bunten Stecknadelköpfen gekennzeichnet. Nelly musste eine ganze Weile warten, ehe sich der Offizier zu ihr umwandte. »Sie können gehen!«, fuhr er den Soldaten an, der hinter Nelly stehen geblieben war. »Und sorgen Sie dafür, dass ich nicht gestört werde.«

Der Mann salutierte und verschwand.

»Also, Fräulein Vogel, was verschafft mir die Ehre? Wie

Sie bemerkt haben dürften, ist meine Zeit heute begrenzt.« Er klang beleidigt, vermutlich weil Nelly ihm bei ihrer letzten Begegnung eine Abfuhr erteilt hatte.

Wortlos holte sie das Schreiben hervor, in dem Bram zum Arbeitseinsatz befohlen wurde. Haubinger warf kaum mehr als einen flüchtigen Blick darauf, bevor er es desinteressiert auf den Schreibtisch warf. »Und was habe ich damit zu tun? Warum kommen Sie damit zu mir?«

»Weil ich Sie bitten möchte, sich für Bram Leander zu verwenden.«

Er lachte ungläubig. »Ihnen sollte klar sein, dass so etwas nicht in meine Zuständigkeit fällt. Das ist eine Verwaltungsangelegenheit, ich dagegen bin Wehrmachtsoffizier.«

»Und ich bin für den Leuchtturm verantwortlich und wurde von Ihnen darüber aufgeklärt, dass ich damit einer kriegswichtigen Tätigkeit nachgehe. Das haben Sie wohl vergessen.« Nelly schluckte. Sie musste vorsichtig sein, durfte nicht so weit gehen, ihn nun schon wieder zu verärgern. »Sie sind für die Aufrechterhaltung von Ruhe und Ordnung in Paardendijk zuständig. Ich brauche Bram als zweiten Hilfswärter im Leuchtturm.«

»Haben Sie nicht schon einen Handlanger?« Haubinger legte die Stirn in Falten. »Was ist aus diesem Burschen Henk geworden? Genügt er Ihren hohen Ansprüchen etwa nicht mehr?«

»Im Gegenteil«, sagte Nelly. »Henk Visser wird mir künftig bei Dingen zur Hand gehen, die nicht weniger wichtig sind als meine Aufgaben im Leuchtturm.«

»Pflichten, denen Sie, meinen Informationen zufolge, so nachlässig nachkommen, dass sie im Grunde genommen kaum mehr als eine Fassade darstellen dürften, nicht wahr?«

»Bitte dringen Sie deswegen nicht schon wieder in mich!«

»Doch was, wenn es genau das ist, wonach ich mich sehne,

und zwar sooft ich an Sie denke?« Ehe Nelly es verhindern konnte, legte Haubinger einen Arm um ihre Taille und zog sie an sich. Dabei sah er sie an, von Bedenken bezüglich seines Handelns und Begierde gleichermaßen erfasst. »Was war es noch gleich, was ich für dich tun kann?«

Es klopfte. Mit einem Laut des Bedauerns ließ Haubinger Nelly los und stiefelte murrend zur Tür, wo ihm ein Soldat die Meldung überbrachte, dass die an die Front verlegten Soldaten zum Abmarsch bereit seien. Der Oberleutnant nickte und schloss die Tür. Dann drehte er sich zu Nelly um, deren Herz heftig gegen die Brust schlug.

»Ich muss Sie um Verzeihung bitten, wenn ich …«

»Schon vergessen«, fiel Nelly ihm ins Wort. Ihre Mission war gescheitert, anders konnte man es nicht sagen. Sie mochte Bram, aber sie würde sich nicht von Haubinger vergewaltigen lassen, um ihm die Zwangsarbeit zu ersparen. »Reden wir nicht mehr davon.«

Haubinger hob die Hand. »Sie haben mich missverstanden. Ja, ich habe mich vergessen und Sie … uns beide um ein Haar in eine unsägliche Situation manövriert. Das ändert jedoch nichts an meinen Gefühlen für Sie, Nelly. Glauben Sie mir: Ich bin ein anständiger Kerl.«

»So?« Nelly spürte den bitteren Geschmack von Galle im Rachen, gleichzeitig versuchte sie zu ergründen, was ihr schwerer zusetzte – Haubingers Hände auf ihrem Körper oder sein Liebesschwur. »Hören Sie, Herr Oberleutnant …«

»Ich habe mich über Sie erkundigt, Nelly«, gestand Haubinger, ihren Einspruch übergehend. »Bei der Außenstelle der Sicherheitspolizei in Amsterdam, aber dort konnte oder wollte man mir keinerlei Angaben zu Ihrer Person machen.«

Dem General sei es gedankt, dachte Nelly erleichtert, wobei sie hoffte, dass Haubinger es sich nicht einfallen ließ, ihretwegen auch noch in Berlin anzufragen. Dass er nach wie vor annahm, sie handele in besonderem Auftrag des Reiches, hatte ihn vermutlich davon zurückschrecken lassen. Vorerst.

»Sie sollten mein Kommen als Friedensangebot ansehen!« Mit ein paar Handgriffen brachte Nelly ihre Frisur in Ordnung, dann schürzte sie die Lippen. »Natürlich könnte ich mich auch an höherer Stelle für die Freistellung des jungen Leander einsetzen. Ich dachte nur, dass Sie mir diesen Gefallen gern erweisen würden. Aus Freundschaft.«

Haubinger stieß die Luft aus. Ob er ihr das abnahm oder in ihren Worten die Finte erkannte, verriet weder seine Mimik noch das Funkeln seiner Augen. »Also gut«, entschied er schließlich. »Lassen Sie das Schreiben hier, ich werde dafür sorgen, dass Sie Ihren verdammten zweiten Leuchtturmwärter bekommen.« Er verschränkte die Arme vor der Brust. »Zufrieden?«

Sie lächelte stumm, ihren Triumph auskostend. Sie hatte nicht erwartet, dass sich das Blatt wenden könnte. Als sie zur Tür ging, hörte sie Haubingers Räuspern im Rücken und drehte sich um.

»Ja?«

»Ich verstehe nun, dass Sie eine Frau sind, die erobert werden will«, sagte er mit einem Blick, der keinen Zweifel daran ließ, dass genau das in seiner Absicht lag. »Ich hoffe, Sie haben nichts mehr dagegen, wenn ich Sie im Leuchtturm besuche. Ich verspreche Ihnen auch, mich so lange anständig zu benehmen, bis Sie mich darum bitten, es nicht mehr zu tun.«

28

Auf dem zugigen Flur roch es nach Kreidestaub, Männerschweiß und Motoröl. Nelly war so durcheinander, dass sie sich einen Moment lang gegen die Wand lehnen musste. Wenn der Oberleutnant Wort hielt und das Problem mit Brams Einsatzbefehl aus der Welt schaffte, konnte sie den Leanders eine gute Nachricht überbringen. Vielleicht würde das ihren Onkel ein wenig zugänglicher machen. Haubingers Ankündigung, sie im Leuchtturm zu besuchen, bereitete ihr dagegen große Sorge. Wie sollte sie verhindern, dass der Wehrmachtsoffizier auf Cole stieß? Der Leuchtturm bot nur wenige Möglichkeiten, jemanden zu verstecken, schon gar nicht über einen längeren Zeitraum. Nelly zupfte nervös an ihrer Strickjacke. Sie musste schleunigst einen Ausweg finden, sonst stand, ehe sie sich versah, die Gestapo vor ihrer Tür. Wenigstens darf Henk bei mir bleiben, dachte sie aufatmend, während sie sich langsam auf den Ausgang zubewegte. An der Tür fiel ihr etwas ein. Wenn sie schon einmal hier war, konnte sie auch versuchen, mehr über den verschwundenen Bellmann herauszufinden. Sie rückte ihre Baskenmütze zurecht und trat lächelnd auf einen der Unteroffiziere zu, der rauchend zusah, wie ein halbes Dutzend vollbeladener Lkw mit lautem Motorengeräusch vom Hof fuhr.

»Wo der Bellmann seine Stube hatte?«, fragte der Mann misstrauisch. Er warf seine Zigarette zu Boden und trat sie mit dem Stiefelabsatz aus. »Warum interessiert Sie das? Der Mann kommt nicht zurück. Wenn Sie mich fragen, haben die aus dem Ort ihn abgemurkst. Ich verstehe nicht, wie die da oben überhaupt noch daran zweifeln können. Unser befehlshabender Offizier sagt, er bräuchte mehr Beweise, bevor er zum großen Schlag gegen dieses Gesindel ausholt. Aber die bekommt er sicher nicht, indem er Däumchen dreht und die Leute mit Samthandschuhen anfasst.« Die säuerliche Miene des Soldaten gab preis, was er vom Zögern seines Vorgesetzten hielt. Einen Moment starrte er in den Himmel, dann sagte er: »Wird nicht mehr lange dauern. Einen Tag, vielleicht auch zwei. Dann sind sie dran, diese Verräter. Anstelle des Oberleutnants hätte ich längst …« Er schluckte den Rest hinunter. Vermutlich wollte er sich nicht der Kritik an seinem Vorgesetzten schuldig machen. »Bellmann war schon ein scharfer Hund«, flüsterte der Unteroffizier ihr schließlich zu. »Ich glaube nicht, dass ihn jemand auf dem Stützpunkt vermisst.« Er verzog das Gesicht zu einer höhnischen Grimasse, die Nelly verriet, dass der Mann dem Leutnant keine Träne nachweinte. Aber wäre er oder ein anderer Offizier so weit gegangen, ihn deswegen verschwinden zu lassen?

Der Unteroffizier sah Nelly mit erhobenen Augenbrauen an. »Nee, nee, von uns hat dem Kerl keiner ein Haar gekrümmt. Das war dieses Pack vom holländischen Widerstand. Die haben ihn sich geschnappt, darauf gebe ich Brief und Siegel. War ja auch nicht allzu schwer. Der feine Leutnant hat es ja abgelehnt, wie der Herr Oberleutnant Haubinger im Schulhaus zu wohnen. Ein Privatquartier musste es sein.«

Nelly wunderte sich darüber. Nach allem, was sie in Erfahrung gebracht hatte, war Bellmann kein Freund der einheimischen Bevölkerung gewesen. Und doch hatte er im Dorf ein privates Quartier bezogen? Sie erkundigte sich, wo diese Unterkunft gewesen sei.

»Über der Apotheke, in der Veenstraat«, antwortete der junge Soldat nach einigem Zögern. »Aber dort wurde schon jeder verdammte Stein umgedreht, und die Leute hat man in die Zange genommen. Die wissen natürlich von gar nichts. Ich wette, der verdammte Widerstand hatte alle Spuren beseitigt, ehe wir kamen.«

Das werden wir sehen, dachte Nelly. Sie bedankte sich und verließ schnellen Schrittes den Hof.

Bis zur Veenstraat, einer wenig belebten Seitenstraße, war es nicht weit. Nelly hatte bei ihren Spaziergängen schon viel von Paardendijk gesehen, doch bis hierhin war sie nie vorgedrungen. So war ihr auch die Apotheke entgangen, die in einem hübschen zweistöckigen Klinkerbau untergebracht war. Wie die übrigen Häuser in der Straße lag auch dieses hinter einem kleinen Vorgarten. Nelly betrachtete interessiert die gepflegten Kräuterbeete, in denen Rosmarin, Thymian, Zitronenmelisse und andere Heilpflanzen und Gewürzkräuter kultiviert wurden. Über der Ladentür hing ein Schild mit der niederländischen Aufschrift *Apotheek*, doch abgesehen davon deutete wenig darauf hin, dass im Innern des Hauses Arzneimittel verkauft wurden. Nelly machte einen Schritt zurück, legte den Kopf in den Nacken und spähte zu den beiden Fenstern im oberen Stockwerk hinauf. Dort also hatte Bellmann sich einquartiert?

Die Apothekerin war eine hübsche, etwas mollige Frau mit dezent geschminkten Lippen und einer Wasserwelle, um die Nelly sie glühend beneidete. Außer ihr befand sich nur noch ein etwa vierzehnjähriges Mädchen im Verkaufsraum, das sich darauf konzentrierte, Baldrian aus einer großen Arzneiflasche in ein paar kleinere umzufüllen. Als sie Nelly eintreten sah, stellte sie die Flasche ab und verschwand hinter einem Vorhang.

»Sie wünschen?«, eröffnete die Apothekerin das Gespräch. Ihre Stimme klang kühl, es lag aber auch Neugier darin. »Brauchen Sie ein Medikament?«

Nelly sah sich um. Die Regale waren nur mit wenigen Pillendöschen und Flaschen bestückt. Offensichtlich machte der kriegsbedingte Mangel an Grundstoffen, die zur Herstellung von Arzneien benötigt wurden, auch vor dieser Dorfapotheke nicht halt. Nelly entschied sich nach kurzer Überlegung für eine schmerzlindernde Salbe und etwas Verbandstoff. Solange Coles Schussverletzung nicht verheilt war, war es angebracht, eine ausreichende Menge davon im Haus zu haben. Die Apothekerin kam ihrem Wunsch nach. Sie packte Nellys Bestellung in eine Papiertüte, schob diese über den Verkaufstisch und nannte dann einen Preis. Es war nicht zu übersehen, dass sie Nelly so schnell wie möglich loswerden wollte.

Nelly zählte mit einem Lächeln ein paar Münzen ab. »Sie sind sicher froh, dass Sie Ihr Haus wieder für sich allein haben, nicht wahr?«

»Ich weiß nicht, wovon Sie reden!« Die Frau spähte unsicher zu dem Vorhang hinüber, hinter dem das Mädchen verschwunden war. »Das Haus gehört der Familie meines Mannes, aber die lebt inzwischen in Den Haag. Seit mein Mann vor ein paar Jahren gestorben ist, führe ich die Apotheke mithilfe meiner ältesten Tochter weiter.«

»Also ich …« Nelly holte tief Luft, ehe sie weitersprach. »Mir ist nur zu Ohren gekommen, dass ein Leutnant der Wehrmacht vorübergehend bei Ihnen untergebracht war.«

Im Gesicht der Apothekerin zeigte sich ganz kurz ein leichter Ausdruck von Wehmut, doch der verschwand so schnell, wie er gekommen war. Sie räusperte sich. »Darf ich fragen, was Sie das angeht? Sie sind doch neuerdings für den Leuchtturm zuständig, die Nachfolge für den alten Piet.« Die letzten Worte spie sie aus wie einen Schluck saure Milch.

»Stimmt, aber ich interessiere mich für das frei gewordene Zimmer«, sagte Nelly. »Nicht für mich, sondern für eine Freundin, die mich in Paardendijk besuchen möchte. Im Leuchtturm ist kein Platz für einen Gast, und zu meinen Verwandten will ich sie nicht schicken, denn die haben ihre eigenen Sorgen.« Nelly wunderte sich, wie leicht ihr die Lüge von den Lippen kam.

Die Apothekerin trat von einem Fuß auf den anderen. Sie schien unschlüssig, ob sie das Zimmer erneut vermieten sollte, ließ sich aber überreden, es Nelly wenigstens zu zeigen. »Ich will nicht noch einmal einen Soldaten im Haus haben«, brummte sie, während sie den Vorhang teilte und Nelly über eine steile Stiege hinauf ins obere Stockwerk führte. Dort brütete ein kleines Mädchen mit Zöpfen, offenkundig eine jüngere Tochter der Apothekerin, über einem Heft mit Rechenaufgaben. Dabei kaute sie an ihrem Bleistift, was sie aber sogleich sein ließ, als sie den missbilligenden Blick ihrer Mutter auffing.

»Mach weiter, Schätzchen, ich zeige der Dame nur rasch Leutnant Bellmanns Zimmer.«

Das Mädchen legte den Kopf schräg und musterte Nelly interessiert. »Bist du seine Frau?«

»Sei nicht so vorlaut!«, rief ihre Mutter.

Nelly verkniff sich ein Lächeln. »Nein, ich bin die neue Leuchtturmwärterin.«

»Du wohnst wirklich im alten Leuchtturm? Bei dem Geist?« Die dunklen Augen der Kleinen blitzten voller Bewunderung. »Ich würde mich das nicht trauen. Ich darf nicht mal in die Nähe des Leuchtturms. Es heißt, der Geist, der dort umgeht, hat es auf Frauen und Mädchen abgesehen.«

»Unsinn!«, fuhr ihr die Mutter brüsk über den Mund. Es war ihr sichtlich peinlich, dass ihre Tochter mit Nelly über diesen alten Aberglauben sprach. »Du sollst dich wegen der deutschen Soldaten von der Straße fernhalten.«

»Aber Leutnant Bellmann hat auch gesagt, dass es dort beim Turm nicht mit rechten Dingen zugeht«, erhob das Mädchen gekränkt Einspruch. Es stand auf und folgte den beiden Frauen bis zu einem geräumigen Raum am Ende des Korridors. Nelly war ein wenig enttäuscht, als sie in dem ordentlich aufgeräumten Zimmer nichts entdeckte, was auf die frühere Anwesenheit des verschwundenen Wehrmachtsoffiziers schließen ließ. Demnach hatte ihr der Soldat auf dem Schulhof die Wahrheit gesagt. Hier drinnen hatte man sich gründlich umgesehen. Das Bett war frisch bezogen, die Kommode bis auf eine Haarbürste und eine leere Flasche Rasierwasser abgeräumt. Auf dem Regal fand Nelly die geschnitzte Figur eines Vogels neben einer dicken Bibel, doch diese war in niederländischer Sprache und daher von dem Leutnant bestimmt kein einziges Mal in die Hand genommen worden.

»Die Seemöwe habe ich für Bellmann gemacht!« Mit Stolz deutete das Mädchen auf die hölzerne Vogelfigur.

»Du hast sie *bemalt*«, stellte ihre Mutter richtig. »Geschnitzt wurde sie von einem der Fischer am Hafen. Ein paar der Burschen dort können gut mit dem Schnitzmesser umgehen.«

Nelly begriff, dass sie so nicht weiterkam. Wenn sie mehr über Bellmanns Leben in diesem Haus erfahren wollte, war es unumgänglich, die Katze aus dem Sack zu lassen. Der Leutnant war ihr als eiskalt und der Bevölkerung gegenüber feindselig eingestellt beschrieben worden. Ein scharfer Hund, der andere voller Genugtuung seine Macht spüren ließ. Doch hier fiel weder ein Wort des Vorwurfs noch schienen die Frau und ihre Töchter Bellmann gefürchtet oder gar gehasst zu haben. Im Gegenteil, das Mädchen hatte ihm etwas geschenkt und schien ihn fast zu vermissen. Und die Mutter? Hatte der Offizier, der gegen jede Art von Verbrüderung mit der Bevölkerung gewettert hatte, seine Prinzipien in Gegenwart der hübschen Witwe gelockert? Lag der Grund für sein Abtauchen möglicherweise in einer verbotenen Beziehung?

»Sie wollen das Zimmer gar nicht mieten, habe ich recht?« Die Stimme der Apothekerin riss Nelly jäh aus ihren Gedanken. Sie klang ängstlich, aber auch vorwurfsvoll, als fühle sie sich hintergangen. »Das war nur ein Vorwand, um sich hier einzuschleichen.« Die Frau legte einen Arm um ihre Tochter, als müsse sie sie beschützen. »Sie laufen durch unser Dorf und spielen dabei die Unschuld vom Lande. Dabei haben Sie nur vor, uns auszuspionieren. Bei der alten Hendrikje van Malter sind Sie auch gewesen, nicht wahr? Kurze Zeit später war die Ärmste tot.«

Nelly spürte, wie ihr die Schamröte ins Gesicht stieg. »Ich habe mich mit Hendrikje nur über eine Familienangelegenheit unterhalten, und als ich sie verließ, war sie quicklebendig. Alles, was ich möchte, ist herausfinden, was aus dem Leutnant und dem alten Piet geworden ist. Sie wissen, dass die Wehrmacht und die Sicherheitskräfte in Den Haag noch darüber uneins sind, ob Bellmann desertiert ist oder das Opfer des Widerstands wurde. Sollten sie zu dem Schluss kommen, dass er ermordet wurde, könnte das für dieses Dorf sehr bald schlimme Folgen haben.«

»Und warum kümmert Sie das?« Die Apothekerin war immer noch auf der Hut, aber ihre Stimme klang nicht mehr ganz so zornig. »Ihnen als Deutscher wird nichts geschehen. Sie können nach Berlin zurückkehren, wann immer Sie wollen.«

»Eben nicht«, sagte Nelly. »Meine Familie hat mich nach Holland verbannt, weil ich in Berlin … Nun, sagen wir, ich hatte ein wenig Ärger und darf mich vorerst dort nicht erwischen lassen.«

»Ach. Und für wie lange?«

Nelly brachte ein klägliches Lächeln zustande. »Ich schätze

mal, bis der Krieg endlich vorüber und die Nazis von der Landkarte verschwunden sind.«

Darauf erwiderte die Apothekerin zunächst gar nichts. Mit strengem Blick musterte sie Nelly, bis sich auf einmal ihre Mundwinkel hoben. »Also schön, dann will ich Ihnen mal glauben. Sie müssen mein Misstrauen entschuldigen, aber ich habe zwei Töchter, die mir alles bedeuten. Nachdem der Leutnant einfach so … verschwunden war, kamen Soldaten in mein Haus und haben alles durchsucht. Sie haben nicht nur dieses Zimmer und den Rest meiner Wohnung auf den Kopf gestellt, sondern auch die Kellerräume, den Fahrradschuppen und die Apotheke. Ob ich Bellmann vergiftetes Essen vorgesetzt habe, hat mich dieser Oberleutnant Haubinger gefragt. Oder ob ich ihm geholfen habe, heimlich das Land zu verlassen.« Ihre wasserblauen Augen füllten sich mit Tränen.

Wie viel Angst und Verzweiflung musste sie in diesen Stunden ausgestanden haben. Irgendwie schien es ihr dann doch noch gelungen zu sein, den gefährlichen Verdacht gegen ihre Person zu zerstreuen. Jedenfalls hatte Haubinger sie eingeschüchtert, aber nicht festnehmen lassen. »Seitdem bin ich ein Nervenbündel«, klagte die Apothekerin. »Wenn ich einen Wagen auf der Straße höre, habe ich Angst, es könnten wieder die Soldaten sein. Ich zucke zusammen, sobald die Ladenglocke läutet oder eine Nachbarin nach mir ruft. Dabei weiß ich gar nichts über Bellmanns Pläne. Das habe ich auch dem Herrn Oberleutnant gesagt. Er und seine Männer haben auch nur seine persönlichen Habseligkeiten gefunden: seine Kleidung, eine Taschenuhr, ein paar Feldpostbriefe. Nichts wirklich Wichtiges. Haubinger hat mir erklärt, die Sachen seien nun Eigentum der Wehrmacht und ich solle es nicht wagen, irgendetwas anzurühren. Er ließ alles in zwei Kartons stopfen und mitnehmen. Ich habe danach Tage gebraucht, um die Unordnung zu beseitigen.« In der Tat blitzte der Raum nur so vor Sauberkeit. Auf dem Mobiliar lag kein Staubkörnchen, der Boden war ordentlich gefegt, ja selbst die Vorhänge schienen frisch gewaschen zu sein. Nelly konnte sich vorstellen, dass Bellmann auf eine zusätzliche Verdunkelung bestanden hatte. Dass die Vorhänge entgegen dem holländischen Brauch aber immer noch am Fenster hingen, fand Nelly erstaunlich. Glaubte die Familie etwa an eine Rückkehr des Offiziers?

»Sollte die Wehrmacht niemanden mehr einquartieren, kann meine Älteste hier einziehen«, zerstreute die Apothekerin Nellys Verdacht. »Die mag das Zimmer so, wie es jetzt ist, und stört sich auch nicht daran, dass es ein Wehrmachtsoffizier bewohnt hat.«

»Haben Sie eigentlich Meldung auf dem Stützpunkt gemacht, als Sie bemerkt haben, dass Bellmann nicht nach Hause gekommen ist?«

Die Frau warf Nelly einen spöttischen Blick zu. »Wo denken Sie hin, ich war schließlich nicht sein Kindermädchen. Der Leutnant wurde bei mir einquartiert, er musste sich weder an- noch abmelden und war mir keine Rechenschaft schuldig. Er war oft nachts unterwegs, um mit seinen Leuten die Küstenregion nach Spionen oder Angehörigen von Widerstandsgruppen abzusuchen. Davon war er regelrecht besessen. Von seinem Verschwinden habe ich erst erfahren, als nach seinem Verbleib gefahndet wurde, weil er nicht zum Dienst erschienen war.«

Nelly legte nachdenklich die Stirn in Falten. »Demnach hatten Sie keine Gelegenheit mehr gehabt, sein Zimmer vor Haubingers Durchsuchung zu betreten?«

»Ich hätte es niemals ohne Erlaubnis betreten«, erwiderte die Apothekerin mit Nachdruck. »Das hat mir der Leutnant am Tag seines Einzugs untersagt. Nicht einmal saubermachen durfte ich. Nur wenn er zu Hause war, erlaubte er mir, ein wenig Staub zu wischen oder die Laken zu wechseln.«

»Ich durfte den Leutnant besuchen, sooft ich wollte«, warf

das kleine Mädchen ein, das der Unterhaltung der beiden erwachsenen Frauen still zugehört hatte. Ihre dunklen Knopfaugen leuchteten vor Stolz. »Er mochte es, wenn ich ihm vor dem Schlafengehen vorsinge. Er hat mir sogar ein paar deutsche Lieder beigebracht. Am liebsten mag ich ›Davon geht die Welt nicht unter‹.«

»Sei doch nicht so vorlaut, Tilla«, wurde sie von ihrer Mutter zurechtgewiesen. »Überhaupt möchte ich nicht, dass du so etwas vor den Nachbarn sagst. Du könntest sie auf dumme Gedanken bringen.« Sie hob mahnend den Zeigefinger. »Wir hatten zu dem einquartierten Soldaten nur den allernötigsten Kontakt, und auch das nur gezwungenermaßen.«

Nelly ging vor dem Mädchen in die Hocke und sagte mit einem aufmunternden Zwinkern: »Tilla ist aber ein sehr hübscher Name. Ich heiße eigentlich Eleonore, aber seit meiner Kindheit nennen mich alle Nelly. Das ist nicht so lang und umständlich.«

»Nelly gefällt mir. Darf ich dich auch so nennen?«

Bevor die Apothekerin erneut dazwischenfahren konnte, nickte Nelly rasch. Das Mädchen wusste etwas, das spürte sie. Kinder hatten ihre Augen und Ohren überall, und wenn Bellmann einen Plan ausgeheckt hatte, dann war das diesem aufgeweckten Kind nicht entgangen. Nellys Blick wanderte noch einmal zurück zu dem Regal mit der Seemöwenfigur. »Sag mal, Tilla, ich nehme an, dass der Leutnant sich über dein Geschenk gefreut hat, nicht wahr?«

Das Kind hob kurz die Schultern.

»Wenn mir jemand etwas schenkt, möchte ich demjenigen auch ein Geschenk machen. Hat Bellmann dir vielleicht etwas gegeben, bevor er fortging? Irgendeine Kleinigkeit, die er nicht mehr brauchte? Denk bitte ganz scharf nach. Jeder Hinweis könnte wichtig sein.«

»Ich hätte niemals erlaubt, dass eine meiner Töchter ein

Geschenk von ihm annimmt«, widersprach Tillas Mutter, doch das leichte Beben in ihrer Stimme verriet Nelly, dass sie sich dessen nicht so sicher war, wie sie vorgab. Schließlich legte sie mit einem Seufzer eine Hand auf die Schulter des Mädchens. »Nun sag schon, hat er dir doch etwas gegeben?«

Tilla spielte mit einem ihrer straff geflochtenen Zöpfe. Es dauerte noch eine ganze Weile, bis sie endlich mit der Sprache herausrückte: »Er hat gesagt, er würde sie nicht mehr brauchen, und jetzt würden sie mir gehören, weil ich ihm keinen Ärger gemacht habe.«

Das Mädchen führte Nelly ins Schlafzimmer ihrer Mutter, wo sie sich seit der Einquartierung ein Bett mit ihrer älteren Schwester teilte. Dahinter hingen Kleidungsstücke der Mädchen sowie beider Schultaschen an schmalen Wandhaken. Tilla nahm ihre Tasche herunter und holte zwei Bücher heraus, die sie Nelly mit einem ängstlichen Seitenblick auf ihre Mutter überreichte.

»Die hat er mir geschenkt!«

»Bücher über niederländische Kunstmaler?« Nelly überflog verdutzt die Titel und fragte sich, wie die beiden Werke in Bellmanns Besitz gekommen waren. Doch die kleine Tilla wusste es: Der Leutnant hatte die Bücher in Amsterdam gekauft und sie mithilfe eines Wörterbuchs studiert. Während dieser Zeit hatte ihn niemand stören dürfen.

Nelly schlug eines der Bücher auf und begann zu blättern. Als Autor war ein gewisser Doktor de Vries genannt, ein anerkannter Kunstsachverständiger des berühmten Rijks-Museums, doch Nelly stieß bei flüchtiger Durchsicht auf keinen greifbaren Hinweis, der ihr auf der Suche nach Bellmann hätte dienlich sein können. Der Stempel im Einband verwies auf ein Antiquariat im Herzen von Amsterdam, das einem gewissen A. Abrahams gehörte. Nelly blätterte weiter. Der Offizier hatte einige Passagen unterstrichen, verschiedene Begriffe sogar dick eingekreist. Am Seitenrand hatte er ein paar handschriftliche Anmerkungen hinterlassen. Sie blickte zu der Apothekerin, die schweigend am Fenster stand. Das helle Tageslicht fing sich in ihrem blonden Haar, das sich fast wie ein Heiligenschein um ihren Kopf legte. Unwillkürlich musste Nelly an das Ölgemälde in der Kirche von Paardendijk denken. Hatte Pastor Bakker nicht erwähnt, dass Bellmann auch daran Interesse gezeigt hatte? Sie blätterte gespannt weiter, musste jedoch enttäuscht feststellen, dass das Buch keine Angaben zu Paardendijk und dem Motiv in der Kirche machte. Allerdings … Nelly hielt gespannt den Atem an. Ein paar Seiten fehlten. Es sah fast so aus, als seien sie mit einem scharfen Messer oder einer Rasierklinge sorgfältig herausgetrennt worden.

»Das war ich nicht«, verteidigte sich Tilla. »Ich habe mir die Bücher gar nicht näher angeschaut.«

Die Apothekerin fuhr ihr beruhigend über den Kopf, dann öffnete sie den Kleiderschrank, in dem sie neben ihren Kleidern auch ein paar Sachen ihres verstorbenen Mannes aufbewahrte. Erstaunt beobachtete Nelly, wie sie ein abgetragenes Herrenjackett herausholte.

»Das hat auch Bellmann gehört«, gestand die Frau. »Ich weiß, was Sie jetzt denken, aber so war das nicht, ich …« Sie schickte die murrende Tilla hinaus, ehe sie leise weitersprach: »Wir waren kein Liebespaar. Ich habe ihn sogar gehasst, anfangs zumindest. Da war er grob und feindselig. Meine Töchter und ich gingen ihm aus dem Weg, wie wir nur konnten. Doch mit der Zeit schien er sich in dem kleinen Zimmer über der Apotheke heimisch zu fühlen. Auch uns behandelte er nicht mehr wie Feinde, sondern wurde zugänglicher. Besonders an Tilla hatte er einen Narren gefressen. Vielleicht erinnerte sie ihn an jemanden, den er zurückgelassen hatte. Ich fragte ihn einmal, ob es denn in Deutschland eine Familie gebe, die auf ihn warte. Aber darüber schwieg er sich aus. Er sagte nur, dass sich nach dem Krieg vieles für ihn ändern würde und er diejenigen nicht vergessen würde, die ihm jetzt halfen. Gott allein weiß, was er damit meinte.« Sie fuhr bedächtig über den groben Stoff des Jacketts. »Das sollte ich für ihn reinigen, aber ich bin nicht mehr dazu gekommen. Also habe ich es erst einmal in den Schrank gehängt. Bei der Hausdurchsuchung wurde es auch prompt übersehen. Ich hatte es in der Aufregung ganz vergessen, und das hat uns möglicherweise den Hals gerettet.«

Als Nelly das Kleidungsstück genauer untersuchte, begriff sie auch, warum. Sie stieß die Luft aus. »Ist das Blut, dort am Ärmel?«

»Sieht so aus, nicht wahr? Hätte Oberleutnant Haubinger ein blutbeflecktes Männerjackett in meiner Wohnung entdeckt, wäre ich jetzt schon tot. Ich wollte es im Garten verbrennen, habe mich aber nicht getraut. Es könnte doch sein, dass mein Haus immer noch überwacht wird, oder?« Die Apothekerin war bleich geworden.

Nelly schlüpfte aus dem Mantel. Obwohl es sie einige Überwindung kostete, zog sie das Jackett des verschollenen Offiziers an und warf sich dann den eigenen Mantel wieder über. »Sie haben recht«, erklärte sie, während ihre Finger mit den Knöpfen kämpften. »Sie sollten nichts mehr im Haus haben, was Leutnant Bellmann gehört hat. Vertrauen Sie mir, ich werde dafür sorgen, dass das Jackett verschwindet.«

Dies schien die Frau ein wenig zu beruhigen. Nelly konnte sich vorstellen, wie schwer es ihr fiel, eine fremde Deutsche ins Vertrauen zu ziehen. Beim Abschied drückte sie Nelly nicht nur Bellmanns Kunstbücher in die Hand, sondern auch noch zwei Stücke duftender Rosenseife, die sie in ihrer Apotheke eigenhändig herstellte. Als Nelly den Weg zum Leuchtturm einschlug, versuchte sie zu verdrängen, dass sie die mit Blut besudelte Jacke eines Offiziers trug, doch es gelang ihr nicht. Bellmann konnte sie kaum an dem Tag angehabt haben, an dem er verschwand. Oder in dem inzwischen zerstörten Boot, der *Febe*. Doch Mintje hatte ihn mit Blut an den Händen aus der Kirche kommen sehen. Dabei mussten die Flecke auf seinen Ärmel gekommen sein. Nun blieb nur noch die Frage, wie.

29

Als Nelly am Laden der Leanders vorbeikam, sah sie, wie Haarts Frau ein paar Werbeplakate an die Schaufensterscheibe klebte. Diese priesen *Opekta* an, ein Geliermittel, das zur Herstellung von Marmelade verwendet wurde. Nelly hatte vor, sich unauffällig davonzuschleichen, doch es war zu spät. Agnes hatte sie bereits entdeckt und winkte sie aufgeregt zu sich.

Nelly fluchte leise. Sie wollte jetzt nicht mit Agnes sprechen. Sie musste nach Hause, um das verräterische Jackett loszuwerden und nach Cole zu sehen, doch als sie den erwartungsvollen Blick ihrer Tante auffing, überwand sie sich und erwiderte deren Gruß. Agnes zog sie sogleich in den Laden. Der Verkaufsraum war leer, aus dem Büro drang jedoch das Gemurmel männlicher Stimmen. Nelly erkannte die ihres Onkels und spitzte die Ohren.

»Jan-Ruud ist bei ihm«, flüsterte Agnes, wobei sie gequält die Augen verdrehte. »Er hat mal wieder was mit deinem Onkel auszufechten. Mich haben sie hinausgeschickt.« Sie sah Nelly eindringlich an. »Nun spann mich nicht auf die Folter. Bist du bei den Deutschen gewesen? Was haben sie gesagt? Konntest du etwas für Bram tun?«

»Möglicherweise wird der Einsatzbefehl widerrufen«, setzte Nelly an, doch schon nach den ersten Worten fiel ihre Tante ihr jubelnd um den Hals. »Ich habe die ganze Nacht gebetet. Du bist ein Engel, Nelly! Unser Schutzengel! Ich wusste, dass alles gut wird.«

Nelly machte sich nach Atem ringend los. Sie war gerührt, andererseits spürte sie auch ein wenig Unbehagen, weil die Frau ihres Onkels ihr eine Macht zuschrieb, die sie überhaupt nicht besaß. Unter Umständen würde es sie noch teuer zu stehen kommen, dass sie Haubinger um diesen Gefallen gebeten hatte.

»Dann wird Bram also bei dir im Leuchtturm arbeiten?«, rief Agnes voller Begeisterung und lockte damit nun auch Haart und Jan-Ruud aus dem Büro. »Du wirst schon sehen, er wird dir keine Scherereien machen, ganz im Gegenteil. Er ist begabt und sehr erfinderisch.«

»Ich höre, du hattest Erfolg.« Nellys Onkel schlug zufrieden die Hände zusammen. »Na, wer sagt's denn.« Er drehte sich zu Jan-Ruud um, der mürrisch auf seiner Pfeife herumkaute. »Jetzt wirst du wohl nicht mehr bezweifeln, dass meine Nichte eine von uns ist. Sie gehört zu den Leanders von Paardendijk wie die Pferde, die einmal über die Deiche jagten. Sie hat Rechte in dieser Familie.«

Wohl eher Pflichten, dachte Nelly und überlegte, ob sie sich darüber freuen sollte, mit einem Pferd verglichen zu werden.

»Wenn du es sagst!« Der Fischer klang nicht so, als habe Haarts Bemerkung ihn überzeugt. Ohne Nelly und Agnes auch nur eines Blickes zu würdigen, stapfte er zur Tür. Doch Nelly dachte nicht daran, ihn so einfach entwischen zu lassen. Ja, sie hatte Angst vor ihm, insbesondere nach der Drohung, die er bei ihrer letzten Begegnung vor dem Leuchtturm ausgestoßen hatte. Aber es gab da ein paar Dinge, die sie noch mit ihm zu klären hatte, und im Beisein ihrer Verwandten würde er kaum so dumm sein, sich auf sie zu stürzen. Wenigstens hoffte Nelly das. Dennoch zitterten ihr die Knie, als sie sich Jan-Ruud in den Weg stellte.

Der Mann starrte sie an. Ein winziges Anzeichen von Respekt flackerte in seinen Augen auf, das jedoch rasch wieder erlosch. »Habe ich dich nicht gewarnt, mir ins Gehege zu kommen?«, knurrte er sie an.

»Sie sind mir noch einige Antworten schuldig, Jan-Ruud!« Nelly holte tief Luft. Das Jackett des Leutnants unter dem Mantel wurde immer schwerer. Sie musste all ihren Mut zusammennehmen, um nicht vor dem Mann einzuknicken, der sie um fast zwei Köpfe überragte und die Muskeln eines Preisboxers hatte. »Sie haben behauptet, Bentes Tochter sei gleich nach der Geburt gestorben, aber das war eine Lüge. Ich habe mit der Hebamme gesprochen, die meiner Mutter damals beistand: Das Kind war am Leben. Der alte Piet wurde bestochen, es ins Moor hinauszutragen. Dafür bekam er die Hütte, mit der er vermutlich nicht viel anzufangen wusste. Also, warum haben Sie mich angelogen, Jan-Ruud?«

Die Augen des Fischers blitzten gefährlich auf.

»Hat mein Onkel Ihnen inzwischen Geld für ein neues Boot gegeben?« Nelly registrierte, dass Haart betroffen zu Boden schaute. »Kann es sein, dass Ihr altes Boot gar nicht gestohlen wurde, sondern von der Bildfläche verschwinden musste, weil es voller Einschusslöcher war? Ein Boot, in dem es zu einer Schießerei kam, würde ein paar unangenehme Fragen aufwerfen. Zum Beispiel, ob Bellmann darin desertiert ist und wer im Dorf trotz des Verbots noch eine Waffe besitzt.« Zufrieden stellte Nelly fest, dass der Mann unruhig wurde. Aus seinem Gesicht wich jede Farbe.

»Also schön«, gestand er nach einem Moment des Schweigens. Seine Stimme klang heiser und rau wie ein verrostetes Stück Blech. »Als ich erfahren habe, dass meine Schwester Ans den Mund nicht hat halten können, habe ich dich angelogen. Wir wissen ja, dass du in Berlin Reporterin warst, und deshalb habe ich befürchtet, dass du keine Ruhe geben wirst, wenn du wüsstest, dass die Kleine überlebt hat. Ich bin auch jetzt noch überzeugt, dass es Ärger bringt, an Dingen zu rühren, die sich nicht ändern lassen. Aber was mein Boot betrifft, schwöre ich, dass ich keine Ahnung habe, wovon du redest. Es wurde mir gestohlen, und damit basta. Wenn der alte Piet oder dieser Deutsche es sich genommen haben und damit getürmt sind, ist das nicht meine Schuld. Ich besitze auch keine Waffe. Das wird jeder Fischer im Dorf bestätigen.« Er legte die Stirn in Falten und richtete seinen schwieligen Zeigefinger auf Nellys Brust. »He, woher willst du überhaupt wissen, ob in meinem Boot Einschusslöcher sind? Hast du es etwa aufgestöbert? Wo zum Teufel ist es?«

Nelly überlegte. War der Mann tatsächlich so ahnungslos, wie er tat, oder spielte er ihr etwas vor? Der Größe und Statur nach konnte Jan-Ruud durchaus mit dem Unbekannten identisch sein, der den Bootsschuppen draußen im Moor in Brand gesetzt und dann auf Cole geschossen hatte. Aber sicher war sie sich nicht. »Die *Febe* wurde zerstört«, erklärte sie schließlich knapp. »Aber ich habe die Einschusslöcher mit eigenen Augen gesehen. Auch die Blutspuren.«

»Die *Febe*?« Agnes Leanders Blick wanderte von ihrem Mann zu Jan-Ruud, der plötzlich aussah, als wäre er innerhalb von Sekunden um Jahre gealtert. »War das der Name deines Kahns? Das wusste ich ja gar nicht. Nach wem hast du das Boot benannt?«

Der Fischer schwieg zunächst, und Nelly befürchtete schon, er würde überhaupt nicht mehr den Mund aufmachen. Doch schließlich reckte er das Kinn und sagte: »Nach meiner Tochter.« Nelly fühlte sich, als balancierte sie auf einer Eisscholle, von der sie abzurutschen und in die eiskalten Fluten geworfen zu werden drohte. In ihren Ohren rauschte es so stark, dass sie die besorgten Stimmen ihrer Verwandten kaum noch hörte. Diese redeten auf sie ein, versuchten, ihr Kaffee und beruhigende Worte einzuflößen, doch durch ihren Kopf tanzten die Gedanken wie Herbstlaub, das vom Wind in alle Richtungen geweht wurde. Nelly knetete ihre Schläfen, als könne sie so wenigstens ein paar Gedanken einfangen, doch zwecklos. Nur ein einziger blieb haften, und der wog schwer.

Ich hätte es wissen müssen, dachte Nelly. Als Jan-Ruud mich so nachdrücklich gewarnt hat, mich aus seinen Angelegenheiten herauszuhalten, hätte mir ein Verdacht kommen müssen. Und ein weiterer, nachdem ich das Boot in dem Schuppen gefunden hatte. Ein Boot benannte man entweder nach seiner Liebsten oder nach dem eigenen Kind. Auch wenn es ein verlorenes Kind war. So weit so gut. Was Nelly aber gar nicht in den Kopf wollte, war, dass ihre Mutter, die kühle und vornehme Berliner Fabrikantengattin, ein Techtelmechtel mit diesem Mann gehabt haben sollte. Sie ertappte sich dabei, wie sie Jan-Ruud aus den Augenwinkeln beobachtete. Gleichzeitig versuchte sie, ihn sich als jungen Mann vorzustellen, zu einer Zeit, als seine Haut noch nicht von den Narben der See und des Lebens gezeichnet gewesen war. Sie sah einen frechen Rotschopf vor sich, breitschultrig und mit von der Hafenarbeit gestählten Armen.

Ja, damals war er sicher ein anderer gewesen als heute. Aber das galt für Bente ebenso. Hatte die beiden wirklich eine Romanze verbunden? Liebe? Wenn ja, so gewiss nicht mit dem Segen der Leanders. Dafür war Jan-Ruud zu arm und unbedeutend gewesen. Ein Fischerjunge war gewiss kein Heiratskandidat, dem Bentes Eltern die einzige Tochter gern zur Frau gegeben hätten.

»Wir haben es niemandem gesagt«, erklärte Jan-Ruud. »Das war eine Sache zwischen Bente und mir. Nicht mal, als man drohte, ihr das Kind wegzunehmen, hat sie verraten wollen, dass ich der Vater bin. Bedauerlicherweise war ich zu der Zeit nicht im Dorf, und als ich zurückkehrte, war Bente nicht mehr da. Unsere Tochter auch nicht. Ich habe erst von meiner Schwester Ans erfahren, dass ich Vater geworden war. Daraufhin habe ich Haart zur Rede gestellt, aber der konnte mir nicht weiterhelfen. Er hat mich beschworen, nicht zu seinen Eltern zu gehen.« Er lachte bitter. »Die hätten mich vermutlich sonst über den Haufen geschossen.«

»Ich hätte Jan-Ruud den Hals umdrehen können«, bestätigte Nellys Onkel. »Aber hätte das etwas geändert? Das Kind war ja schon in den Brunnen gefallen.« Er biss sich auf die Zunge, als er den strafenden Blick seiner Frau bemerkte. Nelly ging auf das makabre Wortspiel mit keiner Silbe ein. »Hätten Sie das Kind nicht zurückholen können?«

Jan-Ruud sah sie wütend an. »Du hast leicht reden! Was für ein Leben hätte ich dem Mädchen denn bieten sollen? Als halbwüchsiger Bursche, ohne Geld in der Tasche? Die Leanders wollten sich die Schande ersparen, das uneheliche Kind eines entfernten Vetters im Haus aufwachsen zu sehen, und Bente hatte längst genug von mir. Die wollte nur noch fort aus Paardendijk.« Er strich sich über den struppigen Bart. »Für Febe war es besser, in einer Familie aufzuwachsen, die nicht so verrückt ist wie die Leanders.«

»Hüte dein freches Mundwerk«, brauste Haart auf. »Du bist für deine Diskretion gut bezahlt worden. Vergiss nicht, dass du immer das teuerste Boot von allen hattest.«

Ehe Jan-Ruud zu einer Entgegnung ansetzen konnte, berührte Nelly ihn behutsam am Arm. Auch wenn der Fischer ihr immer noch unheimlich war, wollte sie vermeiden, dass er und ihr Onkel sich an die Gurgel gingen. Allmählich begriff sie, was Ans Hartog gemeint hatte: dass sie und ihr Bruder nicht von den Leanders loskamen. Beide Familien hüteten Geheimnisse, waren durch Schwüre und Vorwürfe miteinander verflochten. Mochte dieses Netz auch vor langer Zeit geknüpft worden sein – die Folgen waren bis heute spürbar. Der Gedanke, dass sie selbst Teil dieses Spinnennetzes war, verursachte Nelly Unbehagen, doch er ließ sich nicht abschütteln. Wenn Jan-Ruud Febes Vater war, so war er auch ein Teil ihrer eigenen Familie. Ob ihr dies nun gefiel oder nicht.

»Wenn ich Sie richtig verstanden habe, wurde Febe also adoptiert«, sagte sie nachdenklich. »Haben Sie nie herausfinden können, was aus ihr wurde? Möglicherweise lebt sie ja noch in Holland, vielleicht sogar ganz in der Nähe.«

Über Jan-Ruuds Gesicht huschte ein Ausdruck von Kummer. »Piet wurde damit beauftragt, sie nach Amsterdam zu bringen, mehr weiß ich nicht. Ich habe sie nie zu Gesicht bekommen und auch nie erfahren, was aus ihr geworden ist.«

Agnes Leander begleitete Nelly hinaus und sperrte sorgfältig hinter ihr ab. Sie beschloss, den Laden für den Rest des Tages zu schließen, egal was Haart davon hielt. Sie wollte heute niemanden mehr sehen, schon gar keine neugierigen Nachbarn, die sich erkundigten, was die Deutsche schon wieder von ihnen gewollt habe. Als sie sich langsam zu ihrem Mann umdrehte, stellte sie fest, dass Haart noch immer wie angenagelt neben Jan-Ruud stand und ins Leere starrte. Er schien sie gar nicht wahrzunehmen. Mit dem Ärmel ihrer Kittelschürze wischte sie sich über die Wange, weil ihre Haut entsetzlich juckte. Dies geschah oft, wenn sie aufgeregt war. Plötzlich legte sich eine Hand auf ihre Schulter. Sie registrierte verwundert, dass es nicht Haart, sondern Jan-Ruud war, der sie auf seine plumpe Art zu trösten versuchte. Agnes blickte unschlüssig zu ihm auf. »Ob sie es dir abgekauft hat?«

»Sagt ihr es mir, sie ist eure Verwandte!« Jan-Ruud stieß ein leises Grollen aus. »Ich fürchte, sie wird nicht aufhören, nach Febe zu suchen, aber das können wir nicht zulassen. Der Starrsinn dieser Frau und ihre Verbindungen zu den Deutschen gefährden unsere Pläne. Wollt ihr das? Wollt ihr, dass Paardendijk untergeht, nur weil Nelly Vogel nicht aufhören kann, sich überall einzumischen und herumzuschnüffeln?«

»Aber Nelly Vogel ist meine Nichte«, warf Haart ein. Er zitterte so sehr, dass er sich an der Ladentheke festhalten musste. »Sie hat Bram geholfen. Könnten wir nicht noch einmal mit ihr reden? Ihre Verbindungen könnten uns doch auch nützlich sein und …«

Jan-Ruud schnitt ihm das Wort ab: »Nelly ist eine Bedrohung. Ich sage, wir müssen sie loswerden. Wer dafür ist, hebt die Hand.«

Mit versteinerter Miene wartete er auf das Zeichen.

30

Zurück im Leuchtturm stellte Nelly fest: Ihr Bett war leer. Cole war also aufgestanden, demnach schien er sich besser zu fühlen. Dass der Pilot nicht zu den Männern gehörte, die gern untätig herumlagen und sich pflegen ließen, war Nelly nicht entgangen, dennoch hielt sie es für einen Fehler, mit einer Schussverletzung zu früh wieder auf den Beinen zu sein. Ahnungsvoll stieg sie die Treppen zur Schreibstube hinauf, wo sie Cole im Gespräch mit Henk vorfand. Die beiden Männer kehrten ihr den Rücken zu. Sie hatten Nellys Schreibtisch kurzerhand in die Mitte des Raumes geschoben und in eine Werkbank verwandelt. Jedenfalls verteilte sich nun ein Durcheinander aus Werkzeugen, Schrauben, Drähten und Klemmen darauf.

Nelly blieb der Mund offen stehen. »Ihr … ihr habt mein Radio in seine Einzelteile zerlegt!«

Cole drehte sich zu ihr um und hob erstaunt die Augenbrauen. Er war noch etwas blass um die Nase und gewiss vom Blutverlust geschwächt, doch er hielt sich aufrecht.

Nelly ließ ihre Handtasche zu Boden fallen. »Was soll das? Seid ihr von allen guten Geistern verlassen?«

Cole wechselte einen Blick mit Henk, der sogleich abwehrend die Hand hob. Seine Idee war das also offensichtlich nicht gewesen. »Sorry, nicht böse sein«, sagte Cole. »Henk hilft mir nur, aus den Radioteilen ein Funkgerät zusammenzubauen.«

»Ein Funkgerät?« Nelly schüttelte den Kopf. »Ich habe wohl nicht richtig gehört?«

»So schwierig ist das gar nicht«, belehrte sie Cole. »Wenn das Ding erst einmal funktioniert, kann ich vielleicht Funksprüche empfangen und mit meiner Einheit Kontakt aufnehmen.«

»Ja, während der gesamte Wehrmachtstützpunkt mithört!« Nelly schüttelte seufzend den Kopf. »Und was soll ich Oberleutnant Haubinger sagen, wenn er mit mir Zarah Leander hören will? Dass ich sein Geschenk aus lauter Bewunderung zertrümmert habe?«

»Soll das ein Witz sein? Du hast doch nicht wirklich vor, mit diesem Kerl einen romantischen Abend zu verbringen!« Cole versuchte offenkundig gelassen zu klingen, konnte aber einen eifersüchtigen Unterton nicht unterdrücken.

Nelly wurde wütend. Sollten die Männer doch denken, was sie wollten. Sie riss sich ein Bein aus, brachte sich und andere in Gefahr, um es jedem recht zu machen, und was erntete sie? Sie hatte genug davon.

Henk senkte schuldbewusst den Blick. »Ich … gehe dann mal wieder an die Arbeit«, sagte er. »Sie kommen bestimmt auch ohne mich zurecht.« Er verschwand.

Nelly sandte dem Jungen einen scharfen Blick nach, fühlte gleichzeitig aber auch eine große Erleichterung. Henk schien seine Meinung bezüglich Cole geändert zu haben. Zumindest hatte er ihre Abwesenheit genutzt, um den Engländer ein wenig zu beschnuppern. Das kleine Tablett mit leeren Teetassen und vollgekrümelten Tellern verriet ihr zudem, dass auch Mintje über ihren Schatten gesprungen war und sich des leiblichen Wohls des jungen Piloten angenommen hatte. Mintje vergaß anscheinend rasch ihre Bedenken, wenn es jemanden gab, den sie bemuttern konnte.

»Du gehörst noch ins Bett«, brummte Nelly, während sich Cole mit einer Miene des Bedauerns anschickte, die Einzelteile auf dem Tisch wieder in ein Radiogerät zu verwandeln. Nelly holte die Apothekertüte aus ihrer Handtasche. »Ich habe dir eine Salbe besorgt. Lass mich mal nach deiner Wunde sehen.«

Cole schlug das Friedensangebot in den Wind. »Nicht jetzt«, erwiderte er reserviert. »Habe ich dir schon gesagt, dass ich es nicht leiden kann, bevormundet zu werden?«

»Dann haben wir etwas gemeinsam!« Missmutig warf Nelly Salbe und Verbandstoff auf den Tisch. Sollte er sich doch selbst behandeln oder seinen neuen besten Freund darum bitten, den Verband zu wechseln. Sie würde es heute bestimmt nicht mehr tun.

»Du warst lange weg!« Schließlich hob Cole doch noch den Blick und sah sie an. »Wie ist es denn gelaufen bei der Wehrmacht? Hegt das Militär einen Verdacht?«

Nelly zuckte mit den Achseln. Erst jetzt ging ihr auf, dass der Oberleutnant mit keinem Wort auf das Feuer im Wald zu sprechen gekommen war. Wie es aussah, war der Brand in Paardendijk noch nicht bemerkt worden. Und selbst wenn, so gab es nichts, was sie damit in Verbindung bringen konnte. Sie hatte einen Rucksack mit Vorräten bei sich gehabt, der in der Hütte zurückgeblieben war, doch Nelly rechnete nicht damit, dass irgendetwas davon das Feuer überstanden hatte. Umständlich quälte sie sich aus dem Mantel. Als Cole bemerkte, dass sie darunter das abgewetzte Sakko eines Mannes trug, riss er verwundert die Augen auf.

»Für mich? Ich möchte ja nicht undankbar erscheinen, aber um ehrlich zu sein …«

»Eine Frau aus dem Dorf hat mir das Jackett gegeben. Es hat dem verschwundenen Offizier gehört.«

»Der Bursche hat wohl gern gemalt!« Cole widmete sich

wieder seinem Schraubenzieher, doch Nelly horchte verblüfft auf. Gemalt? Wieso gemalt? Sie untersuchte die Flecken, die sie und die Dorfapothekerin für Blutspuren gehalten hatten, unter der Lampe, dann hielt sie kurz inne und fing schließlich an zu lachen.

»Bist du ganz sicher, dass du okay bist?« Cole betrachtete sie mit einem Ausdruck von Besorgnis. »Ich hoffe, meine Bemerkung hat dich nicht beunruhigt.«

Nein, hatte sie nicht, ganz im Gegenteil. Sie hatte ihr auf die Sprünge geholfen. Die rostroten Spritzer waren kein Blut wie ursprünglich angenommen, sondern Farbe. Bellmann musste mit Farbe in Berührung gekommen sein und damit sein Jackett beschmutzt haben. Womöglich war auch das Blut, das Mintje an Bellmanns Händen gesehen hatte, nur frische Farbe gewesen!

»Vielleicht hat er sich die Zeit neben seinem Dienst mit Malerei vertrieben«, mutmaßte Cole. Nachdenklich blätterte er durch die Bücher über niederländische Kunst, die Nelly ihm gereicht hatte.

Nelly fand das nicht überzeugend. Bellmann war exzentrisch gewesen, aber deswegen noch lange kein Künstler. Außerdem hätte es zumindest der kleinen Tilla auffallen müssen, wenn er in seinem Quartier über der Apotheke den Pinsel geschwungen hätte. Dem Kind zufolge hatte er die Bücher aufmerksam studiert, mehr aber auch nicht. Aber er war um die Kirche herumgeschlichen. Allein, in Zivilkleidung und stets im Schutze der Dunkelheit. Was hatte er dort gesucht, und worauf war er bei seiner Suche gestoßen? Auf etwas, das ihn zu Tode erschreckt und in die Flucht geschlagen hatte? Etwas, das aus ihm einen Deserteur oder gar einen Mörder gemacht hatte?

Eine halbe Stunde später war das Radio wieder intakt und einsatzbereit. Cole verminderte die Lautstärke und drehte so lange an den Knöpfen, bis er einen englischen Sender empfing.

Erwartungsvoll drückte er sein Ohr gegen den Empfänger und lauschte.

»Neuigkeiten?« Nelly sah von ihrem Protokollbuch auf. Da sie die Abendkontrolle versäumt hatte, musste sie sich einen Bericht aus den Fingern saugen. ›Keine Vorkommnisse‹, schrieb sie nach einigem Nachdenken und setzte schwungvoll ihre Unterschrift darunter.

»Die Amerikaner haben die Stadt Montsel in Belgien bombardiert«, sagte der Engländer mit einem leichten Stirnrunzeln. »Sie wollten eigentlich eine Fabrik unter Beschuss nehmen, in der deutsche Kampfflieger repariert werden, aber nur vier der über zweihundert Bomben trafen ihr Ziel. Die übrigen fielen auf die Stadt und richteten erhebliche Zerstörung an.« Er stieß einen Laut der Verärgerung aus. »Verdammt, so etwas darf nicht passieren.«

Nelly schüttelte den Kopf. Sie dachte an zu Hause, an Berlin. Vermutlich würden die Angriffe auf ihre Heimatstadt bald zunehmen, bis alles in Schutt und Asche lag. Immer waren es auch Unschuldige, die unter den Schrecken des Krieges zu leiden hatten. Wann würden die Menschen endlich klüger werden? »Sonst noch etwas?«, fragte sie betrübt.

»Ein deutsches U-Boot wurde im Nordatlantik durch Wasserbomben versenkt, vermutlich durch eine Maschine meiner alten Einheit.«

»Aber kein Wort darüber, dass du und dein Freund vermisst werdet?«

Cole lächelte nachsichtig. »So bedeutsam sind wir nicht, Miss Nelly. Außerdem wird die BBC wohl kaum eine Suchmeldung über das Radio schicken und so dem Feind einen Hinweis geben, der zu unserer Ergreifung führt. Vermute mal, die zu Hause halten mich sowieso für tot. Nachrichten über abgeschmierte Flugzeuge heben nicht die Stimmung, sie demoralisieren.«

Nelly überlegte. Der deutsche Funk war seit zehn Jahren gleichgeschaltet und sendete nur, was der Propaganda nutzte und dem Volk weismachte, der Endsieg sei zum Greifen nahe. Daher war es verboten, die sogenannten Feindsender zu hören. »Ich weiß eigentlich gar nichts über dich«, sagte sie, nachdem Cole den Sender verstellt und das Radio ausgeschaltet hatte. »Nicht einmal, warum du so gut Deutsch sprichst. Das wollte ich dich schon bei unserer ersten Begegnung fragen, kam aber nicht dazu.«

Cole setzte sich ihr gegenüber auf das schmale Sofa und schlug die Beine übereinander. »Es ist besser für dich, wenn du nicht zu viel über mich weißt. Was du nicht weißt, kann der Feind auch nicht aus dir herausprügeln.«

Das klang vernünftig, doch Nelly war sich unsicher in der Frage, was Cole in ihr sah. Sie war eine Deutsche, und diese Identität ließ sich nun einmal nicht abstreifen wie ein verschwitztes Unterkleid. Machte sie das nicht automatisch zu seinem Feind?

Cole zerstreute ihre Bedenken auf eine Weise, die ihren Herzschlag beschleunigte und sie wie elektrisiert in seine Arme gleiten ließ. Sie genoss es, sich seinen Berührungen hinzugeben und seine Lippen auf ihrer Haut zu spüren. Sein Kuss vertrieb den letzten Rest von Ärger, der noch in ihr rumort hatte. Das Sofa war viel zu schmal für dieses Spiel, doch irgendwie gelang es Cole, sie dies vergessen zu lassen. Er vertrieb ihre trüben Gedanken über Freund oder Feind, über Bellmann und den alten Piet, ja selbst Febe verblasste für einige Momente des Glücks. Zuletzt saß sie eng an Cole geschmiegt auf dem Boden und lauschte der Stille, die sich wie eine warme Decke über sie legte.

»Ich will dir verraten, warum ich deine Sprache spreche«, sagte Cole ganz unvermittelt. »Meine Mutter stammte aus Hamburg. Sie lernte meinen Vater während einer seiner Geschäftsreisen auf den Kontinent kennen. Die beiden heirateten und gingen gemeinsam nach London. Dort hat Mutter sich sehr schnell zu einer perfekten britischen Lady entwickelt. Ihr Five o'Clock Tea mit Shortbread und Sandwiches war legendär, das musste sogar meine skeptische englische Verwandtschaft zugeben. Dennoch glaube ich, dass sie oft Heimweh nach Deutschland hatte. Sie träumte von Hamburg, sah es aber nie wieder. Dafür legte sie Wert darauf, dass meine Schwestern und ich oft Deutsch mit ihr sprachen.« Er grinste schelmisch. »Meinem armen Vater war das gar nicht recht. Nicht nur weil er kaum ein Wort verstand, wenn wir uns mit Mutter unterhielten. Es war während des ersten Krieges und auch in den Jahren danach in England nicht erwünscht, die Sprache des Feindes zu verwenden. Man konnte beschimpft oder sogar bedroht werden, wenn man deutsche Wörter benutzte. Nicht ohne Grund hat das britische Königshaus seinen ursprünglich deutschen Namen gegen den Namen Windsor eingetauscht. Meiner Mutter konnte all das die Liebe zu ihrer Heimat nicht nehmen.« Er atmete tief durch, bevor er leise hinzufügte: »Was danach kam, hat sie nicht mehr erlebt – ihr Hamburg unter der Knute eines wahnsinnigen Diktators und ein weiterer Krieg zwischen den Ländern, die sie beide so sehr liebte. Das wäre zu viel für sie gewesen.«

»Und dein Vater?«

»Er hat nach ein paar Jahren noch einmal geheiratet und lebt jetzt mit seiner neuen Frau in Brighton. Sie ist Irin. Aber wir sehen uns selten.« Er strich Nelly eine Haarsträhne aus der Stirn. »Verstehst du jetzt, dass ich in dir niemals einen Feind sehen könnte? Ich bin stolz auf Großbritannien und auf meinen Rang als Offizier Seiner Majestät, aber ich fliege nicht für die Royal Air Force, weil ich die Deutschen hasse. Ich möchte meiner Mutter ihre Heimat wiedergeben, das bin ich ihrem Andenken schuldig.«

Coles Worte trieben Nellys Gedanken wieder zurück zu

Febe. War sie es ihrer Mutter auch schuldig, deren verstoßene Tochter zu finden? Ja, Bente hatte sie auf Febes Spur gebracht: unverbindlich und unkonkret, wie es von jeher ihre Art gewesen war. Einen Schritt vorwärts, drei zurück. Doch damit war Schluss. Nein, Nelly war ihr nichts schuldig. Was sie unternahm, tat sie nicht für sie, sondern für sich.

31

»Die kleine Leander war schon wieder da«, grollte Mintje, als sie Nelly am nächsten Morgen das Frühstück servierte. Henk hatte sich wegen einer anstehenden Reparatur beizeiten ins Laternenhäuschen zurückgezogen, aber Cole war noch in der Küche. Die Langeweile setzte ihm sichtlich zu. Er durfte nicht einmal Henk zur Hand gehen, weil er auf dem Balkon von unten zu leicht zu sehen war.

»Ich habe sie abgewimmelt!« Mintje stellte einen Teller mit einer Scheibe Brot und Käse vor Nelly ab. Kein üppiges Frühstück, aber Nelly verspürte nach einer weiteren schlaflosen Nacht ohnehin keinen Appetit. Wieder und wieder hatte sie sich im Bett herumgewälzt und darüber nachgedacht, ob es ein Fehler war, ihren Gefühlen nachzugeben und Sam Cole in ihr Leben zu lassen.

»Fehlte gerade noch, wenn die von unserem … Gast Wind bekäme.«

»Wer?«

»Na, von wem rede ich wohl?«, rief Mintje händeringend. »Von deiner Cousine Sanne! Sie hat mich so frech angeschaut, als wüsste sie genau, was hier gespielt wird. Aber natürlich hat sie keinen Schimmer. Noch nicht. Kann aber noch kommen, wenn du nicht aufpasst.«

»Ich bedaure es sehr, Ihnen Umstände zu machen, Mintje«, sagte Cole mit einem Lächeln, das die Butter zum Schmelzen hätte bringen können. Er deutete auf seinen leeren Teller und klopfte sich dann auf den Bauch. »Aber ich schwöre, dies waren die besten Pfannkuchen, die ich je gegessen habe.«

Nelly warf Mintje einen empörten Blick zu. Pfannkuchen? Sie knabberte an einer harten Kruste, und die Herren wurden mit Pfannkuchen gefüttert? Wer bezahlte die Frau eigentlich? Sie oder Cole? Doch Mintje lächelte gutmütig und erklärte, dass der Lieutenant ja schließlich eine Schussverletzung auskuriere und wieder zu Kräften kommen müsse. Dies sei doch gewiss auch in Nellys Intcresse.

»Aber was deine Cousine Sanne und ihre Entourage betrifft, solltest du dir schleunigst etwas einfallen lassen, Kindchen!« Mintje pumpte Wasser über die Bratpfanne, griff dann nach dem Spülschwamm und begann zu schrubben, was das Zeug hielt. »Ich werde nicht immer hier sein, um sie abzuweisen. Außerdem würde Henk mir das übel nehmen, so vernarrt, wie er in das Mädchen ist.«

Nelly musste der Frau beipflichten. Sie selbst hatte sich schon den Kopf darüber zerbrochen, wie sie den Leuchtturm zu einem sichereren Versteck für Cole machen könnte. Doch auf so engem Raum waren ihre Möglichkeiten beschränkt. Die von draußen einsehbaren Bereiche verboten sich von selbst. Cole konnte nach Einbruch der Dunkelheit auf dem Balkon kurz Luft schnappen, wenn er sich Henks Schiebermütze in die Stirn zog. Da die beiden von ähnlicher Statur waren, würde man Cole zweifellos für Henk halten, der seinem Dienst nachging. Kompliziert wurde es, wenn jemand unangemeldet im Leuchtturm auftauchte. Nelly pflegte ihre Besucher stets in die Schreibstube zu führen, daher taugte die nicht für ein Versteck. Auch die Küche schied aus. Übrig blieben somit nur noch der Lagerraum und Nellys Schlafkammer. Bei einer Haussuchung konnte Cole bestenfalls unter das Bett kriechen oder sich in den Kleiderschrank quetschen, doch dies war riskant.

»Ich lasse mir was einfallen«, versprach Henk, nachdem er eine Reparatur beendet hatte. Er trat zum Fenster und sandte einen sehnsuchtsvollen Blick in Richtung Kolonialwarenladen. Ihm war anzusehen, dass er Sanne vermisste, die in letzter Zeit häufig auf einen Sprung bei ihm im Leuchtturm vorbeischaute. Nelly wechselte einen Blick mit Mintje, die sofort den Kopf einzog und sich wieder dem Abwasch widmete.

Gegen Mittag machte sich Nelly auf zur Kirche. Sie wollte noch einmal in Ruhe mit dem Pastor sprechen, denn nach allem, was sie inzwischen herausgefunden hatte, hegte sie den Verdacht, dass der Mann weit mehr über die Besuche des Leutnants in seinem Gotteshaus wusste, als er ihr anvertraut hatte. Doch zu ihrer Enttäuschung war Pastor Bakker nicht da. Eine Frau, die trotz einer fürchterlichen Erkältung den Steinboden wischte, zuckte auf Nellys Frage nach dem Geistlichen nur gelangweilt mit den Achseln. Unter Niesen und Keuchen erklärte sie, der Pastor sei in einer persönlichen Angelegenheit nach Amsterdam gefahren.

Die nächste Überraschung erlebte Nelly, als sie sich noch einmal das Gemälde betrachten wollte, das Pastor Bakker ihr bei ihrem ersten Besuch gezeigt hatte. Das Bild der Frau im Boot auf den stürmischen Wellen. Es hing nicht mehr an seinem Platz. Nur ein dunkler Rand wies darauf hin, dass an dieser Stelle überhaupt einmal ein Gemälde gehangen hatte. Verdutzt starrte Nelly die Wand an. Sie rief sich ins Gedächtnis, was der Pastor ihr über das Gemälde gesagt hatte. Seiner Aussage nach war es noch nie abgenommen worden, weil der Ältestenrat, ja das gesamte Dorf, dagegen sei und es als schlechtes Omen werte, das Bild zu entfernen.

Doch genau das war nun geschehen.

Nelly ließ sich auf einer Kirchenbank nieder und legte beide Hände über die Stirn. Bellmann hatte das Gemälde mehrmals in Augenschein genommen. Er war nach Amsterdam gefahren und mit Büchern über Malerei zurückgekehrt. Sein Jackett und seine Hände waren mit roter Farbe beschmiert gewesen. Nelly schloss die Augen und versuchte sich vorzustellen, wie der Mann die alte Leinwand berührte, wie seine Finger aufgeregt über die rissigen Konturen strichen und sich schließlich ein verschlagenes Lächeln über seine Lippen legte.

Allmählich ergab alles ein vollständiges Bild. Bellmann musste dahintergekommen sein, dass die Malerei wertvoller war, als der Pastor behauptete. Seine Entdeckung hätte er melden und das Gemälde beschlagnahmen lassen können, doch was hätte er davon gehabt? Nichts. Seiner Hauswirtin gegenüber hatte er aber angedeutet, dass sich nach dem Krieg viel für ihn ändern werde. Warum? Hatte er sich schon als gemachten Mann gesehen? Wohlhabend aufgrund des Diebstahls eines alten Meisters, den er zufällig in einer Dorfkirche entdeckt hatte? Um dem Vorwurf zu entgehen, musste er dafür sorgen, dass die Bewohner von Paardendijk ihn nicht des Diebstahls oder der Plünderung anklagen konnten. Nelly stand auf und lief vor der nackten Wand auf und ab. Im Grunde war es ganz einfach: Beschuldigte man Paardendijk des Mordes an einem deutschen Offizier, so würde der Ort ausgelöscht werden. Dann blieb keiner zurück, der den Verlust des Gemäldes anzeigen konnte. War das Bellmanns teuflischer Plan? War er desertiert, um seine eigene Ermordung durch den Widerstand vorzutäuschen? Wenn er darauf spekulierte, musste die zögerliche Haltung seines Vorgesetzten seine Geduld erheblich strapazieren, denn der Oberleutnant schien noch nicht überzeugt. Und auch mit Nellys Eingreifen hatte Bellmann nicht rechnen können.

Zwei Dinge gab es indessen, die Nelly nicht in den Kopf wollten: Wenn es Bellmann gewesen war, der auf die *Febe* geschossen hatte, um falsche Spuren zu legen, warum dann das Feuer, um das Boot zu zerstören? Lag es nicht in seinem Interesse, dass es mitsamt Einschusslöchern entdeckt und als Beweis für seinen Tod betrachtet wurde? Davon abgesehen blieb die Frage, warum das Gemälde jetzt verschwunden war. Hatte Bellmann die Nerven verloren und es sich klammheimlich geholt? Dies wäre ein ziemliches Wagnis gewesen. Und die Farbe an seinen Händen? Der Leutnant war gewiss nicht begabt genug, um einen alten holländischen Meister zu kopieren und die Fälschung gegen das echte Werk auszutauschen. Nein, da musste noch mehr dahinterstecken.

Die Kirchentür flog mit einem gewaltigen Knall ins Schloss und ließ Nelly zusammenzucken. Vielleicht hatte die wortkarge Frau mit dem Wischmopp den Rückzug angetreten. Zumindest waren weder sie noch ihr Eimer zu entdecken. Dennoch beschlich Nelly das Gefühl, nicht allein in der Kirche zu sein. Irgendjemand beobachtete sie, sie hörte die Person atmen. Doch das Geräusch war nicht zu lokalisieren, es konnte von der Galerie kommen, aber auch aus einem Winkel hinter den Säulen. Nelly rann ein Schauer über den Rücken. War es Bellmann, der dort hinten auf sie lauerte?

Das ist nicht gut, dachte sie. Sie versuchte sich zu erinnern, ob sie Mintje oder Henk darüber in Kenntnis gesetzt hatte, dass sie Pastor Bakker aufsuchen wollte, aber es fiel ihr beim besten Willen nicht ein. Auf deren Hilfe durfte sie also nicht setzen. Auf Coles schon gar nicht, der durfte sich um diese Zeit nicht im Freien blicken lassen.

Ein Schatten schnellte jetzt über den schmalen Gang. Nelly sah eine Gestalt in einem fast bodenlangen Fischercape, die ihre Gesichtszüge mithilfe eines breitkrempigen Hutes verbarg. Unter ihrem Arm klemmte ein flacher Gegenstand, um den ein weißes Stück Leinen wie ein Leichentuch flatterte. Das Gemälde? Ja, das musste es sein. Nelly nahm an, dass die

Gestalt damit aus der Kirche fliehen wollte, doch sie täuschte sich. Unvermittelt blieb der Unbekannte stehen, wandte sich zu ihr um und bewegte dann ruckartig den Kopf. Er stieß ein Knurren aus, das schaurig von den Wänden widerhallte. Starr vor Entsetzen wich Nelly zurück, konnte den Blick aber nicht von dem knurrenden Schemen abwenden. Sie musste an ein Raubtier denken, das erst die Witterung aufnimmt, bevor es sich auf seine Beute stürzt, um sie zu zerreißen. Mit zitternden Knien wankte sie zur Seitentür, die in die Sakristei führte, und rüttelte daran. Doch die Tür war abgeschlossen. »Bellmann?« Nelly glaubte den Namen hinauszuschreien, musste aber feststellen, dass aus ihrer Kehle kaum mehr als ein klägliches Winseln drang. »Was soll die verdammte Maskerade? Ich weiß, dass Sie desertiert und nicht tot sind.«

Während der Mann langsam auf Nelly zuschritt, verwandelte sich sein Knurren allmählich in ein perfides Kichern.

»Kann ich nicht beides sein?«, drang eine hohe, fast singende Stimme an Nellys Ohr.

»Sie machen mir keine Angst!« In Wahrheit tat er genau das. Darauf hatte er es angelegt, seit Nelly den Leuchtturm bezogen hatte. Dabei hatte er da noch gar nicht ahnen können, dass sie sich an seine Fersen heften würde. Nun hatte er sie in die Enge getrieben. Um zur Tür zu gelangen, musste sie durch den Mittelgang, doch diesen Weg versperrte er.

Die Gestalt im Fischermantel verstummte, ging aber auch nicht weiter. Sie hielt das Bild hoch über den Kopf, nur um es kurz darauf mit Schwung gegen einen der steinernen Stützpfeiler zu schlagen. Dies wiederholte sie, bis das Holz des Rahmens zerbarst und mit Gepolter zu Boden fiel. Er zerstört es, dachte Nelly, während sie hilflos mit ansehen musste, wie auch die Leinwand gegen die Säule geschlagen wurde. Weil er es nicht unbemerkt davonschaffen kann, will er es lieber vernichten. Sie überlegte, was sie tun konnte, um ihm Einhalt zu gebieten. Ihr Blick fiel auf die Messingleuchter auf dem Altar. Sie waren keine optimale Waffe, aber schwer genug, um sich zu verteidigen. Sie schnappte sich einen und verbarg ihn hinter dem Rücken.

Der Mann hatte sein Zerstörungswerk beendet und drehte sich langsam zu Nelly um. Er war jetzt nahe genug an sie herangekommen, dass sie das dunkle Maskentuch vor Mund und Nase sah. Warum verbarg Bellmann sein Gesicht vor ihr? Sie hatte es noch nie gesehen und würde vermutlich auch keine Gelegenheit mehr bekommen, ihn zu beschreiben. Als jedoch die Augen des Mannes aufblitzten, stutzte sie irritiert. Irgendetwas an seinem Blick kam ihr bekannt vor. War sie ihm womöglich doch schon einmal begegnet?

Das heisere Geflüster unter der Maske war kaum zu verstehen. Nelly wusste indes auch so, was er ihr zu sagen hatte. Dass sie gewarnt worden sei, zuerst vor dem Leuchtturm und dann noch einmal bei der Moorhütte. Dass sie seine Pläne durchkreuzte. Dass sie einem Feind Zuflucht gewähre und es daher verdiene, auf der Stelle getötet zu werden. Tatsächlich blitzte in seiner behandschuhten Faust ein Messer auf. Ohne Vorwarnung machte er einen Satz nach vorn, holte aus und hieb nach ihr. Nelly duckte sich. Es gelang ihr, den Stoß aufzuhalten, indem sie ihn mit dem Altarleuchter parierte. Als Metall auf Metall traf, klirrte ein hässliches Geräusch durch das dämmerige Kirchenschiff.

Nelly schluchzte. Sie konnte in dem Zwielicht nur wenig erkennen. Der nächste Hieb würde ihr die Kehle aufschlitzen. Sie würde hier sterben, ohne Cole noch einmal zu sehen. Ohne Febe zu finden. Ohne …

»Du verlässt Paardendijk in drei Tagen«, spie ihr der Mann plötzlich entgegen. Anstatt auf sie mit dem Messer einzustechen, wich er langsam vor ihr zurück, bis von seiner gedrungenen Gestalt nur noch eine Kontur übrig blieb. »Begegnen wir uns danach noch einmal, seid ihr beide dran. Du und dein Engländer!«

Nelly spürte einen Luftzug im Genick, aber sie hörte nicht, wie die Tür zur Sakristei geöffnet wurde. Auch die Schritte auf dem kalten Steinboden nahm sie viel zu spät wahr. Ihr Blick folgte dem Mann im dunklen Fischermantel, der kurz zusammenzuckte, dann hastig auf dem Absatz herumwirbelte und schließlich wie ein Blitz durch den langen Gang Richtung Ausgang stürmte. Im selben Moment, als die Tür donnernd zuschlug, traf sie der Schlag auf den Kopf. Sie sackte zusammen, und Dunkelheit umschloss sie.

32

»Na endlich kommt sie wieder zu sich. Gott sei Dank!«

Als Nelly die Augen aufschlug, blickte sie in die besorgten Gesichter von Mintje und dem Pastor. Bakker trug einen Mantel über dem Arm, sein schwarzer Anzug wies Staubflecken auf. Wie es aussah, war er gerade erst nach Hause gekommen und hatte noch keine Zeit gefunden, sich umzuziehen. Die ältliche Frau, die nun auch noch dazukam, war seine Haushälterin. Nelly erinnerte sich vage daran, sie ein-, zweimal auf dem Friedhof gesehen zu haben. Doch sie hatte weder mit ihr gesprochen noch kannte sie ihren Namen. Als Nelly sich aufrichtete, verrutschte der feuchte Lappen auf ihrer Stirn. Ein stechender Schmerz jagte durch ihren dröhnenden Schädel.

»Was ist denn passiert?«, stöhnte sie, während sie sich benommen an den Kopf griff. Sie sah sich um. Der Raum, in dem sie lag, war klein, spartanisch eingerichtet und ungeheizt. Er schien zur Wohnung des Gemeindepastors zu gehören.

Willem Bakker schüttelte den Kopf. »Sagen Sie es mir, meine Liebe. Da komme ich von einem dienstlichen Ausflug nach Amsterdam zurück und finde Sie ohnmächtig in der Kirche liegen. Ich habe gleich nach Mintje schicken lassen, und gemeinsam haben wir Sie in meine Wohnung getragen. Mit

Kopfverletzungen ist nicht zu spaßen. Sind Sie gestolpert und hingefallen?«

Nellys Erinnerung kehrte schlagartig zurück. Hingefallen?

»Leutnant Bellmann … Er ist in die Kirche gekommen, jedenfalls glaube ich, dass er es war. Er hat mich bedroht. Er hat das Gemälde zerstört. Vor meinen Augen. Ich konnte ihn nicht aufhalten.«

Pastor Bakker wechselte einen besorgten Blick mit seiner Haushälterin, die vielsagend den Kopf schüttelte. Ihre sauertöpfische Miene ließ erkennen, dass sie Nellys Worte für nichts als Hirngespinste hielt.

»Welches Gemälde?«, wollte Bakker wissen.

»Na das von der Frau mit Kind im Boot! Das Bild, das an der Seitenwand neben dem Altar hing. Sie müssen doch die Überreste gefunden haben. Den zerbrochenen Rahmen und …« Nelly zog die Decke weg und schwang beide Beine über den Rand des Kanapees. Doch als sie aufstehen wollte, packte sie ein so starker Schwindel, dass sie wie ein leerer Sack auf die Couch zurücksackte.

»Ich habe kein zerstörtes Gemälde in der Kirche gefunden«, sagte die Haushälterin barsch. »Das Gemälde ist ja auch gar nicht hier, sondern in Amsterdam. Der Herr Pastor hat endlich die Erlaubnis bekommen, es von einem Spezialisten restaurieren zu lassen.«

Nelly starrte die hagere Frau ungläubig an. »Sie lügen! Das kann nicht sein.«

»Nun einmal langsam, Fräulein Vogel.« Willem Bakker räusperte sich. »Sie sind verwirrt, was nicht verwunderlich ist. Ich fürchte, Sie haben sich das alles eingebildet.« Er warf Mintje einen Blick zu. »Deine junge Freundin steht offensichtlich unter gewaltigem Druck, habe ich recht? Die Aufgaben im Leuchtturm machen ihr zu schaffen.«

»Schon, aber wenn sie sagt, dass sie diesen Leutnant hier

in der Kirche gesehen hat, dann solltet ihr das ernst nehmen. Schließlich wird der Leutnant immer noch vermisst. Wer sagt uns denn, dass er nicht in der Nähe ist? Vor seinem Verschwinden habe ich ihn aus dieser Kirche kommen sehen. Das wollen Sie doch nicht abstreiten, Herr Pastor!«

Bakker runzelte gereizt die Stirn. »Ich streite gar nichts ab. Ich frage mich aber, warum der Mann Fräulein Nelly in meiner Kirche niederschlagen sollte. Und wie kann er ein Bild zerstören, das gar nicht mehr hier ist?«

»Er hat mich nicht niedergeschlagen«, stellte Nelly richtig. »Er hat mich mit einem Messer bedroht, ja, aber bevor ich den Schlag erhielt, konnte ich noch sehen, wie mein Angreifer durch das Hauptportal ins Freie geflohen ist.«

»Vielleicht irrst du dich doch.« Mintje knetete unruhig ihre Hände. Mit einem unauffälligen Augenzwinkern mahnte sie Nelly, die Sache vorläufig auf sich beruhen zu lassen. »Komm jetzt, ich helfe dir. Bis zum Turm sind es ja zum Glück nur ein paar Schritte. Das schaffst du. Zu Hause wartet ...«

»Ja?« Der Pastor sah die grauhaarige Frau gespannt an. »Wer wartet dort?«

»Henk wartet auf uns. Und außerdem eine Menge Arbeit, die bis Sonnenuntergang erledigt werden muss. Wenn Sie uns nun bitte entschuldigen würden!«

Nach dem Abendessen kam Oberleutnant Haubinger, um nach Nelly zu sehen. Er schäumte vor Wut, als er von dem Angriff auf sie erfuhr. Nelly saß im Dienstzimmer und ließ seine Fragen mit Herzklopfen und Brummschädel über sich ergehen. Sie hatte Cole eingeschärft, sich in ihrer Schlafkammer einzuschließen und keinen Mucks von sich zu geben. Henk hatte auf ihre Bitte hin eingewilligt, länger im Turm zu bleiben. Dafür war sie ihm sehr dankbar, denn es war ihr fast unerträglich, mit dem Oberleutnant allein sein zu müssen. Trotzdem wurde sie immer nervöser und zitterte bei dem Gedanken, Haubinger könnte Verdacht schöpfen und darauf bestehen, sich die anderen Räume anzusehen.

»Nelly, wenn das tatsächlich Leutnant Bellmann gewesen sein sollte, wäre das ungeheuerlich«, sagte der Offizier, doch etwas an seinem Ton verriet ihr, dass er mehr auf einen romantischen Abend aus war als auf eine Diskussion über Bellmann. Angeblich hatte ihn die Sorge um Nellys Sicherheit und ihr Wohlbefinden zu ihr geführt, doch als er ihr Glas füllte und dann an den Radioknöpfen drehte, dämmerte ihr, was er im Schilde führte.

Wenige Augenblicke später plärrte Musik durch den Raum. Marika Rökk sang von einer Nacht voller Seligkeit. Nelly seufzte. Auch das noch.

Haubinger strahlte sie an. »Na bitte, die passende Musik und ein gutes Glas Wein. Was wollen wir mehr?« Er streckte die Hand nach ihr aus. »Darf ich bitten, Nelly? Sie haben es versprochen.«

»Tanzen? Sie vergessen, dass ich heute einen Schlag auf den Kopf bekommen habe!« Nelly spielte die Beleidigte, woraufhin der Oberleutnant zerknirscht sein Glas absetzte.

»Ich hätte Sie gar nicht einlassen, sondern früh zu Bett gehen sollen«, sagte Nelly vorwurfsvoll.

»Sie haben ja recht, ich möchte nicht rücksichtslos sein. Es ist nur so …« Er kam auf sie zu, so nah, dass ihr der Duft seines teuren französischen Rasierwassers in die Nase stieg. Es roch verdammt gut, das musste sie zugeben. »Ich habe noch nie eine Frau wie Sie getroffen, Nelly. Eine Frau, die so voller Leben ist, aber auch voller Geheimnisse.«

»Dann ist Ihnen bislang viel Ärger erspart geblieben!«

»Scherzen Sie nicht mit mir!« Haubinger nahm einen Schluck Wein, dann legte er seine Hand sanft um Nellys Taille und presste seine Lippen auf ihren Mund. Nelly verschlug es den Atem. Wie weit würde sie mitspielen müssen, um den Mann so schnell wie möglich abzuwimmeln? »Was hältst du davon, wenn ich dich zu Bett bringe?«

Nelly erstarrte. Was sollte sie tun?

»Schick den Bengel nach Hause«, verlangte Haubinger flüsternd von ihr. »Der macht ohnehin zu viel Lärm.«

Nelly schüttelte den Kopf. Ihr war speiübel – ob von dem Schlag, vom Wein oder von Haubingers Annäherungsversuchen, vermochte sie nicht zu sagen. In ihrem Schädel summte es jedenfalls, als tummle sich darin ein ganzes Hummelvolk. »Auf keinen Fall«, sagte sie entschlossen. »Ich habe Dienst, und es wäre ein schweres Versäumnis, wenn ich das Leuchtfeuer unbeaufsichtigt ließe. Was, wenn durch meine Verantwortungslosigkeit ein Schiff aufläuft und havariert? Einer muss sich um die Kontrolllampen kümmern, entweder mein Hilfswärter oder ich. Wenn ich das Henk überlasse, wird er mir alle dreißig Minuten Bericht erstatten, so steht es in den Vorschriften.«

Haubinger ließ sich mit seinem Glas auf das Sofa fallen und nahm einen großen Schluck. Der Wein schien ihn nur mäßig über das geplatzte Stelldichein hinwegzutrösten.

»Darf ich noch einmal auf Leutnant Bellmann zurückkommen?«, wagte Nelly einen zweiten Anlauf. Sie musste den Oberleutnant überzeugen, bevor dieser betrunken war. »Wenn es Bellmann war, der mich in der Kirche bedroht hat, wovon ich überzeugt bin, dann kann er nicht ermordet worden sein. Er ist also desertiert, und wir wissen jetzt auch, warum. Sie müssen das melden.«

Haubinger gab einen ärgerlichen Laut von sich. Er stand auf, stapfte zum Radio und brachte Marika Rökks Stimme jäh zum Verstummen. »So, muss ich das? Warum? Weil sonst Sie es tun? Mit Ihren Verbindungen zum Reichssicherheitshauptamt? Sie tischen mir eine hanebüchene Geschichte über ein Gemälde auf, das Bellmann hat stehlen wollen. Und das soll sein Motiv gewesen sein? Sind Sie sich eigentlich über die Anschuldigung im Klaren, die Sie gegen einen Offizier der Wehrmacht erheben?« Er funkelte Nelly mit einem stechenden Blick an, und ihre Hoffnung schwand mehr und mehr. »Haben Sie einen Beweis dafür, dass es wirklich Bellmann war, der Sie bedroht hat? Haben Sie überhaupt irgendeinen Beweis?«

Nelly blieb nichts übrig, als zu verneinen.

»Das habe ich mir gedacht!«, brummte Haubinger. »Sie greifen nach einem Strohhalm, Nelly. Es liegt nicht in meinem Interesse, dass das Dorf ausradiert wird, aber ohne eine vollständige Aufklärung sind mir die Hände gebunden. Zumal Wehrmacht und Sicherheitspolizei der Ansicht sind, dass der Widerstand englische Kampfflieger über die Nordsee ins Land lotsen will, um eine Invasion vorzubereiten. Das soll Bellmann angeblich herausgefunden haben.«

»Englische Flieger? Ich nehme an, bei dem Toten vom Strand in Zandvoort handelt es sich nicht um den alten Piet, sondern um einen britischen Piloten, nicht wahr?«

»Verflucht noch mal, das behalten Sie aber für sich!« Haubingers Miene verfinsterte sich. »Es muss geheim bleiben, dass die Tommys unsere Abwehr schon einmal durchbrochen haben.« Das Gesicht des Offiziers rötete sich vor Aufregung. »Ich bin mir sicher, dass der tote Pilot vom Strand nicht allein unterwegs gewesen ist. Sollte es ein weiterer Brite an Land geschafft haben, werde ich ihn finden. Es gibt da schon ein paar Spuren, denen meine Männer nachgehen.«

Nelly erschrak. War das eine Finte oder gab es diese Spuren wirklich?

Haubinger war die Lust auf einen weiteren Plausch vergangen, wofür Nelly dem Himmel dankte. Nachdem er sich verabschiedet hatte, klopfte Nelly an ihre Schlafzimmertür. Sie wollte Cole mitteilen, dass die unmittelbare Gefahr vorüber war. Doch das war nur ein kleiner Trost.

Haubinger hatte ihrer Geschichte nicht geglaubt und würde den Fall Bellmann daher nicht zu den Akten legen. Zu allem Überfluss fahndete er nach Cole. Und der Mann im schwarzen Fischermantel hatte Nelly ein Ultimatum gestellt.

»Er verlangt von mir, dass ich Paardendijk verlasse«, flüsterte sie müde, während sie sich an Coles warmen Körper kuschelte. Bereitwillig machte er ihr Platz, sagte aber keinen Ton.

»Wenn ich darauf nicht eingehe, wird er mich töten. Und dich wird er denunzieren.«

»Dieser Gefahr will ich dich nicht aussetzen. Ich verschwinde im Morgengrauen.«

»Aber ... wohin?« Nelly kämpfte mit den Tränen. Sie wollte Cole nicht zeigen, wie verloren sie sich fühlte. Aber sie versagte auf ganzer Linie. »Der Hafen wird bewacht, und zurück in den Sumpf kannst du auch nicht. Ich ...« Sie sprach nicht weiter, sondern dachte fieberhaft nach. Es musste einen Ausweg geben, irgendetwas musste sie doch tun können.

»Mir ist übrigens wieder eingefallen, was ich dir neulich schon sagen wollte.« Coles Stimme klang ruhig. »Du hattest mich gebeten, den Papierkram in der Hütte durchzugehen. Du weißt schon, die Sachen, die der alte Mann dort hinterlassen hat, dieser ...«

»Piet?« Aufgeregt funkelte Nelly den Piloten an. »Sag bloß, du hast etwas entdeckt!«

»Nichts von Bedeutung, fürchte ich. Nur eine uralte, vergilbte Rechnung oder Quittung aus einem Laden in Amsterdam. Hat wohl was mit Kunst zu tun. Mit Kunst und mit Büchern.« Er seufzte. »Sorry, aber es war auf Niederländisch. Ich erinnere mich, dass der Name des Besitzers Abraham oder Abrahams gelautet hat.«

Nelly holte tief Luft und stieß sie wieder aus. »Sagtest du Abrahams?« Ohne Coles Antwort abzuwarten, sprang sie auf und stürmte die Treppe hinauf zur Schreibstube, von wo sie nur

Sekunden später mit den beiden Werken über Malerei zurückkehrte. Aufgeregt schlug sie die ersten Seiten auf und präsentierte dem verdutzten Cole die Stempelabdrücke, die auf A. Abrahams, den Besitzer einer Kunst- und Buchhandlung in Amsterdam, hinwiesen.

»Schon merkwürdig, dass dieser Piet eine alte Quittung aus diesem Laden aufgehoben hat. Dabei scheint er nicht ein einziges Buch besessen zu haben. Und hier im Turm gibt es außer deinem Leuchtfeuerverzeichnis und der Bibel lediglich ein paar alte Fachbücher über Mechanik und die Gezeiten. Warum also hat er den Beleg aufgehoben?«

»Ich fahre nach Amsterdam und finde es heraus«, erklärte Nelly entschlossen. »Falls dieser Kerl, der mich bedroht, den Leuchtturm im Auge behält, wird er mich abreisen sehen. Das wird ihn für den Moment beruhigen.«

»Mir gefällt das nicht!«, protestierte Cole. »In Amsterdam kann ich dich nicht beschützen.«

Sie drehte sich zu ihm um und küsste ihn. »Versprich mir nur, dass du noch da bist, wenn ich aus der Stadt zurückkehre.«

»Nelly, ich ...«

»Bitte! Du musst es mir versprechen!«

Nach kurzem Zögern gab er ihr sein Wort.

33

Am liebsten wäre Nelly gleich am nächsten Tag abgereist, doch solange es im Leuchtturm kein sicheres Versteck für Cole gab, wagte sie es nicht. Was, wenn jemand ihre Abwesenheit nutzte, um sich Zutritt zu ihren Räumen zu verschaffen? Gemeinsam mit Henk und Cole begutachtete sie Raum für Raum. Vorschläge wurden gemacht und wieder verworfen. Schließlich einigten sie sich darauf, dass der Lagerraum sich noch am besten eignete, um jemanden zu verstecken. Ein Winkel davon ließ sich ohne größeren Aufwand mit einer Bretterwand vom Rest des Lagers abteilen. Stapelte man ein paar Kisten vor den Zugang, blieb der gewonnene Raum für jeden Betrachter quasi unsichtbar. Der Nachteil war, dass Cole sich fortan unten aufhalten musste, denn wenn jemand hereinkam und zur Küche oder zur Schreibstube hinaufstieg, würde es für ihn schwierig werden, sich unbemerkt über die Treppe in Sicherheit zu bringen.

Irgendwann fällte Nelly eine Entscheidung: »Es hilft nichts. Du musst tagsüber hinter der Wand bleiben und dich so still wie möglich verhalten. Erst abends, nachdem Mintje und Henk nach Hause gegangen sind und ich die Tür verriegeln kann, werde ich das Versteck öffnen.«

Coles Miene verriet, wie wenig ihm der Gedanke behagte,

sich in einem dunklen Verschlag zu langweilen, aber nach einem kurzen Wortwechsel zuckte er mit den Achseln und half Henk bei der Suche nach passenden Brettern. Mintje fiel die Aufgabe zu, den Eingang zu bewachen, während die Männer sägten und nagelten. Näherte sich jemand dem Leuchtturm, musste Cole sofort alles stehen und liegen lassen und über die Treppe in Nellys Schlafkammer flüchten. Doch sie hatten Glück. Der Tag verging, ohne dass sich jemand blicken ließ. Nelly versah ihre Arbeit im Turm mechanisch, ließ sich aber immer wieder ablenken, um unruhig von Raum zu Raum zu tigern. Sie konnte es nicht erwarten, dass das Versteck endlich fertig wurde, dennoch war ihr der Gedanke unangenehm, dass sich Cole fortan so nah am Eingang aufhalten würde.

Am nächsten Morgen, die Bretterwand war fast hochgezogen, sah Mintje einen Wagen, der auf den Leuchtturm zuhielt. Diesem entstieg eine Frau mittleren Alters, die sich sehr sorgfältig umblickte, ehe sie die Stufen des Treppenwegs erklomm. Mintje schlug Alarm. Sie stürzte in die Küche, wo Cole gerade seinen Morgentee trank, und riss dem überraschten Mann die Tasse aus der Hand.

»Verschwinde nach oben, solange du noch kannst!«, zischte sie ihn an und fand gerade noch Zeit, um Henk anzuweisen, ein paar Kisten vor den noch unfertigen Verschlag zu schieben, bevor die Besucherin eintrat.

Nelly eilte in Hosen und ihrem Lieblingsrollkragenpullover die Treppe hinunter. Obwohl die mittlerweile gestiegenen Temperaturen zaghaft den Frühling ankündigten, fror sie.

»Oh, Sie sind das?« Nelly hob überrascht die Augenbrauen, als die Frau am Fuß der Treppe die Hand hob und ihr mit einem freundlichen Lächeln auf ihrem rundlichen Gesicht zuwinkte. Es war die Uhrmacherin aus Haarlem. »Frau ten Boom, nicht wahr?«

»Corrie, wenn Sie nichts dagegen haben. Es tut mir leid,

wenn ich Sie um diese Zeit des Tages störe, aber ich hatte zufällig ein paar Erledigungen ganz in der Nähe und dachte mir, ich könnte einmal in Ihrem Leuchtturm vorbeischauen und Ihnen Ihre Kamera persönlich vorbeibringen.«

Nelly führte die Uhrmacherin in die Küche und bat Mintje, ihr eine Tasse Tee einzuschenken. »Wenn's denn sein muss«, brummte diese ruppig, kam Nellys Wunsch aber nach. »Darf's auch noch ein *Broodje Kaas* sein? Vielleicht hat die Dame ja noch nicht gefrühstückt.«

Corrie schmunzelte amüsiert. »Bemühen Sie sich nicht, meine Liebe. Ich bin gleich wieder weg. Was Ihren Fotoapparat betrifft, Nelly, so wird es Sie sicher freuen zu hören, dass es Papa und mir gelungen ist, ihn zu reparieren. Ich hoffe, Sie haben nichts dagegen, dass ich ihn zu Hause ausprobiert und ein paar Schnappschüsse gemacht habe.«

Nelly untersuchte ihre alte Kamera mit geradezu zärtlichen Handgriffen. Sie genoss es, nach so langer Zeit wieder etwas in Händen zu halten, was ihr vertraut war und sie an das Leben erinnerte, das sie einst, vor dem Krieg, in vollen Zügen genossen hatte. Die Kamera war ihre erste treue Begleiterin gewesen.

»Ich weiß nicht, wie ich Ihnen danken soll, Corrie«, sagte sie schließlich gerührt. »Sie haben mir mit der Reparatur eine große Freude gemacht.« Sie öffnete ihre Handtasche und holte ihre Geldbörse heraus, doch zu ihrer Verwunderung hob die Uhrmacherin die Hand.

»Es ist mir peinlich, Sie darum zu bitten, aber wenn es Ihnen nichts ausmacht, würde ich die Bezahlung in Naturalien vorziehen. Ein paar Kartoffeln vielleicht? Oder eine Büchse Bohnen?« Corrie ten Boom errötete. Sie holte ein mit Spitze besetztes Tüchlein aus ihrer Manteltasche und tupfte sich damit die Lippen ab. Es fiel ihr sichtlich schwer, Nelly um Essen zu bitten.

»Sehe ich aus wie Königin Wilhelminas Leibköchin?«, murmelte Mintje im Hintergrund. Doch es klang wesentlich versöhnlicher, als es den Anschein hatte. »Muss erst mal schauen, was wir entbehren können.«

»Uns bleibt genug«, entschied Nelly, die an Mintjes Frühstückspfannkuchen für Cole und Henk dachte. »Wir können Ihnen außer Kartoffeln auch noch Rindfleischkonserven anbieten, falls es Ihnen nichts ausmacht, dass Letztere aus Wehrmachtsbeständen stammen. Sie wurden mir aufgedrängt, aber ich sehe keinen Grund, warum sie verderben sollten.«

Corrie lächelte erleichtert. »Das ist sehr großzügig von Ihnen. Sie können sich vorstellen, wie schwer es heutzutage in der Stadt ist, hungrige Mäuler zu stopfen. Dabei sieht es in Haarlem momentan noch besser aus als in Amsterdam oder Den Haag.«

Nelly nickte teilnahmsvoll. Die Andeutungen der Frau gaben ihr zu denken. Corrie fuhr auf der Suche nach Lebensmitteln bis nach Paardendijk, obwohl sie, soweit Nelly wusste, das Haus nur mit ihrem alten Vater und einer Schwester teilte. Gab es womöglich noch andere, denen sie in ihrem Heim Zuflucht gewährte und für die sie mehr Essen brauchte als das wenige, das sie auf die offiziellen Bezugskarten erhielt?

Als habe Corrie ihre Gedanken gelesen, stand sie auf und strich sich den leicht zerknitterten Mantel glatt. »Ich sollte gehen«, sagte sie hastig.

Nelly starrte auf die Kamera vor ihr auf dem Küchentisch. Ihr kam eine Idee, doch um diese umzusetzen, musste sie Corrie um einen weiteren Gefallen bitten. »Würden Sie mich einen Moment entschuldigen? Mintje wird die Sachen für Sie einpacken. Warten Sie auf mich, es wird nicht lange dauern!«

Verdutzte Blicke folgten ihr, als sie die Kamera griff und damit die Treppe hinuntereilte. Sie hastete ins Dorf und blieb erst stehen, als sie den Laden der Leanders erreichte. Dort ließ sie einen Moment verstreichen, um zu Atem zu kommen, dann stellte sie den Fotoapparat ein und richtete ihn auf die Wandmalerei an der Fassade des Geschäftshauses. Sie fotografierte sie aus unterschiedlichen Perspektiven und hörte erst auf zu knipsen, als der Film voll war. Dabei merkte sie kaum, wie Agnes die Tür öffnete. Auf dem Gesicht ihrer Tante spiegelte sich Verblüffung wider, doch ehe sie den Mund öffnen konnte, um Nelly auf ihr Tun anzusprechen, machte diese auch schon auf dem Absatz kehrt und eilte zum Leuchtturm zurück.

»Sie würden mir sehr helfen, wenn Sie den in die Stadt mitnehmen und für mich entwickeln lassen würden!« Keuchend überreichte sie Corrie den Film aus dem Apparat. »Ich würde es ja selbst machen, aber ich habe hier nicht das nötige Handwerkszeug, geschweige denn eine Dunkelkammer. Es muss allerdings rasch gehen. Sagen wir in zwei, drei Tagen? Ich komme auf dem Weg nach Amsterdam bei Ihnen in Haarlem vorbei und hole die Fotos ab.«

Die Uhrmacherin hob besorgt den Blick. Erst nachdem Nelly ihr hoch und heilig versprochen hatte, dass auf den Aufnahmen nichts Verbotenes zu sehen war, willigte sie ein.

»Ich werde Sie nun verlassen, damit Sie in Ruhe Ihrer Arbeit nachgehen können.« Sie zwinkerte Nelly zu und verließ dann mit einer prall gefüllten Einkaufstasche den Raum.

Mintje starrte ihr mit weit aufgerissenen Augen nach. »Na, wenn die nicht irgendwas im Schilde führt, fresse ich einen Besen. Und warum um Himmels willen willst du ausgerechnet jetzt Fotos entwickeln lassen?«

Nelly zuckte mit den Achseln. Es war nur so eine Idee, die ihr durch den Kopf ging. Doch sie war noch zu vage, um darüber zu reden.

Als Nelly sich ein paar Tage später auf den Weg in die Hauptstadt machte, hatte sich das Wetter wieder geändert. Die Sonne hatte sich hinter eine graue Wolkendecke zurückgezogen, und zu dem heftigen Wind fiel ein Sprühregen, der einen frösteln ließ, sowie man einen Fuß vor die Tür setzte. Doch Nelly wollte weder ihre Abreise verschieben noch ihren Onkel bitten, sie in seinem Wagen nach Haarlem zu bringen. Also lieh sie sich ein Fahrrad von Sanne und kämpfte sich strampelnd durch Wind und Regen. Als sie sich nach einigen Stunden endlich in einen völlig überfüllten Zug Richtung Amsterdam drängte, waren ihre Kleider feucht, sie hatte Hunger und zitterte zudem vor Kälte. Dazu gesellten sich erneut Zweifel, ob es richtig war, was sie tat. Sie starrte den Umschlag mit den Fotografien in ihrem Schoß an, den sie unterwegs zum Bahnhof bei Corrie abgeholt hatte. Die Uhrmacherin hatte Wort gehalten und Nellys Bilder entwickeln lassen. Dafür hatte Nelly ihr eine weitere Einkaufstasche mit Kartoffeln, Rüben und einem Säckchen Zucker über die Ladentheke geschoben. Das kostbare Gut hatte die Uhrmacherin schnurstracks in einem hohen Kastenschrank eingeschlossen.

Die Fahrt nach Amsterdam zog sich für Nelly endlos dahin, da die Eisenbahn an jeder noch so kleinen Station hielt, um Fahrgäste ein- und aussteigen zu lassen. Nicht nur niederländische Zivilisten, auch ein paar Wehrmachtssoldaten befanden sich im Zug. Die Männer hatten zwei Schäferhunde bei sich, die jeden anknurrten, der sich an ihnen vorbeischob. Sie schienen sich einen Spaß daraus zu machen, vor allem jüngere Mädchen zu erschrecken, nahmen aber von den übrigen Fahrgästen kaum Notiz.

Nelly lehnte ihren Kopf gegen die Scheibe und dachte an den Morgen zurück, an dem sie von ihrem Schwager in Berlin in den Zug nach Holland gesetzt worden war. Seitdem schienen Jahre vergangen zu sein und nicht erst wenige Wochen. Wochen, in denen sich ihr gesamtes Leben verändert hatte. Sie konnte es drehen und wenden, wie sie wollte, aber Berlin war nicht länger ihre Welt – weder das Fotoatelier, in dem sie in den letzten Jahren gearbeitet hatte, noch die Villa ihrer Eltern. Es war ein bitterer Moment, als sie sich eingestehen musste, dass der einzige Ort auf der Welt, zu dem sie noch gehörte, Paardendijk hieß.

In Amsterdam fragte sich Nelly zunächst zu der Adresse durch, die ihr Herr von Bleicher für Notfälle gegeben hatte. Wie erwartet war der Diplomat nicht erfreut, sie zu sehen.

»Was fällt Ihnen ein, mich hier aufzusuchen?« Von Bleicher zog Nelly am Arm in sein Büro, seiner verdutzten Sekretärin schlug er die Tür vor der Nase zu. Seit Nelly ihn das letzte Mal gesehen hatte, hatte der Mann merklich an Gewicht verloren. Aus seinem harten Vogelgesicht stach die Nase spitz zwischen den Wangenknochen hervor. Sein Haar wies denselben grauen Farbton auf wie der Anzug, der zwar von erlesener Qualität war, für Bleichers hageren Körper aber viel zu weit schien. »Wir hatten eine klare Abmachung getroffen. Sie bleiben im Leuchtturm, und ich kümmere mich darum, dass Sie keinen Ärger mehr mit der Gestapo bekommen. Was ist daran so schwer zu verstehen?«

Nelly nahm auf dem Stuhl Platz, den der Diplomat ihr nervös zurechtrückte. Beinahe hätte sie gelacht. Von Bleicher konnte toben und sie anbrüllen, doch niemals fiel er aus der Rolle des perfekten Gentlemans. Er bot ihr sogar Kaffee an, doch Nelly lehnte dankend ab. Sie war nicht hier, um ein Schwätzchen zu halten, sondern von Bleichers Rat einzuholen. Sie erklärte ihm ohne Umschweife, was sie über Leutnant Bellmann herausgefunden hatte, und verschwieg auch nicht, dass sie davon ausging, von ihm bedroht zu werden. Von Bleicher hörte ihr aufmerksam zu. Dann nahm er seine Brille ab und rieb sich die geröteten Augen.

»Es geht Ihnen nicht gut«, sagte Nelly teilnahmsvoll.

»Ich schlafe schlecht, aber das sollte Sie nicht kümmern.« Er hob den Blick. »Was verlangen Sie jetzt von mir?«

»Oberleutnant Haubinger behauptet, er könne nichts tun, um seine Vorgesetzten von der Meinung abzubringen, der Widerstand habe Leutnant Bellmann getötet. Auch nichts von dem, was ich vorgebracht habe, konnte ihn überzeugen.«

»Was mich nicht wundert«, erklärte von Bleicher. »Die Sache mit dem Gemälde scheint mir doch recht weit hergeholt. Was haben Sie denn schon in der Hand? Ein paar Bücher, mit denen sich ein deutscher Offizier die Zeit vertrieben hat. Sie wissen nicht einmal definitiv, ob das Bild wertvoll ist.«

»Es muss von unschätzbarem Wert sein!«, widersprach Nelly. »Die Leute von Paardendijk hüten es seit Jahrhunderten. Ich vermute sogar, dass die Familie meiner Mutter seinetwegen nie aus dem Ort weggezogen ist. Meine Verwandten sind reiche Leute. Sie hätten es nicht nötig, in einem kleinen Dorfladen Käse und Zwiebeln zu verkaufen. Sie bleiben aber, weil das Bild ihnen und der Dorfgemeinschaft alles bedeutet. Vermutlich ist das schon so, seit der erste Leander einen Fuß nach Paardendijk gesetzt hat.«

»Die Frage ist, wie weit sie gehen würden, um ihr kostbares Gemälde vor einem Plünderer zu schützen.«

»Das weiß ich nicht«, antwortete Nelly wahrheitsgemäß. »Die Leanders behaupten zwar, ich hätte als Familienangehörige gewisse Rechte, aber ihr Vertrauen habe ich deshalb noch lange nicht. Ich habe es weiß Gott versucht, aber ich werde wohl immer eine Außenstehende für sie bleiben. Daher wird mir mein Onkel auch keine Fragen bezüglich des Bildes beantworten.«

»Er nicht, aber möglicherweise der Antiquar, den Bellmann hier in Amsterdam aufgesucht hat. Deswegen sind Sie doch in die Stadt gekommen, nicht wahr? Um den Mann zu befragen.«

Nelly gab es mit einem Nicken zu. Doch außerdem war da noch etwas anderes, das ihr auf der Seele brannte. Sie zögerte, von Bleicher darauf anzusprechen, denn obwohl sie ahnte, dass er den Krieg für verloren hielt und das Regime ebenso verabscheute wie sie, war er doch ein Beamter des Dritten Reichs und durch Eid gebunden, Gesetze zu befolgen. Schließlich gab sie sich einen Ruck. »Wie gelingt jemandem, der keine gültigen Papiere hat, die Ausreise? Sagen wir in die Schweiz? Das muss doch irgendwie möglich sein, oder?«

Von Bleicher starrte sie so entgeistert an, dass sie fast wünschte, die Frage nie gestellt zu haben. Einige Sekunden verstrichen, ehe er die Sprache wiederfand. »Was zum Teufel soll das? Sie können hier nicht weg! Unmöglich. Das würde der General nicht gutheißen. Nicht jetzt, wo er … Ach, Sie wissen genau, dass ich darüber nicht mit Ihnen reden darf. Außerdem ist es völlig unmöglich, Sie in die Schweiz ausreisen zu lassen.« Er rückte seine Brille zurecht. Sein Argwohn war nicht zu übersehen. »Oder gilt Ihre Sorge vielleicht gar nicht Ihnen selbst, sondern einer anderen Person?«

»Und wenn es so wäre? Sie sind doch Diplomat, Sie könnten gewiss …«

»Diplomat, Sie sagen es. Aber ich bin kein Passfälscher! Großer Gott, Nelly! Machen Sie jetzt keinen Fehler! Der Papierstapel, der nötig war, um Sie nach Holland zu bringen, war hoch wie ein Berg. Davon abgesehen muss ich Ihnen sagen, dass unsere Bemühungen, Ihren Fall geheim zu halten, gescheitert sind.«

Nelly holte tief Luft, denn ihr schwante Böses. »Gescheitert? Was bedeutet das?«

»Es bedeutet, dass die Gestapo in Berlin ein paar höchst überflüssige Fragen zu Ihrer Person an die Leitstelle in Den Haag übermittelt hat. Es ist mir nach ein paar Telefonaten gelungen, die Fragen abzufangen und in unserem Sinne zu beantworten. Hoffen wir, dass man sich damit zufriedengibt, denn ein weiteres Mal kann ich das nicht für Sie tun.«

Während der Diplomat sich mit einem Tuch den Schweiß

von der Stirn wischte, wippte Nelly unruhig auf ihrem Stuhl. Was von Bleicher ihr beizubringen versuchte, war, dass nun auch die Gestapo in den Niederlanden auf sie aufmerksam geworden war. Dies war wahrhaftig kein Grund zur Freude. Hieß es aber auch, dass sie sich auf unerwünschten Besuch einstellen musste? Sie dachte an die provisorische Bretterwand, und ein Gefühl von Übelkeit überkam sie.

»Inzwischen ist alles möglich«, bestätigte von Bleicher. »Hier in Amsterdam durchkämmt die Gestapo inzwischen Tag für Tag Straßen, Plätze und Häuser nach Personen, die auf ihren Listen stehen. Irgendwann wird vielleicht auch mein Name auf einer solchen Liste auftauchen, und dann kann ich nichts mehr für Sie tun. Ich rate Ihnen, sich noch unauffälliger zu verhalten als bisher. Besuchen Sie dieses Antiquariat, wenn es unbedingt sein muss. Aber kehren Sie danach umgehend nach Paardendijk zurück. Wenn Sie sich an unsere Absprache halten, kann Ihnen nichts passieren.« Von Bleicher versuchte, ihr gut zuzureden, doch seine Sorge um sie war ihm von den Augen abzulesen.

34

Den Kragen hochgestellt und die Hände tief in die Manteltaschen vergraben, lief Nelly durch die Straßen von Amsterdam. Lieber wäre sie an den Grachten entlanggeschlendert, für die Amsterdam weltberühmt war, hätte den Schiffern auf den Lastkähnen zugewunken und die stolzen alten Handelshäuser in der Prinsengracht fotografiert. Doch heute war sie nicht in der Stimmung, die Sehenswürdigkeiten zu bewundern. Ihre Naivität ärgerte sie. Was hatte sie sich nur von dem Besuch bei von Bleicher versprochen? Einen gefälschten Pass für Cole? Einen Fluchtplan? Nein, der Diplomat hatte ihr nur wieder einmal vor Augen geführt, dass sie auf sich allein gestellt war und sich vorsehen musste.

Nelly wich den Straßenverkäufern aus, die geräucherte Makrelen und die ersten Tulpen feilboten, und bahnte sich den Weg durch das Gedränge der Angestellten, Hausfrauen und Schulkinder. Obwohl eine besetzte Stadt, wirkte Amsterdam ungebrochen. Die Menschen gingen ihrer Arbeit nach und schafften es offenbar mit einem unerschütterlichen Gleichmut, die uniformierten und bewaffneten Soldaten auszublenden, die allgegenwärtig waren. Nelly musste an von Bleichers Bemerkung über die Gestapo und ihre Todeslisten denken. Wann immer ein Lastwagen mit quietschenden Reifen in ihrer Nähe hielt, zuckte sie zusammen, zwang sich aber weiterzugehen, ohne einen Blick zurückzuwerfen.

Das Antiquariat befand sich abseits des Stadtzentrums in einem stillen Hinterhof. Hier war vom Trubel der Straßen und Plätze nichts zu spüren. Die Straßen waren nahezu menschenleer. Nicht einmal eine Katze schlich über die groben Pflastersteine, obwohl die überquellenden Mülltonnen doch Einladung genug hätten sein müssen. Nelly fand den Laden erst nach einigem Suchen, denn der Schriftzug A. Abrahams über der Tür war kaum noch zu erkennen. Das Schaufenster war schmal und so verschmutzt, dass ein Blick ins Ladeninnere kaum noch möglich war. Mit Mühe erkannte Nelly ein paar Bücher, doch diese sahen aus, als wären sie vor dreihundert Jahren zum letzten Mal herausgenommen worden. Nelly fragte sich, ob sie wohl zu Staub zerfallen würden, wenn jemand sie berührte. Sie drückte die Klinke runter und trat in den Verkaufsraum. Keine Ladenglocke läutete.

»Haben Sie sich verlaufen, Fräulein?« Die Stimme des Antiquars, der vorsichtig hinter einem Regal hervorlugte, klang brüchig. Er war ein kleiner Mann mit schlohweißem Haar, das ihm wirr und strähnig über die schmächtigen Schultern hing. Die Augen hinter der dicken Drahtbrille musterten Nelly kühl, aber interessiert.

»Herr Abrahams?«, fragte Nelly, worauf der Antiquar traurig den Kopf schüttelte.

»Falls er Ihnen noch etwas schuldig ist, kommen Sie zu spät, junge Dame. Der Laden gehört Abrahams nämlich nicht mehr. Ich bin zwanzig Jahre sein Assistent gewesen, verstehen Sie? Er hat mir das Geschäft überlassen, mitsamt Inventar und allen Büchern. Das war vor … Lassen Sie mich überlegen!« Der kleine Mann bewegte seine knochigen Finger, als bräuchte er sie, um die Tage abzuzählen. »Vor zwei Wochen und vier Tagen. Ja, jetzt erinnere ich mich wieder.« Er nickte eifrig. »Ich weiß, ich hätte es nicht tun sollen, schließlich hat das Geschäft kaum noch etwas abgeworfen. Aber ich bin nun mal ein Büchernarr, und da habe ich mir gesagt: Venantius, du behältst das Antiquariat und führst es weiter, wie er es tun würde. Und wenn Abrahams nach dem Krieg zurückkehrt, kann er den Laden meinetwegen wiederhaben.« Er strich sich das wirre Haar aus der Stirn und huschte hinter die Ladentheke. Offensichtlich wollte er sich die seltene Gelegenheit, eine Kundin zu bedienen, nicht nehmen lassen. »Wie kann ich Ihnen helfen, Fräulein? Suchen Sie Literatur über einen Künstler? Wir haben alles über Rembrandt und van Gogh, das je gedruckt wurde.«

»Ich brauche eine Auskunft!« Nelly nahm Bellmanns Bücher aus ihrer Tasche und legte sie auf die Theke. »Schauen Sie sich doch bitte diese Bücher an. Beide sind hier verkauft worden.«

Venantius' freundliches Verkäuferlächeln verflog. »Tja, aber wenn Sie Ihr Geld zurückhaben wollen, fürchte ich ...«

Nellys energisches Kopfschütteln unterbrach ihn. Sie wolle die Bücher nicht zurückgeben, sondern in Erfahrung bringen, ob der ehemalige Assistent sich an den Mann erinnerte, der sie gekauft hatte. »Ein Deutscher«, half sie ihm auf die Sprünge. »Ein Leutnant, in einem kleinen Nest an der Küste stationiert. Sicher kommt es nicht oft vor, dass jemand von der Wehrmacht Ihr Antiquariat betritt.«

Venantius sah plötzlich ängstlich aus. Er spähte zur Ladentür, als warte er nur darauf, dass ein Trupp Bewaffneter das Geschäft stürmen würde. »Er ... er hat mich gewarnt, ich dürfte mit niemandem über seinen Besuch sprechen«, stotterte der Verkäufer. »Er hat mir sogar angedroht, mich zu erschießen und den Laden anzuzünden.«

»Keine Bange«, beruhigte ihn Nelly. »Der Leutnant wird nicht wiederkommen.«

»Also gut, wie Sie meinen. Dem armen alten Abrahams ist fast das Herz stehen geblieben, als er ihn gesehen hat. Er hat sich ins Hinterzimmer verdrückt und mich mit dem Mann reden lassen.«

Nelly griff ein weiteres Mal in ihre Handtasche. Diesmal holte sie den Umschlag mit den frisch entwickelten Fotos heraus und breitete die Aufnahmen vor dem weißhaarigen Mann aus. »Er hat alles über ein Gemälde mit diesem Motiv erfahren wollen, nicht wahr? Eine Frau mit Kind, beide in einem Boot auf dem stürmischen Meer.«

Venantius' Schnaufen bestätigte ihre Vermutung. »Doktor de Vries vom Rijksmuseum, die darüber Bücher geschrieben hat, ist dem verschollenen Werk Vermeers seit vielen Jahren auf der Spur.«

»Ein Vermeer?« Nelly erstarrte. Ihre kunsthistorischen Kenntnisse waren begrenzt, dennoch war ihr klar, dass ein bislang unbekanntes Gemälde des Künstlers ein Vermögen wert sein musste. Aufgeregt beobachtete sie, wie der Antiquar einen dicken Folianten aus dem Regal zog. In dem Band waren die bekannteren Werke Vermeers abgebildet.

»Alle Welt kennt das Mädchen mit dem Perlohrring, nicht wahr?«, sagte Venantius. »Es ist das vielleicht beliebteste Bild Vermeers, aber keiner weiß genau, wer das hübsche Mädchen war, das der Meister mit so viel Liebe zum Detail gemalt hat. Uns fasziniert der staunende Gesichtsausdruck des jungen Mädchens und natürlich die wunderschöne Perle, die das Licht so meisterhaft einfängt und reflektiert.« Er reichte Nelly ein Vergrößerungsglas und forderte sie auf, die Frau im Boot genauer zu studieren. »Dieses Fresko an der Hauswand auf Ihrem Foto ist alles andere als gelungen, aber bestimmt fällt Ihnen etwas auf, oder?«

»Ihr Gesichtsausdruck … Ich weiß nicht, aber …«

»Er ähnelt dem des Mädchens«, bestätigte Venantius eifrig.

»Doch das ist nicht alles. Wenn Sie das rechte Ohr der Frau im Boot genau betrachten, werden Sie dort einen winzigen Fleck entdecken. Was nach einer Unebenheit oder einem falsch gesetzten Pinselstrich aussieht, könnte auch eine Perle sein, nicht wahr? Daraus ließe sich folgern, dass Vermeer diese Frau viel später noch einmal gemalt hat. Wieder mit Perle. Vermutlich traf er sie wenige Jahre vor seinem Tod im Jahr 1675 an der See.«

Nelly war verblüfft. Das Bild in der Kirche von Paardendijk war demnach unglaublich wertvoll. Und ausgerechnet Bellmann hatte das herausgefunden.

»Was hat der Mann getan, nachdem er erfahren hat, dass die Frau im Boot ein Vermeer sein könnte?«

Venantius räusperte sich. »Nun, ich bin Buchhändler, kein Kunstexperte. Ich konnte nicht alle seine Fragen beantworten. Daher hat er sich nach Febe erkundigt.«

Nelly ließ das Vergrößerungsglas sinken und starrte den Antiquar verdutzt an. »Was haben Sie da gesagt?«, fragte sie. Bestimmt hatte sie sich verhört. »Nach wem hat er sich erkundigt?«

»Nach Doktor Febe de Vries, der Kunstexpertin und Autorin«, sagte Venantius. »Der Deutsche wollte sie aufsuchen, aber ...«

»Aber ... was?« Nelly spürte, wie ihre Knie zu zittern anfingen. Sie befahl sich, ruhig zu atmen und den Wirbelwind an Gefühlen zu bändigen, der durch ihren Körper sauste. Der Vorname der Vermeer-Spezialistin war also Febe. Tausende anderer Frauen in den Niederlanden hießen so. Das hatte nichts zu sagen. Überhaupt nichts.

Und doch ...

»Haben Sie dem Mann verraten, wo er sie finden kann?«, keuchte Nelly. »Ich meine, kennt er ihre Adresse?«

Der kleine Archivar hob hilflos die Arme. »Was hätte ich

denn tun sollen? Ich hatte Angst um Abrahams, und davor, dass dieser Kerl mir den Laden zertrümmert, wenn ich es ihm nicht sage. Ob er Febe noch angetroffen hat, weiß ich nicht. Seit sie aus dem Museum entlassen worden ist, habe ich nichts mehr von ihr gehört. Eigentlich dürfte ich nicht einmal mehr ihre Bücher im Laden verkaufen.«

»Sie wurde entlassen? Aber warum?«

Venantius blickte sie verwirrt an. »Ach, sagte ich das nicht? Febe de Vries ist Jüdin.«

Nelly starrte nachdenklich auf den Zettel in ihrer Hand. Was sollte sie nun tun? Nach einigem Hin und Her hatte sich der Antiquar zwar überreden lassen, ihr die Adresse der Kunstexpertin aufzuschreiben, und ihr sogar erklärt, wie sie am schnellsten zu deren Haus in Amsterdam-Zuid fand. Doch Nelly war unschlüssig, ob sie die Frau aufsuchen sollte. Es war spät geworden. Die Züge in die Provinz verkehrten nur unregelmäßig. Was, wenn sie den letzten versäumte und nicht nach Paardendijk zurückkam? Aber Nelly musste mit der Frau sprechen, um jeden Preis. Sie bestieg eine der knatternden Straßenbahnen und ließ sich in den südlichen Stadtbezirk fahren. Am Vondelpark, einer im Stil eines englischen Landschaftsgartens geschaffenen Grünanlage, stieg sie aus und sah sich um. Im Gegensatz zur Innenstadt mit ihren malerischen Kanälen und den kleinen Gässchen waren die Straßen hier breiter und die Gebäude moderner. Offensichtlich waren die Bauten erst wenige Jahre vor dem Einmarsch der Deutschen hochgezogen worden, weil das alte Stadtzentrum aufgrund der vielen Flüchtlinge überquoll und daher in kurzer Zeit neuer Wohnraum geschaffen werden musste.

Nelly erkundigte sich bei einigen Spaziergängern nach der Adresse auf ihrem Zettel, doch die Leute wiesen sie ab und machten einen weiten Bogen um sie. So verging fast eine

Stunde, bis sie endlich vor dem Haus ankam, in dem die Vermeer-Spezialistin angeblich wohnte.

Auf Nellys zaghaftes Klopfen geschah zunächst nichts, obwohl sie hinter dem milchigen Türfenster einen Schatten vorbeihuschen sah. Schließlich wurde ein Schlüssel herumgedreht und eine Frau in einer grünen Strickjacke spähte ängstlich durch den Türspalt. Sie mochte in Nellys Alter sein, wirkte mager und müde. Geistesabwesend hörte sie sich an, was Nelly zu ihr führte, und ließ sie nach einigem Zögern in die Wohnung.

»Aber nur für eine Minute«, sagte die Frau und lauschte ängstlich, ob sich im Treppenhaus etwas rührte. »Sie sollten zusehen, dass Sie von hier verschwinden. Bevor sie kommen.«

Nellys Blick fiel auf die Koffer, die mit Namen und Adresse versehen im dämmrigen Hausflur standen. Darüber hingen zwei abgetragene Mäntel sowie ein Damen- und ein Herrenhut.

»Wir werden von hier weggebracht«, erklärte die Frau hastig. Es klang fast entschuldigend, als sei ihr die Unordnung peinlich. »Vermutlich in ein Lager, das Westerbork heißt.« Sie bat Nelly in ein Zimmer, das sie allem Anschein nach mit einem älteren Mann, vielleicht ihrem Vater, teilte. Der Alte saß auf dem Bett und blätterte in einer Zeitung. Nelly beachtete er nicht.

»Die Zilversmits haben im Zimmer nebenan geschlafen, aber jetzt sind sie fort.« Die Frau hob die Schultern. »Ich fürchte, Sie haben sich umsonst herbemüht.«

Die Zilversmits? Wer um Himmels willen war das nun schon wieder? »Ich ... äh ... aber ich suche doch nach Frau Doktor Febe de Vries«, wandte Nelly vorsichtig ein.

»De Vries ist Febes Mädchenname«, wurde sie von der Frau in der grünen Jacke aufgeklärt. »Den hat sie auch noch für ihre Bücher benutzt, als sie schon mit Jonas Zilversmit verheiratet war. Jonas ist Augenarzt, ein ziemlich guter sogar. Aber zuletzt hatte er kaum noch Patienten, die er in seiner Praxis behandeln durfte. Und Febe durfte keinen Fuß mehr in ihr Museum setzen. Aus der *Nederlandsche Kultuurkamer* hat man sie auch hinausgeschmissen.« Sie atmete geräuschvoll ein und aus. »Trotzdem hat Febe unermüdlich weitergearbeitet. Die kriegen mich nicht klein, hat sie immer gesagt. Und dass ihre alten Meister sie vor Schaden bewahren würden, weil sie ihr Werk hüte. Aber natürlich war es für die Ärmste schwierig, sich auf so engem Raum voll auf ihre Arbeit zu konzentrieren. Sie wollte ja auch die Jungs nicht vernachlässigen.«

»Die Jungs?« Nelly horchte auf.

»Na, Jakob und David, Febes Söhne.« Als die Frau die Namen aussprach, traten ihr Tränen in die Augen. »Wohin man sie wohl gebracht hat? Ins Lager Westerbork oder in den Osten? Ich weiß es nicht, und ich will jetzt auch gar nicht darüber nachdenken.« Sie warf einen gehetzten Blick auf ihre Armbanduhr, dann eilte sie in den Nebenraum. Von dort kehrte die Frau mit einer Fotografie zurück, die mehrfach zusammengefaltet worden und daher schon zerknittert war. Nelly betrachtete das Foto mit Herzklopfen. Es war auf einem Boot aufgenommen worden, das durch einen Kanal schipperte. An Deck lächelte eine schlanke Frau mit dunklem Pagenkopf in die Kamera, während sich zwei Jungen mit Sommersprossen an sie schmiegten. Der Ehemann war nicht zu sehen, vermutlich hatte er das Foto gemacht.

Nelly suchte im Blick der Frau nach etwas Vertrautem, konnte aber beim besten Willen keine Ähnlichkeit zwischen ihr und sich oder Bente feststellen. Ihre Schwester Hilde hatte vor einigen Jahren eine ähnliche Frisur getragen, doch das war auch schon alles.

»Sie müssen jetzt wirklich gehen!«, drängte die Nachbarin. Sie deutete zur Tür.

»Nur eines noch. Hat Febe je mit Ihnen über ihre Herkunft oder ihre Eltern gesprochen?«

»Über ihre Eltern?«

Nelly faltete die Hände. »Bitte denken Sie nach. Kann es sein, dass sie adoptiert wurde?«

Die Frau wich argwöhnisch zurück. »Wer zum Teufel sind Sie? Sie wissen weder, dass Febe und Jonas verheiratet sind, noch, dass sie Kinder haben. Aber dass sie eine Waise ist und von den de Vries' adoptiert wurde, ist Ihnen bekannt.« Sie sah sich Hilfe suchend nach ihrem Vater um. Der alte Mann blätterte immer noch in seiner Zeitung, blickte nun aber auf. »Macht die Frau Doktor heute das Abendessen? Sie kocht die Kartoffeln weicher als du.«

»Febe ist fort, Vater, erinnerst du dich denn nicht? Dieser Mann hat sie mitgenommen!«

Nelly gab sich Mühe, die Gedanken zu ordnen. Sie wusste nicht, ob sie innerlich jubeln oder vor Verzweiflung aufstöhnen sollte. Ein leiser Zweifel nagte noch immer an ihr, und doch wuchs das Gefühl, etwas gewonnen und gleich darauf wieder verloren zu haben.

Febe Zilversmit war als Waisenkind unbekannter Herkunft in die Stadt gekommen und von der jüdischen Familie de Vries adoptiert worden.

Und nun hatte man sie mitsamt ihrer Familie verschleppt. Nelly war zu spät gekommen. Am liebsten hätte sie laut aufgeschrien. Langsam ging sie zur Tür, blieb aber noch einmal stehen. Sie fragte sich, ob es tatsächlich die Gestapo gewesen war, die Febe abgeholt hatte. Die Nachbarin hatte von einem Mann gesprochen. Seit wann sandte die Staatspolizei bei einer Verhaftung nur einen einzigen Schergen aus?

»Der Kerl sah gar nicht wie von der Gestapo aus«, bestätigte die Nachbarin Nellys Verdacht. »Ich habe ihn zwar nur ganz kurz gesehen, bevor er im Zimmer der Zilversmits verschwand, aber ich erinnere mich genau, dass er einen langen schwarzen Mantel trug. Den Hut hatte er tief ins Gesicht gezogen, als wollte er nicht erkannt werden.«

Nelly schnappte nach Luft. Ein Unbekannter im schwarzen Mantel! Bellmann? Hatte er Febe und ihre Familie in seine Gewalt gebracht? Aber wozu um Himmels willen? Er konnte sie wohl kaum nach Paardendijk schaffen, damit sie für ihn das Gemälde prüfte und eine Expertise ausstellte. Das hätte ihn in Teufels Küche bringen können.

»Was ist dann passiert?« Nellys Stimme zitterte. »Konnten Sie hören, was nebenan gesprochen wurde?«

Die Nachbarin schüttelte den Kopf. »Febe und Jonas haben in aller Eile ein paar Sachen zusammengepackt. Beim Abschied haben sie gesagt, sie würden nun aufs Polizeirevier gebracht. Der Rotbart hat so lange vor der Tür gewartet.«

»Der Rotbart?«

»Der Mann hatte einen rötlichen Vollbart. Sagte ich das nicht? Warum? Kennen Sie den Mann etwa?«

Nelly war sich in der Tat fast sicher, dass sie ihn besser kannte, als ihr lieb war. Sie holte ihr Portemonnaie aus der Handtasche und drückte Febes Nachbarin alles Geld in die Hand, was sich noch darin befand. Bedauerlicherweise war es nicht viel. Die Frau errötete. Dann begleitete sie Nelly zur Wohnungstür, als auf der Straße plötzlich Lärm zu hören war. Laute Trillerpfeifen zerrissen die Stille. Aufgebrachte Rufe folgten. Febes Nachbarin stürzte zum Fenster, während Nelly wie erstarrt stehen blieb. Rund um den Vondelpark hielten mehrere Armeefahrzeuge, aus denen Soldaten der deutschen Sicherheitspolizei sprangen. Die Männer trugen Gewehre. Sie sammelten sich auf offener Straße, während verängstigte Frauen mit Einkaufskörben und ältere Spaziergänger schnurstracks das Weite suchten. Harsche Befehle ertönten, worauf sich die Männer gruppenweise in Bewegung setzten und auf verschiedene Hauseingänge zustürmten. Die Razzia hatte begonnen.

Febes Nachbarin rief nach ihrem Vater und half dem gebrechlichen Mann in den Mantel, auf dem ein handtellergroßes Stück Stoff in Sternform aufgenäht war. Als sie bemerkte, dass ihre Besucherin immer noch an der Tür stand, brüllte sie Nelly an: »Verschwinden Sie, sonst wird man Sie auch festnehmen! Zur Tür hinaus schaffen Sie es nicht mehr. Laufen Sie die Treppe hinauf, vielleicht können Sie sich in einer der Dachkammern verstecken.«

Nelly streifte hastig die Schuhe ab, weil sie Angst hatte, das Geräusch ihrer Absätze auf der Stiege könnte sie verraten. Dann eilte sie wie geheißen die Treppenstufen hinauf. Als sie nach zwei Stockwerken verschnaufte, flog unter ihr im Erdgeschoss krachend die Tür auf und die ersten Soldaten stürmten in den Flur. Verzweifelt musste Nelly mit ansehen, wie die Männer mit Fäusten gegen Wohnungstüren schlugen und die Bewohner hinaustrieben.

Sie schlich weiter, immer höher hinauf, bis die Stufen schließlich vor einer Tür endeten. Nelly drückte die Klinke runter, doch zu ihrem Entsetzen gab sie kaum nach. Die Klinke schien zu klemmen. Panisch fluchend rüttelte Nelly an der Tür, warf sich dagegen und hörte dabei, wie das Geräusch der Stiefel auf der Treppe immer lauter wurde. Endlich gelang es Nelly, die Tür einen Spalt weit aufzuschieben. Sie schwitzte aus allen Poren. Mit aller Kraft zwängte sie einen Schuhabsatz in den Spalt und drückte mit den Fäusten gegen das Türblatt. Endlich gab die Tür nach, und Nelly konnte sich in die dunkle Bodenkammer dahinter schieben. Schwere Balken stützten das Dach der Kammer. Zwischen ihnen waren Wäscheleinen gespannt. Fieberhaft sah Nelly sich um, doch sie fand kein Versteck. Der einzige Weg in die Freiheit schien durch ein ovales Dachfenster im hinteren Teil der Kammer zu führen, doch es war viel zu hoch. Und was sollte sie tun, wenn sie auf dem Dach war? Sie würde sich den Hals brechen, wenn sie versuchte, am Haus hinunterzuklettern.

Nelly konnte nur hoffen, dass niemand auf die Idee kam, hier oben nach flüchtigen Personen zu suchen. Zitternd kauerte sie sich in einen Winkel und wartete.

Keine drei Minuten später näherten sich Schritte, und die Tür zum Dachboden wurde mit einem kräftigen Fußtritt aus den Angeln gerissen.

35

Cole war zufrieden mit seiner Arbeit. Die Bretterwand, die Henk zusammengezimmert hatte, war stabil und füllte den abgeteilten Winkel des Lagerraums so präzise aus, dass niemand dahinter einen Hohlraum oder gar ein Versteck vermutet hätte. Den Zugang zu dem entstandenen Kämmerchen bildete eine Kiste ohne Rückwand, die beide Seiten miteinander verband und durch die Cole sich zwängen musste, um zu seinem Schlafplatz zu gelangen. Mintje hatte den Verschlag mit Decken und ein paar Kissen weich gepolstert und eine Flasche Wasser und etwas zu essen hineingeschoben. Alles schien perfekt, und doch hasste Cole den Gedanken, tagsüber hier eingesperrt zu sein, während draußen die Sonne schien. Bis auf zwei Kerzen hatte er kein Licht, und die Dunkelheit setzte ihm zu. Als Junge war er einmal zwei Tage und zwei Nächte in einem Kohlenkeller eingesperrt gewesen. Damals hatte er während der Ferien ein leer stehendes Haus erkundet und sich aus Unachtsamkeit selbst eingeschlossen. Niemand hatte sein Schreien gehört, dazu war die Ruine zu abgelegen gewesen. Cole hatte befürchtet, in diesem Keller sterben zu müssen, ohne seine Eltern jemals wiederzusehen, und seitdem eine große Abneigung gegen kleine, finstere Räume entwickelt. Dabei war es nicht einmal so sehr das Gefühl der Enge, das ihn bedrückte. Er hasste es einfach, die Kontrolle zu verlieren und nicht sehen zu können, was um ihn herum geschah. Die Dunkelheit schränkte ihn in seinem Handeln ein, und es ging schwer in seinen Kopf, dass er sie hier in Kauf nehmen musste, um sich zu schützen.

Cole tastete nach seiner Taschenuhr, doch dann fiel ihm ein, dass sie ihm gar nichts nutzte. Henk hatte geschworen, man könne das Ticken durch die Wand hören, und ihm verboten, die Uhr aufzuziehen. Stattdessen wollte er zu jeder vollen Stunde eine Melodie trällern, um Cole wissen zu lassen, wie spät es war. Erst wenn die Sonne untergegangen und das Leuchtfeuer entzündet worden war, durfte Cole hinaus, um in der Küche eine warme Mahlzeit zu sich zu nehmen. So war es mit den beiden Holländern abgesprochen.

Von Nelly hatte Cole nichts gehört. Ob sie sich bereits auf dem Heimweg befand, wusste er nicht. Was mochte sie in der Hauptstadt herausgefunden haben? Cole überlegte. Er kannte Nelly noch nicht lange, vermisste sie aber entsetzlich. Er sehnte sich nach ihrem weichen Haar, dem Duft ihrer Haut, ja selbst nach dem störrischen Blick, mit dem sie ihn musterte, wenn ihr etwas gegen den Strich ging. Sie gehörte weiß Gott nicht zu den Frauen, die es einem leicht machten, sie zu lieben. Aber er fand, dass sie ein Mensch war, der es wert war, geliebt zu werden.

»Aber furchtbar stur ist sie«, vertraute er der Finsternis an. »Wäre sie weniger starrsinnig, müsste sie nicht in einem Leuchtturm hausen, sondern wäre daheim, bei ihrer Familie.« Doch dann wärst du schon längst tot, antwortete ihm die Stille. Diesem Argument war nichts entgegenzusetzen.

»Ist Nelly immer noch nicht zurück?«, fragte er Henk, als dieser ihn aus seiner Gruft entließ. Es war fast dunkel, die von den Besatzern verhängte Ausgangssperre würde in Kürze beginnen. Henk hatte die Lichter bereits angezündet.

»Schätze, sie wird es nicht mehr schaffen«, antwortete der

junge Mann und wischte sich mit dem Hemdsärmel einen Ölfleck von der Stirn. »Sicher hat sie den Zug versäumt und muss in der Stadt übernachten. Aber keine Sorge, sie kommt schon zurecht.«

Cole teilte Henks Zuversicht nicht. Ihn beschlich vielmehr ein unangenehmes Gefühl. Etwas tief in seinem Magen sagte ihm, dass Nelly in Schwierigkeiten steckte. Und er saß hier fest und konnte nichts ausrichten. Es war zum Verrücktwerden.

In der Küche hatte Mintje den Tisch für drei gedeckt, demnach rechnete auch sie nicht mehr mit Nelly. »Wir müssen uns beeilen«, sagte sie zu Henk. »Du weißt, wie sehr ich es hasse, nach Sonnenuntergang noch im Turm zu sein.«

Henk lachte. »Immer noch Angst vor dem Geist des alten Leuchtfeuerwärters?«

Leise Verwünschungen murmelnd nahm Mintje den Kochtopf vom Herd und stellte ihn mit Schwung auf den Küchentisch. Es gab Bohneneintopf, und der Duft erinnerte Cole daran, wie hungrig er war. Doch Mintje kam nicht mehr dazu, die Teller zu füllen. Sie zuckte zusammen und lauschte. Dann legte sie warnend einen Finger über die Lippen.

»Was war das?« Henk runzelte die Stirn. Auch er hatte das Geräusch gehört. Die Eingangstür war ins Schloss gefallen, das bedeutete, jemand war im Turm.

»Verflucht, hast du vergessen abzuschließen?«, zischte Mintje ihren Sohn an. Henk sprang kreidebleich von seinem Stuhl auf. Doch es war zu spät, um das Versäumte nachzuholen. Im nächsten Moment hallte eine tiefe Stimme durchs Treppenhaus. Eine Stimme, die wütend klang und frustriert.

»*Ist da oben jemand?*«

Cole wechselte einen Blick mit Henk, der nur resigniert den Kopf schüttelte.

»Oberleutnant Haubinger«, wisperte Mintje. »Großer Gott, er kommt herauf. Was machen wir denn jetzt?«

Cole holte tief Luft. Er war Soldat und hatte keine Angst, dem Feind zu begegnen. Zumindest würde er seine Angst nicht zeigen. Aber es ging hier nicht um ihn allein, sondern auch um Henk und dessen Mutter. Um Nelly. Die würden alle drei erschossen werden, wenn man ihn im Leuchtturm entdeckte. Er musste sich oben verstecken. Vielleicht ließ der Mann sich abwimmeln, wenn er merkte, dass Nelly nicht zu Hause war.

»Geh, versteck dich in Nellys Schlafkammer«, drängte Henk. »Mutter und ich werden mit dem Deutschen reden.«

Cole klopfte dem jungen Mann auf die Schulter, dann schlich er so lautlos wie er nur konnte die Treppe hinauf. Henk und Mintje traten vor die Küchentür, um den Offizier zu empfangen, der Sekunden später auftauchte. Haubinger trieb sie mit wütenden Blicken in die Küche zurück und befahl ihnen, sich hinter dem Tisch aufzustellen. »Was wird hier gespielt?«, rief er. »Raus mit der Sprache, sonst lernt ihr mich kennen!«

Mintje zeigte auf den dampfenden Bohneneintopf. »Wir ... wollten gerade zu Abend essen, Herr Oberleutnant.«

»Soso!« Haubinger hob einen Teller auf und warf ihn in hohem Bogen in den dampfenden Topf. Ein Spritzer der heißen Suppe traf Henk an der Hand. Der junge Mann verzog das Gesicht, rührte sich aber nicht vom Fleck.

»Wie ich sehe, hast du für drei gedeckt, Mintje. Für dich, deinen Sohn und eure Chefin. Aber Fräulein Vogel ist nicht hier. Oder versteckt sie sich etwa vor mir?«

Henk schüttelte den Kopf. »Nelly ist nach Amsterdam gefahren. Sie wollte eigentlich bis zur Ausgangssperre zurück sein. Wir sind in Sorge, weil wir nicht wissen, was sie aufgehalten hat.«

»Dafür weiß ich es, mein Junge«, sagte der Oberleutnant kalt. »Und weißt du auch, woher?« Er stellte sich so dicht vor Henk, dass die Knöpfe seiner Uniform dessen Hemd berührten. »Weil ich einen verfluchten Anruf von der Gestapoleitstelle in Amsterdam erhalten habe, dass die deutsche Leuchtturmwärterin von Paardendijk während einer Razzia aufgegriffen wurde.« Henks Augen weiteten sich, als Haubinger ihn am Kragen packte. »Ich habe also nicht erwartet, eure Arbeitgeberin heute Abend hier anzutreffen. Wozu auch? Um mir Lügen anzuhören? Ich kann mir vorstellen, dass ihr euch köstlich über mich amüsiert habt.« Er ließ Henk los und sank auf den Küchenstuhl, auf dem kurz zuvor noch Cole gesessen hatte. Dann zog er seine Pistole aus dem Halfter und richtete die Waffe abwechselnd auf Henk und Mintje.

»Aber ihr beiden habt natürlich nicht gewusst, dass sie mich an der Nase herumführt, was? Wie sie mich zum Vollidioten gemacht hat.« Er lachte verbittert auf. »Ich habe mir tatsächlich eingebildet, dieses Weibsstück würde für das Reichssicherheitshauptamt arbeiten. Dass sie zur Bekämpfung der Widerstandsgruppen ins besetzte Holland gesandt worden wäre. Aber soll ich euch was sagen?« Haubinger reckte das Kinn. »Das war ein Irrtum. Unser Fräulein Vogel verkriecht sich hier, damit die Gestapo sie nicht findet. Sie arbeitet nämlich nicht für den Endsieg, sondern gegen das Reich.«

»Nelly hat nichts verbrochen«, widersprach Mintje mutig. »Sie will doch nur herausfinden, was aus dem Leutnant und dem alten Piet geworden ist. Sie sollten froh sein, dass sie Ihnen diese Arbeit abnimmt. Sie hat Ihnen sogar einen guten Grund geliefert, warum der Leutnant desertiert sein könnte.«

Haubinger sah sie scharf an, dann verlor sich sein Blick. »Diese verworrene Geschichte, die sie mir aufgetischt hat«, murmelte er. »Leutnant Bellmann brannte dafür, Führer, Volk und Vaterland zu dienen. Er war von einem Ehrgeiz erfüllt, den man auch in der Wehrmacht nur selten antrifft, und es hat ihn geschmerzt, dass er auf diesen Posten abgeschoben wurde und keine Gelegenheit hatte, sich durch einen Einsatz an der

Front zu bewähren. So einer gibt sich nicht mit halben Sachen zufrieden. In seiner Gegenwart musste man abwägen, was man sagen konnte und was nicht. Einem Kameradenschwein dreht man nicht den Rücken zu, sonst ist man den eigenen Posten schneller los, als man denkt.« Er schüttelte den Kopf, sichtlich verärgert darüber, dass er sich im Beisein der beiden Holländer hatte hinreißen lassen, kritische Gedanken offenzulegen, und wechselte das Thema:

»Also schön. Was hat Nelly Vogel in Amsterdam gesucht?«

»Sie hat eine Spur des Leutnants gefunden, und der wollte sie nachgehen«, sagte Henk. »Es geht um das Gemälde, für das er sich interessiert hat. Nelly meint, dass er in Amsterdam ein paar Auskünfte darüber eingeholt haben könnte. In irgendeinem Buchladen.«

»Aber mehr wissen wir auch nicht«, rief Mintje.

»Lügner!« Oberleutnant Haubinger nahm Henk mit der Pistole ins Visier, drückte aber nicht ab. »Wir werden diesen Leuchtturm jetzt gemeinsam auf den Kopf stellen, verstanden? Ich will Nellys Notizen haben! Alles, was sie seit ihrer Ankunft zu Papier gebracht hat.«

Er trieb sie mit vorgehaltener Waffe aus der Küche und die Treppe hinauf. Henk und Mintje gingen voraus, der Oberleutnant folgte ihnen. An der Schlafzimmertür ging Henk vorbei, doch noch bevor er einen Fuß auf die nächste Treppenstufe setzen konnte, hielt Haubinger ihn auf. »Stehen bleiben!«, verlangte er mit eisiger Stimme. »Wir fangen gleich hier an! Öffne die Tür!«

»Aber ... das ist Nellys Schlafkammer«, erhob Mintje keuchend Einspruch. »Dort gibt es keine Papiere, die sind alle oben, im Schreibtisch.«

»Wenn Sie gestatten, möchte ich mich davon gern persönlich überzeugen. Aufmachen!«

Henk spürte, wie sich die Mündung von Haubingers Pistole

in seinen Rücken bohrte. Zweifellos würde er abdrücken. Er würde ihn niederschießen, wenn er sich weigerte. Mit klopfendem Herzen stieß er die Tür auf, dann machte er einen Schritt zur Seite. Mintje schlug sich die Hand vor den Mund.

»Ihr bleibt, wo ihr seid!« Haubinger schob den wehrlosen Henk mit dem Lauf seiner Waffe zur Treppe zurück. Dann stapfte er in die Schlafkammer.

Nellys Bett war unberührt. Auf dem kleinen Nachttisch tickte ein Wecker. Der Oberleutnant öffnete den Kastenschrank und spähte hinein. Er durchwühlte die Schubladen der wackeligen Kommode und warf dabei Nellys Unterwäsche zu Boden.

»Nichts«, murmelte er, als er das Zimmer wieder verließ. Er klang enttäuscht. »Weiter, zum Dienstzimmer!«

Henk und Mintje wechselten einen überraschten Blick.

Die Durchsuchung der übrigen Räume zog sich hin. Jedes Mal, wenn der Offizier eine Tür öffnete, drückte Mintje Henks Hand und wagte nicht zu atmen. Sie war einer Ohnmacht nahe. Wo steckte Cole? War er noch weiter hinaufgestiegen? Bis zum Laternenhaus? Doch auch der Rundbalkon und das Leuchtfeuer wurden von Haubinger nicht ausgelassen. Er schlich um die polierten Glasprismen herum und starrte auf das schwarze Meer hinaus. Der Schein, der vom Turm ausgesandt wurde, spiegelte sich in den Wellen, er sah aus wie das silberne Lametta eines Weihnachtsbaums. Die Seemöwen schrien gegen das Rauschen der Brandung an.

Am Ende konfiszierte der Oberleutnant zwei Notizbücher und ein paar Briefe. Dann verließ er den Leuchtturm mit der dringenden Mahnung, dass Nelly sich bei ihm zu melden habe, falls sie aus dem Gewahrsam der Gestapo entlassen und nach Paardendijk zurückgeschickt werden sollte.

Henk sperrte hinter Haubinger die Tür ab. Am ganzen Leib zitternd sank er zu Boden. Mintje stieg mit klopfendem Herzen die Treppe zum Vorratslager hinunter. Sie hatte eine Öllampe in der Hand, deren Licht auf das Gesicht ihres Sohnes fiel.

»Oben ist er nicht«, flüsterte sie ratlos. »Meinst du …«

Henk hob die Hand, dann steckte er zwei Finger in den Mund und stieß einen kurzen Pfiff aus. Kurz darauf tauchte zwischen den aufgestapelten Kisten Coles Kopf auf.

Mintjes Augen weiteten sich. Die Verwirrung stand ihr deutlich ins Gesicht geschrieben. »Aber wir haben dich doch hinaufsteigen sehen«, stammelte sie. »Großer Gott, als der Mann in Nellys Schlafkammer stapfte, dachte ich schon, das war's. Ich bin tausend Tode gestorben.«

»Ich habe auf der Treppe gewartet«, erklärte Cole grinsend. »Als der Oberleutnant mir den Rücken zukehrte, bin ich leise wieder an der Küche vorbei nach unten geschlichen und hinter die Wand gekrochen. Dieses Versteck erschien mir doch sicherer als Nellys Schlafzimmer.«

»Damit haben Sie uns vor dem Erschießungskommando bewahrt, Lieutenant«, sagte Mintje erleichtert. Sie wandte sich ihrem Sohn zu, der noch immer reglos gegen die Tür gelehnt auf dem Fußboden saß. »Los, Junge, Zeit zu gehen.«

»Hast ja recht!« Henk rappelte sich auf die Beine. »Ich muss vor Sonnenaufgang wieder hier sein, um die Lampen zu löschen.«

»Du hast mich falsch verstanden«, sagte seine Mutter. Sie berührte den jungen Mann sachte an der Schulter. »Wir sollten aus Paardendijk verschwinden, solange es noch möglich ist. Nelly wird vielleicht nicht zurückkehren. Und selbst wenn: Glaubst du, wir werden von nun an noch eine ruhige Minute hier haben? Dieser Haubinger ist wütend auf Nelly. Er fühlt sich von ihr an der Nase herumgeführt und wird seine gemäßigte Haltung gegenüber dem Dorf aufgeben. Nelly hat es nicht geschafft zu beweisen, dass dieser Bellmann noch lebt und desertiert ist. Sieh es doch ein, Junge, sie ist gescheitert, und nun sitzt sie selbst hinter Gittern.«

Henk schaute sie trotzig an. »Dann muss ich erst recht hierbleiben, Mutter. Ich will den Leuchtturm nicht im Stich lassen. Und ich würde niemals ohne Sanne weggehen. Außerdem ist es verboten, das Dorf ohne Passierschein zu verlassen. Den kann nur Haubinger als befehlshabender Offizier ausstellen.«

»Henk hat recht«, sagte Cole. »Eine Flucht wäre zu diesem Zeitpunkt viel zu gefährlich.«

Das überzeugte Mintje nicht. Entschlossen stemmte sie beide Hände in die Hüften. »Haben Sie Ihre eigene nicht schon längst geplant, Lieutenant? Mit einem Fischerboot aus dem Hafen? Sie werden sich doch wohl nicht weigern, uns mitzunehmen, oder?«

»Mutter ...«

»Keine Sorge, ich hab's kapiert. Deine Sanne kann sich uns von mir aus anschließen.«

Cole warf Henk einen verstörten Blick zu, mit dem er ihn anflehte, seine Mutter zur Vernunft zu bringen. In der Tat hatte er sein Vorhaben noch nicht verworfen, sich als holländischer Fischer getarnt über die Nordsee davonzumachen. Doch ihm war auch klar, wie gefährlich eine Flucht war. Unter keinen Umständen war Cole bereit, das Leben mehrerer Menschen aufs Spiel zu setzen, nur weil Mintje die Nerven verlor. Um Paardendijk zu verlassen, brauchte er nicht nur ein seetüchtiges Boot, sondern auch eine Ausrüstung zum Navigieren sowie eine Waffe und vor allem Kenntnisse bezüglich der Wehrmachtskontrollen entlang der Küstenregion. Und dann war da auch noch Nelly. Gewiss, er war Offizier der Royal Air Force und betrachtete es als seine Pflicht, so schnell wie möglich zu seiner Einheit zurückzukehren. Aber er wusste ebenso gut, dass ihn keine zehn Pferde bewegen konnten wegzugehen, ohne Nelly in Sicherheit zu wissen.

Nachdem Mintje und Henk gegangen waren, tastete er sich die Treppe hinauf. Im Dunkeln, denn Licht durfte er nicht machen. Er setzte sich in Nellys finstere Schreibstube und schaltete das Radio ein. Er wollte seine Gedanken sortieren, aber die leise Musik machte ihn schläfrig. Eines ging ihm nicht aus dem Kopf. Etwas, das er aufgeschnappt hatte, als er diesen Haubinger belauscht hatte. Der Mann hatte offensichtlich nichts für den verschwundenen Soldaten übriggehabt. Hatte er nicht sogar angedeutet, dieser sei ein Intrigant und hinter dem Posten seines Vorgesetzten her gewesen?

Cole schaltete den Radioapparat wieder aus und begann, nachdenklich durch den kleinen Raum zu laufen. Seine Müdigkeit verflog mit einem Schlag. War Nelly möglicherweise von falschen Voraussetzungen ausgegangen? Vielleicht wusste Haubinger ganz genau, was aus Bellmann geworden war. Angenommen, es war zu einem Streit zwischen den Männern gekommen. Ein Streit, der tödlich geendet hatte. Nelly ging davon aus, dass der Leutnant noch lebte und ihr nachstellte, aber was, wenn sie sich geirrt hatte und der Mann von Haubinger persönlich aus dem Verkehr gezogen worden war? Dann durfte der keinesfalls zulassen, dass Nelly die Wahrheit herausfand.

Er hatte ihre Aufzeichnungen an sich genommen. Damit war er über all ihre Überlegungen im Bilde. Das war nicht gut.

Cole blieb stehen und atmete tief durch. Unwillkürlich drängte sich ihm die Frage auf, was Haubinger mit Nelly tun würde, wenn sie nach Paardendijk zurückkehrte.

36

Nellys Zähne klapperten vor Kälte und vor Angst. Die Zelle, in die man sie gestoßen hatte, war feucht wie eine Tropfsteinhöhle und stank, dass es ihr den Magen umdrehte. Auf der Pritsche lag eine grobe Wolldecke, die jedoch so viele Spuren von Blut und Erbrochenem aufwies, dass Nelly es vor Ekel nicht über sich brachte, darunter zu kriechen. Die Arme um die angewinkelten Knie geschlungen wartete sie, dass jemand erschien, um ihr etwas zu essen und zu trinken zu bringen oder sie zum Verhör abzuholen.

Doch die Stunden vergingen, ohne dass sich die Tür auch nur einmal öffnete. Nelly lehnte den Kopf gegen die kahle Wand und schloss die Augen, schreckte aber auf, sooft sie Schreie aus der Zelle nebenan oder das Gebrüll der Wärter hörte. Türen knallten. Irgendwann legte sich eine gespenstische Stille über den Zellentrakt, die Nelly zuzuflüstern schien, dass nur sie allein übrig geblieben war. Was war nur mit all den anderen Menschen geschehen, die man mit ihr zusammen auf dem Lastwagen hierhergebracht hatte?

Als eine halbe Ewigkeit später doch noch die Zellentür aufgestoßen und ihr Name aufgerufen wurde, sprang Nelly auf und schlüpfte in ihre Schuhe. Nun würde sie erfahren, was man mit ihr vorhatte. Auf dem Flur wurde sie von einer Frau in

Uniform in Empfang genommen, die sie geringschätzig von Kopf bis Fuß musterte.

»Vogel aus Berlin?«

Nelly nickte. Zum ersten Mal seit ihrer Schulzeit kam ihr ihr eigener Familienname lächerlich vor. Doch die Wärterin sah nicht so aus, als würde sie sich darüber amüsieren. Sie machte ein Häkchen auf einer Liste, dann forderte sie Nelly mit einer herrischen Kopfbewegung auf, sich in Bewegung zu setzen.

Nellys Kopf dröhnte, doch sie biss die Zähne zusammen und beeilte sich, die Uniformierte nicht warten zu lassen. Der Weg, der sie zuerst einen langen Flur hinunter und dann eine Wendeltreppe hinaufführte, kam ihr schier endlos vor, doch wenigstens wurde die Luft besser, je weiter sie sich von den Gefängniszellen entfernte.

Als sie in den spartanisch eingerichteten Raum geschoben wurde, in dem das Verhör stattfand, sank ihr Mut augenblicklich. Sie musste an die Berliner Prinz-Albrecht-Straße denken und an die Befragung, die sie dort über sich hatte ergehen lassen müssen.

Zu ihrer Überraschung wartete in dem Büro nicht nur ein Gestapobeamter auf sie. Vor dem Schreibtisch saß auch von Bleicher. Der Diplomat stützte sich auf einen Stock mit Silberknauf und sah aus, als hätte er in eine Zitrone gebissen. Aus zusammengekniffenen Augen funkelte er Nelly an. Dennoch wäre sie ihm am liebsten um den Hals gefallen, so sehr freute sie sich, ihn zu sehen.

Der Gestapobeamte ließ sich von der Wärterin das bereits ausgefüllte Formular geben, dann schickte er sie hinaus und befahl ihr, die Tür zu schließen. Er war ein schlanker Mann um die dreißig mit pomadisiertem Haar und stechenden blauen Augen.

»Ist sie das?« Die Frage galt nicht Nelly, sondern von Bleicher, der sogleich eifrig nickte.

»Jawohl, Herr Kommissar! Wie ich Ihnen eben schon erklärte, Fräulein Vogel …«

»Na, das wollen wir von ihr selbst hören, meinen S' nicht?«, fiel der Beamte ihm ins Wort. Seinem Dialekt nach stammte er aus Wien. Er sah Nelly fast gelangweilt an. »Ich bin Kommissar Silberbauer. Können S' mir erklären, was Sie bei den Juden zu suchen hatten? Haben S' denen was gegeben?«

Nelly stand vor dem Mann wie ein begossener Pudel. Ihr Haar erinnerte an ein Vogelnest, ihre Kleidung war zerknittert und feucht. Der Kommissar musste bemerkt haben, dass sie vor Erschöpfung schwankte wie ein Schilfhalm, aber er bot ihr keinen Stuhl an.

»Ich war auf der Suche nach einer bekannten Kunsthistorikerin«, sagte sie schließlich. »Man hatte mir eine Adresse in Amsterdam-Zuid gegeben. Ich hatte keine Ahnung, dass dort Juden leben. Als plötzlich die Soldaten in das Haus stürmten, geriet ich in Panik und lief davon.«

»Sie sind aber nicht davongelaufen! Versteckt haben S' sich. Und als einer unserer Männer Sie auf dem Dachboden aufgescheucht hat, wollten S' ihm mit Ihrer Tasche eins überziehen.« Er zeigte auf Nellys Handtasche, die als *Corpus Delicti* direkt neben seiner Schreibmaschine lag.

Von Bleicher brachte sich mit einem Räuspern in Erinnerung. »Wie ich Ihnen sagte, Herr Kommissar: nur ein Missverständnis. Fräulein Vogel geht einer vertrauensvollen Tätigkeit im Leuchtturm von Paardendijk nach, das heißt, sie arbeitet für das Deutsche Reich. Wenn Sie nun bitte die Papiere unterzeichnen würden? Sie haben gewiss Wichtigeres zu tun, als die junge Dame zu befragen.«

»Das müssen S' schon mir überlassen, werter Herr«, sagte Kommissar Silberbauer. Sein höflicher Ton täuschte Nelly nicht darüber hinweg, dass er für von Bleicher keinerlei Sympathien hegte. »Wär's das erste Mal, dass das Fräulein es in die

Akten schafft, würde ich's gelassen nehmen. Aber das ist nicht der Fall. Sie ist schon in Berlin aufgefallen. Und jemand hat versucht, das unter den Teppich zu kehren. Ich frag mich jetzt natürlich, warum.« Er blickte Nelly scharf an. »Nu, warum haben S'Ihren Posten nun wirklich verlassen und sind nach Amsterdam gefahren?«

»Sie hat mich besucht«, erklärte von Bleicher eine Spur zu laut. »Meine Sekretärin kann das bestätigen.«

»Ach so, ist der Herr vom Auswärtigen Amt etwa auch Kunstsachverständiger?« Silberbauer vertiefte sich in die Akte. Er schien sie ausgiebig zu studieren. Es vergingen mehrere Minuten, ehe er wieder den Blick hob. »Wundert mich, dass man in dem Ort, wo man sie hingeschickt hat, noch nicht aufgeräumt hat. Erst verschwindet ein deutscher Offizier von der Wehrmacht spurlos und dann auch noch der Leuchtturmwärter. Offensichtlich schafft es der Kommandeur dort nicht, für Ordnung zu sorgen.«

»Mag sein«, wandte von Bleicher ein. »Aber damit hat Fräulein Vogel nichts zu tun. Sie kam erst nach den erwähnten Ereignissen in Holland an. Ich darf darauf hinweisen, dass sie ihren Dienst bis jetzt in vorbildlicher Weise ausgeübt hat. Es ist dringend erforderlich, dass sie ihn so schnell wie möglich wieder aufnimmt. Daher bitte ich Sie noch einmal um Ihre Unterschrift auf dem Entlassungsschein.«

Kommissar Silberbauers Miene verfinsterte sich. »Net so schnell, der Herr. Ihr Berliner müssts immer so hetzen, und dann wird's nix Gscheites.« Er dachte einen Moment lang nach. »Diese Kunstexpertin, zu der Sie wollten, ist doch eine Jüdin.«

Nelly schluckte. Jetzt nur keinen Fehler machen, befahl sie sich.

Kommissar Silberbauer trank einen Schluck Wasser, dann wischte er sich mit der Hand über den Mund. »Sind S' plötzlich verstummt? Ich will wissen, wo die Zilversmit steckt. In ihrem Haus ist sie nicht mehr. Also, Fräulein: Wohin haben die Person und ihr Anhang sich verkrochen?«

Nellys Blick flog entgeistert zwischen von Bleicher und dem Gestapobeamten hin und her. »Woher soll ich das wissen?«, stammelte sie. »Ich habe diese Adresse in einem Antiquariat erhalten. Ich weiß nicht, wo diese Leute jetzt sind.«

»Das ist doch absolut glaubwürdig, Herr Kommissar«, kam von Bleicher ihr zu Hilfe. »Fräulein Vogel ging natürlich davon aus, dass sie diese Frau unter ihrer Adresse in Amsterdam-Zuid antreffen würde. Warum hätte sie sonst hinfahren und dort nach ihr suchen sollen?«

»Um eine Nachricht von der Flüchtigen zu überbringen, vielleicht?«

»Ich habe Febe Zilversmit noch nie gesehen«, beteuerte Nelly, die es nun mit der Angst zu tun bekam. »Alles, was ich wollte, war eine Auskunft zu einem Gemälde des Künstlers Vermeer. Hätte ich geahnt, dass die Zilversmit von der Polizei gesucht wird, hätte ich mich an einen anderen Kunstexperten gewandt.«

Der Kommissar nahm einen weiteren Schluck Wasser, wobei er Nelly eindringlich ansah. »Sie haben also eine Sonderaufenthaltserlaubnis für kriegswichtige Reichsangestellte?«

Nelly spähte unsicher zu von Bleicher, bevor sie die Frage mit einem Nicken beantwortete.

»Wird hiermit aufgehoben!«

»Was?« Nelly zuckte zusammen. Wovon redete der Mann? Das konnte nicht sein Ernst sein.

»Sie haben Holland binnen vierzehn Tagen zu verlassen und nach Berlin zurückzukehren, wo Sie sich bei der Gestapoleitstelle in der Prinz-Albrecht-Straße melden werden. Sollen doch die Kollegen entscheiden, wie mit Ihnen weiter zu verfahren ist.«

Nach Berlin zurück? Aber das ging nicht! Sie konnte Paardendijk nicht verlassen. Nicht, bevor sie Cole in Sicherheit gebracht und Febe gefunden hatte.

Der Diplomat zog sich an seinem Gehstock auf die Füsse und sah den Kommissar wütend an. »Ich protestiere gegen diese Entscheidung.«

»Ich nehme Ihren Protest zur Kenntnis, Herr Gesandtschaftsrat«, sagte Silberbauer, ohne mit der Wimper zu zucken. »Aber nun rate ich Ihnen, ganz schnell mit der Dame zu verschwinden, bevor ich's mir anders überlege und zu dem Schluss komme, dass sie in einer unserer Zellen doch besser aufgehoben ist. So kann sie wenigstens noch ein paar Tage die Seeluft geniessen. Aber vergessen S' nicht: Die Frist läuft in vierzehn Tagen ab.«

Von Bleicher begleitete Nelly aus dem Gebäude und winkte mit seinem Stock einen Wagen herbei. »Hauptbahnhof«, erklärte er dem Chauffeur, ehe er mit einem Seufzer neben Nelly auf das Polster sank. Er reichte ihr ein sauberes Taschentuch. »Hier, trocknen Sie Ihre Tränen!«

Nelly starrte demonstrativ aus dem Fenster. Erst allmählich begriff sie, welche Folgen die Auflösung ihres Sonderstatus' hatte: Sie besass keine gültigen Papiere mehr und damit auch kein Recht, sich frei im Land zu bewegen. Von nun an konnte sie jederzeit bei einer Razzia aufgegriffen und abgeschoben werden. Ihren Posten im Leuchtturm war sie natürlich auch los. Sie wusste nicht einmal, ob sie dort überhaupt noch bleiben durfte. Und was geschah mit Cole, wenn man sie vor die Tür setzte? Sie konnte ihn kaum mit nach Berlin nehmen.

Benommen bedeckte sie ihre Augen mit den Händen. Grosser Gott, was für ein Schlamassel. Sie fühlte sich wie eine Maus in der Falle und hatte keine Ahnung, wie es weitergehen sollte.

Von Bleicher brummte finster vor sich hin.

»Ob der General noch einmal …«, begann Nelly zaghaft,

schluckte den Rest des Satzes aber hinunter, als sie den vernichtenden Blick des Diplomaten auffing.

»Vergessen Sie's!«, sagte von Bleicher. »Dafür ist es jetzt zu spät. Ich habe Sie gewarnt, aber Sie wollten ja nicht hören.« Er hustete, dann hob er leicht die Schultern. »Wenn Sie also nicht nach Berlin zurückwollen, müssen wir schleunigst eine andere Lösung finden.«

37

Nelly scheuerte die Fußböden, als hinge ihr Leben davon ab. Sie entfernte Spinnweben in den Ecken, wienerte sämtliche Lampen und Blenden im Laternenhaus und bohnerte jede einzelne Treppenstufe, bis ihre Knie schmerzten. Mintje schüttelte besorgt den Kopf, traute sich aber nicht, ihrer Freundin die Putzutensilien aus der Hand zu nehmen. Vielleicht begriff sie, dass es Nelly ein Bedürfnis war, in ihrer ausweglosen Situation wenigstens etwas zu tun zu haben.

»Zumindest werde ich den Leuchtturm in einem besseren Zustand übergeben, als ich ihn vorgefunden habe«, erklärte Nelly abends todmüde in ihrem Dienstzimmer. Cole, der sein Versteck verlassen hatte, um sich zu ihr zu gesellen, schenkte ihr einen Schnaps ein, den Nelly begierig hinunterstürzte. Das Brennen in ihrer Kehle brachte sie zum Husten, dennoch hielt sie Cole ein weiteres Mal ihr Glas hin.

»Hältst du es für eine gute Idee, dich zu betrinken?«, fragte er halb amüsiert, halb sorgenvoll. Er hatte die Neuigkeiten aus Amsterdam mit der ihm eigenen Gelassenheit aufgenommen, vor allem war er erleichtert, dass die Gestapo sie nach Hause entlassen hatte. Als er ihr das sagte, schüttelte sie den Kopf.

»Nach Hause? Wo ist das? Ich habe kein Zuhause mehr. Darauf kann man doch mal das Glas erheben!«

Er sah sie betroffen an, woraufhin sie ihre Worte sofort bereute. Sie hatte weiß Gott keinen Grund, Cole etwas vorzujammern. Ihnen beiden drohte der Rauswurf aus dem Leuchtturm, ja, doch Nelly konnte, von Bleichers Unkenrufen zum Trotz, in Berlin auf die Hilfe ihrer Eltern und des Generals hoffen. Für Cole sah die Zukunft weniger rosig aus. Scheiterten seine Fluchtpläne, würde er in Gefangenschaft geraten. Oder auf der Flucht erschossen werden.

Sie warf einen Blick auf den Wandkalender. Noch elf Tage. In elf verdammten Tagen war ihre Aufenthaltsgenehmigung nicht mehr das Papier wert, auf dem sie gedruckt war. Aber vermutlich würde vorher noch ein Befehl erlassen werden, der Paardendijk in Schutt und Asche legte. Und sie verbrachte ihre Tage damit, zu putzen und Schnaps zu trinken.

»Ich weiß, dass ich kein Recht habe, dich in Gefahr zu bringen, aber ich würde mir wünschen, dass du mit mir weggehst«, flüsterte Cole ihr ins Ohr. »Irgendwie schaffen wir es nach England. Dein Onkel und dieser bärtige Fischer, von dem du mir erzählt hast, wollen dich doch ohnehin loswerden. Vielleicht überlassen sie uns ja freiwillig ein Boot, in dem wir abhauen können.«

Nelly biss sich auf die Lippen. An Haart hatte sie in all der Aufregung gar nicht mehr gedacht. Mit ihrer Entlassung waren auch alle Absprachen bezüglich ihres Vetters Bram hinfällig geworden. Sie konnte ihn nicht mehr als Hilfswärter im Leuchtturm aufnehmen. Sie konnte überhaupt niemandem mehr helfen, nicht einmal sich selbst. Ihre Verwandten würden ihr die Schuld an der Misere geben. Allerdings war nun auch nicht mehr damit zu rechnen, dass Bram oder ein anderer Mann aus Paardendijk zur Zwangsarbeit am Atlantikwall oder in einer Munitionsfabrik eingezogen werden würde.

Haubinger hatte ihr über Mintje und Henk ausrichten lassen, dass er sie zu sehen wünschte. Nelly konnte sich denken, warum. Sie hatte ihn abgewiesen, also würde er seinen Triumph auskosten, wenn er ihr mitteilte, dass die Untersuchungen zu Bellmanns Verschwinden nun endgültig abgeschlossen waren. Dass er desertiert war, glaubte außer Nelly niemand. Folglich musste er einer Widerstandsgruppe im Dorf zum Opfer gefallen sein. So einfach war das. Haubinger würde niemandem mehr erlauben, den Ort zu verlassen.

Die Schlinge zog sich weiter zu.

»Und deine Halbschwester?«, wollte Cole wissen. Er strich Nelly sanft eine Haarsträhne aus der Stirn. »Hast du eine Vermutung, was mit ihr geschehen sein könnte?«

Nelly seufzte tief. Die Beschreibung des Mannes, der Febe mitsamt ihrer Familie abgeholt hatte, passte auf Jan-Ruud. Der Fischer hatte es Nelly gegenüber zwar abgestritten, aber es lag auf der Hand, dass er lange vor ihr herausgefunden hatte, was aus seiner Tochter geworden war. Er hatte erfahren, dass Febe in Amsterdam adoptiert worden war, dass sie mittlerweile zu den bekanntesten Kunstexpertinnen der Welt zählte, aber seit dem Einmarsch der Deutschen in die Niederlande in höchster Gefahr schwebte. Jan-Ruud hatte offenbar begriffen, dass er jetzt etwas für sie tun musste. Nelly vermutete, dass er Febe und ihre Angehörigen außer Landes geschmuggelt hatte.

Ein Gedanke kam ihr. Sie sprang auf, wie von einem elektrischen Stromschlag getroffen.

Ja, eine Rettungsaktion traute sie Jan-Ruud zu. Er war erfahren genug, um ein Boot über die Nordsee zu manövrieren. Und was einmal gelungen war, konnte doch auch ein weiteres Mal gelingen.

»Ich muss noch einmal fort!«, rief sie dem verdutzten Cole zu und rannte zur Tür hinaus, ehe der junge Pilot sie zurückhalten konnte.

Nelly war noch nie bei Jan-Ruud gewesen, aber sie kannte sein Haus. Es befand sich unweit des Hafens und war von einem düsteren Hof umgeben, in dem es streng nach Fisch roch. Nelly warf einen beklommenen Blick über die Schulter. Niemand war zu sehen. Die Ausgangssperre hielt die Menschen in ihren Wohnungen. Nelly zögerte. War es eine gute Idee, ausgerechnet jetzt Jan-Ruud aufzusuchen? Der Mann hasste sie, vom ersten Moment an hatte er sie gehasst. Er würde sie hinauswerfen, ohne sie auch nur anzuhören. Entschlossen ging sie weiter.

Jan-Ruud war zu Hause, und entgegen ihren Befürchtungen, abgewiesen zu werden, ließ er sie eintreten, als habe er sie bereits erwartet.

»Dachte mir schon, dass du mich und die anderen nicht in Ruhe lassen würdest«, brummte er. Zu Nellys Überraschung hatte er sich herausgeputzt, zumindest für seine Verhältnisse. Statt dem gewohnten geflickten Wollpullover und speckigen Arbeitshosen trug er einen Zweireiher über einem weißen Hemd. Die Krawatte saß etwas locker, war aber ordentlich gebunden. Er hatte sich sogar die Haare schneiden und den rötlichen Bart stutzen lassen.

»Wollen Sie ausgehen oder haben Sie sich für mich so in Schale geworfen, Jan-Ruud?«

Der Fischer öffnete empört den Mund, verkniff sich aber eine Erwiderung. Stattdessen forderte er sie auf, ihm in die Wohnstube zu folgen. Der Raum roch nach Pfeifentabak und war so vollgestopft mit den unterschiedlichsten Holzschnitzereien, dass es Nelly prompt die Sprache verschlug. Die meisten Figuren stellten Tiere dar, Seevögel und Fische in allen nur erdenklichen Größen und Formen, alle hübsch bemalt. Aber es gab auch Schnitzereien, die Menschen darstellten. Darunter Gesichter, die Nelly erkannte. Jan-Ruud hatte nicht nur die Familie Leander in Holz verewigt, sondern auch andere Dorfbewohner: den Pastor, Mintje und Henk. Eine Figur stach Nelly besonders ins Auge: ein Männlein mit einem Seehundschnauzer, das sich gegen einen Leuchtturm lehnte. Nelly stieß staunend die Luft aus. Sie kannte kein Bild vom alten Piet, war sich aber ganz sicher, dass die Schnitzfigur nur ihn darstellen konnte. Jan-Ruud hatte seine Nachbarn genauestens studiert, um ihre Besonderheiten in Gestik und Mimik einzufangen.

Auf dem Esstisch lagen einige Figuren, an denen noch gearbeitet wurde. Sie waren ein wenig größer als die anderen. Nelly berührte vorsichtig das erst halb fertige Gesicht einer Frau, der Jan-Ruud einen Pagenkopf, feine Gesichtszüge und einen melancholischen Blick verpasst hatte. Nelly erkannte sie auf den ersten Blick, obwohl sie bislang nur ein einziges Foto von ihr gesehen hatte.

»Febe!« In Nellys Hals bildete sich ein dicker Kloß. »Geht es ihr gut?«

Jan-Ruud zögerte einen Moment, dann nickte er.

»Weiß sie, dass es mich gibt?«

»Die reiche deutsche Schwester, meinst du? Die hierher gesandt wurde, um für den Führer des Großdeutschen Reiches unseren guten alten Leuchtturm in Besitz zu nehmen?«

Nelly starrte Jan-Ruud an. Ihr war wohl bewusst, dass der Mann sie nur provozieren wollte, dennoch kränkten sie seine Worte. »Wie oft muss ich Ihnen noch beweisen, dass ich die Nazis ebenso sehr hasse wie Sie und dass ich die Besetzung Hollands für ein Verbrechen halte«, sagte sie aufbrausend. »Aber es ist ja auch so viel leichter, mich zu beschimpfen, weil ich Deutsche bin, als etwas gegen unsere gemeinsamen Gegner zu unternehmen.«

»Auch kleine Schritte führen zum Ziel!«

Nelly seufzte. »Sie sind mir ein Rätsel, Jan-Ruud. Sie beobachten die Menschen und machen Holzfiguren aus ihnen, kleine Pinocchios, die Sie an ihren Schnüren zappeln lassen. Was mich betrifft, so liegen Sie auf jeden Fall falsch. Und das wissen Sie. Vielleicht haben Sie mich deshalb bislang nicht in Holz gebannt. Aber im Grunde ist mir egal, was Sie oder die Leanders von mir halten. Mir geht es nur darum, dass Febe in Sicherheit ist.«

»Sie weiß von dir!« Jan-Ruud deutete auf die noch unvollendete Schnitzfigur von Febe. »Ich wollte sie eigentlich damit verschonen, aber dann habe ich ihr doch von dir und Bente erzählt, weil ich fand, dass sie entscheiden sollte, ob sie euch zum Teufel jagen will. Aber sie möchte dich sehen, das hat sie mir gesagt. Sie ist genauso stur wie du und deine Mutter.«

Nelly spürte ihr Herz schneller klopfen. Febe wusste also, dass sie eine Schwester hatte. Und sie wollte sie kennenlernen. Das war eine Neuigkeit, die sie nicht erwartet hatte. »Heißt das, dass Febe sich immer noch in Holland aufhält?«, fragte Nelly vorsichtig. »Ich hatte insgeheim gehofft, Sie hätten sie und ihre Familie mit Ihrem Boot außer Landes gebracht.«

Jan-Ruud verzog das Gesicht. »Wenn das so einfach wäre, hätte ich es längst getan. Aber vielleicht ist dir nicht entgangen, dass die Wehrmacht den Hafen und die Küste so scharf bewacht, dass nicht einmal eine Maus ungesehen hindurchschlüpfen könnte. Es ist so gut wie unmöglich, Febe in Sicherheit zu bringen.« Er dachte kurz nach, dann sagte er: »Ich habe ein Versteck für sie und ihre Familie gefunden, in dem sie für den Moment sicher sind. Auf lange Sicht ist das allerdings keine Lösung. Ich schlafe keine Nacht mehr durch, weil ich mir so große Sorgen um sie mache.«

Nelly nickte. »Sie haben sie von Amsterdam nach Haarlem gebracht, nicht wahr? Zunächst zu Ihrer Schwester Ans und dann …«

»Still!« Jan-Ruud legte einen Finger über die Lippen. Dann schaute er zum Fenster hinüber. Er schien etwas bemerkt zu haben. Schon im nächsten Augenblick flog die Tür auf, und ein blasser Mann stolperte mit erhobenen Armen über die

Schwelle. Ihm folgten drei weitere Männer, die ihn mit einer Pistole bedrohten. Nelly erkannte ihren Onkel, Bram, Pastor Bakker und … Ihre Augen weiteten sich vor Schreck. Das durfte doch nicht wahr sein!

38

»Cole? Was tust du hier? Habe ich dir nicht gesagt, dass du im Turm auf mich warten sollst?«

»Wir haben den Burschen erwischt, als er um das Haus herumschlich«, sagte Bram Leander. Nellys Vetter war in einen langen schwarzen Mantel gehüllt. Seine Augen blitzten, als er seine Cousine sah. »Verdammte Scheiße«, fluchte er mit fester Stimme. »Was macht die denn schon wieder hier? Ich dachte, sie hätte nach unserem Denkzettel in der Kirche begriffen, dass sie das Herumschnüffeln lassen soll.«

Denkzettel in der Kirche? Nelly schnappte nach Luft. »Du warst das in der Kirche?«, keuchte sie. Wie Schuppen fiel es ihr von den Augen. »Ich sollte glauben, Bellmann sei noch am Leben, nicht wahr?«

Bram verzog die Lippen zu einem Lächeln, doch seine Augen fixierten sie kalt wie der Mond. Noch immer hielt er seine Waffe auf Cole gerichtet, bereit, jeden Augenblick den Abzug zu betätigen. »Du bist ein schlauer Fuchs, liebe Cousine. Aber dein Problem ist, dass du dich zu sehr von deinen Gefühlen leiten lässt. Das geht selten gut, und deswegen konnten wir dir auch nicht vertrauen.«

Nelly musste sich sehr zusammenreißen, um den jungen Mann im schwarzen Mantel nicht anzuschreien. »Ihr habt das

Gemälde abgenommen und versteckt, nicht wahr? Nach Bellmann sollte nicht noch jemand herausfinden, dass hier ein echter Vermeer rumhängt.« Sie griff sich an die Stirn, beschämt darüber, wie leicht sie es diesen Leuten gemacht hatte, sie hinters Licht zu führen. »Ich nehme an, den Schlag auf den Kopf habe ich dem Herrn Pastor zu verdanken!«

Bakker machte ein unglückliches Gesicht. »Ich habe das nicht gern getan, aber Befehl ist nun mal Befehl.«

»Ein Befehl der Widerstandsgruppe, der Sie angehören, nehme ich an. Derselben Gruppe, die befürchtet hat, ich könne im Zuge meiner Nachforschungen herausfinden, dass Leutnant Bellmanns angeblicher Plan, zu desertieren und sich mit einem wertvollen Gemälde aus dem Staub zu machen, von vorne bis hinten erlogen war.« Sie holte tief Luft. »Er ist schon lange tot, nicht wahr? Die Auftritte des Mannes im schwarzen Mantel sollten mich nur verwirren. Ich sollte an Bellmanns Fahnenflucht glauben, aber dann ging so ziemlich alles schief.«

Bram nickte. »Ich gebe zu, wir wollten dich aushorchen und manipulieren, damit du, ohne es zu ahnen, dem Widerstand zuarbeitest. Wir brauchten Informationen, mussten wissen, was die Deutschen vorhaben. Leider hat das nicht so funktioniert, wie wir ursprünglich gehofft haben. Du wurdest zunehmend zu einem Sicherheitsrisiko für uns, insbesondere für Jan-Ruud.«

»Weil du einfach nicht aufhören konntest, nach Febe Zilversmit zu fragen«, ergänzte Nellys Onkel. Er deutete auf Cole, der noch immer mit den Armen im Nacken verschränkt dastand. »Und wer ist das nun, liebe Nichte? Wirklich ein Spion?«

»Natürlich nicht«, widersprach Cole. »Ich bin Lieutenant Samuel Cole von der Royal Air Force. Nach meinem Absturz hat diese junge Dame mir Zuflucht in ihrem Leuchtturm gewährt. Sie versteht vom Widerstand nämlich hundertmal mehr als Sie alle zusammen, meine Herren!«

»Ein britischer Pilot, da schau an«, hauchte Pastor Bakker.

»Das ist ein Trick!« Bram knirschte mit den Zähnen. »Ich sage euch, der Kerl ist gefährlich. Wir müssen ihn loswerden, ihn und Nelly. Sonst ist alles verloren, wofür wir seit der Besetzung unseres Landes kämpfen!« Er warf einen gespannten Blick in die Runde.

Sein Vater wurde kreidebleich. Mit zitternden Fingern fuhr er sich durch das schüttere Haar. Nelly straffte die Schultern und machte einen Schritt auf Bram zu. »Du redest so, weil du dich vor den anderen profilieren willst. Keiner soll in dir mehr den dummen Jungen sehen, der kein Wässerchen trüben kann. Auch wenn du diese Rolle ganz gut gespielt hast, hätte ich den Braten früher riechen müssen. Als du in Haarlem diesen Wehrmachtssoldaten auf dem Grote Markt angegriffen hast, kam der wahre Bram zum Vorschein.« Sie holte tief Luft. »Du weißt ganz genau, dass Cole kein Spion ist, sondern sich vor den Soldaten versteckt hat. Du hast uns in der Moorhütte belauscht und gefolgt, dass wir Jan-Ruuds Boot mit den Einschusslöchern und Blutspuren gefunden haben. Daraufhin hast du zuerst Feuer im Schuppen gelegt und dann auf den Lieutenant geschossen. Also erzähl mir bloß nichts von deutschen Spionen.«

»Ist das wahr?« Haart Leander starrte seinen Sohn an, als sähe er ihn heute zum ersten Mal. »Du hast Piets Hütte angezündet?«

»Das verdammte Boot hätte uns noch alle an den Galgen gebracht«, eiferte sich Bram. »Eigentlich hätten wir es sofort versenken müssen, aber Jan-Ruud hat darauf bestanden, es hinaus ins Moor zu schleppen. Als ich später danach sehen wollte, entdeckte ich, dass dieser Mann sich in der Hütte eingenistet hat. Und dann habe ich Nelly dabei beobachtet, wie sie mit einem Rucksack in der Hütte verschwunden ist. Ich dachte bei mir, sie versorgt bestimmt einen Kerl, der eingeschleust wurde, um die Küste im Auge zu behalten und uns heimlich auszuspionieren. Ich habe auf ihn geschossen, ja, aber nur weil er mich entdeckt hat. Ich durfte schließlich nicht riskieren, von ihm enttarnt zu werden.«

»Dann wäre das ja geklärt«, meinte Cole trocken. »Aber was ist mit diesem Wehrmachtsoffizier und dem Gemälde? Vielleicht sollten Sie uns endlich reinen Wein einschenken.«

Die vier Männer schwiegen. Schließlich war es Nellys Onkel, der das Wort ergriff: »Du hast ganz richtig vermutet, Nelly. Bellmann lebt nicht mehr. Aber du musst uns glauben, dass wir keine andere Wahl hatten, als ihn auszuschalten. Er hat herausgefunden, dass es sich bei dem Bild um einen echten Vermeer handelt. So viele Jahre hing es dort in der Kirche, und niemand hat je geahnt, was für einen Schatz wir hüten. Das Bild ... Ich weiß nicht, wie ich es dir erklären soll, aber es bedeutet den Menschen von Paardendijk sehr viel. Seit Vermeer es einem Leander zum Geschenk gemacht hat, hat es dem Ort Glück und Wohlstand gebracht. Solange das Gemälde in unserem Besitz und ein Wärter auf dem Leuchtturm ist, kann dem Dorf nichts Schlimmes zustoßen. Daran glauben wir.«

»Nun ja, die Besatzer hat es nicht von uns ferngehalten«, brummte Jan-Ruud.

Nelly hob irritiert die Augenbrauen. Von ihrem Onkel, der immer so nüchtern und rational auftrat, hätte sie am allerwenigsten vermutet, einem alten Aberglauben zu frönen. »Bellmann hatte also tatsächlich vor, euch das Bild zu stehlen?«

Jan-Ruud beantwortete ihre Frage mit einem Nicken. »Als Pastor Bakker uns informiert hat, dass der Leutnant immer häufiger in die Kirche kommt, um sich das Bild anzusehen, haben wir geahnt, dass er etwas im Schilde führt. Ich habe schleunigst Kontakt zu Febe aufgenommen und sie gebeten, uns zu helfen.«

»Ich kann mir schon denken, wie«, sagte Nelly. »Febe ist

Spezialistin für Vermeer und hat sicher selbst auch künstlerisches Talent. Sie hat in Amsterdam eine Kopie des Gemäldes angefertigt.«

»Eine brillante Arbeit«, bestätigte Pastor Bakker Nellys Vermutung. »In ein paar Monaten hätte die Fälschung sogar Fachleute zweifeln lassen.«

»Erst in ein paar Monaten?«, erkundigte sich Cole überrascht.

»Es musste ja alles so rasch gehen, daher war die rote Farbe auf dem Schleier der Frau im Boot noch nicht ganz getrocknet, als wir die Kopie aufgehängt haben. Bellmann hat das bemerkt und den Braten sofort gerochen.«

Nelly erinnerte sich an die Farbflecke an Bellmanns Händen und seinem Ärmel, die Mintje für Blut gehalten hatte. »Aber was geschah in der Nacht, in der er verschwand?«

Jan-Ruud stellte die Figur der Febe behutsam auf den Tisch zurück. Von seiner raubeinigen Überheblichkeit war wenig geblieben. Bekümmert wandte er sich Nelly zu. »Febe ist an diesem Abend aufgetaucht. Wir hatten ausgemacht, dass ich in den kommenden Tagen zu ihr fahren würde, um ihr, Jonas und den beiden Jungs ein paar Lebensmittel zu bringen. Aber sie wollte mich überreden, ihr den echten Vermeer anzuvertrauen, den wir im Keller der Kirche versteckt hatten. Leider hatte sie sich dafür den denkbar ungünstigsten Zeitpunkt ausgesucht, denn als wir die Kirche betraten, war Bellmann bereits dort. Versteckt hinter einer Säule hat er uns belauscht und zwei und zwei zusammengezählt.«

»Lassen Sie mich raten«, sagte Cole, der aufmerksam zugehört hatte. »Der Mann erkannte, dass es nun gar nicht mehr nötig war, den Vermeer zu stehlen und damit zu desertieren. Er bot Ihnen an, Febe laufen zu lassen, im Austausch gegen das Gemälde.«

Bram nickte. »Dieses Schwein hat gedroht, Febe sonst sofort festzunehmen und ins Lager zu schicken. Sie hätte weder Jan-Ruud noch ihre Familie jemals wiedergesehen.«

»Febe war wie versteinert, als der Leutnant sie gepackt hat, und ich voller Angst, sie ein zweites Mal zu verlieren«, sagte Jan-Ruud. »Nachdem ich sie doch erst nach Jahren wiedergefunden habe. Ich habe versucht, Bellmann den Wind aus den Segeln zu nehmen, habe geschworen, dass Febe als leibliche Tochter von zwei Holländern ja gar nicht jüdischer Abstammung ist und er mit seiner Erpressung auf verlorenem Posten steht. Aber mir wurde klar, dass damit nichts gewonnen war. Bellmann konnte Febe trotzdem festnehmen, und dann würde man sie foltern, damit sie das Versteck ihres Mannes und der Kinder verrät. Während ich noch schockiert dagestanden habe, hat Bellmann Febe angebrüllt, sie soll ihm den Vermeer holen. Als sie sich geweigert hat, hat er sie so heftig ins Gesicht geschlagen, dass sie zu Boden gestürzt ist. Im selben Moment sind Bram und der alte Piet durch die Tür zur Sakristei in die Kirche gelaufen gekommen.«

Nellys Vetter holte aufgeregt Luft. »Bevor der Mistkerl seine Waffe ziehen konnte, habe ich mir einen Altarleuchter geschnappt und damit auf ihn eingeschlagen, bis er sich nicht mehr gerührt hat. Mit demselben Leuchter hast du mich übrigens neulich auf Abstand gehalten, Nelly.«

Nelly spürte einen bitteren Geschmack im Mund. »Du hast ihn getötet!«

»Davon sind wir ausgegangen«, gab Bram zu. »Uns war auch klar, dass uns dafür die Hinrichtung droht. Wir konnten uns nicht einmal auf Notwehr berufen. Hätten wir zugeben sollen, dass wir nur einen heimtückischen Erpresser daran hindern wollten, ein Bild zu stehlen und eine untergetauchte Familie ins Unglück zu stürzen? Nein, der Tote durfte nie wieder auftauchen, so viel stand fest. Also haben wir Gerüchte gestreut, Zweifel an Bellmann gesät. Er war unbeliebt wie die Pocken, viele seiner Kameraden, ja sogar einige seiner Vorgesetzten haben ihn gehasst. Warum sollte also jemand ausgerechnet einen Fischer und einen Leuchtturmwärter verdächtigen? Der alte Piet hat vorgeschlagen, die Leiche in Jan-Ruuds Fischerboot zu packen und beim Auslaufen im Morgengrauen über Bord zu werfen. Zu dieser Zeit wurde der Hafen noch nicht so streng kontrolliert wie jetzt. Jan-Ruud hat den Pastor verständigt, der uns geholfen hat, Bellmann das Stück die Straße hinunter und zu den Booten zu transportieren. Anschließend sind wir zu dritt hinaus aufs Meer. Ich kann mir denken, wie sich das für dich anhört, Nelly, aber ich wiederhole noch einmal: Wir hatten keine andere Wahl.«

Nelly schloss für einen kurzen Moment die Augen. Es fiel ihr nicht schwer, sich vorzustellen, was als Nächstes geschehen war. Sie sah es direkt vor sich, fast so, als säße sie in einem Lichtspieltheater, in dem ein Film über die Leinwand flimmert: drei Männer, die im Frühmorgennebel ihr Boot aus dem Hafen aufs Meer hinaussteuerten, um etwas ungeschehen zu machen, was sich nicht vertuschen ließ. Sie spürte beinahe den rauen Wind über ihre Wangen streichen und hörte das Geschrei der Seemöwen, die voller Neugier aus der Höhe auf den leblosen Körper im Boot hinabschauten. Dann riss sie die Augen auf, als die Erkenntnis sie wie ein Eimer kaltes Wasser traf. »Aber im Boot kam Bellmann wieder zu sich, habe ich recht? Bram hatte ihn verletzt, aber nicht getötet!«

Bram stöhnte auf. »Willst du wirklich wissen, was auf dem Meer geschehen ist? Entscheide dich richtig, denn es könnte sein, dass wir dich und den Engländer nicht gehen lassen können, wenn du Bescheid weißt. Möglicherweise endest du dort, wo Bellmann jetzt ist.«

»Hör auf, Bram«, jammerte sein Vater. »Ich halte das nicht mehr aus. Du bist schon genauso zerfressen vom Argwohn wie Jan-Ruud. Außerdem ahnt Nelly doch ohnehin schon längst, was ihr verbrochen habt.« Er senkte den Blick, wobei er unruhig von einem Fuß auf den anderen trat. »Gott verzeihe euch, dass ihr gegen seine Gebote verstoßen habt!«

»Und ich habe genug von deiner Scheinheiligkeit«, fuhr Bram seinen Vater an. »Mit Gebeten besiegt man keinen Feind.«

Jan-Ruud ging dazwischen und trennte die beiden Streithähne. Dann erklärte er, an Nelly und Cole gewandt: »Wir haben den Leutnant für mausetot gehalten. Daher kannst du dir unser Entsetzen vorstellen, als er plötzlich die Plane zurückschlägt, die wir über ihm ausgebreitet haben, und ohne Vorwarnung das Feuer auf uns eröffnet. Es war ein Fehler, ihm die Waffe nicht abzunehmen, aber in der ganzen Aufregung hat keiner von uns daran gedacht. Bellmanns erster Schuss hat den armen alten Piet in den Kopf getroffen, er war sofort tot. Doch dann hat diesen Teufel Bellmann das Glück verlassen. Bram und ich konnten seinen Kugeln ausweichen, die haben nur die Bootswand durchlöchert. Dann habe ich mich auf den Mann gestürzt, und in dem Gerangel um die Pistole hat sich ein weiterer Schuss gelöst. Bellmann ist zusammengesackt und hat keinen Mucks mehr von sich gegeben. Und jetzt hatten wir zwei Leichen an Bord und mussten überlegen, was zu tun war. Leicht ist uns die Entscheidung nicht gefallen, das darfst du mir glauben. Piet mag ein Kauz gewesen sein, aber er war einer von uns.«

Nelly verstand, was Jan-Ruud meinte. Bellmann loszuwerden war das eine. Doch wie hätten sie erklären sollen, was dem Leuchtturmwärter auf See zugestoßen war? An Land wäre nicht nur entdeckt worden, dass Piet erschossen worden war, sondern auch dass die Kugel aus der Waffe eines Wehrmachtssoldaten stammte. Ein wahres Dilemma für die beiden Verschwörer.

»Der alte Knabe hat es nicht verdient, zusammen mit seinem Mörder versenkt zu werden, aber wir konnten in dem Moment nicht klar denken«, gab Bram zu. »Unser einziger Gedanke war, dass die Leichen irgendwie verschwinden müssen, und das Boot mit Piets Blut ebenfalls. Jan-Ruud hat dann einen Diebstahl vorgetäuscht. So sind die bei der Wehrmacht ja erst auf den Gedanken gekommen, dass sich Bellmann womöglich mithilfe des Leuchtturmwärters von der Truppe entfernt hat.«

Pastor Bakker hatte bislang geschwiegen, nun aber räusperte er sich. »Was geschehen ist, ist geschehen. Wir können es nicht mehr ändern, wobei ich fast vermute, dass Ihr Vetter und Jan-Ruud genauso wieder handeln würden, wenn sie vor der Wahl stünden. Die Frage ist daher: Was fangen Sie mit dem an, was Sie soeben erfahren haben? Sie können von hier aus geradewegs zum Wehrmachtsstützpunkt spazieren und dem Kommandanten erklären, dass Jan-Ruud den Leutnant erschossen hat. Vielleicht würde das Paardendijk retten. Ganz sicher aber würde es unserer Widerstandsgruppe einen empfindlichen Schlag versetzen.«

Jan-Ruud machte ein finsteres Gesicht. »Ihr wisst, dass ich kein Feigling bin und selbst schon darüber nachgedacht habe, mich zu stellen und zu gestehen, was in dieser Nacht geschehen ist. Aber dann wären auch Bram und der Pastor dran. Und Febe. Das kann ich nicht riskieren. Ich müsste mir eine Geschichte aus den Fingern saugen, aber dummerweise gehört es nicht gerade zu meinen Stärken, Lügenmärchen zu erfinden.«

Nelly kam nicht umhin, dies zu bestätigen. Jan-Ruud war der schlechteste Lügner, der ihr je begegnet war. Seine Versuche, Febes Existenz zu verheimlichen, waren kläglich gescheitert. Mochte er auch aufbrausend, zynisch und verletzend sein, so stand seine Aufrichtigkeit doch außer Frage. Es musste ihm schwer auf der Seele lasten, das Geheimnis um Bellmanns Tod die ganze Zeit mit sich herumzutragen. Als Nelly den Kopf hob, merkte sie, dass alle Blicke auf sie gerichtet waren. Sie war nun eine Mitwisserin und damit Teil der Verschwörung. Was aber erwarteten die Männer von ihr? Dass sie ebenfalls log? Dass sie zur Verräterin wurde? Trauten diese Menschen ihr wirklich zu, dass sie die Behörden informierte? Bram hielt immer noch die Pistole in der Hand, vermutlich war es Bellmanns Waffe. Würde er sie erschießen, wenn ihm ihre Antwort nicht gefiel?

Schließlich atmete sie tief durch. Sie hatte sich entschieden. »Onkel, du hast mir einmal gesagt, dass ich als Teil der Familie Leander auch gewisse Rechte habe. Meine Mutter hat diese nicht eingefordert. Sie hat euch verlassen. Ich muss ebenfalls gehen. Entweder weil ihr mir eine Kugel in den Kopf jagt oder weil man mich des Landes verweist. Die Gestapo in Amsterdam hat meine Aufenthaltsgenehmigung widerrufen, das heißt, sie schicken mich fort. Bald wird ein neuer Leuchtfeuerwärter kommen, vermutlich ein strammer Nazi.« Sie schluckte schwer. »Aber bis es so weit ist, werde ich dafür kämpfen, dass Cole nicht entdeckt wird. Und ich schwöre euch, dass ich euer Geheimnis nicht verraten werde.«

Die Männer schwiegen eine ganze Weile. Dann legte Jan-Ruud eine Hand auf Brams Schulter und sagte: »Ich hätte nicht gedacht, dass ich das einmal sagen würde, aber ich glaube ihr. Sie wird uns nicht verraten.« Er sah Nelly an. »Ich hätte nicht zugelassen, dass dir etwas geschieht. Das hätte ich weder Bente noch Febe angetan.«

»Na gut, überredet«, lenkte Bram schließlich ein. Er schob die Pistole unter seinen Gürtel, was wohl seine Art war, sich für sein Misstrauen zu entschuldigen. »Offen gestanden hätte ich dir nicht zugetraut, einen britischen Piloten im Leuchtturm zu verstecken. So was solltest du aber von nun an der holländischen Widerstandsbewegung überlassen, verstanden? Insbesondere wenn du, wie du behauptest, in Kürze nach Deutschland zurückmusst.«

Nelly reckte trotzig das Kinn. Ausgerechnet Bram sollte sie Coles Leben anvertrauen? Einem leichtsinnigen Hitzkopf, der ihn schon einmal um ein Haar erschossen hatte? Auf der anderen Seite blieb ihnen kaum eine andere Wahl, als das Angebot anzunehmen. Wenn es tatsächlich so schwierig war, Cole außer Landes zu schaffen, war die Widerstandsbewegung womöglich die einzige Hilfe, die sie jetzt noch bekommen konnten. Cole schien derselben Ansicht zu sein. »Was schlagen Sie also vor, Gentlemen?«, fragte er vorsichtig.

»Wir werden mit unseren Verbindungsleuten Kontakt aufnehmen«, versprach der Pastor. »Vielleicht können wir Ihnen falsche Papiere beschaffen, möglicherweise ein Versteck, das ein bisschen sicherer ist als unser alter Leuchtturm. Aber ich fürchte, das kann eine Weile dauern.«

»Wie lange?«, wollte Cole wissen.

Jan-Ruud hob ratlos die Hand. »Zwei Wochen, vielleicht auch drei!«

»Aber so viel Zeit bleibt uns nicht«, protestierte Nelly entsetzt. »Wenn ich in acht Tagen noch in Holland bin, kreuzt die Gestapo hier auf, um mich festzunehmen. Cole darf dann nicht mehr hier sein.«

»Bei allem Respekt vor dem Lieutenant, aber die erste Sorge der Widerstandsbewegung gilt momentan den Menschen von Paardendijk«, erklärte Bram hitzig. Er nickte Cole zu. »Sie sind Soldat, Sie werden das verstehen.«

Nelly brummte der Schädel. Dennoch zwang sie sich, ihre Gedanken zu sortieren. Sie musste sich eingestehen, dass der Einwand ihres Vetters berechtigt war. Nicht nur ihr war eine Frist gesetzt worden, auch für Paardendijk lief die Zeit ab. Cole auf Kosten des Ortes zu retten, ging genauso wenig wie ihn den Besatzern auszuliefern. Denk nach, dachte sie. Es muss doch eine Lösung geben.

39

Nelly hatte die Aufforderung des Oberleutnants, ihn gleich nach ihrer Rückkehr aufzusuchen, so lange wie möglich ignoriert, doch da sie befürchtete, er könne noch einmal unangemeldet im Leuchtturm auftauchen, machte sie sich am nächsten Morgen schweren Herzens auf den Weg zum Wehrmachtsstützpunkt.

Haubinger befand sich in einer Lagebesprechung, daher musste Nelly fast eine Stunde auf dem zugigen Flur ausharren, bis sie endlich den ehemaligen Klassenraum betreten durfte, der dem Oberleutnant als Büro diente. Wie schon bei ihrem ersten Besuch erwartete er sie vor der Europakarte mit den Stecknadelköpfen. Nelly warf einen Blick auf den Schreibtisch. Zwischen mehreren Aktenstapeln lugten ihre Notizen hervor, die Haubinger im Rahmen seiner Hausdurchsuchung bei ihr beschlagnahmt hatte.

»Ich habe bereits gehört, dass Sie abberufen worden sind«, herrschte er sie an, ohne sich zu ihr umzudrehen. »Was haben Sie mir dazu zu sagen?«

Nelly zuckte mit den Schultern, obgleich ihr klar war, dass er die Geste nicht sehen konnte.

»Von wegen Geheimauftrag, dass ich nicht lache! Sie haben mich ganz schön zum Narren gehalten, meine Liebe. Und ich habe mich zum Idioten gemacht.« Er wirbelte auf dem Absatz herum und fasste Nelly scharf ins Auge.

»Aber ich habe Sie nicht belogen«, widersprach Nelly, obwohl ihr dabei das Herz bis zum Hals klopfte. »Sie hatten sich in den Kopf gesetzt, ich sei nach Holland geschickt worden, um den Widerstand auszukundschaften. Wie hätte ich Ihnen das ausreden sollen? Aber das muss nicht länger Ihre Sorge sein. Ich komme, um mich zu verabschieden.«

Haubinger gab ihr die beschlagnahmten Notizbücher und Briefe zurück. »Ich habe an meine Vorgesetzten weitergemeldet, dass ich unter Ihren Sachen nichts gefunden habe, was als staatsfeindlich eingestuft werden müsste. Allem Anschein nach haben Sie tatsächlich viel Zeit dafür aufgewendet, den Hintergründen des Verschwindens unseres Kameraden Bellmann auf den Grund zu gehen.« Er legte die Stirn in Falten, bevor er weitersprach. »Als ich neulich Abend den Leuchtturm unter die Lupe genommen habe …«

»Ja?«

»Ich habe in Gegenwart Ihrer holländischen Angestellten eine Bemerkung gemacht, die mir zugegebenermaßen Kopfschmerzen bereitet.« Seine Wangen färbten sich feuerrot. »Dass ich dem Leutnant nicht ganz grün war. Dass ich ihn im Verdacht hatte, er könnte mich bespitzeln, weil er scharf auf meinen Posten war.« Er holte tief Luft und atmete geräuschvoll aus. »Was man eben daherredet, wenn man verärgert ist. Und ich war mächtig verärgert, das gebe ich unumwunden zu. Ihretwegen, Nelly! Weil ich mir Sorgen um Sie gemacht habe.«

Nelly zupfte nervös am Ärmel ihrer Strickjacke. »Sie haben sich Sorgen um mich gemacht?«

Er nickte und wirkte dabei fast ein wenig verlegen. »Mir geht unser gemeinsamer Abend nicht mehr aus dem Kopf. Als wir Wein getrunken und zur Radiomusik getanzt haben.«

»Wir haben nicht getanzt!«

»Aber wir hätten es getan, wenn wir allein und Sie wohlauf gewesen wären.« Er sah sie an, und sein Blick war plötzlich voller Sehnsucht. »Ich werde Sie vermissen, Nelly Vogel«, sagte er dann mit fester Stimme. »Gleichzeitig bin ich erleichtert, dass Sie schon fort sein werden, wenn …«

»Wenn was?«

»Können Sie sich das nicht denken, Nelly?« Er wies mit einer Bewegung seines Kinns auf die Notizbücher in ihrer Hand. »Hätten Sie mir doch nur einen einzigen Beweis gebracht, dass der Leutnant nicht ermordet wurde … Ich weiß, ich weiß, das war nicht Ihre Aufgabe, und es ist nicht fair, Ihnen nun die Verantwortung zuzuschieben. Sie wurden als Leuchtturmwärterin nach Paardendijk geschickt, weil Ihr Schwager in Berlin das so wollte, und für sonst gar nichts. Aber insgeheim hatte ich wohl gehofft, Sie würden etwas herausfinden, was unseren Männern entgangen ist. Allein um Ihre holländischen Verwandten zu retten. Nun werden die Dinge ihren Lauf nehmen, und ich kann nichts dagegen tun. Ich habe meine Befehle.«

Damit hatte Nelly gerechnet, trotzdem krampfte sich ihr Magen vor Angst zusammen. »Sie wollen das doch gar nicht. Sie sind Oberleutnant, kein Henker. Außerdem könnte doch immer noch ein stichhaltiger Beweis auftauchen.«

»Dann schaffen Sie mir Bellmann herbei, verflucht noch mal!«

Einen Toten, der mit einem Loch im Bauch auf dem Grund der Nordsee lag? Keine gute Idee. »Ich weiß, dass der Leutnant vorhatte, sich abzusetzen, und zwar mit dem Gemälde aus der Kirche. Immerhin konnte ich inzwischen nachweisen, dass es ein echter Vermeer ist.«

»Ich habe Ihnen schon einmal gesagt, dass das zu dünn ist, um eine Vergeltungsaktion der Einsatztruppen aufzuhalten.«

»Dann finden wir einen Zeugen, der bestätigen kann, dass Bellmann desertiert ist.«

Haubinger verdrehte die Augen. »Wen denn? Den alten Piet? Vergessen Sie nicht, dass der in Amsterdam für tot erklärt wurde. Und wo der echte abgeblieben ist, werden wir vermutlich nie herausfinden. Nein, da müsste Ihnen schon etwas Stichhaltigeres einfallen.«

»Wie Sie wissen, läuft mir die Zeit davon«, sagte Nelly verzweifelt. Sie lief vor dem Schreibtisch des Oberleutnants hin und her wie ein Löwe im Käfig. Dann blieb sie jäh stehen. »Können Sie mir denn keinen Aufschub verschaffen? Ein paar Tage würden vielleicht schon helfen.«

Haubinger schüttelte den Kopf. Sosehr er es auch bedauerte, dies lag nicht in seiner Macht. »Geben Sie auf, Nelly«, sagte er. »Sie haben tapfer gekämpft, aber man kann nicht jede Schlacht gewinnen. Gehen Sie nach Hause. Verabschieden Sie sich von Ihren Freunden und fangen Sie an, Ihre Koffer zu packen.«

Wie in Trance atmete Nelly die salzige Luft ein, während der Wind an ihren Kleidern zerrte. Dass ihr dabei Tränen über die Wangen liefen, merkte sie nicht. Sie hatte auch keinen Blick für die Fischerboote, die ganz in der Nähe in den Hafen einliefen. Einer der Männer hob die Hand, als er sie entdeckte, möglicherweise war es Jan-Ruud. Aber Nelly fühlte sich nach dem Gespräch mit Haubinger zu benommen, um zurückzuwinken.

Geschlagen sollte sie sich geben. Ihre Sachen sollte sie zusammenpacken und dann das Dorf vergessen, als hätte sie nie einen Fuß dorthin gesetzt. Wie konnte man das von ihr verlangen, nach allem, was geschehen war? Am liebsten hätte sie ihre Wut aufs Meer hinausgeschrien. Aber nicht der leiseste Ton kam aus ihrer Kehle. Ihr war, als hätte ihr der Wind die Stimme geraubt. Sie machte kehrt und schlug den Treppenweg zum Leuchtturm ein. Wie oft hatte sie anfangs darüber geklagt, Tag für Tag den Hügel hinaufsteigen zu müssen. Nun erfüllte sie der Gedanke, dass sie die sandigen Stufen bald nie wieder erklimmen würde, mit Wehmut und Verzweiflung. Paardendijk war der Heimatort ihrer Ahnen. Der alte Leuchtturm, der nicht einmal über die Annehmlichkeit eines Badezimmers verfügte, war zu ihrem Zuhause geworden.

Ein Zuhause, das dem Untergang geweiht war. Vielleicht hatte Haubinger recht, und es war eine Gnade, dass sie die Zerstörung des Dorfes nicht miterleben musste. Aber es fühlte sich falsch an, das Feld zu räumen. Und Cole? Ihre Augen brannten, als sie an die vergangene Nacht zurückdachte. Nach dem Gespräch mit Jan-Ruud und den anderen waren sie und der junge Pilot zum Leuchtturm zurückgekehrt, wo sie sich bis zum Morgengrauen geliebt hatten. Nicht in Nellys Schlafkammer, sondern hoch oben im Laternenhaus, weil sie sich dort auf eine ganz besondere Weise frei und dem Himmel am nächsten gefühlt hatten. Vorsichtig, ja, fast zaghaft, da Coles Streifschuss noch nicht ganz verheilt war, hatten sie sich auf eine Entdeckungsreise begeben, die mit scheuen Berührungen begonnen, aber schon bald in einen Sog aus Verlangen und Leidenschaft geführt hatte. Nelly hatte sich ihren Empfindungen hingegeben, anstatt gegen sie anzukämpfen. So lange hatte sie geglaubt, Pauls Verlust habe ihre Fähigkeit erstickt, sich noch einmal auf die Liebe einzulassen, doch nun entdeckte sie, dass sie in Coles Gegenwart mehr als nur Geborgenheit empfand. Es war auch nicht der Reiz, sich auf etwas Verbotenes einzulassen, der ihr Mut gab. Nein, sie spürte, dass sie sich verliebt hatte. Dieses Gefühl war süß wie Honig und gleichzeitig lähmte es sie vor Angst. Sie hatte Paul gehen lassen müssen, und Cole würde sie auch bald verlieren. Wieder einmal würde ein Abschied ihr das Herz zerreißen.

»Jan-Ruud hat mir angeboten, mich bei sich oder einem seiner Fischer zu verstecken, wenn du den Turm verlassen musst«, sagte Cole, nachdem Nelly ihm von ihrem Gespräch mit Haubinger berichtet hatte. »Er scheint etwas gutmachen zu wollen, weil er dich so feindselig behandelt hat. Allmählich sieht er ein, dass er der Schwester seiner Tochter vertrauen sollte.«

»Und wenn die Fischerhäuser dem Erdboden gleichgemacht werden?«, wandte Nelly ein. »Nein, du darfst nicht in Paardendijk bleiben. Wir müssen etwas anderes finden.« Sie holte tief Luft. »Oberleutnant Haubinger hat mir gesagt, dass es eines überzeugenderen Beweises bedarf, um Bellmann als Deserteur zu entlarven. Aber gleichzeitig hat er mir jede Hoffnung geraubt, einen solchen Beweis zu erbringen.«

»Wie solltest du auch? Wir wissen jetzt, dass der Leutnant auf dem Meeresgrund liegt. Willst du etwa nach seiner Leiche tauchen?«

Nelly schüttelte den Kopf und ließ es geschehen, dass Cole sie in seine Arme zog.

»Ich fürchte, es ist an der Zeit, den Tatsachen ins Auge zu schauen.«

Als am nächsten Morgen Henk und Mintje zur Arbeit kamen, empfing Nelly die beiden mit frisch aufgebrühtem Tee. Sie hatte Mutter und Sohn etwas zu sagen, was ihr nicht leichtfiel. »Du willst uns entlassen?« Mintje konnte nicht glauben, was sie da hörte. »Ausgerechnet jetzt, nachdem wir erfahren haben, dass es mit unserer Flucht übers Meer nichts wird, willst du uns rauswerfen? Aber du brauchst uns doch, Nelly. Wie willst du ohne Henk und mich zurechtkommen?«

Nelly errötete vor Verlegenheit. »Ich möchte euch keinen Bären aufbinden«, sagte sie leise. »Die Wahrheit ist, dass ich völlig abgebrannt bin. Ich habe keinen Gulden mehr in der Tasche, um euch für eure Arbeit zu bezahlen. Meine Lebensmittelbezugsscheine laufen ab und werden nicht erneuert. Ich …« Sie machte eine kurze Pause, bevor sie weitersprach. »Ich glaube nicht, dass mein Onkel sich weigern würde, mich mit ein paar Vorräten zu unterstützen. Vermutlich wird mir nichts anderes übrig bleiben, als ihn darum zu bitten. Da er jetzt weiß, dass ich einen britischen Piloten verstecke, sieht er es als seine Pflicht an, Cole zu helfen. Aber ich kann und will euch nicht mit dem Geld der Leanders bezahlen.«

Mintje verdrehte die Augen. »Das würde ich auch niemals annehmen. Aber wie kommst du nur darauf, Henk oder ich könnten dich im Stich lassen, weil du uns kein Geld mehr geben kannst? Da kennst du uns beide aber schlecht, nicht wahr, Henk? Wir bleiben und werden dir auch weiterhin zur Hand gehen. So lange, bis ...« Sie sprach nicht weiter, da alle wussten, dass ihre gemeinsamen Tage im Leuchtturm gezählt waren.

Nelly nahm die Frau in den Arm und drückte sie erleichtert. Ihr fiel ein Stein vom Herzen. Zwar hatten sie die burschikose Art der Älteren und ihr allzu leichtsinniger Umgang mit den Lebensmittelvorräten so manches Mal auf die Palme gebracht, aber Mintje war nun einmal Mintje, und sie gehörte zu diesem Turm wie das Leuchtfeuer, das ...

»Oh, verflixt, ich habe schon wieder vergessen ...«

»Keine Sorge«, unterbrach Mintje Nelly. »Henk ist schon oben und kümmert sich um die Lampen.«

40

Nach dem kärglichen Frühstück nahm Nelly sich das Protokollbuch vor. Es fiel ihr nicht leicht, Ordnung in all die Aufzeichnungen über nächtliche Beobachtungen, Wartungsarbeiten und Kontrollgänge zu bringen, da sie sich nur schwer auf ihre Arbeit konzentrieren konnte. Sie musste die Berichte sogar mehrmals durchgehen, bis das Ergebnis sie zufriedenstellte, doch am Ende schloss sie das Buch mit dem Gefühl, ihr Bestes gegeben zu haben. Vermutlich würde sie nicht mehr erfahren, wen die Behörden zu ihrem Nachfolger ernennen würden, aber ihr Stolz ließ es nicht zu, den Turm in einem unordentlichen Zustand zu hinterlassen. Noch war sie die Leuchtturmwärterin – wer auch immer hier einzog, sollte merken, dass sie mehr getan hatte, als nur Däumchen zu drehen.

Am Nachmittag kündigte Henks schriller Pfiff einen unerwarteten Besucher an. Nelly sprang eilig auf und stürzte zur Tür. Cole hatte sie zuletzt in der Küche gesehen, wo er trotz ihres Protests mit Henk Karten gespielt hatte. Sie hoffte inständig, dass er so klug gewesen war, rechtzeitig sein Versteck aufzusuchen. Zu ihrer Überraschung war es nur von Bleicher, der sich schwitzend und keuchend mit seinem Gehstock die Treppen zu ihr hinaufplagte. Sein Körper schien seit ihrer letzten Begegnung noch magerer, die bleichen Wangen noch eingefallener. Besorgt bat Nelly Mintje um einen starken Tee, dann führte sie den Mann in das Dienstzimmer, bot ihm Platz an und schloss die Tür.

»Ein Radio?«, rief von Bleicher aus, als sein Blick auf Nellys Schreibtisch fiel. »Wie sind Sie an dieses Gerät gekommen?«

»Eine Aufmerksamkeit unseres Oberleutnants«, gab Nelly ein wenig beschämt zu. Sie hatte längst vorgehabt, Haubinger das Gerät zurückzugeben, war aber bei all den Aufregungen der vergangenen Tage nicht dazu gekommen.

»Sind Sie reisefertig?«

Reisefertig? Die Frage jagte Nelly einen gehörigen Schrecken ein. Entsetzt starrte sie auf den Abreißkalender an der Wand. Ihm zufolge blieben ihr noch einige Tage Galgenfrist. War der Diplomat etwa gekommen, um sie trotzdem schon heute mitzunehmen? Aber das war nicht möglich. Sie konnte jetzt noch nicht aufbrechen.

»Ihr Nachfolger befindet sich bereits auf dem Weg nach Paardendijk«, erklärte von Bleicher. Er zog ein Taschentuch aus seiner Brusttasche und tupfte sich damit den Schweiß von der Stirn. »Er wird bald eintreffen. Sie sollen ihn einweisen, bevor Sie das Dorf verlassen. Der Leuchtturm ist ein militärisch wichtiger Posten an dieser Küste und soll unter allen Umständen gehalten werden, selbst wenn hier sonst kein Stein auf dem anderen bleibt.«

Nelly war so durcheinander, dass sie sich setzen musste. So wenig Zeit blieb ihr also? Viel weniger, als sie gehofft hatte. »Wann?«, hauchte sie.

»In drei Tagen!« Ein Husten schüttelte den mageren Körper des Diplomaten. »Es ... tut mir leid. Aber ...« Er hielt inne, als Mintje mit einem Tablett die Stube betrat. Sie brachte den Tee, verzichtete aber darauf einzuschenken, sondern machte sogleich wieder kehrt. Nellys bleicher Gast war ihr offensichtlich nicht geheuer.

Während Nelly wie gelähmt die Teekanne anstarrte, öffnete der Diplomat umständlich seine Aktentasche und entnahm ihr einen Brief, den er Nelly reichte.

»Von meinem Schwager?«

Von Bleicher nickte. »Wie ich Ihnen schon in Amsterdam sagte, ist der General nicht erfreut darüber, wie sich die Dinge entwickelt haben. Er kann Ihnen den Vorwurf nicht ersparen, dass Sie sich in Angelegenheiten verstrickt haben, die weit über die Aufgaben und Pflichten einer Leuchtturmwärterin hinausgehen. Trotz all seiner Bedenken hat er mich gebeten, einen Weg zu finden, um Sie zunächst einmal vor der Abschiebung nach Berlin zu bewahren.«

Nelly war ganz Ohr. Gleichzeitig fragte sie sich, wie ein solcher Weg wohl aussehen sollte. Hatte von Bleicher nicht erst vor wenigen Tagen noch behauptet, weder er noch der General könnten nun noch etwas tun, um Nellys Ausweisung aus Holland zu verhindern?

Von Bleicher nahm einen Schluck Tee, der ihm offenbar zu bitter war, denn er verzog das Gesicht. »Saure Gurken sind auch Kompott«, zitierte er ein bekanntes Berliner Sprichwort. Er sah Nelly aus müden, geröteten Augen an. »Sind Sie bereit, eine Ehe einzugehen?«

Nelly, die ebenfalls an ihrer Tasse nippte, verschluckte sich und hustete röchelnd. Was war das nun schon wieder? Hatte sie sich etwa schon wieder verhört? »Ich ... soll ...«

»Heiraten, jawohl, ganz recht! Und zwar einen deutschen Reichsbürger, der Ihnen als seiner Ehefrau ein Bleiberecht in den besetzten Niederlanden verschaffen kann. Nicht meine Idee. Der Vorschlag stammt vom General. Sie wissen, wie überzeugend er sein kann.«

Nelly zuckte mit den Schultern. Sie kannte den Mann ihrer Schwester nicht gut genug, um das zu bestätigen. Doch seit sie mit ihm zu tun hatte, wusste sie zumindest, dass er ein Mann von preußischer Disziplin war, der ein Nein nicht gelten ließ. Offenbar nicht einmal von seinem Freund von Bleicher. Sie schloss die Augen und dachte an Cole, der in seinem Bretterverschlag neben dem Vorratslager saß. Sie dachte an ihre gemeinsame Nacht und an all das, was sie ihm gesagt und nicht gesagt hatte. Vor allem hatte sie ihm nicht gesagt, dass sie ihn liebte. Stattdessen sollte sie nun vor ihn treten und ihm erklären, dass sie heiraten würde? Und wen überhaupt?

Von Bleicher seufzte. »Können Sie sich das nicht denken, meine Liebe? Wie die Dinge liegen, sind Sie nur als Gattin eines Angehörigen des Auswärtigen Amtes in Sicherheit.«

»Sie?«, fragte Nelly fassungslos. »Aber würde das nicht Ihre eigene Stellung gefährden?« Sie dachte an das Gestapoverhör in Amsterdam zurück, an die misstrauischen Blicke, mit denen der Beamte mit dem österreichischen Akzent nicht nur sie, sondern auch von Bleicher bedacht hatte. Doch der Diplomat schüttelte so energisch den Kopf, dass Nelly alles, was ihr sonst noch auf der Zunge lag, hinunterschluckte.

»Ich war zunächst alles andere als begeistert von dem Vorschlag. Aber ich bin bereit, dem General diesen Gefallen zu tun, um seine Pläne nicht zu gefährden. Es wäre ja auch nur eine Ehe zum Schein, die wieder aufgelöst werden kann, sobald die Umstände es zulassen. Es wird nicht ganz einfach werden, in so kurzer Zeit die notwendigen Dokumente zu beschaffen, aber glücklicherweise gibt es ein paar Beamte, die mir noch einen Gefallen schulden.«

Nelly dachte nach. Auch wenn es ihr widerstrebte, eine Scheinehe einzugehen, musste sie zugeben, dass die Verbindung mit einem Diplomaten für sie möglicherweise die einzige Rettung war. Als von Bleichers Ehefrau stand sie unter seinem Schutz, ja, unter dem Schutz des Reiches, und da sie sich keines Vergehens schuldig gemacht hatte, wäre die von der Gestapo in Amsterdam verfügte Ausweisung null und nichtig. Diesem

Kommissar Silberbauer würde das nicht schmecken. So, wie Nelly ihn erlebt hatte, würde er vielleicht sogar versuchen, sie weiterhin zu verfolgen. Dennoch würde die Heirat Nelly Zeit verschaffen. Sie konnte in Holland bleiben und versuchen, eine Lösung für Cole zu finden. Und eine Lösung für Paardendijk. Doch was wurde aus dem Leuchtturm? Würde man ihr als von Bleichers Ehefrau auch gestatten, ihren Posten als Leuchtturmwärterin zu behalten?

»Nein, ich fürchte, damit ist es aus und vorbei«, sagte der Diplomat. »Möglicherweise kann ich bewirken, dass Sie dem neuen Leuchtfeuerwärter ein paar Tage länger als vorgesehen zur Seite stehen dürfen, um ihn einzuweisen. Als seine Gehilfin. Soweit ich weiß, stammt der Kerl aus Norddeutschland und hat sich um die Partei verdient gemacht. Er war im Feld, wurde aber von den Russen verwundet. Nun schickt man ihn nach Holland, um Sie abzulösen.«

Nelly schloss die Augen. Auch das noch. Der neue Leuchtfeuerwärter war also ein strammer Nazi. Ein Mann, auf den das Dritte Reich sich verlassen konnte, ganz im Gegensatz zu ihr. Das bedeutete, dass Cole nicht mehr im Leuchtturm sein durfte, wenn der Neue eintraf. Aber wohin sollte Cole dann? Kurz spielte sie mit dem Gedanken, von Bleicher um Rat zu fragen. Doch der hatte ihr schon in Amsterdam zu verstehen gegeben, dass sie ihm mit so etwas nicht zu kommen brauche. Nach allem, was er für sie tat, fühlte es sich auch falsch an, ihm bei seinem ohnehin angegriffenen Gesundheitszustand eine zusätzliche Sorge aufzubürden. Nein, was Cole betraf, war sie auf sich allein gestellt.

Also besprachen sie das weitere Vorgehen. Von Bleicher schlug vor, die Ehe in Amsterdam zu schließen. Nelly sollte in genau zwei Tagen in Haarlem den Zug besteigen und in die Hauptstadt fahren, wo ein Hotelzimmer für sie bereitstehen würde. Dort würde sie alles Nötige vorfinden, um sich für die

Trauung zurechtzumachen, die in von Bleichers Amtsräumen stattfinden sollte.

Zwei Tage, überlegte Nelly. In nur zwei Tagen würde sie vor einem Standesbeamten stehen. Dann würde sich entscheiden, ob der kühne Plan ihres Schwagers aufging. Und tags darauf würde ihr Nachfolger aus Deutschland eintreffen. Wenn es ihr bis dahin nicht gelang, einen sicheren Unterschlupf für Cole zu finden, war dieser verloren. Der neue Leuchtfeuerwärter würde sich von einem Bretterverschlag im Vorratsraum kaum täuschen lassen.

Von Bleicher blieb noch eine Weile, dann verabschiedete er sich. Sie würden einander in Amsterdam wiedersehen. An ihrem Hochzeitstag. Nelly blieb in der Schreibstube sitzen und starrte ins Leere. Erst als es schon zu dunkeln begann, fiel ihr der Brief ein, den von Bleicher ihr überbracht hatte. Sie hatte angenommen, der General habe ihn verfasst, doch als sie ihn öffnete, erkannte sie zu ihrem Erstaunen die Handschrift ihrer Mutter. Bente war nie eine große Briefeschreiberin gewesen, und so fiel ihr Bericht auch erwartungsgemäß knapp aus: Sie schilderte die Luftangriffe, die Berlin mehr und mehr in Trümmer legten, und durchwachte Nächte im Luftschutzkeller und schrieb, dass so vieles in der Stadt nicht mehr zu bekommen sei. Ihre Eltern waren vorübergehend aus der Villa ausgezogen, weil das Haus zu groß und zu abgelegen war. Der General schien sie auch von der geplanten Hochzeit in Kenntnis gesetzt zu haben, denn Bente gab ihrer Hoffnung Ausdruck, dass die Ehe mit einem respektablen Staatsbeamten Nelly zur Vernunft bringen würde. Ihr letzter Satz allerdings ließ Nelly aufhorchen.

»*Hast du sie gefragt?*« stand da. Demnach hoffte Bente nach wie vor, dass Nelly ihre Tochter finden und ihr dann Bericht erstatten würde. Was sie wohl sagen würde, wenn sie die Wahrheit über Febe erfuhr? Nelly nahm den Brief mit in die Küche, warf ihn ins Herdfeuer und sah zu, wie er zu Asche verbrannte.

Henk und Mintje hatten inzwischen Entwarnung gegeben und die Eingangstür verschlossen. So vergingen nur wenige Augenblicke, bis Cole den Kopf zur Tür hereinsteckte.

»Alles in Ordnung, Sweetheart?«

»Meinen Eltern geht es gut«, antwortete Nelly. »Sie freuen sich über meinen Entschluss!«

Cole hob verwirrt die Augenbrauen. »Von welchem Entschluss redest du?«

»Von dem Entschluss zu heiraten!«

Er stieß einen erstaunten Pfiff aus. »Sollten wir nicht bis zum Kriegsende warten, bevor …«

»Ich werde Herrn von Bleichers Frau«, unterbrach ihn Nelly gereizt. Während sie ihm alles erklärte, verfinsterte sich Coles Miene. Mit zusammengepressten Lippen starrte er in die Glut des Herdfeuers, aber er unterbrach sie nicht. Schließlich sagte er leise: »Du musst also nicht nach Berlin zurück, wenn du diesen Diplomaten heiratest.« Seine Stimme klang ruhig, nur die Augen spiegelten wider, dass ihn die Vorstellung quälte, Nelly an einen anderen Mann zu verlieren. Auch wenn es sich um eine Zweckverbindung handelte. Er nahm ihre Hand und drückte sie sanft. »Verzeih mir, Nelly, ich sollte jetzt nicht den Eifersüchtigen spielen. Alles, worum es mir geht, ist, dich in Sicherheit zu wissen. Wenn dieser von Bleicher dich auf diesem Wege vor der Gestapo beschützen kann, musst du ihn natürlich heiraten.«

Nelly nickte nachdenklich. Sie musste sich beherrschen, um ihre Tränen zurückzuhalten. »Ich habe nur keine Ahnung, wie ich dann noch etwas für dich tun kann. Und für Paardendijk. Mein zukünftiger Mann wird sich dafür einsetzen, dass ich noch ein paar Tage bleiben darf, um den neuen Leuchtfeuerwärter in seine Aufgaben einzuweisen. Aber als verheiratete Frau kann ich natürlich nicht im Leuchtturm wohnen. Ich werde zu den Leanders ziehen oder mir ein anderes Privatquartier suchen müssen. Was Oberleutnant Haubinger dazu sagen wird, wage ich mir gar nicht vorzustellen. Er wird vor Wut in die Luft gehen, wenn er erfährt, dass ich geheiratet habe.«

Coles Blick verriet ihr, dass er mit seinen Gedanken längst woanders war. Mit mechanischen Bewegungen fuhr er sich durch das dunkle Haar, das dringend geschnitten gehörte. Nelly spürte deutlich, dass etwas in ihm vorging.

»Würdest du mir verraten, worüber du gerade nachdenkst?«, bat sie ihn.

»Was hat dir von Bleicher über deinen Nachfolger erzählt? Wie heißt der Mann und woher kommt er?«

»Der Bursche interessiert mich nicht im Geringsten«, erklärte sie trotzig. »Ich wollte, er würde nie ankommen, dann bräuchte ich nicht ...« Sie hielt inne, als sie Coles entschlossenen Blick auffing. »Verrätst du mir, was du vorhast?«

Der Engländer nickte. »Ich möchte, dass du Jan-Ruud und deinen Vetter Bram verständigst.«

41

Nelly staunte wie ein Kind, als der Page sie in ihr Hotelzimmer führte. Zu ihrer Freude verfügte es nicht nur über ein Himmelbett mit seidenen Laken, sondern auch über den Komfort eines eigenen Badezimmers. Am liebsten hätte sie sofort Wasser in die Wanne einlaufen lassen und sich ein Schaumbad gegönnt. Bedauerlicherweise fehlte ihr die Zeit dafür.

Auf dem kleinen Marmortisch inmitten des Raumes fand sie einen hübschen Blumenstrauß. Auf der beiliegenden Karte teilte ihr von Bleicher mit, dass er vor der Trauung noch einmal bei ihr vorbeischauen wolle, um sich zu vergewissern, ob sie gut angekommen sei. Tatsächlich klopfte es nur wenige Minuten später an der Tür.

Von Bleicher war bereits umgezogen. Er trug einen dunkelgrauen Frack mit Weste und eine Nelke im Knopfloch und war so höflich, nicht auf Nellys zerknittertes Reisekostüm einzugehen. »Ich hätte Sie zum Friseur und zum Einkaufen schicken sollen«, war sein einziger Kommentar, während er sich schwerfällig in einen Sessel mit Samtpolster fallen ließ. »Aber es wird auch so gehen. Wir besuchen schließlich keine Pariser Modenschau.« Er hustete krampfhaft. Rasch zog er sein Taschentuch und presste es sich vor den Mund.

Nelly blickte ihn besorgt an. Der wächsern-gelbliche Ton

seines Gesichts gefiel ihr gar nicht. »Mit diesem Husten gehören Sie weder auf eine Modenschau noch vor den Traualtar. Haben Sie mal einen Arzt aufgesucht?«

»Natürlich, und die Papiere habe ich auch.« Er klopfte auf die Brusttasche seines Fracks, in dem sein schmächtiger Körper zu verschwinden drohte. Mühsam plagte er sich auf die Beine. »Ich will Sie nicht länger aufhalten«, flüsterte er heiser. »Sicher haben Sie vor, noch ein wenig Toilette zu machen, bevor der Wagen Sie abholt.« An der Tür blieb er noch einmal stehen und sah zu Nelly hinüber, die vor dem Frisiertisch Platz genommen hatte. »Nelly?«

»Herr von Bleicher?«

»Sie sollten vielleicht anfangen, mich mit meinem Vornamen anzureden. Schließlich wollen wir doch nicht, dass jemand im letzten Moment auf einen falschen Gedanken kommt.«

»Auf den richtigen Gedanken, meinen Sie.«

Von Bleichers Lachen mündete in einen neuen Hustenanfall, der ihn noch schüttelte, als er das Zimmer längst verlassen hatte.

Als Nelly nur eine halbe Stunde später in der schwarzen Limousine saß, zitterten ihre Hände so heftig, dass sie sie unter ihrer Handtasche verbergen musste. Sie erinnerte sich an ihre Schulzeit. Wie oft hatten sie und ihre Freundinnen sich auf dem Pausenhof kichernd ihre Hochzeiten ausgemalt. Nelly war die Einzige gewesen, die vorher einen Beruf ergreifen und etwas von der Welt sehen wollte. Nun, zumindest dies war ihr vergönnt geblieben. Was ihre Freundinnen von einst wohl sagen würden, wenn sie sie jetzt sähen?

Der Raum, in dem der Standesbeamte wartete, war nicht mehr als eine Amtsstube und glich auf erschreckende Weise dem Gestapoverhörzimmer, in dem Nelly vor gar nicht langer Zeit schreckliche Minuten durchlitten hatte. Er wirkte trotz der brennenden Lampen düster, und in der Luft lag der Geruch von Zigarettenrauch und Parfüm, Aktenpapier und Gründlichkeit. Hinter einem Schreibtisch mit grünlicher Marmorplatte unterhielt sich von Bleicher mit einem korpulenten Mann, dessen wuchtiger Schädel sich gleichmäßig nach links und rechts bewegte wie das Metronom auf einem Klavier. Inzwischen hatte eine überschaubare Schar von Gästen Platz genommen. Es handelte sich vornehmlich um Frauen vorgerückten Alters. Nelly glaubte, von Bleichers Sekretärin wiederzuerkennen, eine hagere Bohnenstange mit Spitzenbluse, die sich vor Rührung oder Enttäuschung mit einem Taschentuch die Augenwinkel trocken tupfte. Nelly überlegte, ob ein Gruß angebracht war, doch der abschätzende Blick, mit dem die Frau ihre bescheidene Aufmachung musterte, ließ sie davor zurückschrecken.

Von Bleicher hatte sich von seinem Gesprächspartner getrennt und kam nun auf sie zu. Als er das Blumenbouquet in ihrem Arm entdeckte, lächelte er zufrieden. Zu Nellys Erleichterung schien er sich ein wenig erholt zu haben. Er verzichtete sogar auf seinen Stock, als er Nelly mit einer höflichen Geste unterhakte und mit ihr auf den Tisch des Standesbeamten zuschritt. Der erwies sich tatsächlich als der Mann mit dem Kopfwackeltick. Nelly hatte es befürchtet.

Mit den Worten »Wie bedauerlich, dass niemand von Ihren Angehörigen anwesend sein kann, gnädige Frau« begrüßte sie der Beamte, klang dabei aber nicht so, als ob ihm das wirklich etwas ausmachte. »Nun, in diesen schweren Zeiten, in denen wir um den Endsieg ringen, muss jeder bereit sein, Opfer zu bringen, nicht wahr? Ihre Eltern tun dies an der Heimatfront und wir in der Fremde. Wie ich von Ihrem zukünftigen Gatten erfahren habe, gehört Ihr Schwager dem Generalstab an. Es ist mir eine Ehre, diese Trauung zu vollziehen.«

Nelly hatte kaum Platz genommen, als der Standesbeamte auch schon zu einer langatmigen Rede ansetzte. Darin ging es weniger um die Bedeutung der Ehe als vielmehr um die Pflicht jedes einzelnen Deutschen, sich völlig dem Reich und dem Führer anheimzugeben und jeden zu bekämpfen, der an seinen Versprechungen und an einem Sieg des Dritten Reiches zweifelte.

Nelly senkte den Kopf. Der Duft der Blumen, die sie wie ein Schutzschild vor sich hielt, fing an, ihre Sinne zu betören. Aber sie musste wach bleiben. Aufmerksam. Sie dachte an den Plan, den sie, Cole und die Leanders am Abend vor ihrer Abreise in Paardendijk geschmiedet hatten. Wenn ihr Vorhaben scheiterte, waren sie geliefert. Sie alle, ausnahmslos. Dann gab es kein Pardon mehr. Sie rief sich ins Gedächtnis, was ihr aufgetragen worden war. Der neue Leuchtturmwärter hieß Ernst Hansen, das hatte Nelly herausbekommen. Auch dass er fast zehn Jahre älter war als Cole, aber das spielte ebenso wenig eine Rolle wie die Tatsache, dass er aufgrund seiner Kriegsverletzung hinkte. Eine Behinderung ließ sich imitieren.

Nelly zitterte, als sie in Gedanken durchging, was sie zu tun hatte. Sie musste pünktlich in Haarlem am Bahnhof sein, um Hansen in Empfang zu nehmen. Sie würde ihm etwas zu trinken anbieten und ihn dann einladen, mit ihr im Wagen nach Paardendijk zu fahren. Der Rest war Aufgabe der Widerstandsbewegung. Ausschlaggebend war, dass niemand den neuen Leuchtturmwärter zu Gesicht bekommen durfte. Verlief die Aktion erfolgreich, würde morgen Abend Cole, in der Rolle des Ernst Hansen aus Norddeutschland, seinen Dienst im Leuchtturm antreten. Ausgestattet mit allen notwendigen Papieren, die Bram dem echten Hansen vorher abnehmen würde, und mit Nelly als Gehilfin. Sie musste nur von Bleicher überreden, ihr einen Wagen zu überlassen, was er seiner frisch Angetrauten gewiss nicht abschlagen würde. Und sie durfte die Nerven nicht verlieren.

Der Standesbeamte redete noch immer, aber wenigstens ging es nun nicht mehr um den Sieg, sondern um die Rolle der Ehefrau, der, beschützt und versorgt von ihrem Gatten, die

Aufgabe zufiel, diesem sein hartes Los erträglich zu machen. Im Hintergrund hörte Nelly eine Frau aufschluchzen, vermutlich von Bleichers Sekretärin. Entweder die Dame weinte bei jeder Hochzeit oder sie hatte selbst ein Auge auf ihren Vorgesetzten geworfen. Als Nelly sich zu der Schluchzenden umdrehte, bemerkte sie, dass sich ein weiterer Zuschauer zu der kleinen Schar von Hochzeitsgästen gesellt hatte. Ihr Herz drohte stehen zu bleiben, als sie erkannte, wer sich in die letzte Reihe setzte: Kommissar Silberbauer von der Geheimen Staatspolizei Amsterdam.

Was hatte das zu bedeuten? Warum tauchte dieser Kerl bei ihrer Trauung auf? Nelly blickte starr geradeaus, sie durfte sich nicht anmerken lassen, wie durcheinander sie war. Vor allem sollte Silberbauer es nicht merken. Dann drehte sie sich doch um, nur ganz kurz, und in diesem Moment kreuzten sich ihr Blick und der des Gestapobeamten. Da wusste Nelly, dass etwas Schreckliches geschehen würde.

Von Bleicher tastete nach ihrer Hand. Sie fühlte sich feucht und warm an. Nelly hätte fast laut aufgeschrien, so fest war plötzlich sein Händedruck. Hatte auch er Silberbauer gesehen? Nein, er wollte ihr zu verstehen geben, dass alle sie anstarrten, weil sie sich nicht erhoben hatte. Nelly hörte, wie Stühle gerückt wurden. Sie ließ sich von ihrem Bräutigam in die Höhe ziehen und wusste, dass es an ihr war, etwas zu sagen, denn der Standesbeamte blickte von seinem Aktendeckel auf. Allerdings galt sein Blick nicht ihr, sondern dem Bräutigam. Dieser ließ Nellys Hand los, taumelte einen Schritt zur Seite und griff sich mit zitternden Fingern an den Hals, um den Binder zu lockern, und dann an die Brust. Seine Augen traten aus den Höhlen, während er röchelnd nach Luft rang. Dann schwankte er und ging zu Boden. Ein lauter Knall hallte durch den Raum, als sein Stuhl mit ihm auf den Steinfliesen aufschlug.

Eine Frau kreischte.

Nelly schlug sich die Hand vor den Mund. »Von Bleicher?«, stammelte sie hilflos. Sie ging neben dem Mann in die Knie und prüfte Puls und Herzschlag.

»Was ist mit ihm?« Der Standesbeamte kam hinter seinem Tisch hervor und beugte sich über den am Boden liegenden Mann. »Hat er einen Herzanfall?«

»Wir brauchen einen Arzt«, rief Nelly. Sie sandte einen flehentlichen Blick zu den Reihen der Hochzeitsgäste, die mit betroffenen Mienen dastanden. Dabei bemerkte sie, dass Silberbauer nicht mehr auf seinem Platz saß. Er hatte den Amtsraum verlassen.

Von Bleicher wurde in ein Krankenhaus gebracht, und Nelly durfte mitfahren. Im Wagen kam der Diplomat zu sich. Erstaunt sah er Nelly an. »Was ... ist passiert?«, fragte er mit schwacher Stimme. »Sollten wir nicht eine Flasche Champagner köpfen? Ich hatte eine bestellt, zur Feier des Tages. Es muss doch ... echt aussehen. Und nur keine Bange wegen der ... Hochzeitsnacht. Warum dieses trübselige Gesicht? Habe ich nicht an alles gedacht? Jetzt kann Sie niemand mehr aus Holland ausweisen.«

Nelly nahm seine Hand, und obwohl ihr zum Heulen zumute war, zwang sie sich zu einem Lächeln. »Ja, Sie haben an alles gedacht, lieber Freund! Aber jetzt sollten Sie nicht mehr reden, das strengt Sie zu sehr an.«

»Du sollst mich nicht mehr siezen, sondern mit meinem Vornamen anreden, sonst merken die doch noch etwas.« Er schloss die Augen. »Die Heiratsurkunde ...«

»Habe ich in meiner Handtasche«, log Nelly. Es gab keine Heiratsurkunde, es würde niemals eine geben. Von Bleicher war einen Augenblick zu früh zusammengebrochen. Als der Wagen das Krankenhaus erreichte, atmete von Bleicher nicht mehr.

Und Nelly war keine Witwe.

42

Von Bleichers Tod ging Nelly nahe. Sie hatte den Diplomaten nicht lange genug gekannt, um seine Beweggründe völlig zu verstehen, aber immerhin war er für sie da gewesen, als sie sich allein und hilflos gefühlt hatte, und das rechnete sie ihm hoch an. Er hatte sie beschützt, so gut er es eben vermocht hatte, und es quälte Nelly, dass sie sich nicht mehr dafür bedanken konnte. Sie würde ihn vermissen, doch zum Trauern blieb keine Zeit. Nelly musste auf dem schnellsten Wege nach Haarlem. Zu ihrem Glück hatte einer der holländischen Ärzte ihr, in der Annahme, sie sei tatsächlich die Ehefrau des Verstorbenen, den Inhalt seiner Hosentaschen ausgehändigt. Darunter befand sich auch der Schlüssel zu seinem Wagen. Nelly eilte ins Hotel, um ihre Tasche zu holen, und machte sich danach sofort zum Amtsgebäude auf, wo von Bleichers Automobil parkte. Der Wachhabende beäugte sie argwöhnisch, als sie den Wagen vom Hof fahren wollte. Aber da er sich erinnern konnte, dass sie den Diplomaten zum Krankenhaus begleitet hatte, ließ er sich überreden, ihr den Weg freizugeben.

Nelly dankte dem Himmel dafür. Dennoch war sie in Schweiß gebadet, noch ehe die Stadt hinter ihr und die Landstraße nach Haarlem vor ihr lag. Nicht nur, dass sie ein Automobil gestohlen hatte, sie hatte auch seit etlichen Jahren nicht mehr hinter einem Steuer gesessen. Die Fahrt gestaltete sich entsprechend holprig. Wollte sie jedoch rechtzeitig in Haarlem eintreffen, um den neuen Leuchtfeuerwärter abzupassen, blieb ihr nichts anderes übrig, als aufs Gas zu drücken und zu beten, dass sie nicht durch eine Panne oder eine Straßenkontrolle aufgehalten wurde.

Nelly gab ihr Bestes, doch als sie gegen Mittag das Automobil auf den Bahnhof von Haarlem zu lenkte, stand der Zug aus Amsterdam bereits mit schnaubender Lokomotive auf dem Gleis. Passagiere stiegen aus, andere ein. Männer schüttelten Hände, Familien umarmten sich. Gepäckträger und Polizisten liefen umher, die einen auf der Suche nach Kundschaft, die anderen, um nach verdächtigen Personen Ausschau zu halten. Nelly reckte den Hals. Nach und nach leerten sich die Waggons, aber keiner der Aussteigenden ähnelte der Beschreibung, die sie von Ernst Hansen erhalten hatte. Hatte sie den Mann etwa verpasst? War er bereits vor ihrer Ankunft ausgestiegen und in der Masse untergetaucht?

Jemand berührte sie mit einer zusammengerollten Zeitung an der Schulter. Es war Bram. Er ruckte am Schirm seiner Schiebermütze und tat so, als begrüße er beiläufig eine Bekannte.

»Ich sehe ihn nicht«, raunte Nelly ihm aufgeregt zu. »Und was nun?«

Ihr Cousin gab ihr einen Wink, ihm in einigem Abstand zum Bahnhofsausgang zu folgen. Die Lokomotive kreischte schrill hinter ihr auf. Vor dem Haupteingang blieb Nelly stehen und spähte vorsichtig über den Bahnhofsplatz. Ein junges Mädchen in einem eleganten Frühjahrsmantel winkte ihr zu. Es war Sanne.

»Du hast deine Schwester mitgebracht?«, fragte sie Bram, der sich eine Zigarette anzündete.

»Warum nicht? Sanne unterstützt uns. Sie hat ein sehr

brauchbares System entworfen, um mithilfe von simplen Einkaufszetteln Botschaften an unsere Kontaktleute in Haarlem und in anderen Städten Nord-Hollands zu übermitteln.«

Nelly dachte an den Abholzettel für verschiedene Stoffmuster, den Sanne ihr vor einiger Zeit in die Hand gedrückt hatte. Hatte sie, ohne es zu wissen, eine geheime Botschaft überbracht? Ausschließen ließ sich das nicht, denn schließlich war Ans Hartog, der der Stoffladen gehörte, Jan-Ruuds Schwester. »Und was ist nun mit Hansen?«, fragte sie.

Bram stieß einen Fluch aus. Er warf seine Zigarette zu Boden und trat sie mit dem Schuhabsatz aus. »Vor zwei Stunden hielt außerplanmäßig ein Sonderzug mit Soldaten, die in Zandvoort und ein paar anderen Orten stationiert werden sollen. Dummerweise haben wir zu spät davon erfahren. Die Sache oblag offensichtlich höchster Geheimhaltung.«

Nelly holte tief Luft und stieß sie wieder aus. Großer Gott, wenn dem so war, dann befand sich Ernst Hansen bereits auf dem Weg nach Paardendijk. Vermutlich sogar in einem Fahrzeug der Wehrmacht. Er würde vor ihr beim Leuchtturm eintreffen. Nelly musste an sich halten, um nicht aufzuschreien. Aber sie war ja selbst schuld an der Misere. Wie hatte sie nur annehmen können, dass ein derart dilettantischer Plan gelingen konnte?

»Der Plan an sich war nicht schlecht!« Sanne drückte Nelly mitfühlend die Hand. »Dass dieser Hansen einen früheren Zug nehmen würde, konntest du schließlich nicht ahnen.«

Das stimmte zwar, tröstete Nelly aber in keiner Weise. Sie hätte auch Hindernisse dieser Art berücksichtigen müssen.

»Bist du jetzt wenigstens eine Beamtengattin?«, wollte Bram wissen. »Hast du neue Papiere, die dir den Aufenthalt in Holland erlauben?«

Nelly schüttelte den Kopf und brachte ihn und seine Schwester auf den neuesten Stand. »Dann kannst du also immer noch abgeschoben werden?« Sanne machte ein teilnahmsvolles Gesicht.

»Noch ist nicht alles verloren«, meinte Bram nach einer Weile. Sie saßen zu dritt in von Bleichers Automobil und hingen ihren Gedanken nach. Ein heftiger Regenguss fegte die Straßen leer, und die Menschen spannten Regenschirme auf oder rannten, um sich irgendwo unterzustellen. Dicke Tropfen trommelten wie Tränen gegen die Windschutzscheibe.

»Ich habe mit Jan-Ruud geredet«, sagte Bram. »Erst hat er sich gesträubt, aber ich konnte ihn überzeugen, deinen Piloten vorübergehend im Versteck seiner Tochter unterzubringen.«

Bei Febe? Nelly hielt die Luft an. Gott sei Dank, wenigstens eine gute Nachricht. Dann würde sie vielleicht schon bald ihre Schwester kennenlernen. Vorausgesetzt, Cole war noch nicht verhaftet worden, bis sie in Paardendijk ankamen.

Eine knappe Stunde später parkte Nelly das Automobil unterhalb des Treppenwegs und eilte im strömenden Regen über die Stufen zum Leuchtturm hinauf. Sie war auf alles gefasst, aber zu ihrer Erleichterung ließen sich weit und breit keine Soldaten blicken. Mit klopfendem Herzen durchquerte Nelly den Lagerraum, wobei sie einen verstohlenen Blick zu dem Versteck hinter den Kisten warf. Sie widerstand jedoch dem Drang, leise gegen die Bretterwand zu klopfen. Stattdessen stieg sie die Treppe hinauf, weil aus der Küche Stimmen zu hören waren. Die eine gehörte Mintje, die andere kannte sie nicht.

Als Nelly vorsichtig die Tür öffnete, schlug ihr der Duft von Erbsensuppe entgegen. Mintje stand reglos vor dem Herd. Ein breitschultriger Mann redete auf sie ein, wirbelte aber auf dem Absatz herum, als er Nelly kommen hörte. Er war etwa vierzig Jahre alt und hatte ein teigiges, leicht aufgeschwemmtes Gesicht, dem anzusehen war, dass er öfter einen über den Durst trank. Sein semmelblondes Haar war an den Schläfen bereits ergraut. Nelly straffte die Schultern, machte einen Schritt auf den Mann zu und streckte die Hand aus. Doch anstatt sie zu ergreifen, runzelte der Fremde nur die Stirn und musterte Nelly von Kopf bis Fuß.

»Ich bin Ernst Hansen aus Hiddensee, und Sie sollten aus den nassen Sachen raus, bevor Sie sich eine Lungenentzündung holen«, erklärte er zur Begrüßung. »Wo kommen Sie überhaupt her? Ich muss schon sagen, dass ich einen anderen Empfang erwartet habe. Zumindest vom Bahnhof hätten Sie mich abholen können!«

»Verzeihung, ich konnte ja nicht wissen …«, stammelte Nelly drauflos, aber Hansen hob nur gelangweilt die Hand.

»Kein Wunder, dass Sie abberufen wurden, Fräulein. Waren wohl heillos überfordert, was? Ist auch nichts für eine Frau, wenn Sie mich fragen.«

Nelly versuchte, Augenkontakt mit Mintje herzustellen, um herauszufinden, was aus Cole geworden war. Wo steckte er? Wenn er sich noch im Leuchtturm aufhielt, dann musste er fort, bevor Hansen ihn aufspürte, denn der sah ganz so aus, als würde er seine Nase in jeden Topf stecken.

Ihre Freundin schüttelte jedoch nur warnend den Kopf.

»Also, wo haben Sie sich herumgetrieben?«, brummte Hansen. Er schien auf eine Antwort zu bestehen.

Nelly seufzte schwer. Obwohl alles in ihr danach schrie, diesen unverschämten Lümmel in seine Schranken zu weisen, wusste sie doch, dass sie ihn nicht gegen sich aufbringen durfte. Also erklärte sie, dass ein väterlicher Freund in Amsterdam einen Herzanfall erlitten hatte und sie bis zuletzt an seiner Seite gewesen war. Dass sie denselben Mann um ein Haar geheiratet hätte, verschwieg sie. Das ging Hansen nun wirklich nichts an.

Der neue Leuchtturmwärter zupfte sich am Kinn. »Nun, wenn das so ist … Dennoch muss ich Ihnen sagen, dass ich in keiner Weise damit einverstanden bin, wie dieser Leuchtturm in den vergangenen sechs Monaten betreut wurde. Dass der alte Holländer abgehauen ist, stört mich nicht. Der Bursche scheint ohnehin ein Chaot gewesen zu sein. Aber von Ihnen, Fräulein, hätte ich mehr Disziplin erwartet.« Mit einer energischen Geste forderte er Nelly zu einem Rundgang auf, bei dem er mit Belehrungen und Vorwürfen nicht geizte. Hansen hatte an so ziemlich allem etwas auszusetzen. Als sie schließlich ins Vorratslager kamen und Hansen sich sogleich an den Kisten vor der eingezogenen Wand zu schaffen machte, blieb Nelly fast das Herz stehen. Panik erfasste sie.

»Soll das ein gut sortiertes Lager sein?«, kritisierte Hansen. »Ich nenne das Schlamperei, wenn so viel Platz verschenkt wird. Das habe ich auch schon Ihrem Gehilfen gesagt.«

»Henk?«

»Dem langen Lulatsch, ja. Wem sonst? Sie bezahlen doch hoffentlich nicht mehr als einen Hilfswärter.« Er reckte den Hals, als auf der Treppe das Geräusch von Schritten zu hören war. »Ah, da kommt der Bursche. Er kann sich gleich nützlich machen und diese verdammten Kisten wegschaffen. Ich will heute Abend eine ordentliche Bestandsaufnahme auf dem Schreibtisch haben, verstanden?«

»Ich werde es veranlassen, Herr Hansen. Gewiss. Ich sage Henk sofort …« Nelly verschluckte den Rest. Fast fielen ihr die Augen aus dem Kopf, als nicht Henk, sondern Cole die Treppe zum Vorratslager herunterkam. Während Hansen eifrig drauflosplapperte, starrte sie den jungen Engländer nur an und wagte kaum zu atmen.

»Ich hoffe, Ihr holländischer Gehilfe hat mich verstanden«, sagte Hansen schließlich. »Auf mich macht er keinen allzu hellen Eindruck. Es ist mir unbegreiflich, wie Sie dem Burschen das Protokollbuch überlassen konnten. Aber damit ist jetzt Schluss, verstanden? Ab sofort werde ich die Kontrollen und Eintragungen selbst vornehmen. Sie dürfen mich gerne begleiten, damit Sie noch etwas lernen, bevor Sie heimfahren.«

Damit ließ er Nelly und Cole stehen und zog sich in das Dienstzimmer zurück. Nur wenig später tönte Operettenmusik durch den Turm. Hansen hatte offenbar das Radio entdeckt.

»Kannst du mir verraten, was das soll?« Nelly sah Cole kopfschüttelnd an und wusste nicht, ob sie lachen oder weinen sollte. »Warum hält Hansen dich für Henk?«

Cole ließ sich auf die Kiste fallen, die den Eingang zu seinem Versteck markierte. »Als der Kerl vor dem Leuchtturm abgesetzt wurde, war uns sofort klar, dass der Plan nicht funktioniert hat. Wir mussten uns etwas überlegen, und da Henk unterwegs war, kam Mintje auf die Idee, mich als ihren Sohn vorzustellen.«

»Na großartig«, brummte Nelly. »Und was, bitte schön, sollen wir machen, wenn der richtige Henk zurückkommt?«

»Henk wurde bereits informiert. Er bleibt bis auf Weiteres dem Leuchtturm fern.«

»So? Und wie lange? Bis Kriegsende?«

»Ich hoffe doch, dass wir Hansen ein wenig früher wieder loswerden.«

Nelly schüttelte den Kopf. »Wie denn? Dem Kerl passt hier zwar gar nichts in den Kram, aber er wird das Feld auch nicht wieder räumen. Es gefällt ihm, mich herumzukommandieren.« Sie atmete durch. »Nein, Cole, du musst fort sein, bevor der Schwindel auffliegt und Hansen die Gestapo informiert. Jan-Ruud hat ausrichten lassen, dass er dich bei meiner Schwester Febe unterbringen will. Zumindest, bis wir eine andere Lösung für dich gefunden haben.«

Über ihren Köpfen verstummte die Radiomusik. Eine Tür wurde aufgerissen.

»Fräulein Vogel!«, hallte es durch den Turm. »Sofort, bitte!«

Cole deutete mit finsterem Blick zur Treppe. Nelly bat ihn, im Lager auf sie zu warten, während sie sich hinauf zum Dienstzimmer begab, um zu fragen, was Hansen von ihr wollte.

»Können Sie nicht anklopfen?«, fauchte der sie an, kaum dass sie das Zimmer betreten hatte. Nelly war so perplex, dass es ihr die Sprache verschlug. Anklopfen? An ihrem eigenen Zimmer? Doch dann fiel ihr ein, dass die Schreibstube ihr ja nicht länger zur Verfügung stand. Hansen hatte sie besetzt, ebenso wie den restlichen Leuchtturm. So wie die Nazis ganz Holland besetzt hielten. Sie würde nie wieder am Schreibtisch Briefe schreiben oder über dem Protokollbuch brüten. Seltsamerweise vermisste sie das jetzt schon. Hansen hatte es sich auf der Couch bequem gemacht, wo er zu Nellys Verdruss an ihrer Kamera herumspielte, die sie dort zurückgelassen hatte. Ihre Wut mühsam hinunterschluckend, durchquerte Nelly den Raum und entwand ihm den Apparat. »Wenn Sie erlauben, diese Fotokamera gehört nicht zum Inventar, sondern mir ganz persönlich.«

»Nun haben Sie sich mal bloß nicht so, Fräulein!« Hansen grinste. »Ich will Ihnen das gute Stück ja nicht wegnehmen. Sie sollen nur ein paar hübsche Aufnahmen von mir machen.«

»Aufnahmen?« Nelly hatte sich wohl verhört. »Von Ihnen?«

Hansens Nicken bestätigte, dass sie sich nicht verhört hatte. »Ein paar Schnappschüsse von mir vor dem Leuchtturm und oben im Laternenhäuschen. Die schicke ich meinen ehemaligen Kameraden an die Front. Die werden sich freuen, dass ich es so gut getroffen habe. Für mich ist der Krieg zu Ende.« Sein Lachen klang hämisch, fast gehässig. »Und Sie, Fräulein Vogel? Ich habe gehört, für Sie geht es bald heim ins Reich. Derselbe Wind, der mich hierhergeweht hat, weht Sie nun nach Berlin. Momentan kein sehr angenehmer Ort, fürchte ich. Fliegerangriffe. Arbeitsdienst. Nicht genug zu fressen. Was würden Sie davon halten, wenn ich mich für Sie verwende und Sie bei mir bleiben dürften?«

»Sie meinen als Ihre Gehilfin?«

»Warum nicht? Ich traue diesem Henk nämlich nicht über

den Weg. Irgendetwas stimmt mit dem nicht und mit der Alten in der Küche auch nicht. Bei deren Anblick wird mir die Milch im Mund sauer.« Er kicherte verschlagen. »Schätze, dass mir Ihre Berliner Hausmannskost besser schmecken würde als der Fraß dieser Holländerin.«

Nelly erwiderte sein Lächeln, obwohl sie innerlich vor Wut schäumte. So stellte Hansen sich das also vor. Er wollte sie als billige Reinemachefrau und Köchin. Vielleicht sogar als … Sie schüttelte den Gedanken ab, bevor er merkte, wie widerlich sie ihn fand. »Danke für das Angebot, Herr Hansen«, sagte sie schließlich. »Oberleutnant Haubinger wird erfreut sein, davon zu hören. Wir sind eng befreundet, und er hat sich schon Sorgen gemacht, ich könnte zu schnell aus seinem Leben verschwinden.«

Verwirrt starrte der Leuchtfeuerwärter sie an. Seine gute Laune sank. »So?«

»Was die Aufnahmen betrifft, bin ich Ihnen natürlich gerne behilflich. Meine Kamera macht ausgezeichnete Bilder. Allerdings müsste ich einen neuen Film besorgen. Den kriege ich nur in Haarlem.«

»Dann tun Sie das«, knurrte Hansen. »Und richten Sie Ihrem Gehilfen und seiner Mutter aus, dass sie mir noch ihre Papiere vorlegen müssen. Ich finde hier nirgendwo einen Vermerk, dass Sie die jemals verlangt haben. Eine verfluchte Schlamperei. Gut, dass ich jetzt da bin.«

43

Nach dem Mittagessen verkündete Hansen, dass er für die nächsten Stunden nicht gestört werden wolle, da er im Dienstzimmer ein paar wichtige Unterlagen durchzugehen habe. Nur wenige Minuten später dröhnte sein Schnarchen durch das Treppenhaus.

Aufgeregt warf Nelly einen Blick auf die Uhr. Es war so weit. Eine bessere Gelegenheit zur Flucht würde sich so schnell nicht wieder bieten. Während Mintje den Abwasch machte, schlich sie in die Schlafkammer und räumte leise den Schrank aus. Die Kleidungsstücke warf sie hastig in ihren Koffer. Ein letzter Blick aus dem Fenster auf die verträumt daliegenden Fischerhäuser, den Hafen mit seinen Booten, Pastor Bakkers Kirche und den Laden der Leanders. Die Sonne würde in wenigen Stunden untergehen, bis dahin mussten sie und Cole verschwunden sein.

In der Küche saß Mintje und mahlte mit finsterer Miene Kaffee. Hansen hatte ein paar echte Bohnen herausgerückt, jedoch darauf hingewiesen, dass er diese nicht mit den Holländern im Haus zu teilen gedachte. Als sie Nelly mit dem Koffer sah, sprang Mintje auf und fiel ihr schluchzend um den Hals. »Ich lasse dich nicht gehen«, jammerte sie. »Du kannst nicht einfach verschwinden und uns mit diesem schrecklichen Mann alleinlassen. Er wird nach Henk fragen und dann herausfinden, dass wir ihn hinters Licht geführt haben.« Sie stieß heftig die Luft aus. »Ich will wirklich nicht, dass deinem Piloten etwas zustößt, Kindchen. Deshalb habe ich vor Hansen behauptet, Cole sei mein Henk. Aber nun … Ihr müsst Henk mitnehmen!«

Nelly zerschnitt es das Herz, aber das ging nicht. Hansen würde den Stützpunkt alarmieren, wenn sein Gehilfe sich nicht mehr blicken ließ. Sie hatte sich immer wieder den Kopf wegen eines Auswegs für ihre Freunde zerbrochen, und dabei war ihr eine Idee gekommen. Gelang ihr Plan, würden weder Henk und Mintje noch die übrigen Einwohner von Paardendijk etwas zu befürchten haben. Doch dafür mussten Cole und sie jetzt verschwinden. Zudem war es erforderlich, dass Henk zum Dienst erschien. Ernst Hansen war selbstverliebt, verschlagen und misstrauisch, aber auch von trägem Geist, und wenn das Glück ihnen hold war, würde er gar nicht bemerken, dass nicht Cole, sondern ein anderer junger Mann im Lagerraum arbeitete. Henk und Cole waren von ähnlicher Statur, und Cole hatte sich Henks Mütze tief ins Gesicht gezogen. Zweifellos war es ein Wagnis, die Rollen der beiden so rasch wieder zu tauschen, da machte Nelly sich nichts vor. Aber sie sah keinen anderen Weg.

Auch alles Weitere hatte Nelly genau durchdacht. Cole versteckte sich im Innenraum des Automobils, denn da er keine Papiere hatte, wäre es zu gefährlich gewesen, ihn auf dem Beifahrersitz vor aller Augen aus dem Ort zu fahren.

»Hast du Jan-Ruud informiert?«, fragte er, als Nelly sich hinter das Steuer setzte und die Zündung betätigte. »Ohne ihn werden wir das Versteck nicht finden.«

»Mach dir keine Sorgen«, entgegnete Nelly mit einem nervösen Lächeln. »Ich ahne, wohin Jan-Ruud meine Schwester gebracht hat.« Sie lenkte den Wagen auf die fast menschenleere Dorfstraße und gab Gas. Unterwegs überholte sie die Apothekerin, die auf einem klapprigen Fahrrad gegen den Wind anstrampelte. Im Rückspiegel beobachtete sie, wie die Frau abstieg und dem vorüberpreschenden Wagen einen Blick nachsandte. Ob sie Nelly am Steuer erkannt hatte? Vielleicht galt ihre Neugier aber auch nur der Limousine. Ein Fahrzeug dieser Art sah man in Paardendijk nicht alle Tage.

»Du weißt, wo Febe sich versteckt?«, drang Coles Stimme dumpf unter der Decke hervor, die Nelly über ihn geworfen hatte. Doch Nellys Aufmerksamkeit galt allein der Straßensperre, die am Ortsausgang errichtet worden war. Eine Kontrolle, schoss es ihr durch den Kopf. Das war nicht gut. Wurde der Wagen angehalten und durchsucht, waren sie beide verloren. Nelly fuhr ganz langsam an den Posten heran. Dieser bestand, wie sie sogleich feststellte, aus zwei Wehrmachtssoldaten, die ihr mit einer Geste zu verstehen gaben, das Automobil anzuhalten. Einer der Männer kam Nelly bekannt vor. Fieberhaft zermarterte sie sich den Kopf, wo sie ihm schon einmal begegnet war, und plötzlich fiel es ihr ein. Es war derselbe Soldat, der ihr das Quartier von Leutnant Bellmann verraten hatte.

Zu ihrer Erleichterung erkannte der Mann sie ebenfalls. »Ein prachtvoller Wagen«, meinte er mit einem schwärmerischen Blick. Sachte legte er seine Hand auf die Motorhaube. »Ihrer?«

»Nur geborgt!« Aus dem Augenwinkel bemerkte Nelly, wie der zweite Wachtposten um den Wagen herumlief und prüfend durch die Scheiben spähte. Am liebsten wäre sie aufs Gaspedal gestiegen und davongebraust, doch niemandem war geholfen, wenn sie jetzt die Nerven verlor. Die Männer hatten Motorräder und Waffen, sie würden sie einholen, lange bevor sie Haarlem erreicht hätte.

»Er gehört einem Freund meines Schwagers vom Auswärtigen Amt in Amsterdam«, sagte Nelly. »Ist also ein Diplomatenwagen. Herr von Bleicher hat ihn mir zur Verfügung gestellt, aber ich muss ihn noch heute, vor der Ausgangssperre, zurückbringen. Sie können Oberleutnant Haubinger anrufen, wenn Sie dazu Fragen haben. Er kann für mich bürgen.«

»Wird nicht nötig sein«, erklärte der Wachsoldat. »Sie sind uns ja bekannt. Schade übrigens, dass Sie uns schon verlassen. Ich habe vor ein paar Stunden Ihren Nachfolger zum Leuchtturm gebracht.« Der Ton, in dem er von Hansen sprach, verriet Nelly, dass dieser sich während der kurzen Fahrt von Haarlem an die Küste nicht beliebt gemacht hatte. Wen wunderte es?

»Offensichtlich hält man einen Mann doch für geeigneter«, sagte Nelly. Sie schloss kurz die Augen, weil der Strahl einer Taschenlampe sie blendete. Der andere Soldat leuchtete den Innenraum ab. Großer Gott, hoffentlich bewegte sich Cole nicht.

»Nun lass es gut sein«, rief ihm sein Kamerad zu. »Hast du nicht gehört, was die Dame gesagt hat? Sie fährt einen Wagen des Auswärtigen Amtes.« Er klopfte kurz gegen die Scheibe und deutete dann auf die Straße, womit er Nelly erlaubte, ihre Fahrt fortzusetzen.

»Ich dachte schon, jetzt wäre alles aus!« Nellys Hände krampften sich um das Lenkrad. Noch einmal hatte von Bleichers Einfluss sie gerettet. Stumm dankte sie ihrem Freund dafür.

In Haarlem hielt sie vor einem hübschen Eckhaus mit einem kleinen Laden. Sie wartete, bis eine Gruppe Fußgänger um die Straßenecke gebogen waren, dann erklärte sie Cole, dass er aussteigen und unauffällig in den Laden gehen solle. Sie selbst wollte noch den Wagen aus dem Stadtzentrum fahren, wo er zu sehr auffiel, und dann ein wenig später zu ihm stoßen. Eine halbe Stunde später drückte sie die Eingangstür auf, worauf die Ladenglocke schellte. Eine Frau sprang herbei und verriegelte sorgfältig die Tür hinter ihr.

»Feierabend für heute!« Corrie ten Boom wandte sich zu Nelly um und drückte ihr die Hand, als begrüßte sie eine alte Freundin. Die Uhrmacherin wirkte wie gewöhnlich gefasst und freundlich, allein ein leichtes Augenzucken verriet, dass sie von innerer Unruhe geplagt wurde. »Ich dachte mir schon, dass Sie es eines Tages herausfinden würden.«

»Sie haben einen scharfen Blick für versteckte Räume«, sagte Nelly. »Unser Versteck im Leuchtturm haben Sie gleich erkannt, nicht wahr? Damals bin ich auf den Gedanken gekommen, dass Sie all die Lebensmittel nicht für sich, sondern für heimliche Gäste in Ihrem Haus brauchen. Gäste, von denen niemand etwas wissen darf. Als Jan-Ruud mir erlaubt hatte, Cole in Febes Versteck zu bringen, war ich mir ziemlich sicher, dass Febe und ihre Familie in der Uhrmacherwerkstatt sind.«

Corrie schüttelte lächelnd den Kopf. »Nicht in der Werkstatt, meine Liebe, aber ganz in der Nähe. Kommen Sie mit!«

Die Uhrmacherin führte Nelly in die Wohnung ihrer Familie. Vor einer Zimmertür blieb sie stehen und klopfte dreimal an den Rahmen. Dann öffnete sie die Tür und machte eine einladende Geste. »Nur zu, meine Liebe! Immer hereinspaziert!«

Aber Nelly rührte sich nicht von der Stelle. Sie hatte ein wenig Angst vor dem, was sie dort drinnen erwartete. Wie oft hatte sie sich in den vergangenen Wochen in Gedanken ausgemalt, wie es wohl sein würde, ihrer älteren Schwester zu begegnen. Doch jetzt fühlte sie sich plötzlich alles andere als vorbereitet. Was, wenn Febe ihr die kalte Schulter zeigte und nichts von ihr wissen wollte? Im Grunde waren sie doch Fremde. Mehr noch: Nelly war Deutsche und Febe eine Jüdin, vom Schicksal getrennt und nun auf eine fast unglaubliche Weise wieder zusammengeführt.

Corrie legte ihr lächelnd eine Hand auf die Schulter. »Machen Sie sich keine Sorgen, meine Liebe. Alle erwarten Sie. Und nicht erst seit heute!«

Cole sprang auf, als er Nelly eintreten sah. Mit einem erleichterten Gesichtsausdruck schloss er sie in die Arme. »Da bist du ja«, flüsterte er. »Ich fürchtete schon, du würdest es dir vielleicht anders überlegen.«

Nelly erwiderte seinen Kuss nur flüchtig, denn ihr Blick wanderte bereits weiter zu dem Tisch in der Mitte des bescheiden, aber behaglich eingerichteten Wohnraums. Dort saß eine grazile Frau mit sorgfältig frisiertem Pagenkopf und blickte ihr aus ihren fast tintenschwarzen Augen neugierig entgegen. Als sie Nellys Aufregung bemerkte, hoben sich ihre Mundwinkel und die rot geschminkten Lippen kräuselten sich zu einem fast spöttischen Lächeln. Ungeachtet ihres schlichten Kleides war Febe eine aparte Erscheinung. Nelly konnte sich vorstellen, dass sie in der Vergangenheit auf der Straße so manchen bewundernden Blick auf sich gezogen hatte. Darin ähnelte sie ihrer gemeinsamen Mutter.

»Ich hoffe, du bist nicht enttäuscht von dem, was du siehst«, sagte sie nun. Ihre Worte waren wohlgewählt, ihr Deutsch ließ nicht den Ansatz eines Akzents erkennen. Als hätte sie Nellys Gedanken erraten, erklärte sie: »Ich habe ein paar Jahre in Heidelberg studiert.« Schlagartig schwand das Lächeln aus ihrem Gesicht. Mit ernster Miene fuhr sie fort: »Ich habe erfahren, dass du nach mir gesucht hast. Warum?«

Nelly versuchte, den Kloß in ihrem Hals loszuwerden. »Ich … hatte keine Ahnung, dass ich eine Halbschwester in Holland habe. Meine Mutter hat nie darüber gesprochen. Gut möglich, dass sie einfach Angst davor hatte, sich meinem Vater anzuvertrauen.«

»Die Frau hat mich weggegeben! Sie wollte mich nicht!«

»Ich möchte Bente nicht in Schutz nehmen, aber wenn man Jan-Ruud glauben kann, war das nicht ihre Entscheidung. Ihre Eltern haben dafür gesorgt, dass du nach Amsterdam gebracht und adoptiert worden bist.« Nelly trat näher auf ihre Schwester zu. »Bevor ich nach Holland gekommen bin, hat unsere Mutter...«

»Die Frau, die mich zur Welt gebracht hat«, korrigierte sie Febe. »Meine Mutter hieß de Vries, sie ist kurz nach dem Einmarsch der Nazis gestorben! Wir sind eine jüdische Familie. Mit deinen Leuten haben wir nichts gemein.«

»Mag sein, aber es ist wahr, dass Bente dich nicht vergessen hat. Leider ist sie nicht stark genug gewesen, um nach dir zu suchen und dir das zu sagen. Deswegen mache ich es heute für sie. Sie hat mir aufgetragen, Nachforschungen anzustellen.«

»Also handelst du in ihrem Auftrag?«

Nelly schüttelte den Kopf. »Ich bin deiner Spur gefolgt, weil ich herausfinden wollte, wer ich eigentlich bin und woher ich komme. Ich habe nie so richtig zu meiner Familie in Berlin gepasst. Vielleicht bin ich deshalb Fotoreporterin geworden und habe die halbe Welt bereist. Ich war neugierig auf die Heimat und die Geschichten anderer Menschen, weil ich schon immer gespürt habe, dass ich meine eigene Geschichte nicht kenne und keine wirkliche Heimat habe.«

»Und jetzt? Hast du deine Geschichte gefunden?«

Nelly lächelte ein wenig schief. »Vielleicht das erste Kapitel. Aber ich bin zuversichtlich, dass weitere folgen werden.«

Ihre Antwort schien Febe zu gefallen. Zumindest wich der kühle Ausdruck aus ihrem Gesicht. Ohne ein weiteres Wort verschwand sie im Nebenzimmer, aus dem sie kurz darauf in Begleitung eines rundlichen Mannes mit Oberlippenbärtchen sowie zweier Kinder zurückkehrte. »Hier sind dein Schwager Jonas und unsere Söhne David und Jakob«, sagte Febe mit einem stolzen Lächeln. »Kinder, begrüßt eure Tante!«

44

Es war Freitagabend, und Febe zündete Kerzen an, um den Schabbat zu begrüßen. Corrie, die ihren christlichen Glauben sehr ernst nahm, hatte Verständnis für das Bedürfnis der Familie nach geistiger Stärkung, bat Febe und Jonas jedoch, die Gebete in hebräischer Sprache nicht zu singen, sondern nur zu flüstern. Man konnte nie wissen, wer unten am Haus vorüberging, und sie durften keinesfalls riskieren, dass jemand etwas Verdächtiges aufschnappte und weitermeldete. Die Polizeihauptstation befand sich nur drei Straßen weiter, und in den letzten Wochen war es regelmäßig zu Kontrollen gekommen.

Cole und Nelly schwiegen respektvoll, während Jonas leise einen Segensspruch rezitierte. Nelly hatte tausend Fragen an ihre Halbschwester, sah jedoch ein, dass dies nicht der richtige Zeitpunkt dafür war. Sie musste sich notgedrungen gedulden. Während sie aßen, hing jeder seinen Gedanken nach, nur die Jungen zappelten von Zeit zu Zeit auf ihren Plätzen oder tuschelten miteinander. Zu Nellys Freude hatten Jakob und David rasch Freundschaft mit ihr geschlossen, insbesondere, nachdem sie erfahren hatten, dass Nelly nicht nur in einem echten Leuchtturm gewohnt hatte, sondern auch für das Leuchtfeuer verantwortlich gewesen war. Noch faszinierter waren die Jungen allerdings von Cole. Als das Essen beendet war und Febe die Kerzen löschte, bestürmten sie ihn mit Fragen zu seinem Jagdflieger und wollten wissen, wie es war, wenn man eine Notlandung hinlegen musste.

»Ihr solltet Mr. Cole in Ruhe lassen«, mahnte ihr Vater, obwohl Jonas anzusehen war, dass ihn der englische Pilot nicht weniger interessierte als seine Söhne. Doch dafür war nach dem Schabbat noch Zeit genug. Er wollte gerade seiner Frau beim Abräumen des Geschirrs unter die Arme greifen, als Corrie in den Raum stürmte.

»Kontrolle«, zischte sie. »Lasst alles stehen und liegen! Um das Geschirr kümmern wir uns!«

Einen Herzschlag lang blickten alle im Raum sie wie erstarrt an, dann eilten Nellys Schwester und ihre Angehörigen lautlos in den Nebenraum. Um keinen Lärm zu verursachen, trug keiner von ihnen Schuhe, das war Nelly bereits am Nachmittag aufgefallen. Cole drückte Nelly einen Kuss auf die Lippen, dann schloss er sich den Zilversmits an.

»Nelly, das Geschirr«, drängte Corrie. »Und vergiss Tischtuch und Kerzenleuchter nicht!«

Nelly nickte nervös, dann schnappte sie sich die Teller und trug sie eilig in die Küche, während Corrie begann, den Raum aufzuräumen. Als alle Spuren des Abendessens beseitigt waren, sah die Uhrmacherin mit einem leichten Stirnrunzeln auf ihre Armbanduhr.

»Eine Minute, vierundvierzig Sekunden! Nicht schlecht für den Anfang, aber immer noch zu langsam.«

Nelly hob irritiert die Augenbrauen. Sie öffnete die Tür, darauf gefasst, Soldatenstiefel die Treppe hinaufpoltern zu hören. Doch zu ihrer Verwunderung hörte sie nur den Gong der alten Standuhr, der die volle Stunde anzeigte. »Heißt das … Es gibt gar keine Kontrolle? Großer Gott, ich bin vor Angst fast gestorben.«

»Die Männer vom Widerstand haben mir eingeschärft, regelmäßig Übungen durchzuführen, damit wir schnell reagieren, wenn der Ernstfall eintritt. Ich soll dabei die Zeit stoppen, die unsere Besucher brauchen, um sich zu verstecken und alle verdächtigen Dinge verschwinden zu lassen.« Corrie führte Nelly in das Schlafzimmer. Außer einem Bett und einem Schrank für Wäsche befand sich kaum etwas in dem Raum. Vor allem war keine Spur von Febes Familie oder Cole zu entdecken. Als Corrie den Schrank öffnete, begriff Nelly. Wie im Leuchtturm, so gab es auch hier eine versteckte Kammer hinter einer Zwischenwand, nur dass diese nicht aus eilig zusammengezimmerten Brettern, sondern aus soliden Mauersteinen bestand. Corrie öffnete den Wäscheschrank einen Spalt, bückte sich und klopfte zaghaft. Ein Brett wurde zurückgeschoben und das strahlende Gesicht des kleinen David kam zum Vorschein. »Wie war die Zeit, Tante?«, fragte er.

Der Verschlag hinter dem Schrank war düster und eng. Er war nicht dafür gedacht, sich über einen längeren Zeitraum darin aufzuhalten, sondern sollte lediglich im Ernstfall Schutz vor Entdeckung bieten. Als Febe sich nach Jonas und ihren Kindern durch den Schrank zwängte, hielt Nelly ihrer Schwester die Hand hin und half ihr hinaus.

Cole fuhr sich mit den Fingern durch das zerzauste Haar. Nelly sah ihm an, dass ihn etwas beschäftigte. Er hatte offenbar genug vom Versteckspielen.

»Ich bin Ihnen dankbar für Ihre Hilfe«, sagte er, nachdem sich alle wieder im Wohnzimmer eingefunden hatten. Dort befanden sich auch Corries Vater und ihre ältere Schwester. »Aber ich hatte gehofft, der Widerstand könnte uns endlich außer Landes bringen. Stattdessen sitzen wir nur wieder in einem neuen Verschlag hinter einer Wand.«

Corrie sah ihn mitfühlend an. »Ich kann Sie verstehen, Lieutenant. Sie werden nicht lange hierbleiben müssen, das verspreche ich Ihnen. Das gilt auch für die Zilversmits. Die

Widerstandsbewegung hat bereits etwas organisiert. Sie werden übermorgen in aller Frühe abgeholt und ins verborgene Dorf gebracht.«

Nelly und Cole tauschten einen Blick aus. Das verborgene Dorf? Was hatte es damit auf sich? Corrie wusste nicht viel darüber zu berichten. Gerüchten zufolge sei irgendwo tief in den Wäldern ein geheimes Lager mit teilweise unterirdischen Hütten errichtet worden, in dem noch Platz für Febe, ihre Familie und Cole sei. Aus Gründen der Geheimhaltung war es jedoch untersagt, die genaue Lage des verborgenen Dorfes zu verraten.

»Die meisten Untergetauchten sind Juden, aber es soll sich wohl auch der eine oder andere entflohene Kriegsgefangene in der geheimen Siedlung verstecken«, erklärte Corrie. »Die Leute vom Widerstand sind sehr froh über diese Männer, denn sie verstehen etwas von Waffen und können den anderen zeigen, wie man damit umgeht.«

Nelly spähte zu Cole und bemerkte das Funkeln in seinen Augen. Sie konnte sich denken, was in ihm vorging. Die Vorstellung, bald mehr zu tun zu bekommen, als nur in einem Versteck zu sitzen und darauf zu hoffen, dass der Krieg bald zu Ende war, hob seine Laune. Fast vergnügt zwinkerte er ihr zu. Alles kommt in Ordnung, du wirst schon sehen, las sie in seinem Blick.

»Nun, dann mach dich auf ein hartes Training gefasst«, raunte er ihr zu. »Du kannst mit einer Kamera umgehen, dann begreifst du auch, wie ein Gewehr funktioniert.« Er grinste. »Nur lass dir bitte nicht einfallen, mit deinem Vorgesetzten über jeden Befehl zu diskutieren!«

»Vielleicht bin ich eher für die Untergrundzeitung geeignet«, antwortete Nelly ihm spöttisch.

Am nächsten Morgen suchte Nelly das Gespräch mit Febe, die auf dem Sofa saß und las. Corrie war mit ihrer Schwester und ihrem Vater hinuntergegangen, um den Laden zu öffnen.

»Ich arbeite an einem neuen Buch über Vermeer«, sagte Febe. »Hoffentlich passen die Leute in Paardendijk gut auf das Gemälde auf. Eigentlich gehört es in ein Museum, aber ich fürchte, mit diesem Ansinnen stoße ich bei deiner … ich meine, bei unserer Verwandtschaft auf taube Ohren.«

Nelly zuckte mit den Schultern. Sie konnte sich denken, wie viel das vergessene Werk des alten Meisters ihrer Schwester bedeutete, aber im Moment gab es Wichtigeres. Sie musste Febe um einen Gefallen bitten. Um etwas, wozu nur eine Expertin von ihrem Ruf in der Lage war.

»Ich soll einen Brief für dich fälschen?« Amüsiert hob Febe den Blick, vermutlich glaubte sie an einen Scherz. Doch Nelly war es todernst mit ihrer Bitte.

»Ich brauche dieses Schreiben, und außer dir fällt mir niemand ein, der es anfertigen könnte. Das kann ja wohl kaum schwieriger sein, als das Gemälde eines niederländischen Künstlers zu kopieren, oder?«

»Aber ich verstehe trotzdem nicht …«

»Ich würde dich nicht darum bitten, wenn es nicht um Leben und Tod ginge«, unterbrach Nelly sie. »Jan-Ruud hat dich nicht im Stich gelassen, möglicherweise kannst du dich jetzt dafür revanchieren, indem du ihm und den Männern von Paardendijk das Leben rettest.«

Febe schüttelte mit einem Seufzer den Kopf und murmelte etwas von jüngeren Geschwistern, die einem den letzten Nerv raubten, und wie glücklich sie die ersten vierzig Jahre ihres Lebens doch als Einzelkind hatte sein können. Schließlich willigte sie ein.

»Hast du eine Schriftprobe?«

Nelly schlug sich mit der flachen Hand gegen die Stirn. Nein, wie dumm von ihr. Daran hatte sie gar nicht gedacht, aber Febe hatte völlig recht. Wie sollte sie ohne jede Vorlage eine Handschrift exakt imitieren? Doch dann fiel Nelly etwas ein. Sie schnappte sich ihre Handtasche und atmete erleichtert auf, als sie feststellte, dass die beiden Kunstbücher über Vermeer noch immer darin waren. Nicht einmal die Gestapo in Amsterdam, die ihre Tasche durchsucht hatte, hatte sie angetastet.

»Mehr habe ich nicht«, erklärte sie kleinlaut. »Was meinst du? Wird es genügen?«

Als Febe erkannte, was Nelly ihr in die Hand drückte, stieß sie vor Überraschung einen leisen Pfiff aus. »Aber das ist ja unglaublich. Wo zum Teufel hast du die denn aufgetrieben?«

»Ich weiß, dass du diese Bücher geschrieben hast, aber Leutnant Bellmann hat sie studiert und überall seine Notizen hinterlassen. Die Frage ist, ob du damit etwas anfangen kannst.«

Febe blätterte zögerlich die Seiten um. Es dauerte eine ganze Weile, bis sie endlich den Blick hob. »Also gut, sobald der Schabbat vorüber ist, werde ich …«

»Ich brauche das Schreiben aber sofort«, drängte Nelly. »Bitte, uns läuft die Zeit davon. Ich muss doch zurück nach Paardendijk.«

Febe seufzte. »Weiß es der Lieutenant schon?«

»Wovon redest du?«, erwiderte Nelly, dem forschenden Blick ihrer Schwester ausweichend.

»Nun, ich habe deinen Mr. Cole beobachtet. Er geht davon aus, dass du uns begleitest, nicht wahr? Dass wir alle zusammen zu dem verborgenen Dorf im Wald gebracht werden. Aber dem ist nicht so. Ich habe gehört, wie die gute Corrie heimlich mit dir geflüstert hat. Du kannst nicht mit uns kommen, habe ich recht?«

Prompt schossen Nelly Tränen in die Augen, die sie rasch mit dem Ärmel fortwischte. Vor allem Cole sollte nicht wissen, wie verloren sie sich fühlte. Sie spähte zum Tisch hinüber, wo der Pilot sich leise mit Febes Mann unterhielt. Der schien ihm kaum zuzuhören. Überhaupt war dem blassen Arzt anzusehen, wie sehr ihn das Leben im Versteck und die Angst vor dem Entdecktwerden zermürbten. Während Febe sich in ihren Glauben und in ihre Arbeit einspann wie in einen Kokon und damit ihre Angst betäubte, zuckte Jonas Zilversmit zusammen, sobald auch nur das Geräusch eines vorbeifahrenden Automobils oder laute Rufe von der Straße an sein Ohr drangen. Cole dagegen wirkte aufgekratzt und voller Tatendrang. Allem Anschein nach konnte er es kaum erwarten, bis es endlich losging.

»Die Widerstandsbewegung hat zugesagt, euch aus Haarlem herauszuschmuggeln«, sagte Nelly leise. »Aber ihr Angebot gilt nur für dich, deine Familie und für Cole. Sie brauchen Jonas, weil er Arzt ist, und Cole, weil er mit einer Waffe umgehen kann. Für mich haben sie keine Verwendung.« Sie lächelte unglücklich. »Man hält mich als Deutsche für nicht unmittelbar gefährdet.«

Febe öffnete den Mund, um etwas zu sagen, doch unterließ es dann. Stattdessen ging sie auf Zehenspitzen ins Schlafzimmer hinüber, um Papier und Schreibzeug zu holen.

Bald stellte sich heraus, dass sie nicht nur mit dem Pinsel, sondern auch mit dem Federhalter umzugehen verstand. Zunächst notierte sie sich den Text, den Nelly ihr aus dem Gedächtnis diktierte, auf ein Blatt Papier. Dann machte sie sich daran, die Besonderheiten von Bellmanns Handschrift zu studieren und ein paar Buchstaben zur Probe zu kopieren.

»Besonders viel verstehe ich zwar nicht von Graphologie, aber ich habe die Schrift meines Lieblingskünstlers Vermeer und anderer niederländischer Meister lange genug kopiert, um zu wissen, worauf es dabei ankommt.« Febe legte den Kopf schräg und untersuchte aufmerksam Schnörkel, Striche und Punkte über einzelnen Buchstaben. »Graphologen ziehen aus der Handschrift einer Person Rückschlüsse auf deren Charakter, aber auch auf die psychische Situation, in der sie sich während der Abfassung ihrer Zeilen befunden hat. Unserem

Brief muss man auf den ersten Blick ansehen, dass sein Verfasser in Eile und in heller Aufregung war. Daher führe ich nicht alle Buchstaben sorgfältig aus, sondern deute manche nur an. Ich verzichte auf manche Satzzeichen. Jemand, dessen Nerven blank liegen, denkt nicht an korrekte Kommasetzung. Am Anfang des Briefes sollte der Druck auf den Stift noch stark sein, dann jedoch von Zeile zu Zeile schwächer werden.«

Eine Stunde später war Febe fertig. Erschöpft, aber zufrieden reichte sie Nelly den Brief. »Ich hoffe, du weißt, was du tust«, sagte sie. »Pass auf dich auf, kleine Schwester!«

Mit diesen Worten stand sie auf, strich sich den Rock glatt und verschwand, ohne sich noch einmal umzudrehen, im Schlafzimmer.

Nelly sah ihr beklommen nach. Ihre Finger zitterten ein wenig, als sie die Fälschung in die Tasche gleiten ließ. Die beiden Vermeer-Bücher ließ sie auf dem Tisch liegen.

»Es gefällt mir gar nicht, dass du noch einmal nach Paardendijk zurückfährst.«

Es war Cole, der das sagte. Ganz plötzlich stand er hinter ihr. Sein warmer Atem kitzelte sie im Nacken. Die Wohnzimmertür fiel leise ins Schloss. Jonas war ein rücksichtsvoller Mann, der genau wusste, wann es Zeit war, nach seiner Frau und den Kindern zu sehen. Nelly war alleine mit Cole. Vielleicht zum letzten Mal. Sie schloss die Augen und versuchte, nicht an den bevorstehenden Abschied zu denken. Dafür wurde der Drang, Cole zu spüren, ihm ganz nahe zu sein, geradezu übermächtig. Cole schien ähnlich zu empfinden. Er fing an, ihren Hals zärtlich zu liebkosen und sie mit kleinen, forschen Küssen zu verwöhnen. Schließlich fand er ihre Lippen. Nelly wehrte sich nicht, das Herz klopfte bis zum Hals. Freude und Kummer, Sehnsucht und Schmerz – alle diese Gefühle und noch viele mehr verschmolzen in ihr zu einem wild wirbelnden Sog, der an die Oberfläche drängte und sie fast von den Füßen riss.

Sollte sie es ihm sagen? Würde er mit den anderen gehen, wenn sie es tat?

»Du musst mich jetzt gehen lassen«, sagte sie und entzog sich seiner Umarmung. Ihre Tränen ließen sich nicht länger zurückhalten. »Du weißt, dass dies meine letzte Chance ist, die Leute von Paardendijk zu schützen.«

Cole drückte ihr einen letzten Kuss auf die Lippen. »Ich weiß, und dafür liebe ich dich! Beeile dich besser, die Widerstandsbewegung wird uns pünktlich abholen. Du darfst nicht zu spät erscheinen.«

Nelly nickte. »Keine Sorge, das werde ich sicher nicht.«

45

Nelly hatte den Wachposten am Ortsausgang von Paardendijk erklärt, sie würde von Bleichers Automobil abgeben, folglich durfte sie es nicht für die Rückkehr ins Dorf benutzen. Corrie fand nach einigen Telefonaten einen zuverlässigen Bekannten, der in der Nähe geschäftlich zu tun hatte und einwilligte, Nelly ein Stück mitzunehmen. Den Rest ging sie zu Fuß.

Ein Gefühl tiefer Niedergeschlagenheit überkam sie, als sie den Leuchtturm in der Ferne vor sich aufragen sah. Möwen umkreisten ihn in Scharen – es sah fast so aus, als beanspruchten sie ihn als Beutestück. Nelly ging weiter und stellte fest, dass die Sperre aufgehoben worden war. Dort, wo noch gestern die beiden Wachposten die Straße im Auge behalten hatten, waren nur noch niedergetrampeltes Gras und Zigarettenkippen zu sehen. Eine eigenartige Atmosphäre lag über dem Ort. Die Häuser mit ihren reetgedeckten Dächern, grünen Vorgärten und vorhanglosen Fenstern wirkten nicht mehr so abweisend, wie Nelly sie wahrgenommen hatte, aber sie schienen ihr bei jedem Schritt eine Warnung zuzuraunen.

Im Leuchtturm angekommen rief Nelly sogleich nach Henk und Mintje, bekam aber keine Antwort. Seltsam. Um diese Zeit hätten beide hier sein sollen. Hatte Hansen sie etwa während ihrer Abwesenheit entlassen? Unschlüssig sah sie sich im Vorratsraum um, in dem es noch genauso aussah wie vor ihrem Aufbruch nach Haarlem. Dann hörte sie plötzlich, wie oben eine Tür aufgestoßen und ihr Name gerufen wurde. Hansen. Er war wach und wartete auf sie.

Ihr Nachfolger stand mit vor der Brust verschränkten Armen am Treppenende. Er sagte kein Wort, als sie die Stufen hinaufstieg. Aber das Funkeln in seinen Augen beunruhigte Nelly. Der Mann führte etwas gegen sie im Schilde, das sah sie sofort. Nun galt es, auf der Hut zu sein.

»Ich ... Es wurde spät gestern«, begann sie und versuchte zu erklären, dass sie aufgrund der Ausgangssperre in der Stadt hatte übernachten müssen. Hansen schien ihr jedoch gar nicht zuzuhören. Gleichmütig deutete er auf die Tür der Schreibstube.

»Da will Sie jemand sprechen!«

Nelly schluckte, als der Leuchtturmwärter sie ohne Vorwarnung am Arm packte und hinter sich herzog. Im Raum waren ein halbes Dutzend Männer versammelt, einige davon in Uniform und bewaffnet. Sie schienen auf sie gewartet zu haben. Unter ihnen befand sich auch Haubinger, der sie anstarrte wie eine Schlange das Kaninchen. Ehe Nelly den Mut fand, ihn um eine Erklärung zu bitten, schob sich ein Mann in einem grauen Anzug vor den Oberleutnant.

Kommissar Silberbauer, schoss es Nelly durch den Kopf. Sie wagte kaum zu atmen.

Der Gestapobeamte musterte sie aufmerksam, aber ohne jede Gemütsregung. Fast so, als studiere er wieder eine Akte.

»Wie wäre es, wenn der Mann endlich Fräulein Vogels Arm loslässt? Sie wird schon nicht davonlaufen!« Haubinger machte einen zackigen Schritt auf Silberbauer zu, woraufhin dieser überrascht den Kopf hob. Er zögerte einen Moment, gab Hansen dann aber durch ein Nicken zu verstehen, Nelly loszulassen. Sie rieb sich den Arm.

»Ich habe gewusst, dass wir uns wiedersehen würden, gnädige Frau«, sagte Silberbauer mit seinem geschmeidigen Wiener Akzent. »Verzeihung, sicher ist Ihnen die Anrede unangenehm, denn schließlich hat es mit Ihrem Aufstieg in den Diplomatenstand nicht geklappt.«

»Wovon reden Sie?« Der Oberleutnant runzelte irritiert die Stirn.

»Ach, dann wussten Sie nicht, dass Ihr Fräulein Vogel in Amsterdam in den heiligen Stand der Ehe treten wollte? So plante sie, der Abschiebung aus Holland zu entgehen. Zu ihrem Unglück hat ihr Verlobter es nicht mehr bis zum Jawort geschafft. Er ist tot.«

Hansen gluckste amüsiert. »Ich sag's ja, die ist mit allen Wassern gewaschen.«

»Hat dieser Säufer uns deshalb hierherzitiert?«, schnaubte Haubinger wutentbrannt. »Ich habe weiß Gott Besseres zu tun, als mir diesen Unsinn anzuhören.«

»Sie haben aber noch nicht alles gehört, Herr Oberleutnant! Und gerade Sie sollten sich ansehen, was ich Ihnen und dem Herrn Kommissar gleich zeigen werde. Ich habe nämlich eine Entdeckung gemacht, die einfach unerhört ist.« Er warf Nelly einen finsteren Blick zu. »Ich habe gleich gemerkt, dass hier, in diesem Leuchtturm, etwas nicht stimmt. Die Leuchtturmwärterin war offensichtlich häufiger unterwegs, als dass sie ihre Pflichten erfüllt hat. Die hat sie ihrem holländischen Handlanger übertragen, damit sie sich anderen Dingen widmen konnte.« Er nickte dem Gestapobeamten eifrig zu. »Kommen Sie, ich werde den Herren zeigen, wovon ich spreche.«

Hansen ging voraus, Nelly und die Männer folgten ihm. Als sie an der Küche vorbeikamen, sah Nelly Mintje und Henk mit gesenkten Köpfen am Tisch sitzen. Die beiden rührten sich nicht, denn sie wurden von zwei Soldaten bewacht, die Gewehre auf sie gerichtet hatten.

»Dieser Kerl will mir weismachen, der Leuchtfeuerhilfswärter zu sein«, rief Hansen. »Dabei könnte ich schwören, dass gestern ein anderer da war. Dieses Frauenzimmer hat behauptet, er sei ihr Sohn. Aber wie viele Söhne hat sie denn nun, die hier beschäftigt sind?«

Oberleutnant Haubinger schüttelte den Kopf. »Sie sehen Gespenster, Mann! Das ist Henk. Er ging schon dem früheren Leuchtfeuerwärter zur Hand.«

»Und wem, wenn ich höflich nachfragen darf, ist Herr Hansen dann nach seiner Ankunft im Turm über den Weg gelaufen?«, wollte Kommissar Silberbauer wissen.

»Mir, Herr Kommissar!« Henk stand langsam auf. »Der Herr Leuchtfeuerwärter hat mir den Auftrag gegeben, den Lagerraum aufzuräumen. Dann hat er sich in die Schreibstube begeben, um das Protokollbuch zu prüfen.«

»Verdammter Lügner«, kreischte Hansen. »Ich habe den Kerl heute Morgen zum ersten Mal zu Gesicht bekommen. Da können er und dieses Weibsbild behaupten, was sie wollen!«

Haubinger zog eine Grimasse. »Mehr haben Sie uns nicht zu bieten?«

»Warten Sie's ab. Sie werden sich noch wundern!« Wutentbrannt stapfte Hansen an ihm vorbei zur Treppe. »Es ist unten im Vorratsraum! Das müssen Sie mit eigenen Augen sehen!«

Nelly machte sich nichts vor. Sie wusste schon, auf welche Entdeckung Hansen anspielte, und damit war auch klar, warum er die Gestapo verständigt hatte. Als sie weg war, musste er sich im Lagerraum noch einmal genauer umgesehen haben. Und dabei war er auf das Versteck hinter der Bretterwand gestoßen. Mit sichtlichem Triumph präsentierte Hansen den Männern seinen Fund, woraufhin Silberbauer die leere Kiste, den Zugang zum Hohlraum hinter der Wand, in Augenschein nahm.

»Ganz schön einfallsreich! Die Kiste steckt fest, und ihre

Rückwand lässt sich herausnehmen. Das ideale Versteck, wenngleich auch reichlich eng und finster«, bemerkte Silberbauer.

»Leider ist der Vogel inzwischen ausgeflogen!« Hansen warf Nelly einen hämischen Blick zu. »Aber ich denke, ein anderer Vogel kann Ihnen sagen, wer hinter dieser Wand versteckt war und wo wir den Kerl jetzt finden können.«

»Nelly …« Oberleutnant Haubinger errötete. Der Gedanke, dass an dem Vorwurf gegen Nelly etwas dran sein könnte, schien ihn zu quälen. »Ich kann das nicht glauben. Sagen Sie etwas! Haben Sie von diesem Versteck gewusst?«

Nelly schüttelte den Kopf und hoffte, dass sie dabei nicht allzu schuldbewusst aussah. Wenn sie überleben wollte, musste sie abstreiten, die geheime Kammer zu kennen. »Seit ich hier bin, bin ich nicht dazu gekommen, all diese aufgestapelten Kisten fortzuschaffen. Herr Hansen hat mir deswegen schon schwere Vorwürfe gemacht.«

»Das sollen wir glauben?« Silberbauer sah sie skeptisch an. Dann wandte er sich an Hansen. »Haben Sie dieses geheime Versteck schon nach Spuren durchsucht?«

Der Leuchtturmwärter schüttelte den Kopf und behauptete, er habe den Beamten nicht vorgreifen wollen. Doch Nelly vermutete eher, dass er Angst gehabt hatte, aufgrund seines Körperbaus in der Kiste stecken zu bleiben.

»Einreißen!«, befahl Silberbauer. »Na los, worauf warten Sie? Ich will wissen, was dahinter ist.« Er machte einen Schritt zurück, damit die Männer mit ihrer Arbeit beginnen konnten. Dabei fasste er Nelly scharf ins Auge. »Wir werden etwas finden«, raunte er ihr zu, als bestünde daran nicht der geringste Zweifel. »Ich finde immer, was ich suche. Also tun Sie uns beide den Gefallen und gestehen Sie besser gleich!«

Kisten wurden zur Seite geräumt, Werkzeug herbeigeschafft. Bald schon splitterte das Holz und die ersten Bretter fielen krachend und staubend zu Boden. Haubinger starrte wie gebannt auf die Wand vor ihm, die nun unter den heftigen Schlägen wie ein Streichholztürmchen in sich zusammenstürzte. Das einfallende Licht gab den Blick auf ein paar Decken und Kissen frei, die in einem Winkel des Verschlags auf dem blanken Fußboden lagen. Zweifellos ein Lager.

»Gnade Ihnen Gott, wenn Sie mein Vertrauen missbraucht haben«, flüsterte der Oberleutnant Nelly zu. »Sie wissen sicher, was die mit Ihnen machen werden, wenn Sie noch einmal in Gestapohaft geraten. Vielleicht sollten Sie einen Fluchtversuch wagen. Dann jage ich Ihnen höchstpersönlich eine Kugel in den Kopf, und alles ist vorbei. Kurz und schmerzlos.«

Nelly begann zu zittern, sagte aber nichts. Sie dachte an Cole, der in Haarlem vergeblich auf sie wartete, und hoffte, dass er es schaffen würde.

Die Wand war nun eingerissen. Überall lagen Trümmer herum. Silberbauer trat mit prüfendem Blick in den ehemals abgetrennten Teil des Lagers. »Nichts, verdammt«, knurrte er und sandte ein paar noch derbere Flüche hinterher, um seinem Frust Luft zu machen. Er ging in die Hocke und stieß etwas mit seinem Fuß an. »Eine Brotrinde, aber uralt. Die liegt schon ewig hier, wenn ich mich nicht täusche. Und da … Was zum Teufel ist das?« Er bückte sich nach einer verbeulten, leeren Büchse Dosenfleisch. »Na, sagt das dem Herrn Oberleutnant etwas?«

»Die stammt aus Wehrmachtsbeständen«, antwortete Haubinger lakonisch. »Keine Ahnung, wie ein Untergetauchter an unsere Lebensmittel gekommen sein soll. Es sei denn …«

»Moment, warten Sie!« Silberbauer wandte sich einem seiner Männer zu, der ihn auf etwas aufmerksam machte. Nelly beobachtete mit klopfendem Herzen, wie der Polizist Silberbauer eines der Kissen vom Fußboden in die Hand drückte.

»Sie haben richtig vermutet!« Die Augen des Gestapobeamten blitzten, als er den staubigen Kissenbezug abstreifte und mit den Fingern vorsichtig in der Füllung herumtastete. »Da steckt tatsächlich etwas drin!« Im nächsten Moment brachte er einen zerknitterten Zettel und einen metallisch glänzenden Gegenstand an einer Kette zum Vorschein.

Haubinger schnappte nach Luft. »Das ist eine Erkennungsmarke der Wehrmacht«, murmelte er betroffen. Er drehte sich zu Nelly um. »Und ich ahne, wem sie gehört haben könnte.«

Silberbauer befahl seinem Begleiter, den zerknitterten Zettel mit einer Taschenlampe zu beleuchten. Als er ihn gelesen hatte, gab er ihn dem Oberleutnant. »Schauen Sie sich das an!«

»Der … ist von Leutnant Bellmann. Ich erkenne seine Handschrift wieder. Er hat ja oft genug dienstliche Dokumente mit abgezeichnet. Aber dann …«

»Halten Sie hier das Geständnis eines Deserteurs in Händen, der einer Person unleserlichen Namens erklärt, warum er sich von der Truppe entfernt hat«, beendete der Gestapobeamte Haubingers Satz. »Vermutlich ist ihm irgendwann aufgegangen, dass er seinen Brief niemals würde versenden können, und hat ihn daher zerknüllt und unter den Kissenbezug geschoben. Mit seiner Erkennungsmarke.« Er spie angewidert aus. »Ein feiner Leutnant, der nur wegen eines lächerlichen Gemäldes fahnenflüchtig wird. Der Kerl muss den Verstand verloren haben.« Er nahm Haubinger das Schreiben aus der Hand und deutete auf eine Stelle. »Hier steht schwarz auf weiß, dass er dem alten Leuchtturmwärter einen Anteil versprochen hat, wenn der ihn dafür in seinem Turm versteckt. So konnte Bellmann seelenruhig abwarten, bis sein Komplize ihm half zu verduften.«

Oberleutnant Haubinger schüttelte den Kopf. Dann sah er Nelly auf eine sonderbare Weise an, doch falls es ihm merkwürdig vorkam, dass ihm nun doch so unvermittelt ein Beweis für Bellmanns Flucht in den Schoß gefallen war, ließ er sich das nicht anmerken. »Also kein Mord durch die Widerstandsbewegung«, entschied er. »Ich werde umgehend meine Vorgesetzten verständigen!«

Hansen hatte die Unterredung mit wachsendem Unmut verfolgt. Seiner Miene nach war er mit den Schlussfolgerungen der Männer unzufrieden. Während der Oberleutnant aus der Tür trat, ging er auf Silberbauer zu. Er zeigte auf Nelly. »Und die hier? Was geschieht nun mit der Frau? Sie werden sich doch von dieser Person keinen Bären aufbinden lassen.«

Silberbauer verzog geringschätzig den Mund. »Sie haben's immer noch nicht kapiert, Mann. Dieser Leutnant, von dem man annahm, die Dorfbewohner könnten ihn ermordet haben, hat hinter der Wand gesessen, bis man ihn rausgeschmuggelt hat. Da war Ihre Vorgängerin noch gar nicht hier. Die kam erst in Holland an, als der Mann schon längst weg war.«

»So? Das ist aber keine Erklärung für den holländischen Gehilfen, der heute anders aussieht als gestern.«

Kommissar Silberbauer schaute ihn wütend an. »Finger weg vom Schnaps, das würde schon helfen.« Ohne sich weiter um Hansen zu kümmern, rief er seine Leute zusammen. Sein rüder Ton verriet indes, dass ihm ein anderes Ergebnis auch lieber gewesen wäre.

Anders als Silberbauer war Hansen noch lange nicht fertig mit Nelly. Die Abfuhr, die der Kommissar ihm erteilt hatte, entfachte seine Wut aufs Neue. Ehe Silberbauer oder einer der Polizisten es verhindern konnten, griff er sich einen der Hämmer, mit denen die Männer die Bretterwand zerlegt hatten, und ging damit auf Nelly zu. »Du wirst dem Kommissar sagen, dass ich nicht geträumt habe, verstanden! Wer war der Bursche, mit dem du gestern geredet hast, und wo steckt er jetzt?«

»Verdammt noch mal, legen' S das Ding weg«, brüllte Silberbauer, doch Hansen hörte nicht auf ihn. Den Hammer schwingend stolperte er auf Nelly zu.

Nelly spähte zur Tür, doch der Weg dorthin war ihr versperrt, so blieb ihr nur die Flucht über die Treppe. In Panik eilte sie die Stufen hinauf. Sie sah Mintje, die einen leisen Schrei ausstieß und die Hand vor den Mund schlug, als sie Nelly gefolgt von Hansen sah. Auf den letzten Stufen spürte sie einen Schmerz. Hansen hatte sie eingeholt und mit dem Hammer getroffen. Nelly schrie auf, sie taumelte und verlor fast das Gleichgewicht. Mit letzter Kraft zog sie sich am Geländer in die Höhe und wirbelte herum, um Hansen, der zu einem weiteren Schlag ausholte, nicht den Rücken zuzukehren. Sie wich aus, und der Hieb traf die Wand, nur eine Handbreit über Nellys Kopf. Nelly trat verzweifelt um sich, sie erwischte Hansen am Bein, woraufhin dieser um eine Stufe zurückwich. Doch es lag auf der Hand, dass sie ihm und seinem Angriff nichts mehr entgegenhalten konnte. Gegen das Geländer gedrängt, hob sie schützend den Arm und erwartete den nächsten Schlag mit dem Hammer.

Stattdessen hallte ein Schuss durchs Treppenhaus.

Hansen erstarrte in der Bewegung. Der Hammer entglitt seiner Hand und polterte krachend die Treppe hinunter. Dann brach der Leuchtfeuerwärter mit einem Keuchen zusammen.

Nelly schnappte nach Luft. Sie hörte, wie jemand die Treppe zu ihr herunterstieg, und dann Mintje, die ihr mit einem kräftigen Griff auf die Beine half und dabei beruhigend ins Ohr flüsterte. Weiter unten erkannte sie Oberleutnant Haubinger, die Waffe noch in der Hand. Er hatte den Schuss auf Hansen abgegeben und ihr damit das Leben gerettet.

Oder hatte er auf sie gezielt und nur danebengeschossen?

Wie durch einen dichten Nebel nahm sie wahr, wie die Polizisten, die oben Mintje und Henk in Schach gehalten hatten, an ihr vorbeistürmten. Eine dumpfe Stimme meldete, dass Hansen noch atme. »Der Kerl muss komplett übergeschnappt sein«, bemerkte ein anderer und wies darauf hin, dass Hansen wohl nicht grundlos aus der Armee entlassen worden war. Sein

Hang zum Alkohol, das merkwürdige Verhalten, das er an den Tag gelegt hatte – all dies lasse tief blicken.

Nelly beteiligte sich nicht an den Mutmaßungen. Während der laut stöhnende Hansen zum Stützpunkt transportiert wurde, schleppte sie sich mit Mintjes und Henks Hilfe zur Küche, bat die beiden dann aber, nach Hause zu gehen.

Sie wollte ein Weilchen allein sein.

46

Nelly saß an ihrem Schreibtisch und erledigte die Korrespondenz. Es hatte sich viel angesammelt, seit sie sich zuletzt um die Belange des Leuchtturms gekümmert hatte. Das Protokollbuch war glücklicherweise auf dem neuesten Stand, doch an dem fälligen Bericht über die Ereignisse, die zu ihrer Rückkehr ins Amt geführt hatten, feilte sie, bis ihr der Kopf rauchte. Es fiel ihr nicht leicht, diese dunklen Stunden noch einmal heraufzubeschwören. Aber da ihre Stellungnahme für die Akten nötig war, musste sie notgedrungen etwas aus dem Ärmel schütteln. Als der Bericht endlich fertig war, dämmerte es bereits. Sie schaltete das Radio ein und nahm dann den Bleistift erneut zur Hand, um einen Brief an den General zu schreiben. Ihr Schwager würde sich wundern, dass sie seine Hilfe nicht mehr benötigte. Vielleicht war er aber ebenso erleichtert darüber wie sie. In Berlin sah es schlecht aus, dies entnahm Nelly den Briefen, die sie vom General und von ihrer Mutter erhalten hatte. Nach langem Zögern hatte sie beschlossen, auch Bente eine Nachricht zukommen zu lassen. Darin teilte sie ihr mit, dass sie ihre Lieblingspuppe gefunden, aber nicht behalten habe. Sollte ihre Mutter ihre eigenen Schlüsse daraus ziehen.

Ihr Blick fiel auf eine Karte, die sie von Corrie aus Haarlem erhalten hatte. Die Uhrmacherin setzte sie darüber in Kenntnis, dass die Damen-, Herren- und Kinderuhren, für die sie bei ihrem Besuch im Laden Interesse bekundet habe, nicht mehr verfügbar, aber repariert und in gute Hände gekommen seien. Nelly wurde um Geduld gebeten, bis man ihr ein neues Angebot für den Kauf einer Uhr machen könne. Nelly las das Schreiben so oft, bis sie es auswendig konnte. Sie würde es noch heute Abend ins Herdfeuer werfen. Das war sicherer, denn es lag auf der Hand, dass mit den Uhren keine wirklichen Uhren, sondern Menschen gemeint waren. Menschen, um deren Sicherheit Nelly jeden Tag bangte.

Ein Klopfen an der Tür holte Nelly aus ihren Gedanken, und noch ehe sie Herein sagen konnte, wirbelte auch schon Cousine Sanne in den Raum. Das Mädchen küsste Nelly stürmisch auf die Wange, dann ließ sie sich auf das Sofa fallen. »Na, wie gefällt dir mein neues Kleid? Gerade fertig geworden.«

Nelly schmunzelte. Offensichtlich hatte sich Ans Hartog mal wieder großzügig gezeigt. Aber zugegeben, der helle Leinenstoff mit Sonnenblumenmuster sah an Sanne zauberhaft aus.

»Ich soll dich von Papa grüßen«, sagte Sanne. »Von Mutter auch. Sie können es noch nicht fassen, dass du bleiben darfst.«

»Vorläufig zumindest«, dämpfte Nelly die Begeisterung ihrer Verwandten. »Ich habe mit Ach und Krach eine vorübergehende Genehmigung erhalten, aber die kann jederzeit widerrufen werden. Dieser Kommissar aus Wien hat ein Auge auf mich.«

Sanne überging ihren Einwand. »Wir werden noch erleben, wie er und seinesgleichen selbst zu Gejagten werden. Aber dich können sie nicht einfach so wegschicken. Wer sollte sich sonst um den Leuchtturm kümmern? Die Deutschen werden doch kaum diesen Hansen zurückholen, oder?«

Das bezweifelte Nelly. Der Mann hatte die Schussverletzung überlebt, aber nach allem, was geschehen war, würde er keinen Fuß mehr in den Turm setzen. Sie sagte Sanne nicht, dass es noch Nächte gab, in denen sie von ihm träumte und nach dem Erwachen in Schweiß gebadet in die Dunkelheit starrte. Oberleutnant Haubinger hatte sich mit den »Beweisen«, die Nelly in der geheimen Kammer in dem Kissen platziert hatte, zufriedengegeben. Hansen nicht. Dabei war er es gewesen, der unfreiwillig den Stein ins Rollen gebracht hatte. Hätte er das Versteck nicht entdeckt und Alarm geschlagen, hätte Nelly den Oberleutnant auf anderem Wege auf Bellmanns vermeintliche Hinterlassenschaft aufmerksam machen müssen. So aber war es ihr gelungen, die Ahnungslose zu spielen, die von dem Versteck ebenso überrascht war wie er. Nicht einmal Silberbauer hatte auch nur einen Moment lang den Verdacht gehegt, die Wand könnte nicht für Bellmann gezimmert worden sein. Haubingers Leute durchforsteten nach wie vor die Umgebung nach englischen Spionen, doch Nelly war zuversichtlich, dass sie Cole und die anderen Flüchtlinge in den Wäldern nicht finden würden. Sie vermisste Cole, zwang sich aber, nur an ihn zu denken, wenn sie allein im Turm war. Ein, zwei Mal war sie auch zum Moor gegangen. Dort war sie um die Hütte des alten Piet herumgeschlichen, von der nach dem Feuer kaum etwas übriggeblieben war. Doch ein Gefühl von Nähe zu Cole hatte sich dort nicht einstellen wollen. Das verspürte sie allein im Leuchtturm, wenn es langsam dunkelte und nichts als nur die Brandung zu hören war. Eines Tages, daran glaubte sie ganz fest, würde Cole vor dem Turm stehen und nach ihr rufen. Für diesen Tag lebte sie.

»Kommst du mit zum Fischereihafen?«, fragte Sanne und holte sie aus ihren Gedanken. »Henk und ich wollen uns Jan-Ruuds neuen Kutter anschauen. Mintje auch. Sie hat nichts mehr dagegen, dass Henk und ich … Du weißt schon. Aber Vater ist neuerdings auch viel freundlicher zu ihr.«

»Das freut mich«, sagte Nelly aufrichtig. Es wurde Zeit, dass die unsinnige Fehde der beiden Familien beigelegt wurde. »Ihr habt es wirklich verdient, glücklich zu werden.«

»Wir ... also, wir würden uns wirklich freuen, wenn du auch kommst. Du gehörst doch zu uns, nicht nur zur Familie Leander, sondern auch zum Dorf. Die Menschen hier können es vielleicht nicht so gut zeigen, aber sie sind dir dankbar, weil du dich so energisch für Paardendijk eingesetzt hast. Sogar Jan-Ruud.«

Nelly errötete. Sie fand nicht, dass sie dieses Lob verdiente. Aber letzten Endes zählte das Ergebnis. Der Wehrmachtsstützpunkt im Ort war auf Anordnung der Heeresleitung verkleinert worden, es gab nur noch wenige stationierte Besatzungssoldaten, die unter Haubingers Befehl durch Paardendijk patrouillierten. Dennoch hatte Nelly oft Angst um Bram oder Jan-Ruud und weil sie befürchtete, die Männer könnten bei einer ihrer Aktionen gegen die Besatzungsmacht zu leichtsinnig oder unvorsichtig vorgehen und sich damit ans Messer liefern. Ihre jüngste Tat war es gewesen, den Vermeer heimlich an einen sicheren Ort zu bringen, wo er bis Kriegsende bleiben sollte. Da Oberleutnant Haubinger und auch die Gestapo davon ausgingen, dass Bellmann das Gemälde gestohlen hatte und damit verschwunden war, durfte es natürlich unter keinen Umständen im Dorf auftauchen. Nelly kannte das Versteck nicht, das die Männer gewählt hatten, und wollte es auch nicht wissen. Aber sie hoffte inständig, dass ihre Schwester Febe eines Tages ihr Buch über das verschollene Bild des alten Meisters würde vollenden können.

In besseren, friedlichen Zeiten.

»Nun, was ist?«, rief Sanne sich in Erinnerung. Sie war bereits wieder auf dem Sprung, es drängte sie zu Henk. »Gehst du mit?«

»Ich komme nach«, versprach Nelly, obwohl sie den Nachmittag und Abend eigentlich viel lieber allein mit sich und ihren Gedanken an Cole verbracht hätte. Aber Sanne hatte schon recht, sie musste auch einmal hinaus, unter Menschen. »Lass mich nur vorher noch eine Sache erledigen!«

»Und die wäre?«, wollte Sanne wissen.

Nelly lächelte sanft. »Ich muss das Leuchtfeuer anzünden.«

Nachwort des Autors

Die Geschichte der Leuchtturmwärterin – die exakte Bezeichnung wäre Leuchtfeuerwärterin – ist frei erfunden, auch die Ortschaft Paardendijk wird man auf Landkarten vergeblich suchen. Dennoch orientiert sich die Handlung an historischen Ereignissen aus den Jahren 1943 und 1944 in Berlin und den Niederlanden. Tatsächlich stattgefunden haben so die Proteste in der Berliner Rosenstraße: Ende Februar und Anfang März 1943 versammelten sich über mehrere Tage hauptsächlich Frauen, die in Mischehen mit jüdischen Partnern lebten, vor dem Gebäude der ehemaligen Wohlfahrtsstelle und Jugendfürsorge der jüdischen Gemeinde in Berlin-Mitte, wo man ihre Angehörigen festhielt, um sie zu deportieren. Auch Drohungen der Polizei vermochten nicht, die Frauen und andere Angehörige dauerhaft zu vertreiben. Nach und nach wurden die Inhaftierten freigelassen. Der Rosenstraßen-Protest ist die einzige Protestkundgebung dieser Art während des Dritten Reichs in Deutschland.

Die Armee der Niederlande wurde im Mai 1940 von der deutschen Wehrmacht überrannt, und in den folgenden Tagen wurde das Land erobert und besetzt. Königin Wilhelmina ging ins Exil nach London. Für das kleine Land an der Nordsee begann eine harte Besatzungszeit, die bis zum Kriegsende im Mai 1945 andauern sollte. Waren die Besatzer zu Beginn noch eifrig bemüht, die Niederländer als Angehörige eines germanischen Brudervolks für sich und ihre Ideologie zu gewinnen, mussten sie dieses Vorhaben schon bald für gescheitert erklären. Insbesondere die Zwangsrekrutierung zum Arbeitseinsatz am Bau des Atlantikwalls, einer Verteidigungslinie entlang der Küste, welche die Nazis vom Südwesten Frankreichs bis nach Dänemark und Norwegen errichteten, die Verschleppung zur Zwangsarbeit in deutsche Rüstungsfabriken und die ab 1941 heftiger einsetzende Verfolgung der jüdischen Bevölkerung brachten es mit sich, dass sich immer mehr Menschen zum Widerstand gegen die Besatzungsmacht entschlossen. Gruppierungen wie die *Binnenlandse Strijdkrachten* verübten nicht nur Sabotageakte, sondern halfen auch Juden und Deserteuren dabei unterzutauchen. Sie organisierten deren Flucht ins Ausland oder statteten Flüchtlinge mit gefälschten Papieren aus.

Eine besonders tatkräftige Widerstandskämpferin war die Haarlemer Uhrmacherin Corrie ten Boom. Sie versteckte in einer geheimen Kammer hinter ihrem Schlafzimmer im Verlauf vieler Monate etliche Juden und andere Menschen auf der Flucht, bevor sie gemeinsam mit ihrem Vater Caspar und ihrer älteren Schwester Betsie 1944 denunziert und verhaftet wurde. Corrie ten Boom überlebte das Konzentrationslager und kehrte schließlich in ihre Heimat zurück. Sie wurde für ihre humanitäre Hilfe während des Krieges später von der niederländischen Königin in den Ritterstand erhoben und vom Staat Israel als Gerechte unter den Völkern geehrt – die höchste Auszeichnung, die dieser zu vergeben hat. Ihr Haus in Haarlem ist heute ein Museum, das an die Zeit ihres mutigen Wirkens während der Jahre der Besatzung erinnert.

Das »verborgene Dorf«, in dem einige Romanfiguren Zuflucht finden, hat es ebenfalls gegeben. Dabei handelte es sich um ein Gelände mit teilweise unterirdischen Gebäuden in den Wäldern rund um die Ortschaft Vierhouten. Dort konnten bis 1944 an die 120 untergetauchte Personen versteckt werden. Im Oktober 1944 wurde es durch einen Zufall entdeckt und später zerstört. Einige der Untergetauchten wurden festgenommen, doch mehr als 83 Menschen, darunter auch alliierte Piloten aus

Großbritannien, konnten entkommen und wurden von Angehörigen des Widerstands erneut versteckt.

Das Gemälde »Das Mädchen mit dem Perlenohrgehänge« aus dem Jahr 1665 zählt heute zu den bekanntesten und beliebtesten Werken des Malers Jan Vermeer und wird im Mauritshuis in Den Haag ausgestellt. Ob der Künstler sich in späteren Jahren noch einmal seines Modells bedient hat, ist nicht bekannt.

Der Abschluss eines Romans, an dem ich viele Monate gearbeitet habe, ist für mich immer ein ganz besonderer Moment. Aber es schwingt stets auch ein wenig Wehmut mit, weil es dann heißt, Abschied von den Personen zu nehmen, die mir ans Herz gewachsen sind, weil ich mit ihnen beinahe ebenso viel Zeit verbracht habe wie mit meiner eigenen Familie. Grund genug, mich bei meiner Frau und meiner Tochter dafür zu bedanken, dass sie mir auch dieses Mal bei der Arbeit den Rücken gestärkt, mich auf vielfältige Weise unterstützt und ermutigt haben, die Geschichte der Leuchtturmwärterin weiterzuerzählen. Ein ebenso großes Dankeschön gilt auch allen anderen Menschen, die mir mit Rat und Tat zur Seite standen, geduldig meine Fragen zum Leben in den Niederlanden in den 1940er-Jahren beantwortet und mitgeholfen haben, aus einer Idee ein Buch zu machen. Ohne sie wäre dies nicht gelungen.

Guido Dieckmann, Juni 2023

Die Community für alle, die Bücher lieben

Das Gefühl, wenn man ein Buch in einer einzigen Nacht verschlingt – teile es mit der Community

In der Lesejury kannst du

- ★ Bücher lesen und rezensieren, die noch nicht erschienen sind
- ★ Gemeinsam mit anderen buchbegeisterten Menschen in Leserunden diskutieren
- ★ Autoren persönlich kennenlernen
- ★ An exklusiven Gewinnspielen und Aktionen teilnehmen
- ★ Bonuspunkte sammeln und diese gegen tolle Prämien eintauschen

Jetzt kostenlos registrieren: www.lesejury.de

Folge uns auf Instagram & Facebook:
www.instagram.com/lesejury
www.facebook.com/lesejury